Treasures for Scholars Worldwide

楊 静 編

國家圖書館藏
抗戰文藝期刊圖録

Catalog of Literary and Artistic Journals
of Anti-Japanese War in National Library of China

GUANGXI NORMAL UNIVERSITY PRESS
广西师范大学出版社
·桂林·

圖書在版編目（CIP）數據

國家圖書館藏抗戰文藝期刊圖録 / 楊静編．—桂林：
廣西師範大學出版社，2016.12
ISBN 978-7-5495-8958-6

Ⅰ．①國… Ⅱ．①楊… Ⅲ．①文藝－期刊－中國－
1937-1945－圖録 Ⅳ．①I2-55

中國版本圖書館 CIP 數據核字（2016）第 263498 號

廣西師範大學出版社出版發行
（廣西桂林市中華路 22 號　郵政編碼：541001
網址：http://www.bbtpress.com）
出版人：張藝兵
全國新華書店經銷
廣西大華印刷有限公司印刷
(廣西南寧市高新區科園大道 62 號　郵政編碼：530007)
開本：787 mm × 1 092 mm　1/16
印張：38.75　　字數：620 千字
2016 年 12 月第 1 版　　2016 年 12 月第 1 次印刷
定價：256.00 元

爲抗戰鼓與呼
——1931—1945 抗戰文藝期刊出版綜述

1931 年,“九一八”事變爆發後,日本帝國主義開始了對中國東北的瘋狂侵略,人民飽受日寇蹂躪,東三省變成人間地獄;1937 年,“七七”事變爆發後,日本發動了全面侵華戰争,中華民族到了最危險的時候,每個人被迫着發出最後的吼聲,抗日民族統一戰綫形成,全民族的抗戰拉開帷幕。在這場偉大的衛國戰争中,文藝戰綫以各種表現形式,投入到抗戰洪流之中,爲提振民族士氣、凝聚抗戰力量,發揮着不可替代的精神作用。其中,抗戰文藝期刊的出版就是那個時代一種獨特的文藝現象,一大批進步作家、政治家、出版人乃至實業家等,投身抗戰文藝期刊的出版與發行,爲抗戰鼓勁、吶喊,發揮着文藝期刊的“匕首”和“投槍”的作用。

一、抗戰文藝期刊出版概况

抗戰時期,許許多多有責任感的文藝界、學術界、教育界乃至政界、商界人士關注民族生存與解放,關注國家的前途和命運,有錢的出錢,有力的出力,能以筆爲“槍”爲“匕首”的,紛紛撰寫文藝作品,詩歌、散文、小説、劇本、歌曲、繪畫等體裁的抗戰文藝作品呈現繁榮鼎盛局面,作爲這些文藝作品重要載體的文藝期刊如雨後春笋般涌現,儘管有些期刊存在時間不長,但它們都在以自己的存在,鼓舞着全民族的抗戰。

由於北京、上海在全面抗戰初期很快淪陷,大批知識分子被迫轉移到中南和西南地區,抗戰文藝期刊的出版也因此以武漢、重慶、桂林以及西北的延安等地爲中心,一些知識分子駐守在上海租界,在孤島裏出版抗戰文藝期刊。

(一)重慶抗戰文藝期刊出版情況

重慶是抗戰的大後方,也是國民黨政府的陪都,抗戰期間,很多大師級的文學家和文學新秀雲集重慶,各種文藝期刊的出版機構也從北京、上海、南京等地遷到重慶,同時,一些新的文藝期刊也在這裏誕生。

重慶文藝期刊以"啓蒙"和"救亡"爲主題。"啓蒙"主題重在對下層民衆進行反封建的宣傳,但抗戰的特殊背景,文藝期刊更多承載着救亡的内容,有關抗日救國、愛國主義、抗日尋求民族解放、鼓舞軍民的抗日鬥志、宣傳抗日英雄等内容成爲其文學創作主流,這些文藝期刊承載了社會使命感的傳播内容。作家們有一股巨大渾厚的苦難力量,使他們創作的抗戰文藝作品包含了厚實的社會内蘊。籠罩在這種情緒基調之下的,正是一種穿徹人心的痛苦體驗和由這種體驗所領悟到的人生的憂患意識與民族的危機感,在一定意義上,它們傳承了中國文學傳統的憂國憂民意識。

在重慶復刊或創刊的文藝期刊有數十種之多,其中,《抗戰文藝》《文藝陣地》《前鋒週報》《文藝月刊》《現代文學評論》《越風》等是當時影響力很大的文藝期刊,《文壇》《七月》《希望》《戲劇時代》《戲劇月報》《戲劇崗位》《時與潮文藝》《抗戰藝術》等也有一定的影響力。

重慶文藝期刊的鮮明特點是語言的口語化和通俗化,連陽春白雪的詩歌也不例外,詩人們不再眷念於一些纖巧的情感,古怪晦澀的字眼。敵人的炮火把詩人們逐出了故鄉、逐出了象牙之塔,使他們不得不去流浪,去和死亡搏鬥,自然,他們的筆尖就不能不轉向抗戰了。詩歌語言的或淺吟低唱,或慷慨高歌,是爲了更多的民衆能够從中得到鼓舞,其他題材的抗戰作品,同樣注意了語言的大衆化特點,這一特點使文藝作品閲讀理解無障礙,滿足了廣大群衆的欣賞需求,從而得以廣泛傳播,讓文藝作品獲得了積極的現實效果。

(二)武漢抗戰文藝期刊出版情況

抗日戰争爆發後,武漢一度成爲全國政治、經濟、文化的中心。數以百計的作家從東南西北雲集於斯。在中國共産黨的領導和黨的統一戰綫的推動下,以武漢爲中心的抗戰文藝運動有聲有色,成績卓著。

抗戰初期,由於戰局動蕩,作家流徙,文藝期刊紛紛停辦,文藝界和出版界一度出現十分沉滯的狀况。隨着抗日聲浪的高漲,很快,來到武漢的作家和出版家們相繼創辦一些新的文藝刊物,另有一些期刊從上海等地遷到武漢復刊。這些新創刊和復刊的文藝期刊有十多種。

《哨崗》,1937 年 10 月 16 日在漢口創刊,以"哨崗"爲刊名,表明其要以文藝作爲抗戰哨崗的歷史責任。該刊衹出版了創刊號便遭到國民黨當局查禁。楊朔的報告文學《虎門之戰》以豪邁的氣度記叙了在雄踞於近代史上的虎門口外痛擊日本賊船的事迹;高蘭的特寫《記天照應》追記了東北抗日義勇軍領袖天照應以身殉國的壯烈行動,文筆凝重沉鬱。還有羅烽的詩《光明躍在東方》、徐盈的小説《高粱秆》、維弩的雜文《談是非》、麗尼和荒煤的獨幕劇《七・二八之夜》等。

《時調》,詩歌半月刊,1937 年 11 月 1 日在武昌創刊,取名“時調”,意指時代的調子。“創刊號”説:“我們的工作,在這裏展開的將是救亡歌曲的製作,國防詩歌的創作,通俗詩歌、朗誦詩歌、歌謡、民間俗曲的編撰。希望詩歌運動有好的展開,也想叫詩歌工作者能在救亡運動中多盡些力。”《時調》着力於宣傳抗日的大衆化詩歌創作,青年作者的短詩占有重要地位和顯著篇幅,大力倡導朗誦詩運動並注重從理論上加以探討和總結,廣泛收集和大量發表民歌。在《時調》上發表的重要作品,詩歌有蒲風的《悲哀的雲濤》、柳倩的《鴛鷹歸來了》、伍禾的《我們不能逃亡》、王亞平的《我們這一分隊》、冀春的《流出我們的最後一滴血》、彭慧的《農村婦女救亡歌》、穆木天的鼓詞《八百個壯士》等,還有錫金的山歌《鬼子凶》,桂濤聲作詞、冼星海作曲的歌曲《做棉花》,林路詞曲的歌曲《抗戰進行曲》等。《時調》在促進詩朗誦運動的開展,推動詩歌的大衆化方面發揮了積極作用。該刊共出版了五期,1938 年 3 月停刊。

《抗到底》,1938 年 1 月 1 日於武漢創刊,《抗到底》的刊名表明了刊物與全國民衆一起抗戰到底的決心。

《抗到底》的創刊號在“發刊詞”中表明了辦刊宗旨:“我們都希望這裏邊的每一篇文章,甚至每一個字,都有炸彈般的力量,炸碎敵人的陣壘。所有的作家、學者,與全體抗戰愛國的同胞,衹要有多寫一個字,多增一分抗力的熱誠,便都是本刊的合作者。我們希望登載各種不同體裁的文字,得到無數量的讀者,也就是得到無數量的戰士……我們不説於抗戰無益的話,更不能爲誰造消閒趣話,我們願以血爲墨,使文字化爲武器,贈予全國的同胞。”

戰爭局勢要求文藝與鬥争相適應,運用群衆喜聞樂見的形式迅速地做出反映,因而,《抗到底》專門致力於文藝通俗化、大衆化。在《抗到底》中,民間廣爲傳播的各種舊的文藝形式(舊瓶)都被拿過來反映抗日救亡的新内容(裝新酒),大鼓詞、數來寶、山歌、小曲、對聯、快板、相聲、章回小説、通俗韻文、地方戲曲等各種形式的作品都有。

《彈花》,1938 年 3 月 15 日於武漢創刊。取名“彈花”是“寓意抗戰的子彈,開出勝利之花”。1938 年 8 月遷往重慶,1940 年停辦。

“創刊號”在《我們的話》中寫道:“四海皆秋氣,一室難爲春,希望從事文藝工作的同仁能蠲除成見、群策群力,把筆頭一齊向外,對準我們的敵人。”小説如歐陽山的《爸爸打仗去了》、草明的《榮譽大隊》、謝冰瑩的《屢寇的暴行》等,詩歌如馮玉祥的《漢奸》、《夜襲》、老舍的《劍北篇》等,劇本如左明的《王八旦才逃》、謝冰瑩的《野戰醫院》等均發表在該刊上。

《戰地》,1938 年 3 月 20 日於武漢創刊。發表在"創刊號"上的周揚的《我所希望於"戰地"的》一文,提出了刊物的目標是"能够把戰地的活生生的材料、戰地的氣息,隨着刊物帶給我們,帶給廣大的讀者。這應當是一個以戰地爲中心的刊物,戰地通訊和速寫應占它的主要篇幅。……它所需要報導的不是戰争表面上的勝敗的事實,而應該是更深刻的東西。它要告訴大家抗戰怎樣在改變着這東方古老的民族,怎樣在發揮它内部藴藏着的力量,怎樣在産生着新的民族英雄的典型。這裏没有空議論,没有對於戰事的徒然的讚嘆,也没有根據道聽途説的無謂的批評,這裏是事實的忠實的描寫是用事實去解釋事實……戰地一定要負起這樣的責任,就是要鼓勵和幫助青年作家到戰地生活中去試煉。"該刊的"戰地通訊"欄目辦得最有特色,它組織了全國各地的稿件,該刊發表的柳林的《在西綫》、王西彦的《被毁滅了的臺兒莊》、李喬的《征程》、立波的《洪子店的刼火餘煙》等通訊從不同角度勾勒了抗日戰争生活的各個側面。

《自由中國》,1938 年 4 月 1 日於武漢創刊。"創刊號"上發表了郭沫若給該刊的題辭:"要建設自由的中國須得每一個中國人犧牲自己的自由。每一個中國人把自己的奉獻給祖國的解放。中國得到自由,則每一個中國人也就得到了自由了。"第二期發表了毛澤東同志給該刊的題辭:"一切愛國人民團結起來,爲自由的中國而鬥争。"

《自由中國》主要刊登小説、詩歌,還刊載文藝論文和報告特寫,每期刊歌曲一首。武漢期間發表的重要作品有:小説如姚雪垠的《白龍港》、李輝英的《慌亂的城池》、謝挺宇的《黑牢紅流》、老舍的《浴奴》等,詩歌如雲遠的《海燈》,論文有周揚的《抗戰時期的文學》、郁達夫的《戰時的文藝家》、李南桌的《意識與形象》、郭沫若的《抗戰與文化》等。其他如丁玲的《彭德懷特寫》和楊朔的《毛澤東特寫》,賀緑汀作詞譜曲的《游擊隊歌》發表後就廣泛傳唱、不脛而走。

《抗戰文藝》,1938 年 5 月 4 日創刊於武漢。1938 年 3 月 27 日,中華全國文藝界抗敵協會在漢口成立,大會通過了創辦會刊的提案。《抗戰文藝》應運而生。武漢淪陷後,刊物轉到重慶復刊,直到 1946 年 5 月在重慶終刊,共出版 71 期,是和抗戰相始終的唯一文藝刊物。《抗戰文藝》始終堅持了抗戰、團結、進步的旗幟,在内容上較系統地反映了文藝界抗日統一戰綫的行動,刊載了不少鼓舞抗日的各類作品。小説如魯彦的《炮火下的孩子》、陳白塵的《慰勞》、劉白羽的《水》等,劇本如宋之的的《出征》、凌鶴的《勝利之路》、塞克的《遠征長畸》等,詩歌如厂民的《榴花》、田間的《向國民宣告》、力揚的《白麵包與肉類是有毒的》、艾青的《懺悔吧,周作人!》等。

《七月》,1937 年 9 月 11 日創刊於上海,9 月 25 日即停刊,1937 年 10 月 16 日在漢口復刊,1938 年 7 月底由武漢遷到重慶,1941 年 9 月終刊。該刊創刊號"發刊辭"明確地闡述了自己的主張:"在神聖的火綫下面,文藝作家不應衹是空洞地狂叫,也不應作淡漠的細描,也得用堅實的愛憎反映出蠢動着的生活形象。在這反映裏提高民衆的情緒和認識,趨向民族解放的總的路綫。文藝作家的這一工作,一方面將被壯烈的抗戰行動所推動、所激勵,一方面將被抗戰熱情裏面躍動着成長着的千萬讀者所需要、所監視。工作在戰鬥的怒吼裏吧,文藝作家不但能够從民衆裏找到真實的理解者,同時還能够源源發現從實際戰鬥里長成的新的同道夥友,我們願意獻出微力,在工作中和讀者一同得到成長!”辦刊宗旨緊扣那個血與火交融的時代,同千千萬萬苦難的人民同呼吸。《七月》每期發表文章 17 篇左右,就體裁而言,有論文、小説、詩歌、散文、劇本、特寫、通訊等。田間的著名長詩《給戰鬥者》發表在武漢時期的《七月》上。

其他還有《抗戰文藝武漢特刊》《詩時代》《五月》等。

(三)桂林抗戰文藝期刊出版情況

1937 年 7 月 29 日,北平淪陷。1937 年 11 月 11 日,上海淪陷。1937 年 12 月 14 日,南京淪陷。上海和北平是中國現代文學的重鎮,絶大多數作家聚集在上海和北平,隨着北平和上海的相繼淪陷,中國作家分别向武漢、香港聚集。1938 年 10 月 21 日,廣州淪陷。1938 年 10 月 26 日,武漢淪陷。大批作家又分别向重慶、延安、桂林和香港轉移。於是,桂林成爲與重慶、延安鼎足而三的抗戰中心。作爲抗日戰爭時期中國文化人的聚集地,桂林成了“文化城”。1941 年初,“皖南事變”爆發,一批文化人離開桂林,桂林文化城一度蕭條。1941 年 12 月,香港淪陷,居留香港的文化人再度涌向桂林,桂林文化城再次活躍起來。從 1938 年 10 月武漢淪陷至 1944 年 10 月桂林保衛戰開始,6 年的時間裏,桂林抗戰文化轟轟烈烈,有聲有色,當年中國最具影響力的一代作家,大都有過桂林經歷,成爲桂林作家群的組成部分,如郭沫若、茅盾、巴金、胡風、艾青、田漢、歐陽予倩、熊佛西、夏衍、端木蕻良、艾蕪、王魯彦、鄒韜奮、范長江、葉聖陶、豐子愷、盛成、秦牧,等等,當然,也包括廣西本土作家如梁宗岱、王力、朱蔭龍、陳邇冬、陳閑、秦似、嚴傑人、周鋼鳴、曾敏之、胡明樹等人。一些外國著名作家,如海明威、史沫特萊等也曾居留在桂林。

作家雲集桂林,出版因此活躍,不少重要出版社遷至桂林,雜誌,尤其是文藝雜誌更是如雨後春笋,或復刊,或新辦,蔚爲大觀。這些文藝期刊緊密配合“抗戰救國”的需要,宣傳動員人民群衆投身到救亡運動中去,一些期刊也揭露蔣介石國民政府消極抗日、積極反共的政策,抨擊漢奸投降賣國的罪行。這些期刊爲在桂林和不在桂林的新老作家提供施展文藝才華的舞臺和對敵鬥争的陣地,在中國現代期刊和文藝發展史上有着重要的地位。這一時期在桂林出版的綜合性文藝期刊有《筆部隊》《東綫文藝》《抗戰文藝》《耕耘》《自由中國》《半月文藝 · 半月新詩》《文藝新哨》《文藝生活》《文藝雜誌》《創作月刊》《種子》《文學創作》《青年文藝》《人世間》《明日文藝》《藝叢》《大千》《文學雜誌》《新文學》《當代文藝》《雨季》《野草》

等，詩歌期刊有《中國詩壇》《拾葉》《詩》《頂點》等，戲劇期刊有《新中國戲劇》《戲劇春秋》等，翻譯外國反法西斯文學的期刊有《文學譯報》《翻譯雜誌》等，美術期刊有《木藝》《漫木月刊》等，音樂期刊有《音樂陣綫》《新音樂》等，綜合藝術期刊有《戰時藝術》等，少兒文藝期刊有《西南兒童》《抗戰兒童畫報》《新兒童》等，青年學生文藝期刊有《火炬》《青年先鋒》《中學生》《廣西青年》等。王魯彦、熊佛西、夏衍、聶紺弩、宋雲彬、孟超、秦似、胡危舟、陽太陽、司馬文森、鳳子、陳邇冬、孫陵等文化名人都投入到文藝期刊的編輯工作之中。

中國現代文學史上的一些重要作品都在桂林的出版社出版或在桂林的文藝期刊發表。例如，艾青的詩歌《我愛這土地》《吹號者》《他死在第二次》《死難者畫像》都是詩人在桂林創作并發表的。戰争的殘酷與桂林的美麗，形成强烈的反差，使艾青在抵達桂林的當天就寫出了他最具代表性、最有影響力的詩歌《我愛這土地》。茅盾的長篇小説《霜葉紅似二月花》和短篇小説《耶蘇之死》《參孫的復仇》《列那與吉地》《虚驚》《太平凡的故事》《過封鎖綫》等也是在桂林創作並在桂林出版或發表的。《霜葉紅似二月花》當時被譽爲“中國文藝之巨大收穫”。端木蕻良在桂林創作并發表了《初吻》《早春》《雕鶚堡》等一批短篇小説。

當時，還有少數作家是土生土長的桂林人，如陽太陽、朱蔭龍、李文釗、羅承勛等。其中，陽太陽以繪畫聞名，却也是著名的抗戰詩人，其《初征的兵》《給戰友們》《夢》《消滅納粹黨徒》等詩歌，在抗戰時期產生過較大影響。

（四）上海抗戰文藝期刊出版情況

“九一八”之後，抗日救亡運動日益高漲，上海出版界、文藝界加入了抗日救亡運動，抗日文藝期刊因此獲得繁榮發展，“左聯”“社聯”“劇聯”“文總”等左翼文化團體在魯迅、茅盾、瞿秋白、馮雪峰、夏衍、周揚等同志的領導下創辦了許多抗日救亡文藝期刊。此外，《國民週刊》《婦女生活半月刊》《世界知識週刊》《生活知識半月刊》《讀書生活半月刊》《光明半月刊》等也發表抗日文藝作品，加入抗日救亡。

“九一八”之後，“八一三”之前，活躍在上海的抗戰文藝期刊有《前鋒週報》《文藝月刊》《現代文學評論》《夜鶯》與《越風》等。從辦刊者與辦刊思想來看，這一時期，“左翼文藝”期刊占主導。左翼文藝期刊主張民族主義，强調救亡抗日，在當時影響很大。隨着國難的深入，特别是“七七”事變之後，如《越風》這種主張民族主義、强調救亡抗日的文藝期刊則一躍而上，受到了讀者的歡迎。《夜鶯》等左翼期刊也開始逐漸改變自己的立場，既從民族大局計，亦從辦刊影響考慮，開始宣傳抗日救亡的思想，集中發表了一批較有文學性、時代感的救亡文學作品。上海文藝期刊因此有了抗日戰綫的統一。

“七七”事變之後，日本開始了全面侵華戰争，上海文化界響應中國共産黨關於全民族抗戰的號召，成立了“文化界救亡協會”，統一領導上海文化界的抗日救亡活動。1937 年 7 月到 11 月,上海文化界又創辦了許多新的期刊,其中有不少是文藝期刊,如《抗戰》《吶喊》《文化戰綫》《救亡》等。這些雜誌發表了很多雜文、隨筆、通訊、時評,對抗戰中民衆關心的問題進行分析和評述,解答民衆的疑問,滿足民衆的相關需求。

1937 年 11 月 12 日,中國軍隊撤出上海,上海成爲"孤島",大部分進步期刊被迫停刊,一部分出版人轉入上海的法租界和英美勢力占主導的公共租界,在"孤島"繼續從事期刊出版工作。《譯報週刊》是"孤島"時期較有影響的綜合性刊物,其他有影響的期刊還有《西風》《世風》《大時代》《戲劇時代》《宇宙風》《大衆文藝》《藝風》《小説月報》等。

1941 年 12 月 8 日,太平洋戰爭爆發,日本向英美宣戰,上海的外國租界全部被日寇占領,上海淪陷。日寇關閉了所有有抗日傾向的期刊。在這種惡劣的政治環境下,中國共産黨領導工人、學生等團體,秘密或半公開地出版了《行列詩歌半月刊》等小型文藝期刊和其他類型期刊。其中,文藝期刊《萬象》堅持出版到 1945 年 7 月,堅持時間最久。

另外,蘇聯人利用自己在上海的合法地位,在上海出版了《蘇聯文藝月刊》等刊物,把社會主義的光芒帶給中國人民,給予中國人民以希望和信心。

(五)延安抗戰文藝期刊出版情況

延安時期的抗戰文藝期刊出版時間集中在 1938—1942 年,有數十種之多,主要有《大衆文藝》《大衆習作》《中國文藝》《新詩歌》《群衆文藝》《詩刊》《草葉》《藝術工作》《戲劇工作》《文藝月報》《穀雨》《前綫畫報》《山脈文學》等。

延安抗戰文藝期刊具有革命性、群衆化和相對的自由度等特點,這些特點的形成與延安文化政策密切相關。延安時期,中央的文化、文藝政策散見於各種決議、指示、社論和領導人講話中。延安的文化政策與抗日民族統一戰綫的建立是契合的。

延安文藝期刊的革命性體現於文藝服務抗戰的目的。以詩歌刊物爲例,原本注重表現個人情感的詩歌,在延安成爲"革命事業裏的宣傳與鼓動的武器"。詩刊《草葉》專門發表魯藝師生的詩歌作品,其選稿要求有一定分量的藝術性和革命性相結合的内容。《詩刊》由艾青主編,注重詩歌的宣傳鼓動效果,"没有完成的革命事業需要着詩,新中國的創造需要着詩",要刊發"高度的表現了現實的,表現了戰鬥的英勇與堅强的,深刻的,感人的詩"。其他文藝期刊有的雖未明確提出辦刊宗旨與選稿標準,但都刊發了許多有關抗戰的作品,如 1939 年 9 月刊的《藝術工作》上發表了歌曲《打倒汪精衛》;1939 年 2 月刊的《戲劇工作》上發表了《對抗戰戲劇的意見》等。

延安文藝期刊的群衆化是爲了便於在群衆中宣傳抗戰。延安的文藝活動是文化運動的重要組成部分,文藝期刊出版的目的也在於宣傳鼓動。但由於文藝期刊的出版者多爲外來知識分子,他們對於文藝宣傳作用的接受有一個過程,因而,其辦刊的群衆化也表現爲逐步確立的傾向,這一點從部分文藝期刊的更名可以看出。延安出版文藝期刊中存在更名現象,即出版機構對其停辦的刊物,更改刊名,調整辦刊宗旨或選稿標準等,重新出版。如《文藝突擊》改成《大衆文藝》,爲的是"表示本刊以後要更名符其實地成爲大衆的文藝刊物"。該刊發表了大量反映工農大衆所熟悉的生活和鬥爭的文藝作品。《歌曲月刊》於1940年9月創刊,後來又先後更名爲《歌曲旬刊》與《歌曲半月刊》,出刊目的是"加强新的群衆歌曲的創作"。

延安文藝期刊辦刊有相對自由度是便於吸引廣大的知識分子加入抗日民族統一戰綫之中。毛澤東曾把延安的文化人分爲"山頂上的人"與"亭子間的人"兩類,"山頂上的人"是指革命隊伍中的文化人;"亭子間的人"則是指外來知識分子。延安文藝期刊的編輯出版者絶大部分爲外來知識分子。毛澤東同志曾提出,"共産黨必須善於吸收知識分子,才能組織偉大的抗戰力量,組織千百萬農民群衆,發展革命的文化運動和發展革命的統一戰綫。没有知識分子的參加,革命的勝利是不可能的"。在大量吸收知識分子的文化政策下,延安外來知識分子在辦刊上有了一定的自由度。不僅如此,在文藝期刊創辦過程中,中國共産黨和毛澤東同志還給予大力支持,毛澤東同志親自爲《文藝突擊》《中國文化》《大衆文藝》《大衆習作》《中國文藝》《新詩歌》《群衆文藝》等七種刊物題寫了刊名,毛澤東同志的一些文稿,如《新民主主義的政治與新民主主義的文化》等也發表在這些文藝期刊上。中央有時還出面協調解决期刊的紙張、印刷等問題。

(六)東北淪陷初期的抗日文藝期刊出版情況

東北淪陷初期,日僞當局加强對了東北人民文化和意識形態的統治,凡具有民族意識的期刊,一律查禁,對革命的、抗日的、具有民主思想的著作,嚴禁出版。這一時期,爲擴大革命文藝宣傳陣地,中國共産黨領導的抗日文化活動,通過進步文藝期刊的形式,發表了大量直觀生動、振奮人心的詩歌、漫畫、小説、戲劇等文藝作品,唤起了廣大同胞的覺悟。這些期刊中,以《夜哨》《文藝》《蕪田》三個文藝副刊及《大北新畫報》最有影響。《夜哨》文藝週刊於1933年8月13日創辦。刊頭爲一幅漆黑的夜空和鐵絲網的圖案,暗示"夜哨"是日僞統治黑暗世界裏的抗日前哨陣地,其發刊詞有明顯的抗日傾向。該刊文稿主要由聚集在哈爾濱的中國共産黨黨員作家和愛國文學青年撰寫。在《夜哨》上發表的作品,有的描寫廣大農民被剥削、被壓迫的悲慘遭遇,揭露日僞統治者的凶狠和殘暴;有的是揭露效忠敵僞、甘做鷹犬的民族敗類罪行的作品。迫於嚴重形勢,《夜哨》於1933年12月24日停刊,共出版了21期,被譽爲"抗日先鋒"。《夜哨》是中國共産黨在東北地區領導創辦的第一個進步文藝副刊,爲愛國進步文藝的發展奠定了基礎。

《文藝》是《夜哨》停刊後，中國共産黨在東北地區創辦的又一個文藝週刊，由白朗任編輯。在發刊詞《文學的使命》中，明確提出了“文學作者也不能衹埋首書齋裏構思、設想，起碼更應該推開窗户，睁開他的睡眼，和現實親吻一下”。提倡現實主義的創作，有很强的現實性和戰鬥性。該刊發表了不少運用曲折隱喻的手法來揭露醜惡黑暗的現實社會、反映東北人民的深重苦難的優秀作品，如蕭紅《生死場》的前二章《表場》和《表場之二》等。同時，該刊還對“日滿協和”“王道樂土”等粉飾文學也進行了批判。1934 年底，因日僞當局的迫害和一些進步作家被迫流亡關内，《文藝》被迫停刊，共出版 48 期。

《蕪田》是於 1935 年 4 月在齊齊哈爾創辦的文藝副刊，主編金劍嘯。“蕪田”，意即荒地衹要很好地開墾，就會變成良田，長出茁壯的禾苗，結出豐碩的果實。《蕪田》的木刻畫刊頭是一個雄健勇敢的青年，右肩上扛着鎬頭，有力的大手緊握着鎬柄，兩眼望着前方，邁着堅定的步子，奔向遠山荒地。該刊發表了許多具有新思想的文藝作品，吸引和鼓勵着愛好文藝的進步青年。如叙事長詩《興安嶺的風雪》，用巧妙的充滿激情的詩句，熱情地歌頌了中國共産黨領導的東北抗日游擊隊的英勇鬥争，詩中生動形象地描繪了游擊隊健兒在冰天雪地裏，忍受着缺衣少食的艱難困苦，以高度的革命樂觀主義精神，堅如磐石的意志和大無畏的英雄氣概，與裝備精良的日本侵略者進行浴血奮戰。1936 年初，被迫停刊。

1936 年 4 月 20 日，原《蕪田》週刊主編金劍嘯租用《大北新畫刊》資源，重新編輯出版新版《大北新畫刊》，發表一些進步文學作品和文學評論文章，如蘇聯著名詩人馬雅可夫斯基的詩作，魯迅、郭沫若等作家的文章。畫刊出版後，引起日僞當局的注意。1936 年 6 月 13 日，日本特務逮捕了主編金劍嘯及其同事，《大北新畫刊》被查封。8 月 15 日金劍嘯英勇就義。

東北淪陷初期的愛國進步期刊，雖然存在時間不長，數量也有限，却以愛國抗日爲主題，具有描寫真實社會、暴露黑暗、向往光明的特徵，在東北抗日文藝活動中留下了濃墨重彩的一頁。

二、抗戰文藝期刊的貢獻

抗日文藝期刊在全民族抗戰的大潮中發揮着自己獨特的作用，爲中國人民取得抗日戰争的最終勝利做出了不可取代的貢獻。

（一）團結各界人士，爲抗日救亡凝聚力量

抗戰文藝期刊最主要的貢獻就是團結了許許多多有正義感、責任感和使命感的文藝界人士以及其他各界人士，宣傳抗日，宣傳抗日英雄，凝聚抗日力量，鼓舞抗日士氣和鬥志，高唱時代主旋律。作家們以飽滿的熱情，帶着巨大的精神創痛，創作出許多優秀的文藝作品，通過文藝期刊的出版發行，這些文藝作品傳播到全國各

地，引導、鼓舞着廣大民衆，給人增添了力量和信心，激發了全國各族人民的强烈的愛國熱情和抗戰意識，這種時代潮流激發了作家旺盛的創作熱情。

抗戰文藝期刊，鮮明地體現了"抗戰"的時代特徵。其刊載的文藝作品體裁多種多樣，有詩歌、小説、報告文學、通訊、特寫、散文、隨筆、短評、翻譯作品、戲劇、音樂以及木刻等；詩人們通過激情澎湃的吟唱把對祖國的深情厚意、對敵人的痛恨，直抒胸臆地表達出來，報告文學、劇作、小説等文學樣式，把抗戰特定時期人們渴望和平、謳歌英雄，揭露黑暗、鞭撻日本侵略者的罪惡藝術地表現出來，既鼓舞了廣大民衆的士氣，又具有獨特的文學審美價值。題材方面，有批判國民黨的黑暗的，有傳播新思想新思潮的，有戰場通訊，有寫敵後鬥争的，等等，這些文章都體現了時代特徵。除了文章，當時，許多抗戰文藝期刊的刊名和期刊裏的欄目名稱也都體現了抗戰的時代特徵。刊名如"抗戰文藝""文藝陣地""抗戰青年""狂風""抗聲月刊""筆與刀""義勇軍"等；欄目名如"血債""犧牲者的自白""揮起正義的利劍" "反侵略""憶南方" "烈士墓旁""戰地拾零""抗日、團結、進步""祖國戰鬥曲""别離在戰鬥的時候""中國人的站起"等；此外，一些文藝期刊的插圖文字説明，也體現抗戰主題，如"射擊手""守望""搶救負傷戰士""神槍手" "生死場"等，圖文相配，宣傳效果明顯。

（二）普及文學，使民族的情感得到鞏固和升華

抗戰文藝期刊，明確自己的使命，服務於戰争，不少期刊將抗戰放在第一位，文藝放在第二位，這是時代的特徵，雖然這一定程度削弱了文藝作品的藝術性，但是，抗戰文藝期刊憑藉其週期短、價格低、内容豐富等特點，得到發展繁榮和廣泛傳播，這種傳播使文學藝術走進大衆，文藝大衆化取得很大的進步，文藝得到廣泛深入的普及，而且，在文藝期刊傳播過程中，全民族同讎敵愾、共同抗戰的意志和情感得到鞏固和升華。正如茅盾所説，"文藝要大衆化，没有人反對。尤其在此抗戰時期，從前反對任何大衆化的，現在也不再反對。"周揚也指出："文學大衆化不僅要創造爲大衆所理解所愛好的作品，而且，最要緊的，是要在大衆中發展新的作家。"胡風説："在神聖的火綫後面，文藝作家不應衹是空洞地狂叫，也不應作淡漠的細描，他得用堅實的愛憎真切地反映出蠢動着的生活形相，在這反映裏提高民衆的情緒和認識，趨向民族解放的總的路綫。文藝作家底這工作，一方面將被壯烈的抗戰行動所推動，所激勵，一方面將被在抗戰熱情裏，涌動着生長着的萬千讀者所需要，所監視。工作在戰争底怒火裏，文藝作家不但能够從民衆裏面找到真實的理解者，同時還能够源源地發現從實際戰鬥里長成的新的同道夥友。我們願意獻出微力，在工作中和讀者一同得到成長。"可見，抗戰時期，文藝大衆化已成爲作家和出版人的共識，作家、藝術家要藝術地反映時代、提高文藝的影響力也成爲共識。在抗日烽火中，作家們以文藝期刊爲平臺，以文字爲武器，以民族情感爲導向，讓文藝在對大衆進

行文藝啓蒙、鞏固全民族愛國情感方面做出了巨大貢獻。

（三）宣傳黨的抗日民族統一戰綫方針政策，組織全國人民團結抗日

很多進步文藝期刊通過文藝作品積極宣傳中國共産黨的抗日民族統一戰綫政策，使黨的方針政策得以廣泛傳播，從而得到廣大民衆的積極響應和熱情支持。與此同時，《抗戰》（鄒韜奮主編）等進步期刊還對國民黨政府消極抗日、積極反共的倒行逆施行爲予以抨擊與譴責，對國民黨政府的腐敗進行毫不留情的揭露和批判。這些進步文藝期刊因此受到國民黨政府的查禁，“七七”事變之前，《詩林》雙月刊、《新認識》半月刊等50多種期刊受到查禁，一些進步出版人受到迫害，鄒韜奮等著名出版人遭到國民黨政府的逮捕，但進步出版人没有屈服，他們通過不斷改刊名等形式與國民黨政府鬥智鬥勇，頑强堅持期刊出版。

（四）世界反法西斯文學得到廣泛譯介

在抗日救亡的危急關頭，文學翻譯活動豐富多彩，譯介世界反法西斯文學成爲一個熱點。據統計，抗戰期間譯介出版的外國文學作品超過700種，其中以蘇聯作品最多。蘇聯衛國戰争（1941—1945）爆發之後，出現了蘇聯文學譯介的高潮。曹靖華、戈寶權等翻譯家翻譯了許多蘇聯反法西斯文學。歐美國家的名作家的主要作品也都有了中譯本，以美國文學爲例，這一時期譯介的美國文學作品超過30種，如海明威的《戰地鐘聲》、《第五縱隊》、《蝴蝶與坦克》等。這些譯作對於提高中國作家的藝術表現力，促進中國民族新文學的發展，鼓舞中國人民的抗日鬥志，起到了積極作用。而文藝期刊憑藉其獨特的特點：週期短、價格低、内容豐富、發行量大，使其得以在抗戰時期迅速發展。以桂林爲例，全面抗戰期間，在桂林出版的200多種期刊中，就有56種期刊登載過翻譯作品，且刊登的數量很大，據統計近900篇（首）。《野草》《人世間》《文化雜誌》《文藝生活》《詩創作》等雜誌都刊登了大量的譯作。此外，還編輯發行了純翻譯外國文學的文藝雜誌《文學譯報》，以翻譯爲名的期刊《翻譯雜誌》。這些文藝期刊登載的作品體裁多樣，有小説、詩歌、戲劇、報告文學、民間故事等，提供譯作的作家有穆木天、彭慧、巴金、秦似、何家槐等，有近百人。

抗戰時期的文學翻譯活動成爲一個獨特的文藝現象，中國從翻譯的外國文學作品中，了解和認識了世界，對於投入抗日救亡、抗日民主運動，起着激勵的作用。同時，這些譯作滋養了中國的抗戰文學，豐富着中國的抗戰文學寶庫，對於提高中國作家的藝術表現力，促進中國新文學的發展，起到了重要作用。

参考文獻：

1.李相銀,2006.上海淪陷時期文學期刊研究[D].華東師範大學人文學院.

2.徐楚影,1981.上海影響較大的抗日進步期刊[J].新聞研究資料(4).

3.黄偉林,2014.抗戰時期的桂林作家群[N].桂林日報,2014-12-10.

4.廣西壯族自治區地方志編纂委員會,1999.廣西通志:出版志.廣西人民出版社.

5.王鵬飛,2006."孤島"時期文學期刊研究[D].華東師範大學人文學院.

6.張建鑫,2008.東北淪陷初期愛國抗日文藝期刊[J].黑龍江史志(7).

7.吴妍妍,2015.延安時期的文藝期刊出版與延安文化政策[J].蘭臺世界(34).

8.韓晗,2013.早期抗日文藝期刊研究——以社會思潮變遷爲視角(1931-1938)[D].武漢大學文學院.

9.袁斌業,2012.桂林抗戰文化城文藝翻譯活動的成就及貢獻[J].抗戰文化研究,第六輯.

10.袁斌業、傅治夷,2006.桂林抗戰文化城文藝期刊與翻譯的互動[J].欽州學院學報(5).

11.蔣萍,2011.桂林抗戰時期文藝期刊翻譯活動與文學創作的互動研究——以秦似爲個案研究[J].青年文學家(4).

凡　例

一、本書選録的多是對抗戰發揮過積極的鼓舞和激勵作用的文藝期刊，共 289 種。這些期刊皆於 1931—1945 年間創辦或復刊，發行時間最長的延續到 1950 年。藉此展現這些久不面世的珍稀文獻的面貌。

二、本書所收録的期刊按現行行政區劃分類排列，每一地區内的期刊按其題名的漢語拼音順序排列。如果第一個字的拼音字母相同，則按第二個字的音序排列，依此類推。

三、本書主體以圖録的形式編排，輔之以相應的期刊信息簡介。每種期刊選取 1—3 幀圖片，以封面、版權頁或目録頁爲主，旨在使讀者對期刊有個直觀的認識。

四、本書對於期刊簡介信息的編排，第一行依次著録序號、期刊名和國家圖書館索取號，第二行依次著録出版地、出版者、起止年代、刊期四項信息。期刊名字形依其封面著録，大部分期刊的四項信息俱全，有少部分某項信息不詳者，則對該項信息闕疑不録。

五、因民國期刊年代悠久，又幾經搬遷，加之期刊合訂本裝訂修整等原因，本書所録抗戰文藝期刊封面書影有部分拍攝不完整者，造成期刊封面不甚完美，特此説明。

目　　録

北　京

001　北大文學 …… 3
002　北方文藝 …… 5
003　草原 …… 6
004　晨鐘 …… 8
005　創作 …… 9
006　海風 …… 11
007　紅葉 …… 13
008　華北文藝協會會刊 …… 14
009　劇世界月刊 …… 15
010　詩潮 …… 17
011　文化前哨 …… 18
012　文學導報 …… 20
013　文學集刊 …… 22
014　文學年報 …… 25
015　文藝 …… 27
016　文藝大衆 …… 28
017　文藝戰線 …… 29

018 學文 …… 30
019 中流月刊 …… 32
020 子夜 …… 34

上　海

021 八一三 …… 39
022 報告 …… 40
023 飆 …… 42
024 潮流 …… 46
025 初陽 …… 49
026 大路 …… 51
027 大上海 …… 52
028 大時代 …… 54
029 風雨談 …… 56
030 烽火 …… 59
031 光明 …… 60
032 光明・戰時號外 …… 62
033 海沫 …… 63
034 海嘯 …… 64
035 寒友 …… 66
036 行列詩歌半月刊 …… 69
037 滬江 …… 70
038 抗戰半月刊 …… 71
039 吶喊 …… 73
040 南風 …… 74
041 七月 …… 77
042 千秋 …… 79
043 熱風 …… 82
044 人世間 …… 84
045 生力軍 …… 86
046 詩歌雜誌 …… 87
047 詩林雙月刊 …… 90
048 時代文藝 …… 92
049 世風 …… 93
050 蘇聯文藝 …… 94
051 濤聲 …… 97

052 天地間 …… 100
053 文潮 …… 102
054 文風 …… 106
055 文林月刊 …… 109
056 文學 …… 111
057 文學雜誌 …… 114
058 文藝生活 …… 117
059 文藝世界 …… 119
060 文藝新潮 …… 122
061 西洋文學 …… 125
062 希望 …… 126
063 戲劇與文學 …… 128
064 先聲 …… 131
065 小說月報 …… 133
066 小說月刊 …… 136
067 新少年 …… 139
068 新詩 …… 141
069 新時代 …… 144
070 新世紀 …… 146
071 新文苑 …… 148
072 藝風 …… 151
073 藝文線 …… 152
074 宇宙 …… 154
075 宇宙風 …… 157
076 宇宙風 …… 159
077 語風 …… 161
078 寓言 …… 163
079 戰線 …… 165
080 戰友 …… 167
081 中國與世界 …… 169
082 作品 …… 170

重　慶

083 彈花文藝 …… 175
084 風雲 …… 177
085 國聲 …… 178

086 華聲 …… 179
087 火之源 …… 180
088 今文月刊 …… 182
089 抗戰兒童 …… 184
090 抗戰青年 …… 185
091 民族詩壇 …… 186
092 民族文學 …… 188
093 南强 …… 190
094 熱力光 …… 192
095 少年學園 …… 194
096 詩叢 …… 196
097 詩墾地 …… 198
098 詩文學 …… 200
099 時與潮文藝 …… 203
100 世界文學 …… 205
101 世界文藝季刊 …… 208
102 天下文章 …… 210
103 文風 …… 212
104 文化動員 …… 215
105 文哨 …… 216
106 文壇 …… 219
107 文學新報 …… 221
108 文學月報 …… 223
109 文藝青年 …… 225
110 文藝月刊 …… 227
111 文藝月刊戰時特刊 …… 229
112 希望 …… 231
113 戲劇崗位 …… 234
114 小文藝 …… 236
115 新軍 …… 237
116 學林 …… 239
117 藝文志 …… 240
118 陣中文藝 …… 242
119 中原 …… 245

江　蘇

120 國藝 …… 249

121 淮海 …… 253
122 江蘇作家 …… 255
123 生活文學 …… 259
124 詩帆 …… 261
125 詩志 …… 262
126 時代火炬 …… 265
127 天風 …… 266
128 文編 …… 268
129 文藝 …… 270
130 文藝青年 …… 272
131 文藝先鋒 …… 274
132 文藝者 …… 277
133 新流 …… 280
134 野草 …… 282
135 藝潮 …… 285
136 藝浪 …… 289
137 中國詩刊 …… 291
138 作家 …… 293
139 作品 …… 297

浙　江

140 刀與筆 …… 301
141 東南文藝 …… 303
142 東南戲劇 …… 306
143 河山 …… 308
144 青年文學月報 …… 310
145 十月 …… 313
146 挺進 …… 316
147 文學月刊 …… 317
148 新陣地 …… 319
149 血流 …… 320
150 戰時文學 …… 322
151 浙江潮 …… 323

湖　北

152 奔濤 …… 327

153 抗到底 …… 329
154 流沙 …… 330
155 青年文藝 …… 332
156 時代輪 …… 334
157 文藝 …… 336
158 文藝戰線 …… 339
159 西北風 …… 340
160 新演劇 …… 342
161 夜航 …… 344
162 戰地 …… 346
163 中國青年 …… 348

廣　東

164 筆部隊 …… 353
165 抗聲月刊 …… 355
166 抗戰戲劇 …… 356
167 努力文藝雜誌 …… 358
168 時代風 …… 360
169 文壇 …… 362
170 文藝生活 …… 365
171 文藝新地 …… 367
172 新年代 …… 368
173 藝文 …… 370
174 中國詩壇 …… 372

廣　西

175 半月文藝 …… 377
176 筆部隊 …… 378
177 當代文藝 …… 380
178 活力 …… 382
179 黎明 …… 383
180 緑洲 …… 384
181 明日文藝 …… 387
182 詩 …… 389
183 詩創作 …… 391

184 拓荒 …… 393
185 文學報 …… 395
186 文學創作 …… 396
187 文學批評 …… 398
188 文學雜誌 …… 400
189 文藝生活 …… 402
190 文藝新哨 …… 404
191 文藝雜誌 …… 407
192 新文學 …… 409
193 野草 …… 411
194 月牙 …… 413
195 自由中國 …… 414

四 川

196 筆戈 …… 419
197 筆陣 …… 421
198 草地 …… 423
199 創作月刊 …… 425
200 春天半月刊 …… 427
201 海星 …… 428
202 揮戈文藝 …… 429
203 江聲 …… 430
204 金箭 …… 432
205 金沙 …… 434
206 流火 …… 436
207 南曦 …… 438
208 青年人文藝副刊 …… 439
209 散文與詩 …… 440
210 詩星 …… 441
211 詩與音樂 …… 444
212 詩月報 …… 446
213 時代文學 …… 447
214 朔風 …… 448
215 斯文 …… 449
216 四川風景 …… 450
217 文心 …… 451

218 文藝 …… 454
219 西部文藝 …… 455
220 學生文藝 …… 456
221 燕風月刊 …… 457
222 野馬 …… 459
223 月季花 …… 461
224 戰時文藝 …… 462
225 戰時戲劇 …… 464
226 中國青藝 …… 465
227 祖國文藝 …… 467

雲　南

228 楓林文藝叢刊 …… 471
229 高原文叢 …… 473
230 集體創作 …… 475
231 黎明 …… 477
232 詩風 …… 478
233 詩與散文 …… 479
234 文化崗位 …… 481
235 文學評論 …… 482
236 文藝季刊 …… 485
237 西南文藝 …… 487
238 新地文叢 …… 489
239 戰歌 …… 490
240 戰時民衆 …… 491

中 國 其 他

241 北戰線 …… 495
242 筆談 …… 496
243 朝暾 …… 498
244 大地文叢 …… 499
245 頂點 …… 501
246 東北文學 …… 503
247 東綫文藝 …… 506
248 風雨 …… 508

249 高原 …… 509
250 海風 …… 511
251 黄海潮 …… 513
252 黄河 …… 515
253 黄流 …… 518
254 火炬 …… 521
255 江南文輯 …… 522
256 抗敵戲劇 …… 524
257 抗敵月刊 …… 525
258 抗戰藝術 …… 526
259 狂風 …… 529
260 狼火 …… 530
261 黎明 …… 531
262 流火 …… 532
263 每週文藝 …… 534
264 民衆文學 …… 535
265 人生與文學 …… 536
266 三民主義文藝季刊 …… 538
267 詩歌與木刻 …… 539
268 石門月刊 …… 541
269 文鋒 …… 542
270 文藝 …… 544
271 文藝叢刊 …… 546
272 文藝舞臺 …… 548
273 文藝月報 …… 550
274 文藝月刊 …… 553
275 文陣 …… 555
276 西北文藝 …… 557
277 西線文藝 …… 560
278 現代詩 …… 562
279 現代文藝 …… 563
280 瀟湘漣漪 …… 565
281 新地 …… 567
282 學友戰時特刊 …… 569
283 長城 …… 570
284 長風文藝 …… 572
285 中國詩藝 …… 574

286 中學生 576
287 中原文化 578

海　外

288 火炬 583
289 南方文藝 585

刊名拼音索引 587

北　京

001 北大文學

北平 北大文學會 1943

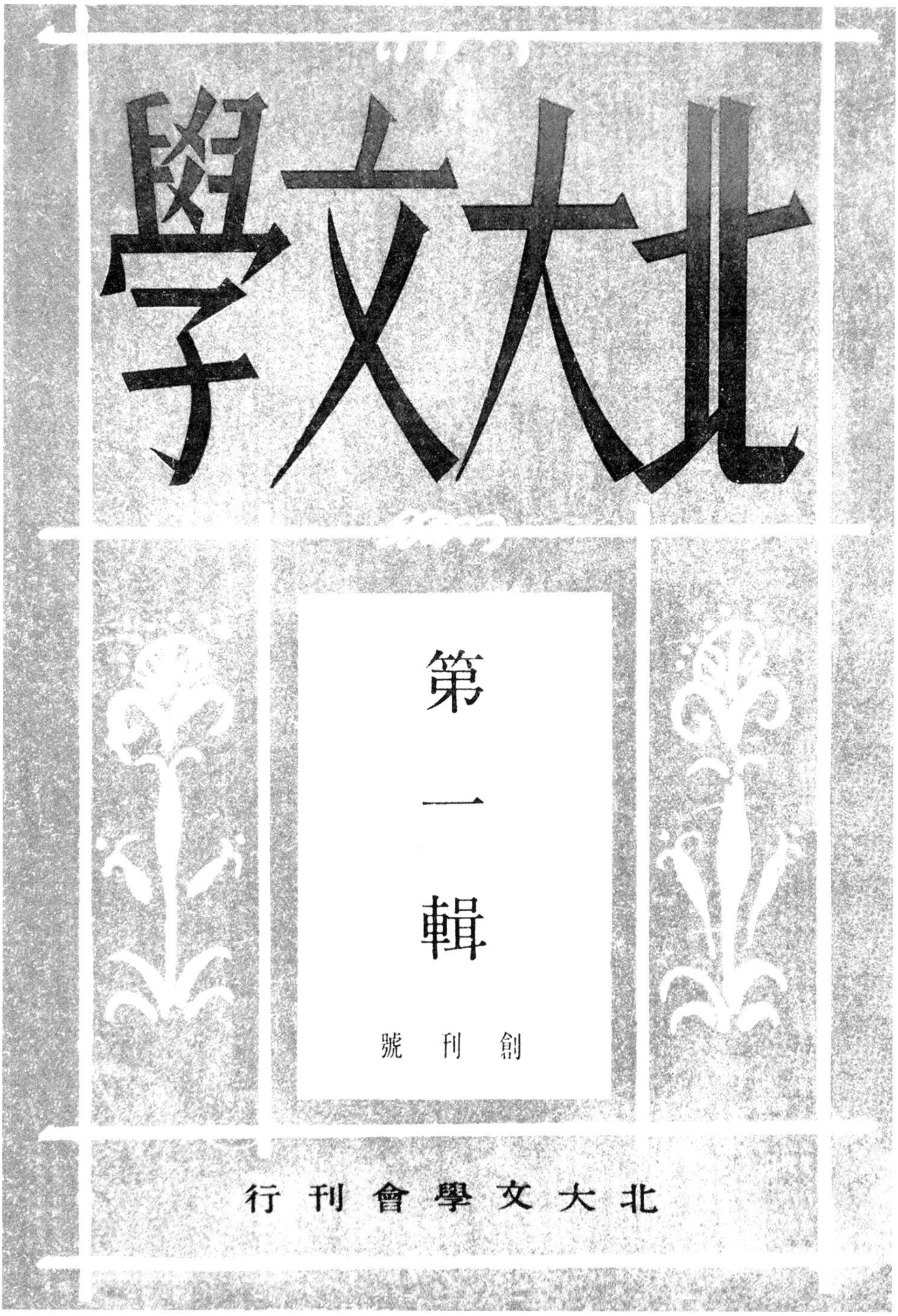

北大文學 第一輯 目錄

關於新詩……沈啓无（一）
論讀詩……鄭騫（四）
論默劇……朱肇洛（九）
簡樸與綺麗……林榕（一五）
民國三十年來的文學思潮（增田涉）……張銘三譯（一八）
敦煌本温室經講唱押座文跋……傅芸子（二六）
曲稗小識……李嘯倉（三三）
讀紅樓夢札記……張琦翔（三八）
關於唐代女子騎馬之土偶（原田淑人）……聶長振譯（四一）
佛家哲學思想略說……魏善忱（四六）
扶南史畧輯……藍文卿（五三）
少昊考……宿白（六一）

002 北方文藝

北平　北方文藝社　1932—1947　半月刊

003 草原

北平 輔仁大學草原文藝社 1936－1937 月刊

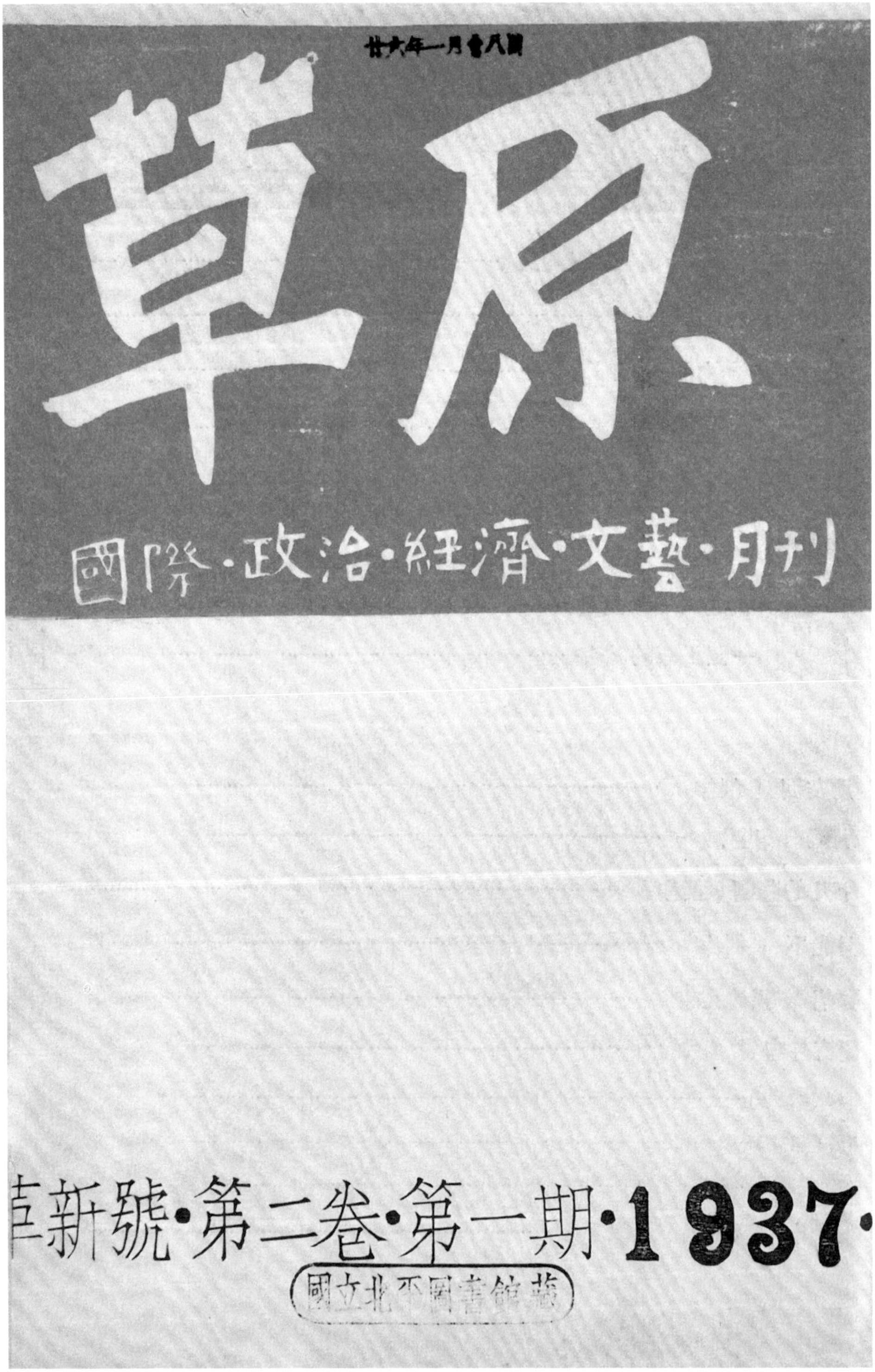

目　錄

一九三七年的中國，怒吼吧！……一　人
太平洋和平問題……言　兼
世界政治的回顧與前瞻……舟　子
英義地中海紳士協定……黑　牛
汎美和平會議的眞實性……唯　力
法西斯蒂叛亂的恐怖（西班牙史話）……蘇聯眞理報　彭泊譯
從工廠區帶來的消息
我是個地毯工人……王古才
一個工廠的教育……周立志

文　藝

朋友間（創作）……詠　流
別離（小說）……蘇聯·M·高爾基　陳銳譯
平凡的悲劇（創作）……倔
月光下（創作）……野　馬
募捐（報告文學）……絢　如
從窗外窺看（詩）……匈牙利·裴多菲　覃子豪譯
月夜（詩）……黯
小藍（散文）……海　瀾
雜亂的話語……之　甚
新四川與舊四川（通訊）……一　人

004　晨鐘　　R/050/464.51

北平　華北青年協進會出版部　1945　週刊

要目

創刊辭
如何紀念九一八
原子炸彈原理剖視
一週大事
今後之「華北」問題
掃毒
青年對於建國應有的認識
抗戰被俘將士訪問記
十四年來鐵蹄下的東北
痛的追憶
四中點滴
各校通訊
華北青年協進會沿革
琉球羣島概述
鈣和燐的食品與精力
社會瑣聞
世界珍聞
寫給青年姐妹們
透露藝友一點小秘密
演過葡萄美酒之後
漫畫
問題解答

005　創作　R/820.5/940

北平　霽虹書房　1945　半月刊

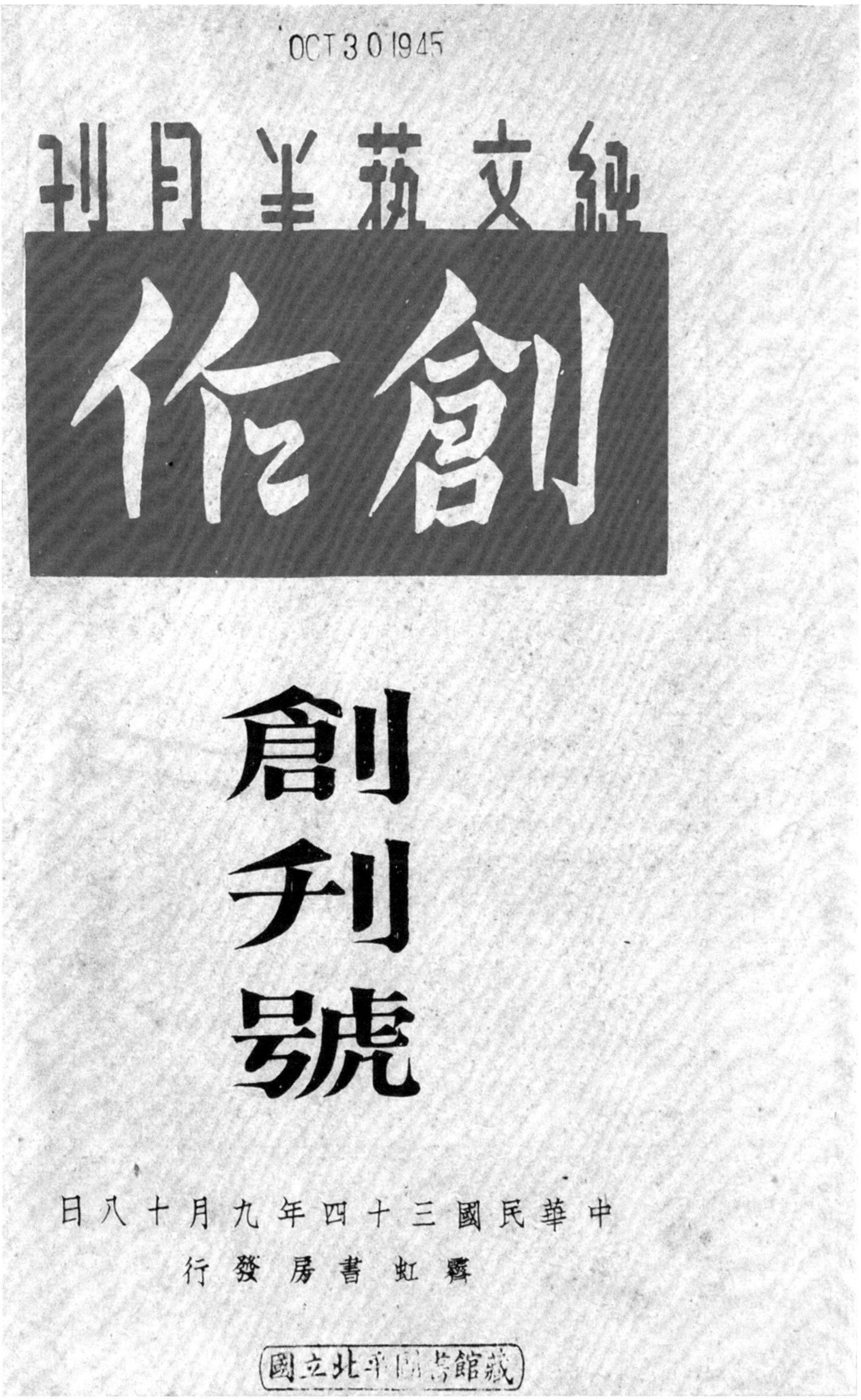

創作 半月刊

創刊號目次

第五個坑 胡陵（一四）

兩匹馬的犧 馬庸（一〇）

回想錄 劉滄（六）

關于「文人」的「器識」 楊濤（二）

創作與批評 飛虹（一）

憤怒 趙凡（一二）

懷風 衛君鴻（一三）

灰白的壁 白樺（四）

紀念一個孩子似的朋友 靳流（八）

讀者信箱（一三）

編後記（一七）

006　海風 R/810.5/752.2 11

北平　海風雜誌社　1945　週刊 北京

復刊辭

紀念我們被難的同志

——悼邵冠祥兄——

我們勝利了，看着敵人的屈服。我們對於抗戰終獲最後勝利的光榮，感慨得言不成聲，我們只有讓眼淚充滿在眼眶裏。「海風」就是在這樣的被激動的情緒之下，而熱烈地計畫着復刊，在勝利後的北方被敵人與無恥的陰謀的爪牙所蹂躪的殘害的文化的大地上，重新栽培起被壓抑着的以及新鮮的壯茁的苗芽。

我們的目標是文學的復員。抗戰的勝利，就是建國的開始，在收復淪陷區的同時也必須意注到文化的復員；我們是一羣文藝工作者，對於復員工作的本位的工作就是樹立起「文藝復興」的重責。過去在淪陷的時期裏，那些文學是征服的文學，是出賣祖國的文學，是虛偽的粉飾的文學，在那時眞的文學是在地下生存着的。今天我們勝利了！對於被殺害，被摧殘，被奴化，我們要用我們的努力去蘇甦，去解放，去拯救，我們更要努力的開始發掘，在北方這被蹂躪血殘害的文壇上樹立起我們鮮明的祖國的旗子。——這也就是「海風」的一點努力和預望。

在復刊伊始我們所要提出來的，就是同志冠祥兄的犧牲，他是爲了文學，爲了國家而犧牲的。我們不會忘記這種仇恨，當敵人的槍刺在平津地區橫行的時候他就是最初流出了鮮血的一個。那麼今天「海風」在他流血的土地重新苗長起來，在靈泉下的他的忠魂也一定會微笑的。讓我們本着在抗戰本中所獲得的傳統，在重蘇的土地上發展新的萌芽。

最後，我謹向闊別六年的在內地的同志敬禮，並盼望即整裝北上在這荒蕪的文學土地上展開努力的復員的工作。

復刊號目錄

復刊辭

海風論壇

掃蕩無恥「作家」 幸汀

我們的要求 勃克

今後的劇運 荻

特載

憶範兄 巴金

祖國，我們向你致敬（詩） 畢基初

化裝劇照 勃克

豎琴（詩） 南星

喜歡（詩） 蕭瀟

朝（M·高爾基） 方西

梅特林克（作家介紹） 希流

寂寞 林栖

「秋園輯」前記（上） 艾辰

中篇小說 八月·葦塘·鷺鷥 畢基初

007　紅葉　　　　　　　　　　　　　　　　　　R/050/858

北平　紅葉社編輯部　1945　週刊

008 華北文藝協會會刊

北平 華北文藝協會 1941 月刊

華北文藝協會會刊

中華民國三十年三月一日出版

通訊處 北京西長安街三十五號中國文藝社轉

一點希望

——爲華北「文藝」所寫

事變以來，文化人只有精神的結合，殊少有長久的形式聯繫；這次，「華北文藝協會」的成立，大概是要把精神的結合進一步而造成爲形式的聯繫的。

華北「文協」負着這種使命的成立起來，在對文化人的內部是爲着聯合在一條陣綫上而分踞着自身的崗位；對文化人以外，它表現一種力，一種熱，一種內心的燃燒，大時代下不是沒有，一群鮮血澎湃的先鋒的。

華北「文協」既然有着這種種偉大的責任，它就應該放大脚步去邁着孤高的步子；日子正長，它應把華北的全文化人聚集在一個最高的信念下，使許多的青年人把那種苦幹的精神不吝惜的拿出來，華文文化人尤其應該效法滿洲文壇「寫與印」的豐精神，在刻苦與自勵下奔着前程。同時也就應該閒着驅逐一切淫佚的，驕奢的，投機的，爲名利的各種惡魔，而表現人生的某一種值得描繪的對象而努力而執筆。

歡迎會員參加討論

新的座談

（一）如何推進華北文藝

（二）目前華北文藝的創作重點，應在那一方面

說明

A 以上兩題，希望每一會員，均熱心參加討論。文字長短不加限制，不過以精彩爲主。

B 來稿要均請寄北京西長安街三十五號。

C 寄稿希望於本月五號以前寄到，以便於下期本刊發表。

D 來稿一經發表，均致本刊爲酬。

（一）如何才能達到會員間當互相砥礪互相究研實際目的？

（二）如何幫忙愛好文藝青年朋友走上文藝之路？

（三）每位會員的通信處及職業是不是可以發表？

009　劇世界月刊　R/057/487.1

北平　劇世界月刊社　1945—1946　月刊

本期目錄

文字

梨園一月要事記　編　者
「大紅袍」「一枝雪」本事摭記　陳凌霄
秦腔考　雯　彭
今古劇界之軼聞（串戲笑聞）　老　翁
論荀慧生之幾部代表作　瑞　雲
新豔秋藝術分析　秦公武
劇界之革新運動　菊　痴
釋劇世界月刊取消北平二字之眞義　堅　白
戲源與戲神　儂　非
麒麟村（即岳飛出世）　高鴻翊
賀后罵殿槪論　亞　公
論斬謖　麗容女士
灣倉劇話（安天會）　鄭菊瘦
閑聊一夕記　金　戈
諸葛亮平生有三過　高鴻翊
說幾齣家庭戲　王素君
坤伶榮氏姊妹　吳錫永
戲校洪德佑之藝義　紫　薹
戲劇叢譚（續）　劉　崖

◀銅版說明▶

封面

侯小雲……北國佳人

銅版

新豔秋……桑園會
吳素秋……虞五鳳
何雅秋……白蛇傳
程硯秋——吳富琴
侯振飛——曹二庚……碧玉簪
葉盛蘭……翠英會
吳素秋……貂蟬
徐東明……甘露寺
李萬春……安天會
毛慶來……楊　戩
高維廉……悅來店
陳富瑞……火　判
侯振飛……賺文娟
范鈞宏……八大錘
李洪春——居俍儀……寶蓮燈
李洪春——居俍儀……四進士
新豔秋……便　裝
雪又琴……便　裝
貫大元及其二女公子……便　裝
梅蘭芳——劉連榮……霸王別姬
李萬春……投筆從戎
高盛麟……翠屏山
孫志良——白長貴……金錢豹
侯喜瑞——吳彥衡……反串馬蜡廟
陳麗芳——王　蓉
徐東霞——姑雲館主……探　母
金雪生君——李冰烏君
查如川君——王民基君……得意緣
成湘輝……審頭刺湯
陸春樓——邢亞公君……八大錘
趙石橋君……翠屏山
顧珏蓀……翠英會
荀慧生……便　裝
李世芳……虹霓關
譚百歲……魚藏劍
侯菊笙——陳德霖……長板坡
劉鴻聲……托兆碰碑
蓋叫天……蜈蚣嶺
梅蘭芳……琴　挑
張　粟——劉玉鵬——侯和玉
侯振庭——李吉瑞——薛鳳池……便　裝
侯振庭——蓋叫天……英雄義
侯振庭及其子姪弟子等……便　裝
梅蘭芳及其愛子……便　裝
梅蘭芳……西　施

010　詩潮

北京　藝術與生活社　1943

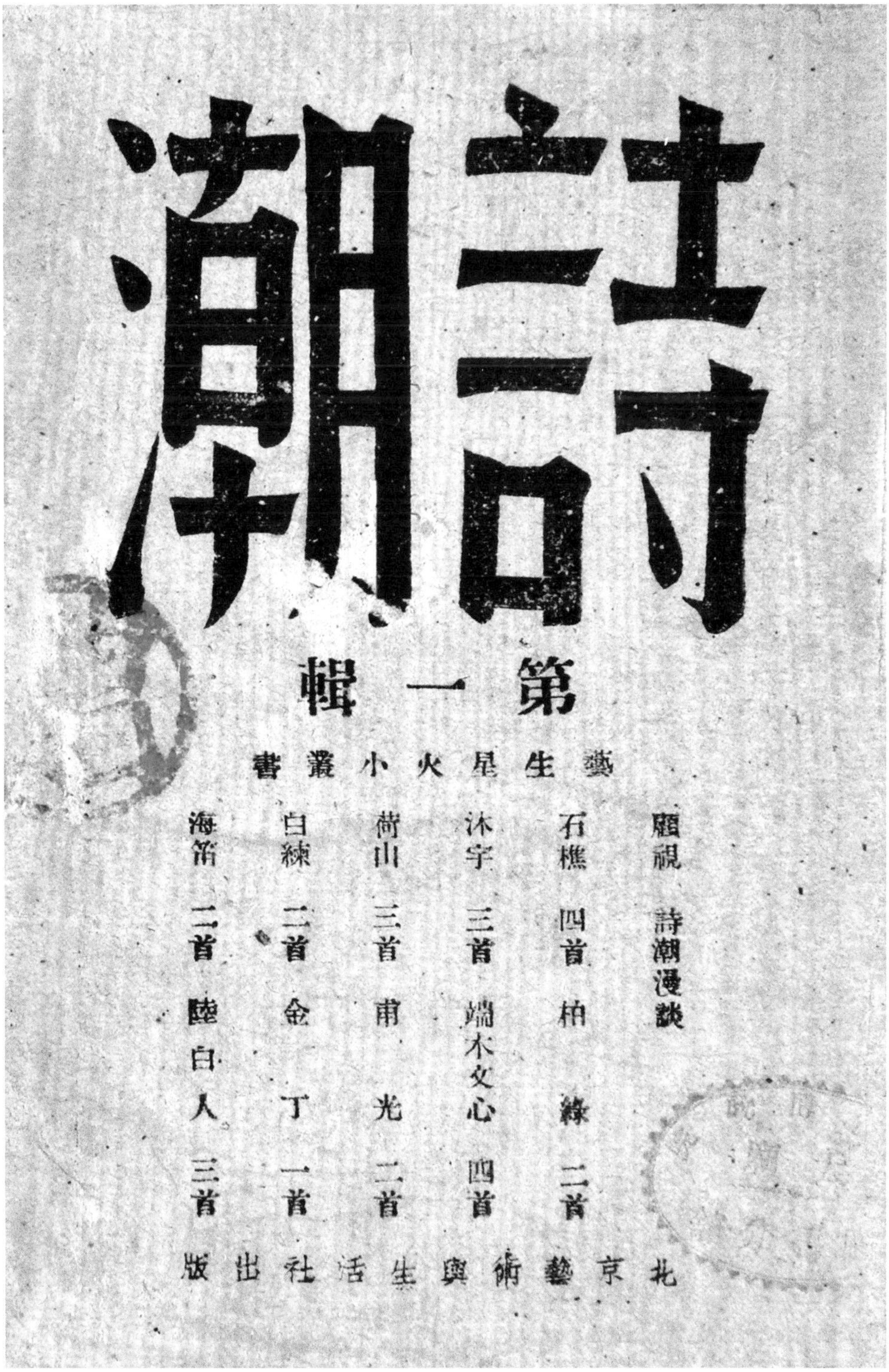

011　文化前哨　　R/820.5/677.5

北平　文化前哨社　1935—1937　半月刊

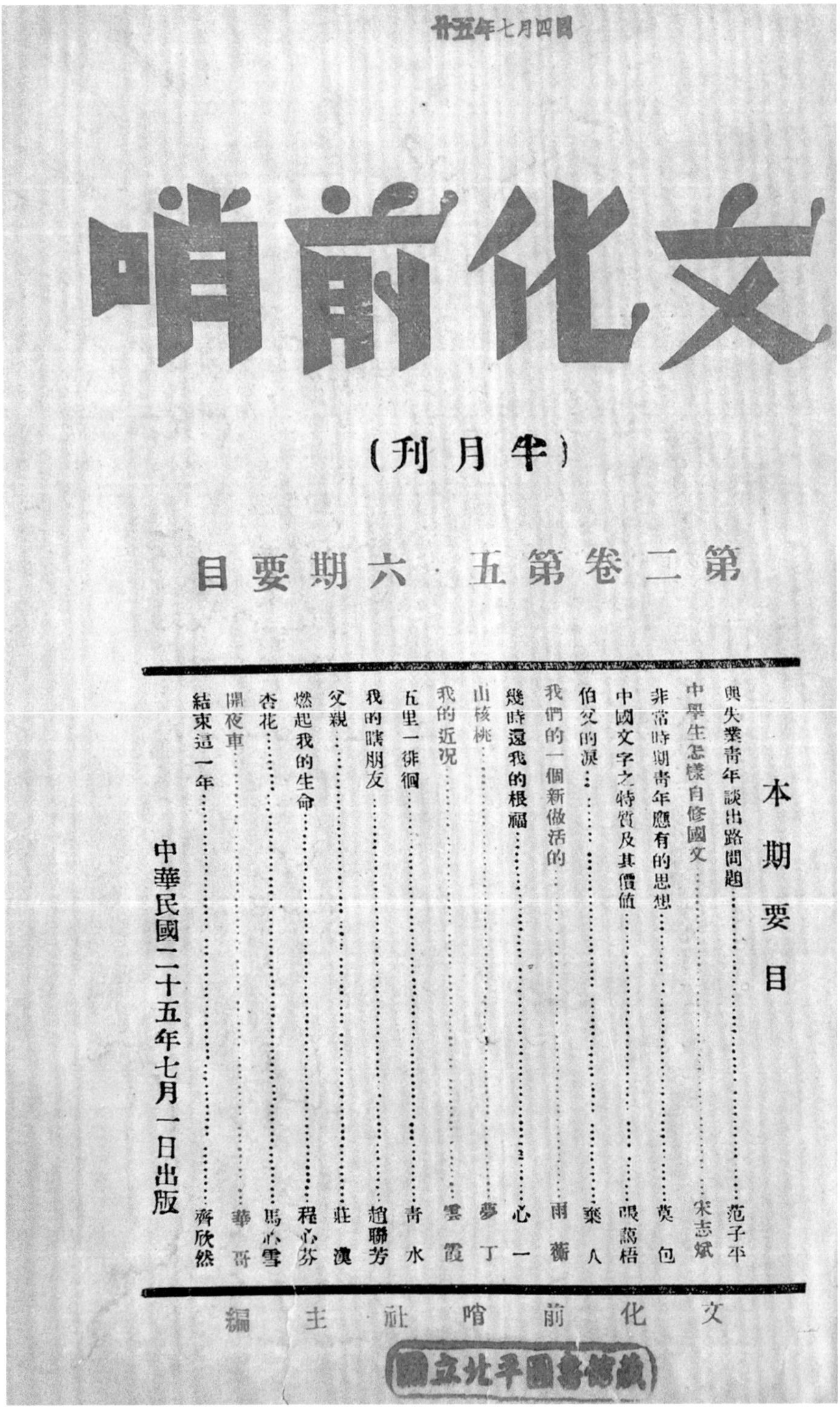

廿五年七月四日

文化前哨

（半月刊）

第二卷第五·六期要目

本期要目

與失業青年談出路問題……范子平
中學生怎樣自修國文……宋志斌
非常時期青年應有的思想……莫包
中國文字之特質及其價值……陽蕊梧
伯父的淚……桀八
我們的一個新做活的……雨薇
幾時還我的根福……心一
山核桃……夢丁
我的近況……雲霞
五里一徘徊……青水
我的瞎朋友……趙聯芳
父親……莊澳
燃起我的生命……程亦芬
杏花……馬亦雪
開夜車……華哥
結束這一年……齊欣然

中華民國二十五年七月一日出版

文化前哨社主編

文化前哨半月刊第二卷第五、六期目錄

文化論壇

與失業青年談出路問題……范子平（一）
中學生怎樣自修國文……宋志斌（五）
非常時期青年應有的思想……莫包（八）
中國文字之特質及其價值……張譪梧（一〇）
人格與風格……鏡閣（一三）

小說

伯父的淚……棄人（一四）
我們的一個新做活的……雨蘅（一七）
幾時還我的根福？……心一（二二）
山核桃……夢丁（二五）
妻的悲哀……蘿英（二八）
他眞瘋了……朝輝（三〇）

散文及詩

我的近況……雲霞（三三）
五里一徘徊……青水（三五）

012　文學導報

北平　文學導報月刊社　1936—1937　月刊

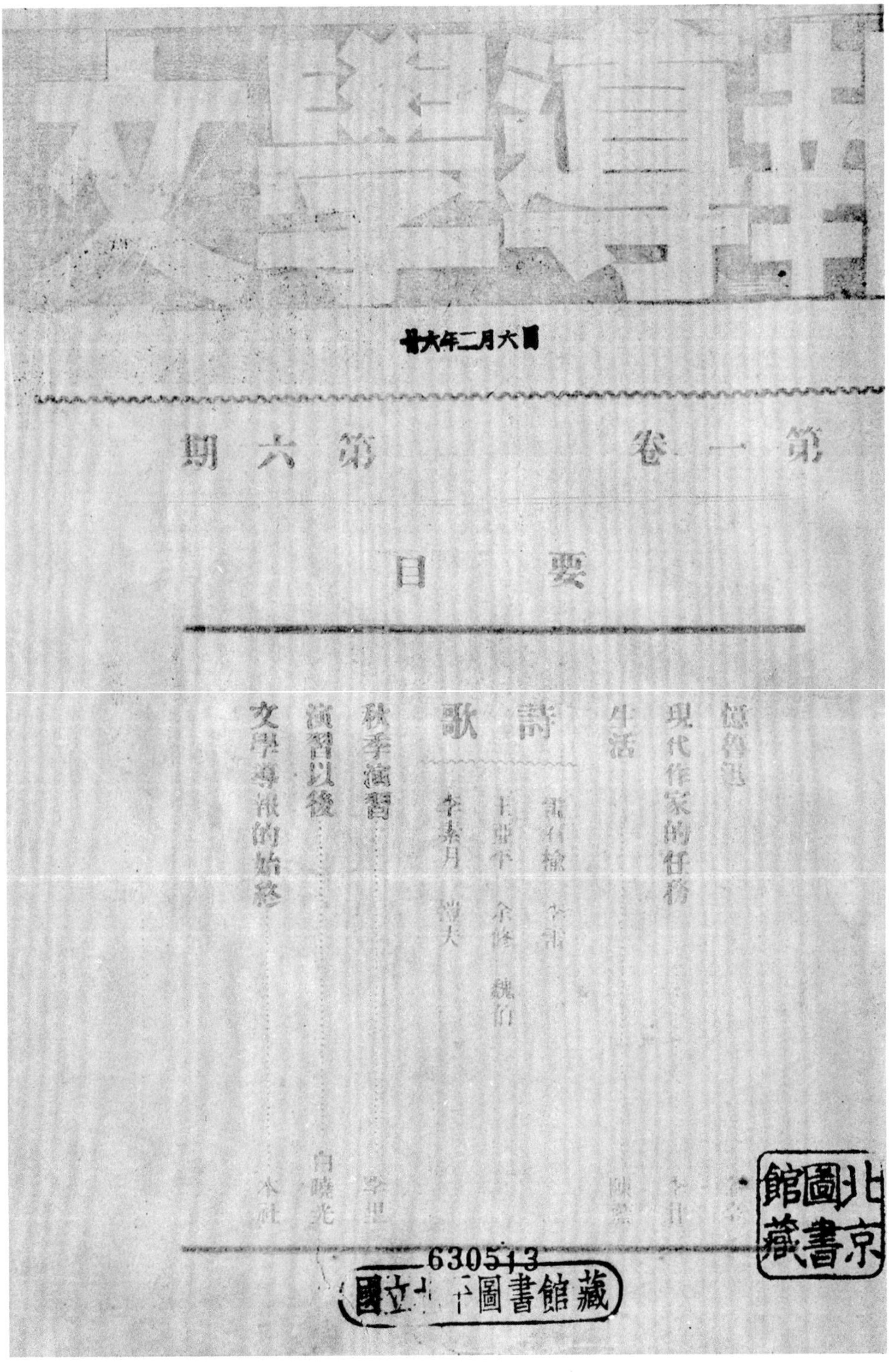

文學導報

廿六年二月六日

第一卷　第六期

要目

悼魯迅

現代作家的任務

生活

詩歌

秋季演習

演習以後　白曉光

文學導報的始終　本社

本期目錄

論文三篇

論文學藝術的特質及其制的之諸問題……歐陽文輔
關於詩的音樂性……梅雨
現代作家的任務……李甘譯
憶魯迅……金臺

創作三篇

生活……陳藍
秋季演習……季里
演習以後……白曉光
汽車路……辛波

詩七篇

悼魯迅……余修
生活的歌曲……李雷
悼魯迅先生……愷夫
朋友，你去吧……魏伯
我要和你們合唱……雷石楡
我們要回到火線上……王亞平
保衛綏東……李素月
窩集……史輪
文學導報的始終……本社

013　文學集刊

北京　藝文社　1943－1944　不定期

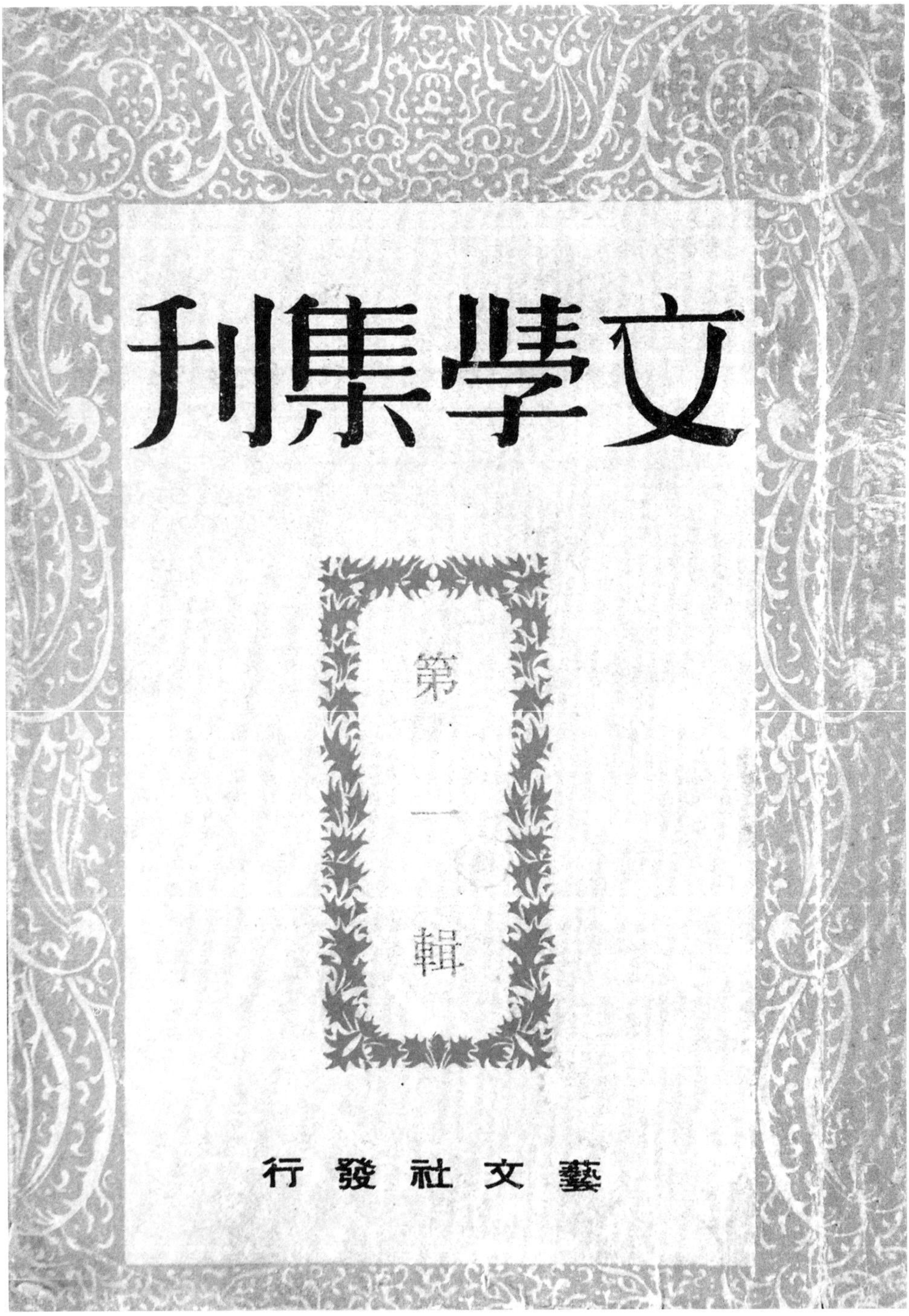

文學集刊 第一輯

卷頭語……（一）
新詩應該是自由詩……廢　名（三）
談西廂記哭宴……平　伯（一六）
陶淵明與田園詩人……鄭　騫（三一）
司空圖詩品與道家思想……李戲魚（五九）
王漁洋的散文……商鴻逵（七〇）
晚清的翻譯……林　榕（九六）

關於舞台裝飾……朱肇洛（三四）
白鷺與風（詩）……開　元（三）
默　坐（詩・外一章）……沈寶基（一四）
流　水（詩・外二章）……南　星（一八四）
海底墳園（詩）……朱芳濟（六七）
孤竹君之二子（詩）……黃　雨（一五）
閒步庵書簡鈔……沈啓无（五五）
手　杖（小說）……袁　犀（四二）

014　文學年報　　R/820.5/677

北平　燕京大學國文學會　1932—1941　年刊

本期目錄

輯江有誥通韻譜合韻譜借韻譜……許世瑛（一••）

東漢樂府與樂府詩……張長弓（一七•）

傳世石刻中女真語文材料及其研究……劉厚滋（三七•）

章太炎年譜……高景成（四五•）

倉頡傳說彙考……周　澍（六一•）

呂氏春秋校證補遺……楊明照（七一•）

讀曲叢錄……鄭　騫（七七•）

梁書劉勰傳箋注……楊明照（九一•）

作文摘謬實例序——一個國文教學法中的新問題……郭紹虞（九七•）

漁陽先生年譜……凌景埏（一〇一）

怎樣研究中國的文法？……高名凱（一一三）

唐寫文選五臣注本殘卷跋……張壽林（一二五）

龜峰詞及盧齋樂府撰者質疑……閻簡弼（一三五）

頌齋讀書記……容　庚（一四五）

正樂堂漫錄（二）

（三）師曠之神化　（四）譜曲示例……王西徵（一五五）

松牆（小說）……林培志（一六九）

新與舊（小說）……林培志（一七五）

燕廬吟稿……鄭　騫（一八三）

溫巽堂詩甲子草……董　璠（一八九）

015 文藝

北京　北京女子師範學院文藝研究會　1939　不定期

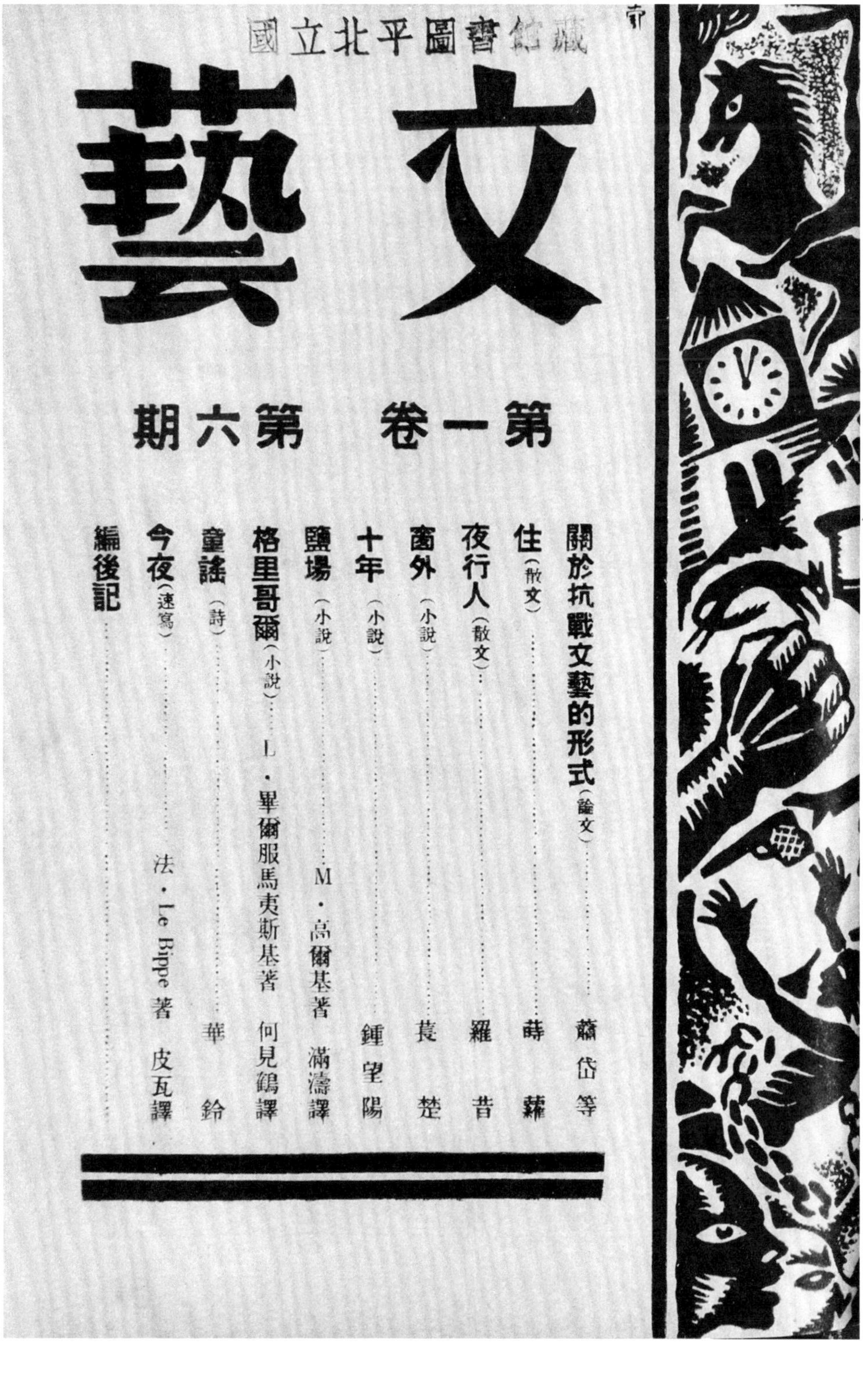

文藝

第一卷　第六期

關於抗戰文藝的形式（論文）……蕭岱等
住（散文）……蒔蘇
夜行人（散文）……羅昔
窗外（小說）……長楚
十年（小說）……鍾望陽
鹽場（小說）……M·高爾基著　滿濤譯
格里哥爾（小說）……L·畢爾服馬夷斯基著　何見鶴譯
童謠（詩）……華鈴
今夜（速寫）……法·Le Bippe著　皮瓦譯
編後記……

016　文藝大衆

北平　文藝大衆半月刊社　1945—1947　半月刊

北平圖書雜誌審查處臨時審查證
平臨佛字第 000105 號證書

文藝大衆

第四期

民國三十四年十二月十五日

用中國人的話，寫中國人的事

我們可以把八年來淪陷區中的「文藝作家」分爲四類：

一，是附逆的所謂「作家」。他們狂吠過「文學報國」，當然，他們所「報」的「國」是他們的「主子國」——日本國。

二，是歌頌「舞女脚尖下的旋律」的「作家」。他們中間的有些個是在淪陷前就存在的，那麼在這八年中也許還曾經賣賣「老」。而且到現在他們也還在繼續「活躍」。

三，是呻吟「無烟無酒亦無睡眠之夜」的「作家」。他們受到了壓迫，但他們不反抗甚至不自覺，只是一味地走向他們所愛好的頹廢之途。

四，是低頭苦幹的「作家」，他們的作品大多是不被允許發表，或只能印在一些油印東西上的。

第一類「作家」是極少數的。現在已經到了他們的窮途末路，雖然他們之中的一部分還在作着「搖身一變」的夢，但是民族紀律是不會寬容他們的。

第二類「作家」如果還是「老不歇心」，那也是會被大衆拋棄的。

第四類「作家」現在已經應該看清他們的真正出路了，縱使他們現在的修養還差，但他們是前途無限的。

現在要談的是第三種「作家」。

他們的作品佔了淪陷期間刊物的至少半邊天下。

「秋之迎」，「秋扉之献」……這就是他們愛用的標題。

「雨絲聲又來扣我抑鬱之心扉」，於是我乃恐懼了凄寂的心靈」……這就是他們的文字，和文字所表現的內容。

千篇一律——一直一律到現時的某些刊物和報紙的副刊上。

「作家」們！你們的「憂鬱」太多了！你們的「苦寂」太多了！但是你們不但不想去克服它們，打破它們，反而要喜愛它們，歌唱它們！

於是敵人就也正喜歡它們了！

如果你們還想繼續存在下去，那麼請聽人們的兩大要求——

第一，請用中國人的話。

第二，請寫中國人的事情和思想。

你們如果作到這個要求，那是你們的進步，誰也不能不佩服你們。否則，歷史的旋輪會把你們軋在底下，絕不留情的。

「作家」們！睜開眼睛，認識認識世界，認識認識中國，認識認識你們自己吧！

017 文藝戰線

北平　文藝戰線社　1931—1937　半月刊

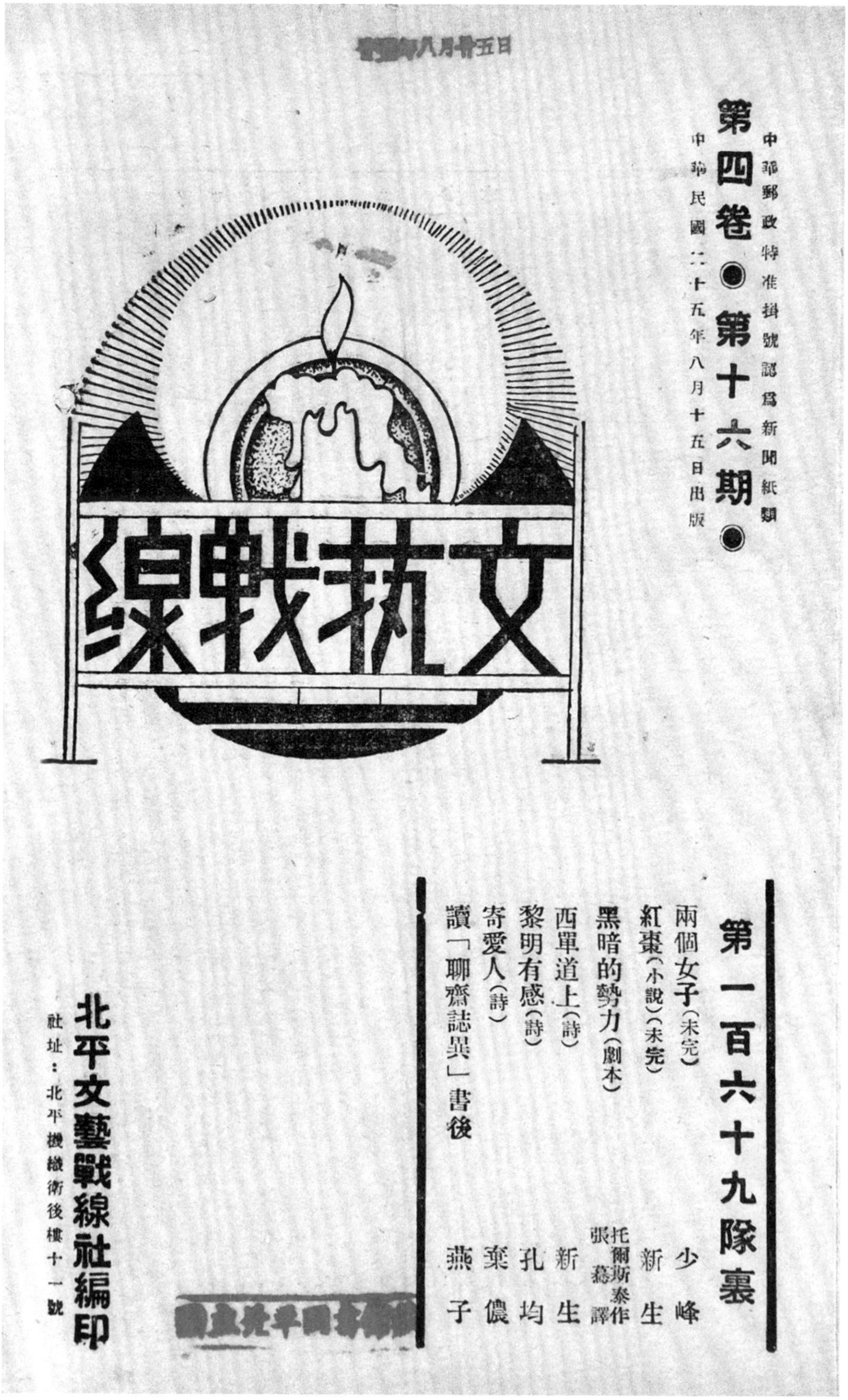

018　學文

北京　學文月刊社　1939—1940　月刊

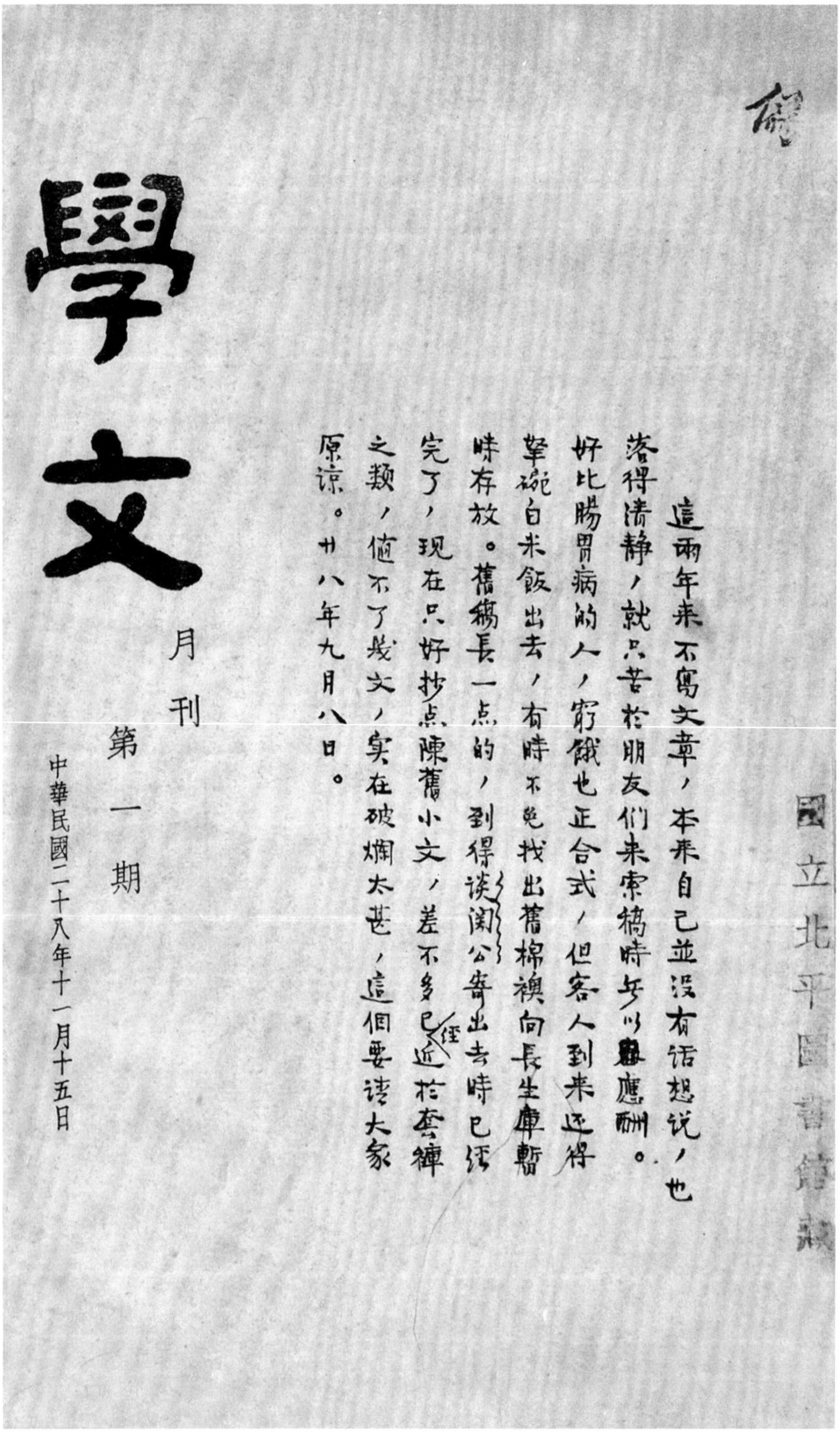

這兩年来不寫文章，本来自己並没有话想说，也落得清静，就只苦於朋友們来索稿時无以應酬。好比腸胃病的人，窮餓也正合式，但客人到来还得拏碗白米飯出去，有時不免找出舊棉襖向長生庫暫時存放。舊稿長一点的，到得谈閑公寄出去時已經完了，现在只好抄点陳舊小文，差不多已經近於套褲之類，値不了幾文，实在破爛太甚，這個要请大家原谅。廿八年九月八日。

學文

月刊

第一期

中華民國二十八年十一月十五日

文學

月刊　第一期

目錄

藥草堂隨筆……知堂（一……四）
棠谿舊事……佩衡（五……六）
脚氣……林風（九……一二）
調和……白鷗（一三……一七）
一隻蚊子……梁雯（一八……二二）
某夜……禾草（二三……二四）
永日小品兩章……飛白譯（二五……二九）
詩人拜倫……大同（三〇……三五）
關於泰戈爾……野鶴（三六……四〇）
畫家的手冊……吳興華（四一……四五）
詩話……孫雨蒼（四六……四八）
編後話……編輯室（四九……）

019　**中流月刊**　R/050/454.48

北平　1945　月刊

中流月刊創刊號要目

刊始……（1）

自學

前奏曲——自敎育運動……彝（3）
哲學概論講座……宗意（4）
業餘無線電講座……詵墊（10）
中國文學概論講座……宗意（12）
文學與語文學革命之總檢討……黃芩（14）
文學之特性……朱肇洛（15）
歷史科學之研究與目的……毅（19）
死光與死音……王宗意（20）
大學遴系之商榷……黃芩（21）
超物質之可能存在研究……黃芩（22）
我們對于國醫國藥的態度……彝（26）
無線電答問……詵墊（26）

趣味

原子炸彈之新動向……方惠（28）
碼頭搬家……丁成（28）
的虛汽車……洗詩（28）
不會說英語的英國皇帝……人譯（30）
Magazines……乃譯（30）
樓從何處飛來……電訊（30）
總統圓舞曲……樂府（30）

文藝

采石磯下水……白癡（31）
紅笑……藍火（31）
『……』……藍火（32）

詩

鬼市……藍火（32）
生活……銀河（33）
城……水柳（34）
是夢境裡……令狐青（35）

小說

桃林裡的傳奇……紅菰（35）
人類的福音……紅菰（39）
狼狐及鹿……憶民（40）
白煙列車……魯者譯（41）

▲戲劇▼化身女郎……憶民（44）

020　子夜　　R/050/356

北平　子夜半月刊　1936—1937　半月刊

本期目錄

論著
獻詞……白浪
民族解放的綏遠戰事……綠波
日本侵略政策威脅下之中國……貞夫
小言
要說的話……水鳴
雜文
別……舒予
浸語……我施
薄暮中……云吟
魯迅先生的另一種精神……劍盈
詩歌
波蘭青年歌……G
敬獻於魯迅魯迅先生之靈……際融
戲劇
月亮升起來……莎金
體育
體育瑣聞
小說
去路……田華
運貨的人……劍盈
勝利者……眞人

上 海

上海　八一三社　1937　半週刊

八一三

半週刊

主編：謝澄平
發行所：八一三社
上海[illegible]司非而路三七弄二〇號
每逢星期三・六發行
本期售一分
本刊在呈請登記中

全民血戰到底
粉碎日本強權
收復一切失地
完成現代國家

偉大的『八一三』

舜生

『八一三』是中華民國對倭寇全面討伐的一天，也就是中華民族抬起頭來開始表現她偉大的一日，將來在我們民族復興史上應該大書特書，我們這個小小的刊物用來做它的題名，不過略示紀念之意。

本來這次倭寇對我的侵略，其志原在北而不在南，假定冀察綏能迅速痛快解決，而中國又仍舊不下全面討伐的決心，則倭寇原可一面侵略，一面消化，暫時告一段落，未嘗不是他們最理想的打算。但自蘆溝橋事變一起，中央即以大軍直衛河北，同時在河北境內的二十九軍，又畢竟不肯就倭寇的範圍；延至七月中旬，我軍事最高當局乃更有極堅强的表示；於是倭寇知道即欲縮小範圍，第一步把冀察綏痛快解決，也爲事實所不許，因此才有上海『八一三』的發動。

上海一動，我全面討伐的形勢即已完成，而中央的決心，舉國的一致，士氣的激昂，空軍的奮發，財政的穩定，國際的同情，又幾無一不爲我勝利的基礎。於是倭寇着了慌，至不得不動員二十萬，準備戰費二十億元；所有海陸空軍的利器，預備用以應付其他更强的敵人的，乃不得不以一大部爲『膺懲支那』之用；在倭寇中的少壯派，本來人人都想抄襲本莊繁，土肥原等的一篇老文章，以爲對付中國，只要一經威脅，即可了事，而事實的演變乃至如此，這豈是這班少不更事的野心者意料所及？

再就倭寇的國內情形論：民心厭戰，重臣無權；財閥視軍閥如蛇蠍，政黨視軍閥如寇仇；不穩思想，隨時有爆發之慮；軍費浩繁，財政已呈竭蹶之象；萬一戰事遷延至半年以上，則失業者必逐漸加多，市場必繼續紊亂，產業停頓，海外市場難保不爲他人所攫奪；國際惡化，即軍需資源亦有不繼之隱憂；加以師老無功，人心必愈趨惶恐，軍閥捨欺騙與高壓無以控制，則反動勢力必逐漸形成；等到這樣一個時候，在倭寇雖仍可勉強支撐，必已漸成强弩之末；在中國縱令半成焦土，亦必愈戰愈酣；於是倭寇的厄運降臨，第三第四者必乘機而起，『滿洲國』的天空變色，太平洋的海水揚波，東京大政的莊嚴，危若朝露；關東南滿的繁榮，勢同壘卵；隨此一趨勢演變，必至舉國騷然，革命大起；二千六百年的皇統，雖未必即有變更，七十年的艱苦經營，終必毀於一旦；但軍閥消滅，畢竟爲日本國民之福，中國除賠償損失以外無要求，除收復失地以外無奢望；只仇視日本的軍閥，決不仇視日本的人民；一旦和平告成，中國所以對待日本者，必如其歷史所昭示的常態！凡此種種，決非徒快一時的預言，實我中華民族的列祖列宗所鄭重加於吾人的使命，吾人除此以外，亦別無他法可以生存。吾人所以堅強的主張討伐到底者在此；『八一三』之所以可紀念者亦在此。

創刊號

（二十六年九月一日出版）

偉大的『八一三』　舜生
只有中國敢單獨對日作戰　澄平
怎樣解除戰時青年的苦悶　星洲
戰時教育問題　沈雲龍
日本空軍的配備（上）　希爲
抗戰曲　小傑
尖兵　張葆恩
短評四則

022　報告

上海　上海報告社　1937　半月刊

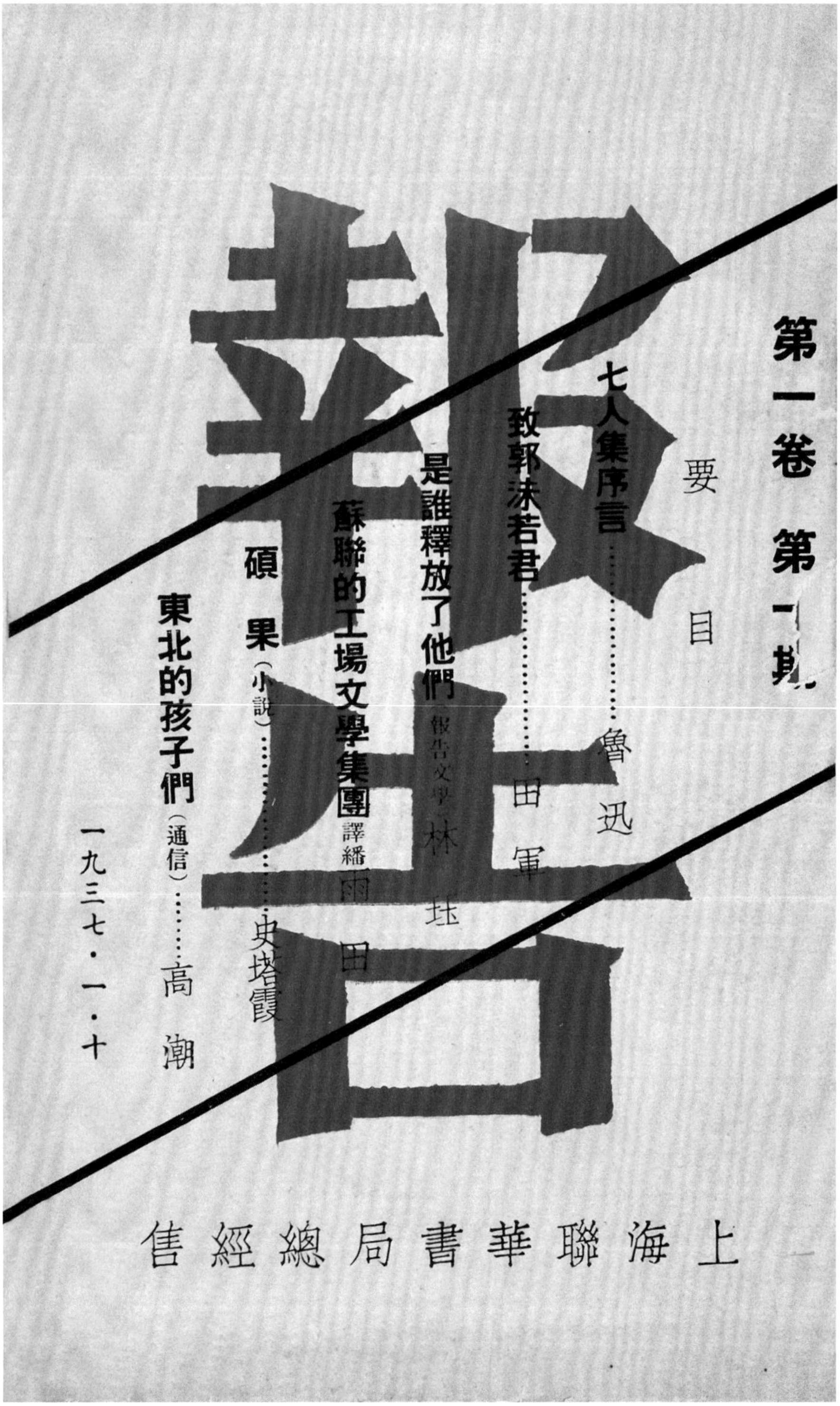

報告 第一卷第一期 目錄

（每欄依筆名第一字筆劃排列先後）

七人集序言……魯迅（一）
報告文學
泉州的一日……冬青（四）
是誰釋放了他們……林珏（一三）
沒有犯過罪的罪犯……林娜（二〇）
太羅天上……梅林（二九）
街頭……覺君（三九）
蘇聯的工場文學集團……A·瞿契訶夫作 雨田譯（四九）
雜
致郭沫若君……田軍（五六）

023　飆　　R/810.5/764

上海　飆出版社　[1944]－1944

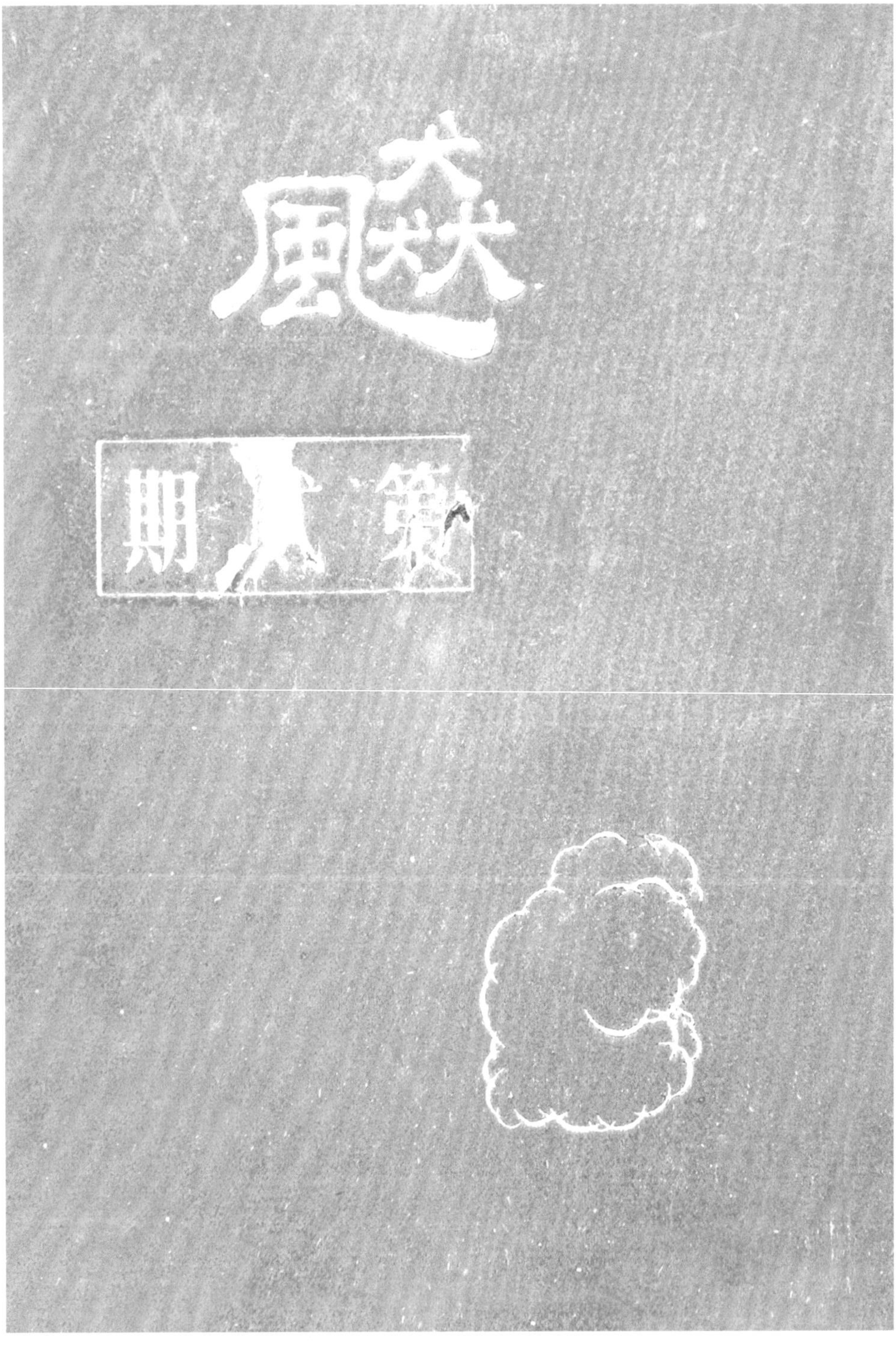

飆

第二期

第二期目錄

扉畫——耕耘（木刻）……顧藝莘（一）
螞蟻與蟋蟀……俞亢詠（四）
古樹的花……李湮（五五）
尋心記……呂菲（一五）
詩人的死……鍾文萃（二〇）
兩分鐘……許季木（七五）
恨……陳雯（九一）

小說

俠盜魯平奇案 夜獵記……孫了紅（三〇）
詩二章（晨，夜星）……史蒂（九）
閒話筆記（隨筆）……王治心（七〇）

青春（書評）……龍　彧（一〇〇）
重臨廣州（遊記）……沈翔雲（四九）

散文

釣……徐　翊（一〇）
幼年的夢……唐　敏（一八）
水鄉風月……蔡庭棟（八一）
綰愁草……藍　羽（九六）

愛底靜默（詩）……白美藍（八九）
王爾德（人物）……沈延羲（四三）
兒女風雲（連載劇本）……毛　羽（一一四）
木製飛機（科學）……史　東（一〇九）
遨遊（詩）……董致白（六九）
后記……編　者

024　潮流　

上海　兆年書屋　1944　月刊

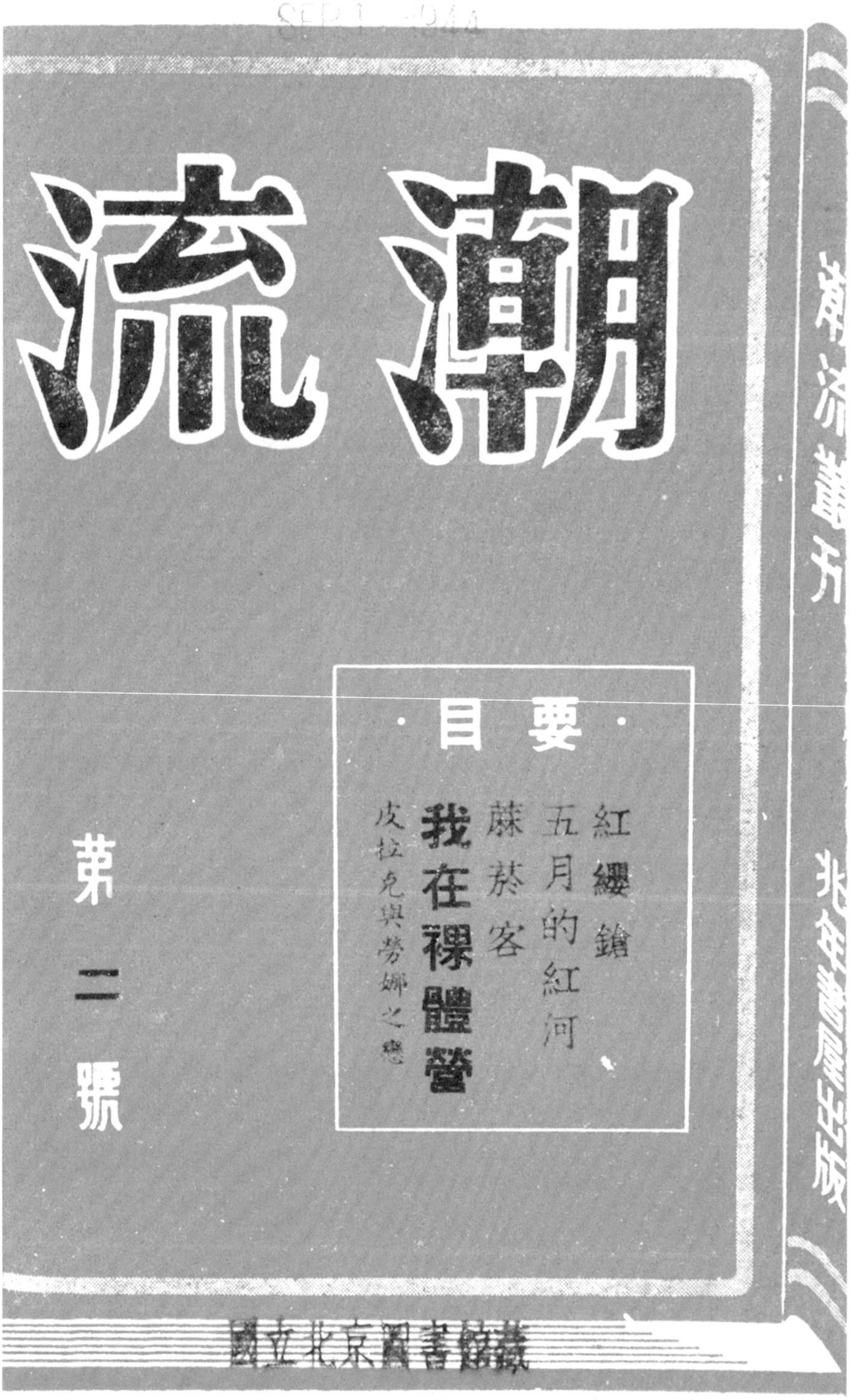

潮流

七月號

我在裸體營（特稿）……葉洪【九】
皮屈拉克與勞娜之戀……獨山【一三】
西菲采風記……華成璐【一七】
花市 外二章……雷音【二三】

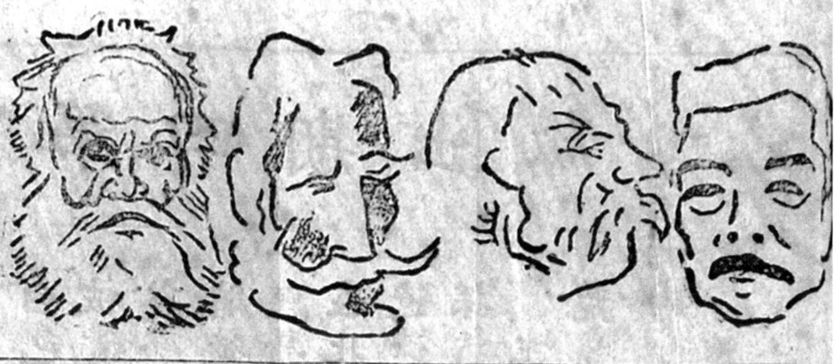

五月的紅河（小說）……郭朋【三】
柴霍甫與屠格涅夫……余犖【三六】

潮流論壇

風格的再創造……或人【三九】
重建文藝批評……汪霆【三九】
百合花之汁……汝惠【四〇】

紅纓槍（小說）……沈寂【四二】
倫敦大火記……余愛淩【四八】

025 初陽

上海　初陽文藝社　1936－1937　月刊

二十六年三月二十日　初陽　三月號目錄

文藝論壇
關於新詩……馬希賢（九七）
詩與救亡（附錄）……徐因時（九八）
魯迅告訴我們些什麼……若鴻（一〇〇）

小說
書福……錢柳溪（一〇二）
養牡丹……春華（一〇六）
後方（續完）……吳野正（一一八）

散文
談友情……陳伯吹（一一〇）
辜負了春光……徐因時（一一一）

詩歌
死的歌……曼痕（九九）
我不能再看你了……許崇道（九九）

入伍（續完）——報告文學……仲美（一一〇）

生活記錄
在陰曆除夕的子夜……朱際虞（一一四）
回顧……頑石（一一五）

隨筆
說書與話本……樊威（一〇六）
讀書隨筆……楚子（一〇一）
到校這一天（雜感）……珊臣（一一七）
不幸者（大衆習作）……加子（一一七）
關中一瞥（通訊）……孫忍安（一〇九）

雜作
詠飯滯乾……王怒安（一二〇）
祭胡先生展堂……雪（一〇八）
自己救自己……今（一〇一）
吃得苦中苦……今（一一三）

社語
逝世百年的俄國大詩人普希金像（封面銅版）

你如看了滿意，請你定閱一份。你如看了不滿意，也請你給我們一個批評！

社語

關於一般的讀書寫作問題，以及小說戲劇方面的理論，我們都已略爲談過；本期是輪到詩歌部份了。所刊載的文字，有關於新詩，詩與救亡，死的歌，我不能再看你了，等等。希望因此引起大家的注意，走向「國防詩歌」的路去！

新文字運動，普遍於全國，我們極願盡推行的責任。

本期有陝西特約通訊，以後還當多多刊登這類作品，讀者想必歡迎的吧！

陳伯吹先生的散文，是和他的兒童文學一樣地在中國文壇上佔着極高的地位，本期刊出的談友情，是一篇很有價値的作品。

本刊所登的小說戲劇，都是站在「救亡救窮反帝反封建」的目標下寫出來的，請讀者注意。

本期零售五分　定閱全年連郵五角

026 **大路** R/050/354.03

上海 大路半月刊社 1944 半月刊

中華郵政特許掛號認爲新聞紙類
江西省圖書雜誌審查委員會審查證泰字第十八號

大路

第一卷

9

民國二十九年一月三十日

本期目錄

強化統一與建設三民主義的新中國……廖心仁

從二十八年上想起中國青年最可模範的一個……吳稚暉

敵國何以必敗……張家望

不能避免的日美大戰……陳信友

論米內閣的前途……蕭鼎新

討奸特輯

總裁爲敵汪密約告全國軍民書……二四

總裁爲敵汪密約告友邦人士書……三二

汪逆與敵簽訂賣國協定全文……三五

高陶揭露汪逆與敵締約經過……四〇

大路半月刊社

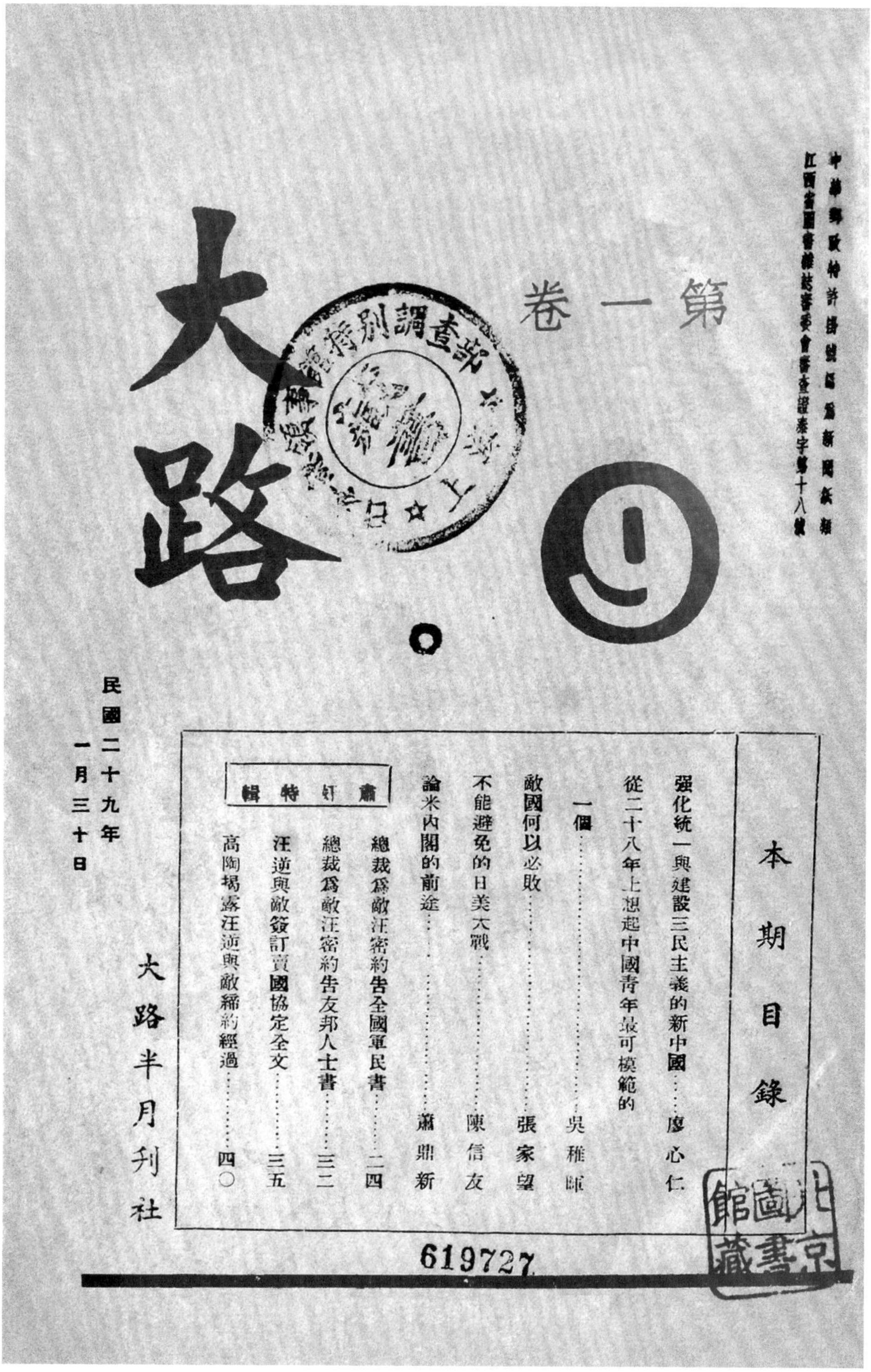

027　**大上海**　

上海　大上海週刊社　1943—1945　週刊

大上海週刊創刊號目次

民國三十二年八月十五日出版

封面：大上海風景面……顧藝辛刻
發刊詞……編者
收回租界以後的希望（每週小論）……川
殺人不見血的光……瞿承鈴
赫曼與竇綠苔……郭沫若譯
女作家群像……周楞伽
望廬閒話……有材
寫字樓畔……文海犂
國學講座——讀左研究法……唐文治
棘門之變……呂伯攸
清初蕭牆之禍……伯琦
康有為晚年豪與……白華
臥海樓談叢……悲劍
我的從影……李麗華
甘露寺……南腔北調人
石抨二三事……辛石

影與劇

新興的劇團……徐野
影城一周……周小平
劇壇漫步……秋水
百年來的上海……園丁
露香園與顧氏……鄭逸梅
題二陵風雨圖……高吹萬
蟠根筆筒……馬公愚

長篇連載

南洋遊獵記……陳佐洱
人樣子……馮軼
劍影脂痕……顧明道
不如歸去……包天笑

版權所有　不准轉載
（每逢星期日出版）
（定價每冊五元）
預付戶優待八折
編輯兼發行者　大上海週刊社　上海江西路禪臣大樓四〇六號電話一三一〇九
經售者　中央書報發行所　各國各報書店

028　**大時代**　R/050/354.08

上海　大時代出版社　1938　半月刊

大時代 目錄

第一卷第二號

銅圖：未轟炸前之廣州……筱雲
論著
蘇聯國防工業的展望……楊公懷
墨家的非攻……龐澹人
文藝
捫心……故朱湘
光明……董鶴萍
喬裝……林豪
心曲……陳夢家
夏夜……呂紹光
血債……白雲
老林撰稿記……婁湖昭
特稿
西北行……林鵬俠
編者的話……編者
英文
Trvelling 職業英語……周椒青
Pronouncing and Spelling（英語自修）……黃宇楨
封面設計……金馬

定價

每月一日及十六日發行
本期定價國幣八分

預定

冊數	國內日本	香港澳門	國外
全年廿四冊	一元八角	二元八角	四元二角
半年十二冊	九角五分	一元四角五分	二元一角

郵票代洋 十足通用

大時代
第一卷第二號
民國廿七年七月一日出版
主編：葉明 蕭翼
發行人：徐筱雲
上海貝勒路三一八弄四號
發行者：大時代出版社
電話：八二九四九
總經售處：
上海福州路三八〇號 中國圖書公司 電話：九二二一三
上海山東路二三一號 五洲書報社 電話：九二四七六

029　風雨談　

上海　風雨談社　1943－1945　月刊

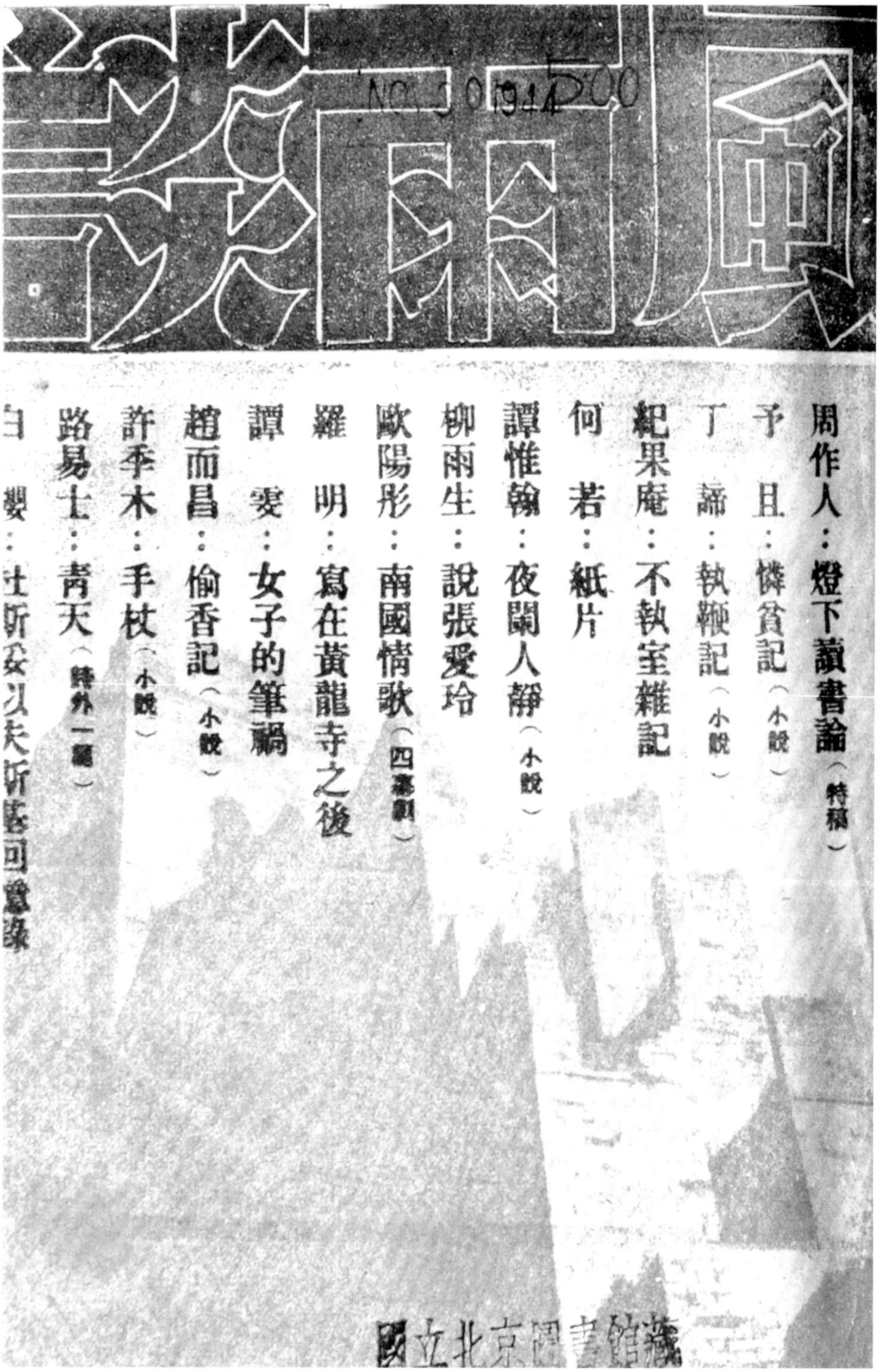

風雨談

NO. 01914 500

周作人：燈下讀書論（特稿）
予　且：憐貧記（小說）
丁　諦：執鞭記（小說）
紀果庵：不執室雜記
何　若：紙片
譚惟翰：夜闌人靜（小說）
柳雨生：說張愛玲
歐陽彤：南國情歌（四幕劇）
羅　明：寫在黃龍寺之後
譚　雯：女子的筆禍
趙而昌：偷香記（小說）
許季木：手杖（小說）
路易士：青天（詩外一篇）
白　嬰：杜斯妥以夫斯基回憶錄

風雨談 第十五期 目次

憐貧記（創作）……予且（一三）
燈下讀書論（特稿）……十堂（十七）
不執室雜記……紀果庵（三二）
執鞭記（創作）……丁諦（二一）
說張愛玲（看書偶記）……柳雨生（五五）
夜闌人靜（連載）……譚惟翰（三七）
杜斯妥以夫斯基回憶錄……白櫻（六七）
顫慄輯（顫慄・山峨・河）……南星（八四）

紙片

清史稿……何若（三一）
言語……何若（三一）
竹筏……何若（四二）
詩人……何若（八三）
孔子行……何若（八二）

女子的筆禍……譚雯（五六）
手杖（創作）……許季木（九一）
世外桃源（連載・希爾頓著）……實齋（七二）
青天（七行詩・青天・詩人）……路易士（八五）
偷香記（小說・勃夏遜著）……趙而昌（五二）
黃龍寺（四幕劇）……羅明（四三）
人生悲喜劇序……丁諦（八二）
南國情歌（四幕劇）……歐陽彤（一〇三）
寫在黃龍寺之後……羅明（八六）

風雨談 第十五期 中華民國三十三年十月出版 編輯兼發行：上海福州路三四二號轉風雨談社

030　**烽火**　

上海　1937—1938　旬刊

本刊已呈請內政部中宣會登記

烽火

創刊號　九月五日出版

文學社　文季社　中流社　譯文社　聯合刊物

編輯人：茅盾
發行人：巴金

家鄉……[illegible]
所謂日本空軍的威力（雜感）……巴金
血的哺養（漫畫）……蔡若虹
青島之夜（回憶）……端木蕻良
戰兒行（詩）……蘆焚
說和做（救亡工作速寫）……周文
戰神在歎氣……茅盾
决心（小說）……謝挺宇

每星期日出版
每册國幣二分

發行處：上海城內西倉橋街二號
代售處：全國各書店各報販

031　**光明**　

上海　光明半月刊社　1936－1937　半月刊

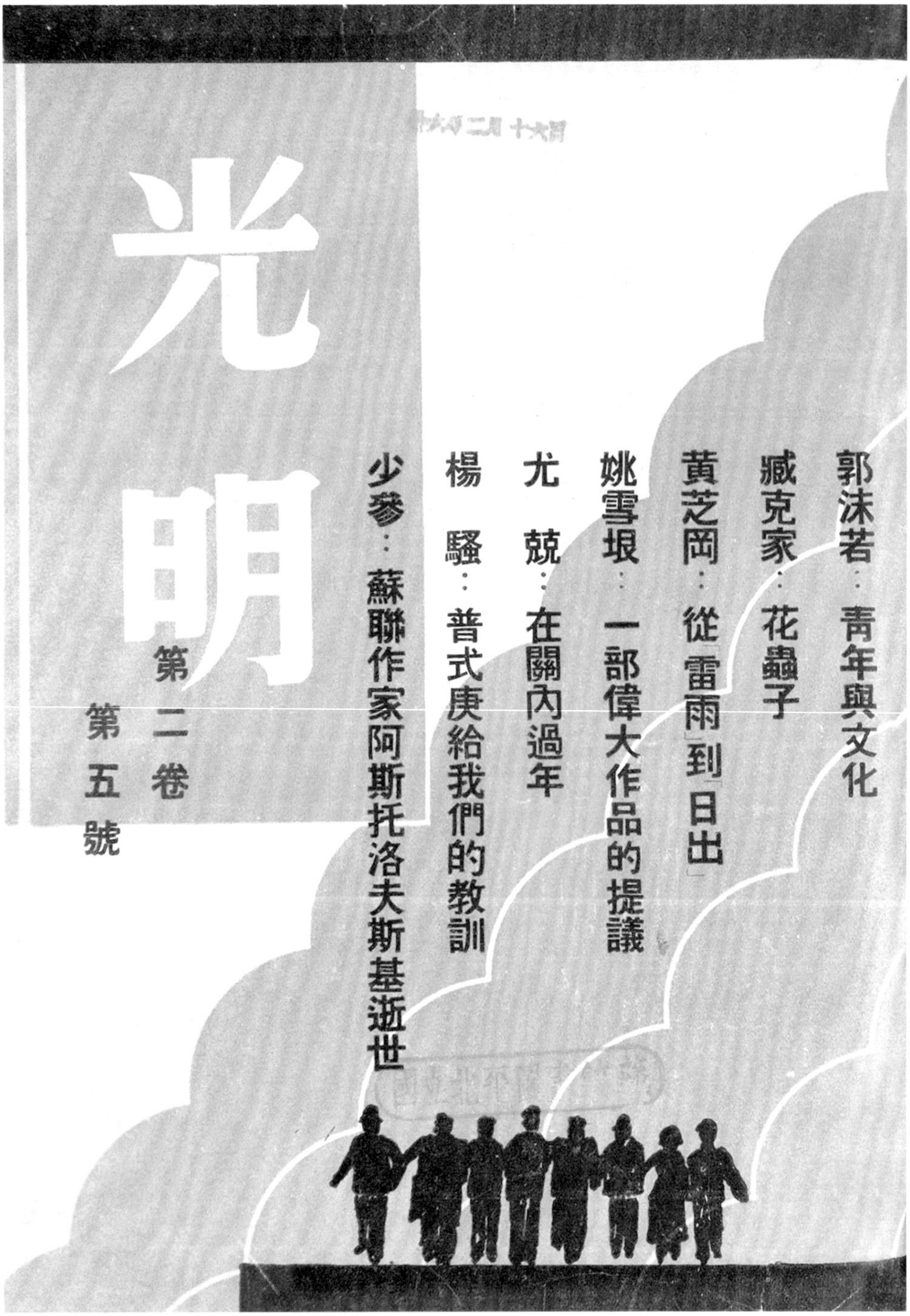

光明 第二卷第五號 目錄

創作三篇
花蟲子……臧克家（一〇八五）
鄉村……田濤（一〇九五）
動搖……何劍熏（一一一三）
青年與文化……郭沫若（一〇八八）
〔書評〕從「雷雨」到「日出」……黃芝岡（一〇九八）
詩歌
憤怒吧，砲台灣……魯藜（一一〇四）
救亡陣線歌……李磊（一〇九二）
戰歌……宇飛（一〇九三）
冬天的道路……普式庚作 陳君涵譯（一一〇六）
一百年了，陰謀的決鬥……施誼（一一一三）
普式庚給我們的教訓（紀念普式庚百年忌）……楊騷（一一〇七）
蘇聯作家阿斯托洛夫斯基逝世（蘇聯通訊）……少參（一一一四）
暴風雨所生產的……綺雨譯（一一一八）
一部偉大作品的提議……姚雪垠（一〇九二）
〔通訊〕邊聲……孫陵（一一三〇）
〔劇本〕在關內過年……尤兢（一一三四）
〔連載讀物〕文學修養的基礎（伊佐托夫）……李蘭重譯（一一四四）

定價

每月十日二十五日發行	預定	册數	全年廿四册	半年十二册
本期定價一角二分		國內日本	二元二角	一元二角
		香港澳門	三元二角	一元七角
		國外	四元四角	二元四角

郵票代價 十足收用

光明

第二卷第五號

民國二十六年二月十日出版

編輯人 洪深 沈起予

發行人 洪深

發行者 光明半月刊社

總經售 生活書店 上海福州路三八四號 電話 九七一一七

▽本刊文字非經允許不得轉載△

032　光明·戰時號外

上海　北雁出版社　1937　週刊

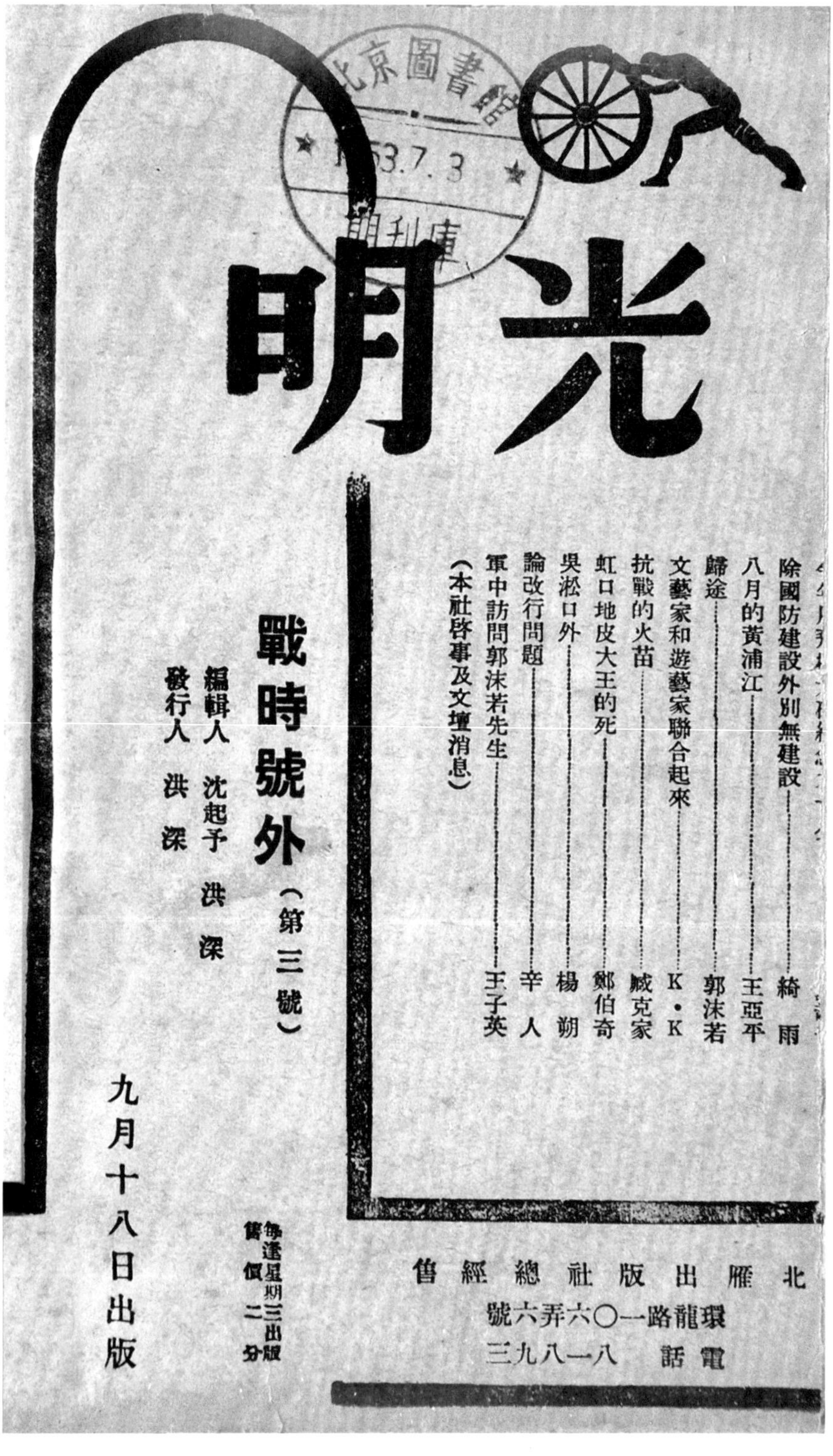

033　**海沫**　　R/050 /752.40

上海　海沫半月刊社　1940—1941　半月刊

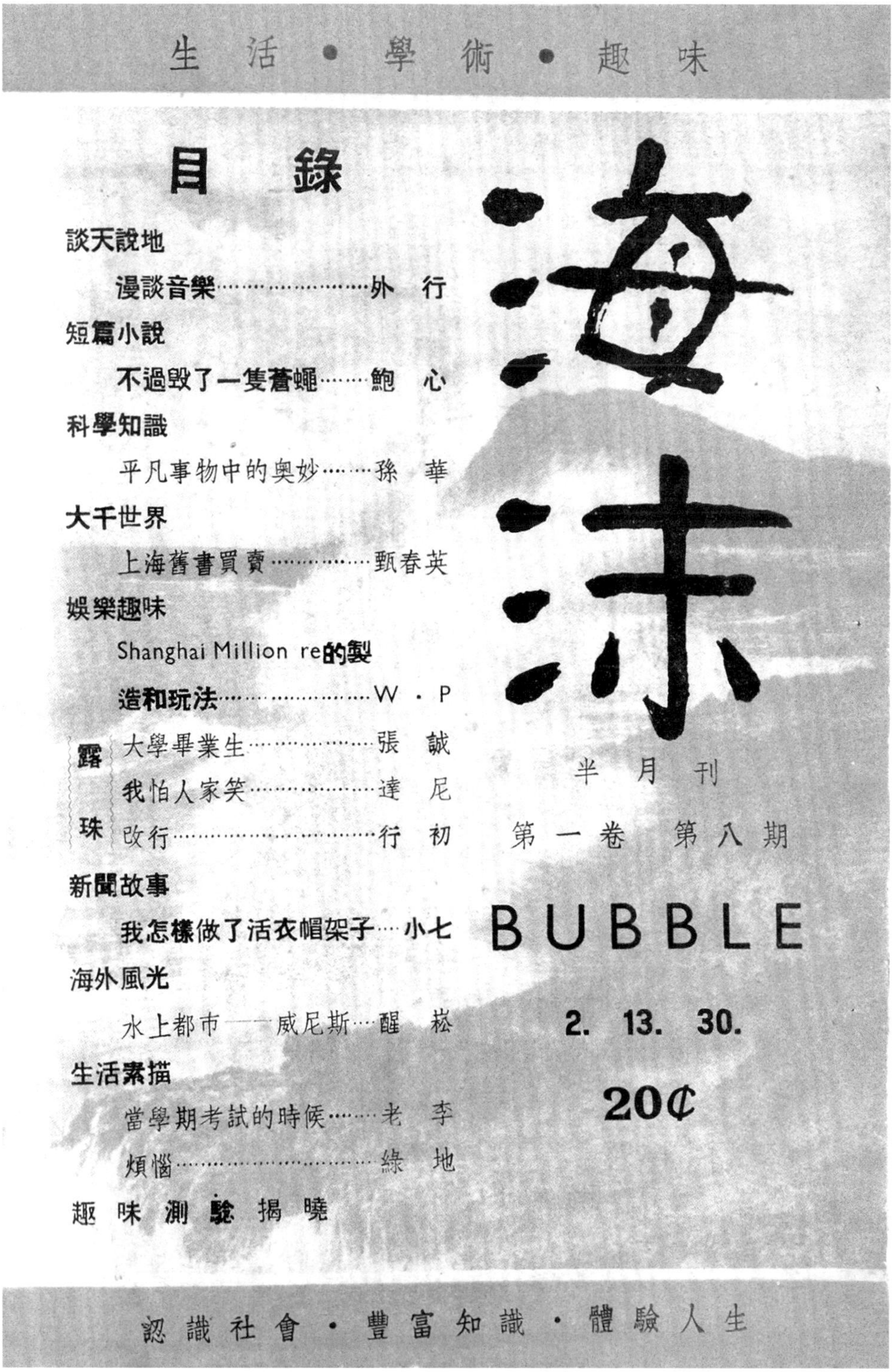

生活・學術・趣味

海沫

半月刊

第一卷　第八期

BUBBLE

2. 13. 30.

20¢

目錄

談天說地

　　漫談音樂……………………外　行

短篇小說

　　不過毀了一隻蒼蠅………鮑　心

科學知識

　　平凡事物中的奧妙………孫　華

大千世界

　　上海舊書買賣……………甄春英

娛樂趣味

　　Shanghai Million re的製造和玩法…………………W・P

露珠

　　大學畢業生………………張　誠

　　我怕人家笑………………達　尼

　　改行………………………行　初

新聞故事

　　我怎樣做了活衣帽架子……小七

海外風光

　　水上都市——威尼斯……醒　崧

生活素描

　　當學期考試的時候………老　李

　　煩惱………………………綠　地

趣味測驗　揭曉

認識社會・豐富知識・體驗人生

034　**海嘯**　

上海　海嘯文藝出版社　1939　三週刊

海嘯三週刊第三期

民國廿八年八月十日

目錄

海嘯（詩）……佚名（一至二）
獻給母親（散文）……張望秋（三至四）
好工人（短譯篇文）……瑾（五至八）
我們的小劉（速寫）……志秋（九至十一）
居禮夫人（傳記）……嚴濟慈（十二至十八）
哀難民（詩）……趣廬主人（十九）
是非（雜感）……陸沉（二〇至二一）
變（短節小說）……方歌（二二至三四）
指甲畫（雜文）……笑石（三十五）
雨的黃昏（譯詩）……余草生（三十四）
冬天（長篇連載）（二）……斯及（三六至四七）
前進之曲（散文詩）……霖霂（四十八）
海嘯信箱
昆明去的路程及其他……費誠（四九至五〇）
笨拙名言……雷國（五一至五二）
無題……余草生（十八）

035 **寒友** R/810.5/ 686

上海 雪社 1937 季刊

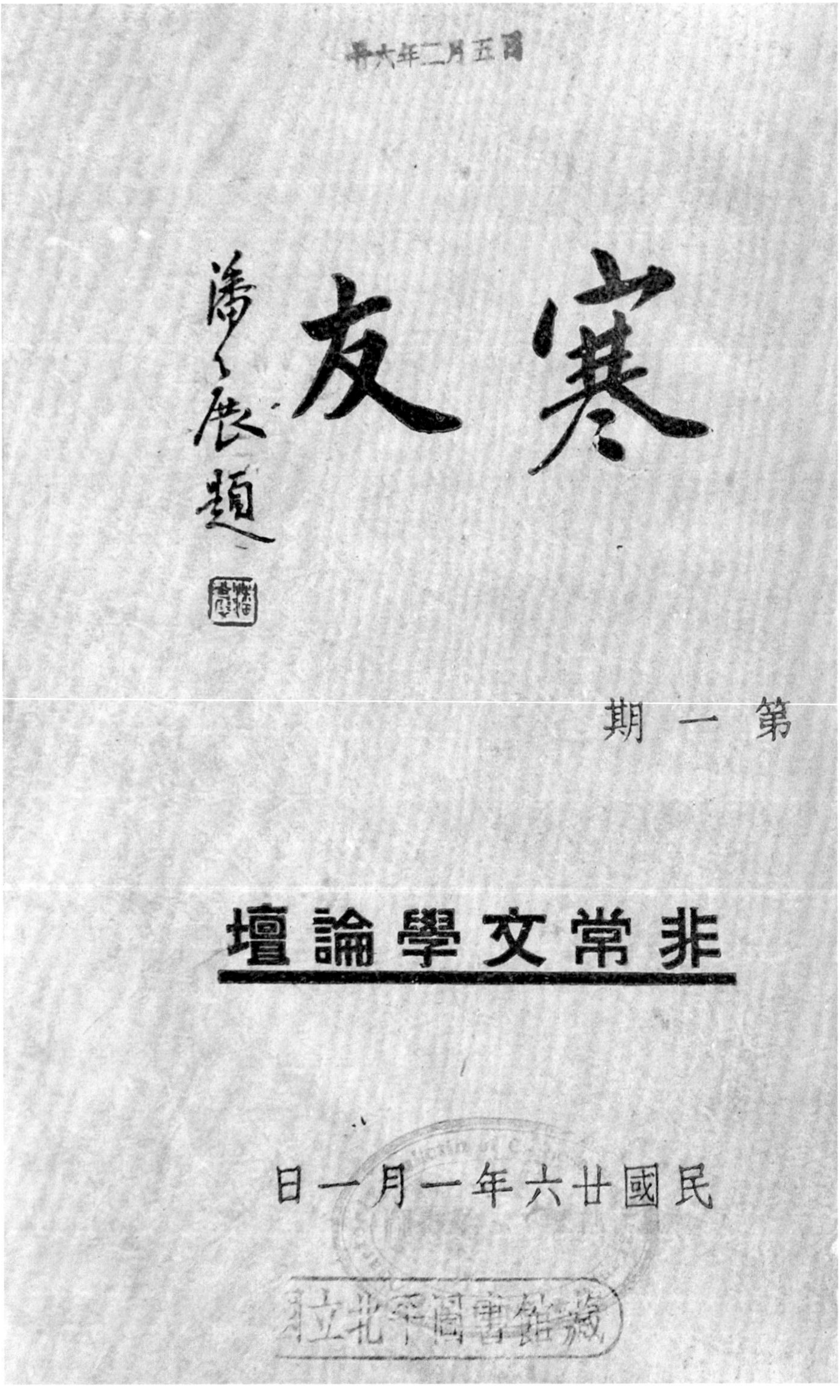

寒友季刊 第一期

民國廿六年一月一日出版

論壇

非常文學
非常文學芻議
最偉大神聖的文學
非常文學談
新意識新精神
高爾基和魯迅的死

創作

飛機場……林 冽（六）
遷……徐于高（三一）
入獄……苓 君（四一）
救……微 星（五五）
祝壽……系 宇（六三）
金樂……培 豈（七二）

詩選

行軍中……伊 人（八七）
回老家去……伏 土（八八）
極東變了樣……菩 提（八九）
廟前……高 犇（九〇）

雜文

競選者……荳（九二）
黑暗和光明……伊人（九八）
守衛……漪漣（一〇四）
在張家口一天……小老虎（一一[illegible]）
航船……江流（一一六）
婚姻大事……木木（一[illegible]）
引血……茜蒙（一二八）

補白

編後記
文藝界愛國運動……（一五）
周樹人用的署名……（五四）
彼希霍夫、高爾基的名著……（六二）
賽金花……（七一）

廣告

新人週刊　讀書青年
國華銀行　統原銀行
英雄牌絨線　一敷靈
康福多　藍買司干
火磚　中英藥房

036　行列詩歌半月刊　

上海　1940　半月刊

XANGLIE

行列

詩歌半月刊

第一卷 第三期　二・二八・二九

芳信　荒牧　徐野　唐雲霞　向征藜　厂民　王奮　紫曙　紫薇　戴鴻麒　楚之　雷石榆　黃華瘦　朱維基

芳信

瞧，那些兵士

你要記得，媽媽，當我從前在這兒這樣說的時候，
‘往那裏去的徵募兵，媽媽，誰知道他們什麼時候回來？’
現在他們又在這兒了，年老的和年青的就要去了。
媽媽，瞧那些兵士在唱着國際歌。

現在他們共同而自願地，不被強迫地行軍，
他們只有一個跳動的情緒。
媽媽，瞧那些兵士在唱着國際歌。

不是拿着罌粟花前進，使他們的手兒變紅，
他們拿着的就是那紅色，他們的旗幟　，　他們的眞理，
還有鎯鎚和鐮刀，自由的徽號。
媽媽，瞧那些兵士在唱着國際歌。

掏出你的手帕來，揮動它，它是紅的！
別害怕，媽媽，他們決不會後退，
如其一個法西斯蒂在我們的地球上行走，
或者一個拿騎槍的教主，一個漢奸，一個將軍，
沒有一個人肯生還。
媽媽，瞧那些兵士在唱着國際歌。

把收獲忘却；雖然麥田是在燃燒着，
那是世僞的暴君所舉起的烽火，
我們的小貴族的罪惡和情慾。
一個可恥的過去（沒有麵包，沒有自由）
在行軍的人們的脚底下萬刼不復。
媽媽，瞧那些兵士在唱着國際歌。

安得爾西雅的長工們　，　無家可歸的埃克族勒瑪杜人，
北方人，是像他們的鐵器一樣地被鍛鍊過的；
水兵，衞隊，政府軍的突擊隊，
同在一條路上行軍，向着西班牙的偉大，
沒有階級，沒有腐敗，大家只有一條心。

瞧，媽媽，那個孩子的臉孔帶着早晨的紅光——
他的軍旗是一個聯盟的生動而紅色的徽號，
不管生和死，他的鬥爭着的血
是一支爲人類而反抗法西斯蒂的火焰。
瞧，媽媽，瞧我們升漲起來的神奇，我們的統一。
這兒是有信仰的兵士，一國最優秀的男兒，
我們的人民，我們的和平，
媽媽，瞧那些兵士在唱着國際歌。

西班牙：Felix V. Ramos 原作

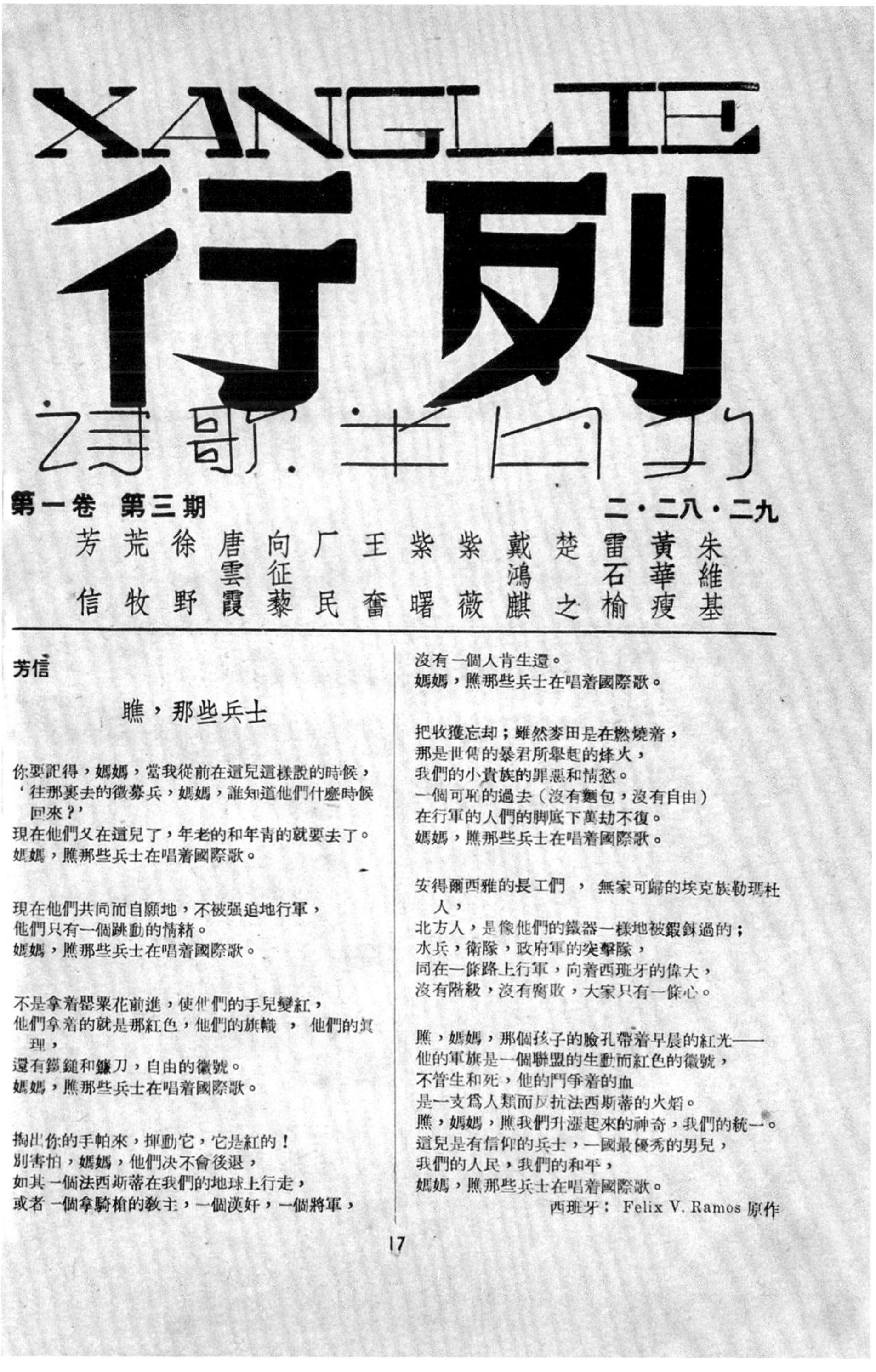

037 滬江

上海　滬江大學文學會　1937　月刊

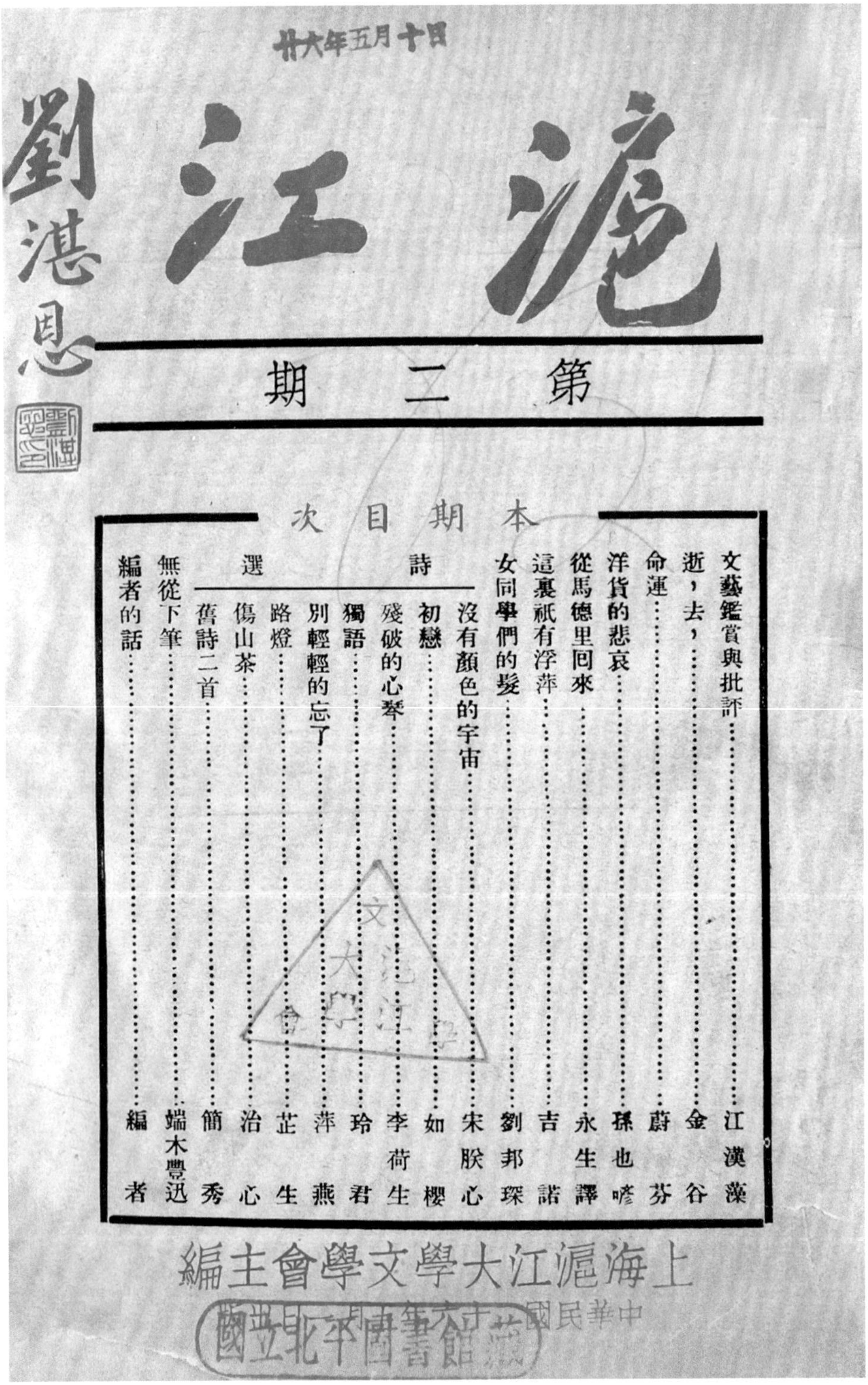

廿六年五月十日

滬江

劉湛恩

第二期

本期目次

文藝鑑賞與批評……江漢藻
逝，去，……金谷
命運……蔚芬
洋貨的悲哀……孫也嗲
從馬德里回來……永生譯
這裏衹有浮萍……吉諾
女同學們的髮……劉邦琛
沒有顏色的宇宙……宋朕心
詩
初戀……如櫻
殘破的心琴……李荷生
獨語……玲君
別輕輕的忘了……萍燕
路燈……芷生
傷山茶……治心
舊詩二首……簡秀
選
無從下筆……端木豐迅
編者的話……編者

上海滬江大學文學會主編

中華民國

038　**抗戰半月刊**　R/050/300.0

上海　抗戰出版社　1937　半月刊

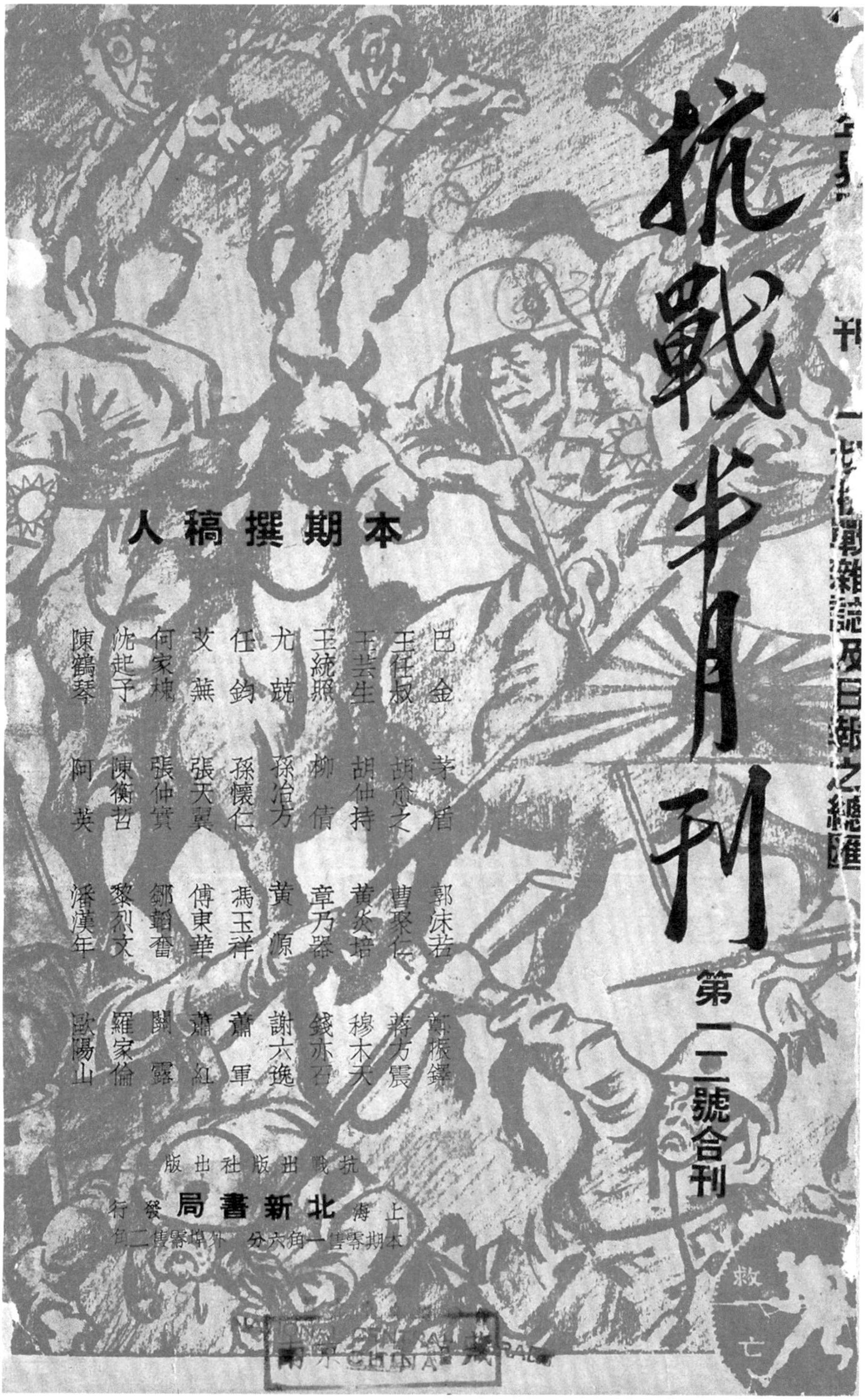

抗戰半月刊 第一二期 目次

·評論·

東亞大時代……王芸生 一
上海抗戰的一個月……胡愈之 二
我們爲什麼抗戰……郭沫若 三
對於上海抗戰應有的認識……錢亦石 四
全面抗戰展開以後……鄒韜奮 五
抗戰與覺悟……郭沫若 六
如何確保抗戰的全部勝利……潘漢年 九
日本能作長期戰爭嗎……思慕 一〇
敵我軍隊作戰能力的對照……張仲實 一一
千機毀滅日本論……李浴日 一二
寄日本國民……王芸生 一四
忠告日本政治家……郭沫若 一六
隨着抗戰展開的國際局勢……胡愈之 一七
歐洲烽火與遠東戰爭……張弼 一八
從中日戰爭到火平洋戰爭……胡愈之 一九
總動員與國民道德……蔣方震 二〇
抗戰與民衆……張天翼 二二
論民衆運動的必要……王任叔 二三
知識分子當前的責任……胡仲持 二五
婦女在戰時的責任……陳衡哲 二六
非常時期的兒童教育……陳鶴琴 二八
長期抗戰中的後方工作……黃炎培 二九
從漢奸之多談到鄉村工作……孫冶方 三〇
全國抗戰中救護事業概觀……龐京周 三二
論戰時金融……章乃器 三四
戰時工業問題……孫懷仁 三五
戰時外交問題……藍天照 三七
中蘇不侵犯條約的展望……潘漢年 三八
抗戰期間的文學……阿英 三九
戰時的新聞記載……謝六逸 四〇

·特寫·

從戰地歸來……曹聚仁 四一
前線歸來……郭沫若 四四
前線回來記……沈起予 四八
軍中日記……曹聚仁 五〇
兩位抗戰的英雄……阿英 五六
浴血戰……何家槐 五七
抱屍而進……包天笑 五九
在我們閘北的前線上……秋士 六〇
抗敵的故事……佚名 六三
吳淞十日血戰……佚名 六六
突貫攻擊……楊紀 六七
我有一個殺敵的兄弟……陳福愉 六八
我怎樣轟炸出雲艦……次霄 六九
奇偉的夜襲……景江 七三
奇異的火球……景江 七四
羅店壯烈之戰……佚名 七五
砲火中的羅店……狂雨 七五
羅店戰場憑弔……曹聚仁 七六
視察羅店……桀人 七六
前線將帥……佚名 七七
青年中將孫元良橫顏……張若谷 七八
王敬久師長印象記……凌空 七九

·雜文·

砲火的洗禮……茅盾 八〇
戰神在歎氣……茅盾 八〇
不是恐慌手段所能懾伏的……茅盾 八一
站在十字街頭……巴金 八二
焦土抗戰……鄭振鐸 八二
一九三七年八月十四日……蕭軍 八三
天空的點綴……蕭紅 八五
夜深沈……王統照 八六
勝利的曙光……黎烈文 八六
戰神笑了……歐陽山 八八
空軍的處女戰……黃源 八八

·小說·

摩那里沙……巴金 九〇

·戲劇·

省一粒子彈……尤兢 九二

·詩歌·

闊步走……馮玉祥 四一
戰士……馮玉祥 四二
抗戰歌……羅家倫 四三
臉在的三個勇士……鄭振鐸 四五
我翱翔在天空……鄭振鐸 四七
勇士……鄭振鐸 四九
機關槍手……鄭振鐸 四九
盟誓……傅東華 五三
死之花……傅東華 五四
上海戰歌……王統照 五四
全民族總動員……穆木天 五八
空軍歌……何家槐 六〇
戰鬥的婦女……關露 六一
砲火頌……任鈞 六二
保衛祖國……柳倩 六二
救亡對口曲……艾蕪 六四

·附錄·

淞滬抗戰一月記……佚名 九三

民國二十六年十月十六日出版
編輯者 抗戰出版社
發行者 北新書局 上海福州路中市
每期八分·本期合刊一角六分
半月出版一册·全年二十四册
預定半年一元·預定全年二元
郵費奉送·國外加郵二元四角
年內定閱特別優待八五折計算
同行現欵批發·章程函索即寄

039 吶喊

上海　上海文學社　1937　週刊

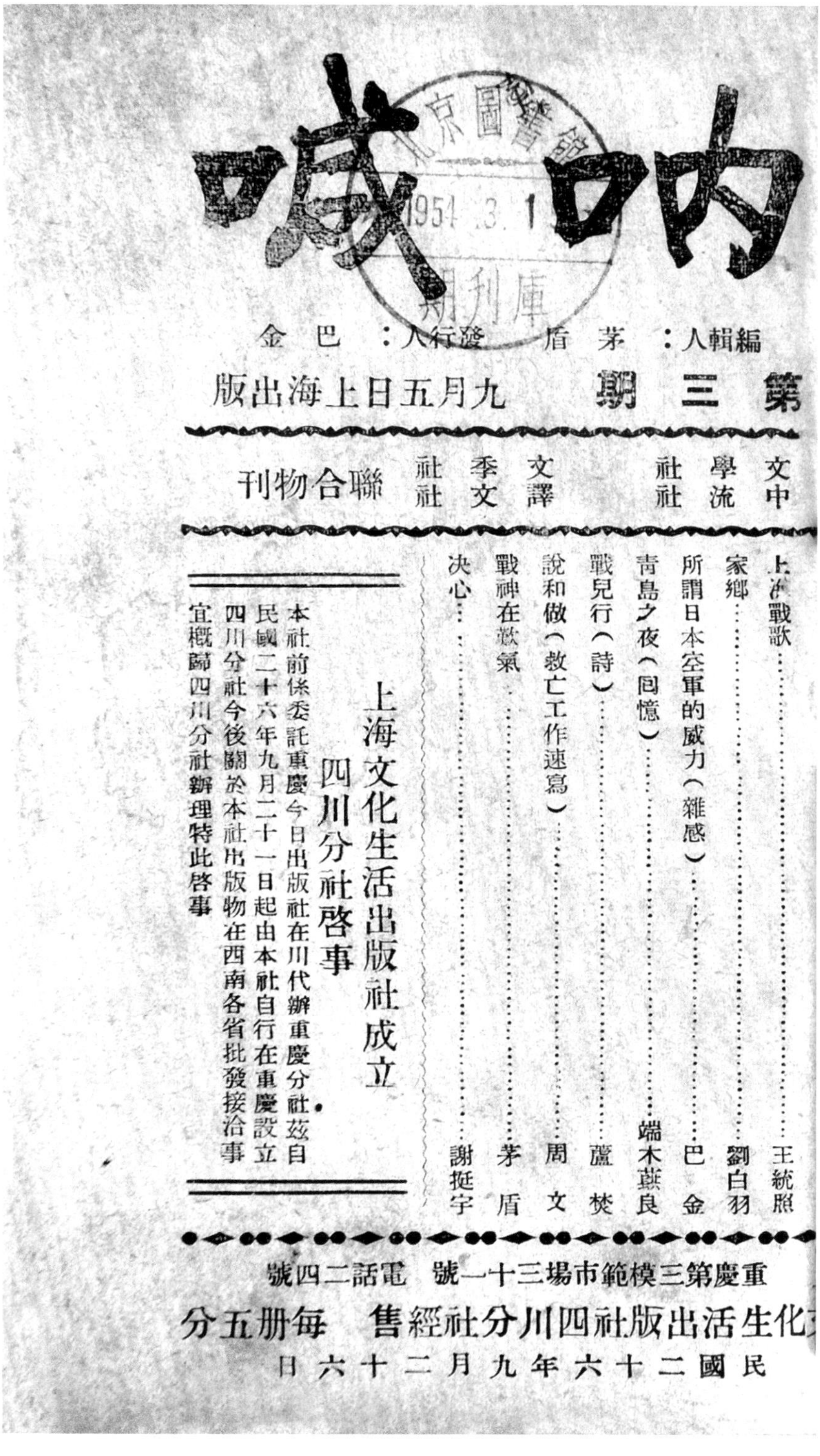
吶喊

編輯人：茅盾　發行人：巴金

第三期　九月五日上海出版

文學社 中流社 文季社 譯文社 聯合刊物

上海戰歌……王統照

家鄉……劉白羽

所謂日本空軍的威力（雜感）……巴金

青島之夜（回憶）……端木蕻良

戰兒行（詩）……盧焚

說和做（救亡工作速寫）……周文

戰神在歎氣……茅盾

決心……謝挺宇

上海文化生活出版社成立四川分社啓事

本社前係委託重慶今日出版社在川代辦重慶分社．茲自民國二十六年九月二十一日起由本社自行在重慶設立四川分社今後關於本社出版物在西南各省批發接洽事宜概歸四川分社辦理特此啓事

重慶第三模範市場三十一號　電話二四二號

文化生活出版社四川分社經售　每册五分

民國二十六年九月二十六日

040　南風　

上海　商務出版社　1939－1940　月刊

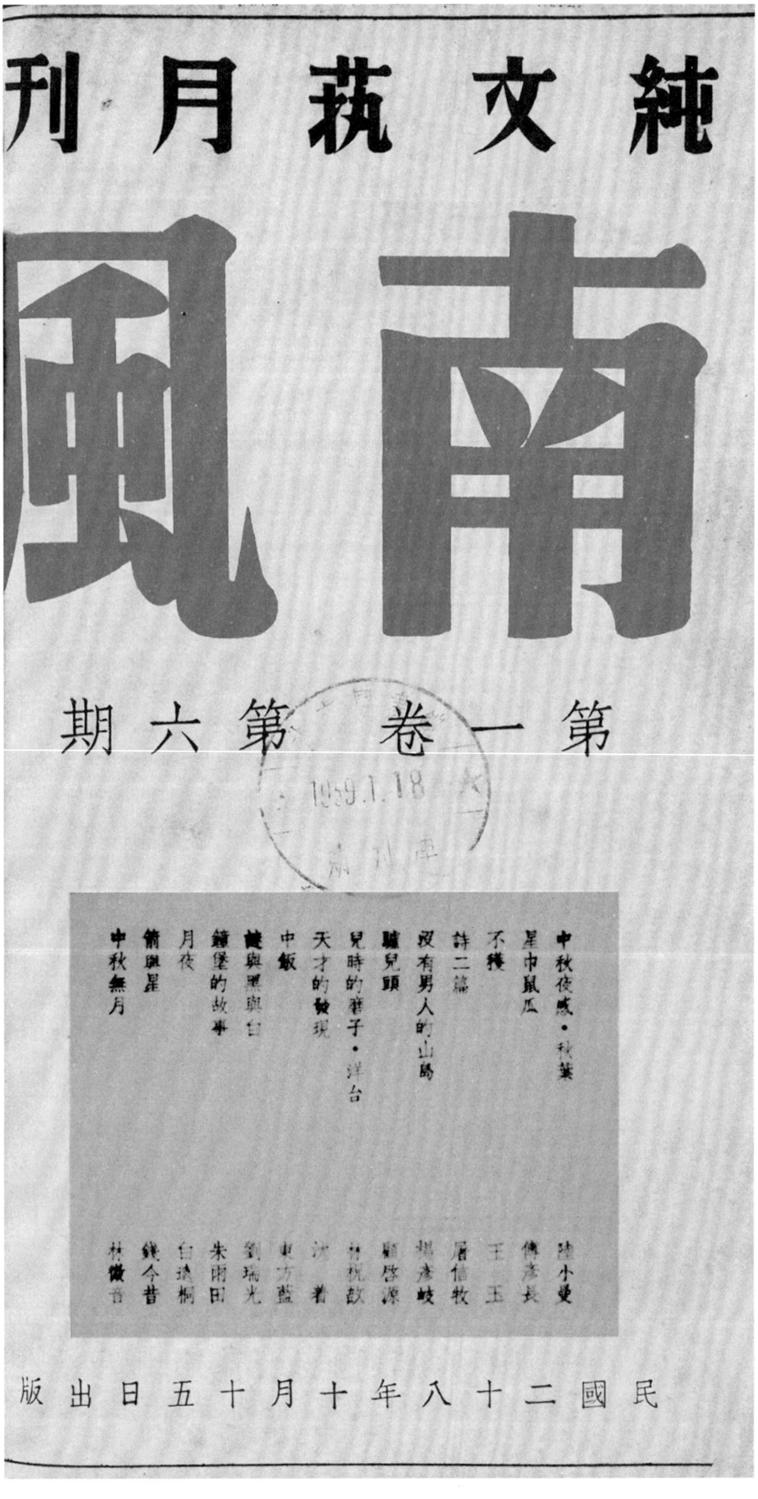

純文藝月刊

南風

第一卷第六期

中秋夜感・秋葉　陸小曼
星巾鼠瓜　傅彥長
不獲　王玉
詩二篇　屠信牧
沒有男人的山島　楊彥岐
驢兒頭　顧啓源
兒時的帘子・洋台　林枫啟
天才的發現　沈者
中飯　東方藍
鐵與黑與白　劉瑞光
鐘堡的故事　朱雨田
月夜　白琪桐
箭與星　錢今昔
中秋無月　林微音

民國二十八年十月十五日出版

南風

純文藝月刊 二十八年十月

第一卷 第六期

目次

星巾鼠瓜 傅彥長 四〇八
沒有男人的山島 楊彥岐 四二二
中飯（英格蘭 摩姆） 東方藍 四四八
鐘堡的故事 朱雨田 四六一
中秋無月 林徽音 四七四
秋葉 陸小曼 四〇六

（續見後頁）

編輯人 林徽音
發行者 商務出版社
總經售 中國圖書雜誌公司
上海福州路三百八十號
電話：九二二一三

本刊歡迎文藝各方面之創作與翻譯。稿件一經採用，薄酬當即奉上；不用稿，在半個月內寄還。來稿請寄上海福州路三八〇號中國圖書雜誌公司轉南風月刊社。

（續自前頁）
詩二篇 屠信牧 四一九
兒時的磨子（法蘭西 克朗莫尚） 林柷敔 四三六
洋台（法蘭西 蒲特雷） 林柷敔 四五九
箭與星 錢今昔 四七二
中秋夜感 陸小曼 四〇三
不穫 王玉 四一三
驢兒頭（法蘭西 米斯特拿爾） 顧啓源 四三一
天才的發現 沈着 四三八
謎與黑與白 劉瑞光 四五四
月夜 白遠桐 四六七

南風 第一卷 第六期
二十八年十月十五日出版

定價（郵費照加）

每期（八十頁）	二角五分
每卷（六期）	一元三角
每年（二卷）	二元五角

上海公共租界警務處雜誌登記證C四九六號
上海法租界警務處雜誌登記證在呈請中

041　七月　R/810.5/401

上海　七月社　1937—1941　月刊

●目　錄●

論戰爭期的一個戰鬥的文藝形式……胡　風　一二九
　一・新情勢下的新形式
　二・由平鋪直叙到提要鈎玄
文學的寬度，深度和强度……端木蕻良　一三一
記一個朋友底談話……耳　耶　一三三
一九二九年底愚昧……蕭　紅　一三五
重逢（劇本）……丁　玲　一三七
一個義勇隊員的前史（小說）……柏　山　一四三
第三代（長篇連載三續）……蕭　軍　一四七
雨雪中行進（行軍通訊）……黄　明　一五三
關於八路軍的種種（行軍通訊）……西　望　一五五
西行（旅行通訊）……艾　青　一五七
我們怎樣生活的？（延安印刷工人集團通訊）……沈鎮衍等　一五七
奇聞二章（隨感）……勁　草　一五五
戰訊：從山西寄到武漢……奚　如　一三〇
關於「反正」二件：
　一・對於「反正」的辯正……揚士博　一六〇
　二・作者的申明……洗　羣　一六〇
被枷鎖着的中國怒吼了！（木刻）……李　樺　封面
出征（木刻）……力　羣　一五四

本刊已呈請主管機關登記中

七月

第五期

廿六年十二月十六日出版

編輯兼發行　七月社　漢口漢潤里四十二號樓上
編輯人　胡　風
發行人　熊子民
總代售　生活書店　漢口交通路
印刷者　新昌印書館　漢口小董家巷　電話二一〇四五

另售每份一角

訂價　三個月……五角五分　六個月……乙圓

每月一日十六日出版

042 千秋

上海　1944　月刊

千秋　第一卷　第二號　目錄

報告文學　煙廠風雲……尾布作・海岱圖（六）
我是一個軍人……宋美作・桂霖圖（一九）
醫壇登龍術　招徠篇……葉勁秋（二五）
銅元發跡記（雜考）……冷眼（三六）
關帝與蕭維豫（傳說）……梁爽作・江濤圖（三九）
馬王廟的故事（小說）……洪薇（四三）

端節特輯
不忘端節……駒（五〇）
想起了屈大夫……駒（五一）
粽子與桃源……駒（五二）
白蛇傳永遠在開演……曉（五三）

談俗氣……公叔段（五四）

畫頁
夏（攝影四幅）……康正平（五五）
生活二重奏……陸守松（五六）
薪水階層的四部曲……江棟良（五七）
詩與木刻……林峯作・海岱刻（五八）

各有千秋
各人頭上一方天……白（六〇）
一件小事……駒（六一）
不好意思之類……平（六二）

遊魂曲（歌曲插頁）……曉林作・畢道隆曲（六五）
鐘（小說）……季可作・劉靜楨圖（六六）
詩茵的愛與死（小說）……焦桐作・水漪圖（七〇）
四姊妹進行曲（歌曲）……梁樂音曲・徐景行詞（七六）
電影四姊妹談座……本社（七七）
琵琶野語（下）（樂談）……朱英（八一）
打糖鑼的漢子（小說）……張金壽（八四）
白采憶語……說齋（八九）
致周作人書及其他……實篤（九六）
水面上的桃花瓣……白沉（一〇一）
恩怨一宵（二）（長篇名著）……毛亨作・王敦慶譯（一〇六）
女演員外傳（二）（戲劇）……黃鶴（一一五）
科學語林……天波（一二三）
綁匪之國（特寫）……趙季平（一二八）
母親的改嫁（小說）……詹運溪譯（一三一）
陷阱中的人們……焦桐（一四一）
第二年的春天（連載小說）……白野作・江濤圖（一四四）
補白 逸梅小品・樂人趣話・斷章……逸梅等
編者・作者・讀者……編輯室（一五四）

043　熱風　　R/810.5/207.1

上海　熱風月刊社　1937　月刊

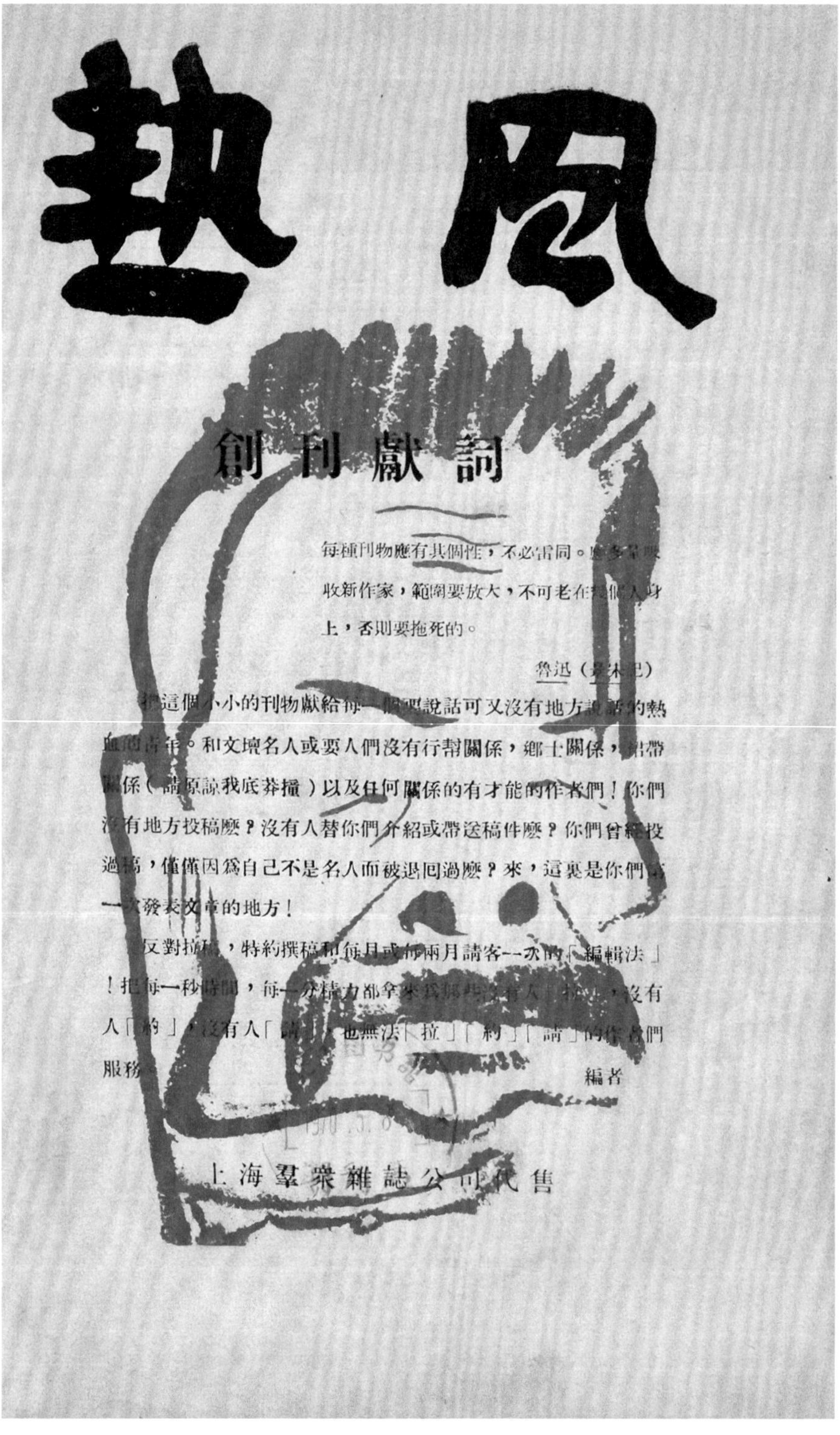

熱風

創刊獻詞

每種刊物應有其個性，不必雷同。應多量吸收新作家，範圍要放大，不可老在幾個人身上，否則要拖死的。

魯迅（景宋記）

把這個小小的刊物獻給每一個要說話可又沒有地方說話的熱血的青年。和文壇名人或要人們沒有行幫關係，鄉土關係，裙帶關係（請原諒我底莽撞）以及任何關係的有才能的作者們！你們沒有地方投稿麼？沒有人替你們介紹或帶送稿件麼？你們曾經投過稿，僅僅因為自己不是名人而被退回過麼？來，這裏是你們第一次發表文章的地方！

反對拉稿，特約撰稿和每月或每兩月請客一一次的「編輯法」！把每一秒時間，每一分精力都拿來為那些沒有人「拉」，沒有人「約」，沒有人「請」，也無法「拉」「約」「請」的作者們服務。

編者

上海羣衆雜誌公司代售

目錄

我怕……景宋（1）
安息吧，先行者……春橋（4）
一個高大的背影倒了……紺弩（5）
創刊獻詞……編者（封面）
熱風序摘句……編者（21）
現階段的寫作自由論……雪葦（7）
熱風（題字）……魯迅（封面）
「中國人的恥辱」？……阿累（12）
一個電車賣票人這樣說……甏瘦嬰（14）
海上述林（墨跡）……魯迅（3）
悼林君（墨跡）……魯迅（4）
「女弔」解……平薔（18）
無題的雜感……白平（16）
從魯迅先生死後說起……方之中（20）
靠死人賺錢……以羣（22）
文章，說話，行動和文人……保青（24）
魯迅先生（畫相）……掘口（封面）
不是沒有緣故的……陳烟橋（28）
外套禮貌和紳士……東平（27）
文壇風景……艾淦（28）
魯迅底錯誤……耳耶（34）
掘墓者……辛勞（29）
輕鬆小品……長鞭（31）
魯迅先生紀念會籌備會通告（兩則）……（13．15）
生活吧，我的大地……田間（35）
小黑手……艾青（39）
犧牲……雷石榆（26）
上海木刻作者成立會宣言……（45）
藥針房……李軒（37）
殖民地軍官……斐兒（37）
活……周白月（42）

044　人世間

上海　人世間社　1939－1949　月刊

人世間

民國三十四年十月十五日出版　第二卷第六期　內容目次

竹林獨坐圖……………………明·王紱作〔封面〕
戰時德國內景一瞥……………………〔封裏〕
比王利奧波特降敵眞相(John Cudahy作)……剪草譯〔二〕
給林白夫人的一封公開信(D. Thompson作)祖培譯〔八〕
德國政治秘密警察的幹部人物
(H. Koehler作)……丁君匋·洪流合譯〔一三〕
蘇聯的紅軍(G. E. R. Gedye作)………許念茲譯〔二〇〕
戰時的德國實況(W. L. Shirer作)………胡光祿譯〔二一〕
在巴黎的密探：阿培茲(P. Lazareff作)……石　清譯〔二七〕
埃及迷想錄(甲斐靜馬作)………甘　儲譯〔三〇〕
吃人的人(南海述奇之五)………錢歌川作〔三三〕
一個美國醫師口中的重慶雜譚(G. C. Basil作)錢士譯〔三五〕
二、爬上山城；三、一朝成名天下皆知
春畫考(旅蜀雜筆之八)………味　橄作〔三五〕
浙東之行…………綏　君作〔四六〕

編者雜記

本刊兩大長篇連載，第一篇是「希特勒的靈魂」，述德國政治秘密警察的內幕，本期所登的，是敍述牠的幹部人物。因欲使讀者一氣看完，所以把全章完全刊出，篇幅就多佔了一點；下期就可刊登他們那些生動毒辣的活動情形了。第二篇是「重慶雜譚」，將川中舊軍人的舉止，在一個美國醫師的印象中爲如何，寫得非常有趣，正可給我們自己反映一下。

「讀者通信」一欄，因本期稿擠，雖已排好，却無法編入，只好暫停一期，請投函諸君特別鑒諒！

下期編定的稿件，計有英國的近東支柱華佛爾將軍，英國海岸防守員的生活，希特勒的侵英計劃，老將貝當，羅斯福總統的母親，納粹統治下的荷蘭近況，地中海的政治環境，北極探險記等篇。本期多長篇之作，下期則少選長

人世間每月一冊
每逢十五日出版
國內每冊國幣六角
港澳每冊售港幣三角
主編者　人世間社
上海福州路二九六號轉
發行者　丁君匋
總經售處
上海福州路二九六號
光明書局
香港皇后大道中
星羣書店
新加坡大坡牛車水
大馬路二〇五號
正興公司
代售處
五洲書報社
中國圖書雜誌公司
歡迎訂閱
半年計六冊
國內國幣三元五角
港澳港幣一元五角
全年計十二冊
國內國幣六元五角
港澳港幣二元五角
郵費概照郵章實收
▼本刊內容不准轉載▲
上海公共租界登記證C字第五三二號
內政部及上海法租界登記證業在申請中
中華郵政特准掛號認爲新聞紙類(暫字二三九號)

045 生力軍

上海　生力軍月刊社　1937　月刊

代表全國無名作家示威的

專給全國勞苦大衆閱讀的

生力軍

第二期　一九三七年三月出版

（本刊已呈請登記）

本期要目

雜文

我們爲什麽要提倡「鋼針運動」？

亭子間裏的公道話

大學生與花花小狗

閒話文憑

阿洪隨筆

工廠中的幽默語錄

小說

茫

妓女

張老頭和他的老婆

詩歌

飢

她

茫茫夜

編輯及發行：生力軍月刊社　上海牯嶺路毓麟里廿六號

總代售：五洲書報社　上海山東路三三一號　電話九二四七六

廣告價目

	全頁	半頁	1/4頁
封裏	三十元	無	無
底外	三十元	無	無
裏底	廿五元	無	無
普通	二十元	十二元	七元

每本二分　全年二角　郵費照加

046　詩歌雜誌　　

上海　聯合詩歌雜誌社　1936—1937　月刊

目錄

國防詩歌討論特輯

詩歌的新啟蒙運動……孟英・袁勃 1
現階段的詩歌（大綱）……温流 2
我對于國防詩歌的意見……萬湜思 3
關于國防詩歌的一個問題……林火 5
詩的語言……江蘺 6
國防詩歌的幾個要件……史輪 7
新文字與國防詩歌……渥丹 9
與「純詩」人戴望舒談國防詩歌……江蘺・一鐘・方殷 15
談國防詩歌……曲他 11
淺薄的意見……路滴 12
走上國防詩歌之路……曹鎖華 12
也是國防分內的事……今及 12
關于國防詩歌的情緒……李樸 13
我對國防詩歌的觀點……魏精忠 13
我對國防詩歌的一點意見……邵冠祥 13
關于國防詩歌……紫揚 14
兩個意見……白炎 14
關于國防詩歌……歐陽文輔 14

哀悼詩人温流

慟……詩歌雜誌社 17
跟着我亡夫的遺志前進……梁慧 18
當我噙着魚骨頭……蒲風 18
温流小傳……白嘉 19
温流遺照——四幀

創作

窗……洪遒 23
愛……臧克家 22
吼聲……**温流遺作** 20
流亡……管澤粲 24
訣絕……白瑩 24
如今……舒敏 30
春天……辛勞 34
夜夢……一鐘 33
我愛……王超敏 36
末日……奇漢 2
馬德里……杜吟 22
山海關……**江蘺** 25
在霧里……石靈 31
雪夜里……温流遺作 34
誰的豐年……方殷 24
我的褓母……王博習 29

別了田莊……王亞平 35
血的願望（詩劇）……史輪 38
衰老的城壕……今及 26
孩子的殺戮……紫揚 27
賣鬼貨的歌……宋寒衣 28
冬暮的河灘……劉映元 28
五月，戰鬥呵！……莽曙 29
長堤交響曲……黃魯 37
電賀萬里長城……雷石榆 27
十二月的北風……蕭聲 28
我們都在抗爭……張振乾 33
黃河上的縴夫曲……何方 21
東北歌者的短歌……舒羣 21
媽媽我肚子餓呢……魯馬 30
故鄉我不能丟掉你……何一鴻 36
南國的女神喲珍重……征軍 37
Changsindian Ku gung hen go……Xiatia 42

譯詩

我……黑列馬作……萬提思譯 43
母親……A. 倍齊門斯基作……勞榮譯 45
乞丐之墓……裴多菲作……覃子豪譯 46
白天日光消失了……普式庚作……蒲風·葉可根合譯 44

批評

搖籃歌……白羽 50
我們的堡……方殷·一螢 兆銘·天佑 47
讀漢園集……袁勃 49
太平洋上的歌聲……一鍔 51
詩壇消息……42

專載

北平文藝青年協會成立宣言
中國詩歌作者協會宣言

定價

每月發行	每冊實價一角三分	
預定		
冊數	國內日本	國外
全年十二冊	一元四角	二元八角
半年六冊	七角	一元四角
郵票代價十足通用		

本刊文字非經允許不得轉載

詩歌雜誌
第三期
1937N. 5yc 出版
編輯者 聯合詩歌誌雜社
發行者 聯合詩歌雜誌社
上海福州路三八四號
總經售 生活書店
電話九七一一七號

廣告價目

等級	優等	普通
地位	底裏底外	正文前後
一頁	五十元正	三十元正
半頁	三十元正	二十元正

長期刊登另有優待
辦法詳章函索即寄

047　詩林雙月刊　　R/813.105/602.1

上海　詩林雙月刊社　1936—1937　雙月刊

詩林•2:1—1

詩林雙月刊

第二卷 第一期

·目錄·

略論詩人和社會認識	任鈞
節奏自由詩	林庚
一年來的詩壇	何德明
小唱三章	路易士
希望	李章伯
何所歸	周白鴻
流逐·亡命者	侯汝華
某日的留言	陳更魚
詩二首	姚蘇鳳
側影	趙景深
西園之夜	于一平
死讚外三章	林丁
新墓	王梁彥

十二家：蔣有林 張友建 宋衡心 陳洪海 向青 征驊 邵冠華 雪蒂 山茶 莫秋 陸印全 徐念頤

哀希臘	吳澄華譯
飲酒歌	李子溫譯

十也是創作十

百里紅燈	柳倩
流亡者獨唱	邢路
短歌	張[illegible]麟
洗衣婦	李興華
黑的手	邵冠祥
小小的禮物	魏晉
築基地	雪村
弔無名英雄墓	瑩子
閘北有甚麼話說	臧波
難民車外一首	慕白
苦痛列車	蒲風
我走在馬路上	亞爾
無題	李海流
詩一章	鄧堅伯

十也是創作十

悼魯迅先生	許季明
獻詞	鶴飛
歌者（封面木刻）	海流
散文詩三篇	林英強

詩之林 共十三則

●編輯室 ·本社啟事五則·

民國二十六年一月

048 時代文藝

上海　時代文藝社　1945　半月刊

時代·文藝

創刊號

中華民國三十四年九月十五日出版

短論：迎新時代

中國革命與民主運動

中國與蘇聯（專論）

威爾基：世界一家

戰後晚上十點鐘

末日（創作）·文化消息

一個女英雄之死

049　世風　　R/050/177.5

上海　洪流文藝學社　1938　半月刊

050　**蘇聯文藝**　

上海　蘇商時代書報出版社　1942－1949　月刊

ЛИТЕРАТУРА и ИСКУССТВО СССР

Под редакцией Н. И. Швецова

№ 15, Шанхай Июль 1945 г.

ПРОЗА

Н. Емельянова	— Хирург	3
Николай Тихонов	— Руки	92
Илья Эренбург	— Счастье	95
Леонид Соловьев	— Севастопольский камень	101

СТИХИ

С. Маршак	— Поверженный Берлин	123
Алексей Сурков	— День торжества	125

ИСКУССТВО

Проф. С. Богуславский, И. Мартынов, В. Сидельников	— Русская народная песня	127
М. Алпатов	— Праздник русского искусства (к открытию Третьяковской галлереи)	132
Проф. К. Державин	— Ленинградский балет	138

КРИТИКА и БИБЛИОГРАФИЯ

А. Караганов	— Советская культура за рубежом	141
П. Павленко	— Спор с автором (о «Хирурге» Емельяновой)	147
На смерть Демьяна Бедного, К.А. Тренева и В.В. Вересаева		151
КОРОТКО ОБ АВТОРАХ		155

НА ОТДЕЛЬНЫХ ЛИСТАХ: Исторические снимки: Флаг победы над зданием немецкого рейхстага в Берлине — стр. 30-31, подписание акта о безоговорочной капитуляции Германии — стр. 80-81; Фото: на открытии Третьяковской галлереи и один из лучших хоров в Москве — стр. 130-131; сцена из балета «Щелкунчик» — стр. 140-141.

紀念最近逝世之蘇聯作家……………………（波　人譯）… 151
台米羊・別德納
特烈涅夫
魏列薩耶夫
作者介紹………………………（編　者）… 155

插圖：勝利旗幟飄揚於柏林德國國會大廈的上空 30—31；德國無條件投降簽字80—81；特列季雅可夫美術館揭幕與莫斯科一合唱隊130—131；舞劇『胡桃夾子』之一景140—141。

ЛИТЕРАТУРА И ИСКУССТВО СССР №15
蘇聯文藝
第十五期
★一九四五年八月出版★
編輯者　施維卓夫
發行者　蘇商時代書報出版社
上海斜橋弄六十號
前第一區公署警務處登記證C字一一一〇號
每冊定價　元　$

051　濤聲　R/810.5/722.1

上海　濤聲文藝出版社　1937－1948　月刊

濤聲

第一卷 第二期

民國二十七年八月二日出版

封面……堅苦地工作，才能獲得最後的成功（木刻）

畫刊

收復失地（木刻） 唐英偉作

捐起畫筆，抵抗敵人 谷尼

不停的工作（素描） 米勒作

素描的起源 劉獅

我們的話 世芳

抗戰時期的文藝傾向 雅秋

三義岩（創作） 嶺巔

關於羅淑（轉載） 黎烈文

定價

訂購辦法	冊數	價目	郵票 國內	郵票 國外
零售	一	八分	二分	一角
預定每卷	十二	九角六分	在內	一元二角

郵票代價十足收用一角以下爲限

濤聲

第一卷 第二期

二十七年八月二日出版

本刊每冊實售八分

編輯者 濤聲編輯委員會

發行者 濤聲文藝出版社

經售者 五洲書報社 上海山東路二二一號

中國圖書雜誌公司 上海福州路三八〇號

外埠代定處 各地雜誌公司

街頭流浪者底歌（詩歌）　白梵

三個家（雜文）　乃常

亟待解決之難民問題（專論）　執戈

楊二少爺（創作）　朱翔

怎樣做一個演員（戲劇論述）　丁羊

青年集作

三隻怪（特寫）　末名

傀儡的幻滅（創作）　維華

踏上光明的征途（詩歌）　方健威

途中（報告文學）　四人

給孤島上的朋友（詩歌）　善同

漫畫：

孤島上的動靜　蔣潤作

會不吹破嗎　播岳作

投稿簡單

1. 本刊除特約稿件外，歡迎各界投稿以下列各種稿件爲限：創作，譯稿，散文，詩歌，報告文學，各地通訊，青年與學生問題之討論及木刻，畫件等。
2. 來稿須用稿紙繕寫清楚，加上新式標點符號，文體一律用白話。譯稿並須附原文。
3. 稿末請註明眞實姓名地址及加蓋圖章。否則作却酬論。
4. 稿件概不退回，如附有郵票而不登者當於二星期內寄回。
5. 來稿如經採取，由本刊酌酬現金。
6. 本刊編者對來稿有删改權。
7. 稿件經登載，版權仍歸作者保有，惟本刊如有出版叢書時可儘先選入，條件屆時另訂。
8. 來稿雖經登載，稿金未取前，該稿在其他刊物報章發表則稿金取銷。
9. 稿金規定每月月底結算，過兩個月未來領者，作却酬論。
01. 來稿請寄南京路一三八號二樓本社。

052　天地間

上海　文華出版社　1940—1941　月刊

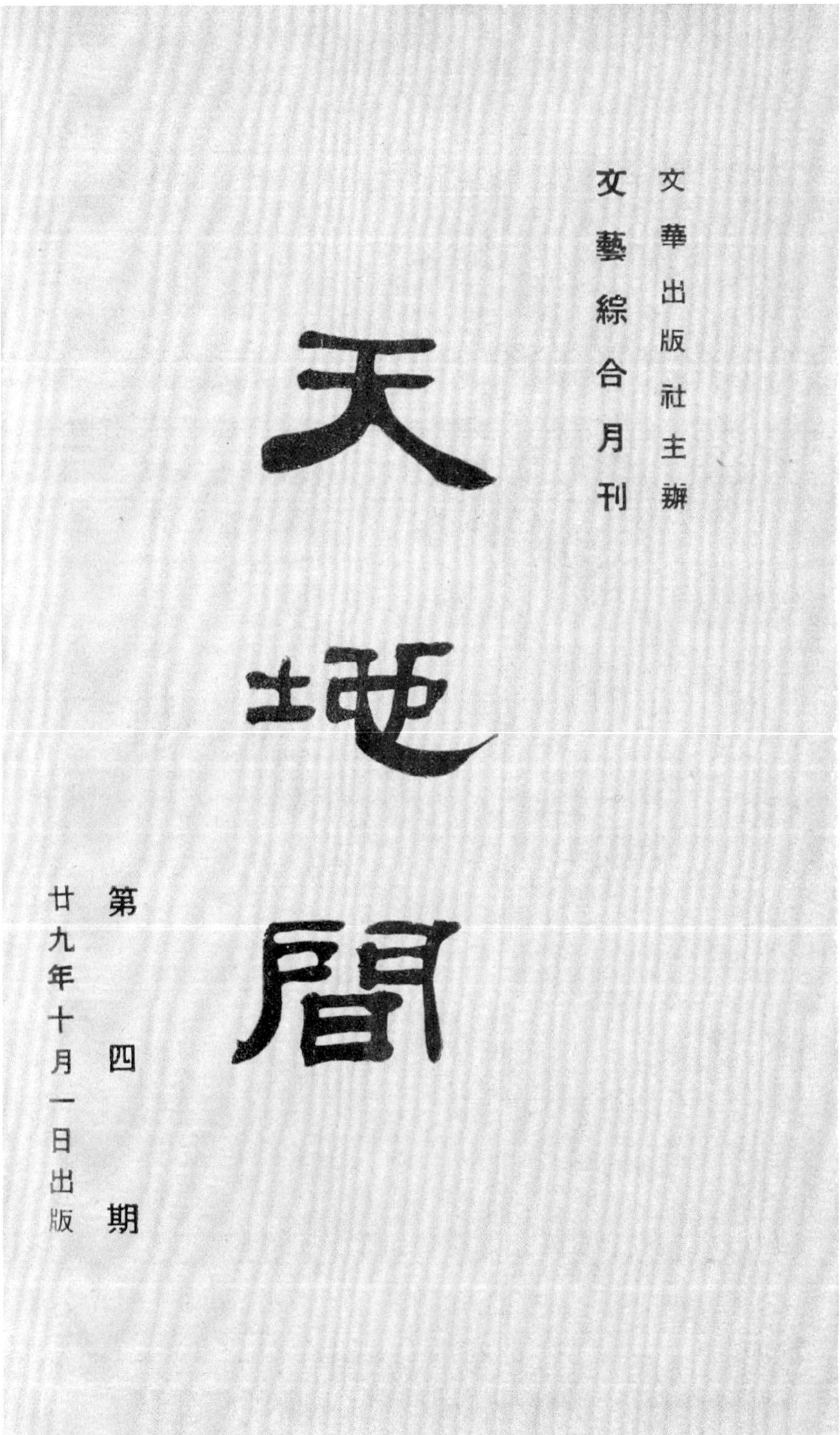

天地間

第四期

目次

美國三大罪惡論……林語堂（二）
哀妓……渾介（五）
琴妮與沈沉之婚……徐訏（八）
老蔡……杰光（一四）
避難雜記……翁賽德（一七）
眼淚……馬拉（二〇）
史地教員……張葉舟（二三）
寄・待……羅昔（二四）
大音樂家蕭邦……言文（二五）
一個善辯的納粹報告員……沈浮（二七）
飛行憶語……劉蔭生（二九）
阿屠夫希特勒與女人……科勒（三一）

約稿三章

（一）本刊接收外稿，無論創作或翻譯，凡適合本刊體裁，內容充實，文筆流暢者，均在歡迎之列。

（二）來稿錄取與否，概不退還，唯附有回件郵資及信封者不在此例。錄取稿件，每千字酌酬二元至二十元之稿費，補白材料均贈本刊，稿費及贈書概於發表後半月內寄出。

（三）稿件請寄上海福煦路六八七弄三〇號大興公司轉本刊編輯部收，并希於稿端註明真實姓名，通訊地址，及加蓋印章，以便核對及致奉稿費。

天地間月刊社編輯部謹訂

053　文潮

上海　文潮社　1944—1945　月刊

文潮

創刊號

馬博良
鄭兆年
主編

贈閱

國民政府宣傳部登記證在呈請中
特警處登記證中字第一一九八號

文潮
創刊號

每冊零售 中儲券二十元

上海郵政信箱三三〇號
編輯兼發行者 文潮社 代表人鄭兆年

社長：鄭兆年
總編輯：馬博良
經理：蔡元皓 孫用均

中華民國三十三年一月一日出版

文潮月刊 一月號 創刊號 目次

雲南的下層（報告文學） 吳伯蕭（七）
滇越路步行過境記（遊記） 李同愈遺作（四六）
窺月記（小說） 予且（一三）
瞎子姚福（小說） 周楞枷（二六）
手足（小說） 洪波（三八）
珍珍（小說） 張金壽（二〇）
婚後十年（散文） 張葉舟（一四）
「妻」（小說批評） 秦瘦鷗（三六）
知識與智慧（短論） 應寸照（一一）
生命之泉（百行長話） 穆穆（八四）

午門（小說）　白　文（五一）

死之華（小說）　洪山道（五九）

癡人的喜悅（小說）　施濟美（六七）

翻譯：　譯者

日本：菊池寬　口套（小說）　徐之良（八〇）

英國：李思廉霍華 LesileHoward　時間浪費了？（小說）　麥　耶（九二）

芬蘭：Matti Kolehmaine　證據（小說）　張兆鯤（九八）

梯（小說）　焚　稻（八六）

每月小說評介　馬博良（七三）

連載：文苑志（小說）　丁　諦（一〇五）

封面繪圖：董天野　設計：編者

054 文風

R/820.5/677.54

上海　正風文學院文風社　1936—1937　月刊

文風 第一卷 第一期 目錄

論文
報告文學論（集體討論）……泊船執筆 一
論集體創作……黃既 八九
批評
初選讀後感 集體批評
求全的責備……茅盾 一四七
不須鼓勵……鄭伯奇 一四九
從「初選」想到的……胡風 一五二
創作
潛伏的火焰……白曉光 一一
博士回家……魯西良 一二七
鴨綠江上……糾抗 九九

連載長篇　蛻……張秀亞　一三五
報告　行軍記……田菲　三五
證據……辛波　六八
通訊　滿洲的春天……洪光　一一四
血債……袁勃　一四三
詩歌　古城二題……楊斐　一四一
祭……邵冠祥　一四一
小品　文藝戰線詞……孟英　一四二
雜感　「五四」與「新啓蒙運動」的雜感……柳林　一五三
後記……一五六

055 文林月刊

上海　联美出版公司　1941　月刊

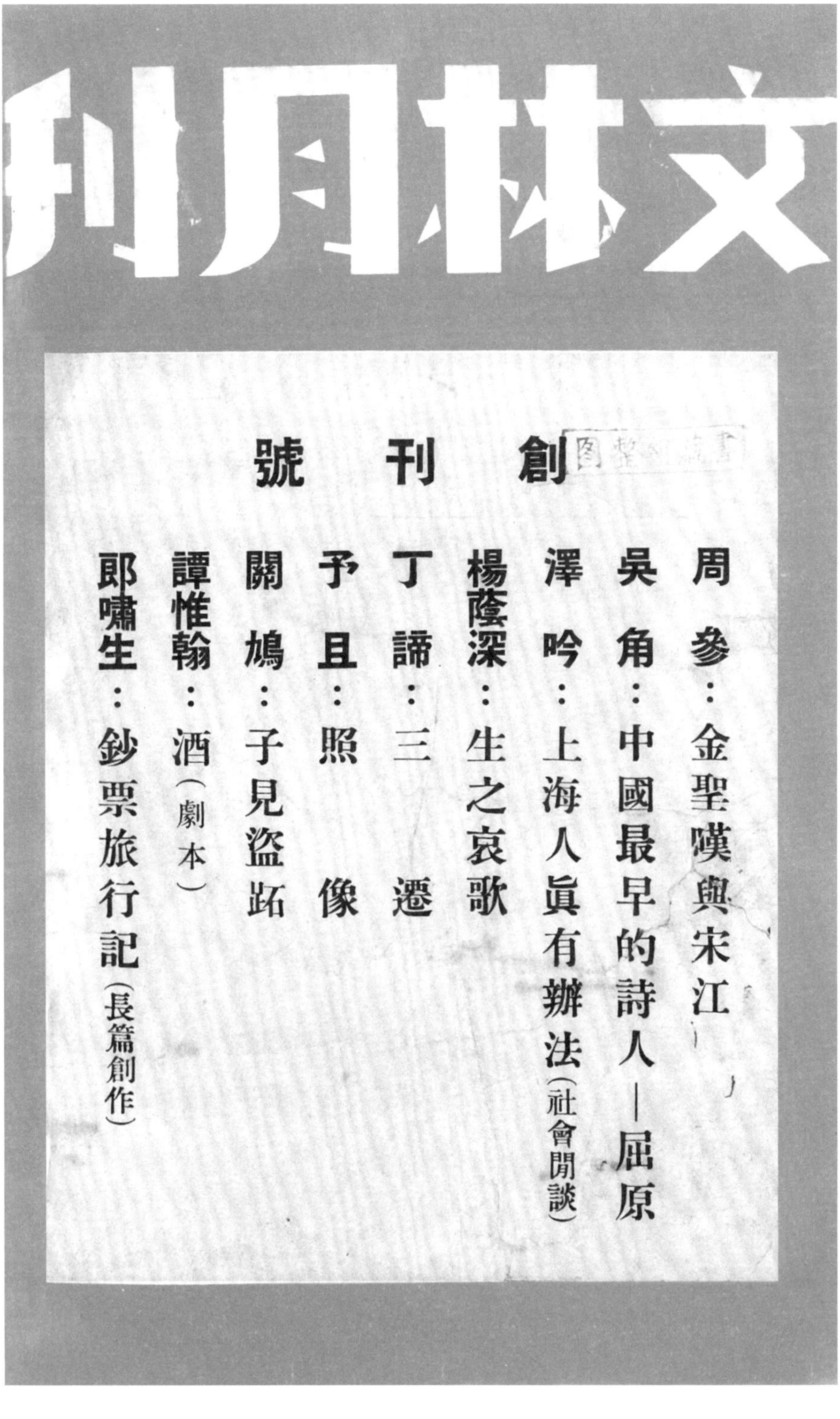

出版界的動員前奏

文林月刊

文化人的精神食糧

創刊號內容目次

聯美出版公司編輯・發行

明日的圖書館（世界珍聞）……許念玆譯（六一）
談誠實（青年修養）……張貢（六三）
從防療運動說起（健康衛生）……裘實（六五）
分光鏡的神奇（科學常識）……老特（六八）

婦女家庭

寡婦・再瞧・貞操……魏敏（七一）
爹爹的悲傷……陶明（七四）

生活素描

江湖夫妻……木石（七五）
拉牌頭的人……豐隆（七七）
書記先生……天羽（八〇）

報告通訊

電車裏的把戲……奚言（八三）
乞丐收容所訪問記……鈎客（八四）
紳士和他的兒子（小說）……羊牽譯（八七）
不看影戲救難胞（童話）……丁之（六八）
小偷兒（詩歌）……胡休（七五）
小寡孀嘆十聲（小曲）……四明山人（六三）
訂婚戒的祕密（雜感）……戚娟（四一）
改良申曲的必要（短論）……彬戈（三三）

戲劇

酒（劇本）……譚惟翰（九一）
鈔票旅行記（長篇創作）……郎嘯生（九二）
編後記……編者（五〇）

056 文學

上海　上海文學社　1933—1937　月刊

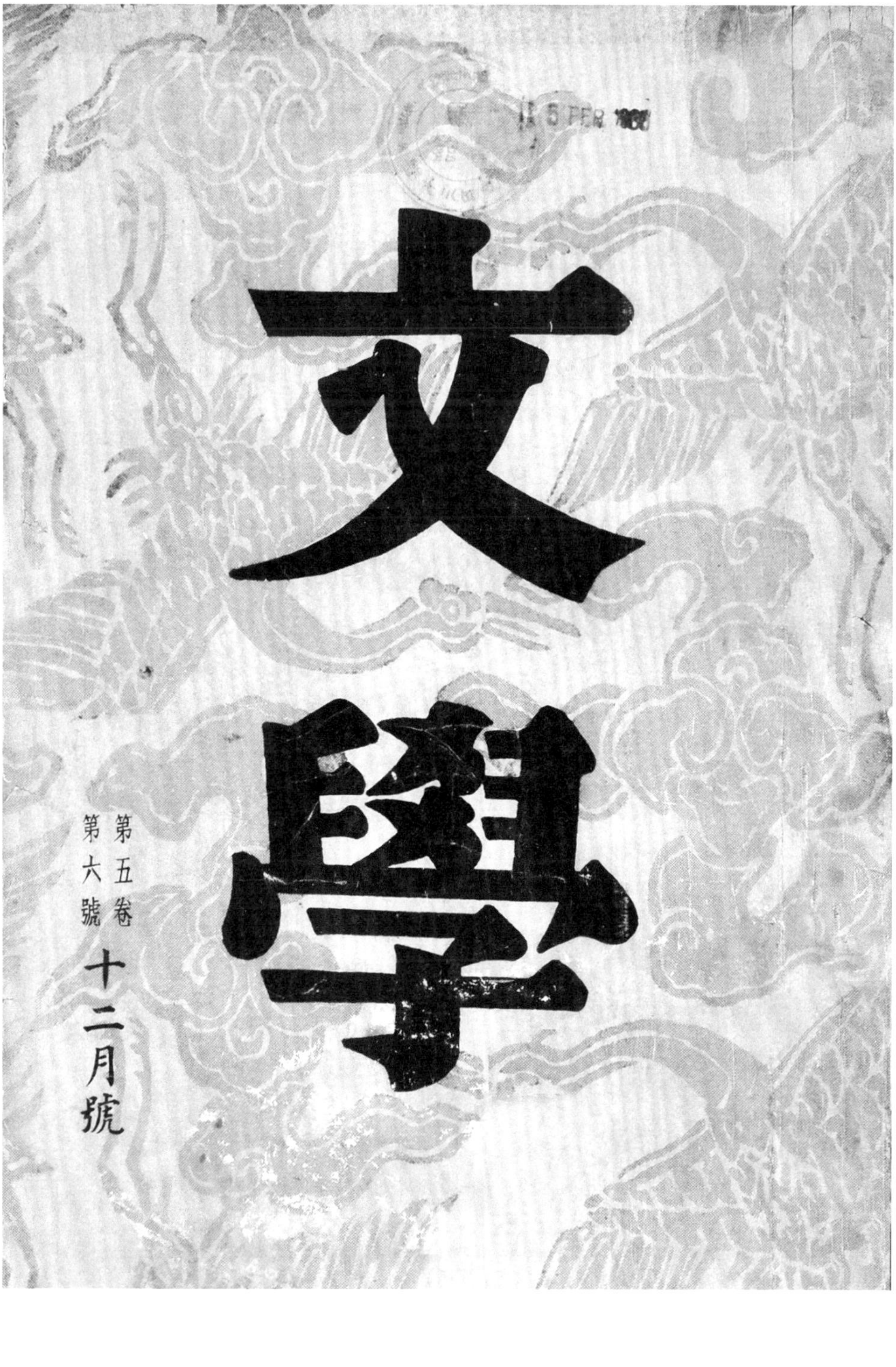

文學

第五卷・第六號
民國二十四年十二月一日出版

文学論壇

「缺乏題材的痛苦」……(九一三)
兩方面的說明……(九一六)
一個小小的實驗……(九一九)
關於「對話」……(九二一)

托爾斯泰逝世二十五週紀念

……濟之(九二四)
宜閑(九三八)

(創作)

短篇　祖父的故事……沙汀(九四二)
短篇　開河……宋越(九五〇)
短篇　一天……路丁(九六三)
短篇　暮……墨沙(九七四)
短篇　山坡上……周文(九九一)
短篇　三週間……談宜(九九八)

長篇連載

秋实(完續)……王統照(一〇〇八)

全運會印象……茅盾（一〇三六）

喜劇 都會的一角……徐佩韋（一〇四四）

中國舞台劇的現階段……張庚（一〇五三）

書評 為初執筆者的創作談……馬荒（一〇五七）

憶盧隱……李唯建（一〇六五）

世界文壇展望

明年蘇聯文壇的預測……濟之（一〇七〇）

蘇聯的教育詩……宜閑（一〇七一）

巴比塞逝世後……澄清（一〇七二）

羅曼羅蘭的兩封信……仲持（一〇七七）

國際聯盟文藝委員會年會……仲持（一〇七八）

法蘭西學士院的三百週紀念……宗融（一〇七九）

文學畫報

世界名畫四幅

木刻二幅

本期特約中篇本已排定魯彥的鄉下，因六個短篇不能抽去一篇致篇幅不能容納，不得不移到六卷二號（一九三六年二月號）發表；因六卷一號又已排定茅盾的多角關係了。

057　**文學雜誌**　

上海　商務印書館　1937－1948　月刊

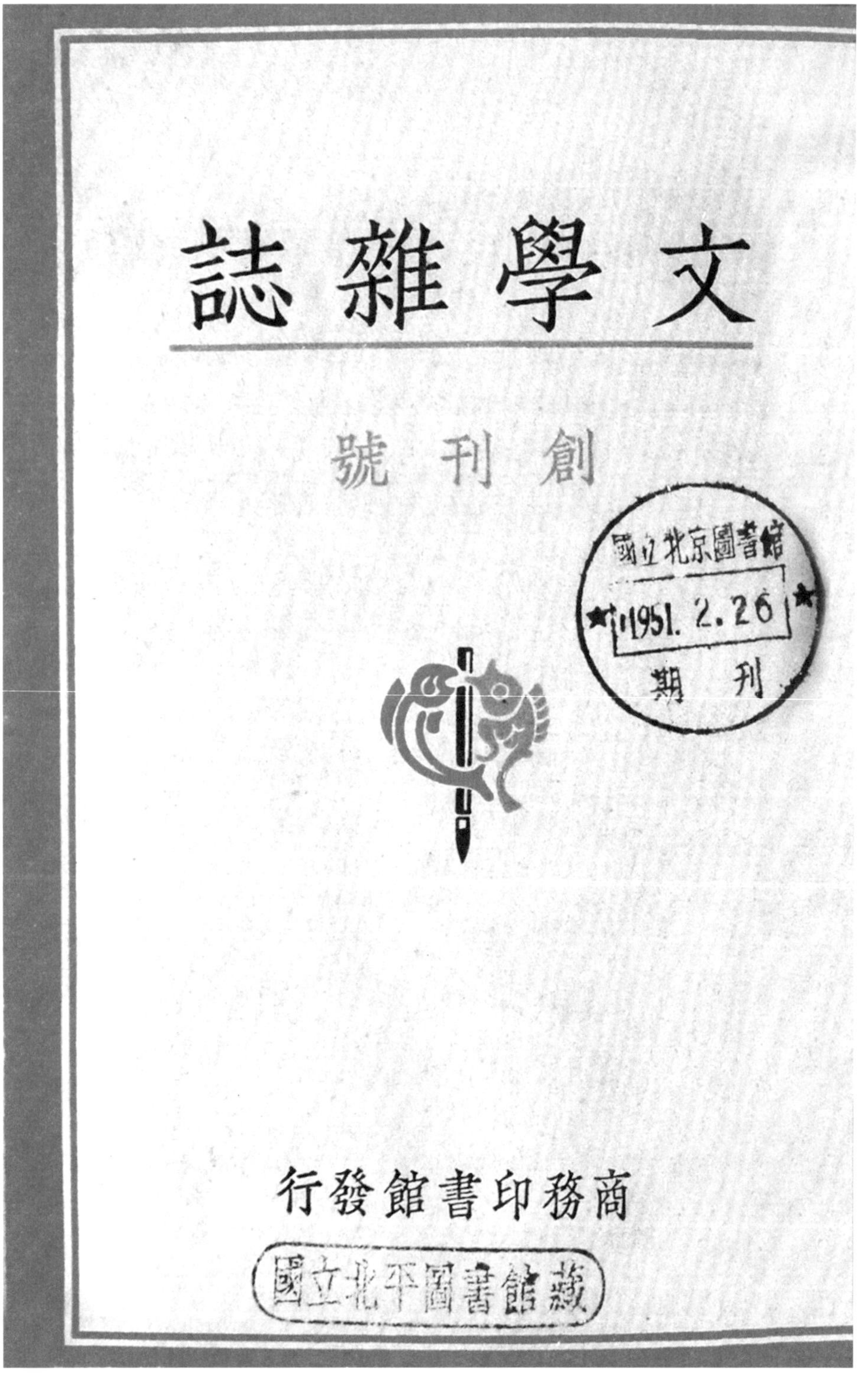

文學雜誌創刊號目錄

我對於本刊的希望……朱光潛（一）
論新詩……葉公超（一一）
詩
月亮的歌……胡　適（三三）
新作二章……戴望舒（三四）
近作四章……卞之琳（三六）
小說
貴生……沈從文（四一）
「火」車……老　舍（六八）
拋錨……楊振聲（八三）
大國之風……西瀅譯（九七）

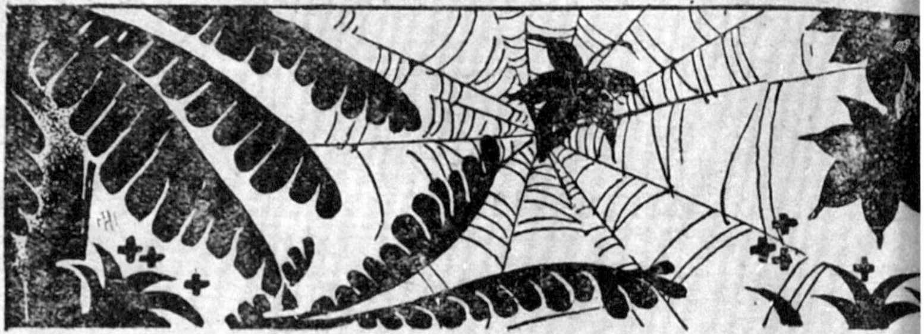

戲劇

一個未登記的同志（獨幕）……李健吾（一一一）

梅真同他們（第一幕）……林徽因（一四六）

短篇散文

談筆記……知堂（一八一）

談交友……錢鍾書（一八七）

陰……楊季康（一九七）

隨筆……廢名（二〇〇）

燈……程鶴西（二〇一）

書評

賽金花劇本的寫實性……周煦良（二〇三）

活的中國……常風（二一一）

望舒詩稿……孟實（二一四）

編輯後記……（二二一）

058 文藝生活

上海 文藝生活社 1944 半月刊

文藝生活 創刊號目次

報告文學與報告文學者（文藝理論）……劉豐（二）

戀愛經濟學家（小說）……唐敏（五）

霧裏的春天（小說）……鍾望陽（九）

流浪人（小說）……小蘇（一七）

寫在悲多芬傳的後面（傳記）……羅曼羅蘭著 徐慧棠譯（一六）

詩

迎歲草……江水（二）

夜之鼠……史蒂（八）

小詩三首……白文（一四）

記得嗎……史亭（一三）

宋江下野記（故事新編）……柳谷（一九）

上升的水銀管（報告）……子午（一四）

三噓集（雜文）……關山月（九）

高蘭（人物素描）……史單（一三）

廢話篇（散文）……柳嘉淦（二一）

生活記錄

我底粉筆生涯……袁金（二二）

「牌子老，貨色好，價錢便宜！」……楊百官（二二）

學靈（四幕劇）……沈延義（二五）

文藝生活

半月刊

第一卷·第一期

中華民國三十三年一月一日

編輯兼發行人 文藝生活社 上海四馬路二九三弄五號 電話九七八一〇號

經售處 五洲書報社 上海山東路二二一號 電話九二四七六號

印刷者 國光印書局 上海大沽路三八三弄四十號 電話三三七四三號

文藝生活徵稿簡章

一、本刊歡迎短篇、散文、雜文、詩歌、小說、故事、劇本、書評、劇評、報告文學、通訊，遊記、生活記錄、譯文等。（譯文請附寄原文或詳示出處。）素以木刻、畫稿、攝影及其他具有文學意味之圖片，賜尤佳。

二、本刊文字趨重精短，故來稿以不超過五千字為原則。

三、來稿請用行格分明之原稿紙繕寫清楚，稿末請註明真實姓名及住址，至揭載時如何署名由投稿人自定。

四、來稿一經登出，以現金作酬，或贈本刊。

五、來稿刊載與否，概不預覆。如欲退稿者，以附足退件郵資為限。

六、本社對來稿得斟酌刪改，如投稿人不願時，請在稿端加以聲明。

七、本刊採登各稿，著作權仍屬作者所有，惟集印單行本時，本社有優先發行之權。

八、來稿請寄「福州路二九三弄五號文藝生活社」收。

文藝生活定價表

本刊每逢一日十六日出版

時期	冊數	本埠
半月	一冊	十元
三月	六冊	五十元

059　**文藝世界**　

上海　文藝世界社　1940－1941　月刊

文藝世界目錄

創刊號

創刊致語…………（一）
漫論文藝的發展…………楊晉豪（一）
南廬雜感…………黎錦明（三）
危城…………丁諦（五）
元人雜劇輯逸補正…………趙景深（十）
長嶺關…………聖旦（十四）
文藝的形式…………槃長（十五）
褪色的憶…………卞路（十八）
不安分八筆…………黍佬（十九）
柳敬亭…………胡山源（廿三）
凝碧池上的醜劇…………譚正璧（廿九）
海燕…………文砌（三三）
上古時代的游藝…………澤夫（三五）
甬江上…………曹丁（四〇）
行程中…………硯（四一）
編後…………編者（三二）

呈請公共租界登記中

文藝世界 創刊號

中華民國廿九年七月十五日出版

編輯及發行人 穆長

出版 文藝世界社 上海福州路復興里四號轉

總經售 中國圖書雜誌公司 上海福州路三八〇號 電話九二二一三

本刊定價

零售每冊二角	每月十日出版	
全年	十二冊	二元
半年	六冊	一元
國內連郵	國外照加	

創刊致語

並不要抹倒一切，可是事實總是事實：孤島上真正的純文藝刊物，可以說沒有。我們這一羣，正為了這個緣故，又為了畢生嗜好文藝的緣故，所以就不揣謭陋，集合着各人的各種力量，來辦這一個純文藝刊物：「文藝世界」。

我們不敢唱什麼高調，說我們要負起什麼使命，達到什麼目的。然而我們却也不敢倡低調，說文藝只是給人在茶餘酒後消遣消遣的，因此就妄自菲薄起來。我們所認識的是：文藝自有牠的永久價值，我們必須使我們所發表的，的確都是文藝作品，或關於文藝的作品；同時，我們也決不忘記時代，我們正在抗建中的時代，因此，我們要在文藝範圍之內，略盡一些文藝反映時代並促進時代的責任。

當然，在目前的環境之下，要辦些事情，尤其是比較有意義的事情，是非常困難的。但是我們一想到孤島上有這種需要，而我們在這裏所能努力的，似乎又只有這種事情，所以我們也就動手辦起來了。希望和我們有一般感覺的同志，肯與我們合作，給予我們各種可能的幫助。

此外，我們相信，確實的相信，在不久的將來，我們的困難就會解除，所以格外希望我們的同志，肯在這文藝的園地中和我們一同努力，來迎接這個就要來到的光明時代。

060 文藝新潮

上海　文藝新潮社　1938－1940　月刊

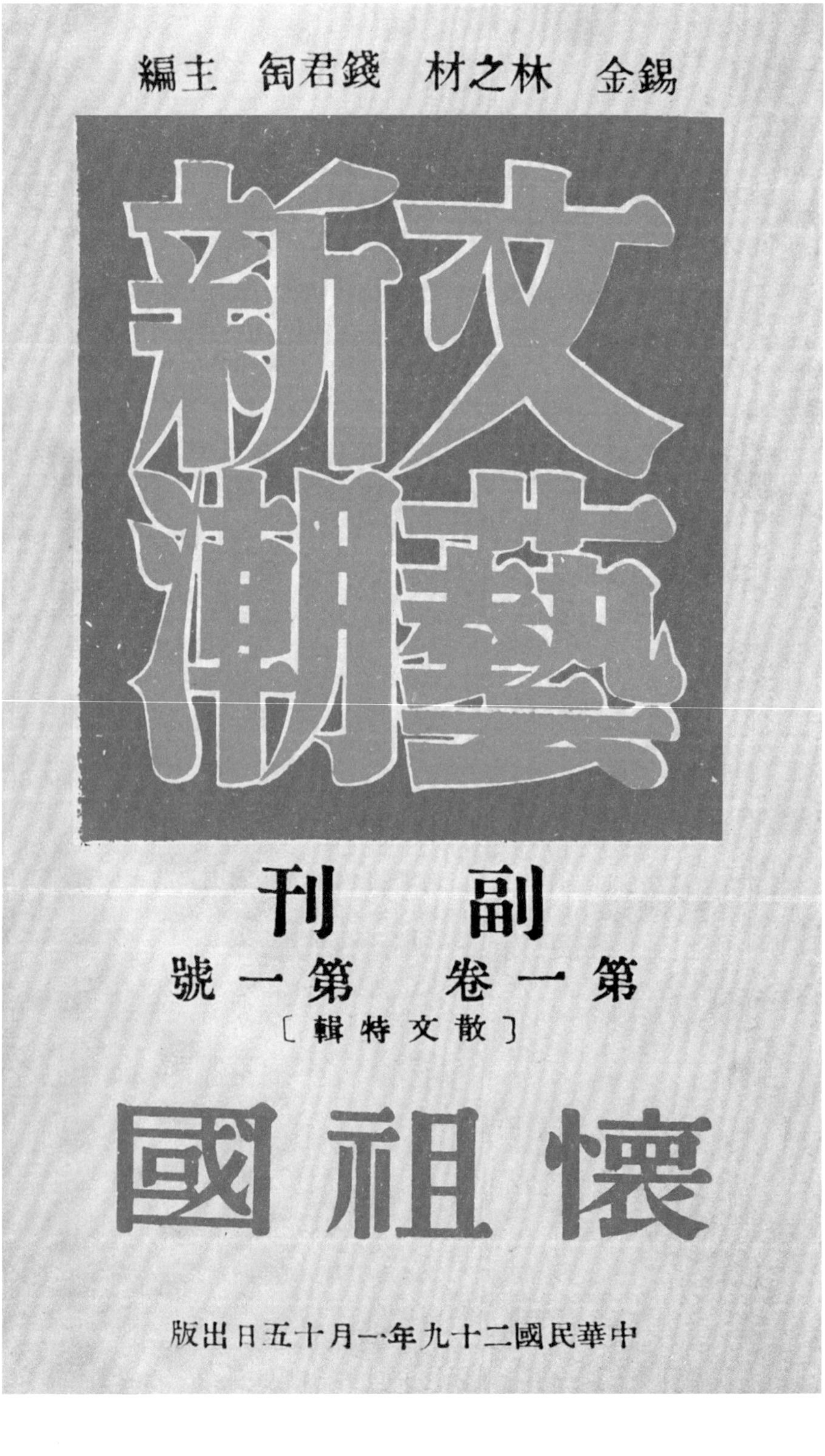

目次

熱帶風（代序）……一

I

在殖民地……六
懷祖國……一六
失業者……二〇
別……二三
熱之國……二七
南海的咆哮……三三
GAGA……三八

臺灣的女兒……………………………………四九
賣花隊……………………………………五八
賣「沙參」的馬來人……………………………………六五
那件事……………………………………七三
說服……………………………………八二

II

無題……………………………………九九
汽車上……………………………………一〇三
擦皮鞋的小孩……………………………………一〇五
老人……………………………………一一三
懷念（代跋）……………………………………一二〇

061　西洋文學

上海　西洋文學社　1940—1941　月刊

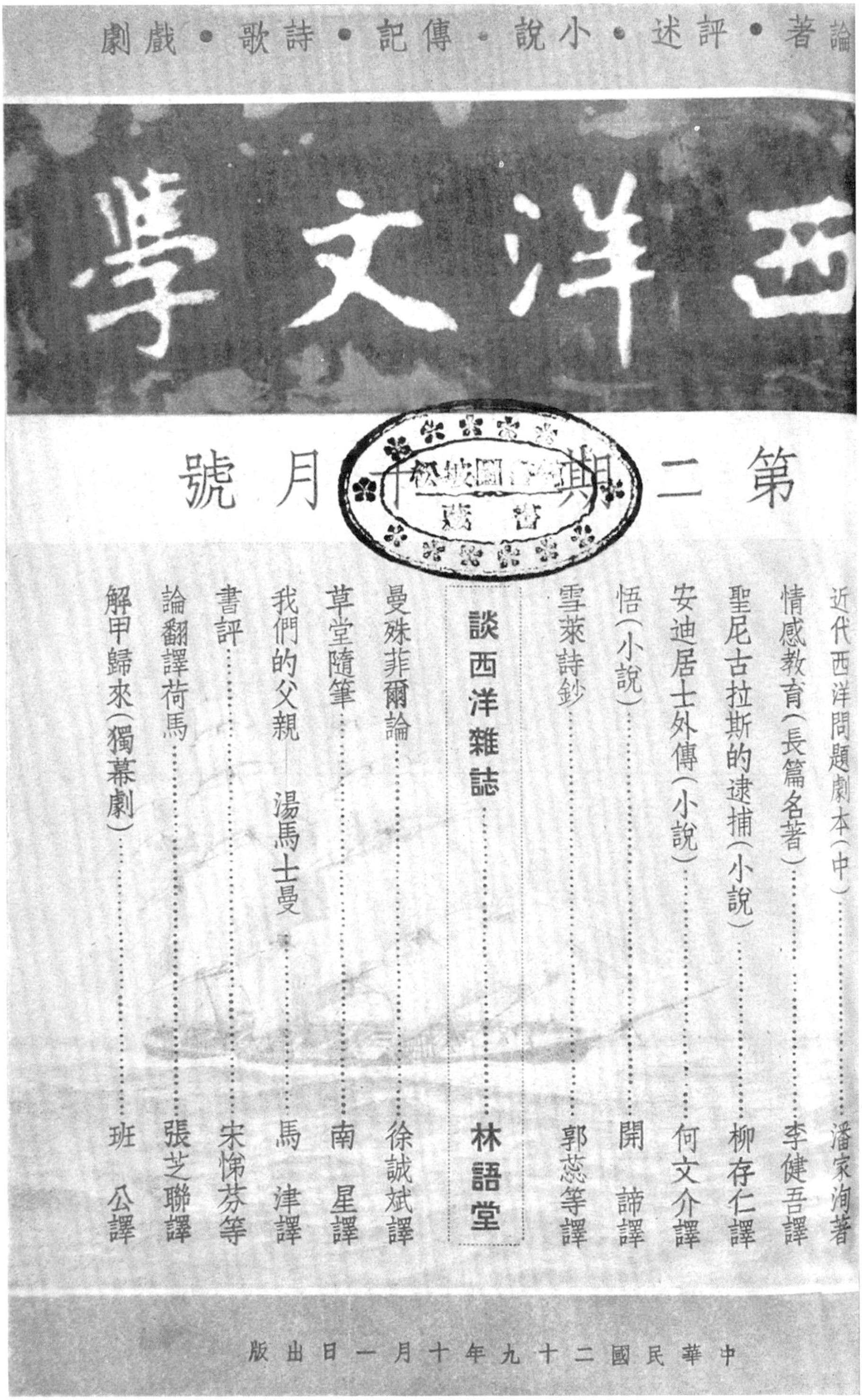

論著・評述・小說・傳記・詩歌・戲劇

西洋文學

第二期　十月號

近代西洋問題劇本（中）……潘家洵著
情感教育（長篇名著）……李健吾譯
聖尼古拉斯的逮捕（小說）……柳存仁譯
安迪居士外傳（小說）……何文介譯
悟（小說）……開　諦譯
雪萊詩鈔……郭蕊等譯
談西洋雜誌……林語堂
曼殊菲爾論……徐誠斌譯
草堂隨筆……南　星譯
我們的父親　湯馬士曼……馬　津譯
書評……宋悌芬等
論翻譯荷馬……張芝聯譯
解甲歸來（獨幕劇）……班　公譯

中華民國二十九年十月一日出版

062　希望　

上海　希望半月刊社　1937　半月刊

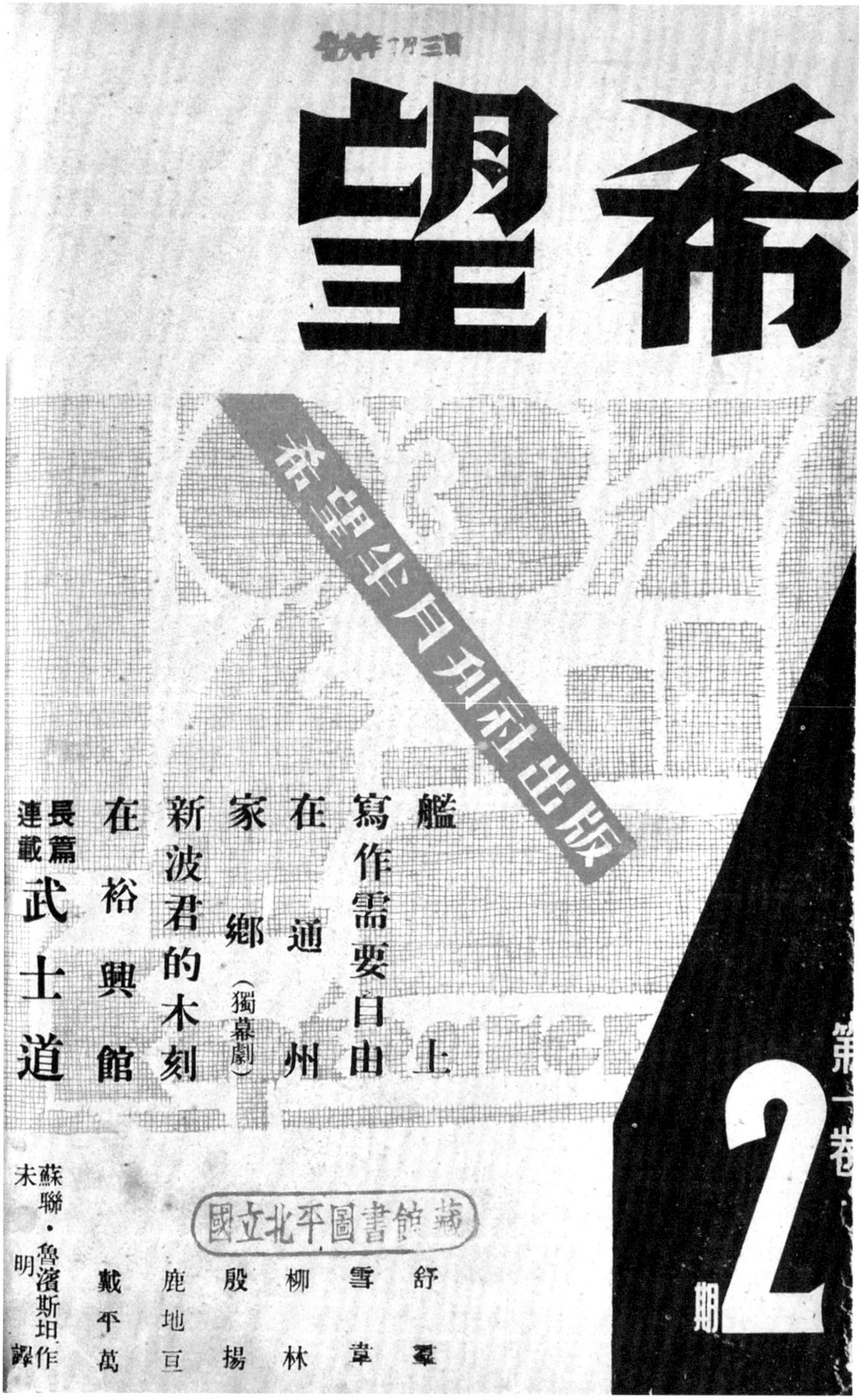

希望 第一卷第二期 目錄

艦上……舒羣（六七）
科學者……何華（七三）
寫作需要自由……雪葦（七四）
在裕興館……戴平萬（七九）
挑野菜喲……喬木（八二）
狗……高潮（八三）
在通州……柳林（八五）
新波君的木刻……鹿地亘（八九）
夏令營……碧野（九二）

希望（半月刊）
第一卷 第二期
民國二十六年三月二十五日出版
編輯人 王淑明
發行者 屠詩聘
總經售 中國圖書雜誌公司
上海福州路三八〇號
電話九二二一三

▼本刊文字非經允許不得轉載▼

定價一覽

每月十日二十五日出版
本期零售國幣一角四分

預定			
冊數	國內	日本香港澳門	國外
全年廿四冊	三元	四元	五元四角
半年十二冊	一元六角	二元二角	二元八角

郵票代價十足通用

063　**戲劇與文學**　　R/992.05/487.11

上海　戲劇與文學社　1940　月刊

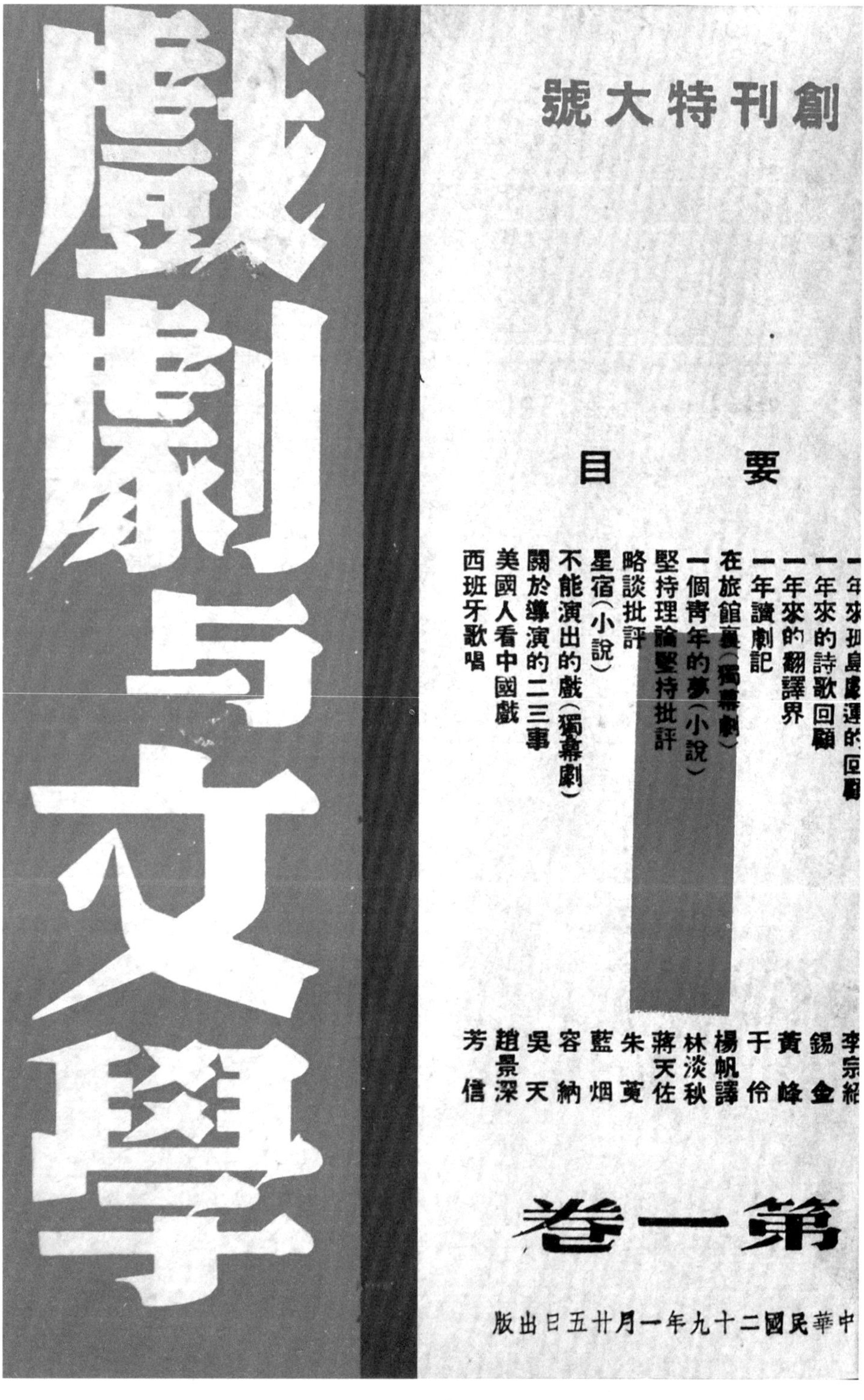

戲劇與文學

第一卷第一期
創刊特大號

目錄

特輯

一年來的上海文藝界　岳　昭（二）
一年來孤島劇運的回顧　李宗紹（一一）
一年來的詩歌回顧　錫　金（三四）
一年來的翻譯界　黃　峯（四一）
一年讀劇記　于　伶（四六）

堅持理論·堅持批評　蔣天佐（八一）
略談批評　朱　萸（一〇三）

劇本

在旅館裏（蘇聯雅魯納爾作）　楊帆譯（五八）
不能演出的戲　容　納（一一三）

評「木蘭從軍」 張駿祥（一五六）

談街頭劇 黎光（一八〇）

小說

一個青年的夢 林淡秋（七一）

星宿 藍烟（八六）

活下去 洪波（一四七）

史丹尼斯拉夫斯基·劇場與革命 康棣譯（一三一）

關於導演的二三事 吳天（一五二）

詩歌與散文

西班牙歌唱 芳信譯（一六一）

詩二首 朱雄基（一七〇）

我們的編印所 林珏（一七三）

古渡頭 白曙（一七七）

美國人看中國戲 趙景深（一八三）

世界最奇特的劇場 莫平（一九〇）

064 先聲 R/050/839

上海 先聲社 1940 半月刊

先鋒第三期目錄

15 11 10 8 6 4 2 1

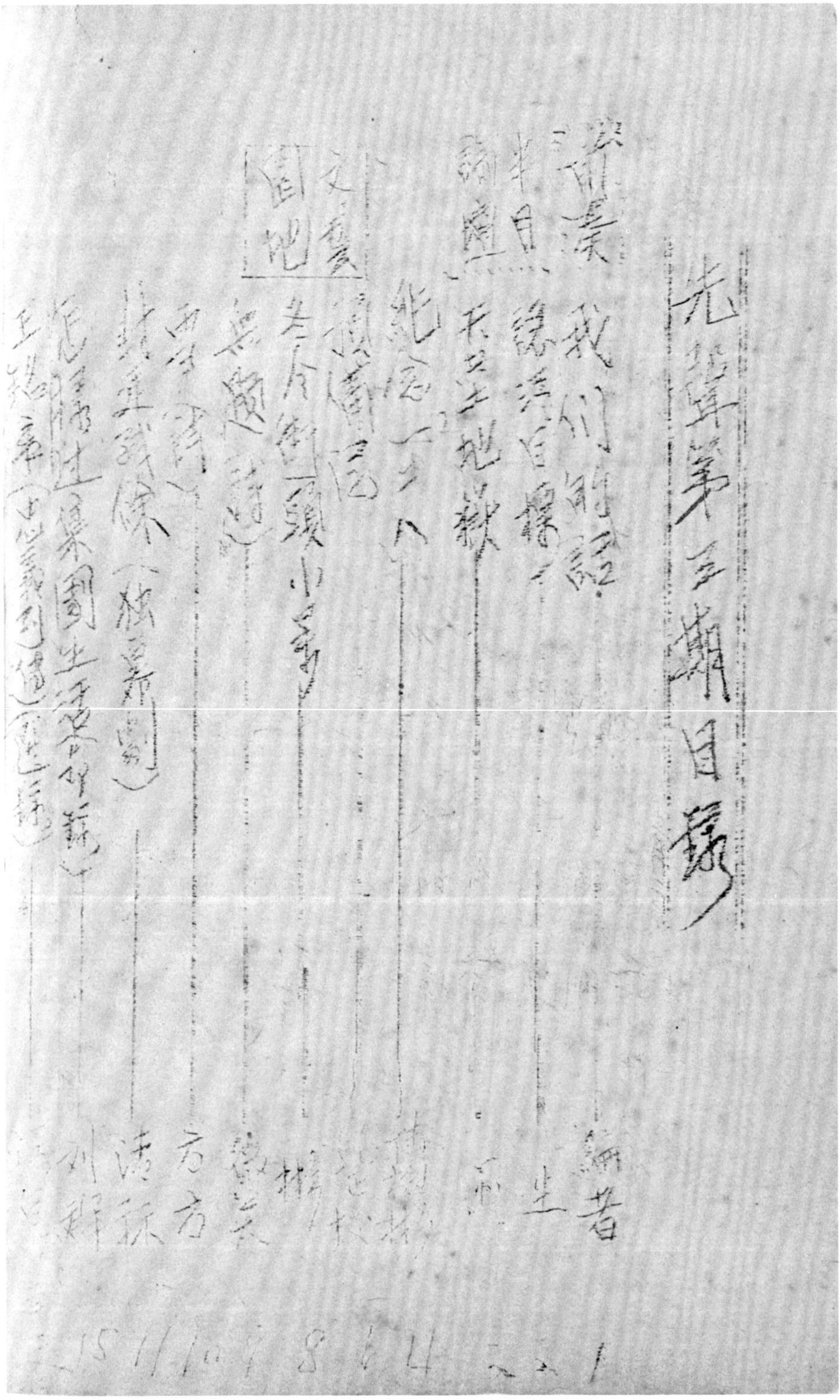

065　**小説月報**　　R/857.05/598.2

上海　聯華出版公司　1940—1944　月刊

五月號　第四十二期　目錄

民國三十三年六月十五日出版

晚宴……藁謨譔文・展雲繪圖（九）

繭……璧厂（一七）

白燕記（上）……危月燕譔文・以恬繪圖（二五）

盜糧者……姚迺予（三四）

陸先生……施瑛（四六）

新溪道上……荒星（五二）

文壇報導……（五三）

林氏三傑……烟橋（五四）

杜鵑鳥（下）……華子（六一）

林家亭子……張葉舟（七〇）

一個婦人的故事……楊赫文（七九）

小文……索川（八六）

棄婦……青鋒（九八）

江淹的生平……孫雄白（一一二）

宣傳部登記證滬誌字第六〇號
郵政管理局第二九九七號
公函准暫按新聞紙類寄

每冊零售中儲券八十元
預付戶照定價八折優待
（版權所有　不准轉載）

編輯兼發行人　顧冷觀

出版　聯華出版公司
上海甯波路四七〇號
電話：九七六九一號

經售　中央書報發行所
五洲書報社
及各地書店

鬱奇樓餘讀偶札……十穗（一一九）
戴望舒論……高穆（一二二）
珠還合浦（上）……胡三葆譯（一二九）
漫遊烽火中的印度……余愛淥（一三八）
澳洲的飛行醫師……李信之（一四〇）
昆蟲食譜……歐陽瑛（一四四）
關於「武則天」……豐而澤（一四六）

今人詩文錄

印行陸清獻公遺墨啓……呂子（一四九）
爲題陸抱景藏先德坐地觀心小景……馬一浮（一五〇）
贈郁達夫……王雲（一五〇）
壽徐文鐵珊……白華（一五〇）
獲顧明黔中信……軼劉（一五〇）
白華屢約余聽歐陽飛鶯女士歌皆以事相左頃於南華席間聽娟兒歌余以歐陽視之……白蕉（一五〇）
清旦登後山……鐵華（一五〇）
怪旅店……程小青（一五一）
焦炭市……陳汝惠（一五八）
燕歸來……包天笑（一六六）

066　小説月刊　　

上海　藝文印刷局　1939－1940　月刊

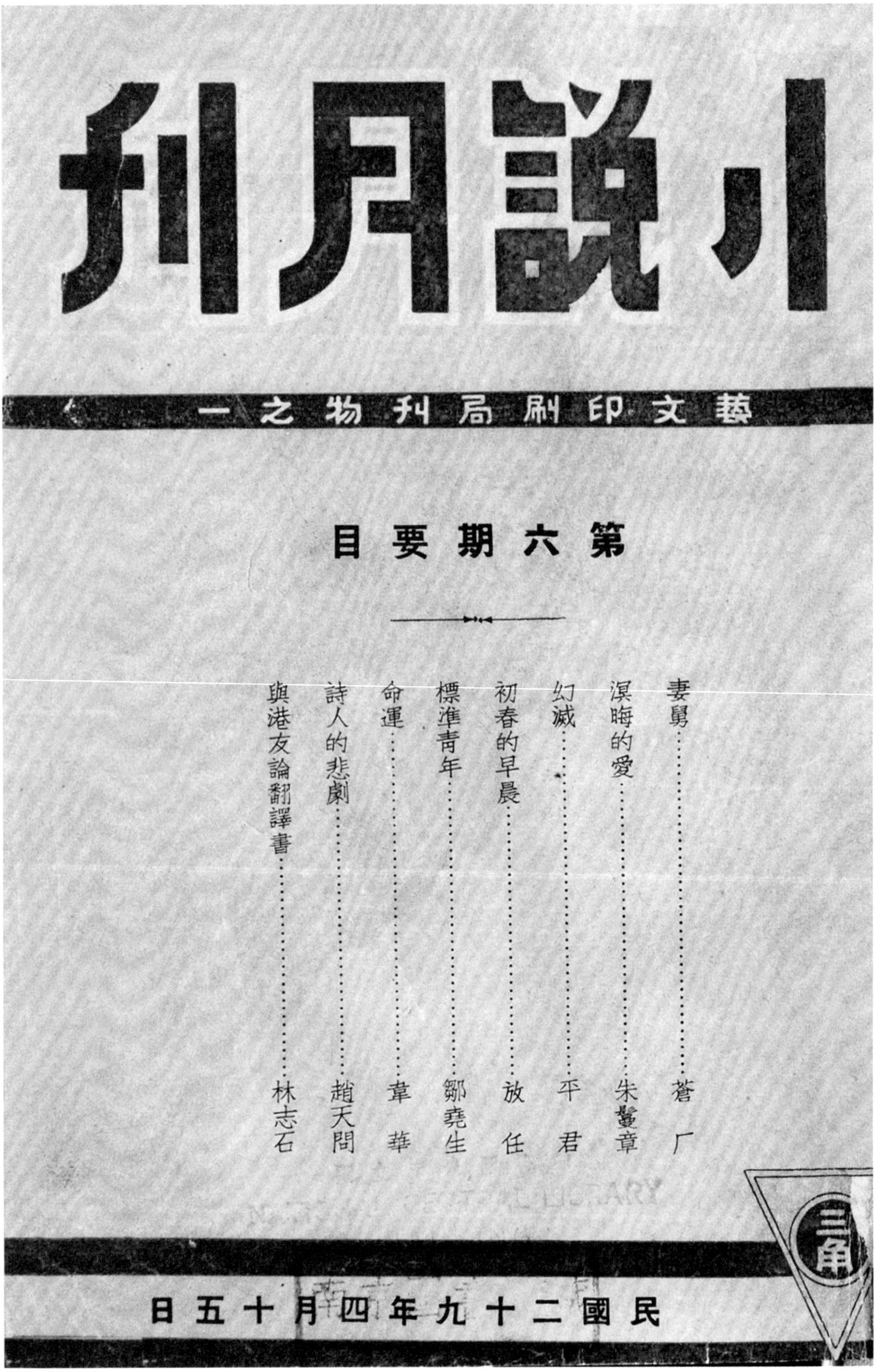

小說月刊

藝文印刷局刊物之一

第六期要目

妻舅……蒼厂

溟晦的愛……朱鬘章

幻滅……平君

初春的早晨……放任

標準青年……鄒堯生

命運……韋華

詩人的悲劇……趙天問

與港友論翻譯書……林志石

民國二十九年四月十五日

小說月刊第六期目錄

編輯人言……劉龍光 俞亢詠（四）
漫畫（二幅）……王人路（二頁）

創作

妻舅……蒼厂（五）
溟晦的愛……朱鬘章（二二）
幻滅……平君（二八）
初春的早晨……放任（四〇）
標準青年……鄒堯生（四八）
命運……韋華（五二）
詩人的悲劇……趙天問（五八）
重開的豔花……維士（六三）
輕煙（四）……周楞伽（六九）

譯文

在顛狂中(下)……蘇 仁(七六)
倪貝嘉(六)……南登山(九〇)
飛將軍(六)……俞亢詠(九六)

副刊

與港友論翻譯書……林志石(一〇三)
與港友論稿費書……林志石(一一〇)
園中……羅 昔(一一五)
雨夜……羅 昔(一一五)
小孤兒……姚言行(一一六)
春夜曲……維 士(一一八)

067　新少年

R/056/656

上海　開明書店　1936－1937　半月刊

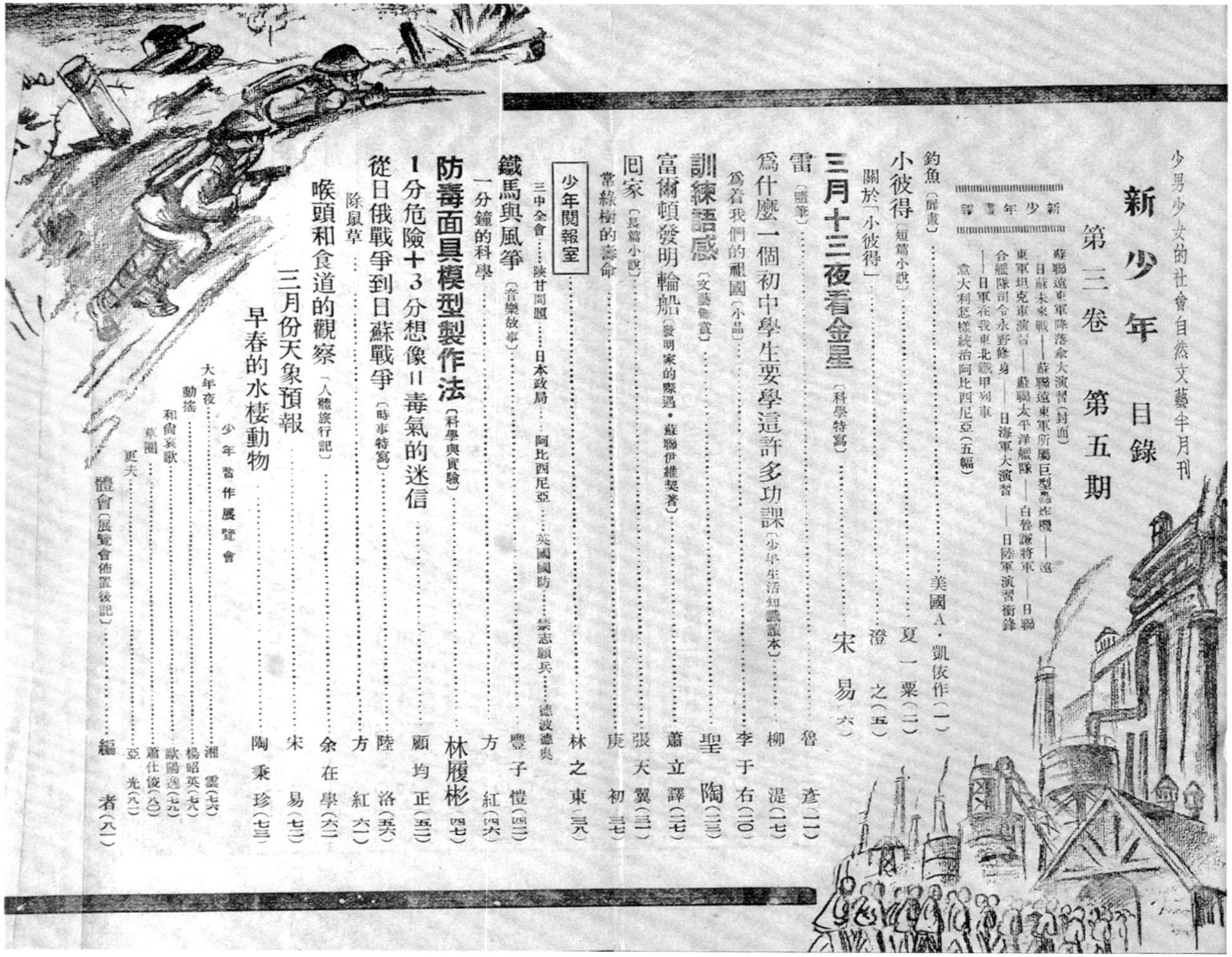

少男少女的社會自然文藝半月刊

新少年 目錄

第三卷 第五期

新少年畫報

蘇聯遠東軍降落傘大演習（封面）——日蘇未來戰——蘇聯遠東軍所屬巨型轟炸機——遠東軍坦克車演習——蘇聯太平洋艦隊——白脅謙將軍——日聯合艦隊司令永野修身——日海軍大演習——日陸軍演習衝鋒——日軍在我東北鐵甲列車——意大利怎樣統治阿比西尼亞（五幅）

釣魚（屏畫）……美國A·凱依作（一）

小彼得（短篇小說）……夏一粟（二）

關於「小彼得」……澄之（五）

三月十三夜看金星（科學特寫）……宋易（六）

雷（隨筆）……魯彥（一一）

爲什麼一個初中學生要學這許多功課（少年生活知識讀本）……柳湜（一七）

爲着我們的祖國（小品）……李于右（二〇）

訓練語感（文藝鑑賞）……聖陶（二三）

富爾頓發明輪船（發明家的際遇·蘇聯伊維契著）……蕭立譯（二七）

回家（長篇小說）……張天翼（三一）

常綠樹的壽命……庚初（三七）

少年閱報室……林之東（三八）

三中全會……陝甘問題……日本政局……阿比西尼亞……英國國防……禁志願兵……德波德奧

鐵馬與風箏（音樂故事）……豐子愷（四二）

一分鐘的科學……方紅（四六）

防毒面具模型製作法（科學與實驗）……林履彬（四七）

1分危險十3分想像＝毒氣的迷信……顧均正（五三）

從日俄戰爭到日蘇戰爭（時事特寫）……陸洛（五六）

除鼠草……方紅（六一）

喉頭和食道的觀察（人體旅行記）……余在學（六二）

三月份天象預報……宋易（七二）

早春的水棲動物……陶秉珍（七三）

少年習作展覽會

大年夜……湘雲（七六）

動搖……楊昭英（七八）

和尚哀歌……歐陽逸（七九）

草園……蕭仕俊（八〇）

更夫……亞光（八一）

體會（展覽會佈置後記）……編者（八一）

068　新詩　

上海　新詩社　1936－1937　月刊

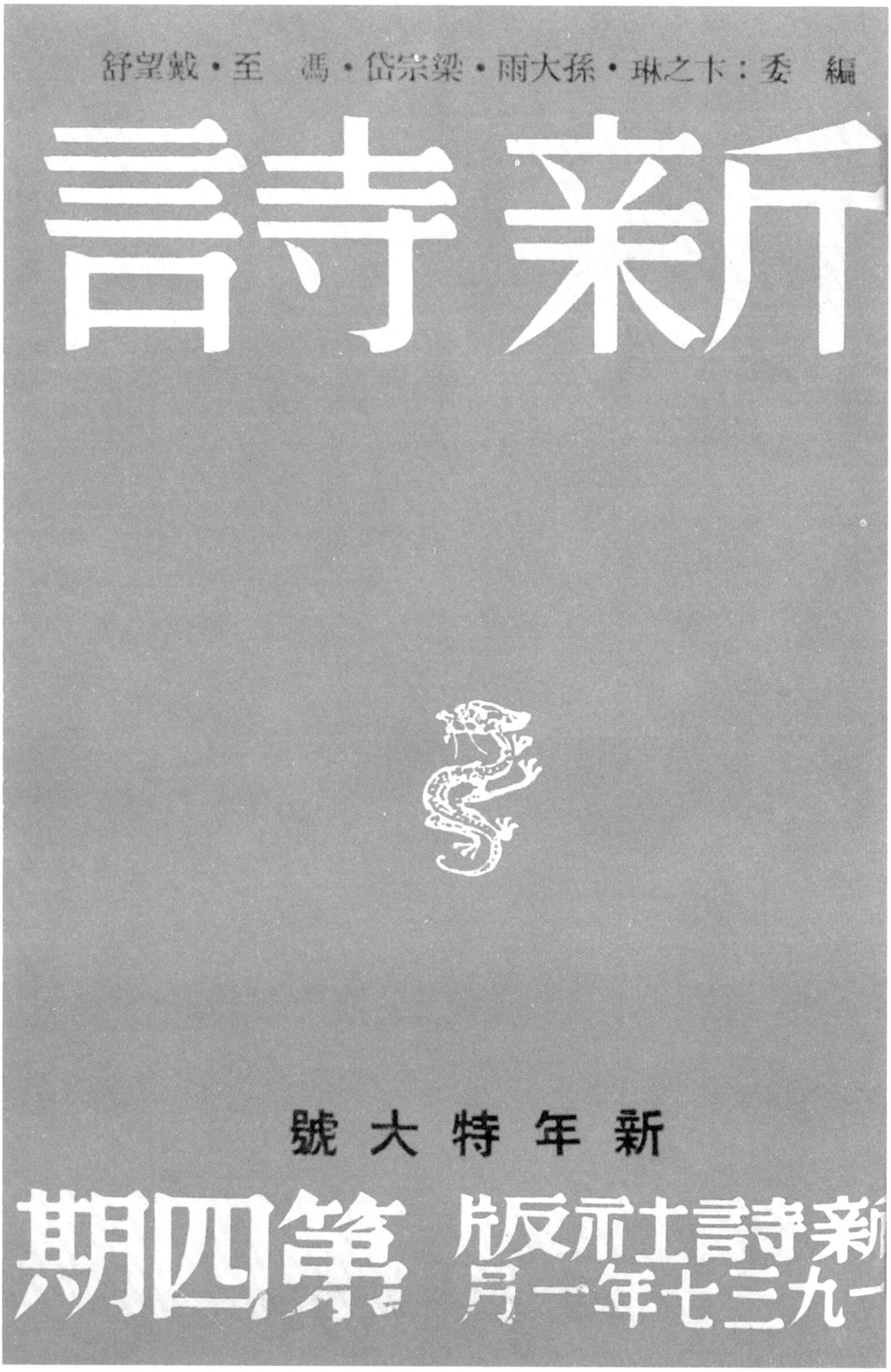

新詩

第四期

一九三七年一月

……新人特輯……

無題……上官橋（三五九）
季感詩……禾金（三六二）
珍珠集……李白鳳（三六四）
青山……朱負（三六六）
戀如斯……沈旭春（三六八）
夜行……沈洛（三六九）
病中……林丁（三七〇）
花……周麟（三七一）
秋晚與秋旅……陳雨門（三七五）
標本外一章……陳時（三七七）
詩二首……劉振典（三七九）
詩二首……韓北屏（三八一）

舊元夜遐思…………卞之琳（三八三）
夢中路…………方令孺（三八四）
夏午…………方　敬（三八五）
夜的街•老人…………艾　青（三八六）
顏色…………李廣田（三八八）
醉吧…………何其芳（三八九）
紅葉裏的信念…………林徽因（三九一）
帆…………玲　君（三九七）
詩三首…………侯汝華（三九九）
遠別離…………南　星（四〇三）
燈…………陳江帆（四〇七）
靜的雪，神秘的雪…………徐　遲（四〇九）
無題三章…………曹葆華（四一八）
時間之歌…………路易士（四二一）
夜蛾…………戴望舒（四二三）
餘音…………羅莫辰（四二四）

069　**新時代**　　R/810.5/656

上海　新時代書局　1931—1937　月刊

新時代 第七卷•第四期•四月號•目錄

新時代論壇
『王寶川』在倫敦……熊式一（二）
談中國人的姓名……熊式一（○九）
詩中的三個境界……拾 名（一三）
創立三三友朋節……黃警頑（一七）
答一個青年的來信……曾今可（五六）
作家印象
熊式一先生……品 藻（一一）
袁公愚……墨 逸（○二）
創作小說
農村的故事……曾今可（三五）
茅屋中……季誠性（八一）
舅父……夏一粟（二八）
祝老伯……德 甫（四三）
浮屍……權天谷（八九）
石門灘……劉 心（四八）
楚翹先生……魏中天（五九）
西村小景……胡家萍（六二）
但特林……朱子伯（九三）
長篇
熱戀（續）……楊昌溪譯（七一）

070　新世紀

上海　新世紀月刊社　1945　月刊

新世紀 第一卷 第二期

——封面：洛川．文 藝華木刻——

目錄

……（一）

·論壇·
投機之由來……陳彬龢（二）
中國的新世紀……楊光政（四）
戰爭政治上的中國……林俊（六）
國民的新世紀……金立人（一二）

本刊主催
青年座談……（八）
出席者：樊仲雲．楊光政．趙華星．柳雨生．盧晚移．和田齊．

時局
特魯曼是怎樣一個人……編者（一〇）
太平洋戰局的展望……松本十郎（一一）

報告文學
風情的燈……洛川（一四）

藝術理論
對於「文學作家作品」之我見……南容（一六）
電影與文學……戈果（一六）
未來派的音樂……白石（一八）

木刻：特類戰爭……（一三）
女人世界（陸守松作）
轟炸的慘狀（時事照片）
樂哉天橋（可東作）
電影圈內（電影照片）
崔承喜（舞蹈劇照）

訪問記
崔承喜——一個有天才而歡喜創造的舞蹈家……廣記纖黃（二九）
訪端木蘭心……沈仲彥（三一）
訪丁屠婚變要角歐陽莎菲……朱林（四七）

散文．雜文
喜相逢……張伐（三四）
吃與被吃……湧金（三六）
銀缸小語……亦菴（一八）
耳邊兩題……洪飛瀑（三三）
莫斯科藝術座的回憶……前芝確三 狄崖譯（三八）

述林一葉……丘石木（二〇）

小說
第三的人生（上）……俊民（四一）
碑（豐島與志雄作）……錫熹（二四）

戲曲．鉄鏡公主……武天覺（四五）

詩
五月頌……陳羽（二二）
春天小唱……海天（三六）

演劇之頁
語氣與語調（演技雜談之一）……孟度（五〇）
評「亡命者」……基樺（五二）

編輯室雜談……（五三）

071　新文苑　

上海　新文苑月刊社　1939　月刊

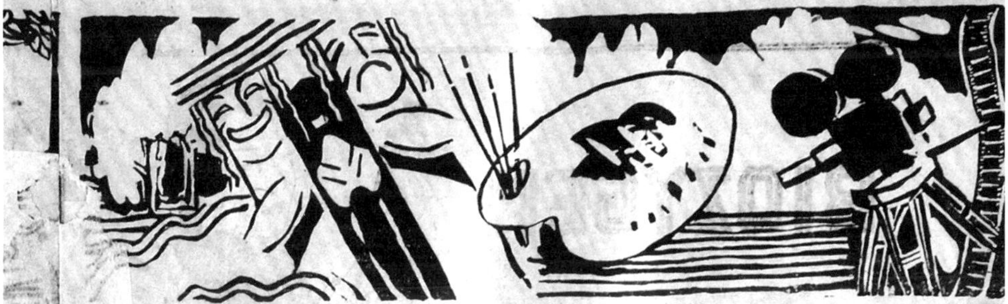

新文苑第一卷第二期目錄

凱的故事……薛鏡秀（九五）
空穴的風……維志（九九）
胡不歸……海生（一〇三）
鬧鐘……煥明（一〇八）
孤獨者……端木蕻（一一二）
金鐘兒……宋石（一一七）
朱小姐……梅萍（一二三）
「二」「三」問題……冰如（一二九）
馬先生……盧文希（一三六）
禍流……尤季荃譯（一四〇）
安心……顧加靈譯（一四七）
先見之明……朱翬譯（一五〇）
火星的瘋人……吳季度譯（一五二）
[illegible]……心佛（一五七）

……方芷（一五九）
……本（一五九）
……哲人（一五九）
……治新（一六七）
看畫有感……葉蘅（一六〇）
湖心亭……洄魚（一六三）
費宮人故里……拙存（一六六）
辨墨詩……拙存（一六二）
巴爾札克的悲劇……姚仲卿譯（一六八）
一位作曲家的厄運……徐哥南譯（一七五）
黎明……呂律・禾競（一七九）
……林祝敔（一八〇）

072 藝風

上海　藝風社　1940—1941　月刊

是精華中的精華

藝風

是文庫中的文庫

第二期要目

歸來……許幸之
斷了的琴弦……水沫
左台黛女郎……龍詩
魯迅先生生活憶略……蕭紅
真正的威脅・不是炸彈・却是歪曲的觀念……林語堂
昆蟲……高爾基
熔爐裏的火花……林坡
決鬥……徐訏
放歌……金芒

073　藝文線

R/810.5/505.23

上海　藝文出版社　1937　月刊

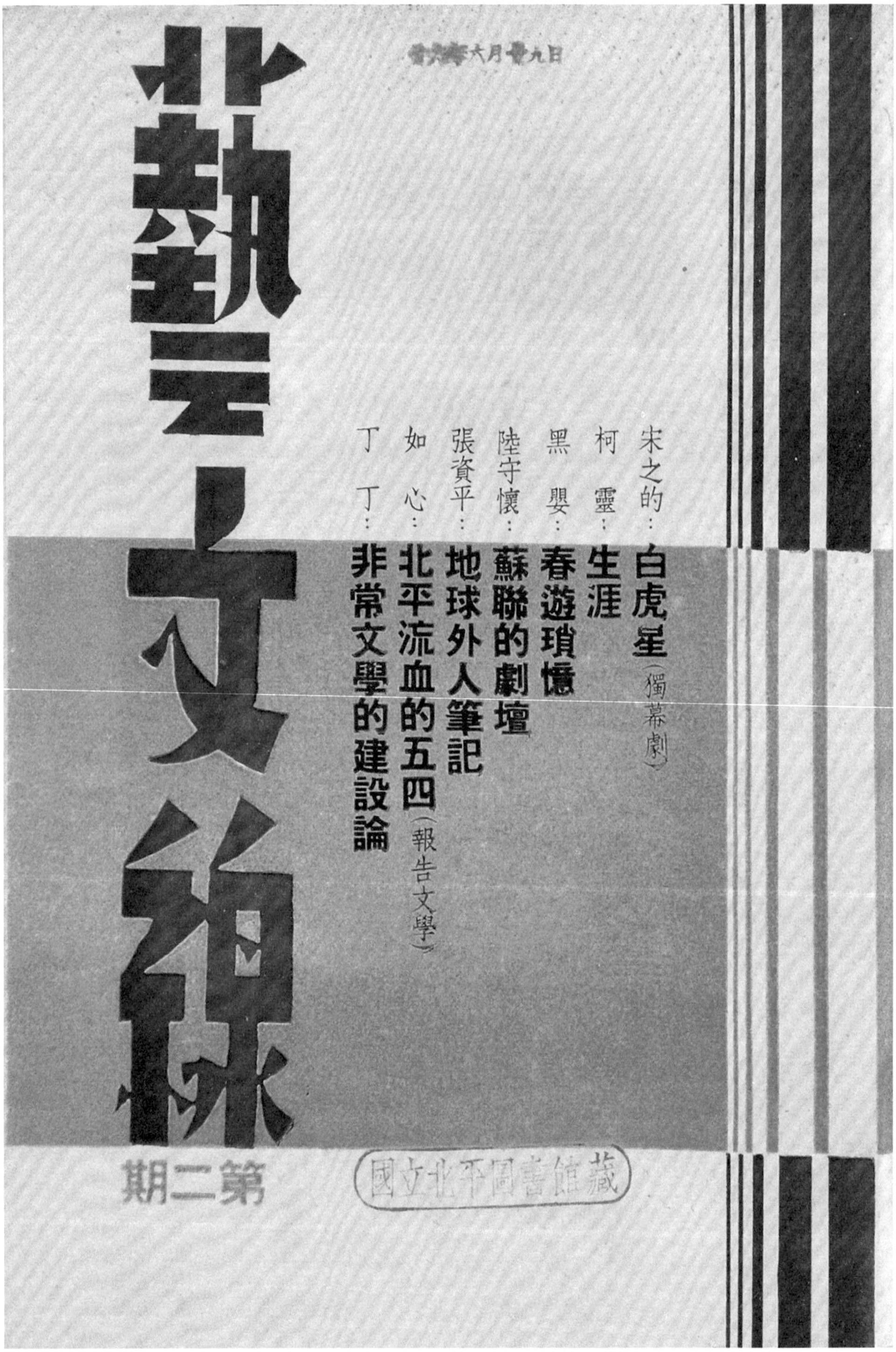

第二期

藝文線月錄

丁丁主編

白虎星（獨幕劇）……宋之的

短篇
生涯……柯靈
礦穴……洛思
獨身者……陳野萍

演劇生涯　科林布著　朱雯譯

散文
春遊瑣憶…黑嬰
談猴……張一蘋
銀色雜筆　之爾
五卅……何心

詩六首
鴛鴦湖……厂民
小學徒……木以圭
鄉愁……彬彬
鴨綠江上……侯歌
贈國人……姜長鳴
夜的梵皇渡……寄魂

編後

蘇聯的劇壇……陸守懷
非常文學的建設論……丁丁
地球外人筆記……張資平

北平流血的五四（報告文學）……如心

民國二十六年六月
藝文線月刊　第二期
編輯人　丁丁
發行人　何心
出版者　藝文出版社
發行者　藝文聯誼社　上海愛文義路一三四弄七號
總經售　五洲書報社　上海山東路二二一號
經售者　羣衆雜誌公司　全國各大書局

定價
每期另售一角
預定全年一元
國內郵費奉送
國外郵費照加
歡迎直接定閱

徵稿簡約
一：文藝，戲劇，電影，及其他藝術各部門之文字，均所歡迎。
一：文言不收，稿紙勿寫兩面。
一：來稿揭載後，酌酬現金或本刊。
一：附有郵票之來稿，不用者當退。
本刊絕無門戶之見
歡迎無名作家投稿

074　宇宙

上海　宇宙雜誌社　1945－1948　月刊

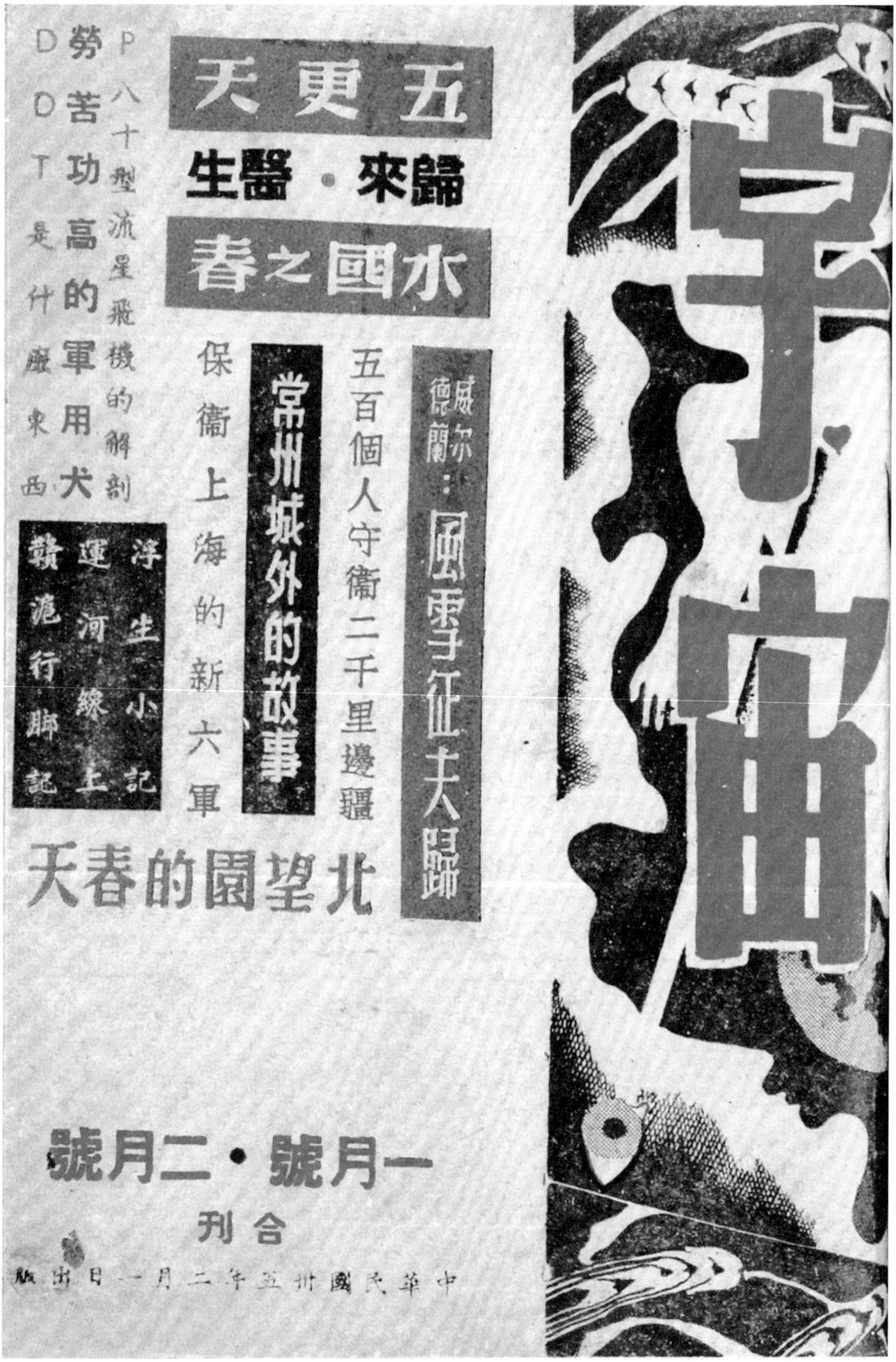

宇宙 第三期

目錄

保衛上海的新六軍…………甯謙（七）
常州城外的故事（小說）…………易金（一一）
新年的悲哀（隨筆）…………徐翊（一六）
P80型流星飛機的解剖…………羅衡（一七）
浮生小記（小說）…………葭水（二三）
艾森豪爾威還鄉記…………樂仁（二七）
戰地書簡（通訊）…………容研子（三二）
醫生（小說）…………艾蕪（三四）
近代繪畫之思索…………因士（四〇）
我做教師…………鄭家瑷（四四）
窮教師的呼籲…………華灼（四六）
五更天（小說）…………沈叔（四八）
時代的巨星——邱吉爾…………朱泰（五三）
DDT是什麼東西？…………葉進（五六）
水國之春…………魯莽（五八）
信手塗鴉的心理分析…………沈毓剛（六二）
贛滬行脚記（報告）…………墨人（六五）
貝爾納斯和美國國務院…………程之明（六九）

歸來（繙譯小說）……易流（七三）
成郁來鴻（通訊）……張十方（七八）
金子歷險記……卜德（八〇）
美國戲劇史上幾個歷史劇場……紘平（八三）
運河線上（通訊）……美純（九〇）
五百個人守衛二千哩邊疆……容露（九四）
流行的傷寒症……史濟湘（九七）
北望園的春天（小說）……駱賓基（一〇〇）
為什麽沒有兒子？……沈迪（一一七）
勞苦功高的軍用犬……史東（一二〇）
不用織的布……曹祿（一二三）
一羣窮人（繙譯小說）……熊秉洛（一二四）
世界香檳馬的故事……周強（一二八）
飛將軍的迷信……梅詩（一三二）
風雪征夫歸（繙譯小說）……勞神（一三五）
美軍的失物處理……鳴周（一五三）
荒蕪了的沃土（小說）……石琪（一五四）
補白——陪都風景線・希特勒中美人計・大罷工・論戒煙・戲劇春秋・槳舌集・

075　宇宙風　R/050/685

上海　宇宙風社　1935－1947　半月刊

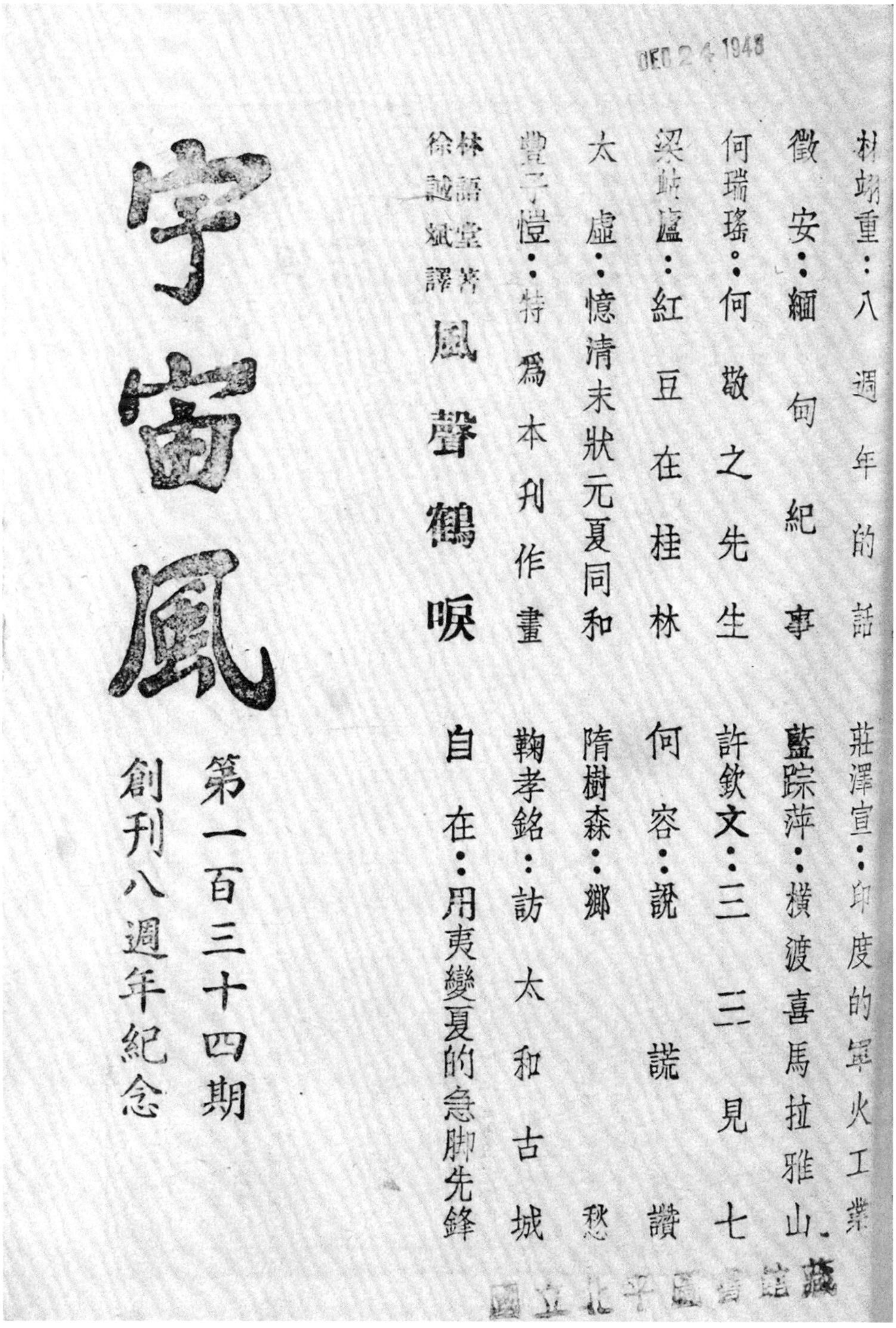

林翊重：八週年的話

徵安：緬甸紀事

何瑞瑤：何敬之先生

梁岵廬：紅豆在桂林

太虛：憶清末狀元夏同和

豐子愷：特爲本刊作畫

林語堂著 徐誠斌譯：風聲鶴唳

莊澤宣：印度的軍火工業

藍踪萍：橫渡喜馬拉雅山

許欽文：三三見七

何容：說謊讚

隋樹森：鄉愁

鞠孝銘：訪太和古城

自在：用夷變夏的急脚先鋒

宇宙風

第一百三十四期

創刊八週年紀念

宇宙風

第一百三十四期

創刊八週年紀念

八週年的話……翊 重（封面內）
特爲本刊作畫之八……豐子愷（一）

雜感與隨筆

用夷變夏的急脚先鋒……自 在（四）
且說「開會」……葉 金（五）
週期性愛……杜定友（五）
湖邊閑語……阿 驪（七）
林語堂著 風聲鶴唳（長篇小說）……徐誠斌譯（一一）
人物誌憶（二）……太 虛（二三）
緬甸紀事……徵 安（二六）

中華民國三十二年十月二十日出版
零售每册十一元
主編者 林語堂
編輯者 林翊重 葉廣良
發行者 林翊重 林伊磐
發行所 宇宙風社 桂林福隆園二十四號 郵政信箱：二四三號 電報掛號：一六八七
承印者 中新印務公司 桂林太平路十二號
本刊代理處
重慶 時代生活出版社 重慶中正路中信大廈二百十號
昆明 金馬書店 昆明鼎新街六十二號
蘭州 種因書店 蘭州蘭園
西安 中西書局 西安南院門街三十九號

076 宇宙風 R/050/685.0

上海 宇宙風社 1939－1941 半月刊

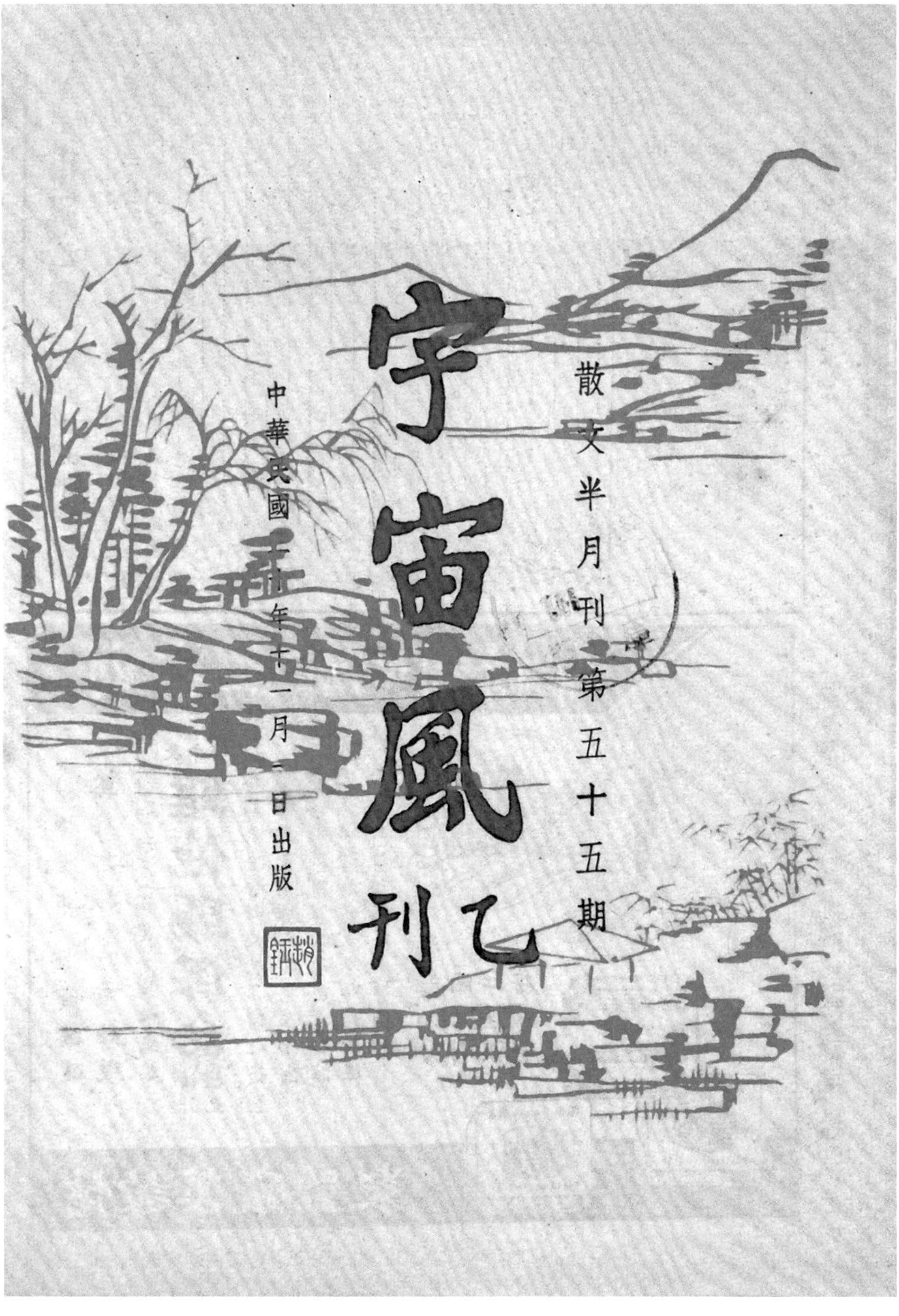

宇宙風乙刊

散文半月刊 第五十五期

默僧自述……張默生（一）
在給魯迅先生責罵的時候……許欽文（六）
于佑任先生的鬚和字……何瑞瑤（八）
樊耀南與新疆……許飛（九）
中國的儒風……陳毅（一一）
關於改文……緒君（一二）
讀書日記……趙介儀（一三）
熊式一的英文新作……陳東林（一五）
延師課賭……劉桂儒（一六）
關於改文……緒君（一八）
長衫……祝敔（二〇）
從情書說到讀書……李信之（二三）
普利哲文藝獎金……陳東林（二四）
肺痨與天才……汪運周（二五）
宇宙之大……何文介（二七）
福爾摩斯的新差使……王景明（二九）
螢光燈的奇特用途……胡運公（三一）
關於改文……緒君（三三）
美國的離婚城……胡雨荷（三三）
當鈔票不值錢時……李嘉璧（三五）
報紙與死亡……周靄華（三七）
吸烟和衞生……景明（三八）
英作家伍爾夫自殺……陳東林（四〇）

中華民國三十年十一月一日出版

編輯人 林憾盧 林語堂 陶亢德 周黎庵
發行人 陶亢德
發行所 宇宙風社 上海赫德路趙家橋路六十七弄十三號 電話三二四二五號

本期零售每册國幣九角

中華郵政掛號（暫一一五號）

登記證：內政部警字四七七九號 上海公共租界C字四〇九號 中宣部文字五六九號 上海法租界A字一〇〇九號

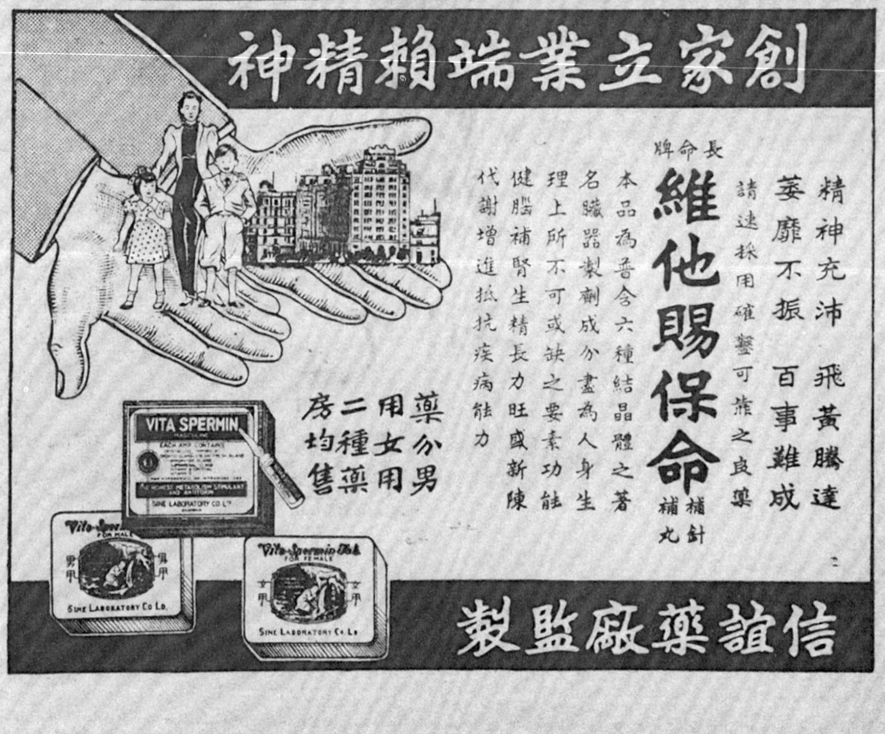

077　語風　　R/810.5/601.1　　161 上海

上海　語風出版社　1939—1940　月刊

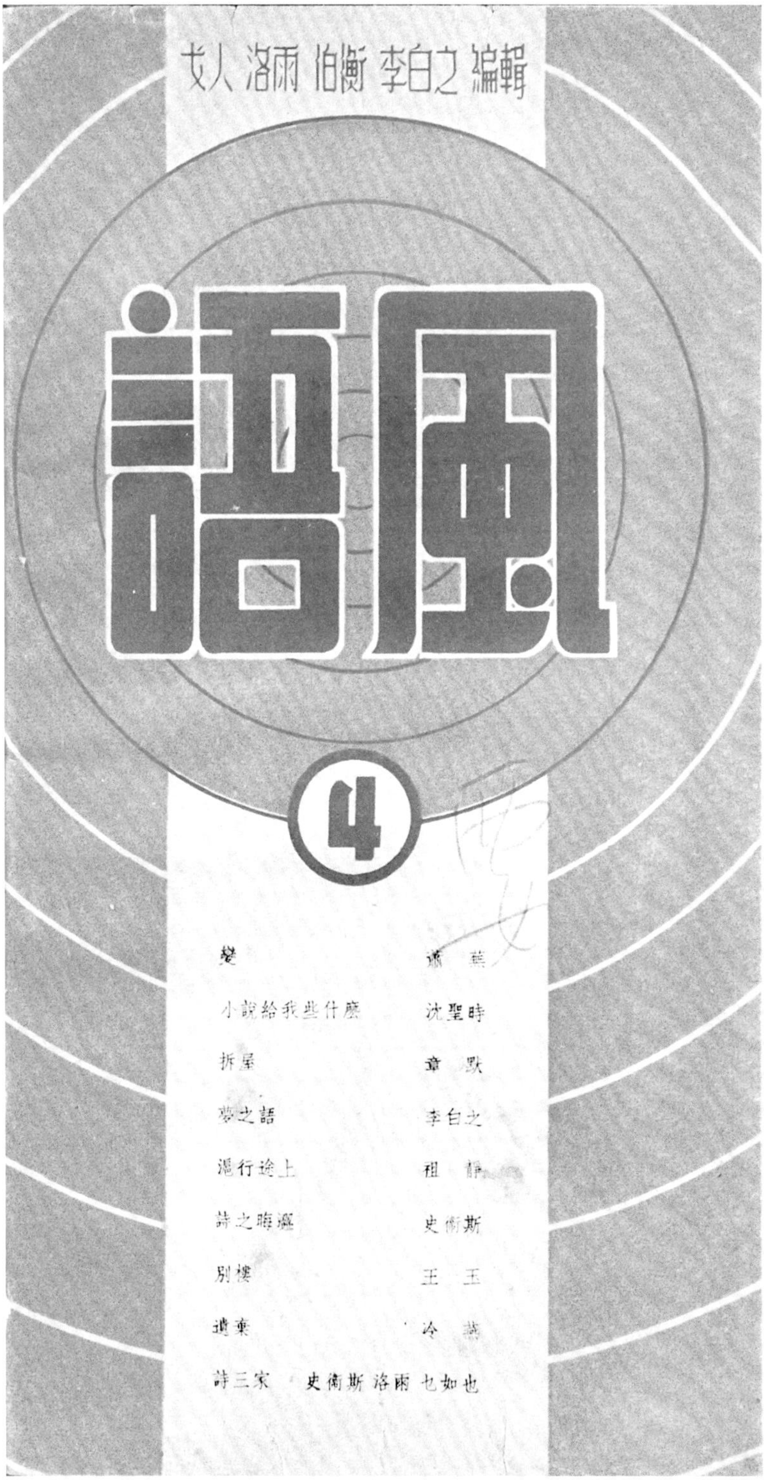

語風　革新號

第一卷　第四期　二十九年二月五日出版

變		蕭　蕪
小說給我些什麽		沈聖時
夜街		洛　雨
久遠的年代		史衛斯
拆屋		章　默
夢之語		李白之
酒後		楊湜青
滬行途上		祖　靜
詩之晦澀		史衛斯
別樓		王　玉
今昔	Thomes Sdoos	乜如也
冬		史衛斯
遺棄	Sholm Asch	冷　燕
書		謝聞玄
追念		鄔　曦
雪夜		冰　雯
在旅店中	Louis Venillot	維　士

編輯者　戈人　洛雨　伯衡　李白之
發行者　語　風　出　版　社
愛多亞路中匯大樓五四六號
電話　八四八五六

每期一角半　　工部局登記證C644號
每卷連郵九角(六期)　　法界登記證在呈請中

本刊歡迎文藝作品及譯稿，一經採用，以本刊爲酬，特稿除外。不用稿於出版後五日內寄還，但以附足郵資者爲限。來稿請寄愛多亞路中匯大樓五四六號語風編輯室。

078　**寓言**　R/820.5/700

上海　寓言社　1938　半月刊

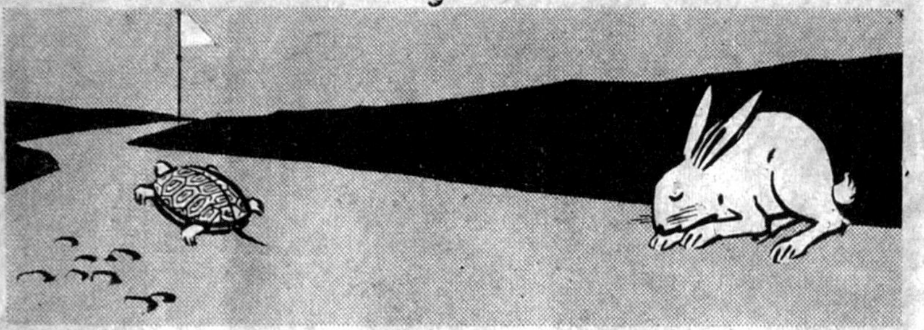

寓言 創刊號目錄

時代寓言

和氏之璧（韓非子）……韓　非
捕鼠（郁離子）……劉　基
除三横（世說新語）……劉義慶
彫玉與治國（孟子）……孟　軻
岐路亡羊（列子）……列禦寇
替天行道……海　風（四）
打麥的哲學……王芸蓮（五）
摩登話……盦（六）
拳擊一幕（漫畫）……伯　愈（七）

詩

哀吊……依　枝（八）
傾訴……素　人（九）

通俗小說

首都瘋子……陳　松（十）
孤島的青年（漫畫）……伯愈（一四）

079　戰線週刊 R/050/430.8

上海　戰線社　1928—1938　週刊

戰綫週刊第一卷第五期

目　錄

社會主義的明日……………………………………唐　仁

　　（二）社會主義實行的三步驟

瓦缶與良玉…… ……………………………………宰　木

施存統否認加入第三黨……………………………施存統

革命青年的家庭觀…………………………………鄔孟暉

戰綫（詩）………… ………………………… ……村

雜談

　有偶無獨…………………………………………四分半

　乾脆………………………………………………四分半

　國技有意想不到之功效…………………………大力士

　國術運動千古……………………………………李夢白

　讀者的意見………………………………………忘　名

080 戰友 R/590.5/430.7

上海 江西保安司令部政治訓練處 1937 五日刊

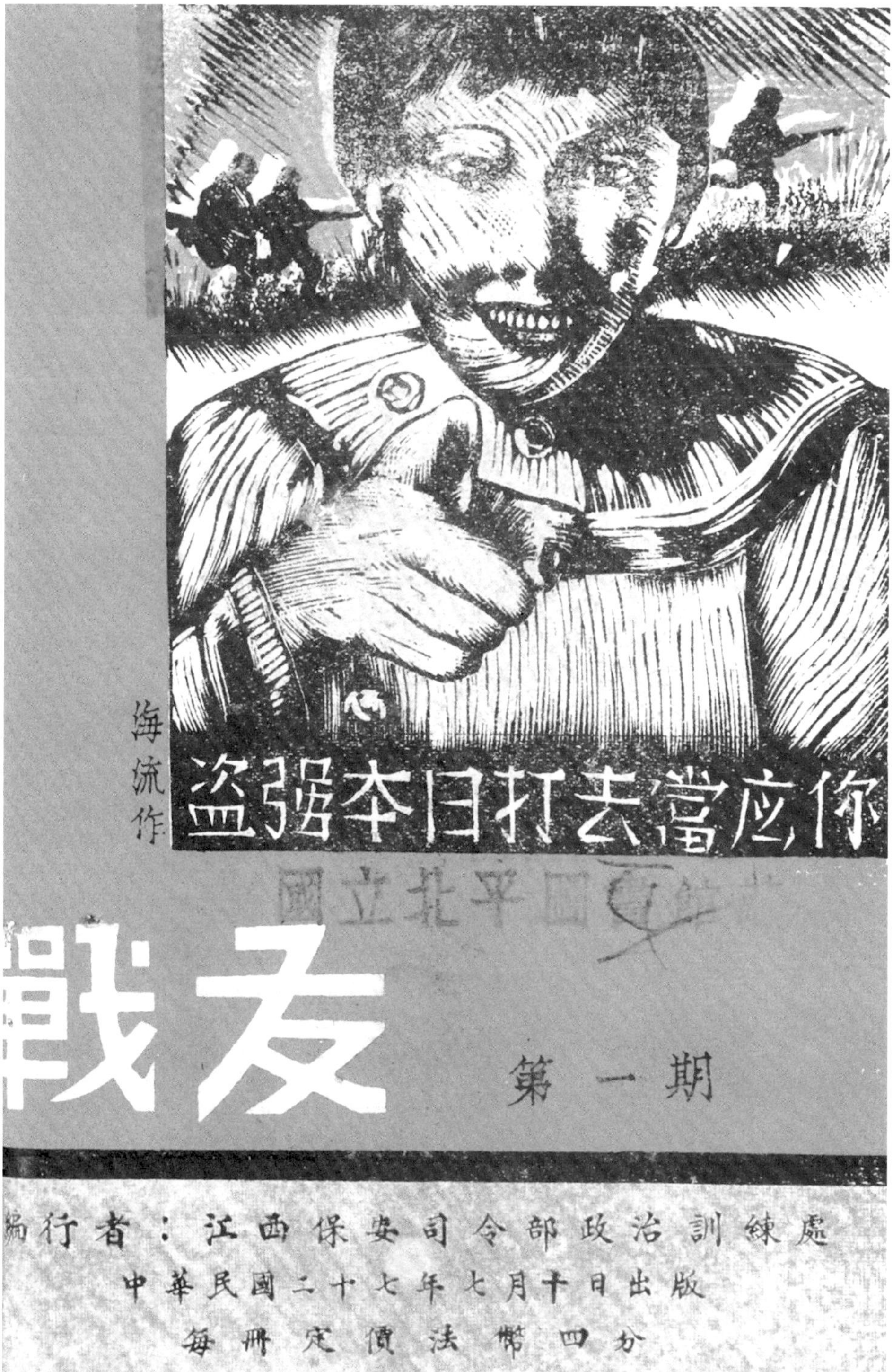

戰友

五日刊　第五期

編輯人　趙允安　吳叔和　發行人　施篤東
廿六年十月廿五日發行　本刊已依法呈請登記

要目

對日外交還要明朗化……允安
嚴密民衆作戰時的組織……今吾
論日本戰略……叔和
上海的倭寇……趙景深
中外民族英雄略傳……陳憬初
聞捷樓隨筆……篤東
寶山城……墨逸

081 中國與世界

R/050/454.131

上海　中國與世界社　1940－1941　月刊

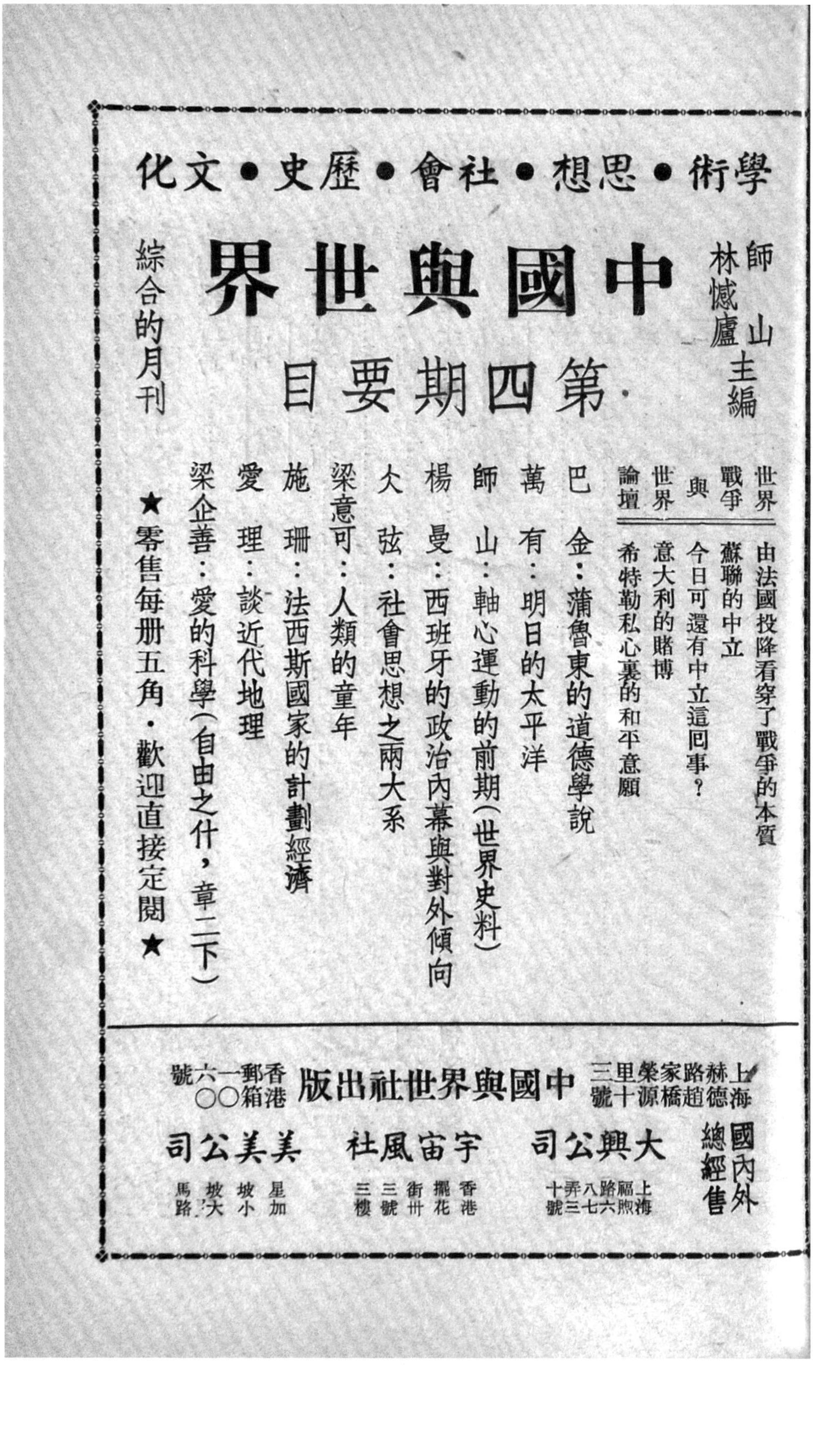

082 作品

上海　作品半月刊社　1937　半月刊

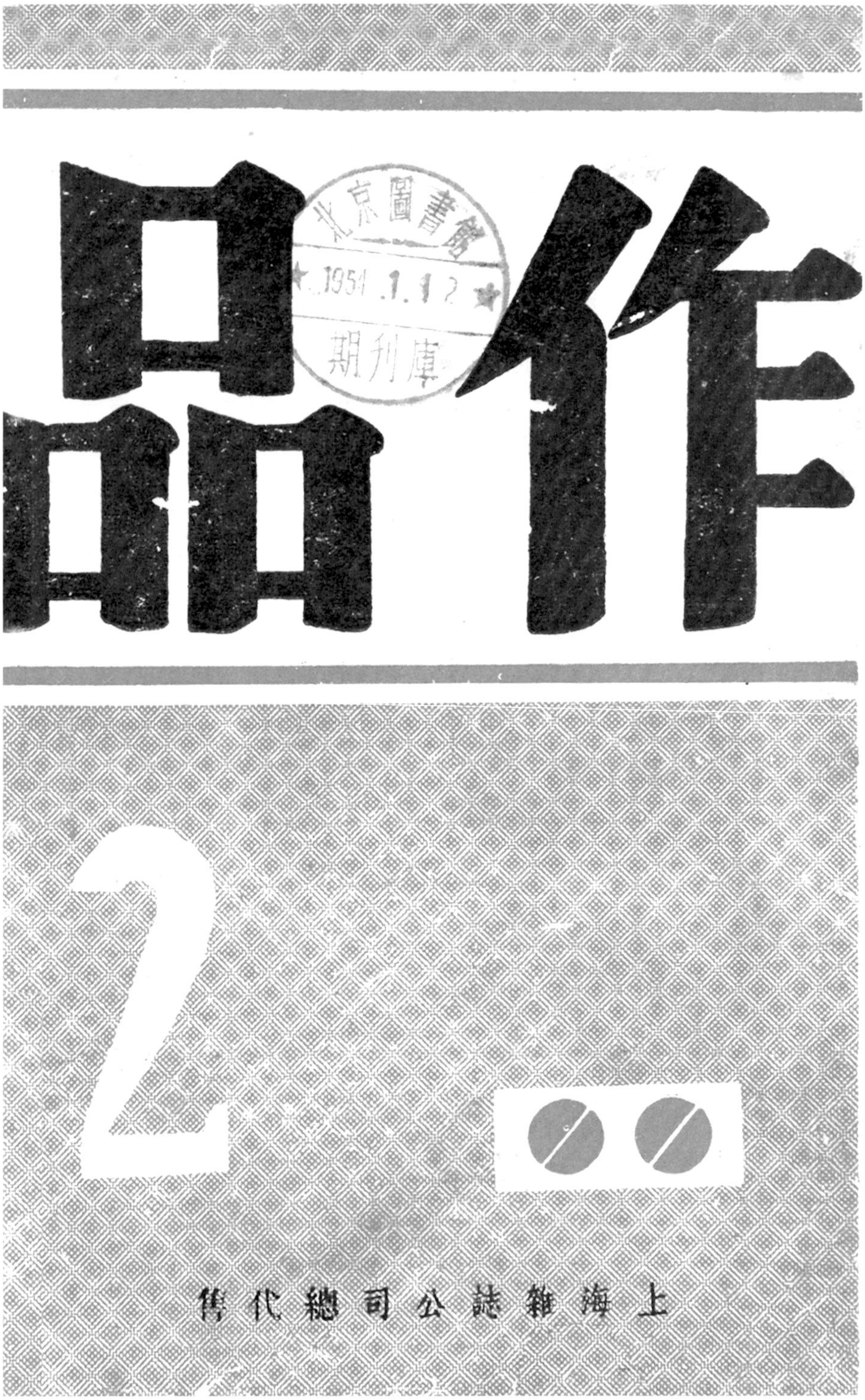

作品

自由並不是中立　郭沫若〔一一二〕
我的自白　沈起予〔一二三〕
蘇聯文學的現階段（外村史郎）　陳琳〔一二六〕
被苦難熬過的婦人（小說）　征農〔一三三〕
盲者（小說）　林娜〔一三六〕
文齋先生　邵子南〔一四七〕
江水　范泉〔一五〇〕

第二期內容

陽光曲（長詩） 李雷 〔一四三〕
三峽水歌（寫景詩） 徐諸文 〔一五四〕
戰鬥的冬（詩） 番草 〔一七〇〕
殖民地的故事（報告） 洪爲濟 〔一七三〕
孩子們（速寫） 張春橋 〔一六五〕
這里沒有良民（通訊） 狄耕 〔一四九〕
特稿「洪水」插曲（全部之三） 田漢•張曙 〔一八〇〕

重　慶

083 彈花文藝 R/810.5/310

重慶 彈花文藝半月刊 1938－1940 半月刊

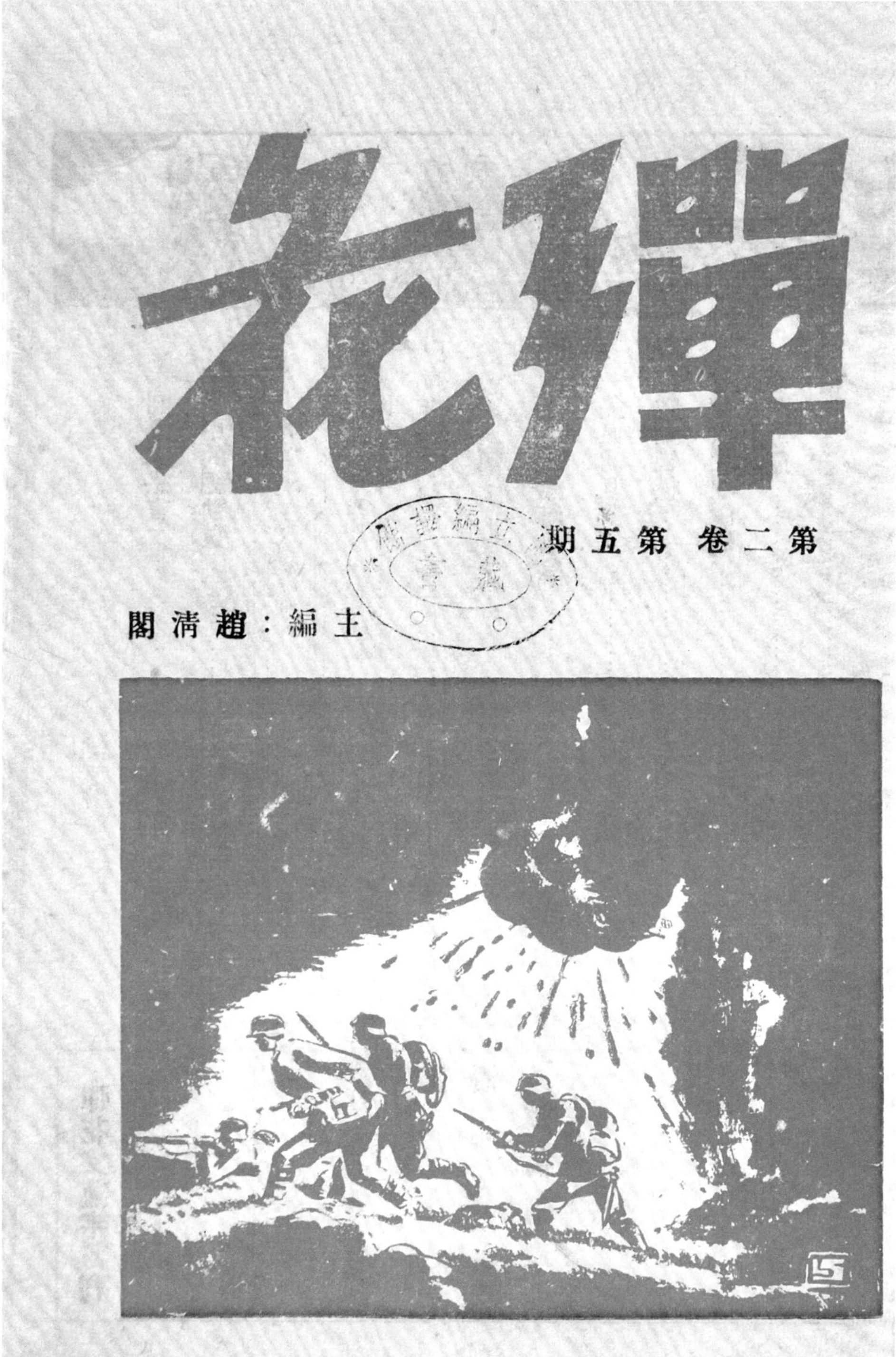

（目錄）

本刊週歲感言……清閣（二〇七）
抗戰中的總動員……（短論）……華林（二〇八）
野戰醫院……（劇本）……謝冰瑩（二〇八）
生日……（雜感）……老舍（二一七）
突圍……（小說）……何紹（二一八）
抗戰童謠……（童謠）……老向（二一九）
一二八頌……（新詩）……曦焰（二二〇）
上！上！熱河在望……（歌曲）……羅家倫詞 熊務民曲（二二二）
一隻血的耳朵……（報告）……陽叔（二二三）
抗戰金錢板……（速寫）……趙望雲（二二四）
「鳳凰城」觀讀感……（批評）……趙天（二二五）
文化動態……記者（二二七）
編後……編者（二二七）

彈花文藝半月刊
第二卷 第五期
廿八年四月一日出版
編輯者趙清閣
重慶美專校街八號隔壁樓房上
出版者彈花文藝半月刊
重慶中一路二八〇號
發行者正中書局服務部

定價
零售：每本大洋一角
預定：半年一元二角 全年二元四角

徵稿簡章

一、本刊歡迎抗戰意識的小說、劇本、散文、詩歌、圖畫、及戰地通訊等。
二、本刊對來稿有刪改權不願者預先聲明。
三、來稿登載後略致薄酬或本刊。
四、來稿需退回者，請附足郵資。
五、來稿逕寄「重慶美專校街八號隔壁樓房上本社編輯部。」

084 風雲 R/050/823.1

重慶 風雲月刊社 1943 月刊

風雲

第一卷 第一期

三十二年二月十五日出版

古比雪夫的戰時景色……邵力子
中國藝術的想像……伍蠡甫
新聞圈外(一)……趙敏恆
美聯社[illegible]三大通訊社鬥爭經過……英倚泉譯
英國會[illegible]花絮……徐兆鏞
新[illegible]種常用文體……蜀生譯
試試看……張炎德譯
我和希[illegible]的最後一面……倪宵芳譯
推[illegible]……徐世勳
希特[illegible]的毀滅……陳匡民譯
怎樣製作集錦照相……郎靜山
可笑的浪費……吳方仁譯
苦鬥中的挪威……李麟角譯

風雲月刊社發行

華中圖書公司總經售

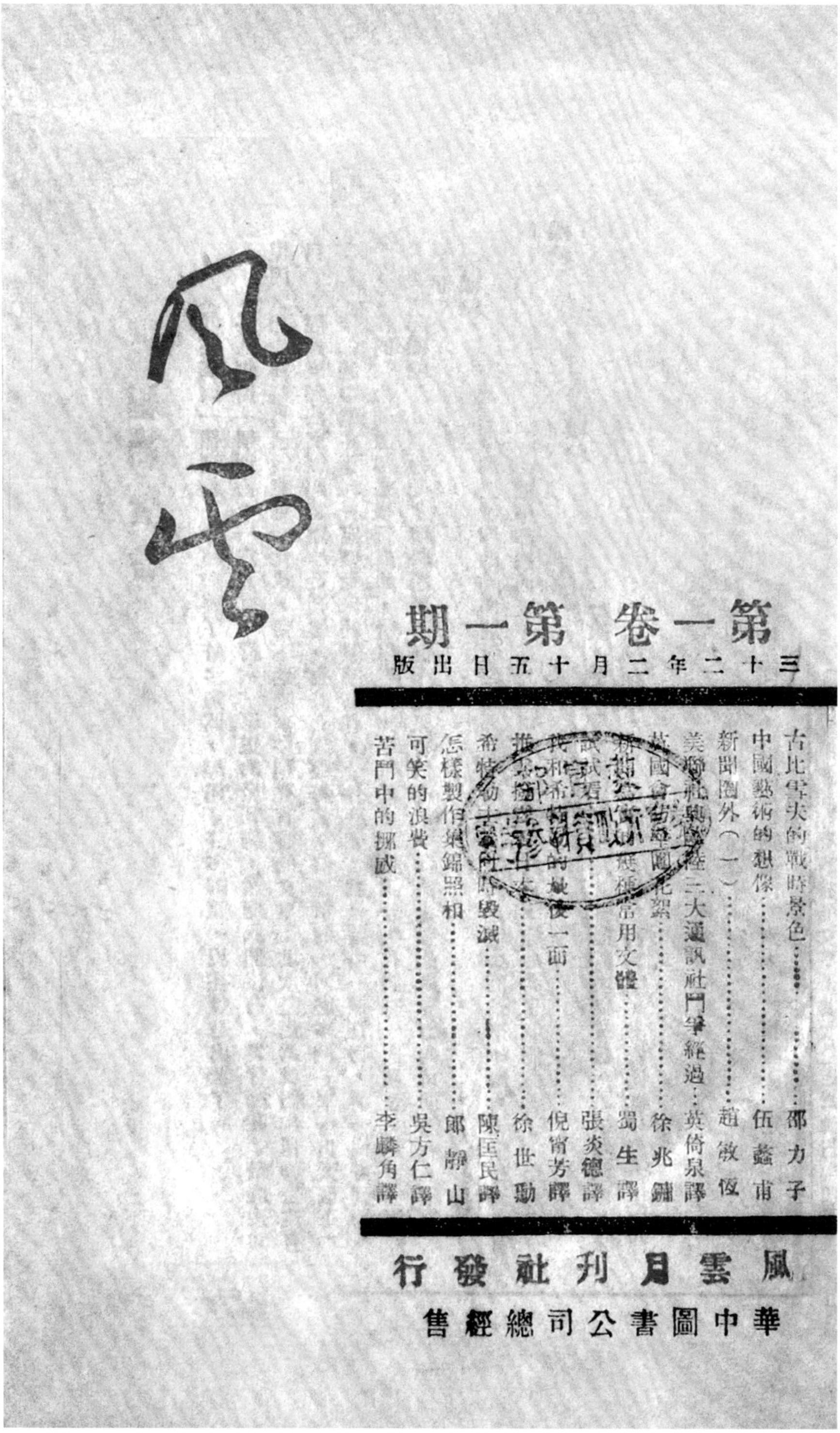

085　國聲

重慶　國聲月刊社　1945　月刊

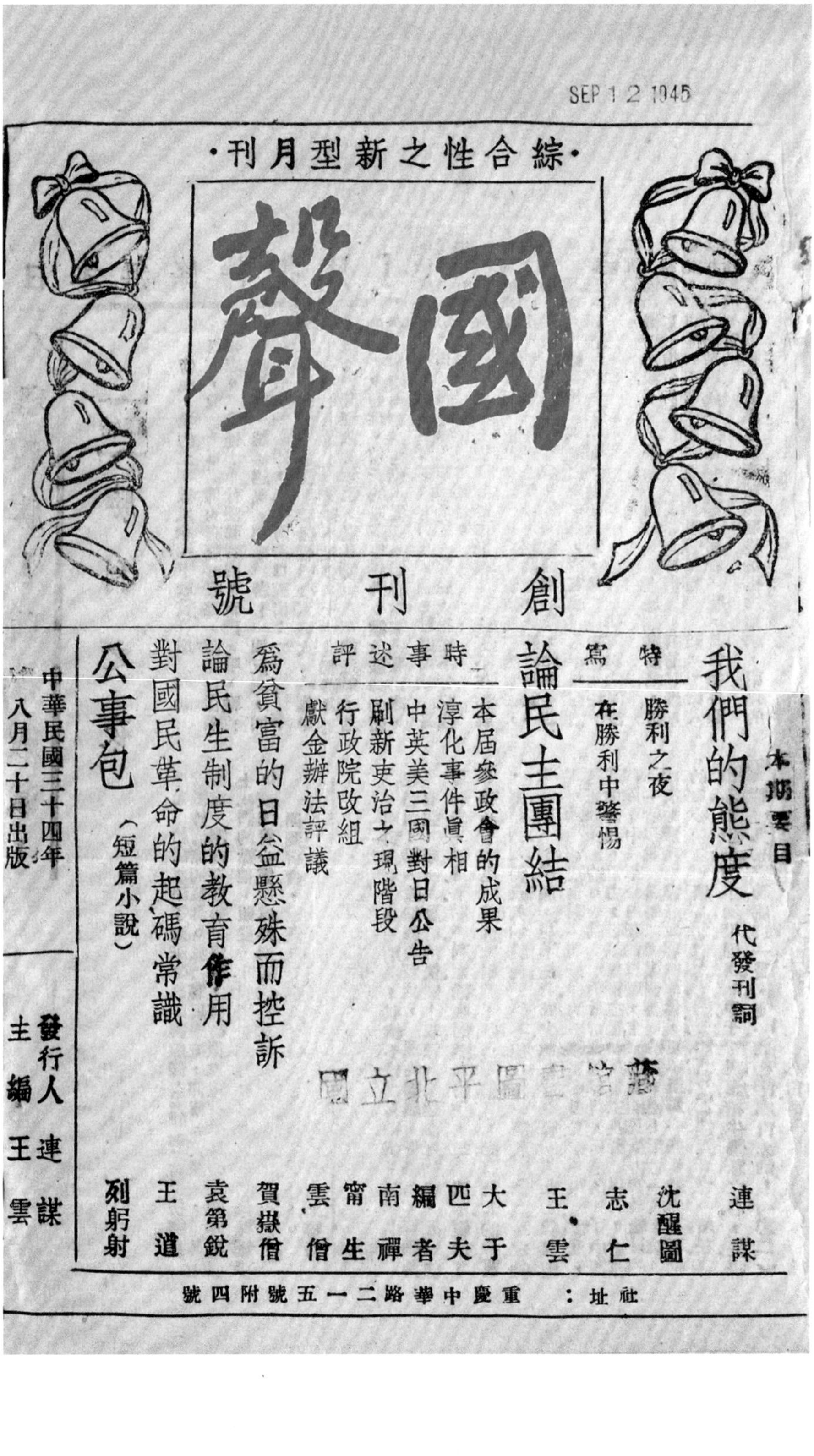

·綜合性之新型月刊·

國聲

創刊號

本期要目

我們的態度（代發刊詞）　連謀

特寫

勝利之夜　沈醒圖

在勝利中警惕　志仁

論民主團結　王雲

時事述評

本屆參政會的成果　大于

淳化事件眞相　四夫

中英美三國對日公告　編者

刷新吏治之現階段　南禪

行政院改組　甯生

獻金辦法評議　雲僧

爲貧富的日益懸殊而控訴　賀嶽僧

論民生制度的教育作用　袁第鋭

對國民革命的起碼常識　王道

公事包（短篇小說）　列躬射

中華民國三十四年八月二十日出版

發行人　連謀

主編　王雲

社址：重慶中華路二一五號附四號

086 華聲

重慶　華聲出版社　1944－1945　半月刊

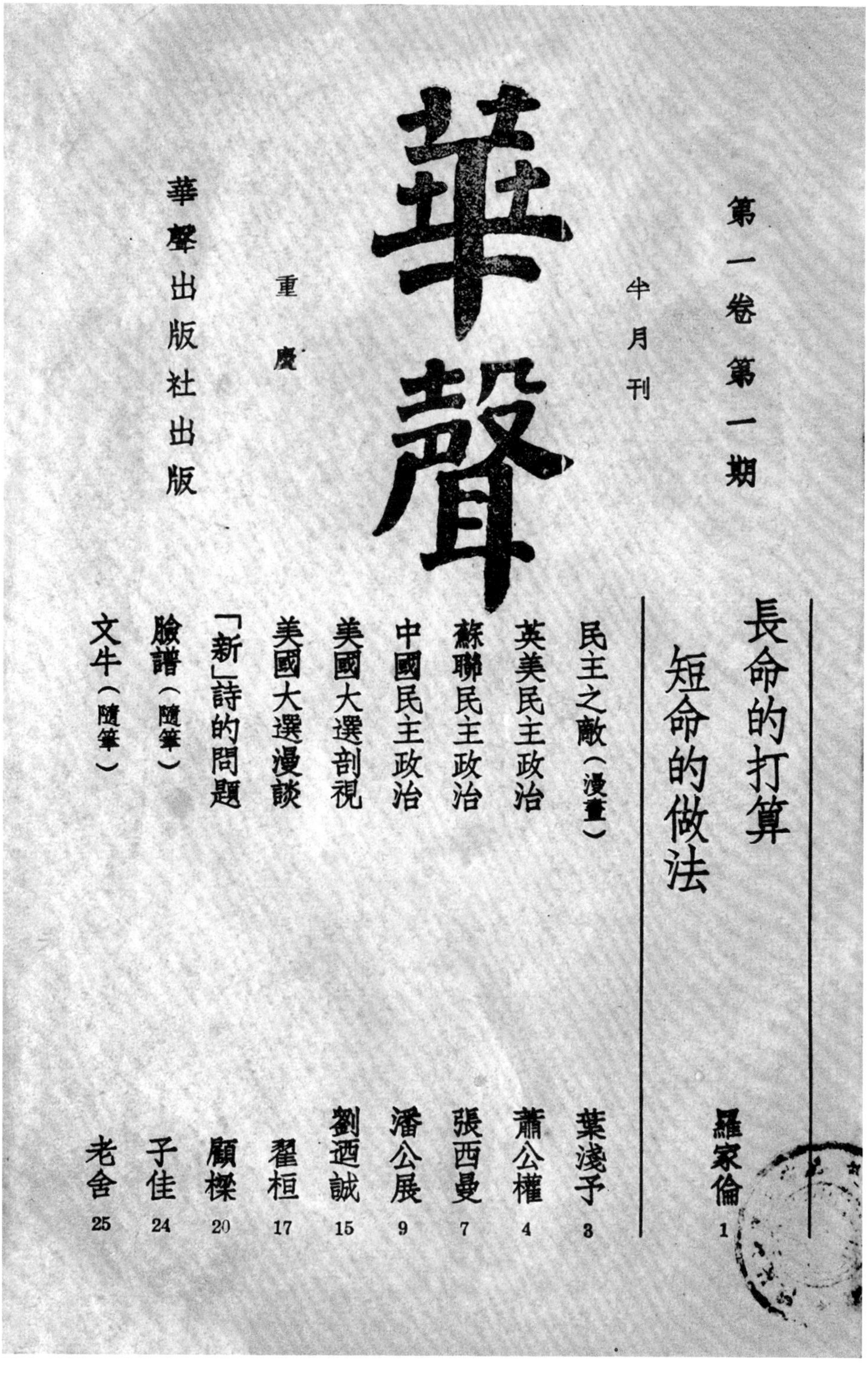
第一卷第一期

半月刊

華聲

重慶

華聲出版社出版

長命的打算　短命的做法　羅家倫　1
民主之敵（漫畫）　葉淺予　3
英美民主政治　蕭公權　4
蘇聯民主政治　張西曼　7
中國民主政治　潘公展　9
美國大選剖視　劉迺誠　15
美國大選漫談　翟桓　17
「新」詩的問題　顧樑　20
臉譜（隨筆）　子佳　24
文牛（隨筆）　老舍　25

087　火之源　　R/813.105/763

重慶　火之源社　1944—1945　不定期

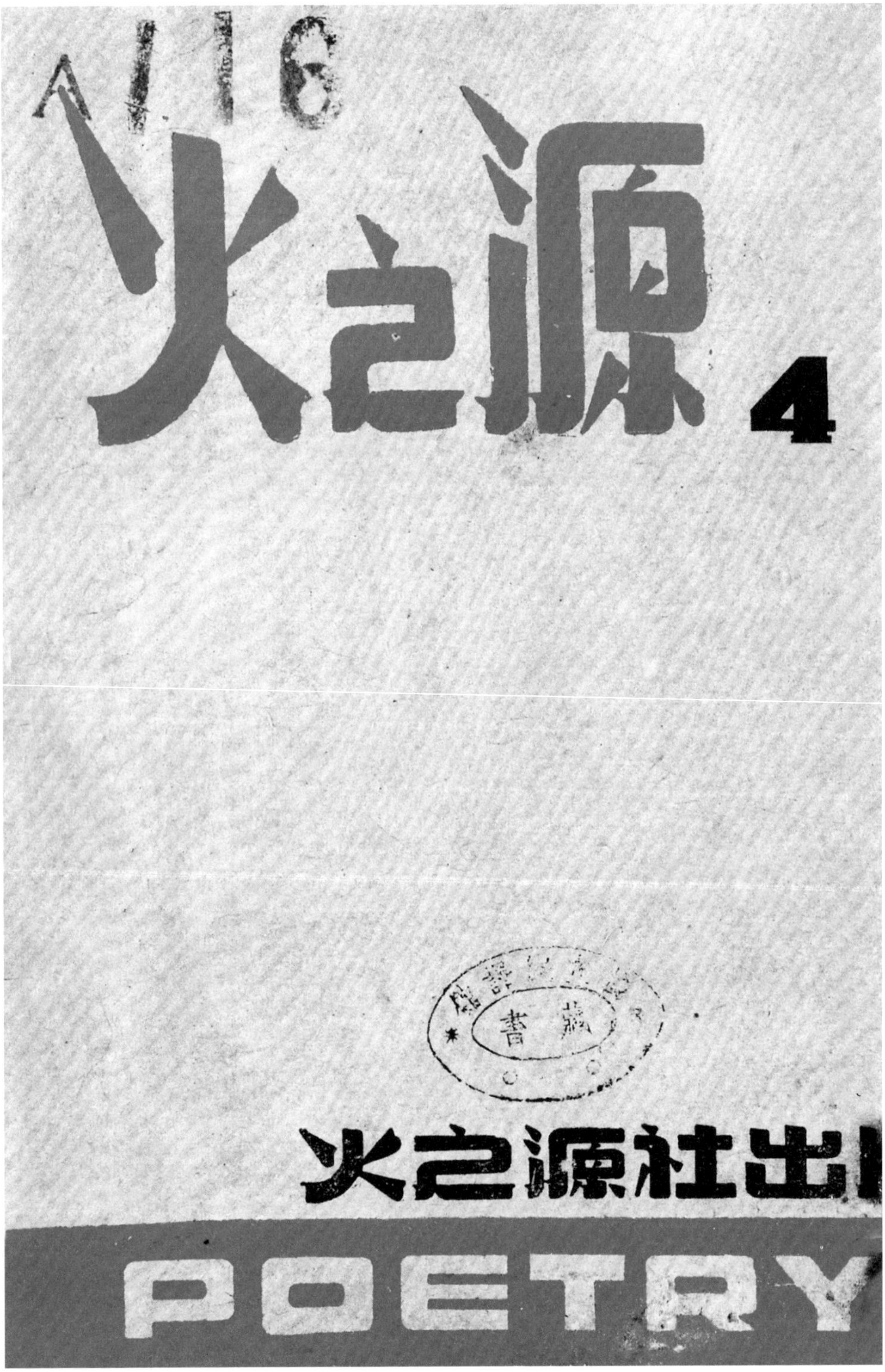

火之源

第四期目錄

詩：

生命的搖籃……王亞平（1）
我的廣告……青勃（2）
寫在我廿七歲生命的旅程碑上……李岳南（3）
春之嘉陵……洪茵（4）
生命的嘯歌……何維雨（6）
土地的叛逆……白路（13）
張娘……高鴻儀（14）
寄……禾波（16）
雨天的憂鬱……王邈今（19）
我祖國的土地啊……劉梵（17）
庭院二章……周昌岐（19）
古樹……蔣壎（17）
生命的曆程……貝舒雁（13）
我撕下一張日曆……高朗（6）
辭歲篇外一章……繆白苗（20）
牧羊的人……盧青（20）
街巷外一章……車虹（21）
理性構圖……鄒獄（22）
冬季的樹……晏明（23）
開闢篇外一章……天青（24）
期待二章……邓奔（30）
夜謠兩章……青藜（31）
歡迎呵！歡迎！……臧克家（5）

譯詩：

為什麼……胡曲（31）
春天……魏荒弩（32）
知更鳥……詩秀（32）

詩集：

寒夜……王樹屏（23）
雷雨篇……李金鍚（29）
江湖曲……麗砂（26）
鏡窗小築……包白痕（25）
河濱……以浴（26）
春天的鳥……李一庭（8）

（封面設計：曹錕 韓辛）

088 今文月刊

重慶　文信書局　1942－1944　月刊

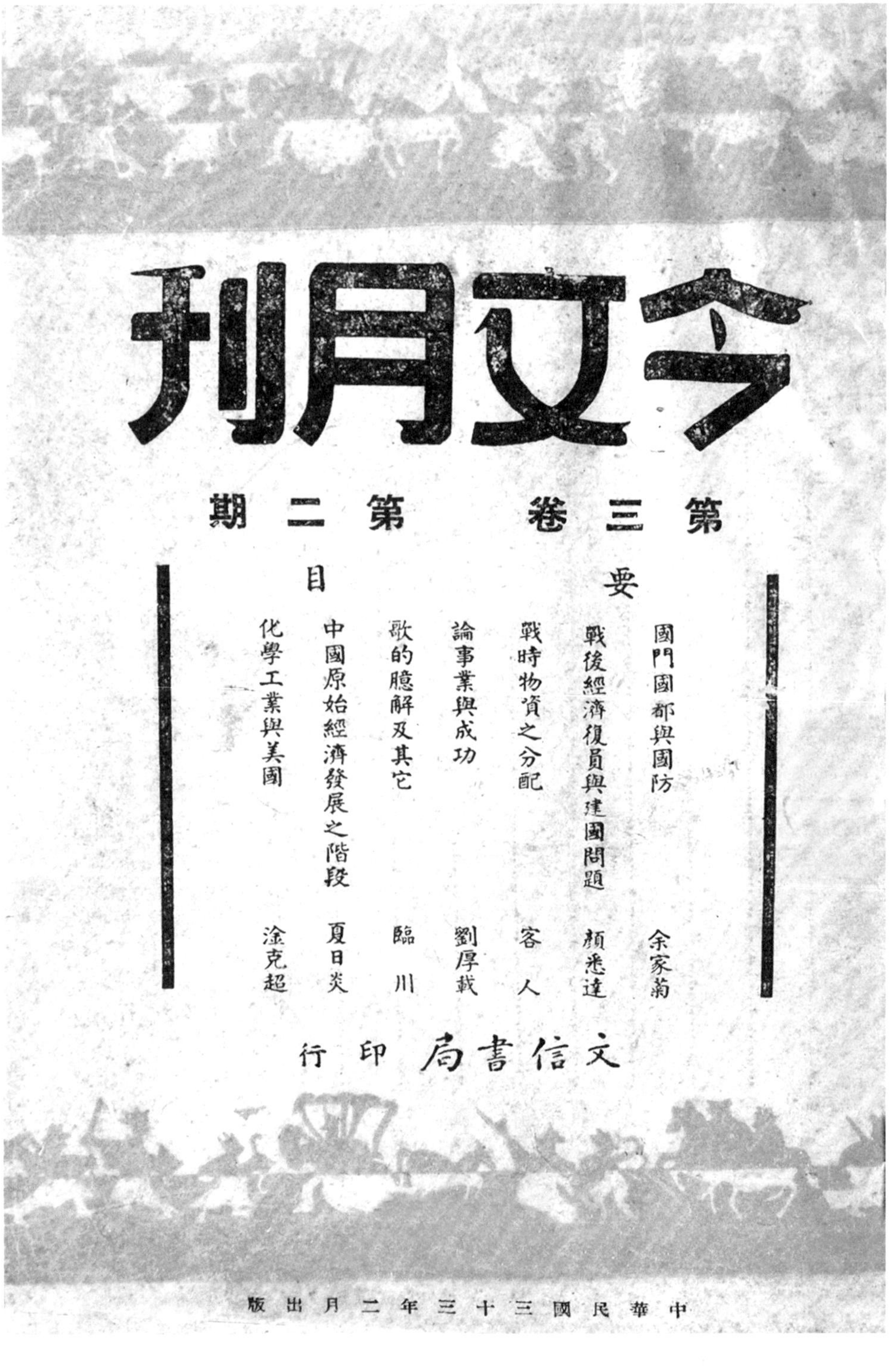

今文月刊

第三卷　第二期

要目

國門國都與國防　余家菊

戰後經濟復員與建國問題　顏悉達

戰時物資之分配　客人

論事業與成功　劉厚載

歌的臆解及其它　臨川

中國原始經濟發展之階段　夏日炎

化學工業與美國　涂克超

文信書局印行

中華民國三十三年二月出版

今文月刊 第三卷 第二期

社論
民主與經濟……操心（一）
徵發與戰時物資分配……客人（四）
國門、國都與國防……余家菊（五）
戰後經濟復員與建國問題……顏悉達（七）
化學工業與美國……涂克超（十三）
論事業與成功……劉厚載（十七）
西洋通史中之時地人問題……項英傑（十九）
中國原始經濟發展階段之研究……夏日炎（二五）
中國古代歷家之研究……甯墨公（二八）
參觀故宮書畫展覽會感言……傅振倫（三〇）
「歌」的聽解及其它……臨川（三二）
嘆病記……嘉立（三五）
康廬近稿……成惕軒（三六）

089　抗戰兒童　　R/056/300

重慶　抗戰兒童社　1940　月刊

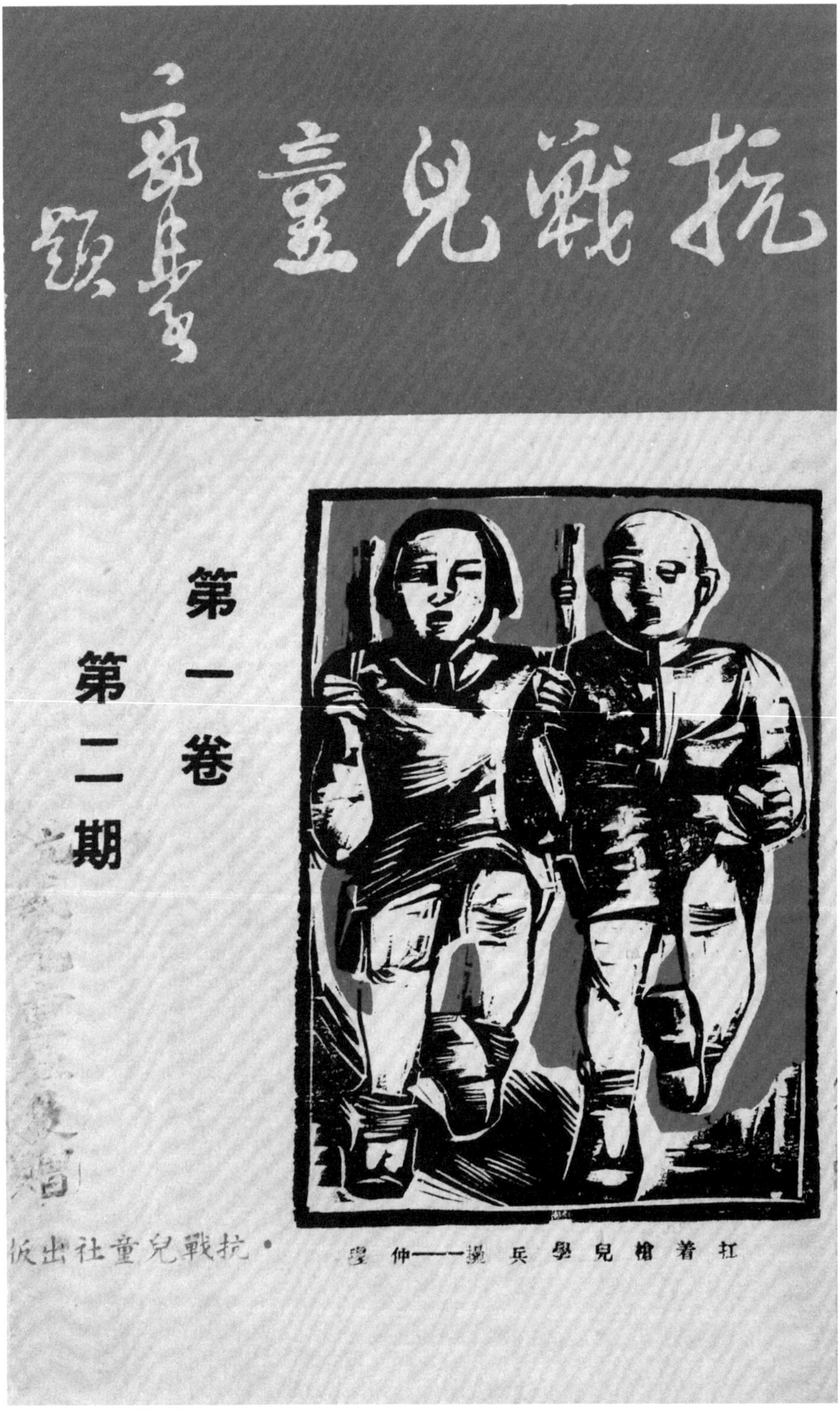

090 抗戰青年

重慶　抗戰青年社　1938　半月刊

抗戰青年
半月刊

創刊號

目錄

每期定價五分　全年一元
編輯兼發行處　抗戰青年社　重慶穴坎井街二十八號
印刷處　南京京華印書館重慶分館
總經售處　華中圖書公司　重慶武庫街七號
民國二十七年五月十六日出版

091　民族詩壇　　R/831.05/318

重慶　獨立出版社　1938—1945　月刊

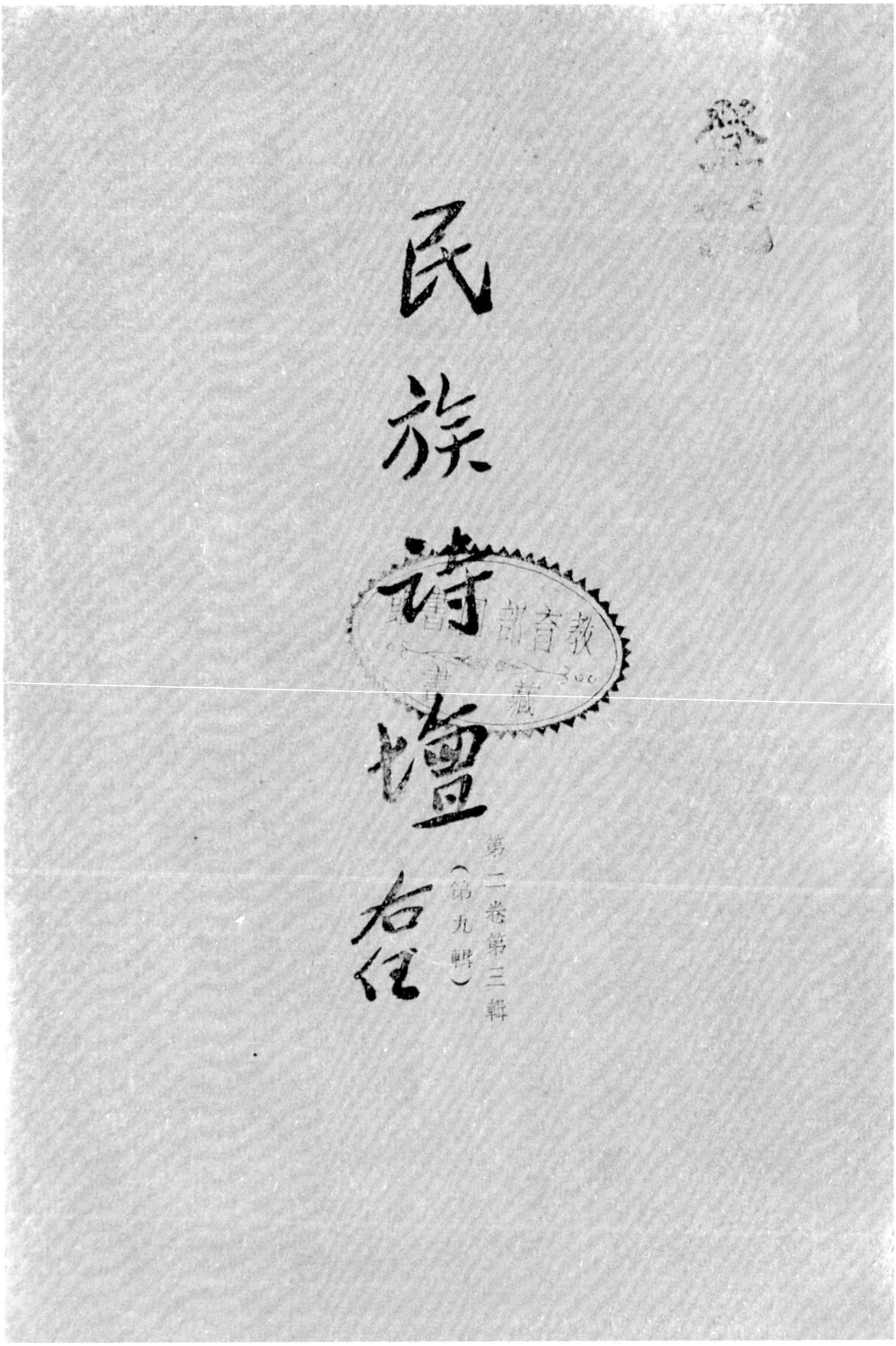

民族詩壇第二卷第三輯目錄

抗戰時期文學應負的使命……………………虞愚
詞之英文譯本（介紹）……………………編者

詩錄

汪精衛……………一首
于右任……………四首
馬一浮……………五首
趙堯生……………二首
陳銘樞……………二首
沈士遠……………二首
陳樹人……………五首
太虛……………三首
賈景德……………十九首
柳詒徵……………二首
沈冥……………八首
夏承燾……………四首
李仙根……………十二首
許崇灝……………七首
張昭麟……………廿三首
常乃德……………一首
賀敏生……………二首
陳粹勞……………四首
劉冰研……………三首
陳家慶……………一首
陳瑞林……………一首
曾小魯……………一首
周學藩……………七首
陳海天……………一首
談瀛……………一首
虞愚……………一首

092 民族文學

重慶　民族文學月刊社　1943—1944　月刊

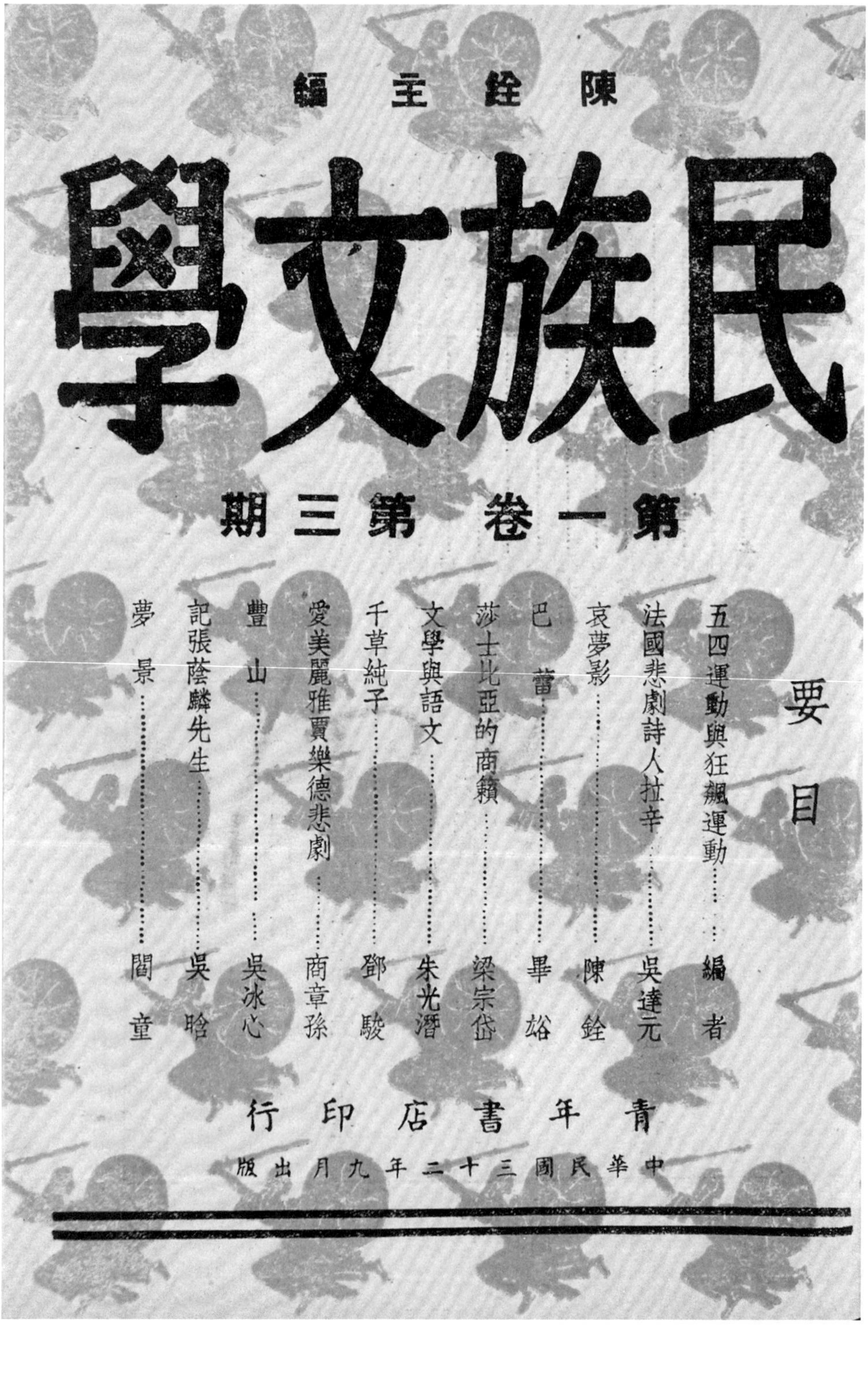
陳銓主編

民族文學

第一卷第三期

要目

五四運動與狂飆運動……編者
法國悲劇詩人拉辛……吳達元
哀夢影……陳銓
巴蕾……畢谹
莎士比亞的商籟……梁宗岱
文學與語文……朱光潛
千草純子……鄧駿
愛美麗雅賈樂德悲劇……商章孫
豐山……吳冰心
記張蔭麟先生……吳晗
夢景……閻童

青年書店印行

中華民國三十二年九月出版

民族文學

一卷四期要目預告
三十二年十月出版

論壇
中國文化的三條路線
無線電的發明
眞理爲人生
感情就是一切
綠鵝
批評與創作
戲劇深刻化……陳銓
縈……楊靜遠
第三階段的易卜生……唐密
小菩薩……黎錦揚
巴蕾的平等觀念……吳瑞麟
征鴻……金啟華
遙寄……孫大雨
林邊老嫗……方
莎士比亞的商籟……梁宗岱
懺悔……吳達元
勳章……依尚倫
醃蒔蘿……林同端
愛美麗雅貢樂德……商章孫
編輯漫談

徵稿簡則

(一)本刊歡迎投稿
(二)稿酬暫定每千字四十元至八十元
(三)版權仍爲作者所有
(四)發表時一律用真姓名
(五)來稿本刊有删改之權
(六)來稿如不登載概不退還
(七)稿件請寄重慶民生路一三三號青年書店編輯部收

093 南强 R/050/236.21

重慶 南强月刊社 1945 月刊

南強月刊目錄

二十六年二月
四五兩期合刊

戰爭與國防……唐繼虞（一）
民族團結與對外抗戰……趙　康（四）
孟獲辯……張華瀾（五）
劍屬語音與吾國語音學上之地位……張福廷（六）
藏鴉帆侍御墓表……陳榮昌（一〇）
名勝雜記……張華瀾（一二）
雲南湖澤一覽……前　人（一五）
雲南各縣人口一覽……前　人（一八）
化學戰爭淺說……廷　棟（一九）
立法院六周紀念（分韻得依字）……呂天民（二九）
丙寅除夕感賦……前　人（二九）
遊趙山看梅……前　人（二九）
梅絲麵……前　人（三〇）
青梅羹……前　人（三〇）

094　**熱力光**　R/810.5/207.2

重慶　熱力光社　1945　半月刊

熱力光 第二三期合刊

中華民國三十四年七月一日

雜文

作家[illegible]……黎航（1）

文藝工作者方[illegible]任務……葉聖陶（3）

說「鬍子」……任笨儒（5）

[illegible]論與十字……宛棄（7）

[illegible]作戰……黃齋（10）

[illegible]會的[illegible]……鄭[illegible]（12）

傳通者對批評的態度……華[illegible]（14）

[illegible]手記……彭燕郊（26）

懲處戰爭罪犯問題……吳滿去（38）

詩與散文

人民的歌唱……王亞平（26）

鶴起了什麼鄉……胡乃（30）

小鳥集……史伍（31）

射中了一頭野豬……吳視（47）

[illegible]的埃塵（散文）……耿庸（42）

官員的早餐（果戈里作 劇）……耿濟之（45）

編後……（53）

095　少年學園　R/056/598.5

重慶　少年學園　1944　雙週刊

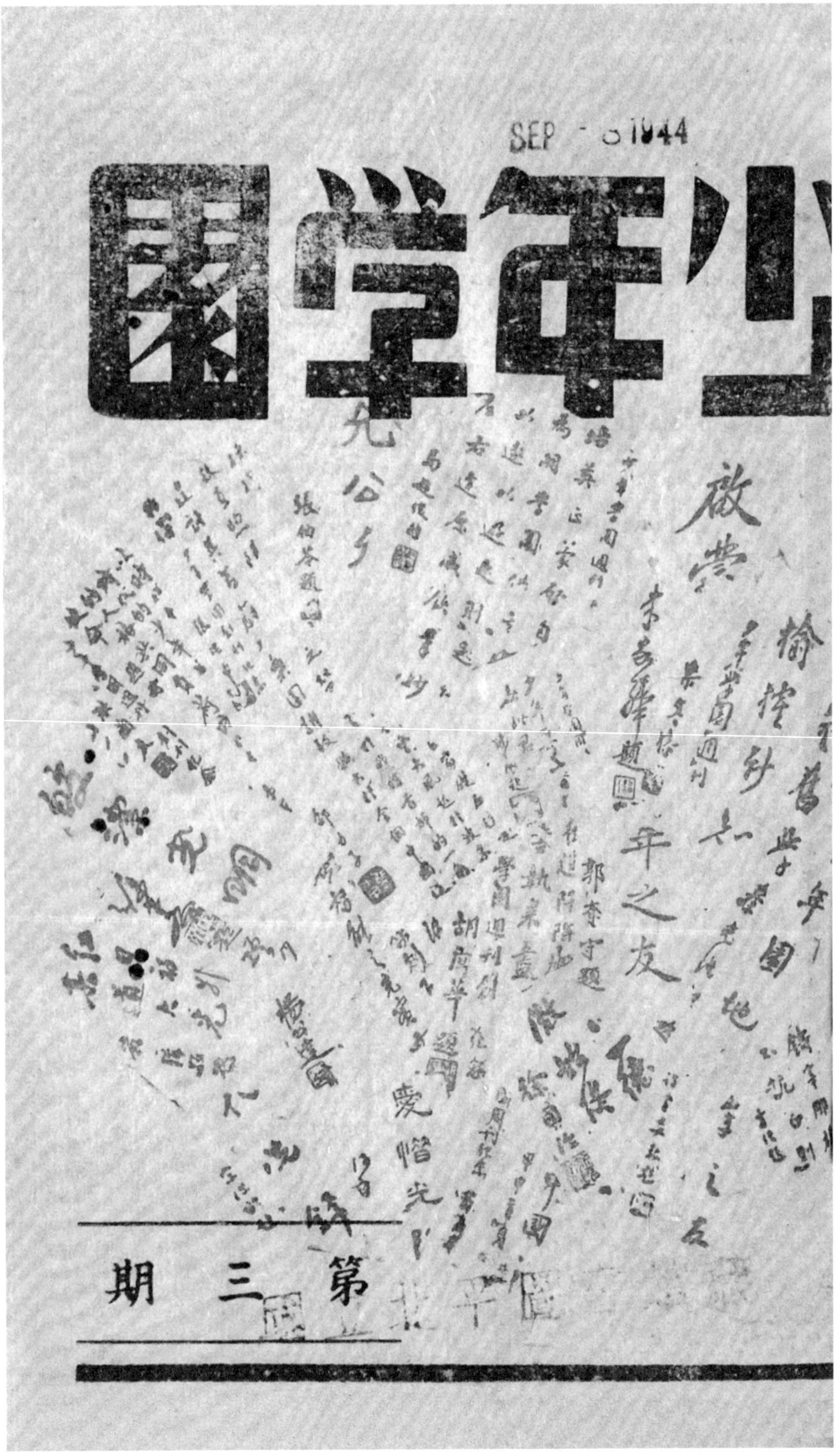

少年學園第三期目錄

中華民國三十三年八月二十日

少年創作

發起一件寫作的準備工作……曹訏（一）
滑翔生活片斷……伯生（五）
母親……杜林（九）
我愛……尙振基（一二）
我的同班……慧中（一三）
大時代的少年……流金（一六）
空幼一日……方才（一八）
悔……周升秉（一三）
勝利在望迎頭趕上（評論）……競文（二二）

科學講座

昆蟲製造的藥水……明諾（二四）
地球的故事（續完）……胡煥庸（二九）

096　詩叢　

重慶　詩叢社　1942—1945

創刊號目次

冬天的樹　常任俠（1）
拾取溫暖者　文綱（1）
星夜（長詩）　黎焚薰（2）
霧　菲北（5）
駱駝鈴　紅薇（6）
十行小唱（詩集）　方漸（7）
冬天詩抄（詩集）　王晨牧（8）
紅葉集（詩集）　文季（9）
成都平原　芹葛（10）
秋的黃昏（譯詩）　英・S.Symons作　華洛英譯（10）
好商歌　安娥（11）
尋找及夢（散文詩）　北野（11）
愛情（譯詩）　俄・普希金作・黎焚薰譯（12）
星星　胡拓（12）
今夜　綠原（13）
火焰（長詩）　晏明（14）
眞理之林　方漸（20）
凹巢　葉枷（20）
母親　菲北（21）
惡鄉差（譯詩）　印度。泰戈爾作・林賓實譯（19）
戀海　宋瑚（18）
負心人（譯詩）　比。梅特林作。玉光譯（22）
詩・劇・詩劇（論文）　臧雲遠（23）
詩壇點滴　記者（28）
編者小語　編者（31）

詩叢 創刊號
中華民國卅一年三月十日出版
編輯人　宋瑚　晏明　菲北
發行人・郭燦
出版者　詩叢社
重慶沙坪壩郵箱第十號
印刷者　東方印書館
重慶臨江門大井巷十六號
經售者　各地各大書店
定價：零售每冊一元五角外埠郵費照加

097　詩墾地　

重慶　時代印刷出版社　1941—1946　年刊

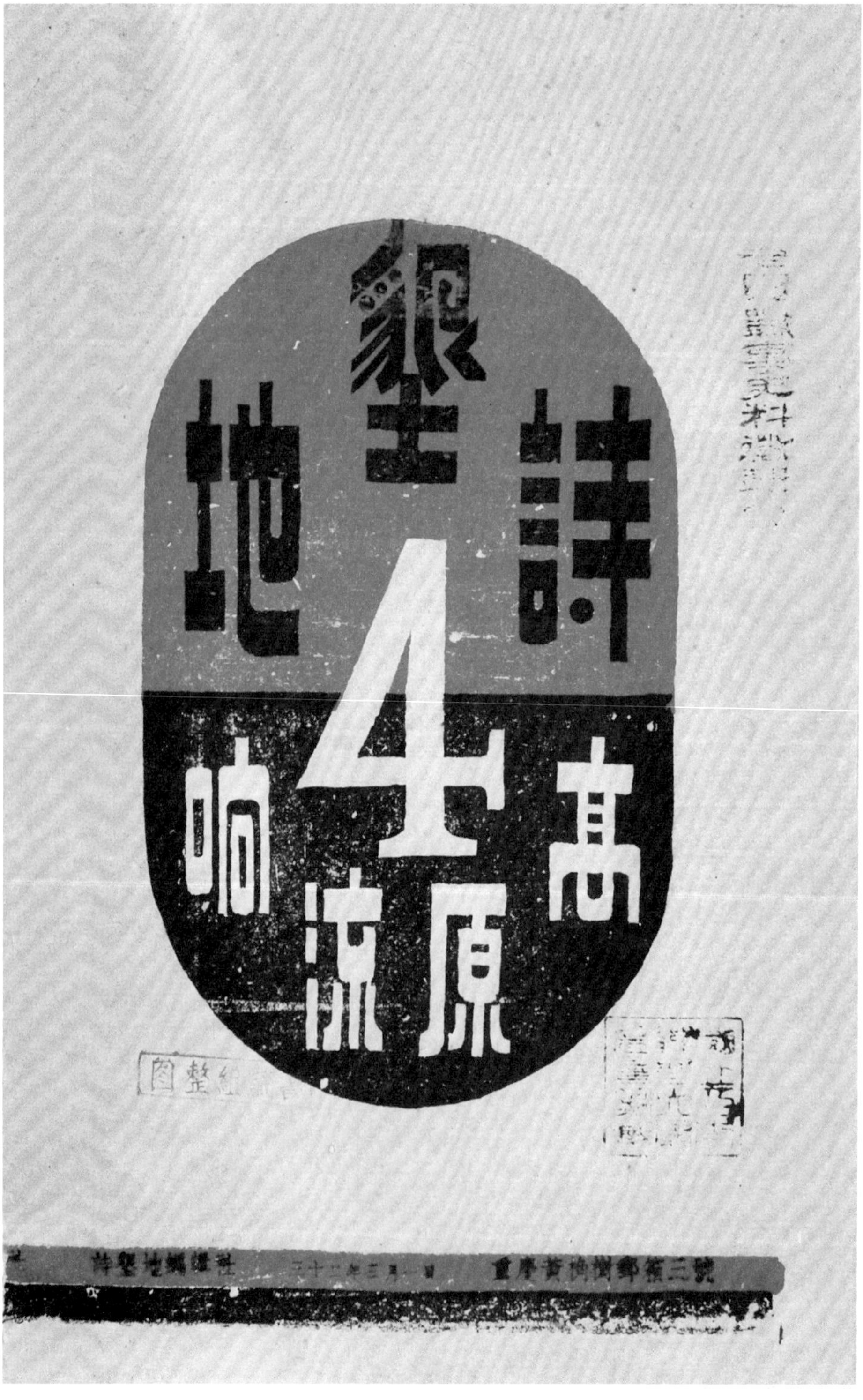

詩墾地

四輯

高原流響目錄

詩集：

青的穀……綠原
小御河……葛珍
江邊·團長……桑汀
季候風……冀汸
希望的窗子……力揚
高原的音息……谷風
當春天來的時候……杜谷
現代英詩抄……鄒綠芷譯

長詩：

滾滾的沱江呀……左琴嵐
星……厂民
發芽期……野曼
乞丐窩……曾卓

論文：

兩岐之間……柳南

散章：

驪歌……雲天
愛……侯唯動
安慰……方然
四月……孫濱
新葉……左琴嵐
夜是很深了……齊明
無聲的……姚奔
給哥哥的信……鄒荻帆
鬥爭……C. D.路易士

政治詩：

法蘭西……白岩
賴伐爾登台……S.M.

編輯者：詩墾地社
重慶黃桷樹郵箱三號

出版者
印刷者：時代印刷出版社
重慶民生路一七八號

總經售：讀書生活出版社
重慶民生路一八八號

098 詩文學

重慶 詩文學社 1945—1946 不定期

詩文學 第二輯

為了麵包與自由

目錄

論感動……彭燕郊（七七）
現代詩歌中的感性……袁水拍譯（一〇一）
論葉賽寧及其詩……黎央（六三）
葉賽寧詩抄……黎央譯（六九）
詩六首……灰馬（九九）
路與碑（詩集）……宗亮（九七）
詩四首……臧克家（七三）
春的開始（詩集）……李卉（七五）
山色及其他（詩集）……李廣田（九一）
無題七篇……晦晨（九四）
夜歌兩首……何其芳（六〇）

兩極……林薇（九五）
回來……黃藥眠（五九）
飛躍的紅旗……石嵐（七二）
ZERO HOUR……劉火子（六二）
重慶……張大旗（一一四）
風雨天竺序曲……金克木（一〇五）
待質所……葛珍（一〇六）
小屋……蘇金華（七六）
被圍者……穆旦（九三）
守望……任健（九〇）
聖經……吳仕賢（一〇四）
路的復活……邱曉崧（一一五）
土地母親的話……彭燕郊（一〇七）
空襲（無線電詩劇）……徐遲節譯（五三）
[illegible]……編者（一一六）
封面設計……廖冰兄

099　時與潮文藝　　R/810.5/462　　

重慶　時與潮社　1943—1946　月刊　　

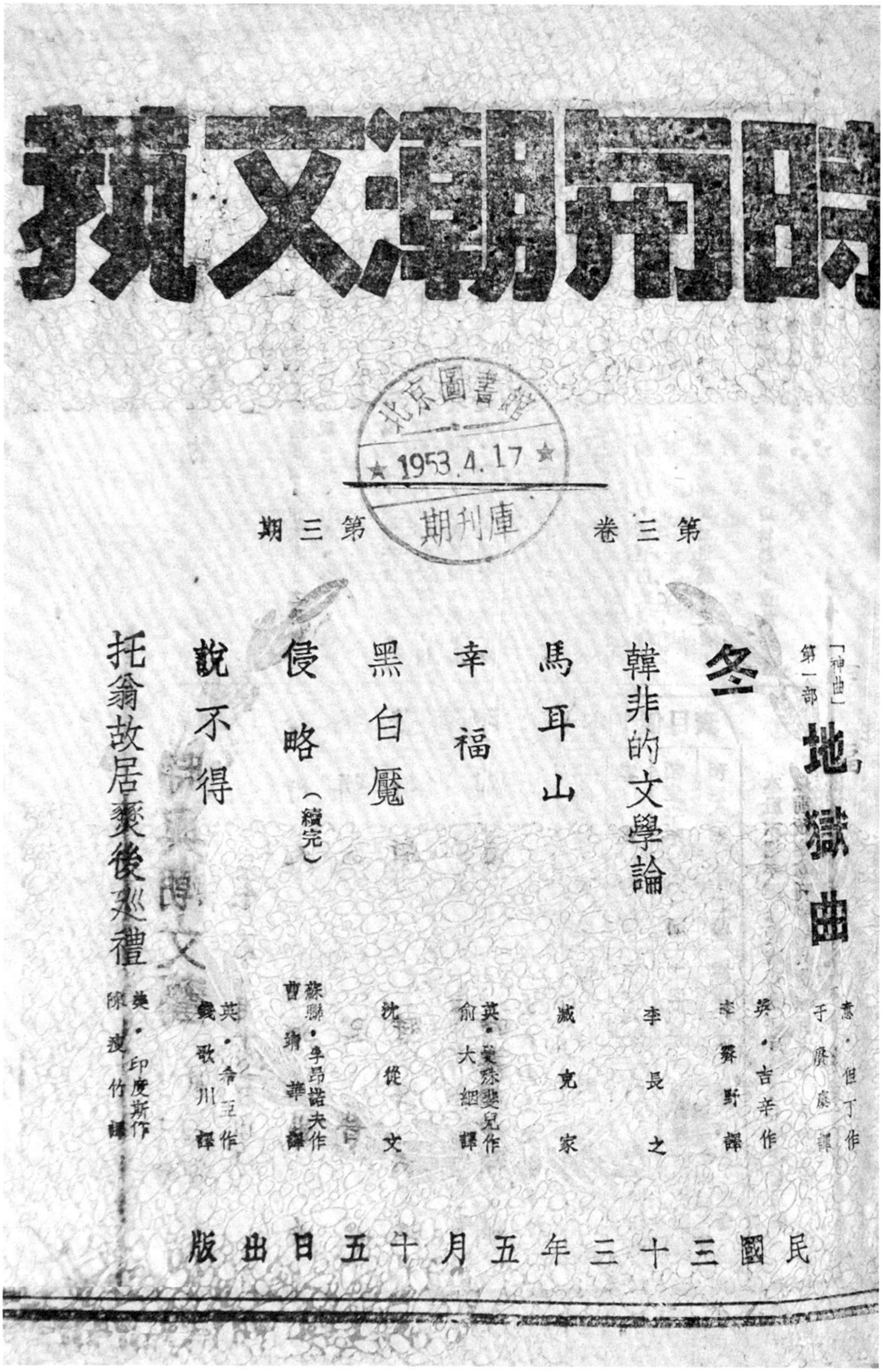

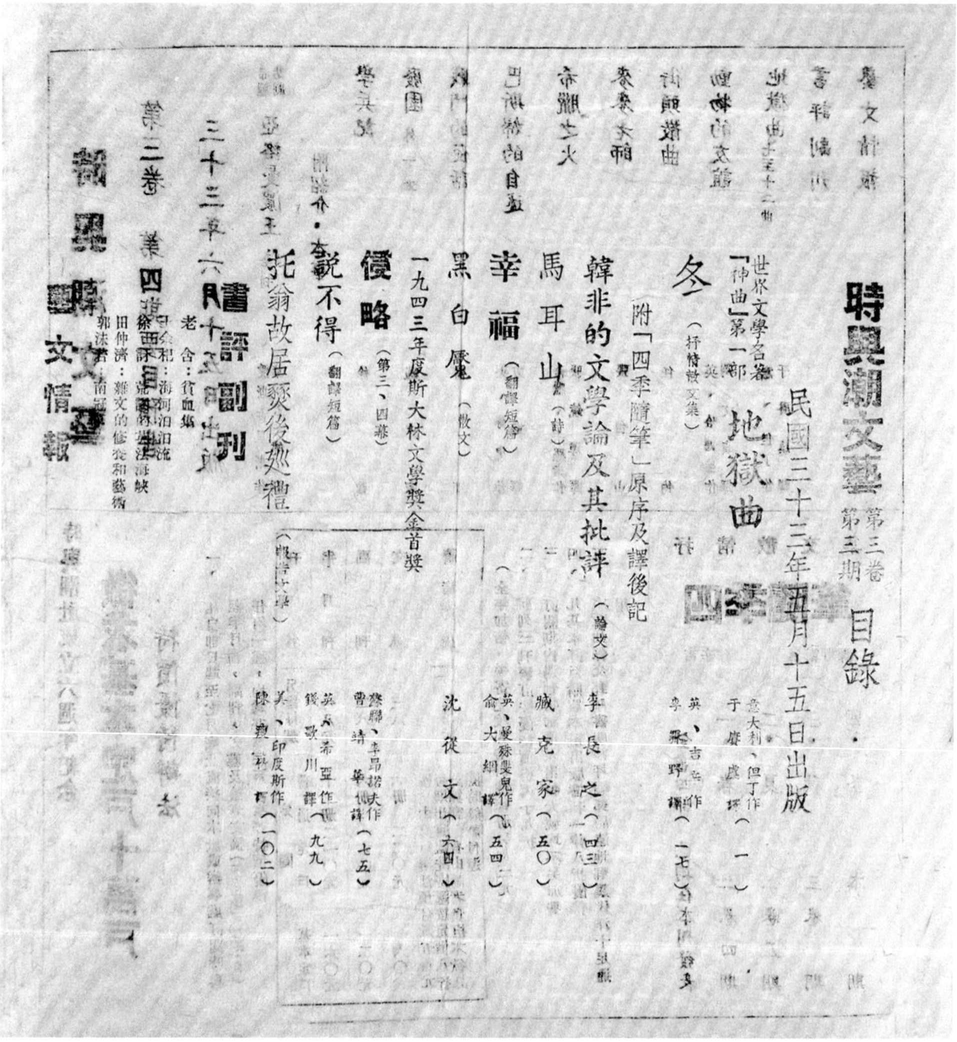

時與潮文藝 第三卷第三期 目錄

民國三十三年五月十五日出版

冬（抒情散文集） 英．吉辛作 李霽野譯（一七）

世界文學名著「神曲」第一部 地獄曲 意大利．但丁作 于賡虞譯（一）

附「四季隨筆」原序及譯後記

韓非的文學論及其批評（論文） 李長之（四三）

馬耳山（詩） 臧克家（五〇）

幸福（翻譯短篇） 英．曼殊斐兒作 俞大絪譯（五四）

黑白魘（散文） 沈從文（六四）

一九四三年度斯大林文學獎金首獎

侵略（第三、四幕） 蘇聯．辛昂諾夫作 曹靖華譯（七五）

說不得（翻譯短篇） 英．莎士比亞作 錢歌川譯（九九）

托翁故居褻後處禮（報告文學） 美．印度斯作 陳[illegible]譯（一〇二）

100 世界文學

重慶　世界文學社　中西文化印書館　1943　雙月刊

世界

第一卷第一期目次

中華民國三十二年九月出版

封面畫 龐薰琹

題簽 胡小石

致讀者 編者

堅忍詩人維宜（論著）…… 徐仲年 一

情網（小說）…… 德萊塞作 鍾憲民譯 一五

亭臺寺（詩）…… 華滋華斯作 曹鴻照譯 二七

汎論當代英國詩（論著）…… 陶德斯作 孫晉三譯 三〇

布利羅小姐（小說）…… 曼斯裴兒作 羅暟嵐譯 四〇

安德萊·紀德（論著）…… 葛尼兒作 張鏡潭譯 四三

當代英國詩抄（一）…… 諸家作 楊憲益譯 四八

魚的天堂

秋

在船塢上

墓銘

象徵

文學 三

你臉上的水
爲人道主義辯護
苦行者
園中的樹
狐
空屋
走進那間屋子
磁石的山

該撒大將……（劇本）……莎士比亞作……柳無忌譯……五二
你們將軍沒睡覺……（小說）……路索作……潘家洵譯……六一
羅賓漢……（民歌）……初大吉譯……七一
奪堡記……（小說）……梅里梅作……馬　耳譯……七三
病後……（散文）……蘭姆作……高殿森譯……七六
道白……（詩）……司賓塞作……卞之琳譯……七九
僞幣製造者……（小說）……紀德作……盛澄華譯……八〇
潘茜葑的被虜……（頌歌）……徐遲譯……八六
「交錯集」……（書評）……徐商壽……八七
「希臘悲劇」……（書評）……羅念生……八九
「咆哮山莊」……（書評）……趙瑞蕻……九一

101　世界文藝季刊

重慶　世界文藝季刊社　1945－1946　季刊

世界文藝季刊 第一卷 第一期

目錄

編者前言……（一）
（短論）
新文學與西洋文學……卞琳之（一七）
論新詩的內容和形式……君培（四八）
（專論）
路易·麥克尼斯的詩……楊周翰（五四）
（長篇小說）
伍子胥……馮至（一二〇）
一、城父
二、林澤
三、洧濱
四、宛丘
五、昭關

102　天下文章

重慶　天下文章月刊社　1943－1945　月刊

天下文章

月刊 一至四期要目：

吳熙祖 周彥 徐昌霖 主編

歡迎——自由活定，每戶收費五十元。重慶民族路二一四號新生圖書文具公司發行

中原月刊

（創刊號）

中華民國三十二年六月出版

主編人 郭沫若

發行人 沈碩甫

發行者 羣益出版社

重慶臨江路西來街二十號

本期售價十二元

歡迎批評 投稿 定閱 介紹

103　文風

重慶　文風書店　1942　月刊

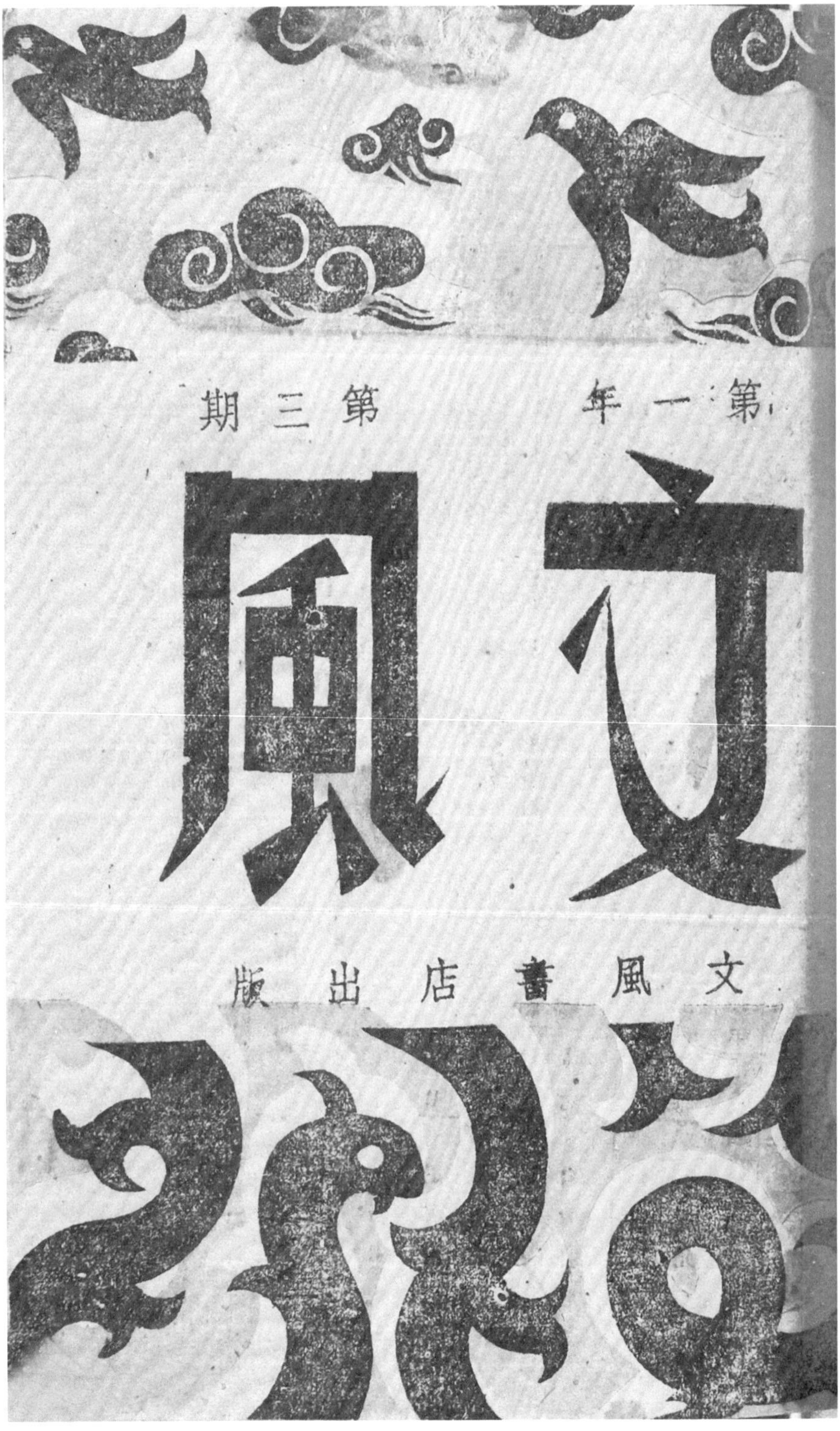

目錄

關於「魯迅的書」的寫作……歐陽凡海
人和事……鉗耳
× × ×
下江人語……夏衍
國文……李石鋒
史料二則……柴旅蒼
× × ×
奴才集序……田仲濟
讀書偶感……戈茅
茅屋散記(之二)……崔萬秋
× × ×
不安靜的靈魂(紀念東平)……魔弓
生在戰爭死在戰爭(紀念東平)……臧雲遠
憶天虛……馬首
× × ×
荒谷散記……力揚
科侖底烽火……S. Y.
芭蕉……郭尼迪

文風月刊 第一年第三期
民國三十一年七月一日出版
編輯者 文風月刊社
發行者 文風書店 重慶中一路一七〇號

各地特約總經售處
貴陽 正風書店
柳州 國風書店
桂林 科學書店
成都 自力書局

預定價目表

期間	冊數	價目
半年	六冊	十五元
全年	十二冊	三十元

郵費在外

本期定價國幣一元五角

週[illegible]……曾敏之

× × × ×

將軍底夜宴……戈茅

小詩

小詩二章……鄒荻帆

醒夜抄……姚奔

懷臨汾……綠野

山村……綠野

春鳥……臧克家

美（莎士比亞十四行詩二首）……楊芳潔譯

書讀・蘭諾從戰場上歸來（法國民歌）……戈寶權譯

× × × ×

友誼將要增長（亞・伊林作）……李葳譯

在電車裏（左琴科作）……王語今譯

看戲（左琴科作）……王語今譯

年青的太太（柴霍夫作）……李葳譯

[illegible]文學職式（[illegible]・西龍作）……馬耳譯

× × × ×

編後隨筆……編者

封面設計……[illegible]子

徵稿簡約

一、本刊歡迎創作或翻譯之雜文散文、詩歌及短篇等稿件。

一、本稿以三千五百字為限，特約者例外。

一、來稿經本刊發表後其著作權仍歸原作者，惟本刊有出版優先權並得自由選擇發表。

一、來稿請用有格稿紙並須寫清楚。

一、來稿無論發表與否概不退還。

一、來稿發表致酬每面十四元。

一、來稿請附姓名地址。

一、來稿請寄重慶中一路一七〇號文風書店並請注明文風月刊社

104 **文化動員**　R/810.5/677.27

重慶　文化動員社　1938—1939　月刊

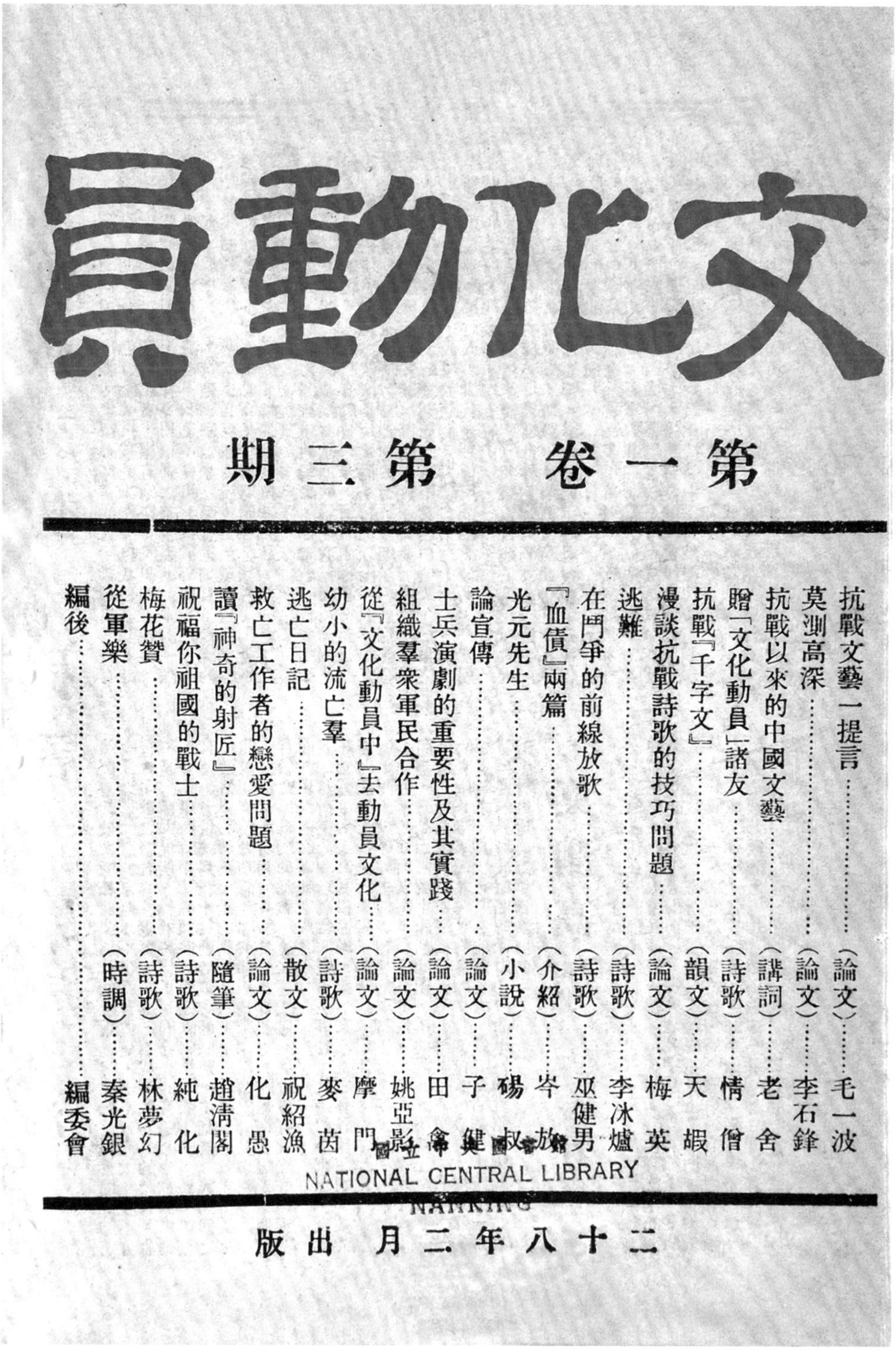

文化動員

第一卷　第三期

抗戰文藝一提言……（論文）……毛一波
莫測高深……（論文）……李石鋒
抗戰以來的中國文藝……（講詞）……老舍
贈「文化動員」諸友……（詩歌）……情僧
抗戰『千字文』……（韻文）……天蝦
漫談抗戰詩歌的技巧問題……（論文）……梅英
逃難……（詩歌）……李冰爐
在鬥爭的前線放歌……（詩歌）……巫健男
『血債』兩篇……（介紹）……岑放
光元先生……（小說）……碭叔
論宣傳……（論文）……子健
士兵演劇的重要性及其實踐……（論文）……田禽
組織羣衆軍民合作……（論文）……姚亞影
從『文化動員中』去動員文化……（論文）……摩門
幼小的流亡羣……（詩歌）……麥茵
逃亡日記……（散文）……祝紹漁
救亡工作者的戀愛問題……（論文）……化愚
讀『神奇的射匠』……（隨筆）……趙清閣
祝福你祖國的戰士……（詩歌）……純化
梅花贊……（詩歌）……林夢幻
從軍樂……（時調）……秦光銀
編後……編委會

二十八年二月出版

105　**文哨**　　R/810.5/677.59

重慶　文哨月刊社　1945　月刊

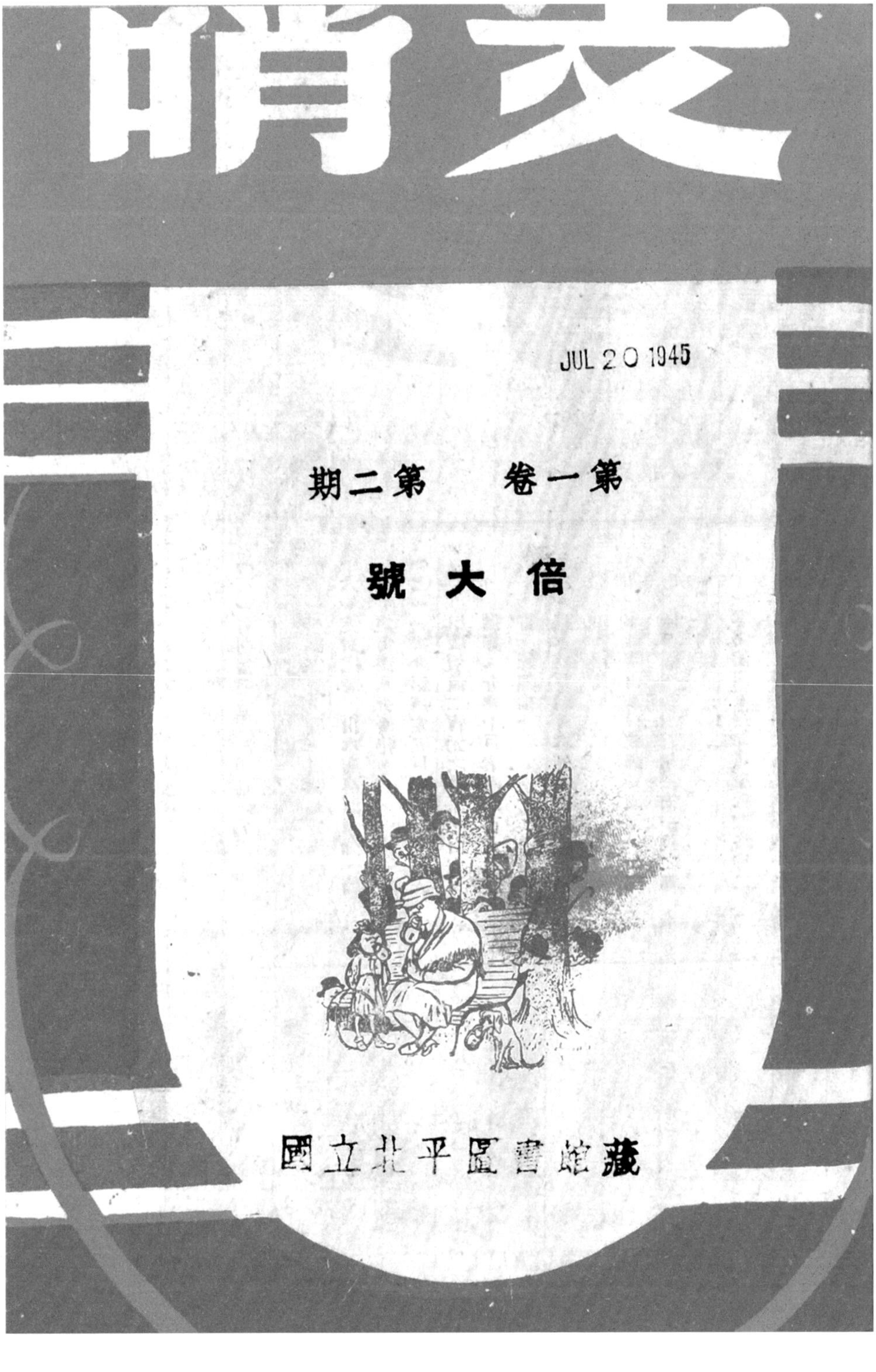

徵求本刊基本定戶一萬戶

文哨

向生活學習　從人民中來

向民衆學習　到人民中去

基本定戶的辦法

（一）每戶最少先收一千元。

（二）本店收到來款後，即掣奉定單。

（三）每期按定價八折計算。

（四）出版時提先寄出。

（五）平郵寄費免收，掛號郵費照加。

（六）定費完時，由本店專函通知，續定仍照八折優待。

（七）一次介紹預定五戶者，贈送本店出版價値二百元之書籍，由定戶選擇；介紹十戶者贈四百元本版書，餘類推。

（八）基本定戶購買本外版書籍，一律九折優待。

（九）來款請由銀行或郵局匯下，如郵匯不通，得以百元以上一枚之郵票代洋。

（十）本辦法以直接向重慶林森路特二十四號建國書店預定者爲限。

基本定戶的辦法

文哨　第一卷第二期（倍大號）
三十四年七月五日出版
編輯者　文哨月刊社　重慶林森路蹇家巷三號
編輯兼發行人　葉以羣
發行所　建國書店　重慶林森路特二四號

特約經售處
昆明　新民書店　華山西路
成都　聯營書店　祠堂街
西安　新文書報社　北院門
貴陽　正風書店　大十字
曲靖　晨曙書報社

定價：本期每册四百五十元

目次

論「戰爭與和平」（蘇聯・　作）……孫瑋譯（八）

新文藝運動史話

先進文藝的新潮……郭沫若（四）
一點回憶和感想……茅盾（六）
一個擬議……孫伏園（七）
讀與寫（經驗談）……老舍（一一）

歐戰勝利紀念特輯之一

戰時法蘭西文藝

戰時法國文藝動態……焦菊隱（二〇）
好鄰居（小說・聖會芒作）……楊韻孫譯（三六）
「合作份子」（小說・台里爾作）……孫源譯（四三）
搜查（獨幕劇・勃洛克作）……李星可譯（四五）
解放巴黎的目擊……李青崖譯（五七）
被屠殺的幼女（外首）……焦菊隱譯（四二）
在獄中……孫源譯（六七）
集中營裏的歌聲……焦菊隱譯（七〇）

106 文壇

重慶　作家書屋　1942—1943

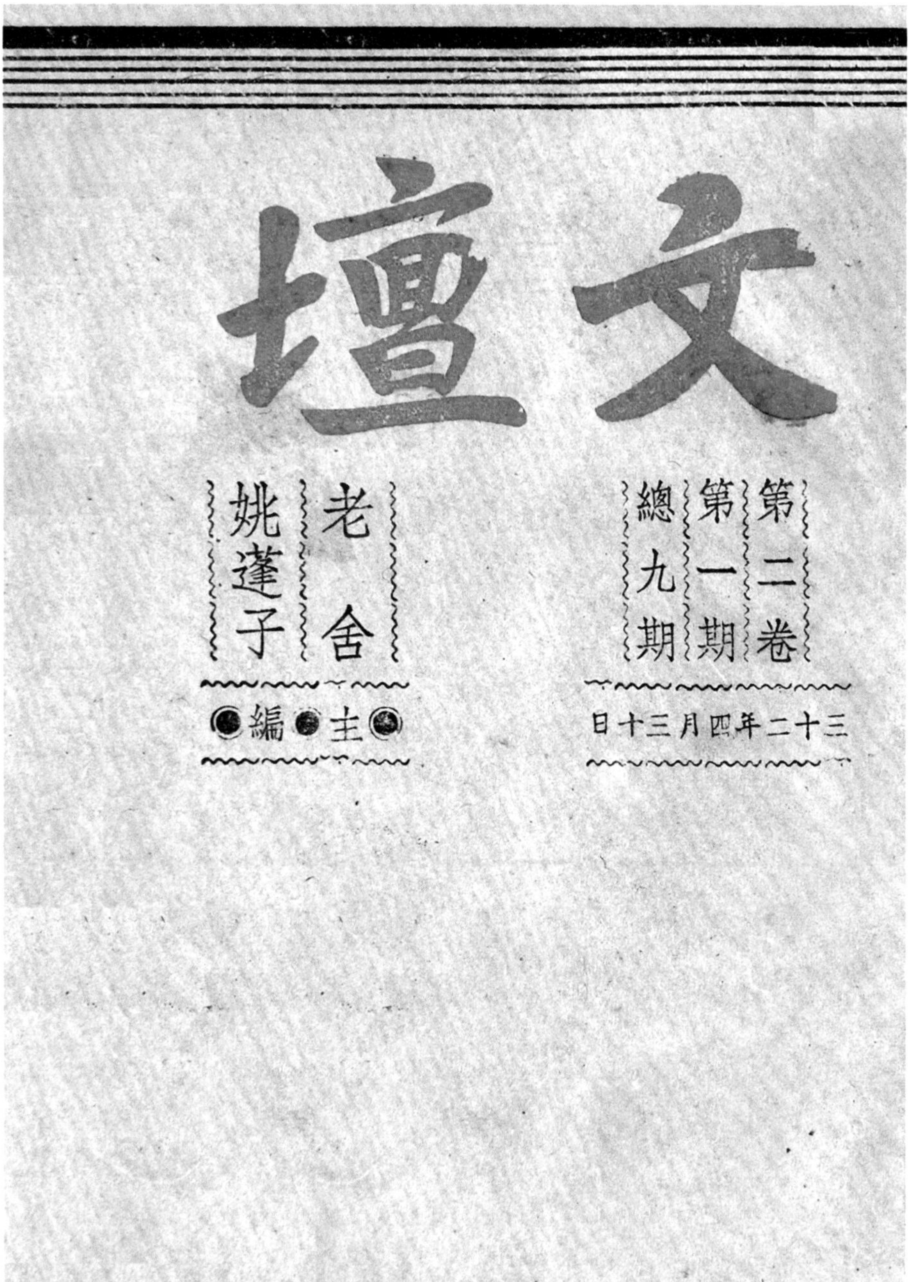

目錄

關於弟兄（作品解剖）……許壽裳
亂世文人論（文人論）……黃芝岡
四大皆空（作家生活自白）……老舍
記魯迅赴陝始末（文藝史料）……林辰
兩個文學團體的宣言（文藝史料）……葉知秋
二十年代的一面（文藝史料）……鄭伯奇
略論文學的語言（文藝短論）……郭沫若
文學遺產應怎樣接受（文藝短論）……老舍
一個作品的誕生（創作經驗）……臧克家
談作家合法權益的保障（討論）……歐陽凡海
目前書刊銷路一般傾向（出版界一瞥）……俞明
半年來桂林新文藝出版物速寫（出版報告）……趙又清
謹防學習的病態（劇評）……潘孑農
記桂林劇[illegible]會（演劇通訊）……記者
聯合公演瑣記（演劇通訊）……徐昌霖
和季節哭魯迅靈原韻（文壇軼聞）……陶治公
也算文壇掌故（文壇軼聞）……煥明
從加爾各答到阿巴特巴特（作家書簡）……李嘉
文壇雜碎……記者
西安文壇近況（文藝通訊）……陳俠夫

文壇 第二卷第一期（總第九號）

中華民國卅二年四月出版

編輯人 老舍 姚蓬子

發行人 姚蓬子

發行所 作家書屋 重慶白象街88號

印刷者 建文印刷廠 重慶民權路新生市場30號

本期定價五元

自由定戶

每戶先交定洋十五元，出版後首先寄上，並給以九折優待。平寄郵費奉送，惟不負查詢遺失之責。掛號郵費照加。

107 **文學新報** R/810.5/677.81

重慶 文學新報社 1944—1945 不定期

文學新報第二卷第一期目錄

寫下第一篇作品以前的高爾基……茅盾（一—三）
人民是不朽的……M·高爾基作 戈寶權譯（一八—一九）
L·托爾斯泰與M·高爾基……V.O.k.S.稿 莊壽慈譯（二〇—二三）
詩人高爾基……任鈞（三四—三五）

小說
村選……周而復（八—一七）
擠兌記……艾蕪（二四—三三）
庸人傳（長篇連載）……蕭蔓若（四八—五一）
遏止不住的感情……蕭蔓若（四—七）
「衣冠禽獸」……黎菁（三四）

詩
無花菓……谷風（三五—三六）
煤（外兩章）……吳曉（四二）

一場糊塗（報告）……徐遲（三七—四一）
兩代（散文）……S y（四二—四五）

短論
色情文學的產生和它的滅亡……艾蕪（四六）
詞是思想的第一……吳亦（四七）

文學新報二卷一期
民國三十四年九月十日出版
主編人：蕭蔓若
發行人：汪嘯凡
發行所：文學新報社
總經售：文光書店
重慶中山一路二一八號

☆ ☆ ★

徵稿簡約

一、本刊歡迎投稿。
二、來稿請用有格稿紙抄寫清楚，並請勿兩面寫。
三、來稿本刊有刪改權，不願者請預先聲明。
四、來稿請註明通訊地址。
五、來稿不用時，如須退還，請附寄退信郵資。
六、來稿一經登載即致薄酬。
七、來稿請寄文光書店收轉。

108 **文學月報** R/810.5/677.71

重慶 文學月報社 1940—1941 月刊

第一卷第二期目錄

黑貨（小說）……徐　盈　六五
牆（報告）……宋之的　七三
論文藝的民族形式……潘梓年　七七
遇崇漢（小說）……羅　烽　八〇
序「戰爭與和平」……郭沫若　八五
詩
　離延河……方　然　八七
　汾河灣的故事……李　雷　九四
　黃河夜渡……風　濤　一〇三
論通俗讀物的文藝化……向林冰　八九
關於奧斯特洛夫斯基（作家介紹）……戈寶權　九八
文藝短論
　關於民族形式……葛一虹　九六
　組織文化游擊隊……姚蓬子　九六
　略論文藝批評……羅　蓀　九七
詩人王禮錫……楊　朔　一〇二
從暴風雨裏所誕生的（長篇連載）……奧斯特洛夫斯基作　王語今譯　一〇四
畫
　加緊收穫幫助前線（木刻）……陳烟橋　封面
　『鋼鐵是怎樣煉成的？』中的兩幅插圖……高爾希曼作
　本社招待在渝作家晚餐會上的題名……裏封面
文壇備忘錄……記　者　一一三
編輯後記……編　者　八六

每月十五日出版
★定　價★

本埠每冊二角八分
外埠每冊三角

預定（連郵）	冊數	國內	港澳	國外
	全年十二冊	3·00	3·60	4·20
	半年六冊	1·60	1·90	2·20

本刊文字非經同意不得轉載

文學月報

第一卷第二期

編輯者　文學月報社
重慶郵箱三二九號
發行人　黃洛峯

民國二十九年三月十五日出版（8）

發行所
讀書生活出版社
重慶：武庫街一〇〇號
香港：擺花街三十三號
桂林：桂西路十七號
昆明：華山南路九十號
貴陽：中華南路五七號
成都：祠堂街七十二號
上海：靜安寺路斜橋弄

109 文藝青年

重慶 文化青年社 1941—1942 月刊

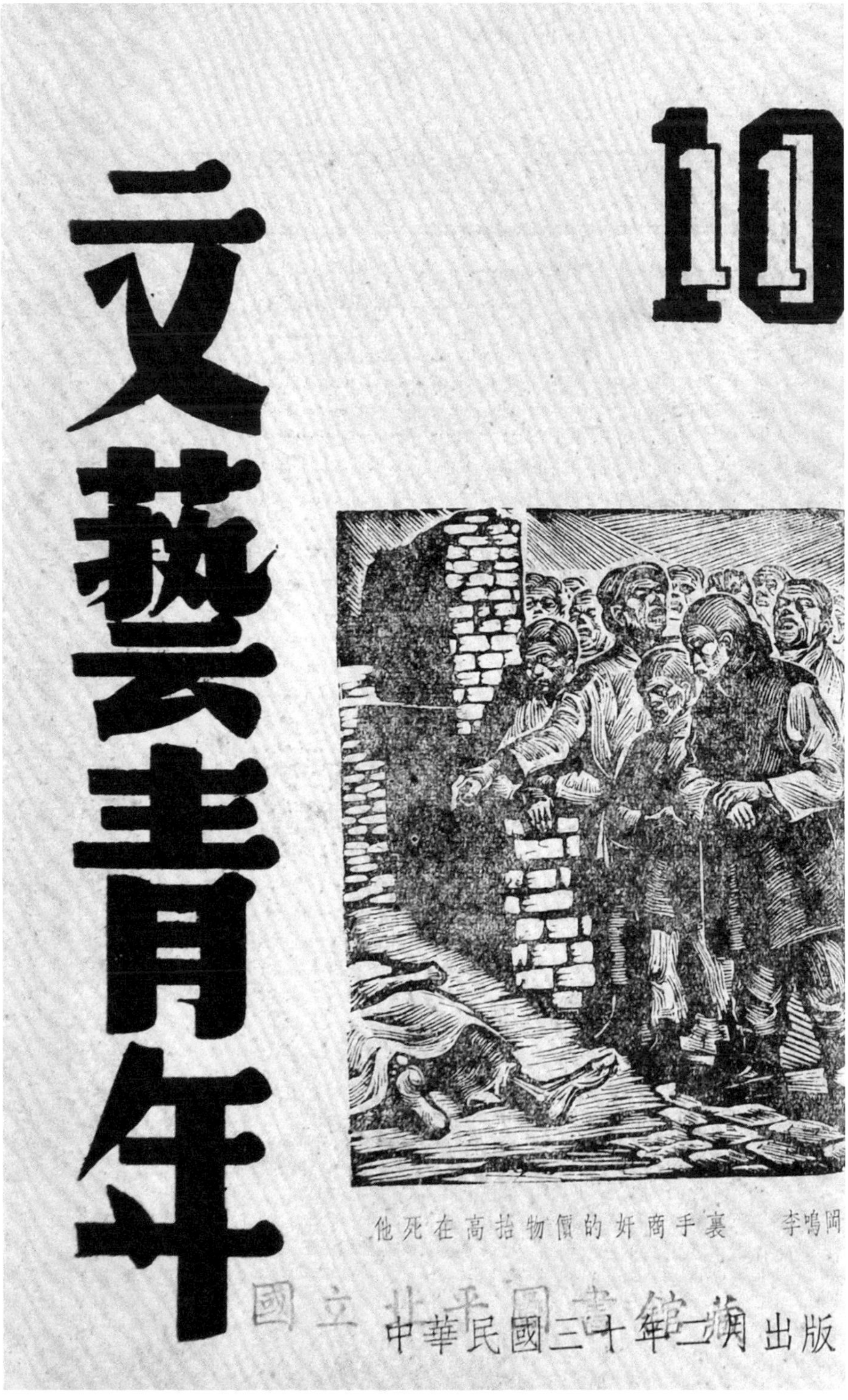

目錄

論新形勢與「青文工」的工作……張乙帆

論諷刺文的戰鬥性……陳傑

滴論
- 「雜文」與「戰鬥」……運珍
- 「口號」和「標語」……野風
- 「人怕出名猪怕肥」及其他……平海
- 進步與倒退……俊鋒
- 我們不「向後轉」……岸殊

精髓篇 茅盾：創作的準備……螢聰

客觀・傾向與題材（青年文談）……甘震

野草
- 防口一法……小迅
- 進步的秦檜……平海
- 「都市哲學」舉例……是旦

一個手車夫的故事（創作）……浪波

散文
- 容哥……聞肅
- 變……昭火

蛀虫篇（隨筆）……巫海

詩抄
- 給「香港學生」……彭耀芳
- 給工人羣……彭耀芳
- 幻夢，飛去了……遠戚

廠長（素描）……陳相

「這個狀元眞難做呵！」（工廠通訊）……威

風波（學校生活）……金流

讀書隨筆
- 讀「四箱子彈的緣故」後……重張
- 向社會科學理論突擊……螢聰

艾青：土地集（書介）……江里

試靶塲
- 在一個煤礦裏的人（詩）……巴錫
- 談新年……王銘峙

讀書可以有公式的嗎？……筆勤務

學習嚮導
- 新四軍解散事件討論大綱……文藝青年
- 文藝青年的一個理論書籍目錄……文藝青年

藝術語言・形象性……小辭典

讀者談座
- 關於買書難……王惟志
- 談談生活小節……林清明

文哨……本社

文藝青年徵友通訊運動……本社

他死在高抬物價的奸商手裏（封面木刻）……李鳴岡

・獻・……編者

110　文藝月刊　　R/810.5/677

重慶　中國文藝社　1941　月刊

文藝月刊

第十一年 六月號

民國三十年六月十六日出版

文藝短論

文化運動的任務……………………華　林（一）

青年與光明……………………仲　并（二）

批評上的尺度……………………无　名（二）

孔子与屈原……………………李長之（五）

這是關于孔子與屈原的一篇精深的研究。作者對于本文已經孕育了六年，他在這里告訴我們：「孔子與屈原是中國精神史上最偉大的紀念像……孔子代表我們民族的精神，屈原代表我們民族的心靈。」

談信牘文學……………………戴鎦齡（二二）

「信牘能與我們一個真的人格的存在，難怪它是近情理的，充滿活潑趣味的文學。」

·小說·

牛的故事……………………田　濤（三七）

西蒙山……………………捷克Hrusovsky著　唯明重譯（五六）

111 文藝月刊戰時特刊 R/810.5/677－4

重慶 中國文藝社 1930－1940 月刊

編輯兼出版者　中國文藝社　南京中山北路二四七號　電話三一〇七七
總批發處　正中書局雜誌推廣所　南京河北路

文藝月刊戰時特刊

民國二十六年十月二十一日出版

創刊號目錄

創刊話……本社同人
焦土抗戰與堅壁清野……王平陵
關於高志航……歐陽梓川
憶佘成久營長……吳漱予
郭沫若前線勞軍……金人
難民吟……易君左
我們的歌……李三郎
敵機威脅下的南京……陳曉南
平型關陷敵紀……龐冰
殲滅蝦夷……徐悲鴻
猥烟中淞滬碎景之一……石江
智力勞力合作協會……華林
最後的勝利……李春舫
圖文海與斧田·卯之助……沙雁
怎樣發動抗戰戲劇……秋濤
抗戰的前夜……漱予
流血的時候到了……馮白曾
十日戰訊……記者
編輯小語……編者

定價

每月逢一日十一日廿一日發行，零售每冊六分，郵票十足通用，惟以一角爲限。

冊數	國內日本	香港澳門	國外
全年卅六冊	一元八角	二、五二	三、六〇
半年十八冊	一元	一、三六	一、九〇

創刊話

本刊同人

中國是世界上酷愛和平的民族，同時，中國在國際間複雜的情勢下，實掌握着世界和平的總關鍵；日本帝國主義者爲着滿足野心，發洩獸慾，破壞中國的和平，就是破壞世界和平的罪魁。中國這一次奮起抗戰，誓與暴敵週旋到底，豈僅是爭取自國的生存，實在是不顧一切犧牲，拚着頭顱和血肉，爲人類保持正義與良心，維護世界上最後一線的和平。在昔，希臘的反抗波斯，雅典人付予偉大的代價，終於幻滅了侵略者的迷夢，在其文化上種下光榮的胚胎；美利堅在華盛頓的領導下，血戰八年，脫離英國的羈絆，在西大陸散播自由的福音；此刻，我蔣委員長稟承　總理的遺教，應全國民衆一致的要求，尊重各友邦維護和平的公意，領導抗敵，給予略侵者以打擊，不但是中國有史以來最神聖的戰爭，在世界民族解放史上，同爲最光榮的一頁。

現在，站在最前線的戰士們，都已爲了千百萬人的幸福，大中華民族的生存，作壯烈的血戰，兩月以來，已充分地表現了偉大的抵抗的力量，其中如南口之役，寶山的孤城抗敵，無不可歌可泣，較之古斯巴達的三百勇士，盡爲國殤，實有過之而無不及。此種正義的戰爭，實爲文藝工作者值得歌頌的史蹟。

在此非常時期，文藝工作者是同爲民族戰士的一員，抗戰的精神與情緒，要使能與壯士們的熱血，同樣地沸騰與持久，是文藝工作者的責任；因戰爭所發生的種種實際的問題，應如何就能得着圓滿的解決，是文藝工作者的責任；戰時教育如何設施，社會經濟如何組織與分配，農工生產如何策進，都是文藝工作者的責任。文藝工作者應該盡其所能，實現智力與勞力的協作，特別注意於國家新生命的發揚與光大，務必做到使人民與政府結成一體，使戰爭與文化，打成一片。

文藝月刊另換一個新的姿態出現於讀者之前，與其說是適應時代的要求，無寧說是被責任所督促，熱望全國文藝界，同爲義不容辭的責任而努力，大家親切地握手，站在一條線上，盡量貢獻能力，爲這神聖的戰爭而效勞。

112 希望

重慶　希望社　1945—1946　月刊

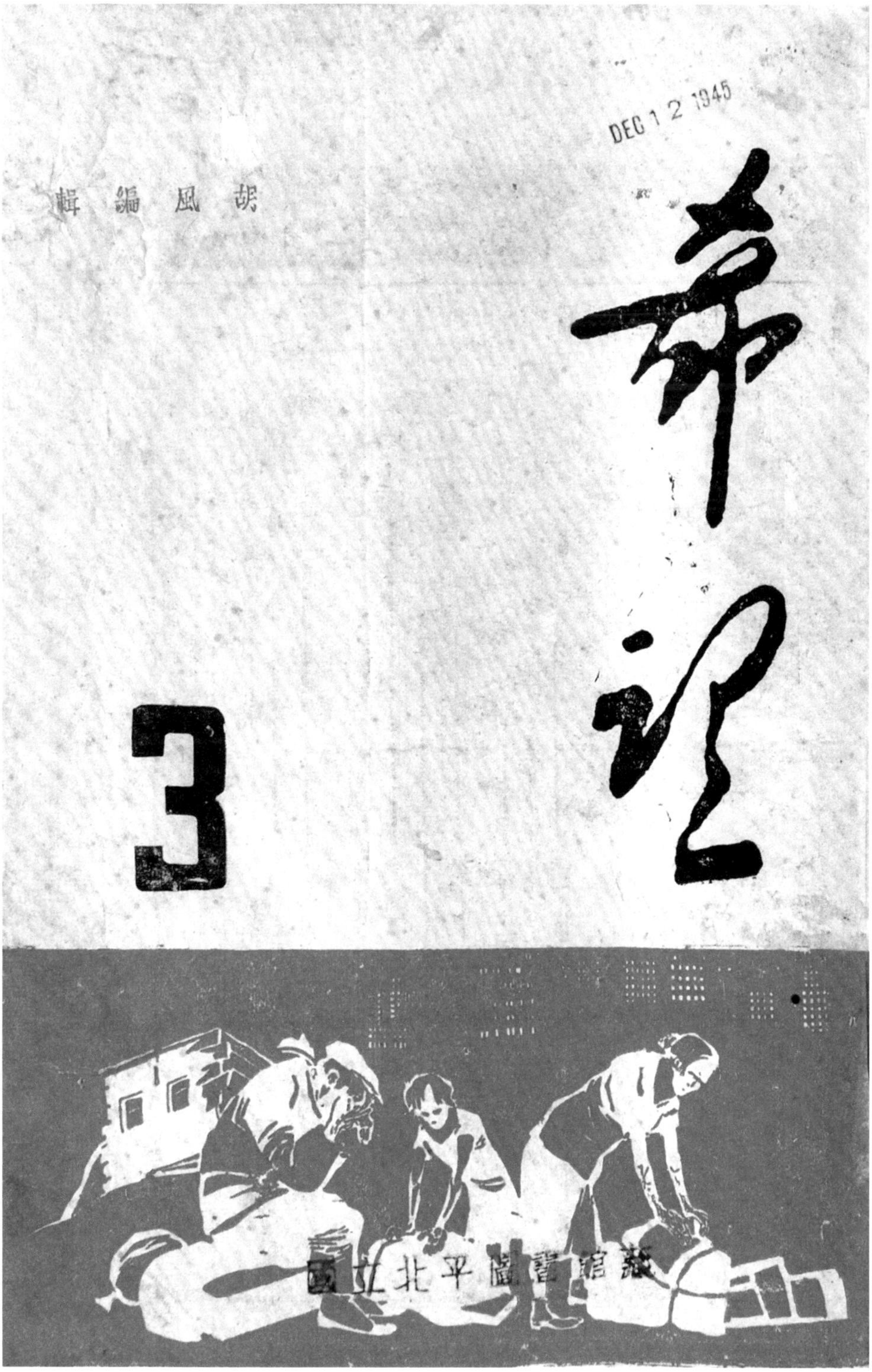

希望

第一集 第三期

三十四年八月出版
編輯（?）出版者 希望社
主編人 胡風
總發行所：五十年代出版社 重慶鄒容路四十號
分發行所：五十年代出版社 成都陝西街一三八號 西安北大街曹家巷十號 蘭州畝家溝三十三號
重慶聯營書店
成都聯營書店
價目：本期零售 元 外埠郵費在內

牢獄篇（詩集）……牧青……二一八
火的想望·大地·我願越過山去
兩個流浪漢……路翎……二一九
悲歌……漢青……二四〇
機場上……劉北汜……二四九
思想建設與思想鬥爭的途徑……舒蕪……二六三
內容的了解與形式的了解……呂熒……二七〇
白衣女（詩集）……胡征……二八二
石像·白衣女·清明節·掛燈的人·鑄犁·打水的
夜行曲（詩集）……魯藜……二八四
夜行曲·同志的槍。收穫·迎接冬天
低雲季（詩集）……朱健……二八八
早晨，我開始寫詩·四訊·霧·沉默·不知道
祭天（政治詩）……魏本仁……二九三
給詛咒者（長詩）……方信……二九四
給天眞的樂觀主義者們（長詩）

小說

雜文

引經据典……許無：三〇三
關于「立像與胸像」的兩件事……石生：三〇三
「公民」的捷徑與岐路……吳民：三〇四
「擁護」古誼考……孫子野：三〇五
「法于自然」……宗珏父：三〇六
中國法西斯蒂黨……孫無害：三〇七
，你們以為那熏魚的味道怎樣？」……耿庸：三〇八
「民信」在哪里？……閔波斯：三〇八
對話……方然：二六二
不變……方然：二八一
氣死不告狀……荒陵：三〇一

李勇和他底地雷陣（報告）……邵子南：三〇九

書評

評「人生對話」……舒蕪：三一一
思想主義的破滅與新生……缉雨：三一三
市儈主義底路線……未民：三一三

失業（木刻）……蘇聯D·S·摩爾：封面

[illegible]……[illegible]片。[illegible]片．徵求．[illegible]啓事

基本訂户辦法詳載三〇二頁啓事

致讀者：

一、願意廣收同好者底來稿。凡文藝創作和文化批評，不論哪一類，都不收純藝術性的文章，不論長短，由幾百字到兩三萬字，除了我們認為不好的或實際是好的。但我們不能測知的以外，都願意要。

二、短稿請留底子，長稿附有退件郵票者不用時當退還。

三、來稿請用有格稿紙按格抄寫，這對于編者，排者，校者是一大恩惠。

四、為了節省彼此的時間精力，凡中庸的議論或虛偽的聲音，請免寄。

五、來稿決定發表時即函通知，發表後即寄稿費。

六、來信寄[illegible]存[illegible]2—2信箱。

113　**戲劇崗位**　　

重慶　華中圖書公司　1939－1942　月刊

戲劇崗位

第二卷第二·三期合刊　目錄

寫給一位戲劇青年……熊佛西
——第三封信：討論劇本創作諸問題——
編劇概説……向培良
戲劇結構新論……汪漫鐸
寫劇諸問題：
民族形式問題在劇作上……陳白塵
劇本荒的重心點……王家齊
寫劇的基本條件……丁伯騮
有無創作衝動……楊村彬
關於劇本的公式化……静沅
我時刻拿鏡子照自己的臉……董每戡
中國詩歌·音樂及戲劇之關係……丁易
動作的基本訓練……葉仲寅
劇本：
國積……熊佛西
海邊……林孝本
激浪……林運元
遺志……陳澄
犧牲者……張植順
活躍在崗位上的朋友們……
戲劇在梅縣（王乃光）
一九四〇年的西安劇壇（夏照濱）
在戰鬥中的狂飆劇團（蔣堯瑾）
抗戰以來的流動劇運（張[illegible]）

·本期合刊售六角·

戲劇崗位
第二卷　第二·三期合刊
三十年一月一日出版
主編　熊佛西
編輯　葉仲寅　王小涵
發行　唐性天
發行所　華中圖書公司　重慶民生路　北碚南京路
印刷所　國民公報社
定價　零售二角五分　半年一元四角

稿約

一、本刊各欄，歡迎投稿。
二、來稿請用格紙繕寫，標點占一格。
三、來稿除劇本外，請勿超過五千字。
四、來稿本刊有刪改權，不願者請註明。
五、來稿除附足郵資外，概不退還。
六、來稿經刊載後酌致薄酬。
七、來稿請註明姓名住址，以便通訊。
八、來稿請寄四川郫縣新場吉祥寺戲劇崗位社編輯部。

114　小文藝

重慶　小文藝社　1940－1941　月刊

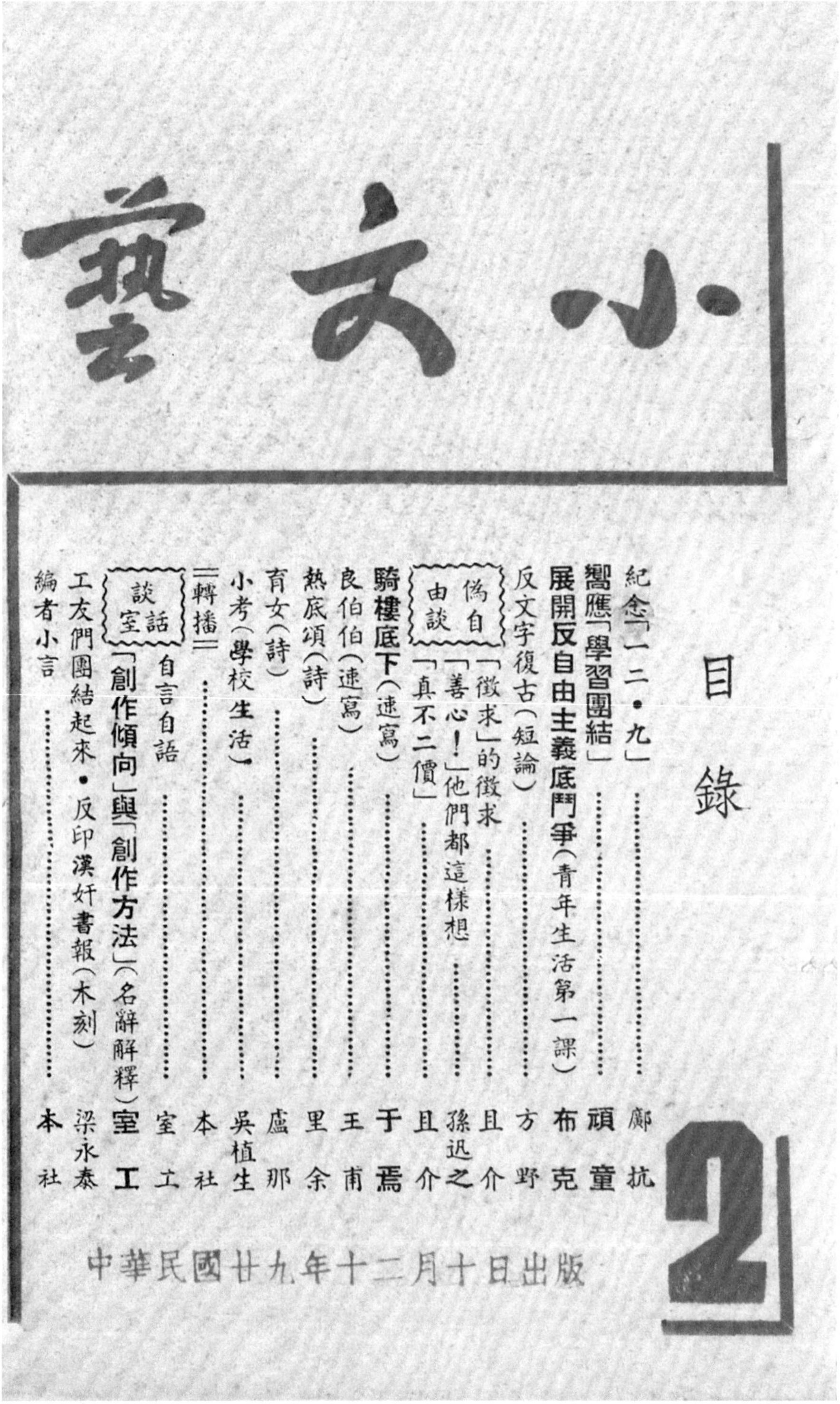

小文藝

目錄

紀念「一二・九」……鄺抗
響應「學習團結」……頑童
展開反自由主義底鬥爭（青年生活第一課）……布克
反文字復古（短論）……方野
偽自由談
「徵求」的徵求……且介
「善心！」他們都這樣想……孫迅之
「真不二價」……且介
騎樓底下（速寫）……于焉
良伯伯（速寫）……王甫
熱底頌（詩）……里余
育女（詩）……盧那
小考（學校生活）……吳植生
＝轉播＝
自言自語……本社
談話室
「創作傾向」與「創作方法」（名辭解釋）……室工
工友們團結起來・反印漢奸書報（木刻）……梁永泰
編者小言……本社

2

中華民國廿九年十二月十日出版

115 新軍 R/810.5/656.8

重慶 新軍社 1944 雙月刊

新軍

文藝雙月刊創刊號目錄

文學與人…………魯山
淪陷區的故事（小說）…………徐盈
灰……（中篇連載）…………田濤
卡斯坦卡（契珂夫作）…………李葳譯
光榮的盾（伊凡諾夫作）…………禮長林譯
巴爾與瑪葉莎（長詩）…………索開
河…………白莎
我的歌…………李岳南
憂鬱…………王志光
獵戶張德能…………柳倩
茅舍…………力揚
塑像……（長詩）…………王亞平
歐蘭碧由的悲哀（雨果作）…………穆木天譯
春天散曲…………麗砂
生產線上（獨幕劇）…………徐昌霖

116　**學林**　

重慶　學林月刊社　1939　月刊

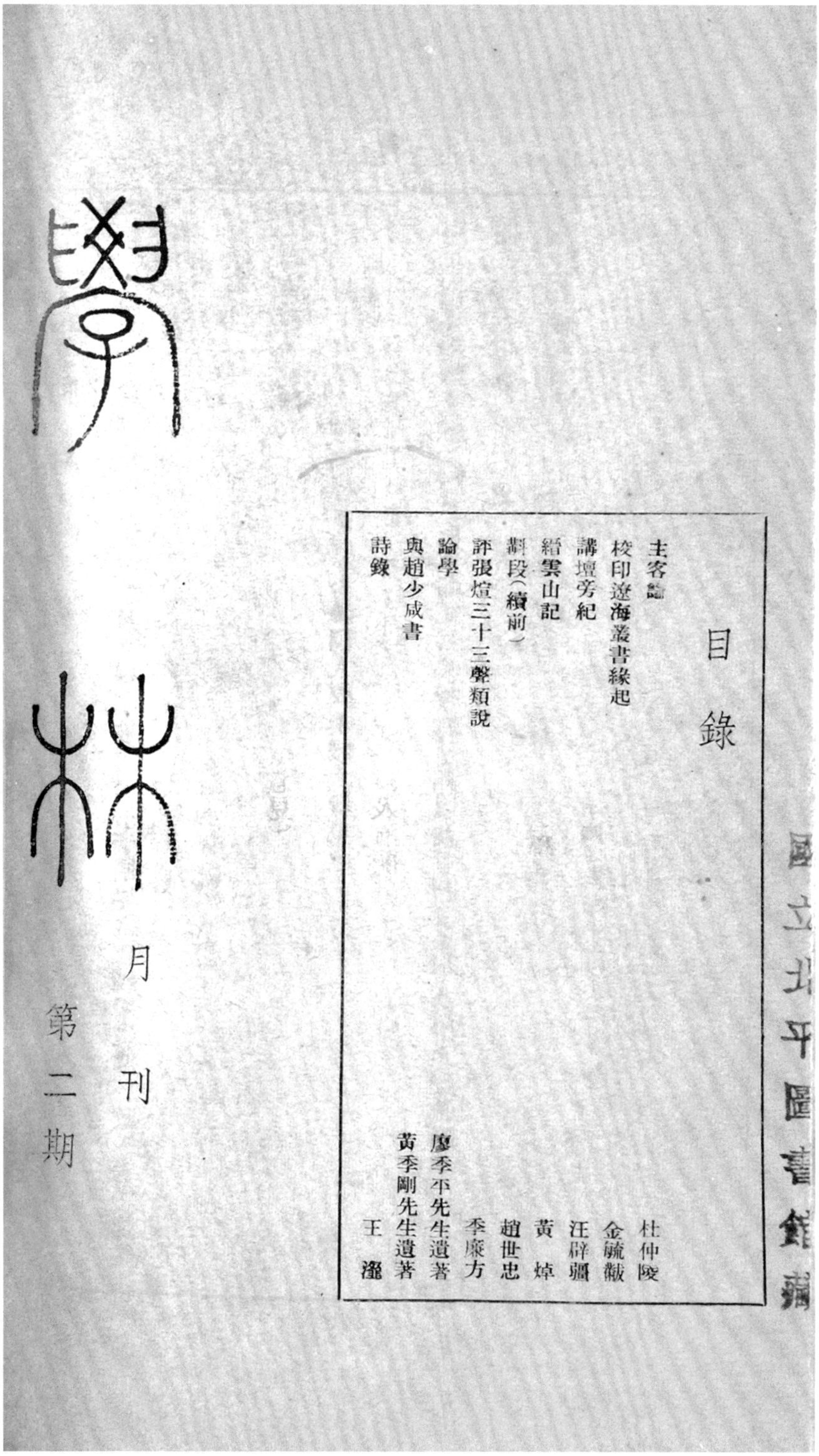

學林

月刊

第二期

目錄

主客論　杜仲陵
校印遼海叢書緣起　金毓黻
講壇旁紀　汪辟疆
縉雲山記　黃焯
斠段（續前）　趙世忠
評張煊三十三聲類說　李㢘方
論學　廖季平先生遺著
與趙少咸書　黃季剛先生遺著
詩錄　王瀣

117 **藝文志** R/810.5/505.14

重慶 文化供應社 1945 月刊

藝文志創刊號目錄

談被推及推人到歷史上去……………………雪　峯（1）
論成見…………………………………………丁　瓚（7）
談「上下古今談」……………………………恨　水（11）
黎教授的歷史定律……………………………巢　留（14）
路………………………………………………楊　晦（16）
沉默（梅特林克）……………………………金滿成（21）

黔桂車上………………………………………艾　蕪（29）
烏雲……………………………………………孫伏園（36）
披風……………………………………………鳳　子（45）
夜船……………………………………………穆　青（56）
末日（喬治・肯特）…………………………陳蘊華（63）

逃亡……………………………………………伍　禾（77）
擲水漂…………………………………………蔡　儀（79）

讀畫偶記二則…………………………………孟宇揚（80）
面盆與澡缸……………………………………淵　魚（83）
機巧……………………………………………畫　室（85）
娼妓掃街示衆…………………………………林曉然（86）
智人的心算……………………………………蕭今度（88）
明末遺恨………………………………………耳　耶（13）
中國學者的厄運………………………………邁　斯（67）
讖論……………………………………………洗　耳（110）

記「離離草」…………………………………夏　衍（90）
題「困獸記」…………………………………沙　汀（94）
懷「柚子」……………………………………紺　弩（100）

時代（版畫縮刷）……………………………余所亞（封面）

118 陣中文藝

重慶　陣中文藝社　1939—1940　不定期

·陣中文藝·

兵……馮玉祥
獻曲……董每戡
給將士……沙雁
長板坡前·報告……謝冰瑩
將軍素描……馮玉祥
張自忠
孫連仲
湯恩伯
劉汝明
一個國際故事的教訓·國際談話……葉永蓁
這樣的夫妻·報告……陳北鷗
抗戰十二月·小調……常任俠
後方的報告
1.萬里征衣 2.小生入伍 3.傷兵之友 4.學府偵訊 5.谷村大兵

·第一卷·第二·三期·目錄·

6.僞軍反正 7.誘殺漢奸 8.拾金獻國 9.放優待費 10素食獻金
11擲械投誠 12番民請纓 13代兄服役 14俠義可風 15津郊壯丁
16十五萬僑 17郎代壯丁 18征人之毋 19鳳岡壯丁 20繼起殺敵
21紛起從戎

英勇的排字工人·報告詩·……馮玉祥

俘虜嘆·小調·……朱烈輯

一個手榴彈的代價·戰鬥員自述·……靳邦傑

抗戰歌謠

總動員……光銀

河邊草……曼純

秋收歌……胡振

呂海亮和他的輕機槍·報告·……黑丁

募·四川蓮花落·……海戈

冰·短劇·……王平陵

扉面設計……丁聰

119 中原 R/810.5/454.2

重慶 群益出版社 1943—1945 月刊

江　蘇

120 **國藝**

南京　中國文藝協會　1940—1942　月刊

國藝

第一卷第二期

中國文藝協會發行

中華民國二十九年二月十五日

國藝月刊第二期

民國二十九年二月十五日

卷頭語……一

今文選

壁畫存影引言　李太疎……二
北平天橋志序　夏蔚如……三
天籟軒詞譜後跋　陳耐充……三

論著

歷史的文壇兩大派—桐城與儀徵　徐凌霄……五
死與中國人　曹見微……六
文學與宗教(上)　淳……八
漫畫之認識及其藝術上的原理　徒予……一三

文藝短評

拿出事實來　荆……一八
關於和平文藝　荆……一八
中國的文化　淮萍……一九
和平的建設　淮萍……一九
我們需要實際的努力　淮萍……二〇
戲劇的能力與目標　淮萍……二〇
文學的革命　淮萍……二〇

散文與創作

禁閉室中 金諸……二一
流浪歸來(續) 王難……二二
傷兵 郭夢鷗……三三
Sonnet兩首 涉士比亞作 衡譯……三四
流亡前夕 新……三六
追念着的長沙 人……三七
慾 予……三九
無春 蘇茵……四〇
春笑 子瑜……四一
哀江頭 力員……四六

插圖

雪中行 馬午作圖 荷子撰文……六一
雪在玄武湖 正燮……六二
阿羅漢圖 黃均……六四
辦公室一隅(描素) 馬午……六四
猶太難民(木刻) 德—喬約瑟，斯查勞茲作……六五
遊子倚船舷海波曉月妍 恕園……六六

121 淮海

徐州　淮海月刊社　1944　月刊

淮海月刊

第一卷第六期

封面……竇宗淦
淮海增產(二)木刻……菊人
改造層的步伐……社論 一
低調餘生(小說)……週圭 二一
個人主義與全體主義總觀(下)……利和 三
淮海大事記……資料室 三二
政治感應篇(五)……方震 二
小求己主日記……周越然 一三
漫談中國人……華路 一五
淮海經濟現狀剖面(二)……周建 九
給年青的女性……小紅 二九
淮海省各市縣全貌——豐縣……胡琳 一七
流浪曲……董康石 一八
沙層(下)……錢售元 二七
笑……沙萍 二七
編輯後記……編者 三五

122 江蘇作家

江蘇　江蘇省作家聯誼會　1941　月刊

同和祥

顏料 桐柚 油苧 蔴等

胥門外大街由斯弄口電話五三五

同和興顏料分號在無錫城內便是

開明大戲院

最近消息

特聘京滬名角排演海上著名新劇

封神榜

由舞台專匠設計……
督製蘇地未有之偉大新機關！

由劇壇名宿編導……
博取三吳觀衆之熱烈信仰力！

大聯珠香煙

揀選上葉—特意精製

中國南洋兄弟烟草公司出品

大聯珠香煙
10 CIGARETTES
PEARLS CIGARETTES
NANYANG BROTHERS TOBACCO CO.,LTD.

蘇屬總經理 老三星烟行

地址老閶門口 電話二四七號

目次

卷頭語

論著
作家論……思明
讀書論……三木清著 王滌塵譯

學術討論
談文學與文選……王今
談思想訓練……林雪

各地通訊
東方威尼斯的古城 舊地重逢……谷水
淮水氾濫聲中 憶起的水漫泗洲神話……李六爻

名人掌故
笑中緣彈詞之考證……沈定鈞
曾文正之苦學……公羽

學術座談

江蘇省作家聯誼會座談會 復興建設年中文化復興運動……內附插畫兩張

文藝園地

憶……劍珊
蟲鳴……鐘宣
燕子歸來雕梁莫話當年……逸之
當荷花盛開的時候……鄧經麟
風塵故事……荻葦

123 **生活文學** R/810.5/826.1

南京　中央大學文藝研究會　1937　月刊

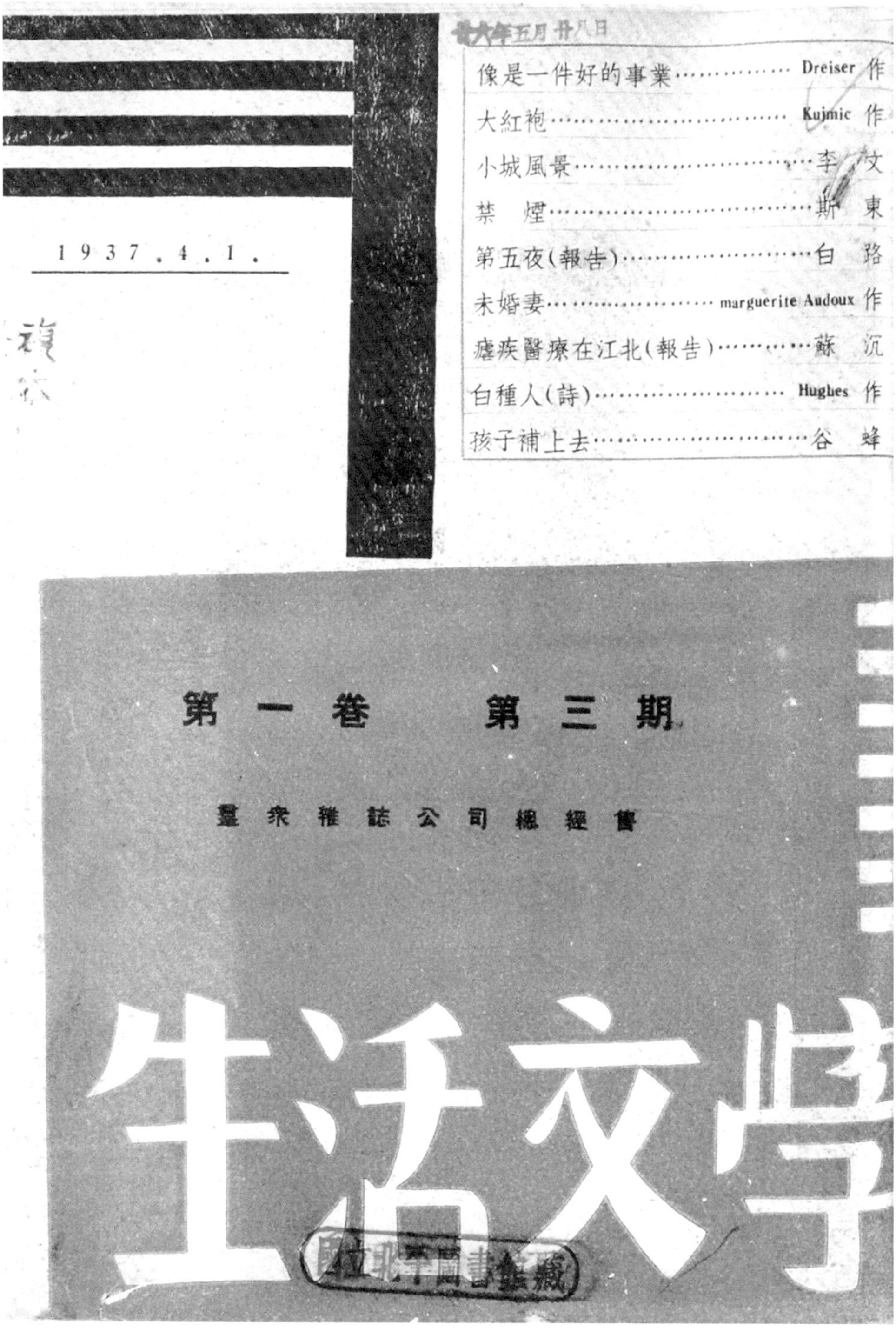

生活文學　第一卷 第三期

1937.4.1.

目　録

像是一件好的事業（德里賽著）……郭光譯
大紅袍（庫依密克著）……維諦譯
禁烟……斯東
小城風景……李文
第五夜（報告）……白路
未婚妻（法國瑪甘麗特婀度著）……瞿正譯
瘧疾醫療在江北（報告）……蘇沉
詩選
白種人（休士著）……郭光譯
孩子補上去（三首）……谷蜂
去日的吟唱……芄生
由報仇想開去（雜感）……段念茲

124 詩帆 R/813.105/602.29

南京 土星筆會 1934—1937 半月刊

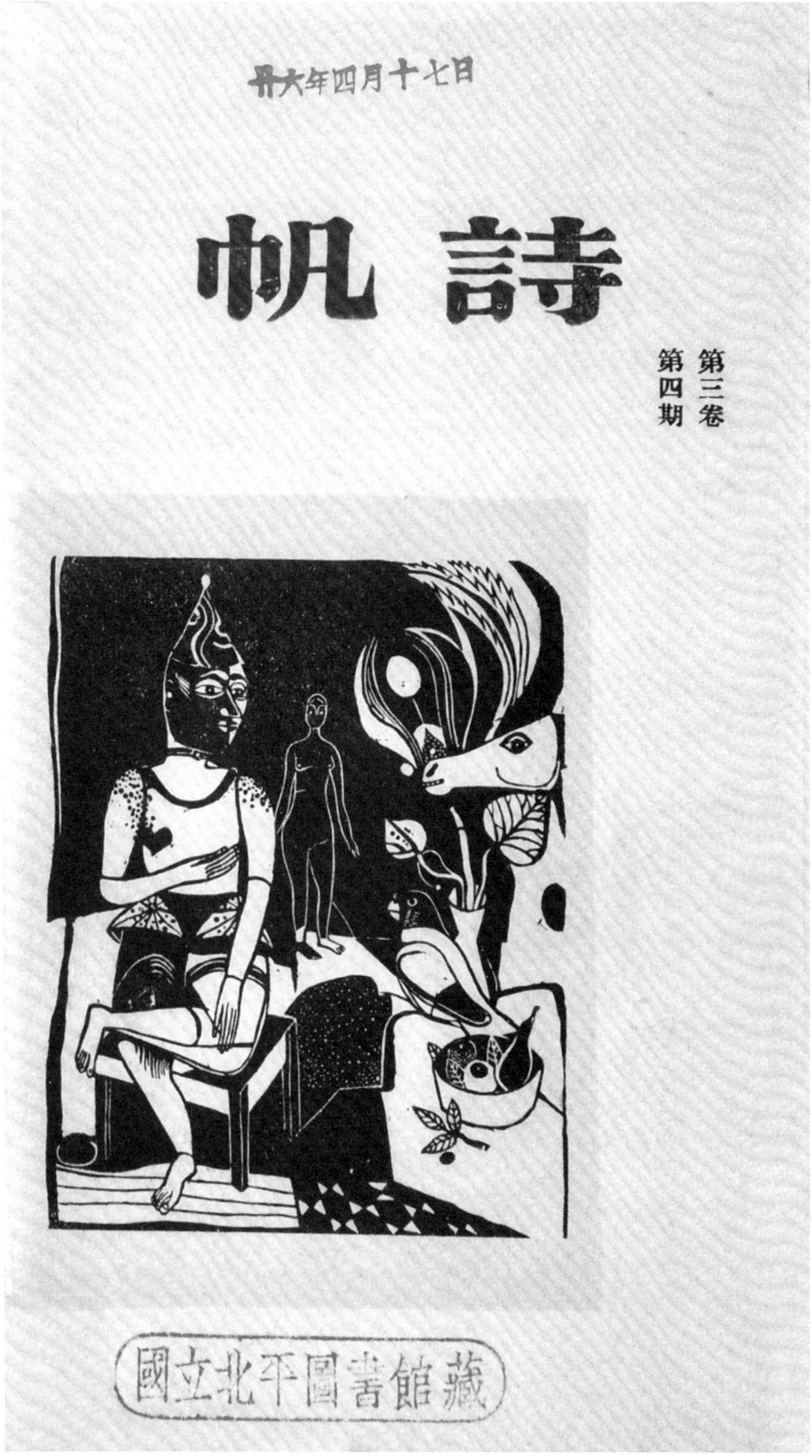

125　詩志

蘇州　菜花社出版部　1936－1937　雙月刊

詩誌

第一卷・第二期

無人島先佔論（別帖附入）…………鷗外 鷗（六四）
揮汗吟之什…………吳奔星（七〇）
鳳之歌…………李白鳳（七四）
五月的雨・秋懷…………侯汝華（七七）
客心兩章…………南 星（八〇）
詩二首…………許 久（八三）
歌者…………禾 金（八六）
雁來紅…………李心若（八八）

夜……李章伯（八九）

小煩歌鈔……路易士（九〇）

詩二首……韓北屏（九四）

偶寄外一章……常白（九六）

風雨的城及其他……沈洛（九九）

遲暮・塞上……林丁（一〇三）

散文詩兩篇……林英強（一〇四）

寄生草……周白鴻（一〇七）

送別……沈聖時（一〇九）

怒……蔣有林（一一〇）

阿爾倍諦詩鈔……戴望舒譯（一一一）

126 **時代火炬** R/810.5/462.31

南京 時代火炬月刊社 1945 月刊

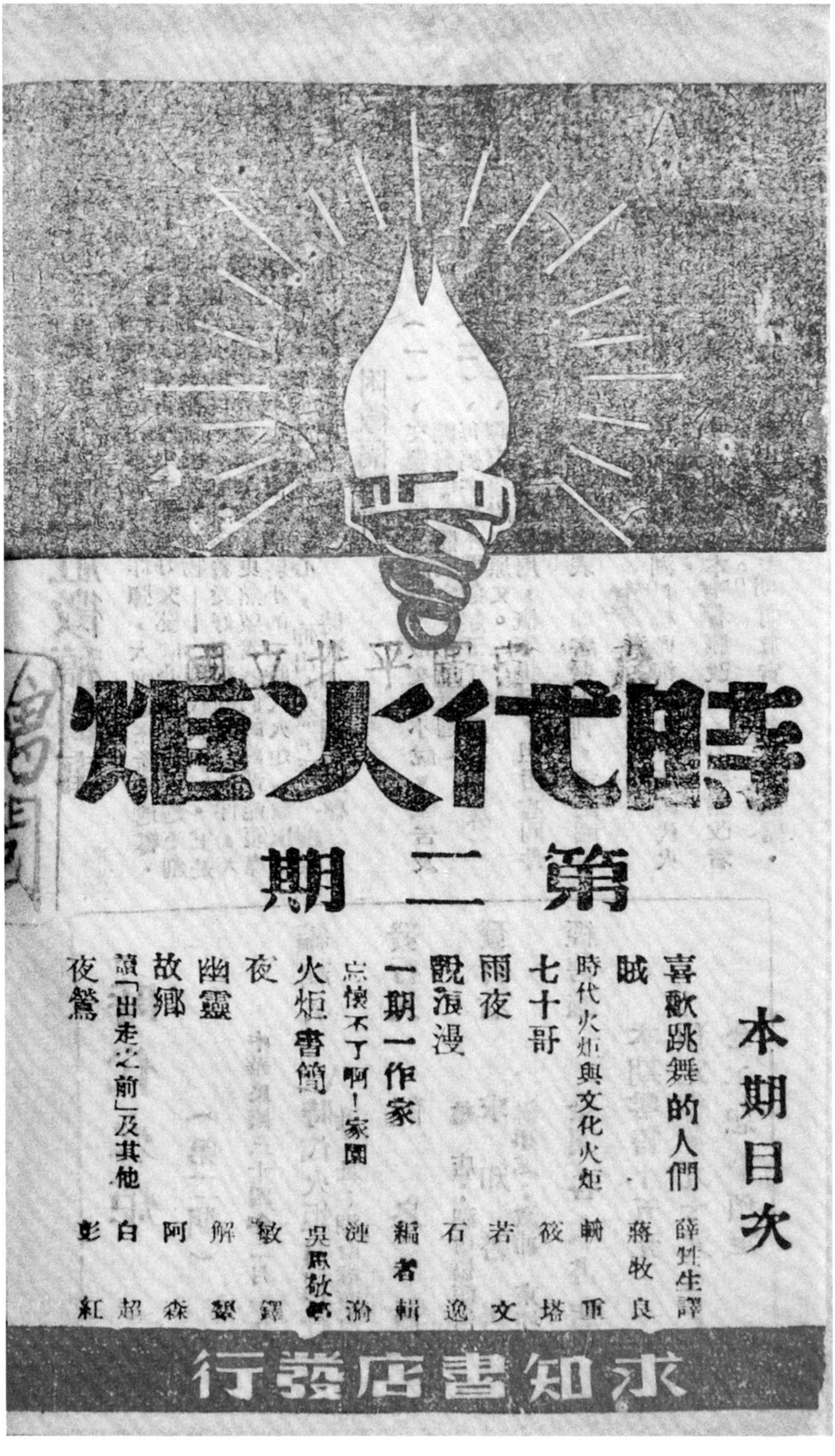

127　**天風**　

鎮江　江蘇文藝協會天風社　1937　不定期

天風 第一集 目次

中華民國二十六年六月一日出版

民族之動力（封面書三色版）…………魏志傑
殲倭（木版畫）…………唐元道
我們為什麼還不奮起？（詩歌）…………易君左

論著

民族文學的理論和實際…………吳丁諦（一—七）
民族主義文學理論之基礎…………萬賢甯（八—一三）
文藝作家的責任何在？…………孫潔黃（一四—一七）
民族文藝應走的道路…………曉色（一八—二五）
民族文藝與時代性…………蔣星德（二六—四〇）
民族文藝的理論與實踐…………鄧建初（四一—五八）

創作

小說

怒潮…………左幹臣（五九—六〇）
風…………丁未（六一—六七）
三角…………陳德明（六九—七五）
男兒血…………潘公英（七六—八六）

詩歌

巍巍乎我中華…………易君左 鄭隱飛（插頁）
海行…………吳丁諦（插頁）
血戰歌…………易君左（八七—八八）
贈傅作義將軍…………韓北屏（八八—九〇）
大戰的前奏…………姚江濱（九〇—九四）
在夜裏…………滕中宜（九四—九五）
為了祖國啊…………高一峯（九五—九七）
醒吧…………周善夫（九七—一〇八）

劇本

漢奸的頭…………王慈（八七—九九）
朋友父子…………趙波隱（一〇〇—一一〇）
紅燈籠…………趙光濤（一一一—一一五）

散文

巍峨之泰山…………易君左（一一六—一二〇）
秋江潮…………李翼仙（一二一—一二八）
長江頌…………吳鍾第（一二三—一二三）

介紹與批評

邵謝茱的嬰孩…………丁諦（一二五—一三〇）
愛爾蘭民族的怒吼…………君左（一三一—一三四）
新捷克文學的高潮…………君左（一三五—一四〇）
怎樣編輯中華民族英雄傳記…………東榮松（一三六—一三九）

史料

陸游評傳…………祁述祖（一四一—一五四）
尊王攘夷之詩史…………祁述祖（一五五—一六一）
民族詩人倪瑞璿女士評傳…………馬白驊（一六二—一六八）
雜談太平天國文學…………羅邕（一六九—一七二）
江蘇省禦侮史略…………易君左（一七三—一九五）
編後…………（——一九六）

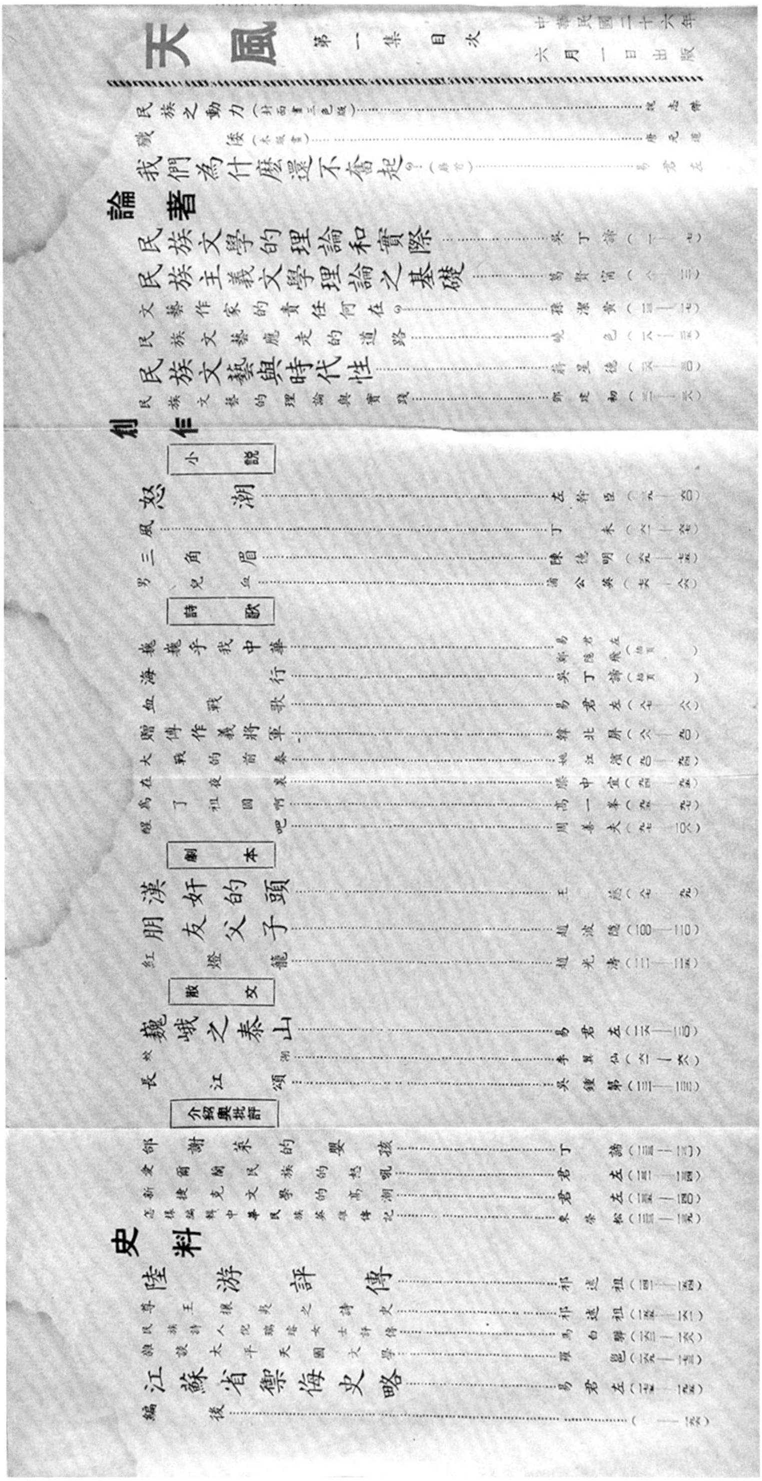

128 文編

南京　文編月刊社　1942—1943　月刊

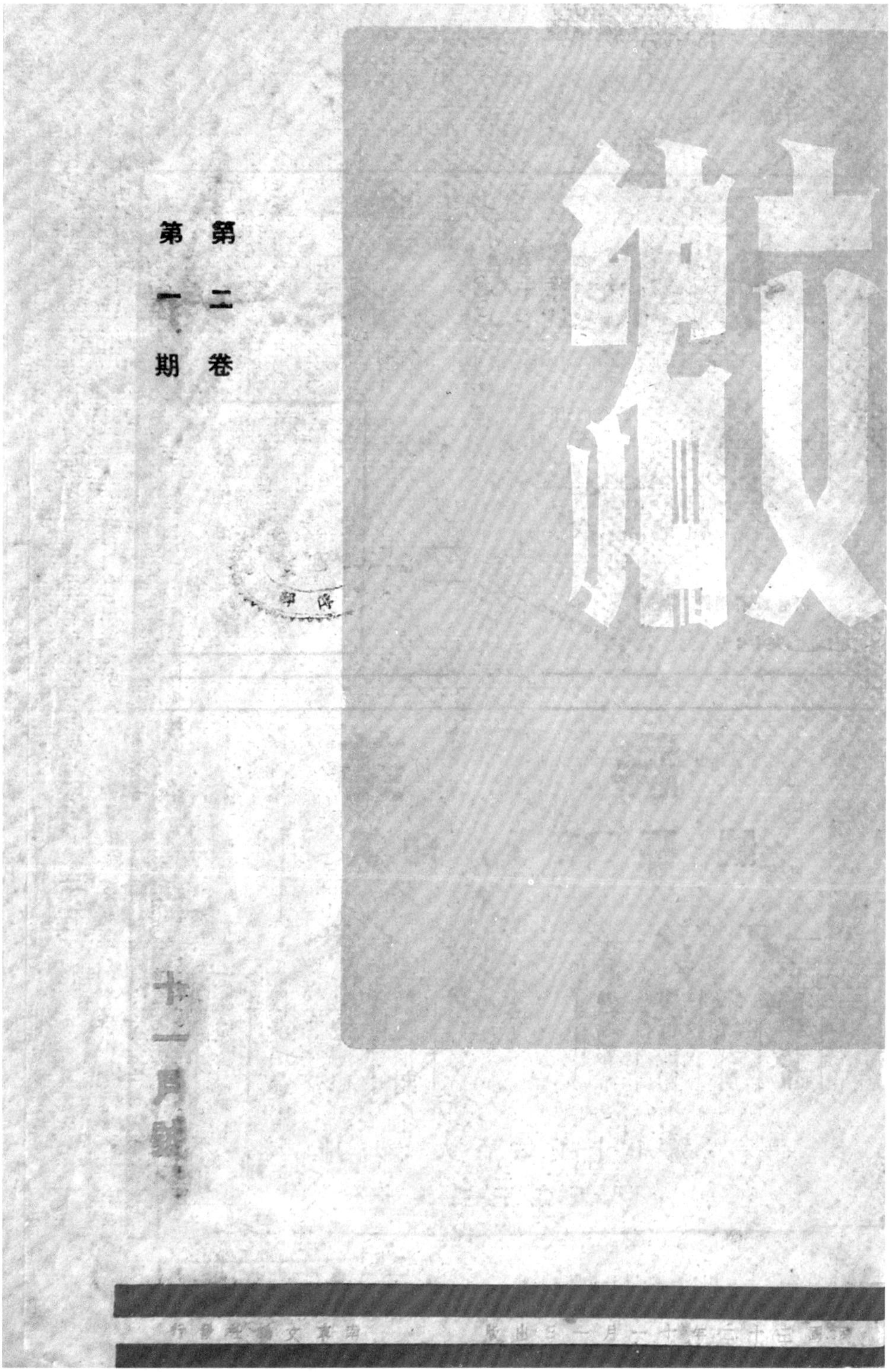

文編

第二卷·第一期

十一月號目錄

黑白鍵
也談批評……陳雅
惡文的魅力……丁文
談義務戲……唐黎
風波……甌易
繪影集……夏炫
高度的神經衰弱患者……水青
靈魂的獨語……夏斎
微波三章……應寸照
葡萄月的感傷外一首……葉帆
追念……韓乃越
尋索記……穀梁巽
最後的審判……陸拾
車廂里（報告）……端木根發

文編月刊 第二卷第一期
民國三十二年十一月一日出版
（每册定價五元）
發行人 賀棻
主編人 夏炫
出版者 文編月刊社 南京中華路大中華商場內野草書屋轉
印刷者 時代印書館
總發行 文編月刊社
總經售 新國民書店
代銷處 南京珠江路十五號 全國各大書局

每月一日出版 每卷六期 全年二卷
定閱價目 三月十五元 全年六十元
定閱手續 請以掛號信寄南京中華路大中華商場野草書屋轉「文編月刊社發行部」通匯之處，請以小款匯兌，不通匯之處郵票代用（以無地方性爲限）

129　文藝　　R/820.5/677.9

丹陽　軍政治部抗敵報社　1939　旬刊

文藝旬刊創刊號目錄

我們需要展開一個新的文藝運動……周行（一）
夜之歌（劇本）……凌鶴（五）
目前的詩歌大衆化諸問題……蒲風（一三）
沒有乾土……蕭乾（一八）
華威先生（小說）……張天翼（一九）
關於中國木刻的七封信（遺著）……魯迅（二四）
殘秋偶感（遺著）……魯迅（二八）
春天（詩）……洪遒（二九）
報告文學者的任務……周鋼鳴（三一）
一個英雄的葬儀……巴金譯（三四）
談談邊區的文化……艾思奇（三八）
在某村（報告文學）……劉羽（三九）
作家近訊……（四六）

130　**文藝青年**　R/820.5/677.8

南京　文藝青年出版社　1943－1944　半月刊

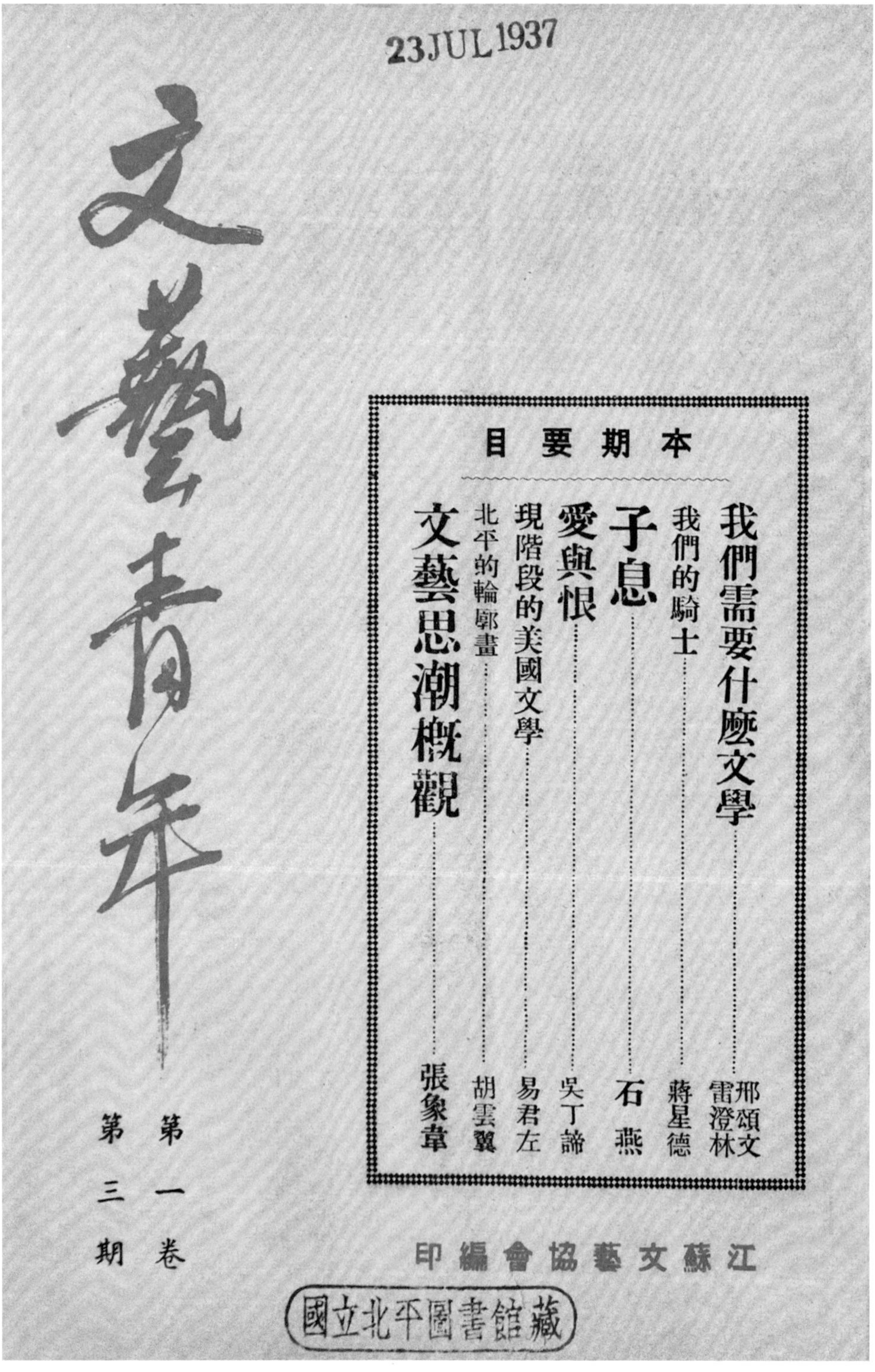

文藝青年

第一卷　第三期

本期要目

我們需要什麼文學……邢頌文 雷澄林
我們的騎士……蔣星德
子息……石燕
愛與恨……吳丁諦
現階段的美國文學……易君左
北平的輪廓畫……胡雲翼
文藝思潮概觀……張象章

江蘇文藝協會編印

文藝青年 第一卷 第三期 目錄

插圖
世界最大的銅像

論著
我們需要什麼文學？ 雷那 澄頌 林文 (一—三)

小說
我們的騎士 蔣星德 (七)
子息 石燕 (一二)
朝陽的一幕 傅曙東 (二四)

散文
愛與恨 吳丁諦 (二八)
閱報小語 姚江濱 (三〇)

詩歌
愛 茵江 茵濱 (三五)
動員令 武可承 (三六)
青年的火 張祖穎 (三七)
送別 張祖穎 (三七)
夜行船 汪信鑽 (三八)

介紹
現階段的美國文學 易君左 (三九)

通訊
北平的輪廓畫 胡雲翼 (四三)

講座
文藝思潮概觀 張象韋 (四五)

專載
江蘇文藝協會近訊 (四九)

燈下 (六)

131　**文藝先鋒**　

南京　中央文化運動委員會　1942—1948　月刊

文藝先鋒

——週年紀念特大號

第三卷 第四期 目錄

散文隨筆

縱論周作人……王進珊（二〇）
給朋友……沉櫻（四一）
玄武湖之秋……會覺吾（四九）
錦城散記（續）……夏炎德（五四）
如何創建新民族詩（論著・續）……易君左（一三）

詩園地

破路……葉金（三九）
旱……魯丁（三九）
萬里關山……李蔚初（四〇）
在勞軍大會……令狐令得（四〇）
錦囊……丁伯騮（四〇）
火車中（J、Thomsn作）……柳明譯（四八）
贛北前線歸來（報告）……董作楷（五〇）

詞

蘆笛風（續）……梁宗岱（二四）
百字令……金月波（三四）
夜集（木刻）……梅健鷹（封面）

132 文藝者　R/820.5/677.73

南京　文藝者月刊社　1944　月刊

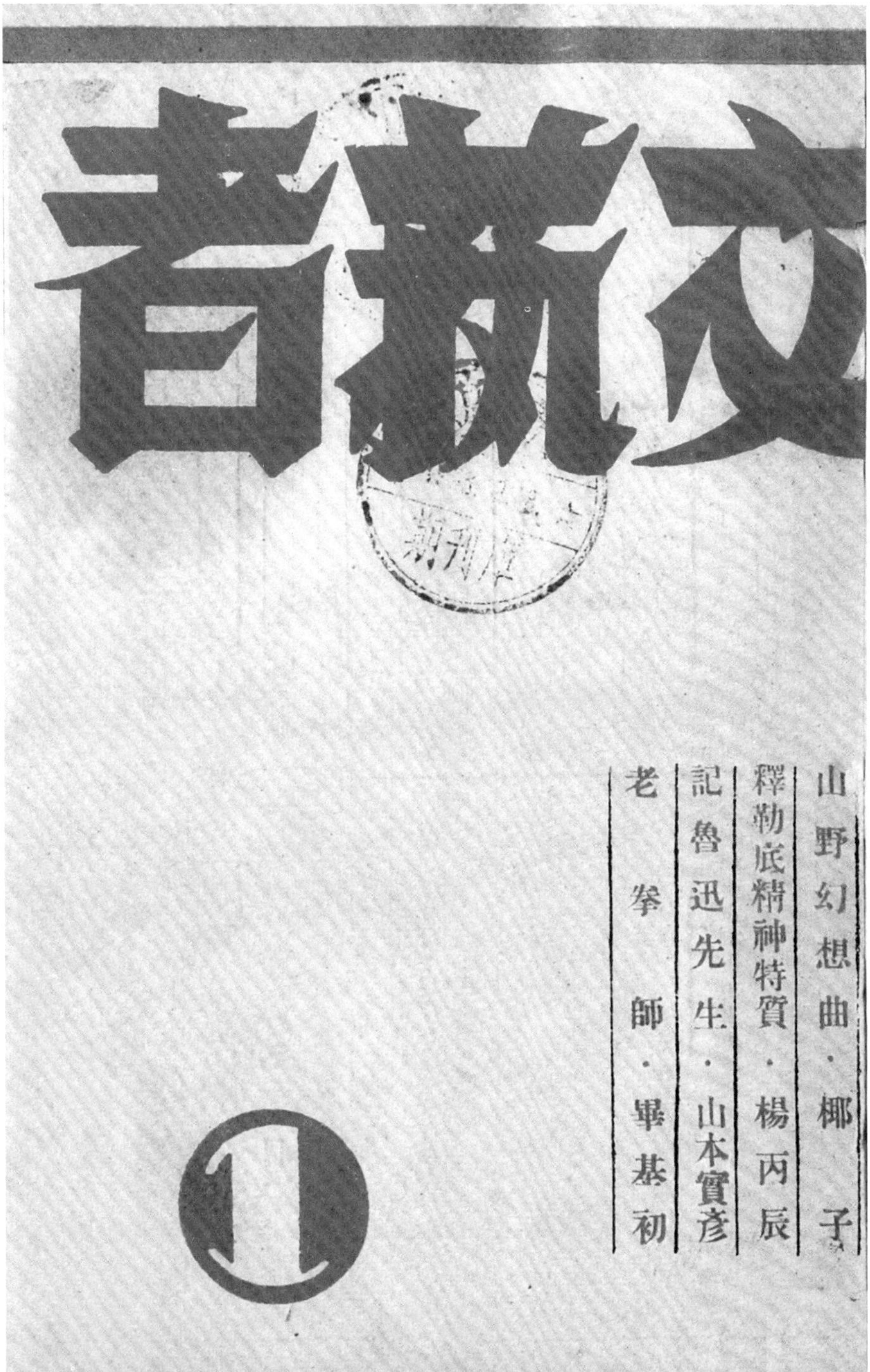

文藝者（月刊）1 目次

民國三十三年六月十日出版

獻給讀者與作者 本社 一

短篇小說

老拳師 畢基初 一二〇
手套 蕭菱 八六
旅伴 張金壽 二九
嗜酒者 遇圭 五三
被損害的人們 曹原 一〇三

山野幻想曲 椰子 四

詩歌

銀色之歌 應寸照 四二
塞上行 梁紫 六八

釋勒底精神特質 楊丙辰 七六

散文

- 人物繪　林紓　七〇
- 十年　夏村　二四
- 抒情隨寫　伊馬　二〇
- 記遠人　黃軍　四四
- 記魯迅先生　山本實彥　六四

雜文

- 筆人筆語　王予　三八
- 無題有感之什　陳繼深　四八
- 面具　莫須有　一一六
- 哀文化　喜金芝　九九
- 王予印象　吳易生　一〇二

手札

- 行旅之前奏　焚稻　八〇
- 致魔鬼的門徒　葉帆　八四

133 新流

南京　新流出版社　1943—1944　月刊

新流 創刊號 目錄

民國三十二年四月十日出版

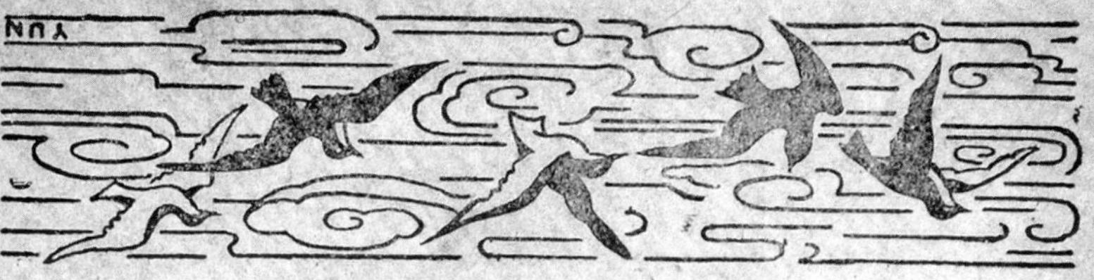

134 野草 R/810.5/472.1

南京　野草月刊　1942　月刊

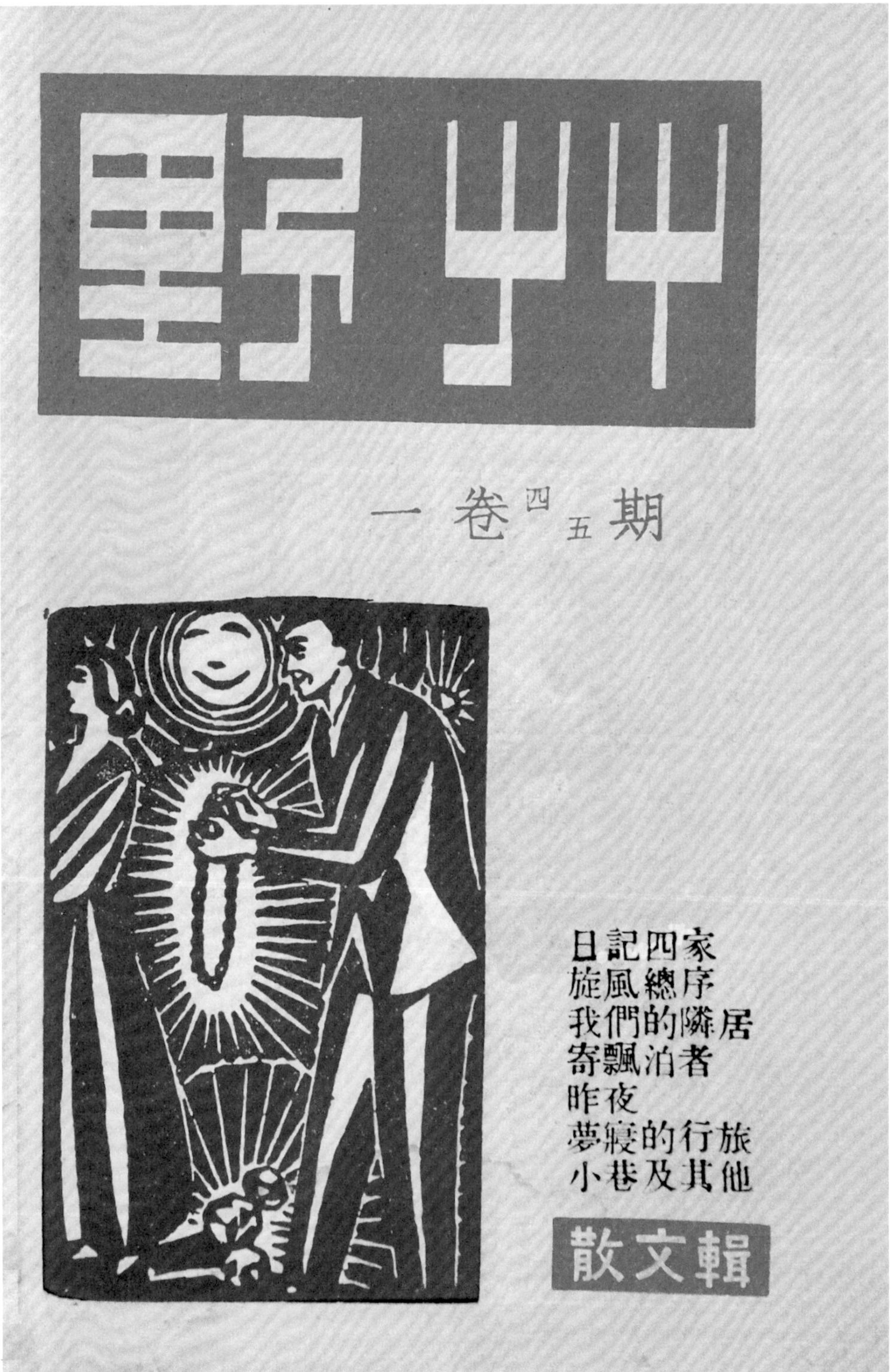

野草

一卷四五合期

目錄

秋天的抒情詩……一凡
蝙蝠和鬼……寒汀
東邊道……艾鄉
老張和小張……陸拾

＝創　作＝

創作的態度……譚友
錢是用不完的……樂可求
牛奶與稻稗……未明
文章與嗅覺……北蠻
文藝雜談……王予

＝雜　抄＝

賣唱的盲人
沒有字的故事（封面）

＝木刻二題＝

編後……編者

散文與詩

牛蹄鷄肋……馬虎
未明日記……未明
在夜的翻身里……夏穆天
一根草的茁長……本社
日記四家

未行……燭淚
刁陵……毋與子
韋士……昨夜
陳雨……夢寐的行旅
蕭强……我們的隣居
鬱金香……寄飄泊者
田野……小巷及其他
夏穆天……旋風總序

135　藝潮　　R/810.5/505.21

江蘇

南京　藝潮社　1944　月刊

藝潮

第三期

墾（木刻）……星協作

第三期

中華民國三十三年六月
藝潮社編輯發行

目錄

汗滴禾下土（木刻）……范滋德作（封面）
犂（木刻）……星 協作（扉頁）
浪淘沙（五幕劇）……譚正璧（一四）
落雨的日子……荒 砂（一九）
北京的懷戀……錢人平（二六）
老教師的憬悟……楊劍花（三一）
流浪歸來話陝中……張葉舟（三六）
漣漪……亢 克（四五）
虞山道上……秋 榕（四九）
薤·露·歌（英·雪萊）……范紀美（五四）
榴樹……平 流（五五）

潮

蒼茫的夕暮（日・德富蘆花）……薛潔（六七）
・談雜學……禾浪（六八）
自論陽奉陰違……辛君（六八）
由攙雜……黃雯（七一）
筆嘴……竹心（七二）
・從大餅油條說到鴉片白面……醉紅（七四）
老鐵匠的故事（法・科佩）……楊赫文（七六）
姑娘你不要祇說……范紀美（八〇）
愛的賭博（李却・勞倫斯）……沈慕貞（八一）
孤傲之憶……陳繼深（八七）
征法軍中雜記（德・歌德）……忭明（九〇）
藝潮讀者會繼續徵求會員啓事……本社（四四）
藝潮讀者會第一次會員名單揭曉……本社（七五）
累贅的話……大均（一〇〇）

136 **藝浪**

蘇州 蘇州美術專門學校校刊社 1930—1947 月刊

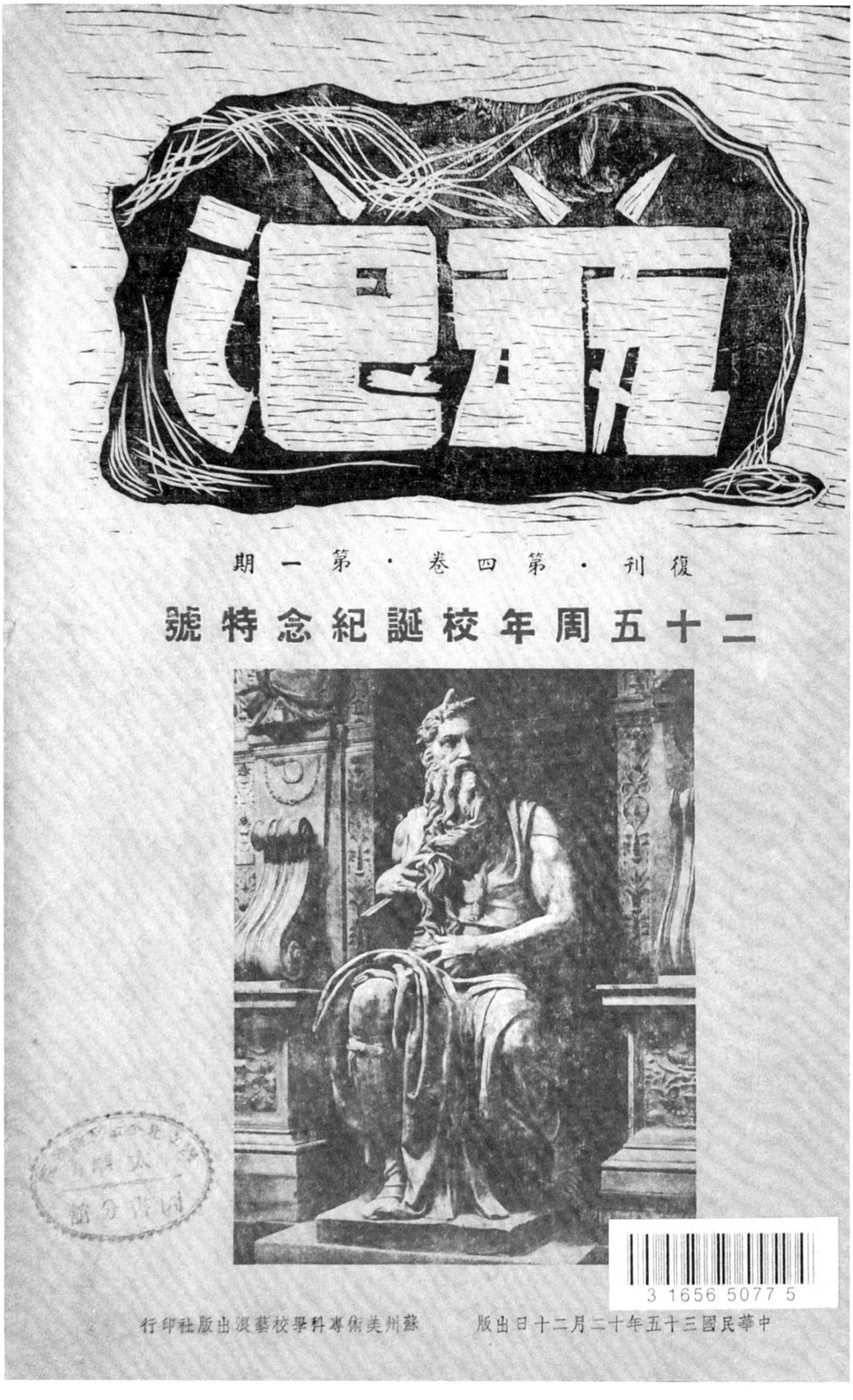

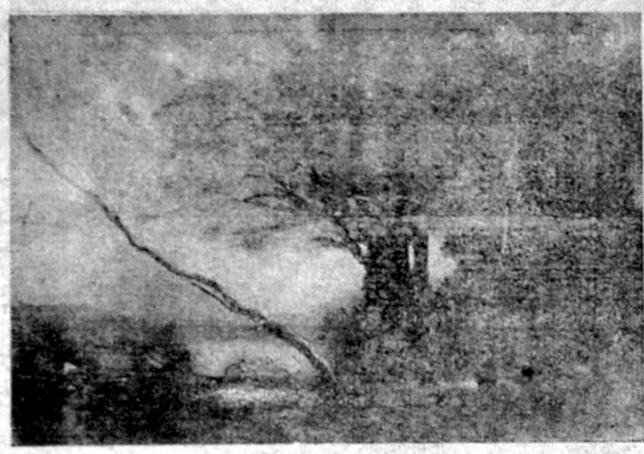

藝浪 目錄

第四卷 ◦復刊◦ 第一期

中華民國三十五年十二月二十日出版本期售一十八百元

封面·摩西　米蓋郎治
扉畫　柯洛、安格爾
廿五週年校慶獻辭　顏文樑
中國藝術教育論　陳志華
秋廬詩稿　蔣吟秋
倪雲林和他的傳世名蹟　錢夷齋
滄浪雜詠　剛中
蘭　吳子深
花鳥　吳似蘭
仕女　徐子鶴
篆書　曹伯羣
書　沈三白
山水　沈三白
花卉　吳秉彝
人物畫概説　陳子彝
江南記行四章　涂岫雲
木刻藝術散論　追憤
美的觀感　邵芾棠
西畫演進歷程略談　郁離
再過十年　溫肇桐
關於動畫及其學習方法　錢家駿
東彝四弟事略　吳子深

殉葬與古物
埃及墳墓書壁
怡園一角
靜物
今日人間
人像
圖案
雕塑（一）
雕塑（二）
巴黎來鴻
土耳其浴室
牧羊女
邱吉爾底繪畫
十載萍蹤特輯
我們這一羣
離校十年
這十年來
十年
分校回憶記
谿山幽居
嚴陵釣台處
花鳥
雲山蕭寺
花卉
山水
詩

勤廬
胡粹中
蔡鴻斌
於中和
許九麟
李善饒
凌暫型
黃光益
張紫璵
安格爾
米蘭
汪泰嵩
費彝復
全鎮秀
王慶祥
李笠青
胡久安
楊大年
徐超
曹潔
俞劍平
陳雪巷
劉劍青
孫鐵忱

137 中國詩刊

南京　中國詩刊社　1942　月刊

中國詩刊卷第二目次

中國詩壇　尊瓠等
壬午九日掃葉樓登高詩(上)　陳寥士等
橋西草堂秋禊詩　李太疎等
北極閣汪邸聯吟雅集　重光葵等
紅茶山房煮茗圖題詠　陳夔龍等
柏廎詩　趙百平
味蒓詞　汪曾武
耐充詞　陳能羣
題大明寶鈔銅板　金寶楚
單雲閣詩　陳寥士
中和琴銘　褚民誼等
單雲閣詩話　單雲
柳堂憶存稿　范鑄遺著
單雲甲戌稿序　陳詩

中國詩刊卷第二
民國三十一年十一月五日出版
社長　陳寥士　南京荳菜橋三十六之一
編輯者　中國詩刊社
發行者　中國詩刊社　南京珠江路一六五
印刷者　五洲印書局
經售處　中央書店　建國
書店　上海書店　保文堂　翰文
幼海山房　文海山房
問經堂　會文一友　志源各書店
蔭華堂
定價每冊新法幣壹元

廣告刊例

後封面	四百元
正封面裏頁	三百元
後封面裏頁	三百元
普通二分之一	一百二十元

138 作家

南京 作家出版社 1941—1944 季刊

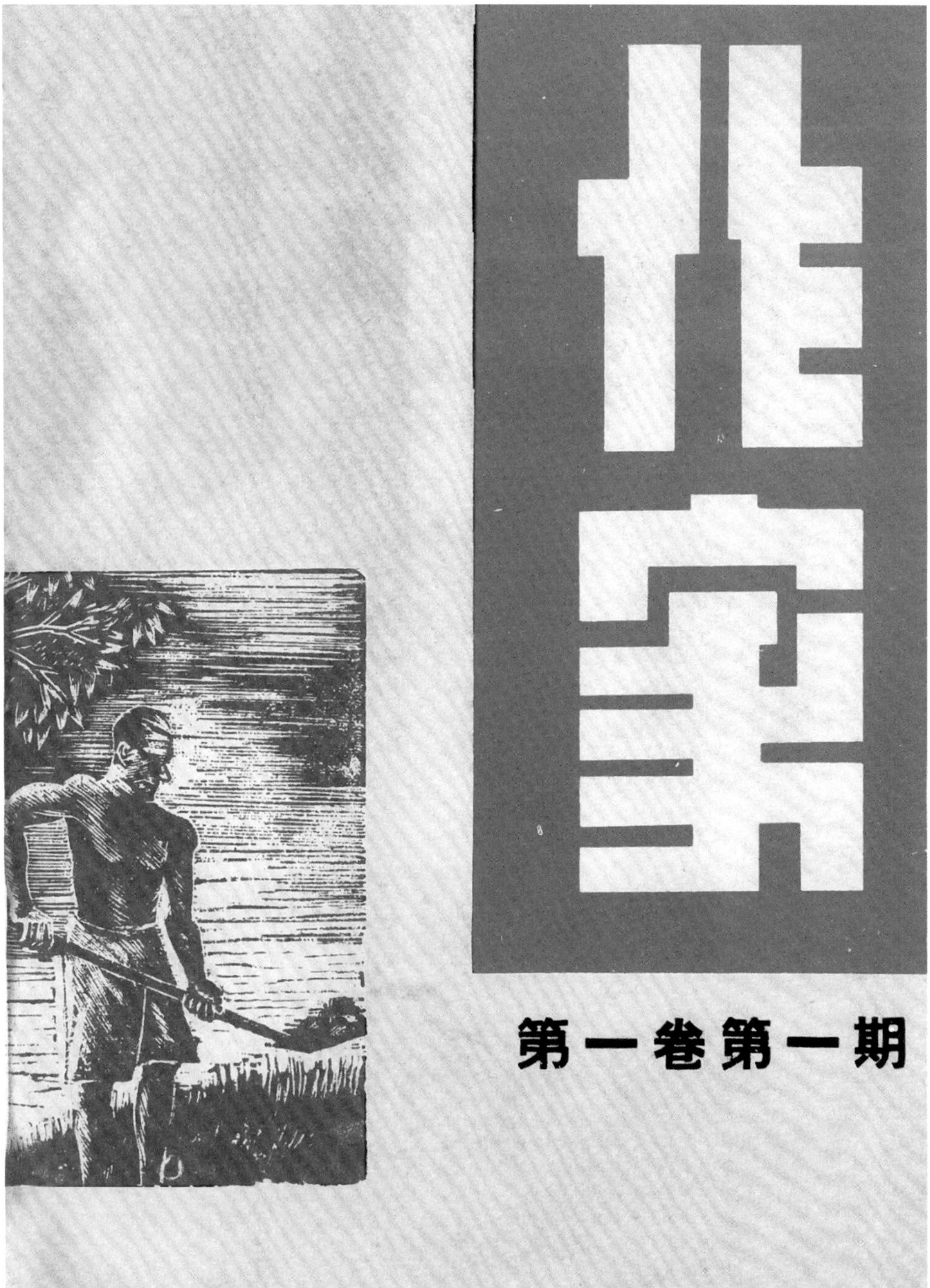

作家月刊

第一卷第一期

民國三十年四月出版

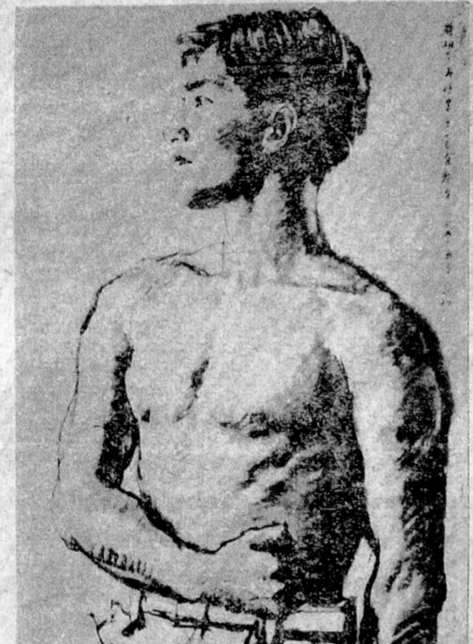

男兒當自强

蔣兆和作

作家

創刊號
目錄

封面……曹涵美設計
拓荒者(木刻)……(王迎曉作封面)
編者座談會攝影和簽名式…(封裏)
彈(人像)……(蔣兆和作)
與阿Q像……(蔣兆和作)
解放之前……(蔣兆和作)

西方的書籍愛好者…許竹園

俞理初的詼諧……知堂

我的文章……高明
復知名論詩……寥士

君子三戒……涵之
春事無可為……伊馬
野談……馬野
少做些惡事
民意和官意
文化人要救濟嗎
餓不死事大

創作

陳學稼：吹小喇叭的阿卍
龔持平：就那麼回事
何心：咖啡茶
朱雀：睡魔

故人……林棲
故鄉……聖涵

編者座談

林涵之　關企予　顏　潔　施辛澹
陳寥士　哈爾康　江上風　東野平
江菊林　曹見微　何　章　周雨人
羅君強　何　心　丁　丁

從郭禿先生論到傀儡劇……徐公美

關於歷史小品……江上風

文藝的心理研究……堃　垕

詩

哭弟……弢　農

故園憑弔……呂紹光

唱着春……陸　默

殘花……夢　鷗

探病

德永直作
黎生譯

開宗明義……編　者

作家月刊 創刊號

發行者　中國作家聯誼會
發行兼編輯人　丁　丁
出版者　作家出版社
南京中山東路三一二號
發行者　作家出版社
印刷者　現代印刷公司
總經售　建國書店
南京中山東路三一二號
經售者　全國各地各大書局

另售每冊三角　預定全年三元
國內郵費奉送　國外郵費照加

139 作品 R/820.5/916

南京　野草書屋　1943　月刊

編輯部啓事

第二號

本刊純小說號計收一個連載長篇，三個中篇，五個短篇，本擬一期刊完，限於篇幅，分兩期刊出，但它們不失爲一個體系。第一期及第二期早已絕書，因經費關係，不克再版，媿對索購者。今日第三期亦告售罄，惟欲使讀者能得到純小說號全部，已勉力再版，當於本月內出書。

北平「藝術與生活社」爲本刊代約大作多篇，原意以「華北特輯」形式刊出，後以有所不便，未能照辦，尚祈原宥。代約諸作當陸續於本刊刊出。此後，本刊當更不爲地域所限，如本期作者秋螢係奉天，張金壽係北平，畢基初係威海衛，吉戈木係天津。敬請海內外作者不吝賜稿。

「作品叢書」早在同人計劃之中，但以一個月刊的經費來支持一部叢書，不唯不容易，而且竟是不可能。爲彌補此缺陷，同人等計劃出版一部叢書及雜誌混合型體的月書，收集一位作者的作品。全書係三十二開本，百頁以內，月出一册，定名爲「作品雜誌獨人文庫月書」。

下期決定刊載一首千行長詩。

重申本刊宗旨：不類關派別，不標榜主義；我們認定這是一本純文藝創作的刊物。

浙　江

140　刀與筆　　R/050/328

金華　刀與筆月刊社　1939—1940　月刊

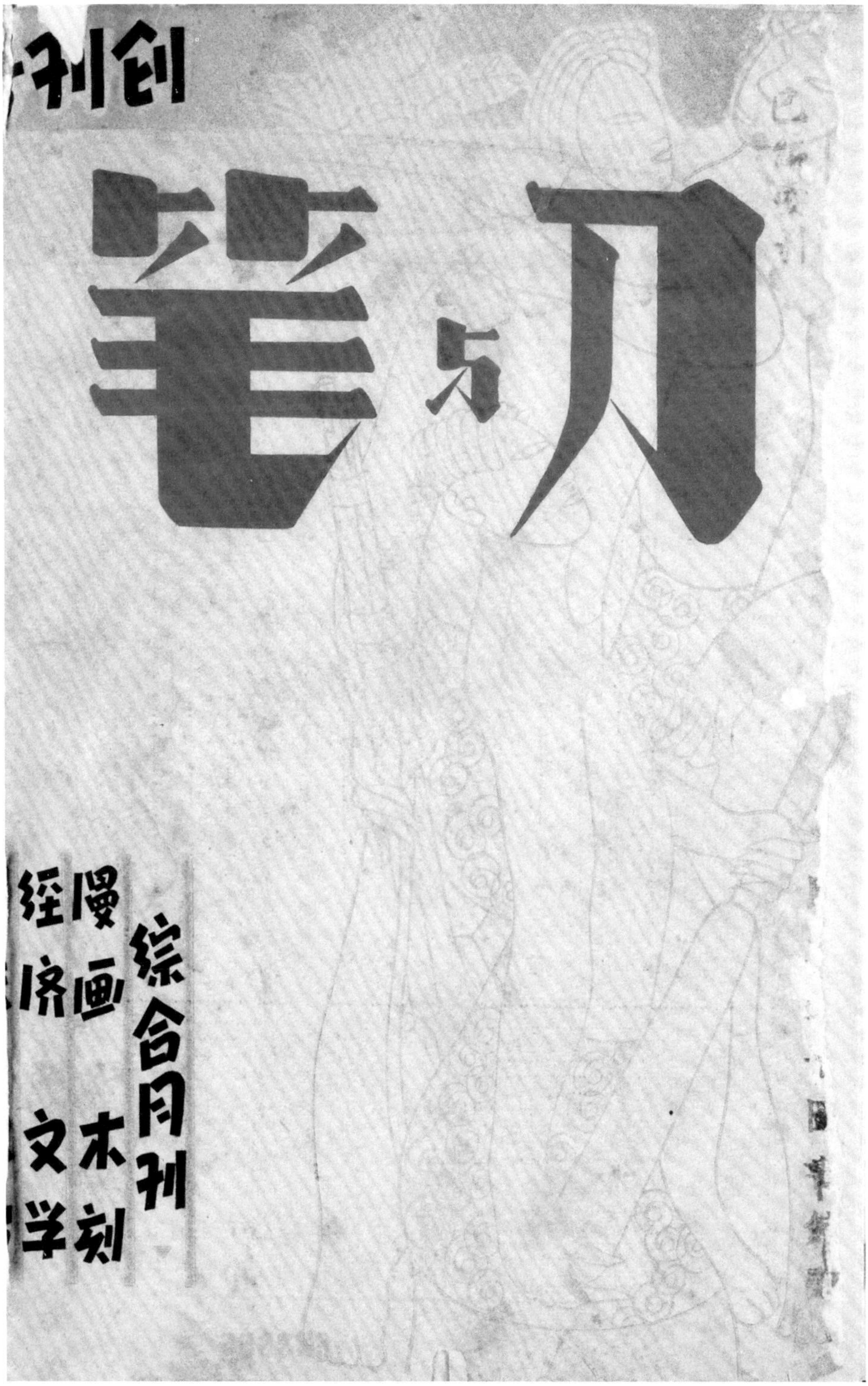

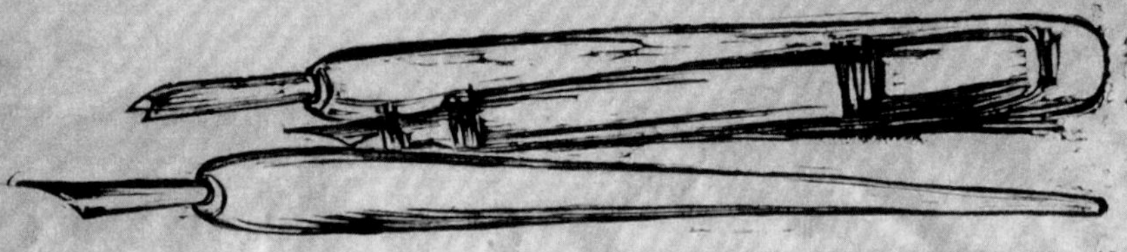

社語……本社
時事·這一月（附圖解）……青·芳
我們怎樣觀察歐戰……喬木
英國人對歐戰應有的態度……蕭伯訥
論浙西經濟進攻……黃沙
抗戰新形勢中的六中全會……虞起
敵人眼中的汪派（特輯）……本社輯
抗戰中的中國繪畫（繪畫理論）……賴少其
漫畫漫話（藝術小座談之一）……荒途紀錄
或人手記（小說）……王西彥
「現在中國人爲人的道德」（雜文）……耳耶
論魯迅……史沫特萊
收穫的季節（長詩）……紺弩
代用品（劇本）……冼羣
劉二富抗日（自修室）……艾平
寒衣勸募曲（歌曲）……荒途詞·周凱曲
兩種學校（通訊）……伍中
游擊區的醫務工作（報告）……王一先
青年的工作問題與受訓問題（生活與工作）……枕石
木刻工作者怎樣修養自己?（木刻理論）……李樺

鐵的戰士……鐵嬰刻
漢奸與傀儡！井裏的月亮那撈得起？…西厓刻
「汪家班」醜醜……萬湜思刻
侵略者的下場……徐甫堡刻
如此皇軍（二幀）……麥非作 項·周刻
皇軍的「凱旋」……麥非作
追擊……孫風作
我的骨灰誰料理？……有光作
獸行……孫風作

參加蘇聯「中國美展」布畫
光榮的受傷……葉淺予作
握緊犂耙生產，拿起刀槍自衛！…陸志庠作
號聲响了……張樂平作
「你有大砲，我有鐵耙」！……麥 非作
爹爹的遺物……張樂平作
獎浩……麥 非作
侵略者的最後命運……葉淺予作
最後的嗣子……葉 崗作
把國旗揷回自己的土地上……蒙 刻
阿Q 站起來了……樂平畫·荒途刻
代用品插圖……西 厓作
哦！我是代用品，先生。
漂亮的太太，你的丈夫回來了。
這不就是我們的孩子嗎？
打倒天皇，軍閥。
是啊，先生，我們是代用品呀。
還是我的丈夫？
新軍的基礎……荒 途作
在祖國底旗幟下……萬湜思作
他死了……金逢孫作
起來，不願做奴隸的人們！……李 樺作

141 東南文藝

紹興　東南文藝半月刊社　1939　半月刊

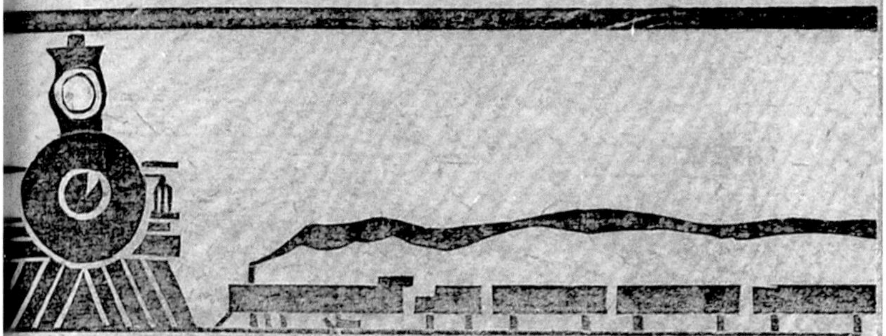

山鄉的一夜（短篇創作）……徐守瑜（五八）
『美哉上海』（報告）……何　蕾（七三）
如何展開文化進攻戰（論文）……駱公望（八二）
悼啓英（小品）……琅　如（四十）
石榴花開的時候（集體創作）……馬達執筆（四六）
（日出　劉壹　墨易
王傳本　馬達）
宣傳畫對於色調的研究（論文）……紅　茶（七一）
憶雷弟（隨感）……朱　襄（七九）
前線來的朋友（短篇創作）……歐陽汝山（八〇）
路（中篇創作）……徐　夢（六一）

補白
秋田雨雀對於接受文學遺產的意見
「流寇隊長」與「不准敵人通過」介紹
世界文豪語錄
「跑狗場突擊」介紹

附錄：東南文藝社社章
編後

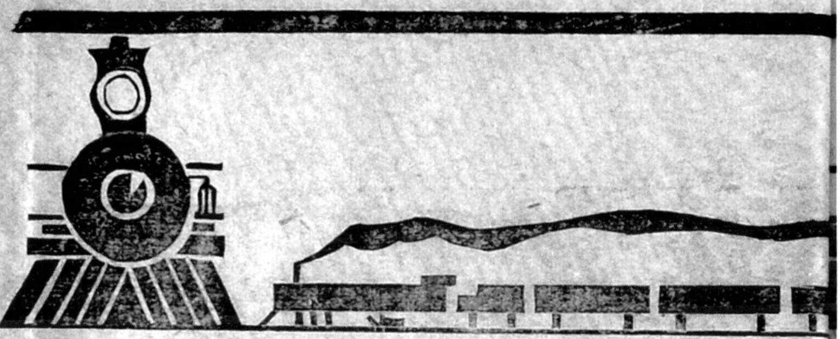

東南文藝第二、三期合刊目錄

文藝短論三篇
「爲誰寫作?」……(紫)
建立文藝通訊網……(梅)
中心口號的提出……(竊)
衡山是幹起來了……孫福熙(六九)
抗戰文藝的多樣性與公式化(座談會記錄)(三五)
參加者:曹天風 柴紹武 李冉秋 蕭翼
劉壹 何邦甸 徐夢 何日出
沈維餘 朱襄 馬園太 梅軍
文藝與精神總動員(論文)……柴紹武(五四)
花(散文)……劉獄(五七)
祖國的新芽(小說)……蔣屏風(四二)
初春浮雕(散文)……劉壹(六〇)
一九三九年流浪壹章(詩)……馬園太(七七)

142　**東南戲劇**　R/854.605/137

金華　浙江省戰時教育文化事業委員會中心劇團　1939－1940　月刊

東南戲劇

——第一卷·第九期——

主 編 蔡 極

編輯者 東南戲劇月刊社

印刷者 八一三印刷所

發行者 浙江省戰時劇人協會，中心劇團

出版期 中華民國廿八年十一月二十日

零售每册一角

預定半年六册五角

全年十二册一元

直接定閱處： 金華馮宅嶺背二十五號本社

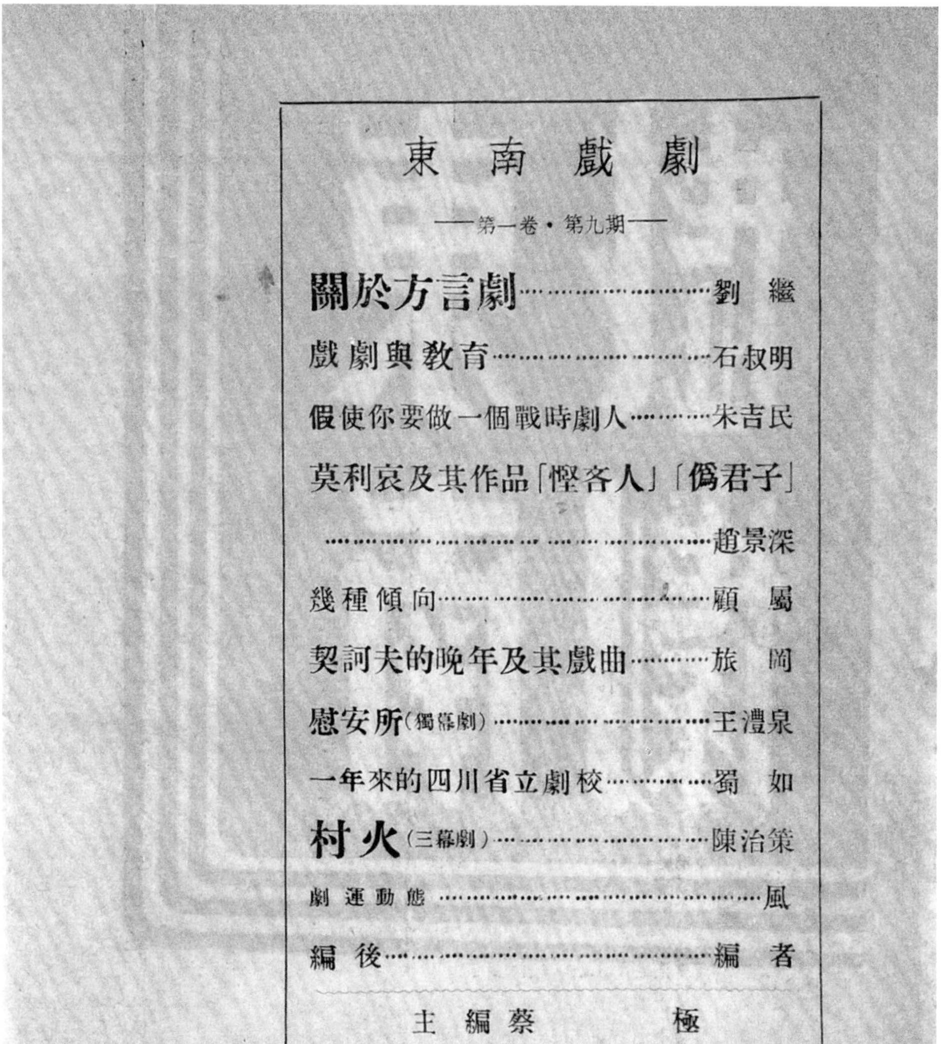

143　河山

R/050/718.3

杭州　河山報社　1945

…… 代創刊詞 ……

幾條遊魚冒着狂風巨浪游到西湖裏來。本來西湖的平靜是足以慰懷牠們的，可是湖水太淺了，氣溫太熱了。湖面冒出悶鬱的蒸氣。魚們感到污濁與熱的威脅，也不禁落下幾行熱淚。

「魚落淚了」旁觀者說。

「對！魚是冷血動物，魚的面上掛的不是淚而是水珠罷了！」

湖水一湧，將魚淚一刷而過。

幾條魚也相對茫然，大家沈默的想。

蜿蜒的河水，滾滾的流，永遠的流，拖着污泥，帶着細流，沖向大海裏去。凌空的山頂，在太陽出沒之間，度着巍巍不動的生涯，靜觀着春草寒松的轉變。個人的生命和它比起來，是多麼的渺小與短促啊！河山！你經過幾許的興亡，你見過多少的盛衰，你永遠是個無垢的，完整的。你不僅是現在人的河山，你是祖先遺留下的河山，子孫百代後的河山，你是我們繼續生命的寄託所。

我們是渺小的，是短促的，然而我們頑強的不承認。我們要以唯一的武器——理想，去征服現實。我們要抓着生命的要義，不輕易的放棄它。因為每個氣息都有着絕對的價值，我們需要把這一連串的絕對價值像火炬一般付與下代，付與下下代。

魚們不知不覺游到岳飛墓旁，一條失掉几片金鱗的魚很傷心的說：「我們為了恢復自由，已經鬥爭了八年，而我們現在距離真正的自由，還是和從前一樣，在國際舞台上，只是佈景換了，同樣的角色，同樣的陰謀，同樣的動機，依然存在。」

忽然一條魚拍着水面大聲的喊道：「武穆先生，你用刀尖所不能完成的，我們要用筆尖完成它！」

「對！我們要用筆尖完成它！」

魚們悲壯的唱道：

「……抬望眼仰天長嘯，壯懷激烈，三十功名塵
與土，八千里路雲和月，莫等閒白了少年頭，空
悲切……莫等閒白了少年頭，空悲切……！」

144　青年文學月報　

浙江　青年文學月報社　1941—1943　月刊

創刊辭

文學是永遠青年的

翁北溟

「文學」就「文學」好了，還要加上「青年」，那不是不通，便是多餘。給當前的學者名流看起來，簡直更不像話，至少會想：「那我們便沒有文學的了！」算得一個學者名流，多少總修過一些道行，大都已經有一把年紀，——至少「大都已經」。雖然，有些還自以謂老少年，或者尚不肯放鬆青年而自居於青年領袖或青年導師之列，但，已不是青年，大勢所趨，無法抵賴：「好，沒有我們的文學，那就是你們的。」——也許學者名流便會從此發火，發火得連瞧都瞧不起我們；於是我們自然也得担慫：因爲据說，一個刊物內容的充實與否？多以目錄上有無學者名流的大名爲準，至少也得在封面上有幾個大筆。他們既經瞧都瞧不起我們，自然更不會賜給我們以宏言讜論，光光篇幅•——自然，連幾個大筆之類的東西也在內。那末，我們這個刊物不是一輩子也都擠不「出山」了嗎?!

「文學」加上「青年」兩字，其實不是我們有以自別於「有一把年紀」或是「老年」之列，文學根本是大家的事，誰都不能准予「許冊專利」。實以深深覺到，文學本身，應該永遠是青年的，只有「青年文學」，才是時代的產物！如果文學還沒有成長到青年時

青年文學月報
民國三十年十月號
（本刊已呈請登記中）

發行人 主編人 翁北溟
出版者 青年文學月報社
總經售 中國文化服務社
印刷者 南昌健記印刷所
通訊處 江西泰和中山路第一七三號樓

定價	
每期五角	半年二元五角
全年五元	郵費另加每期二分

期，當然還在幼稚中孕育着，而過了青年期，青春已經消失，那便是老大，落伍，衰頹，必然已是時代的渣滓！——有什麽鳥用，根本就不需要。

也可以明白：所以叫做「青年文學」，是在文學的本身上說話，作者的青年與否？甚而至於資格的老嫩，牌頭的大小，有名與無名，一切都沒相干！學者名流儘管不必發火！——但在這裏還得要加以聲明：如此說法，並不是「敬作解釋，諸希原諒。」只是我們眞正的意義是如此，應該是如此的忠實的告訴出來，至於學者名流是否明白？能否贊同？因而會否看得起我們？那可一概不管，各請自便。

在「青年」這一準尺之下，我們就自負起如下的主要任務：

——我們竭盡所有力量，愛護幼稚的；鼓勵幼稚的；扶植幼稚的；——因爲幼年的成長，就是青年！

——我們以極大的決心，厭棄老大的；痛絕老大的；摧毀老大的；——因爲老大是青年的蠢賊！

——時序一任變遷，作風儘管創換，我們絕對做到——到底護持和生死把握的：只是「青年」——永遠的「青年」！

因此，也就確定了我們的工作態度：一、對依老賣老的老作家，給以無情的批判；二、肯努力的新作者，給以竭力的鼓勵；三、現在各地文藝期刊，訂閱不易，價錢尤貴，而裏面値得一讀的作品，實在也不多見，因此，我們在各期刊中選載一些較爲成功的，使讀了本刊的，就能讀得各期刊中的佳構，隨以節省了不少的時間和經濟的浪費了。四、其他再說。

「青年文學月報」終就這樣的出刊了。嗣後，我們只知道怎樣的堅持態度，完成任務！至於刊物的辦得「出山」與否？管不得這

創刊期 目錄

創刊詞：文學是永遠青年的……翁北溟
成功作選——三對夫婦……梅林
生命爬出來了……徐遲
梁山泊與知識份子……東郭
魯迅的偉大……蕭燕
郁達夫這位先生（批判之頁）……小蠻
現階段的空軍劇本……杜秉正
新文學・舊話——新青年社……慕容蕙
一首戰歌的故事……紀平
評「救亡者」（書評）……司徒明琭
作家生活——老向先生在北碚……笑天
伍德豪斯……清譯
柳絮……歐陽天嵐
該是屬於寫實派的……羅伯玉
儒林新紀……家望
新創作——暗銅色的牡丹……李明
前線再見……農漢
兒歸詩……良免
商報……編者

145 十月

杭州 杭州第七九三〇部隊直轄自衛團 1942—1943 月刊

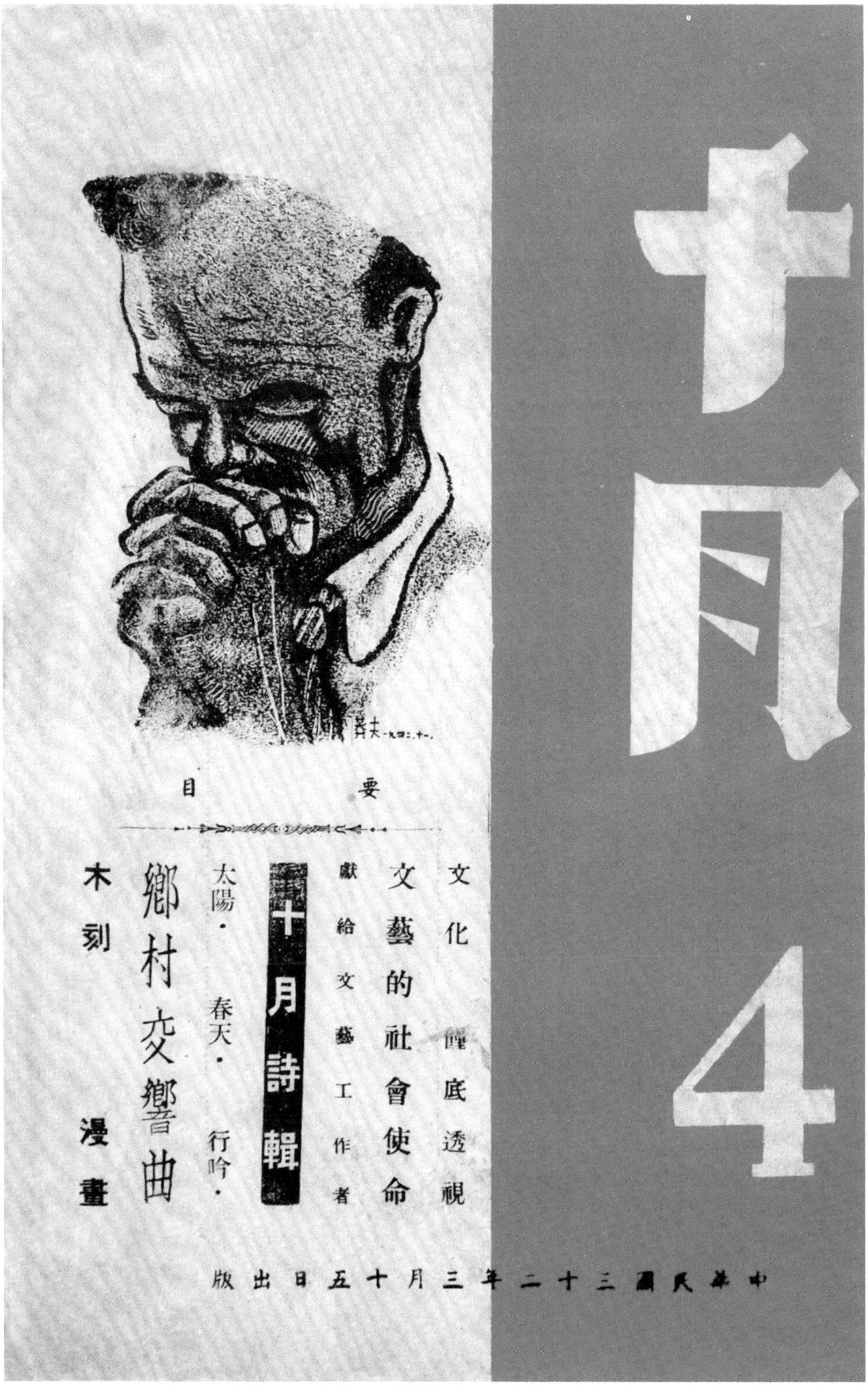

十月

第四期目錄

憧憬【封面漫畫】……莽夫

社語

每月國際

文化饑饉底透視……林嵐

文藝的社會使命……一峙

阿Q二世畫傳【自食其果】……魯一

獻給文藝工作者……次螢

太陽・春天・行吟……崇蕙（文）依萍（畫）

十二點鐘……朱錫良

戀……煜子

巷口……莽夫素描

斷斷續續篇……首路
我談漫畫……伊魯

十月詩輯

山嶺的懷戀……厂人
寄……葉秋
他悲哀了……非夢
月夜行車……非夢
十四行詩……（威廉，華次華斯作 鄭默汗譯）
憶青燈……白露
過年……金因
驟雨的黃昏……西心

戰爭賜予我……未名
文藝消息……小鴿
鄉村交響曲……周一虹
編輯後記

623264

146 挺進

金華 挺進月刊 1939 月刊

147 **文學月刊**

金華　文學月刊社　1939—1940　月刊

本期目次

散文·雜感·小品

金華的復興……許欽文 七

鸚鵡與烏鴉……陳友琴 二三

哀怨……吟川女士 二二

文字統一與科舉……自園 九

詩選

譯詩五首……吳雪帆 婁後泉 二〇

懷巖東關……傅東華 六

兩幅畫照……胡不歸 一八

清明時節憶杭州……吳伯繩 八

我死也忘不了她……學潔 一九

贈雪楓弟……王一心 二四

聞東戰場反攻……曹百川 九

送何生赴於潛……張勉成 一八

遊靈巖……查猛濟 鄭曉滄 八

創作·翻譯

記憶里的瞳子……馬甯 一

人影（譯）……吳雪帆 二五

魔障（續完）……郭莽西 一〇

雞籠山……閔子 二七

編後記……何德明

文學月刊

第一卷 第二期

民國二十八年五月一日出版

編輯兼發行人 何德明

出版者 文學月刊社 建德府西省立嚴州中學轉

總經售 金華生活書店

印刷者 建德集美印刷社

排印者 張芝序

每月一日發行 零售一角二分

預定

冊數	國內日本	香港澳門	國外
半年六冊	六角	一元	一元二角
全年十二冊	一元二角	一元七角	二元

148　新陣地

金華　新陣地旬刊社　1938—1939　旬刊

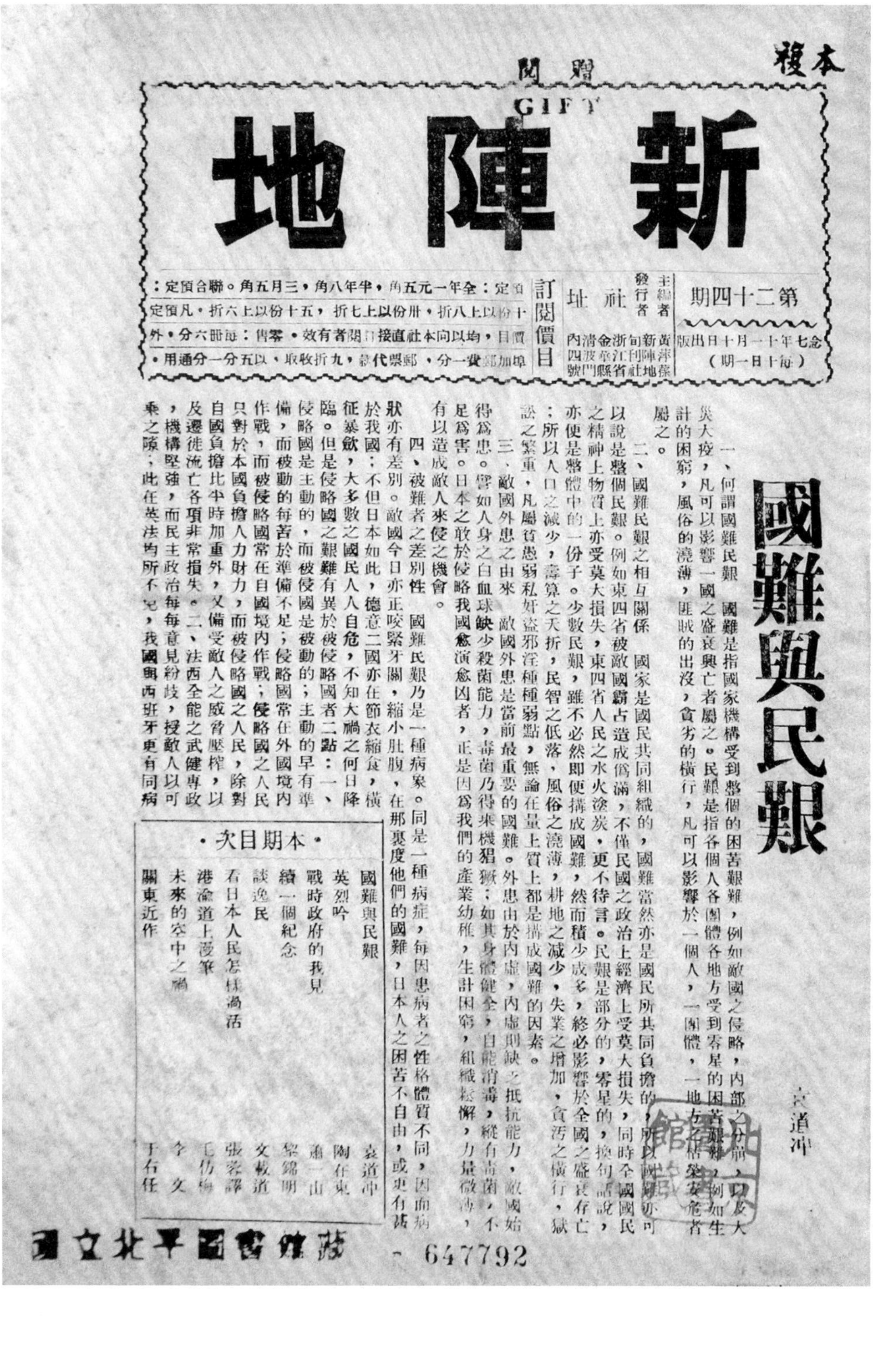

新陣地

第二十四期

念七年十一月十日出版（每十日一期）

主編者 黃萍蓀
發行者 新陣地旬刊社
社址 浙江省金華縣清波門內四號

訂閱價目

定價：全年一元五角，半年八角，三月五角。聯合預定：十份以上八折，卅份以上七折，五十份以上六折。凡預定價目，均以向本社直接訂閱者有效。零售：每冊六分，外埠加郵費一分，郵票代替，九折收取，以五分一分通用。

國難與民艱

袁道沖

一、何謂國難民艱　國難是指國家機構受到整個的困苦艱難，例如敵國之侵略，內部之分崩，以及大災大疫，凡可以影響一國之盛衰興亡者屬之。民艱是指各個人各團體各地方受到零星的困苦艱難，例如生計的困窮，風俗的澆薄，匪賊的出沒，貪劣的橫行，凡可以影響於一個人，一團體，一地方之榮枯安危者屬之。

二、國難民艱之相互關係　國家是國民共同組織的，國難當然亦是國民所共同負擔的，所以國難亦可以說是整個民艱。例如東四省被敵國霸占造成僞滿，不僅民國之政治上經濟上受莫大損失，同時全國國民之精神上物質上亦受莫大損失，東四省人民之水火塗炭，更不待言。民艱是部分的，零星的，換句話說，亦便是整體中的一份子。少數民艱，雖不必然即便構成國難，然而積少成多，終必影響於全國之盛衰存亡；所以人口之減少，壽算之夭折，民智之低落，風俗之澆薄，耕地之減少，失業之增加，貪污之橫行，獄訟之繁重，凡屬貧愚弱私奸盜邪淫種種弱點，無論在量上質上都是構成國難的因素。

三、敵國外患之由來　敵國外患是當前最重要的國難。外患由於內虛，內虛則缺乏抵抗能力，敵國始得爲患。譬如人身之白血球缺少殺菌能力，毒菌乃得乘機猖獗；如其身體健全，自能消毒，縱有毒菌，不足爲害。日本之敢於侵略我國愈演愈凶者，正是因爲我們的產業幼稚，生計困窮，組織鬆懈，力量微薄，有以造成敵人來侵之機會。

四、被難者之差別性　國難民艱乃是一種病象。同是一種病症，每因患病者之性格體質不同，因而病狀亦有差別。敵國今日亦正咬緊牙關，縮小肚腹，在那裏度他們的國難，日本人之困苦不自由，或更有甚於我國；不但日本如此，德意二國亦在節衣縮食，橫征暴斂，大多數之國民人人自危，不知大禍之何日降臨。但是侵略國之艱難有異於被侵略國者二點：一、侵略國是主動的，而被侵國是被動的；主動的早有準備，而被動的每苦於準備不足；侵略國常在外國境內作戰，而被侵略國常在自國境內作戰；侵略國之人民只對於本國負擔人力財力，而被侵略國之人民，除對自國負擔比平時加重外，又備受敵人之威脅壓榨，以及遷徙流亡各項非常損失。二、法西全能之武健專政，機構堅強，而民主政治每每意見紛歧，授敵人以可乘之隙；此在英法均所不免，我國與西班牙更有同病

·本期目次·

國難與民艱　袁道沖
英烈吟　陶在東
戰時政府的我見　蕭一山
續一個紀念　黎錦明
談逸民　文載道
看日本人民怎樣過活　張蓉譯
港滬道上漫筆　毛仿梅
未來的空中之禍　李文
關東近作　于右任

149　血流　

金華　血流月刊社　1939　月刊

目錄：第一卷 第五期

空軍文學：

空軍文學論……杜秉正……3
渝空初戰記……天風……7
在西湖上空……杜藹之……7
我光榮的活着……孫抱眞……12
一封悲壯的信……陶雄……14
武漢突擊……天峯……20

桂田秋子……寵曉嵐……20
高頭大馬……婁子匡……26
畫葫蘆和開藥方……秦默……27
靈魂的呼號……葉金……29
文藝欣賞雜話……S.H.……35
軍民合作……豐子愷……1
編者的話……翁北溟……2

血流月刊
第一卷第五期
民國二十八年五月一日出版
本刊已呈請登記
編輯人：婁子匡 翁北溟
發行人：穆仲華 姜梅英
出版者：血流月刊社
總經售：金華 麗水 杭州正中書局
直接長期訂閱：金華西市街 杭州正中書局

150　戰時文學

紹興　戰時文學研究社　1939　半月刊

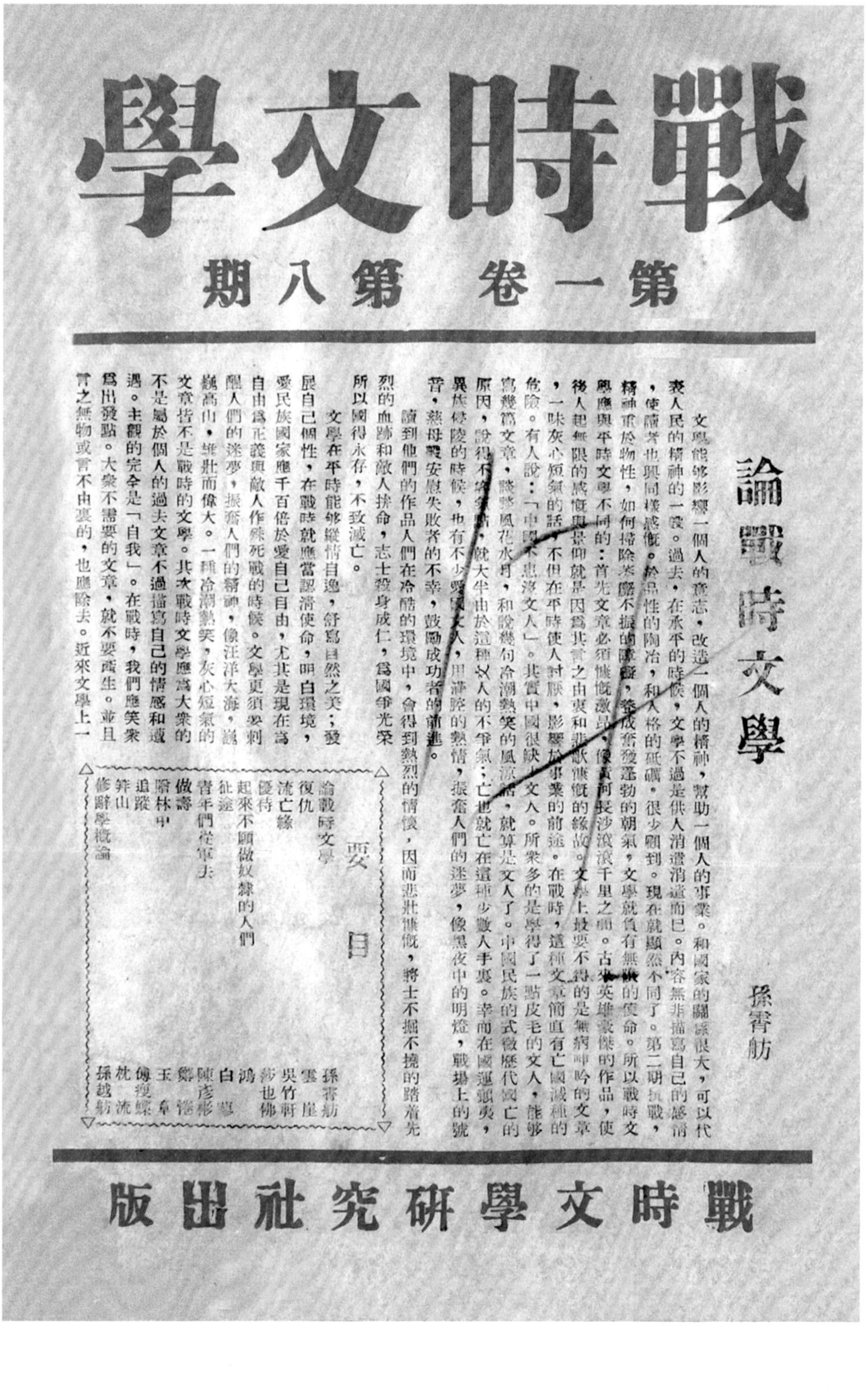

戰時文學

第一卷　第八期

論戰時文學

孫霄舫

文學能够影響一個人的意志，改造一個人的精神，幫助一個人的事業。和國家的關係很大，可以代表人民的精神的一斑。過去，在承平的時候，文學不過是供人消遣消遣而已。內容無非描寫自己的感情，使讀者也興同樣感慨。於品性的陶冶，和人格的砥礪，很少顧到。現在就顯然不同了。第二期抗戰，精神重於物性，如何掃除萎靡不振的頹廢，養成奮發蓬勃的朝氣，文學就負有無限的使命。所以戰時文學應與平時文學不同的：首先文章必須慷慨激昂，像黃河長沙滾滾千里之勢。古來英雄豪傑的作品，使後人起無限的感慨與景仰就是因爲其言之由衷和悲歌慷慨的緣故。文學上最要不得的是無病呻吟的文章，一味灰心短氣的話，不但在平時使人討厭，影響於事業的前途。在戰時，這種文章簡直有亡國滅種的危險。有人說：「中國不患沒文人」。其實中國很缺文人。所業多的是學得了一點皮毛的文人，能够寫幾篇文章，談談風花水月，和說幾句冷潮熱笑的風涼話，就算是文人了。中國民族的式微歷代國亡的原因，說得不客氣點，就大半由於這種文人的不爭氣；亡也就亡在這種少數人手裏。幸而在國運頹衰，異族侵陵的時候，也有不少愛國文人，用滿腔的熱情，振奮人們的迷夢，像黑夜中的明燈，戰場上的號音，慈母般安慰失敗者的不幸，鼓勵成功者的前進。

讀到他們的作品人們在冷酷的環境中，會得到熱烈的情懷，因而悲壯慷慨，將士不掘不撓的踏着先烈的血跡和敵人拚命，志士殺身成仁，爲國爭光榮所以國得永存，不致滅亡。

文學在平時能够縱情自逸，舒寫自然之美；發展自己個性，在戰時就應當認清使命，明白環境，愛民族國家應千百倍於愛自己自由，尤其是現在爲自由爲正義與敵人作殊死戰的時候。文學更須要刺醒人們的迷夢，振奮人們的精神，像汪洋大海，巍巍高山，雄壯而偉大。一種冷潮熱笑，灰心短氣的文章皆不是戰時的文學。其次戰時文學應爲大衆的不是屬於個人的過去文章不過描寫自己的情感和遭遇。主觀的完全是「自我」。在戰時，我們應笑衆爲出發點。大衆不需要的文章，就不要產生。並且言之無物或言不由衷的，也應除去。近來文學上一

要目

論戰時文學　孫霄舫
復仇　雲崖
流亡緣　吳竹軒
優待　莎也佛
起來不願做奴隸的人們　鴻
征途　白雪
青年們從軍去　陳彦彬
做壽　鄭懷
驛林中　王卓
追蹤　傅瘦蝶
莽山　杭流
修辭學概論　孫越舫

戰時文學研究社出版

151 浙江潮

金華　浙江潮週刊社　1938－1944　週刊

第三十一期

浙江潮

捷克問題的前途……（本社第六次讀者會紀錄）
短評
政治攻擊的前提……平非
徵募寒衣運動……亞非
實施盟約十六條與國聯的前途……平夷
瞭望哨（三則）……洪範
紀念雙十節……聞岑
辛亥革命的經驗與教訓……萍戈
戰時鄉政革新問題……經遠
通訊：渡江瑣記（續）……王季思

要目

國慶慶什麽？
抗戰戰到底！

主編人　嚴北溟
發行所　浙江潮週刊社
經售處　各大書局
通訊址　金華酒坊巷卅四號本社　麗水辦事處留園弄三號
定價　本期零售每册大洋四分
訂閱　半年九角全年一元七角

民國二十七年十月十日出版

湖　北

152　奔濤　

漢口　1937　半月刊

目　　錄

奔濤半月刊一卷十期目錄

論文
從事戲劇運動應有的認識……達　波（五〇九——五一四）

小說
圓圓……施施鎧（五一五——五二一）
水災……龔一波（五三九——五四七）
出走……羅夢石（五四九——五五三）

詩
六年了……天　嘯（五三三——　）

歌
旅途……方　修（五四八——　）

沾風是雨（劇）……劉念渠（五二二——五三二）

散文
黎明……楊德明（五三五——五三八）
戰線風景（四）……滌　紫（五五五——五五七）

隨筆
畢業後的一年……朱白蘋（五五八——五六一）

編輯後記……編　者（五六二——　）

153 抗到底

漢口　抗到底半月刊社　1938－1939　半月刊

154　**流沙**　

武昌　華中大學流沙社　1936—1937

目錄

詩

鐵與火……張承道作歌陳仁炳先生作曲
歷史……野馬
禱……兆元
答問……袁明清
秋天的記憶……袁明清
戀歌……琴音
×病中……琴音
夜在揚子江邊……仲白
閒暇……W·戴維斯原著蔣瑋譯
王爾德獄中曲……蔣瑋譯

創作

一個失掉了祖國的女兒……絢芳
仲夏夜之憂鬱……袁明清
落葉……陪印
貝勒拉斯將軍的寶劍……淡淡

雜文

北平的公寓（隨筆）……庸瑞
墜子（隨筆）……凡
兒時（散文）……天農
編餘

155 **青年文藝** R/810.5/125.1

武昌　青年文藝社　1936—1937　月刊

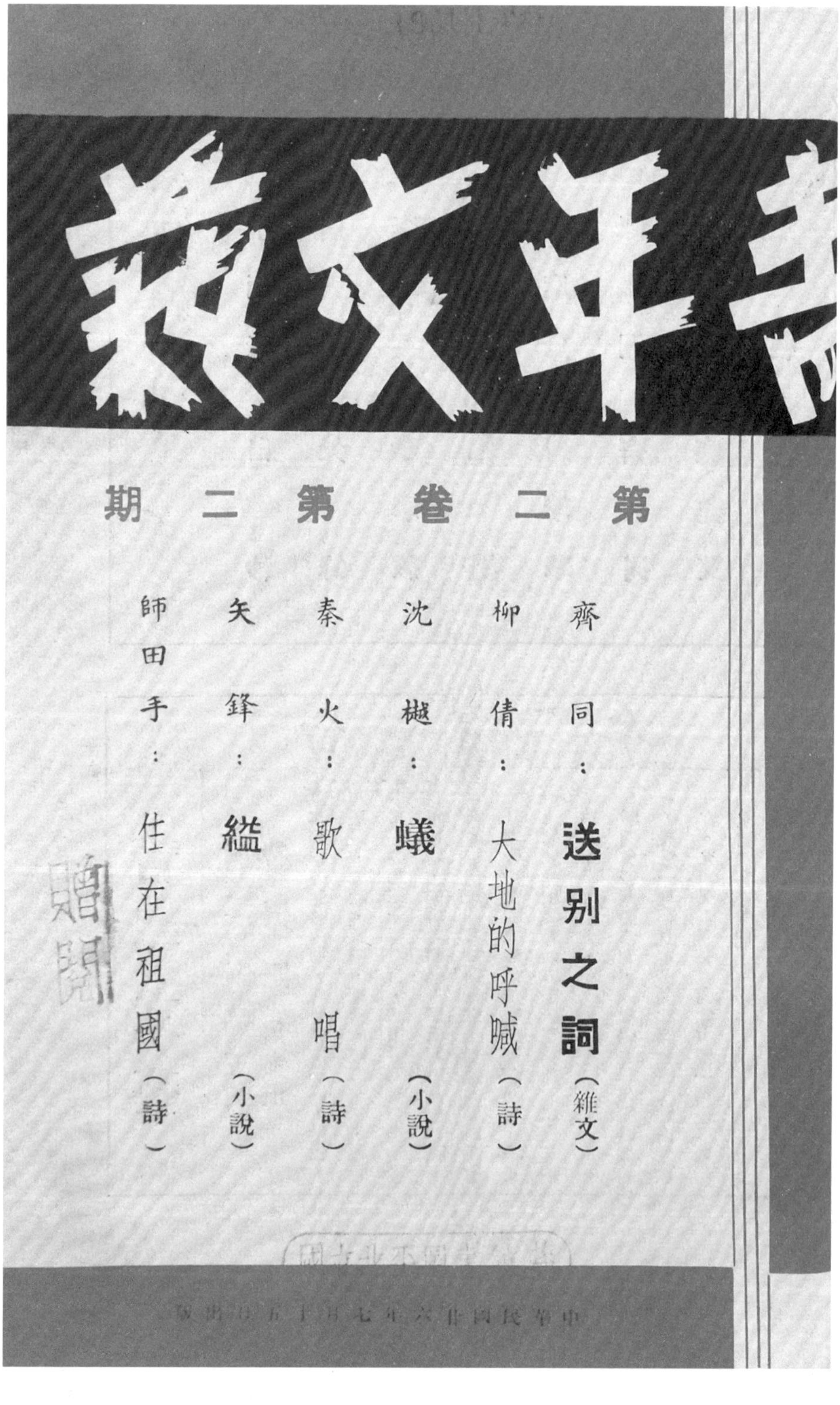

青年文藝 第二卷第二期 目錄

送別之詞（雜文）……齊同（五一）
蟻（小語）……沈樾（五三）
大地的呼喊（詩）……柳倩（六一）
縊（小說）……矢鋒（六二）
住在祖國（詩）……師田手（七〇）
謎（小說）……秦霜（七一）
在農場上（詩）……金芸（七一）
歌唱（詩）……秦火（七二）
走向太陽的人們（中篇連載）……李學亭（七三）
女工（詩）……江農（七四）
多餘的一羣（詩）……李璧（七七）
戀（小說）……紀五（八四）

156 時代輪

湖北　時代輪月刊社　1938　月刊

時代輪月刊創刊號 目錄

發刊詞……唐京軒
（論著）
略談抗戰文學……施蟄存
主義論释……唐京軒
（譯述）
同情抗戰的國際友人函集……鏡秋譯
（木刻）
好漢才當兵……王行
（通訊）
淪陷後的上海……南燕
（文藝）
鳳凰村的王老爹（戰地速寫）……石磊
昆陽行（小品）……瑾
編輯後記……編者

▲本刊重要啟事▼

本刊前爲新蕗月刊，係純文藝性質之刊物，已出版至二卷一期，適者抗戰正殷同人等深覺純文藝之不能單獨負此鉅艱，玆特將其內容更改，易爲今名同人等學識有限尚希海內賢達進而敎之！

投稿簡章

1、本刊各欄皆歡迎投稿但須與本刊宗旨相合
2、本刊所登稿件文責概由作者自負
3、本刊對來稿有增刪權
4、稿件登載與否概不退還但附足郵票者不在此例
5、本刊所登稿件其著作權爲本刊所有不得再在他處發表否則須得本刊同意
6、稿件一經登載略致薄酬但在本刊未揭載前已先在他處發表者恕不致酬
7、來稿請直寄本刊通訊處

時代輪月刊創刊號（本期創刊號售國幣三分）
編輯：唐京軒 石天薰 祁學仁 楊瑾如 楊瑜如 阮以仁
出版：時代輪月刊社
印刷：崇文印書館
發行：文化書店
代售：北新書局 雲嶺書局 正中書局
通訊處：文化書店轉

157 文藝

武漢　文藝社　1935－1948　月刊

文藝六卷二期目錄

論著

中國文的藝復興……顧一樵（五）
民族美術的主題……王進珊（四六）

小說

補草椅的女人【莫泊桑原著】……蘇雪林（二四）
旁人的戀愛故事【中篇全刊】……涂翔宇（三〇）
破爛先生傳【長篇連載，二】……李朴園（四八）

詩與散文

誘惑的幻滅……甘運衡（四二）
雪憶……甘運衡（四五）
葵花……繆崇群（二八）
蘆葦……沈均（四三）

散文詩

老過道上……林英强（二七）
江的掌珠……波奴（四七）
編後記……紹軒（五八）

一

158 文藝戰線

武昌　文藝戰線社　1937－1938　旬刊

文藝戰線

致地方文藝工作者

穆木天

『地方的文藝工作者們，你們要在抗戰實踐中，把地方文藝運動建立起來』。這是我到了武漢以來，就時時刻刻地向着武漢的文藝工作者們所切望着的。

地方文藝運動，是將來的大衆文藝的奠基工作。文化中心，由於抗戰的發展，從少數的幾個全國中心都市移轉到各地方的首要都市，這種文化中心的移轉與加多，對于抗戰的文藝運動，底確是非常地有利的。就是說，今後，將就着各地方文化中心，可以很有利地發展起來地方文藝運動。可是，地方文藝運動，并不是在幾個地方文化中心裏邊，閉關自守地，在少數的知識分子階層裏邊作一種狹隘的運動，就算了事，而是須要深入於民間，使文學的活動，伸出到窮鄉僻壤裏邊，普遍地，造成爲一種文藝大衆化的運動，那才算是執行了地方文藝運動的任務。地方文藝運動，就是地方的大衆化的文藝運動，每個地方文藝工作者，現在所要切實地担當起來的，就是這一種地方文藝大衆化的工作。

地方文藝大衆化的工作，是要隨着抗戰總動員的步調，被執行起來的，中華民族，要在抗戰的怒潮中生長起來，同樣，中華民族的文藝，也要在抗戰的怒潮中生長起來。每個地方文藝工作者，是要在抗戰民衆總動員的實踐中，切實地，執着文藝這一把武器，去推動民衆。他要提高民衆的文化的水準，對於民衆作一種文藝啓蒙工作，而使民衆在抗戰實踐中，或用口頭，或用筆寫，作出他們自己的生活報告，生活速寫來。那一種的實生活表現的文藝，才是眞正的地方文藝，而成爲新的大衆文藝的基礎了。地方文藝工作者們，各人要利用各人的環境——如果是小學教師，要利用他的學校的環境，如果是軍隊中的工作人員，要利用他的軍隊的環境——去實踐他的戲劇上，詩歌上，或報告文學上的任務的。

經過地方文藝運動使中國各地方的大衆的文藝活動，普遍地，平衡地，發展起來以後，更一步一步地提高水準，以造成了中華民族的燦爛的偉大的文藝，就是各個地方文藝工作者所要針對着的目標。必須對準着這一個目標，才眞正算是擔負起來地方文藝運動的任務了。

地方文藝，并不應當被理解爲一種低級的封建的，或手工藝的文藝，而是應當被理解爲抗戰期中的一種不斷發展的大衆的文藝　我們的最後的目標就是要他最後能達到世界的水準才行。

我希望，地方的文藝工作者們，打開了過去的狹隘的牢籠，把眼界放開，拿出自己十足的精力來，從事地方文藝運動的工作。因爲，地方文藝工作者的任務，就是在地方作一個文藝運動的開路先鋒。地方文藝工作者。并不應當是割據自守的地方諸侯，而是，應當是打着抗戰的大旂的地方的民族英雄。

地方文藝工作者們，在抗戰實踐中，執行起來你們的地方文藝運動的重大的任務罷！

十日刊·第一卷·第四五期
中華民國廿六年十二月一日出版
本期零售每册實價捌分

目錄

編輯人　胡紹軒
發行人　楊時俊
出版者　文藝戰線社　武昌三道街卅七號
總經售　華中圖書公司　漢口特三區湖北街
代售處　全國各大書局
定價　每卷十二期四角四　全年三卷一元二角

159　**西北風**　

漢口　西北風社　1936－1937　半月刊

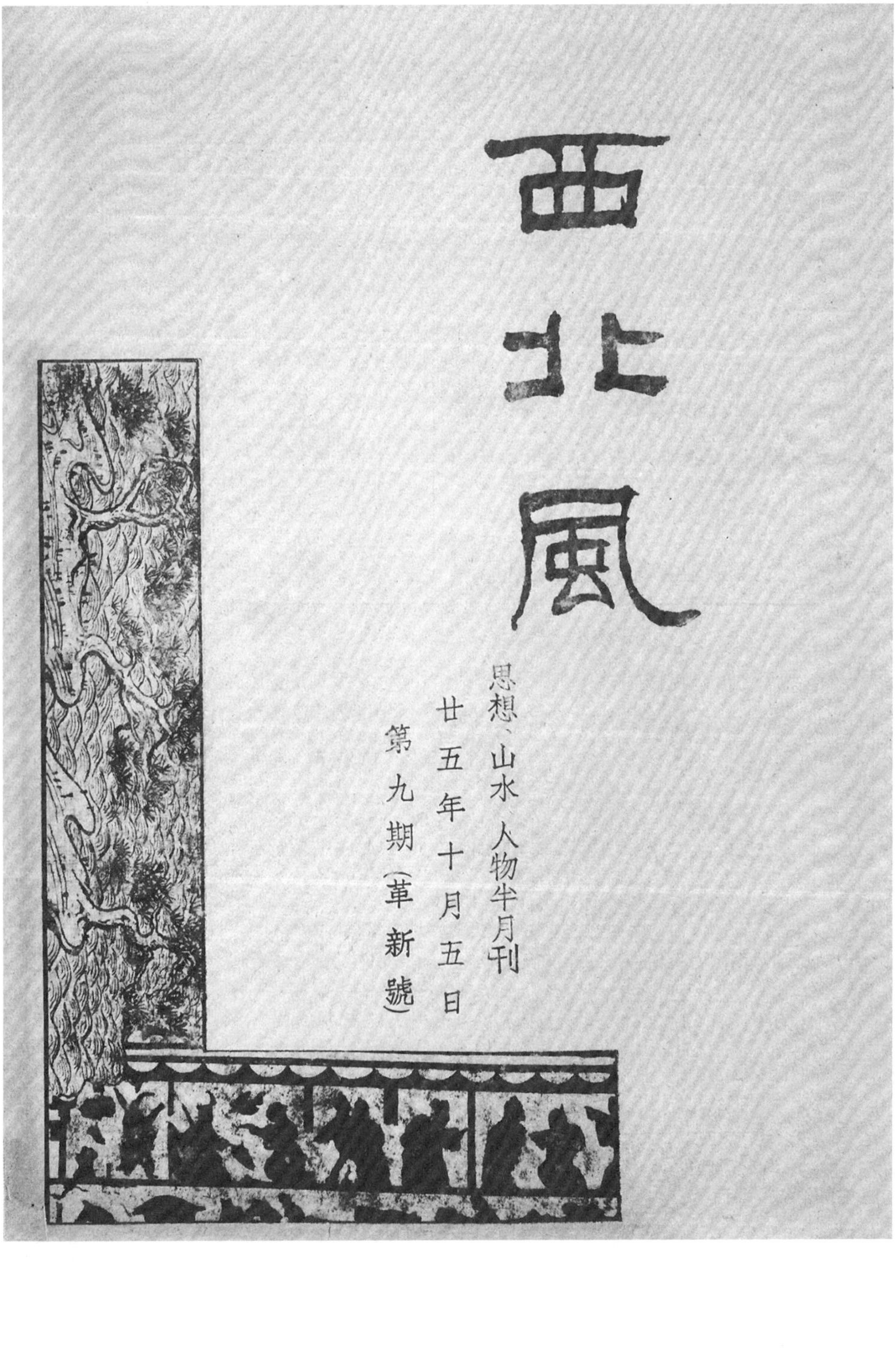

西北風

思想・山水・人物半月刊

逢五日廿日發行

中宣會登記證文字第六四七號
內政部登記警字第五四一九號
中華郵政特准掛號第七五九號

第九期

中華民國廿五年十月五日出版

編輯者　西北風社
發行人　唐性天
社址及發行所　華中圖書公司　漢口特三區湖北街　電話二四二八二
總經售　漢口良友公司　漢口現代書局　武昌北新書局
分售處　全國各大書店
印刷者　武漢印書館　漢口府北一路　電話二二九五一

定價

每冊零售一角
預定全年二元
半年一元一角
國內及日本郵費在內香港澳門全年三元二

廣告價目

封底外全頁百元
封裏全頁七十元
封裏半頁四十元
封底裏全頁六十元
封底裏半頁三十五元
普通全頁二十元
普通半頁十二元
普通四分之一七元彩色另議

第九期（革新號）目錄

室伏高信：中國遊記……二
楊蔭深：一條破幽巾……六
温梓川：我的房東……九
李二郎：鄉下人……一〇
孫俍工：來到……（詩）……一二
莫　乎：落雪時候……一二
田　濤：棄婦歸……（劇）……一九
天　行：記徐訏……二四
吳紫金：關於傅彥長……二五
趙庸夫：羅秋白審訊記……二七
野　平：荔枝灣……二八
齋　月：漳州傳說……二九
治　奎：蘇州的玄妙觀……三一
柳葉針：閒話坊子……三二
黃夢生：龍溪什記……三三
曾霞初：長沙印象記……三七
蒲松齡遺著「窮」鼓兒詞三種……三八
田　漢：送廼山兄入蜀……（詩）……二八
予　且：歸帆……（連載）……四一
紅　石：從崑曲說起……四三
茅　盾：好玩的孩子……四五
謝冰瑩：來函……四七
華嚴一丐：天地人……四六
編　者：風語……四七

160　**新演劇**　

漢口　海燕出版社　1937—1940　半月刊

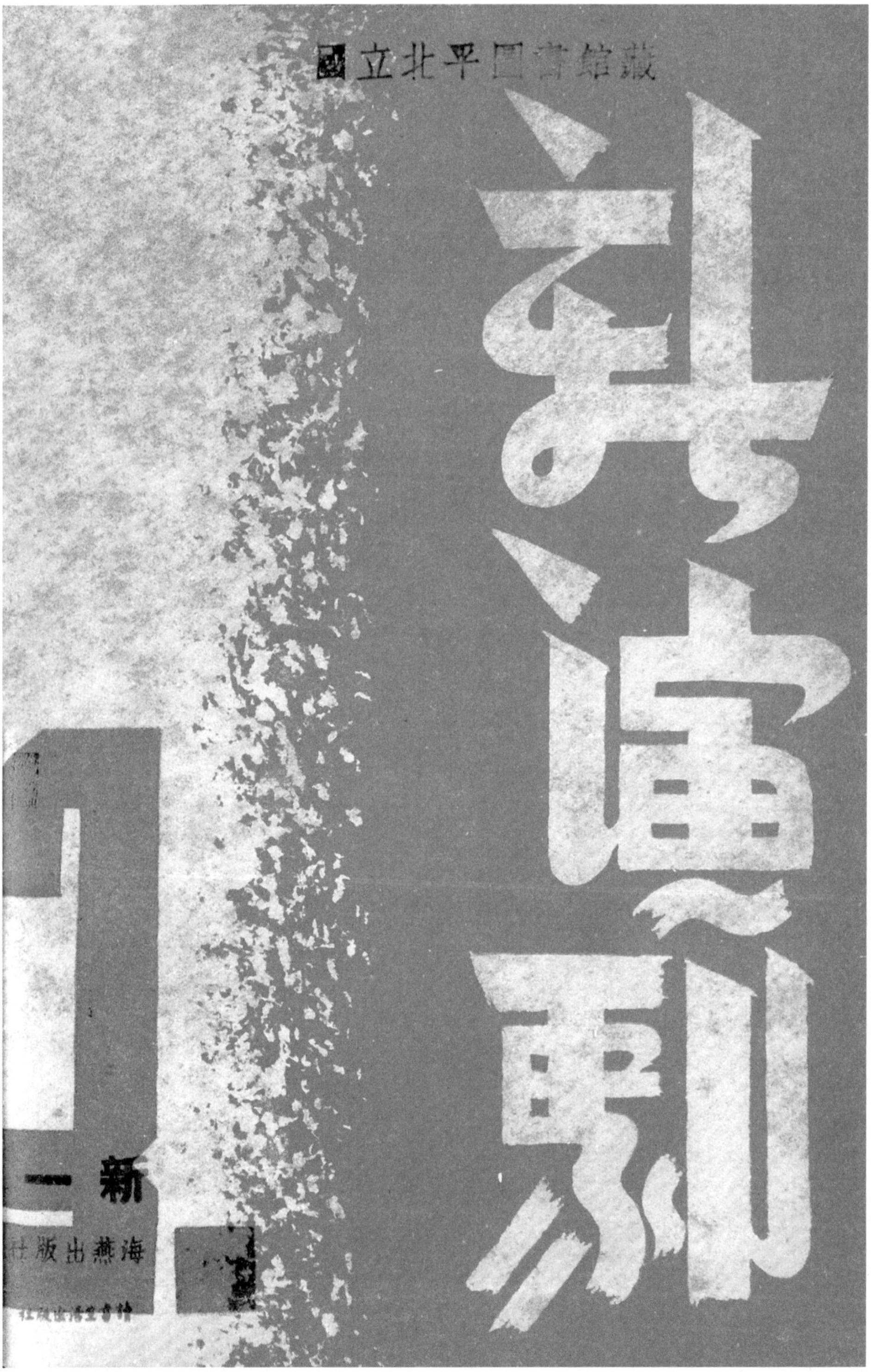

新演劇

新一卷三期

新一卷 三期 目錄

劇本創作

鐵蹄下的女性……任鈞（六六）
戰臨沂……高蘭 麗尼（八三）
親兄弟……金競（七五）
邊聲……章泯（九五）

新歌劇改進諸問題（座談會）……（八〇）
老舍 朱雙雲 李一風 蔣壽世 田漢 楊翰笙 傅心一 龍嘯嵐 王夢生 吳天保 等三十人

現階段演劇活動之兩重意義……葛一虹（六五）
論現實主義的劇本創作（盧那卡爾斯基）……葛麗沙（七二）
怎樣把動作配合上台辭……劉壽微（九一）
典型的性格與個體的性格……龔參（七八）
導演人與演員……何漣（一〇四）
五月裏的重慶演劇……林伍（九四）
活躍的劇壇……記者（七九）
致讀者……編者（七九）

新演劇（半月刊）
新一卷 第三期
廿七年六月十日出版

主編人 章泯 葛一虹
編輯者 新演劇社 武昌武昌路鳳凰園一號
發行人 俞鴻模
出版者 海燕出版社 漢口江漢一路聯保里卅二號
總經售 讀書生活出版社
漢口：交通路三十一號
廣州：教育路銘賢坊三號
重慶：武庫街一百號

每冊零售一角二分

預定	
半年	一元三角
全年	二元四角

每逢十日廿五日出版

161 夜航 R/820.5/675

武昌 夜航社 1937 月刊

夜航 創刊號目錄

一九三七年元旦出版

曠野的生命……陳蔚文（4）
伴着你的媽媽去吧……彭澎（25）
夜航……樹光（2）
劉三春戀愛紀略……伊士諦（13）
正面……楊惠言（19）
新娘……王集夢（35）
聽歌……邵冠華（28）
郊外……娟如女士（27）
盼……馮騰（28）
征……柏園（33）
雁之聲……玉人（23）
漫一歌曲……冠珍（31）
夕陽秋風裡紫陽湖畔的彷徨……銀熖（29）
前置詞……編者（1）
思維之路……梅隱（23）
除夕……余夢（41）
冬日……楊鎮華（43）
尸ㄉ隨筆……底斯（24）
仲秋與義冰……黛梅（26）
詢問……遠飛（38）
長篇連載 萬里征程 彭克明（44）
後記……編者（52）

162　戰地

漢口　戰地社　1938－194?　旬刊

戰地半月刊

第一卷 第二期

建立抗戰沙畫的理論（論文）……胡考 三四
（小說）嬰兒……舒羣 三七
屍友……荷公 三九
游擊隊的開始（劇本）……張客 四二
給畢業的同志們……成仿吾 四一
（詩）這是戰爭底第一個春天……洪遒 四九
武裝啊 上前線……夏伯 五一
（國外報告與國內通訊）
世界唯一的紅軍（蘇聯）……江記 四〇
在瓦倫西亞咖啡館（西班牙）……繩武 五六
洪子店的刼火餘燼（河北）……立波 五〇
談談邊區文化（延安）……艾思奇 五一
征途的游擊隊（河北）……克刪 五五
亡土的前日（山西）……馬原 三五
黑瘦了 受難的鄭州（河南）……碧野 五二
戲劇座談會摘要……周揚等 五四
（雜記）戰後的一頁……徐共 三三
——插圖……馬達 三三
棄兒記……張松如 五七
滿洲的囚徒（長篇連載）……羅烽 五九
板垣師團長衛兵日記（連載）……T. Nagano 吳默健譯 六三

本刊已呈請主管機關登記中

戰地（半月刊）
第二期
廿七年四月五日出版
編輯人 丁玲 舒羣
發行人 戰地社 漢口交通路六十二號
發行所：漢口交通路 上海雜誌公司總店 六十二號
經售處：上海雜誌公司支店 廣州漢民北路一二三九號 重慶武庫街九十七號 梧州·宜昌·西安 武昌·成都·昆明 長沙·上海
印刷者 新昌印書館 漢口小董家巷 電話二一〇四五
本期零售每冊一角二分
訂價 三個月……六角五分 六個月……一圓二角
每月五日二十日出版

163　**中國青年**　R/050/454.46

漢口　現代書局　1937—1938　月刊

中國青年

第一卷第六期
民國二十六年十一月三十日

國際現勢好轉嗎？……林逸（1）
如何把握長期抗戰服利因素……閻瓊章（2）
抗戰時期鄉村工作的幾個要點……沈葦名（2）
宣傳工作的幾個方針……呂希雲（7）
日本命運的預測……張洪鈞（10）
日本到底如何侵略華北？……高維（15）
升學指導
怎樣投考大學……徐慶鳳（19）
國立武漢 中央 浙江 三大學二十六年度入學試題（專載）……（45）
信陽通訊
我們在信陽……耿穩奎（32）
流離者的呼聲
莫哭吧，等着上前綫……李昔寓（31）
失去了家的人……汪洋（33）
文藝
東北的烽火（劇）……王化啟（34）
踏上戰場去（詩）……石南（4）
就在這個特候（詩）……方貴（14）
空襲（速寫）……純武（7）
編輯餘話……編者（9）

廣 東

164 筆部隊

R/820.5/844

興寧　筆部隊社　1940　月刊

創刊號目錄

誓報此仇（封面）……羅映球
文藝與憲政……周鋼鳴　三

小說
夜間的來客……周鶯　七
饑日子……小郎　十
當櫻花要開的時候……陳才　十三
文藝新軍的補充問題……梅英　十五
關于「魔窟」的演出……吳歐燕　十六

詩歌
瘋女……羅烽　六
憑……蕪軍　九
貧與富……厂民　七
時代的呼嘯……黃晨牧　十八
春天……李育中　十九
橫渡大湖到無錫……黃強　二十
悼葉紫……本社　二一
向文藝界的友人申訴……葉紫妻 湯顯咏　二二
為援助葉紫先生遺族募捐啓事……發起人達芳夏衍等　二二
農專文藝通訊分站簡則……底封面
廣播……二三
編輯室……二三

定　價

本埠：每册二角
外埠：每册二角二分

預定	全年	二元	十二册
	半年	一元一角	六册
	三月	六角	三册

郵票代價十足兌用

筆部隊

第一卷第一期創刊號

編輯兼發行筆部隊社

民國二十九年六月五日出版

每逢月之五日發行

廣東興寧大新街啓新書局轉

165　**抗聲月刊**　R/050/300.01

廣州　抗聲月刊社　1933—1935　月刊

166　抗戰戲劇

廣州　廣東文藝作家協進會等　1937　月刊

抗戰戲劇

第二期目錄

抗戰戲劇到農村去　胡春冰 陳葆生 黎覺奔 陳柏如（一）
八百壯士（報告劇）……舒湮（五）
談農村劇運的必要……羅海沙（一四）
工作，開始罷！……舒湮（一五）
我底私願……黎覺奔（一七）
抗戰劇作ABC……胡春冰（一八）
七十七號（三幕劇）……春冰 寧娜 葆生 繁星（二〇）
劇運情報……葆光（二〇）
通訊
廣州河南最近的劇運……徐明（三三）
新會的劇運情報……思奮（三三）

167　努力文藝雜誌　

廣州　努力文藝雜誌社　1936—1937　月刊

努力 第二卷 第三期 目錄

為民族生存而戰（封面木刻）……陳烟橋
作家們準備着……本社同人（一二〇）

創作
沒有褲穿的女屍……張明文（八七）
變……夏詩里（九五）
暮年的悲哀……苡子（一〇六）
墳場（高爾基）……蕭一宅譯（一一八）

文藝的作品就是叫化子的歌調嗎……寒濤（壹一〇）
訴諸世界的良心……羅曼羅蘭（壹一四）

散文
受傷的回憶……似飲（壹一二）
暴風雨下的哀歌者……梁瓊英（一壹三）
流浪者口裡的家鄉……正之（壹一五）
想起母親……小志（壹一七）

詩歌
鐵匠……梁良心（一〇〇）
憤恨的火……克浪（一〇一）
赴敵……高潔（一〇二）
送征人……趙旡涯（一〇五）
請放下你尊前的杯酒……青子（一〇四）
歸來……白萍（一〇四）

168　時代風　　R/820.5/462

廣東　時代風月刊社　1941　月刊

時代風 二三期 合刊號 目錄

論壇

畧論文學的現實性……沈佛山
論文學與文藝……孤鴻
美日談判的透視……宋忠賢
喋血抗戰中的青年婦女……陸子平

詩歌

祝時代風……萍
錦江小唱……志剛
大海的戀謌……高煙波
故鄉，背起鬥爭的担子……蕭風
它的威力……野萍

烽煙兒女……（長篇連載）……之嘉
創痕……（中連載）……黎明

散文

佩劍……交流電
公餘閒話……苗欣
夜……蒼松
眷戀……信成
苗胞生活底一角……謝廸夫
苗歌在高梘……萍
狗……覃文波
孤魂的哀訴……孤鴻
汗……謝廸夫
骨鯁在喉……陳信成

信箱

逼人上梁山嗎？……李振華
徬徨岐途……羅偉欽

編後話……編輯室

169　文壇　　　R/820.5/677.57

廣州　中華全國文藝協會廣東分會　1941—1949　月刊

文壇月刊

民國三六年一月一日
第五卷第一期

徵文特輯

一、達官顯要為什麽瞧不起文藝……（一）
執筆者：李若川　莫武　黃廣生　陳東流　孜陣　星巡　馬琳　譚嘉　甄祿滔
二、一年來文壇的回顧……（一〇）
執筆者：盧森　余秋子
三、我所希望於文藝界的……（一四）
執筆者：覺英　長流　謝子豪　凌健甫

小說

芙蓉山下……寒櫻（一八）
雙燕箋（長篇連載）……魯深（二七）
苦難的記憶……之痕（四一）
姐姐的哀悲……葉萌（四四）
投宿的人（中篇創作）……李若川（五〇）

詩歌

文壇月刊　五卷第一期
總第廿五號

主編人：盧森
編輯委員：李若川　陳子殷　鶴沙鷗
張希哲　李勵文　朱渺
陳容子　劉偉森　仇章
發行者：文壇月刊社
廣州漢民北路七十五號三樓
發行所：中華全國文藝協會廣東分會
電話：第一〇五〇五號
廣州惠愛中路二五號
總經售：廣東文化事業公司
經售處：全國各地各大書店
印刷者：明德印務局
惠福東路六十八號
售價：本期另售國幣一千八百元
本刊壇坫公開，歡迎投稿！一經刊載，徵致酬金。

論歌謠……黎淦林（四八）

詩集

生命之歌……揚青（五六）
自然散章……尼穌（五八）
生命小唱……李緣野（六〇）
鳥雀篇……鐵英（六〇）
愛呢？恨呢？……王穎聰（六一）
蝶……葉如光（四七）
星……葉如光（六三）

散文

巴格達的素描……李金髮（六三）
留黔篇（散文集）……張守能（六四）
窻、我愛窻……周寒（六八）
流星……李錦桃（六九）
賭徒及其他……伍彥（七一）

論著

抗建與文藝（連載）……黃學勤（七二）

徵稿簡約

一、本刊爲純文藝性質：舉凡文藝理論、小說、詩歌、散文、戲曲、書評、研究、介紹、報告、通訊木刻等稿，均所歡迎。
二、本刊以篇幅有限，除特約者外，文勿超過一萬字，詩勿超過五百行。
三、來稿請用行格稿紙繕寫清楚，勿書兩面，以便閱讀及免排印錯漏。
四、來稿請註明眞實姓名及詳細地址，以便通訊；至發表如何署名，請作者自定，惟不要下流庸俗。
五、凡來稿錄用與否均可奉覆，請附貼足郵資及書好的信封，以減少編者麻煩。
六、來稿一經採用，徹致酬金，文每千字二千元至五千元：詩每行三十元，至五十元木刻每幅二千元起計。
七、文中如有插畫請用黑色，以便製版。
八、題名及姓名，可由作者簽寫或設計藝術字，本社當斟酌製版或木刻。
九、來稿本刊有刪改權，不願時請預先聲明。
十、來稿請寄：廣州漢民北路七十五號三樓本刊編輯部收，勿交私人，以免延擱。

170 文藝生活

梅縣 新中華書局 1940—1941

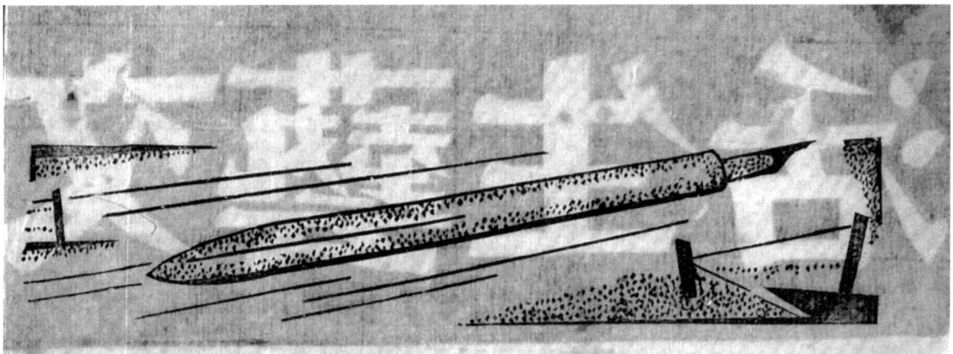

第一卷 第四期 目次

文藝講座……野荞筆記
(一)藝術的概括……周鋼鳴講
(二)文藝內容與形式……孟超講

五月專頁
五月的話……野煜
血的日子……盧若夫
紀念五四……法盛
寫在詩歌節前面(散文詩)……野煜
詩人的日子(詩)……法盛
紀念詩歌節(詩)……田非

遙望(散文詩)……克鋒
一曲悲歌……璇燁

詩特輯
××邊境的山崗……野蕎
遙祝……鍾毅夫
短詩三節……鷹鷹
給……嚴杰人
送與寄……洪砂
狗……奔雷

模範校長的故事(小說)……疎紫
午夜的追憶(小說)……銅峰

散文
花……陵陵
家……何亞翼
雨天……潮英
瀟湘江中……謝尙勤

寄
一個熱情的伙伴……忠群
沒有家鄉的人(封面木刻)……楊崇德
編後記……陵陵執筆

文藝生活

陵陵主編

編輯委員：伊嘤 張綜靈 洪砂 鷹鷹 張嘉震 野煜

發行人：川流

發行所：梅縣新中華書局

分售處：嶺東各大書店

印刷所：梅縣城區印刷合作社

社址：暫設梅縣縣立圖書館內

中華民國卅年五月出版

歡迎定閱

(本期每冊零售國幣三角)

稿約五章

㈠本刊歡迎論文，小說，戲劇，詩歌，散文，速寫，汁感，報告，通訊，木刻等稿(來稿一經發表，酌贈本刊(木刻請付原版)

㈡稿件字數不得太長，最多不得超過五千字，(特約稿例外)須用有格紙繕寫清楚，並附通信處址以便通訊。

㈢來稿登載與否，概不退還。(附足郵票者例外)

㈣來稿本刊有刪改權，不願者請在稿末聲明。

㈤來稿請直寄：廣東梅縣，金山頂，梅縣圖書館轉本社。

171 文藝新地

曲江　中華全國文藝界抗敵協會曲江分會會報　1940　月刊

172 新年代

R/810.5/656.113

惠來 廣東惠來銀河劇團 1941 不定期

新年代

封面設計學武　題字方雄文先生　刻者永勛

新年代（代發刊詞）……編者（三）
詩經時代的農奴生活的研究（論文）……李反茲（六）
漫談抗戰戲劇……洪逵（十八）
報告文學小論……懷秋（廿三）
詩人（小說）……煉山（十八）
出發（報告）……王里（廿三）
戰地歸來（譯文）……德。REMARCK作　張仲修譯（廿六）
舞台般的人生（譯詩）……沙士比亞　風子譯（廿八）
張太伯（小說）……吳虹明（卅一）
南京！我的家（詩）……空綿（卅五）
王大嫂（速寫）……瀦原（卅六）
「鳳凰城。桃花源」演後座談會……洪覺　淵予記錄（卅七）
低層秘密（劇本）……陳虹　王里（四二）

不定期刊

創刊特大號目錄

廿九年十二月一日付印

卅年四月廿日出版

銀河劇團三年間（特輯）

堅守明確的工作立場
發揮誠摯的團結精神……集森（五二）
略論鄉村演劇工作……陳泮（五四）

印象。回憶。雜感

在周田鄉的一晚……煉生［五五］
「低層秘密」演後……陳虹［五六］
初次上舞台……自然［五七］
也「在關外過年」……蕪跡［五七］
略談惠來婦女……鏗鏗［五八］
深刻的印象……林林［五九］
在葵潭的晚上……淵予［六十］
找枯樹……林木［六一］
献禮……逖原［六二］
刹那的回憶……張彰［六二］
一回事（一）（二）……銅洪。方坤［六三］

三年間……曙晨（六五）
兩個跑步者（中篇小說）……白熾（七一）
編輯後記……編者

173　藝文　　R/810.5/505.19

廣州　嶺南大學藝文社　1940

第一期目錄

現代文藝……吳重翰……1
三十年來之中國戲劇……胡春冰……13
目標與工作……莫煋燊……16
出走……梁懷德……21
美洲來鴻……李兆強……21
一個故事……幼芹……24
懷舊……梁蔭本……25
美與醜……鄭樹榮……26
沉思……莫煋燊……28
收獲（木刻）……陳更（封面）

藝文 第一期
非賣品
嶺南大學藝文社出版

174　中國詩壇　　R/813.105/454.1

廣州　中國詩壇月刊社　1937—1946　月刊

新四期目次

理論

二十年來中國新詩發展的回顧……蘆荻（一）
關於詩歌的民族形式……林秀叠（六）
今天的詩……林山（八）

創作

灕江小唱……高許（四）
省界……黃寧嬰（四）
詩二章……陳殘雲（五）
回到後方……李育中（一〇）
輓歌……江籬（一〇）
流亡曲……嚴杰人（一一）
野外早操……艾蕪（一一）
你年青的航空員……繆白苗（一二）
古巷，你死了又活了……胡危舟（一三）
暴風雨之夜……歐查（一四）
獻給空軍將士們……雷石榆（一五）
撫河戀語……陳邇冬（一六）
殺死者……張煌（一七）
詩兩題……丁明（一八）

介紹與翻譯

談到艾青底詩及其他……歐陽凡海（一九）
瑪耶阿夫斯基十年祭……永言（二一）
烏拉迪密爾·伊里奇……馬耶阿夫斯基作 穆木天譯（二四）
黑與白……瑪耶阿夫斯基作 劉火子譯（二五）
鐵軌……柬蒙托夫作 葉眠譯（二六）
我不是先知……K·赫達居洛夫作 周行譯（二七）
軍隊生活……匈牙利裴多菲作 覃子豪譯（二七）
早……美國鄧斯奈作 白樺譯（二八）

廣　西

175　**半月文藝**　　

桂林　桂林力報館　1941－1942　半月刊　

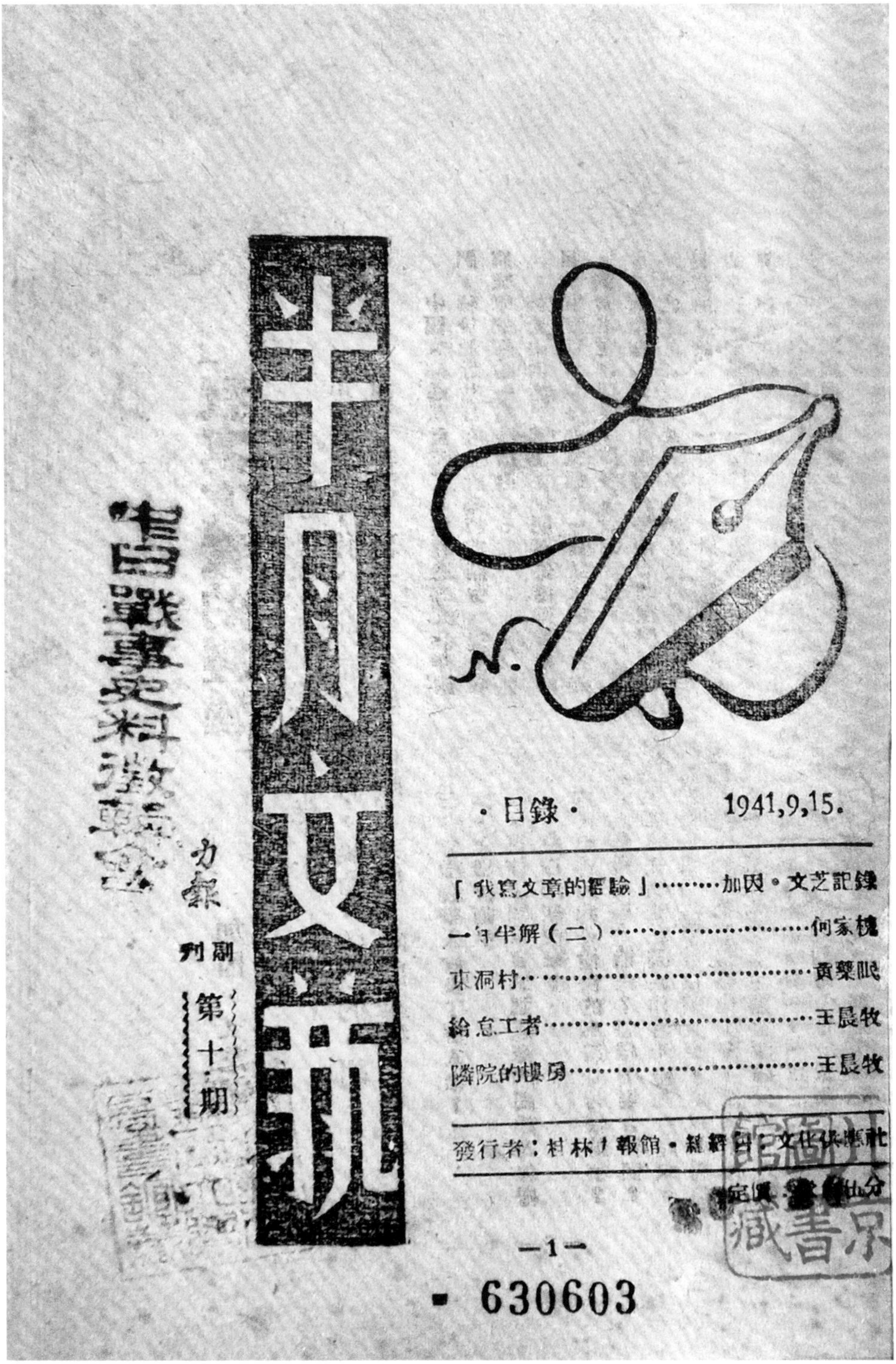

176　筆部隊　R/810.5/844.2

桂林　前線出版社　1940

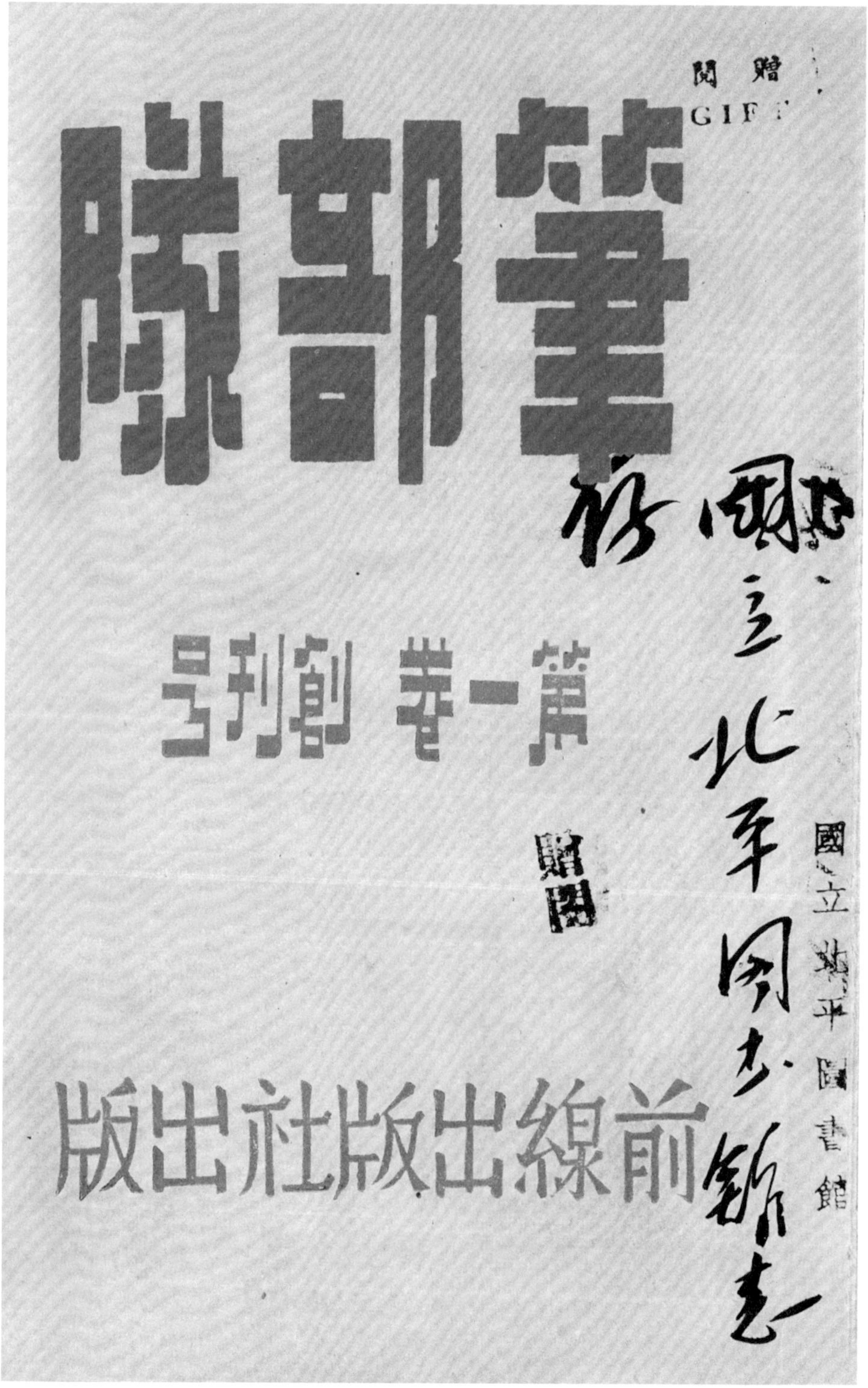

筆部隊創刊特大號目錄

生長在炮火裏（論文） 韋永成（一）
海的墓（四幕劇連載） 舒羣（一）

創作

母親（特約中篇） 艾蕪（一七）
楊連副（短篇） 魯彥（四七）
銅號（短篇） 田濤（二五）

諷刺文學的巨匠（譯文） 立波（二八）

詩

大別山 臧克家（二七）
詩兩章 聶烽（二四）
詩兩章 許明（四一）

177 **當代文藝**

桂林　當代文藝社　1944　月刊

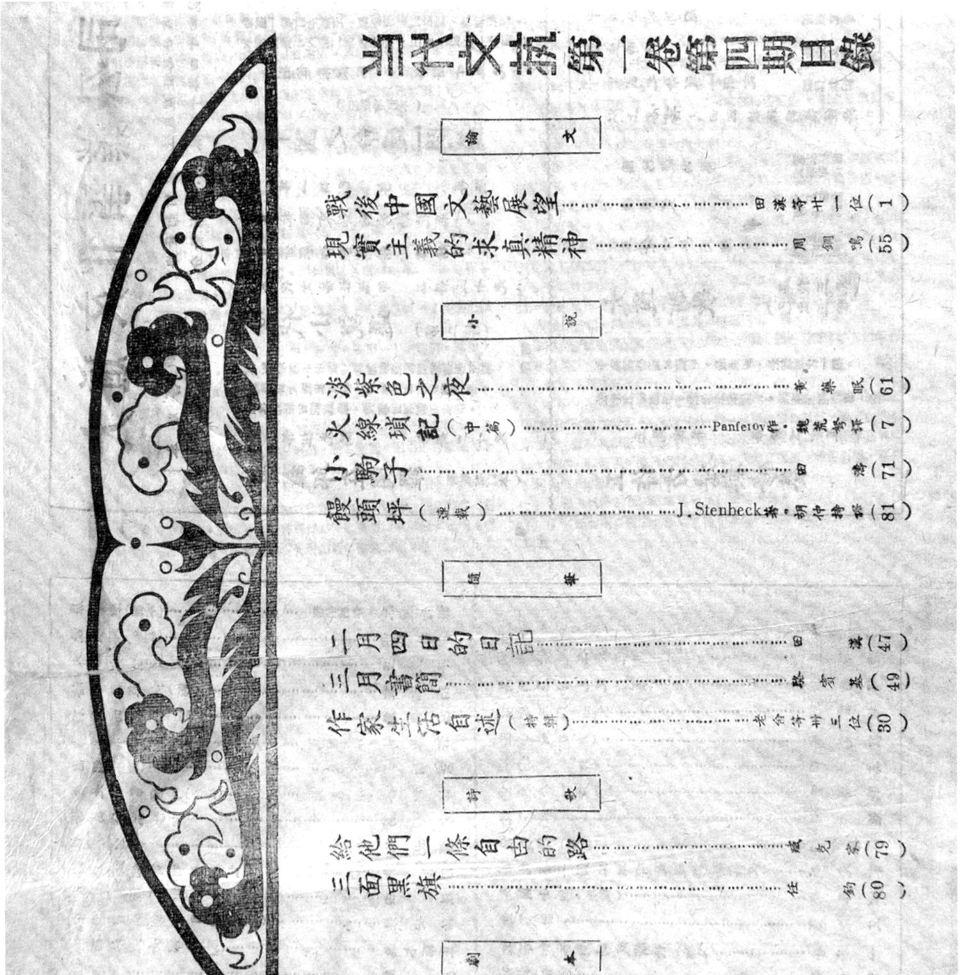

当代文藝第一卷第四期目錄

論文

戰後中國文藝展望……田漢等廿一位（1）
現實主義的求真精神……周鋼鳴（55）

小說

淡紫色之夜……黃藥眠（61）
火線瑣記（中篇）……Panferov作·魏荒弩譯（7）
小駒子……田濤（71）
饅頭坪（連載）……J. Stenbeck著·胡仲持譯（81）

隨筆

二月四日的日記……田漢（47）
三月書簡……駱賓基（49）
作家生活自述（特輯）……老舍等卅三位（30）

詩歌

給他們一條自由的路……臧克家（79）
三面黑旗……任鈞（80）

劇本

康蒂妲（三幕劇）……蕭伯納著·陳瘦竹譯（88）

178　活力　　R/050/752.42

桂林　前線出版社　1940　月刊

活力

月刊

第一卷第二期

目錄

粉碎敵寇的經濟陰謀……曼言
目前蘇聯對東方政策與我國抗戰……懷徵
論民生哲學與唯心論……李雲萬
中國青年精誠團結之路……鐵鳴
論青年救亡服務的正確途徑……連良平
前進吧……預徵
青年寫作的目標……曾今可
現代青年起碼的理論修養……天斌
怎樣纔是一個革命的青年……林琦
讀「大學縱横談」後的感想……天祥
憶……劉黑
活躍於桂南前綫的婦女……張玉梨
逃……徐西東
活力信箱……

前綫出版社出版

179　黎明

桂林　黎明旬刊社　1938　旬刊

黎明

第四期目錄

習動，合羣，努力！（論文）……壽允一
華北的游擊戰（譯述）……官屏中
仇人（小說）……約翰
憶北平（散文）……苯
純正音樂的提倡（雜感）……華柏
賽珍珠與歐特萊（隨筆）……霞子
戰地的鐵鳥（詩）……梅濤
人頭作酒杯（漫畫）……夏光

廿七年八月一日出版

習動，合羣，努力！

壽允一

我們生處在緊張戰鬥的現代，要做個現代人物，須能擒住現代的特徵，才可以見出本身的缺點，與夫此後應行採取的途徑。

現代的第一個特徵是『動』。動的表面化一方面是忙，因為忙有時難免及於亂。像黑智兒（Hegel）所說的：『使一般世界動者乃是矛盾，矛盾是一切動與生的根基』。另一方面是快，事事講求速率，以及一般所謂『科學管理』，『科學效率』，都是這一時代所擠壓出來的呼聲。中國因為氣候和停滯於農業經濟時代的關係，養成喜靜惡動的傾向，求靜的安適，不求動的愉快，循至萎靡懶惰，苟且敷衍，不思振作，形成一種病態，缺乏鬥爭的意志，更喪失了鬥爭的力量。欲挽救此項弊病，應使人人注重實事實物，實用實功，實習實行，處處講求習動，夙興夜寐，振起精神來尋事做。這裏應當三復顏習齋的話：『三皇五帝，三王周孔，皆教天下以動之聖人也，皆以動造成世道之聖人也。五霸之假正假其動也，漢唐襲其動之一二以造其世也。晉宋之苟安，佛之空，老之無，周程朱邵之靜坐，徒事口筆，總之皆不動也。而人才盡矣，聖道亡矣，乾坤降矣。吾嘗言，一身動則一身強，一家動則一家強，一國動則一國強，天下動則天下強。蓋自信其考前聖而不謬，俟後聖而不惑矣』。

180　綠洲　R/810.5/862.2

南寧　綠洲月刊社　1943—1944　月刊

綠洲月刊 第一卷第二期 目錄

刊名製字……………………………………朱光潛

封面：Deutsche Erde ………………… W. Peiner

論　著

一個批評藝術的規律 (L. Tolstoy) ……………… 田　人 (158)

文學趣味的修養 (A. Bennett)……………………… 影　波 (175)

文化的維護 (A. Gide等) ………………………… 行　楚 (209)

談謎 …………………………………………………… 梁實秋 (214)

詩

亡魂 …………………………………………………… 金克木 (179)

PIETÀ(R. M. Rilke) ……………………………… 馮　至 (207)

無題 …………………………………………………… 曹葆華 (208)

掩門 …………………………………………………… 植　萍 (217)

解脫 …………………………………………………… 南　星 (218)

招喚 …………………………………………………… 林　地 (266)

小　說

歐拉拉(R.L. Stevenson)(續完)……………………式　淸(220)

煤山(E.Folkowski.)……………………………………潮　楓(248)

假日(K. Mansfield)……………………………………今　實(268)

書　札

給佐治和佐治茵娜的信(J. Keats)…………………殷晶子(161)

勞倫斯書信兩篇……………………………………………柳　川(244)

日　記

廊下日記抄…………………………………………………李廣田(186)

春日草葉……………………………………………………辛　笛(197)

散　文

仙孩(C. Lamb)………………………………………………袁家驊(182)

初雪…………………………………………………………方　敬(204)

在旅途上……………………………………………………石　辛(242)

一個單身者的幻想(D.G. Mitchell)(續)…………望　之(257)

戲　劇

勝利的人(A. Strindberg)……………………………溧　陽(191)

浪子的機謀(五幕劇)(G. Farquhar)………………王章樹(268)

181　明日文藝

桂林　明日社　1943　月刊

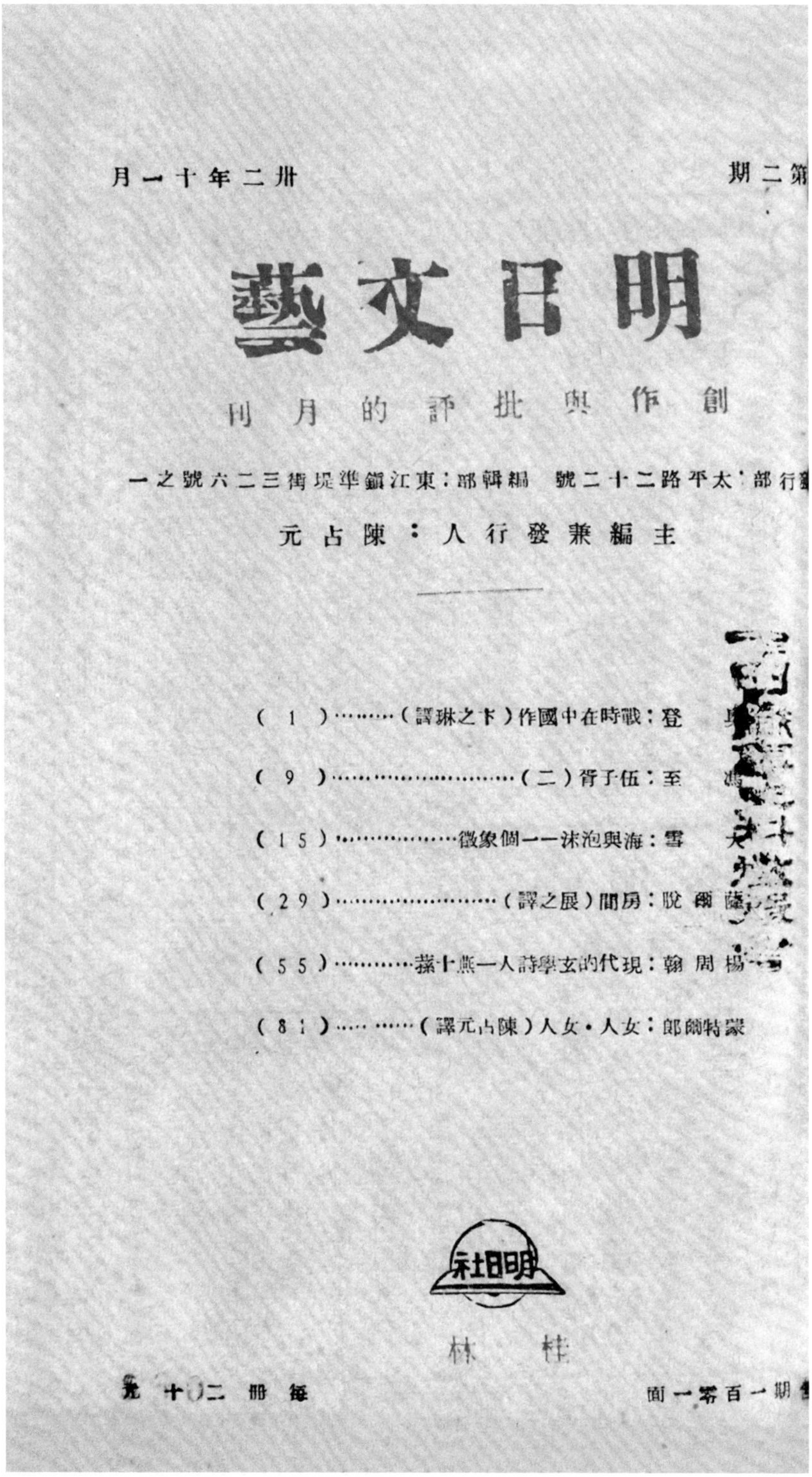

第二期　　卅二年十一月

明日文藝

創作與批評的月刊

發行部：太平路二十二號　編輯部：東江鎮準堤街三二六號之一

主編兼發行人：陳占元

[illegible]登：戰時在中國作（卞之琳譯）……（1）

馮至：伍子胥（二）……（9）

[illegible]雪：海與泡沫——一個象徵……（15）

薩爾脫：房間（展之譯）……（29）

楊周翰：現代的玄學詩人一燕卜蓀……（55）

蒙特爾郎：女人·女人（陳占元譯）……（81）

明日社

桂林

每冊二十九元　　每期一百零一面

明日文藝

第一期目錄

伍子胥（一）……馮至
紀德和他的「新的糧食」……卞之琳
詩九章……鄭敏
櫻草曲（方敏譯）……支峨諾
沉思的詩—論馮至的「十四行集」……李廣田
戰場歸來後（姚可崑譯）……卞羅薩
人的高・……君培
魔術（林秀清譯）……坡特
女人・女人（一）（陳占元譯）……蒙特爾朗
海外文訊……杜運燮

預定辦法

一、預收定費五十元，訂費到後按期出版寄奉
二、每期定費照定價計算，郵費奉送，掛號另加。
三、本刊定戶購買本社出版及總經售圖書，請註明定單號碼概予九折優待

西洋作家叢刊

新的糧食

法・紀德著
卞之琳譯

紀德寫成「地上的糧食」之後，即起意寫續本書，歷時凡十三年，其間或作或輟，終於在一次哄動一時的轉向中完成。筆調較「地上的糧食」尤入化境，思想氛圍也由個人的轉到社會的。卞氏譯文生動流麗，曲達原意。卷首並附有譯者長序。

定價三十元

十四行集

馮至著

曾被魯迅譽為最秀的抒情詩人，馮氏在我國新詩初期一度為認眞的讀者所注意，其後他便很少發表作品。「十四行集」是經過相當時期的沉默後的一束新的收穫。精細的讀者可以從這個傑出的集子，估量作者數年來異常的努力。

定價七元

明日社發行

182　詩　　R/813.105/602.32　389

桂林　桂林詩社　1940—1943　月刊　廣西

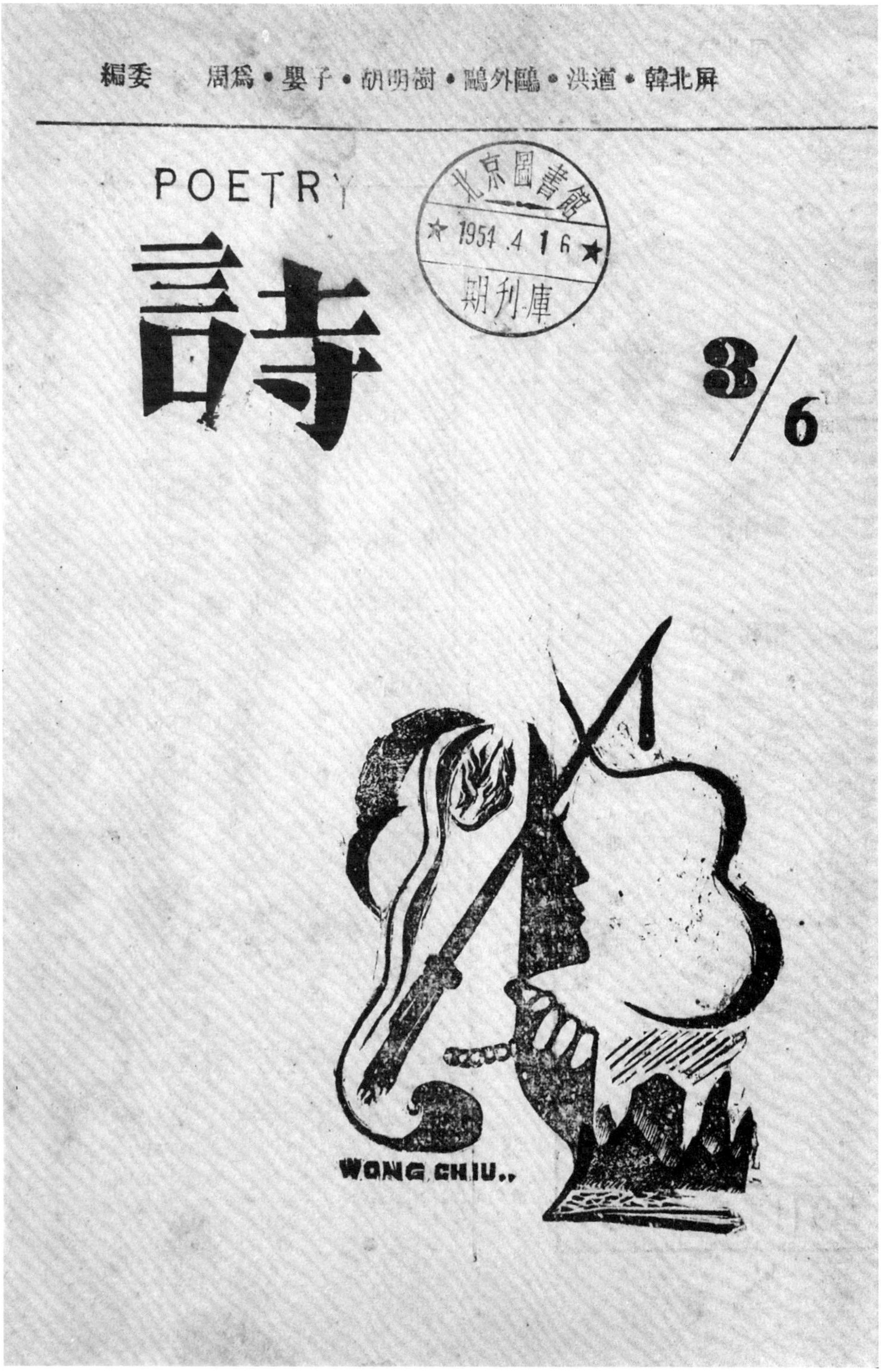

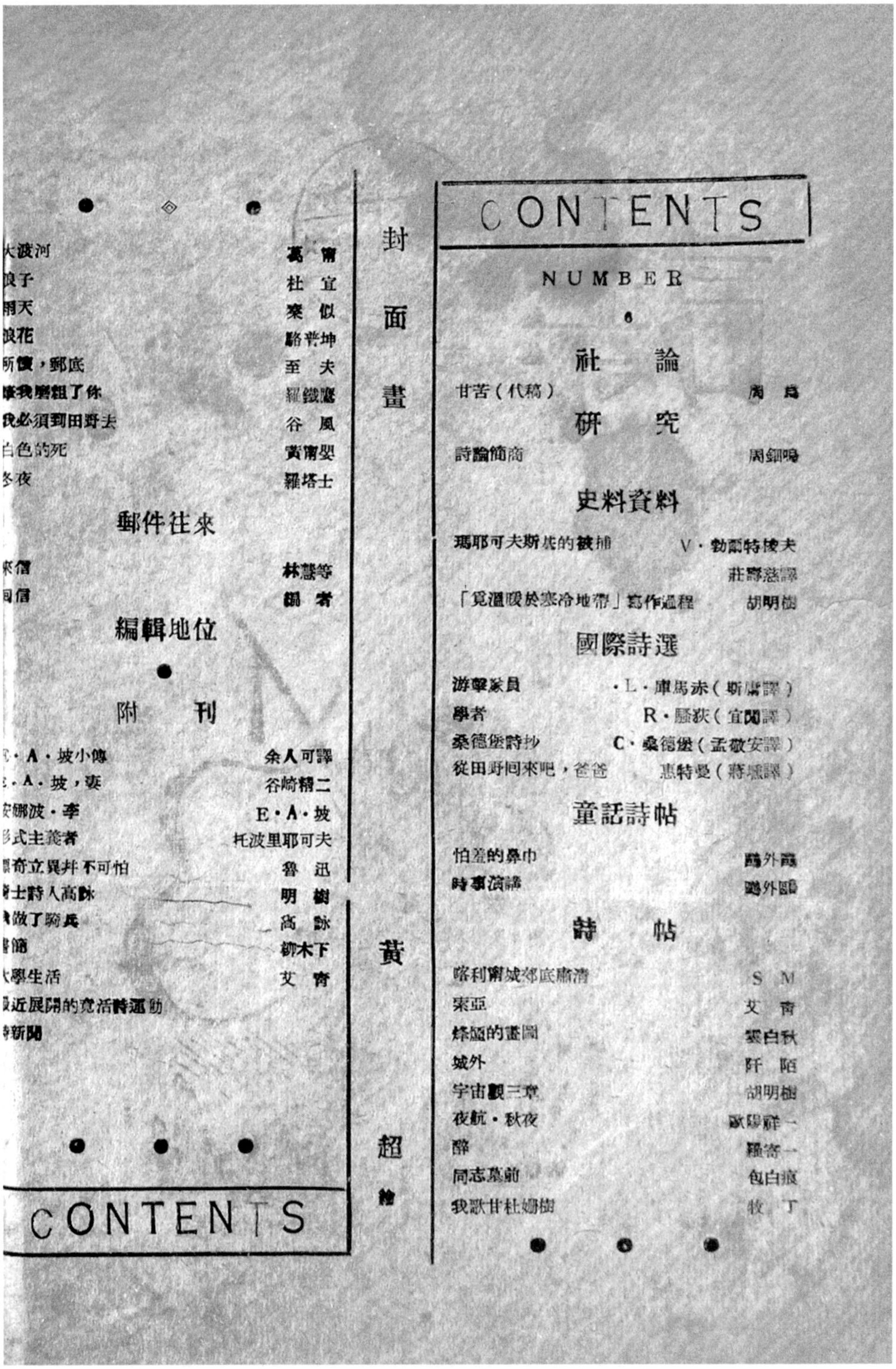

CONTENTS

NUMBER

6

社　論

甘苦（代稿）　周　爲

研　究

詩論簡商　周鋼鳴

史料資料

瑪耶可夫斯基的被捕　V·勃爾特倰夫 莊壽慈譯

「覓溫暖於寒冷地帶」寫作過程　胡明樹

國際詩選

游擊隊員　·L·庫馬赤（斯廣譯）

學者　R·滕荻（宜閑譯）

桑德堡詩抄　C·桑德堡（孟徵安譯）

從田野回來吧，爸爸　惠特曼（蔣壎譯）

童話詩帖

怕羞的鼻巾　鷗外鷗

時事演講　鷗外鷗

詩　帖

喀利爾城郊底肅清　S　M

東亞　艾　青

烽燧的畫圖　黎白秋

城外　阡　陌

宇宙觀三章　胡明樹

夜航·秋夜　歐陽祥一

醉　羅寄一

同志墓前　包白痕

我歌甘杜娜樹　牧　丁

大波河　葛　甯

浪子　杜　宜

雨天　秦　似

浪花　駱普坤

所懷，郵底　至　夫

寧我磨粗了你　羅鐵鷹

我必須到田野去　谷　風

白色的死　黃甯嬰

冬夜　羅塔士

郵件往來

來信　林慧等

回信　編　者

編輯地位

附　刊

E·A·坡小傳　余人可譯

E·A·坡，妻　谷崎精二

安娜波·李　E·A·坡

形式主義者　托波里耶可夫

標奇立異并不可怕　魯　迅

騎士詩人高詠　明　樹

我做了騎兵　高　詠

書簡　柳木下

大學生活　艾　青

最近展開的覓活詩運動

詩新聞

封面畫　黃超繪

CONTENTS

183　**詩創作**　　R/813.105/602.24

桂林　詩創作社　1941—1943　月刊

詩創作　第六期

中華民國三十年十二月十五日出版

祝福郭沫若詩人

與沫若在詩歌上的關係……田漢 1
奔放的感情·縝密的頭腦……宋雲彬 4
在風暴中微笑吧……穆木天 6
五十之頌……孟超 2
一個世紀的二分之一……韓北屏 5
金剛坡下（詩劇）……胡危舟 47

荷葉的夢……S M 7
火（長詩）……鄭思 8
生活（詩輯）……艾漠 11
路……白莎 13
風由北方吹來……姚奔 14
戰馬（長詩）……辛勞 15
貧農的悲哀……又然 16
談詩二則（書柬）……錫金 17
越獄及其他（詩輯）……綠原 19
車及其他（詩輯）……鄒荻帆 23
聽呵·中國在響……李滿紅 24
上海的詩人行列（通訊）……鄧俠文 24
故鄉……楊雲璉 25
禱之歌……嚴小章 26
悔與鏡……郭弼昌 28
重慶！（長詩）……曾卓 29
巨樹的拆倒……羅岡 31

不准侵犯蘇聯

中國詩歌界致蘇聯詩人及人民書……32
列甯城的廣播……塔斯社譯 32
莫斯科依然雄壯地舉着紅旗……焦菊隱 33
援助蘇聯，撲滅納粹……孟超 33
不准侵犯蘇聯……歐陽凡海 34

秋天的兒子……黃甯嬰 35
中國人民之歌……王亞平 36
枕木·列車……樓棲 37
江南敵後詩抄（詩輯）……馬華 38
小寬（長詩）……伍禾 39
山城小詩（詩輯）……胡拓 41
錫鑛山的子民……伍棠棣 42
走……何易華 43
驟臺外一章……非北 44
鹽之歌……楓林 45
寒冷的日子……長海濱 46
編後雜筆……編者 53

詩創作社發行
桂林新橋北里二十號

社長　李文釗
編輯　胡危舟　陽太陽

本期定價一元五角

徵求自由定戶
國幣每戶十元
（因物價飛漲，無法訂立定閱價目，特設自由定戶三千位，款到後以寄足本刊滿十元價額時爲止，多退少補。）

總經售
上海雜誌公司
桂林桂西路八號
重慶　昆明　金華
柳州　上海

三戶印刷社印

184　拓荒 R/810.5/298.1

梧州　拓荒文藝社　1942

廣西

拓荒・創刊期

拓荒（代創刊詞）……區天存
逃（小說）……賴宗念
懷（詩）……家熹
黃昏（散文）……高漢强
[illegible]詩（隨筆）……曙光
[illegible]小說）……李覺非
土屋（詩）……峻湊
奇怪的囚犯（散文）……岱文
離鄉（散文）……殷衞
胡不歸來（翻譯小說）……黃鴻儒
柘荒（封面木刻）……錫久

拓荒 創刊期
中華民國卅一年三月五日出版
社長：區天存
發行人：梁潤
編輯人：藍峻湊 曹思彬 黃秉中
（訊址：梧州大中路六十五號）
印刷者：大明印務書局 梧州九坊路
總經售：大華書局 梧州大中路

本期寄售每冊國幣壹元

185　文學報　　

桂林　文學報社　1942－1943　週刊

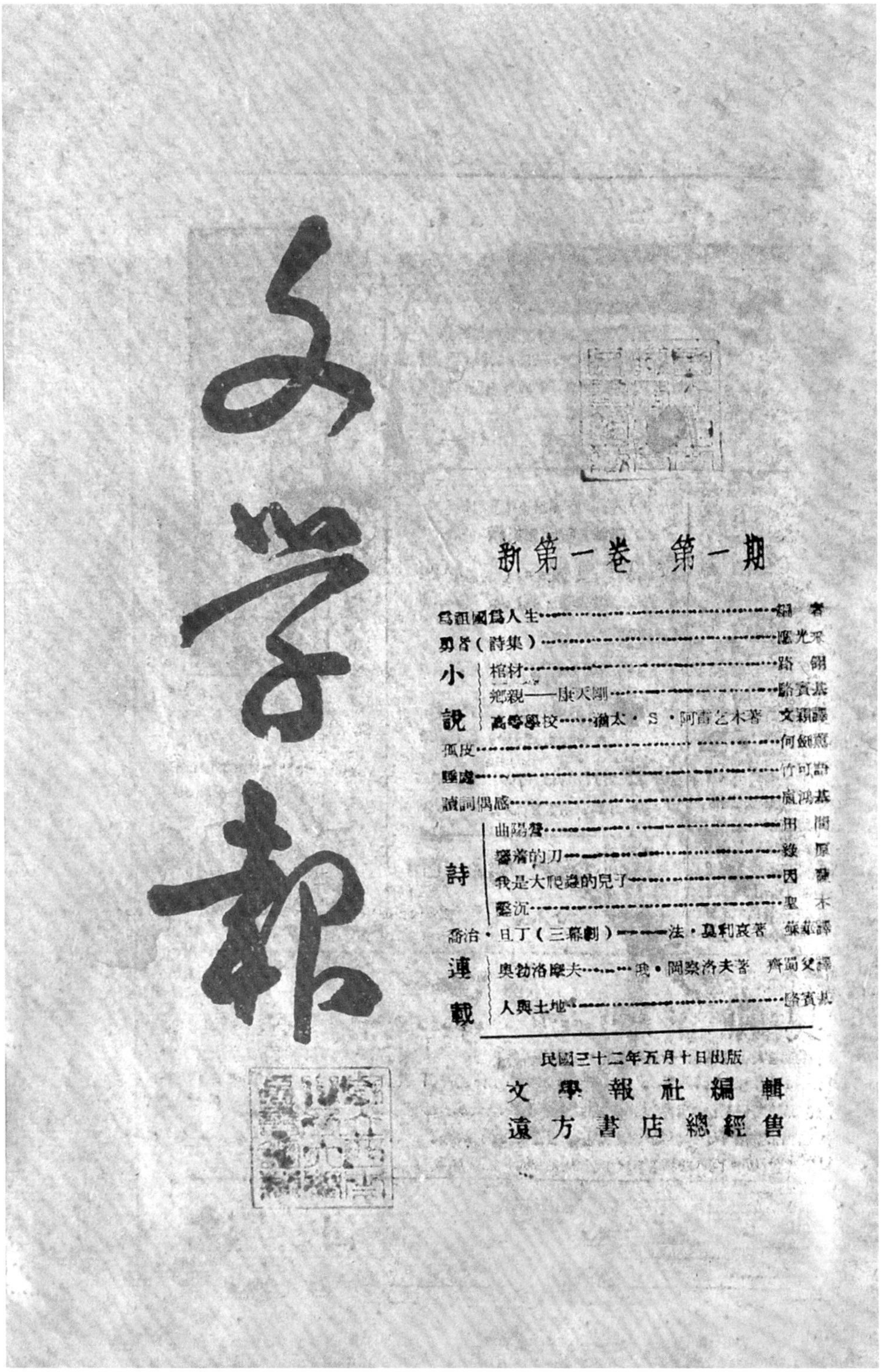

文學報

新第一卷　第一期

為祖國為人生……編者
勇者（詩集）……盧光采
小說　棺材……路翎
小說　鄉親——康天剛……駱賓基
小說　高等學校……猶太・S・阿雷乞木著　文穎譯
孤皮……何[illegible]
[illegible]……竹可羽
讀詞偶感……[illegible]鴻基
詩　曲陽營……田間
詩　鋒利的刀……綠原
詩　我是大[illegible]的兒子……因[illegible]
詩　[illegible]沉……聖木
喬治・旦丁（三幕劇）——法・莫利哀著　蘇[illegible]譯
連載　奥勃洛摩夫……俄・岡察洛夫著　齊蜀父譯
連載　人與土地……駱賓基

民國三十二年五月十日出版
文學報社編輯
遠方書店總經售

186　**文學創作**　

桂林　文學創作社　1942－1944　月刊

文學創作

(第一卷·第四期目次)
(卅二年一月十五出版)

文學創作(月刊)
(第一卷第四期)
民國卅二年一月十五日出版
編輯人：熊 佛 西
發行人：蔣 本 菁
發行所：文 學 創 作 社
(桂林崇善路榴園)
總經售：三 戶 圖 書 社
(桂林中北路)
印刷所：青 年 印 刷 所
(桂林交通路)

定 價

本刊每月發行一次，上等國產紙精印，零售每冊九元，訂閱預收國幣三十元，待期出版先行寄發，按照定價寄滿為止，郵費免收，掛號另加。

廣告刊例

普通每方吋十元
底封裏封每方吋十二元

徵稿簡約

一、本刊歡迎來稿。
二、來稿不退，附足退信郵票者例外。
三、稿費暫定每千字二十元，特稿例外。
四、本刊所刊稿件，印行叢書時本社有優先權。
五、來稿請寄桂林崇善路榴園。

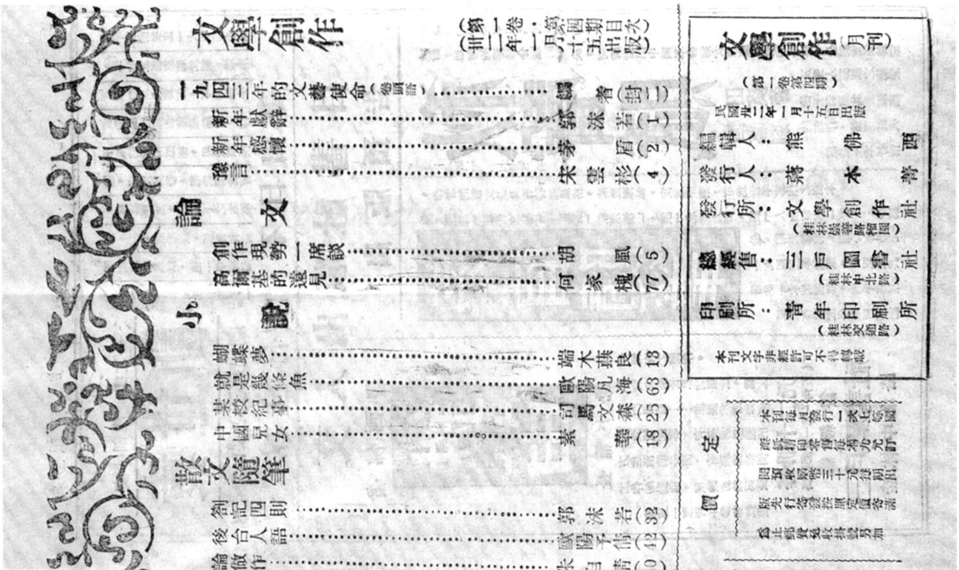

187　**文學批評**　

桂林　1942—1943　半年刊

文學批評 第二號目錄

阿Q的死 …… 荃麟(一)
魯迅先生的詩及其詩論 …… 王亞平(三)
魯迅先生的第一篇小說 …… 郁天(八)
短評
加强研究魯迅先生的工作(狂心)
向批評家進言(聞毅)
木刻運動的兩重性(李樺)
加强自己(李蕤)
文學與語言 …… 朱自清(一二)
論文學批評 …… 戈茅(一四)
論詩的節奏 …… 伍禾(一八)
目前劇運應向古希臘擷取的幾個要點 …… 王坪(二五)
作家研究
易卜生研究 …… 林覺夫(二八)
弗羅貝爾的文藝思想 …… 靜聞譯(三九)
戲劇家也是詩人的沙氏比亞 …… A・威爾斯作 施佛譯(三六)
附沙氏比亞詩一首
論「被開墾的處女地」(名著研究) …… K・拉狄克作 蒙天譯(四〇)
論羅曼羅蘭的「七月十四」(名著研究) …… 潔孺(四四)
關於「從兄蓬斯」(名著研究) …… 穆木天(四八)
讀與寫作
舊小說的常用套語 …… 青冰(五〇)
文藝筆談 …… 司馬文森(五五)
我的創作經驗 …… 德永直作 胡明樹 蒙麗合譯(五七)
門外文談(二) …… 張健甫(六二)
以康梁為領導的近代中國文藝界的啓蒙運動(中)
新書評介
「紅花龍故事」 …… 紫明(二八)
「春天」 …… 冷火(六〇)
「伙伴們」 …… 冷火(六一)

188　文學雜誌　　R/810.5/677.66

桂林　大地圖書公司　1943　月刊

文學雜誌

創刊號目錄

小說

中條山的杜鵑花（中篇）……曹苗（一）
雨天（短篇）……王西彥（二九）
英雄的聽覺（短篇）……方敬（三九）
膠泥的肉片（短篇）……土·S·阿爾太木作·汝龍譯（五八）

童話·仙話

夜鶯與薔薇（短篇童話）……英·O·王爾德作·巴金譯（四五）
藍色的圖們江（中篇仙話）……駱賓基（四八）

散文

賭神……S·Y（五五）
夜頌……張白山（五六）

詩

邊城草……方然（五二）
中國的戰士說到死……英·R·白英作·姚奔譯（五四）
鷺鷥……英·R·白英作·姚奔譯（五四）
我也是這土地的兒子……綠原（六〇）

劇本

紅樓夢（三幕劇）……端木蕻良（一九）
四姊妹（四幕劇）……吳天（六一）

189 文藝生活

桂林　文獻出版社　1941—1950　月刊

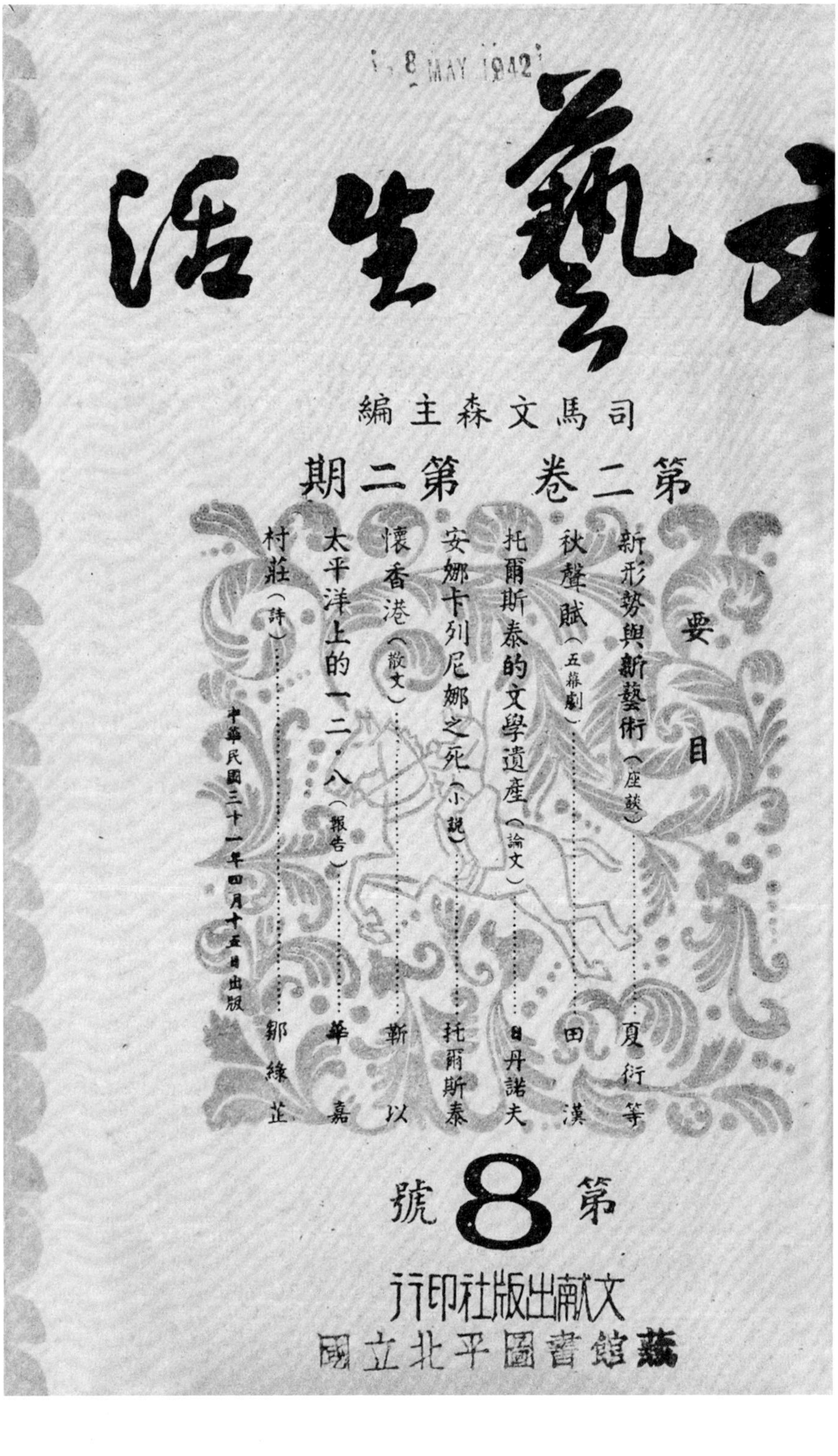

第二卷第二期目錄

安娜卡列尼娜之死（小說）……托爾斯泰作・宗瑋譯
托爾斯泰的文學遺產（論文）……日丹諾夫作・李葳譯
訪問托爾斯泰故居（訪問記）……加爾特作・蔣朝淮譯

詩五題

新生的頌歌……楊伊
春天小唱（外三首）……史伍
春夜……曾卓
雪夜……鄒荻帆
村莊……鄒綠芷

新形勢與新藝術（座談）……夏衍等
懷香港（散文）……靳以
太平洋上的一二・八（報告）……華嘉
一世紀的末端（散文）……郁風
去國草（散文）……趙令儀

隨筆三則

「第四十一」等單行本前記……靖華
從劇作「屈原」想起……周務耕
談發展態……歐陽凡海

秋聲賦（五幕劇）……田漢
雨季（長篇連載）……司馬文森
編後記……

文藝生活
（第二卷・第二期）
（總第八號）
民國三十一年四月十五日出版
主編人　司馬文森
發行人　陸平之
發行者　文獻出版社
桂林府前街十四號
經售處　全國各大書店
印刷者　桂林國光印刷廠
零售：每册國幣二元六角
預定 半年六册國幣十五元六角
全年暫不預定
內政部登記證警字第七七八一號
廣西省圖書雜誌審查處審查證晉字第一〇三號
本刊文字非經允許不得轉載

本刊園地公開歡迎外稿

190　文藝新哨　

桂林　文藝新哨社　1941—1942　月刊

目錄

論易卜生主義……廖薰
老黃（小說）……蔣壎
關於詩與自然……呂亮耕
獨語（散文）……吳鳳樓
風雨（詩）……江屏
文學的任務……鄭伯奇
印像（詩）……呂亮耕
小胖子（小說）……姚散生
黑夜（散文）……舒文德
關於戚繼光斬子……郭沫若等
夜斷章……史播
算賬（小說）……黑芷

偶感……洛克
詩與朗誦……趙乃心
兩個巨人（詩）……卜八譯
歸家行（詩）……陳凌風
向世界控訴（長詩）……江河
雷（獨幕劇）……瞿澄波

中學生作品專頁

助耕去……南寧高中 小彬
歸村小品……蕭颯
呈給正義的戰鬪……丁東
初夏的早晨（散文）……關令樸

191 文藝雜誌 R/810.5/677.44

桂林 文藝雜誌月刊社 1942—1945 月刊

文藝雜誌

第一卷第二期目錄
民國三十一年二月十五日出版

草莽（三幕劇）……李健吾（一）
大地龍蛇（三幕話劇歌舞混合劇）……老舍（四九）
某夫婦（短篇小說）……巴金（十三）
古屋（短篇小說）……王西彥（二七）
孤人（短篇小說）……蹇先艾（八三）
到西綫去（短篇小說·庚多洛維支作）……馬耳譯（六三）
餓（短篇小說·郎格爾作）……孫用譯（六七）
金鴨帝國（長篇童話）……張天翼（七〇）
普式庚對西歐文學的影響（論文·努斯娑德作）……李葳譯（四二）
竹筏（詩）……方敬（二〇）
迎春短曲（詩）……姚奔（四〇）
海之戀（詩）……蘆荻（六五）
街頭小景（詩）……任鈞（八八）
雷及其他（散文）……一文（六〇）
黑夜（散文）……劉北汜（八十）
路（散文）……賀修（六六）
歲暮隨筆……菱子（二四）
大地龍蛇序……老舍（五八）
蘇聯民間故事選……靖華譯（八九）
給讀者……魯彥（九六）

192 新文學 409

桂林 新文學雜誌社 1943—1944 月刊 廣西

魯拜集（詩・波斯・莪默原著）	孫毓棠	1
眞詩（詩論・新詩雜話之一）	朱自清	11
蒲伯與諷刺的藝術（詩論・英・G・K・查士透登原著）	柳無忌	15
德國的小說（批評・德・霍夫曼斯塔爾原著）	馮至	21
誰請了你們來（小說・瑞典・E・T・彼特生原著）	李青崖	25
婚禮進行曲（小說・瑞典・S・拉瑞列孚原著）	施蟄存	34
大至急（小說・英・C・奧瓦德原著）	錢歌川	37
摘星錄（中篇小說）	沈從文	39
滄桑（小說）	蹇先艾	57
星和女人（小說）	李廣田	64
巧笑記：觀禮（小說）	卞之琳	67
陽春曲（小說）	青苗	72
關於戎馬戀（作品分析）	姚雪垠	77
貓的悲哀（童話・百獸圖之一）	陳白塵	79
迴憶高爾基（莫斯科藝術劇院史話之一・蘇聯・N・丹欽柯原著）	焦菊隱	86
詩選（十二首・本社文藝研究會會員作品）	何嘉　張大游　莫千　蕭琉　洪芳　方彥　許沙　蔡楓　鄭鈞先　陳道棕　卜桑　吳闓	
封面設計	鄭克基	

193 野草 R/050/472.31

桂林 科學書店 1940—1948 月刊

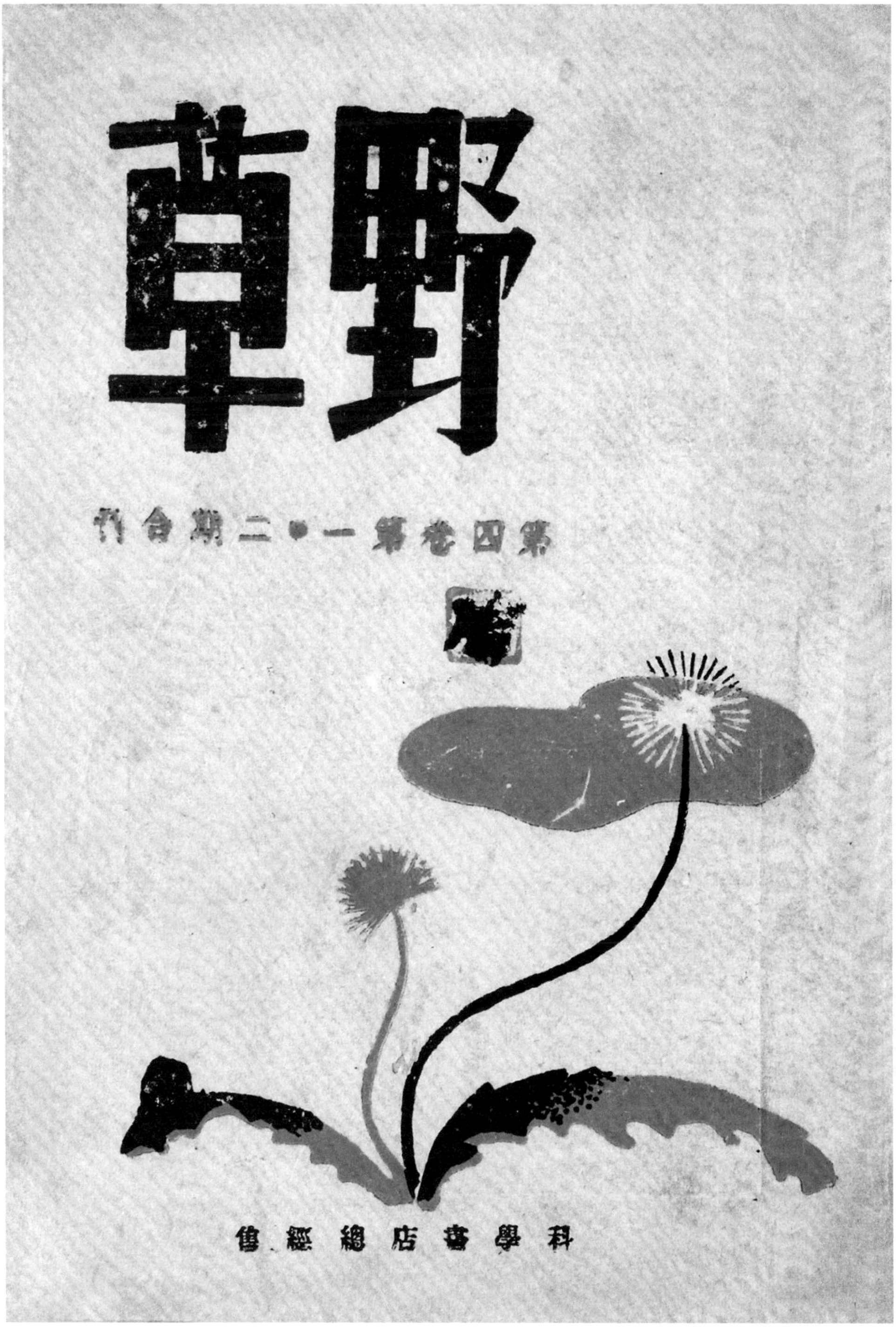

目錄

一粒黑黑的虱子……夜僕（四）
兔先生的發言……水土（八）
卑微的生命……葛琴（一九）
寓言的謎底……華夏（二八）
猴子……高友翠（三〇）
囑上心遊記……山雨（三二）
生活底開始……文若（三五）
歷史會重演嗎……馬立業（三七）
回信……紺弩（四一）
補考……樓棲（四六）
說話之難……聖門（四八）
沉默以外的話……王永曦（五〇）
序「愁城記」……田漢（五二）
「英雄」題記……荃麟（六四）
「髑髏集」自序……孟超（六七）
高等的四足獸（Kukrynlksi作畫 Raskin等詩）……秦似譯（三）
戰爭時節的收穫（蘇·S·萊育姆）……茹雯譯（七一）
流亡的信（法國·M·育芙）……碧珊譯（七五）
猶太民族代表大會演詞（1·愛倫堡）孟昌譯（七九）

野草月刊 第四卷 第一·二期

民國三十一年五月十五日出版

主編人 秦似

發行人 陸鳳辭

總經售 科學書店 桂林桂西路七十四號 自動電話 二〇六九

印刷者 中國科學公司 桂林西成路五號

（本期定價國幣二元七角）

預定價目

全年	十二冊	十四元
半年	六冊	七元二角

郵費在內

194　月牙　　R/050/810.3　413

桂林　桂林啟文印務局　1935—1936　半月刊

月牙

第六七期合刊

一九三六年三月十六日

主編：月牙編輯委員會　桂林良豐西林公園

定價：本期零售1毫　預訂半年12期5毫（郵票十足通用）

——抗日專號——

==(目錄)==

寫在前面……記者
「抗日」與南京政府……匪石
發動羣衆的抗日鬥爭……伊凡
從日本政變說到法西斯蒂的統治……郭英布
最近的學生救亡運動……小民
民族抗日統一戰線……易卓
民族抗戰中的軍事知識的準備……二知
「防共」的實際意義……一得
婦女們在反日戰線中要幹些什麽……健康
日帝國主義和漢奸們的統一戰線……陳文
「北平學界愛國運動頓挫」嗎？……北平通訊
談談帝國主義戰爭……巴格
文藝漫談……高爾基
生活實感的必要……若水
跛脚的煩惱……蔣宗魯
我們怎麽辦呢？（詩）……殷步
上海文化界救國會對中宣部告國人書之辨正……（轉載）
編後……

195　**自由中國**　

桂林　自由中國社　1938—1942　月刊

自由中國 新年號

新一卷 第五六期合刊

夢……巴金（一）

「火」第二部後記……巴金（四六）

創作

新路（中篇・上）……一文（三）

黃礓山（短篇）……田濤（三三）

戰友（短篇）……張白山（三七）

車廂內外（短篇）……林蒲（八七）

吳非有（中篇・續完）……駱濱基（七二）

四 川

成都 筆戈文藝社 1945—1946 月刊

四川

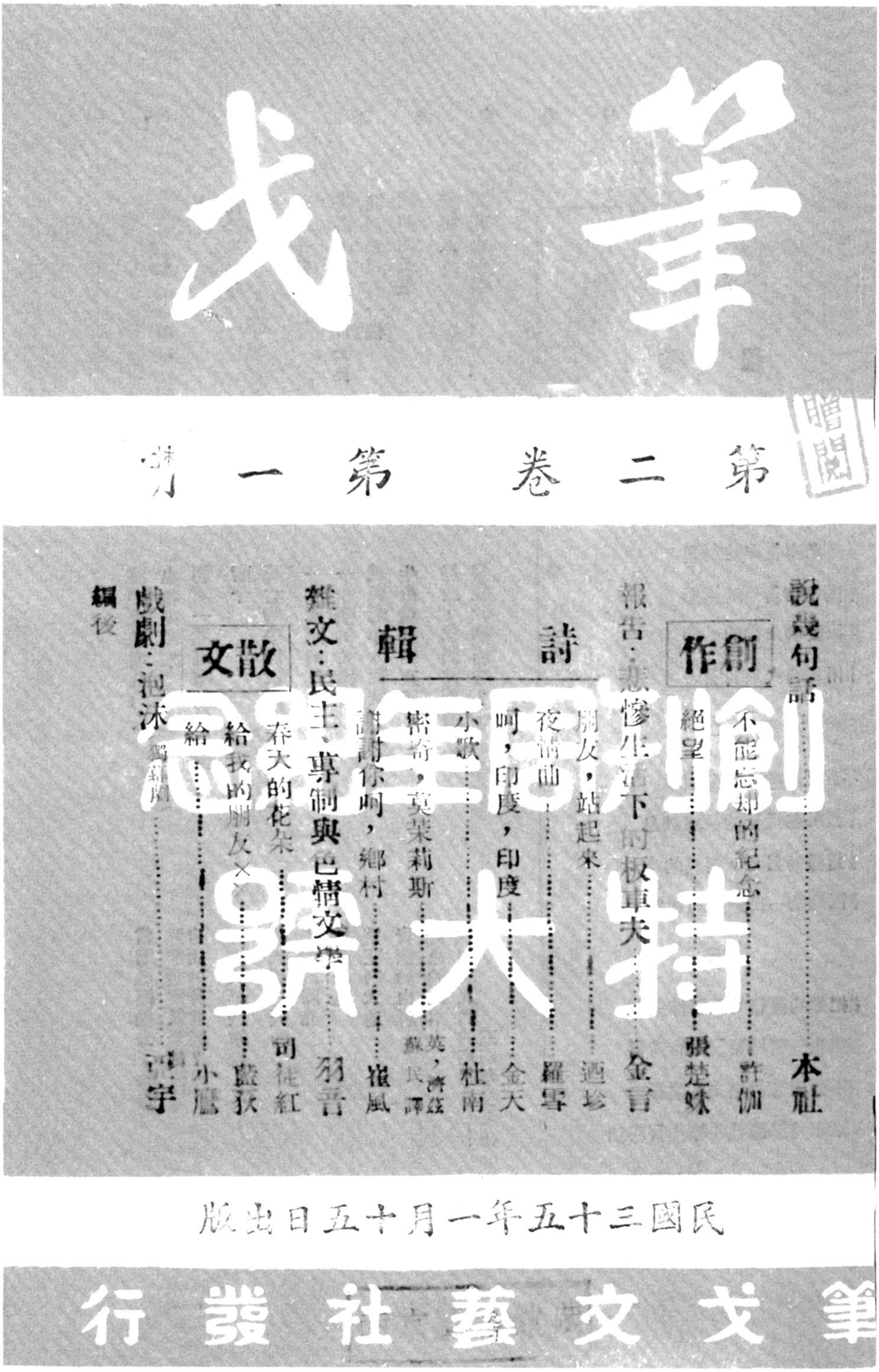

筆戈

第二卷 第一期

創刊周年紀念

特大號

說幾句話……本社
創作
不能忘却的紀念……許伽
絕望……張楚妹
報告：悲慘生活下的板車夫……金言
詩輯
朋友，站起來……迺珍
夜備曲……羅雪
呵，印度，印度……金大
小歌……杜南
傳奇，莫莱莉斯……英，濟茲 蘇民譯
請請你呵，鄉村……崔風
雜文：民主、專制與色情文學……羽晋
散文
春天的花朵……司徒紅
給我的朋友××……藍荻
給……小雁
戲劇：泡沫（獨幕劇）……丁宇
編後

民國三十五年一月十五日出版

筆戈文藝社發行

贈閱

筆戈文藝

創刊號目次：

前奏

創作

行列（中篇）……MM

控訴……許伽

愛的漩渦……亞宇

散文

給一個人……薇之

夢……英

詩

行列……星儔

向杜鵑……金天

秋天……任耕

永別……徽山

輯

憂鬱頌（評詩）……松濤

偷油（獨幕劇）……汪漫鐸

寫在最後

·稿約·

祗要不含「毒素」，有「向上性」的一切文藝作品，都竭誠歡迎。

限於經費，所以一經刊登的作品，僅能略致薄酬（現金或本刊）

來稿務請繕寫清楚，字數不要超過五千，並註明真實姓名及住址，以便刊登與否，事先通知，如欲退稿，請付郵票。

來稿刊登後，版權仍歸著者，但本社出版叢刊時。有優先刊載權利。

筆戈文藝社編輯部

地址：成都提督西街四五號

197 筆陣 R/810.5/844.1 421

四川

成都　中華全國文藝界抗敵協會成都分會出版部　1939—1944　半月刊

筆陣

新三期 目錄

今天創作底道路（論文）……郭沫若
人的歷史（論文）……孟引
刀環夢（小說）……陳翔鶴

詩選

贈麗娜……歌德作 SY譯
只要命令一下叫我們出動……柳倩
嘉陵江岸的賣花女……禾波
懷鄉曲……德白歇作 SY譯

論詩的想像（詩論）……王亞平
九年以後（獨幕劇）……陶雄
小報告一則（創作經驗）……老舍
封面設計……謝趣生
會務報告……總務部
編後記……出版部

筆陣 新三期
民國三十一年六月一日出版

編輯者 中華全國文藝界抗敵協會成都分會出版部
葉聖陶 牧野

發行者 莽原出版社
成都祠堂街一二五號
姚樹南

經售者
重慶 華中圖書公司
上海雜誌公司
讀書出版社
進文書店
文學書店
沙坪壩 互生書店
昆明 華僑書店
桂林 集美書店
天水 青年書店
漢中 大漢書店

現因物價漲落不定本刊暫不預訂，特設自由訂戶，預繳訂費若干寄足本刊爲止。

198 草地 R/820.5/519

康定 文藝社 1941

康定文藝社「草地」創刊號目錄

封面……侯輔陶（繪圖）任孟汗（木刻）
[illegible]理想（代發刊辭）……本社
西康文藝工作叢談……渠鍼
克服「二等精神」……解農
[illegible]康需要什麼文藝？……秦仲藩
「稼」與「貼」……程的廬
動搖……陽隄
號角響喨的時後……土夢天
天全農歌……胡治鈞
第六世達賴倉央降錯情歌……張織業譯
語絲……奇柯
墾荒曲……胡治鈞

199　創作月刊　　R/810.5/940.2

成都　中國文化服務社四川分社　1942　月刊

目錄

小說

恐怖……莫泊桑著 蘇雪林譯
醜與愛的悲劇……謝冰瑩
春花消殘……艾玲
雪刺（長篇連載）……希金

創作論（創作指導）……王偉崖

散文

幽默的談話……Stephen Leacock著 信達夫譯
河濱……以沼
發電廠山城……包白痕

戀愛與死的童話（速寫）……沙坪

新詩選輯

放羊的孩子……蒂克
北風……孫藝秋
神子……葉菲洛
小雨……牧丁
霧花……王晨牧
五年……盧戈

來鴻……林灝

獨幕劇

凡爾賽的俘虜……S. K. Lalikov原著 盧劍波譯

文藝簡訊
編校記……希金
封面……車瘦舟

創作月刊（創刊號）

中華民國三十一年二月一日出版

本期零售每册貳圓捌角

主編：希金

編輯委員：蘇雪林 雷石榆 袁昌英 葉菲洛 李廣田 蒂克 謝冰瑩 黃大白

發行人：黃夢元

發行所：中國文化服務社四川分社（成都祠堂街一一九號）

經售處：全國各大書局

印刷處：國聞日報社

200　**春天半月刊**　　R/857.05/101　427 四川

成都　春天半月刊社　1936—1937　半月刊

本刊領得內政部警字第伍玖貳伍號登記證

春天半月刊
終刊特大號

第一卷　第十二期

目次

停刊公啓
偉大印象……牧笛
拷訊（木刻）……漾兮
落網者（小說）……孟世
監獄（小說）……影質
太陽照上了屋瓴……周愷
田七郎（小說）……蘇子涵
丁有福（小說……羊角
卜宅……田世超
廢人之愛（小說（四・完）……周守章
「我的奮鬥」……謝憤
談「屈義林們」……羊角
「以誌不忘」……眞吟

201　海星

成都　海星詩社　1941　不定期

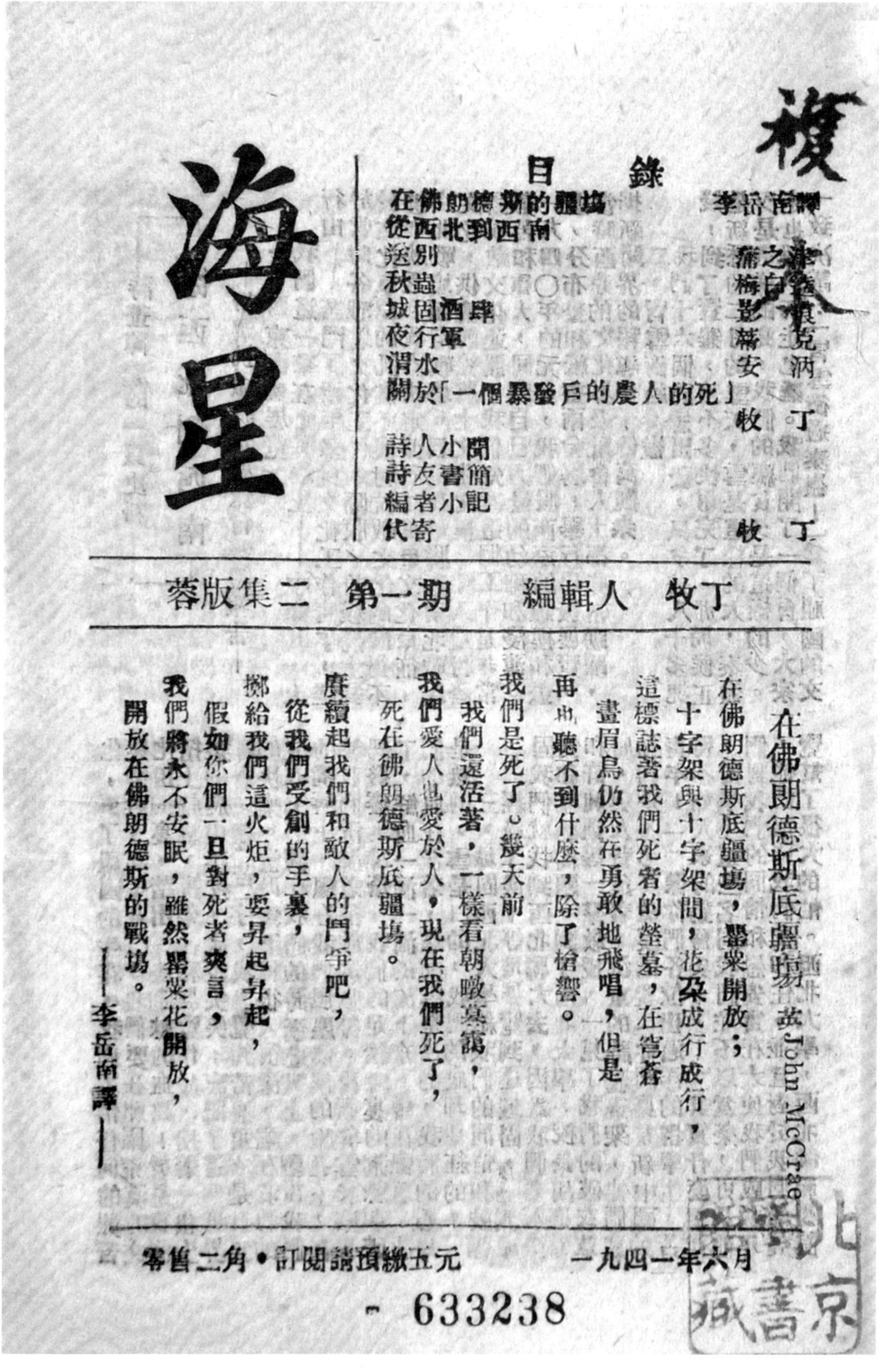

海星

目錄

在佛朗德斯的疆塲　李岳南譯
從西北到西南
送別　蒲之
秋蟲　梅白
城固酒肆　影
夜行軍　蔣　克
渭水　安　洒
關於「一個暴發戶的農人的死」　牧　丁
詩人小聞
詩友書簡
編者小記
代寄　牧　丁

蓉版集二　第一期　編輯人　牧丁

在佛朗德斯底疆場　英 John McCrae

在佛朗德斯底疆場，罌粟開放；
十字架與十字架間，花朵成行成行，
這標誌著我們死者的塋墓，在穹蒼
晝眉鳥仍然在勇敢地飛唱，但是
再也聽不到什麼，除了槍響。

我們是死了。幾天前
我們還活著，一樣看朝曦莫靄，
我們愛人也愛於人，現在我們死了，
死在佛朗德斯底疆場。

賡續起我們和敵人的鬥爭吧，
從我們受創的手裏，
擲給我們這火炬，要昇起昇起，
假如你們一旦對死者爽言，
我們將永不安眠，雖然罌粟花開放，
開放在佛朗德斯的戰場。

——李岳南譯——

零售二角・訂閱請預繳五元　一九四一年六月

202　**揮戈文藝**　　

成都　揮戈文藝社　19??－1942　月刊

揮戈文藝

第二集・第一期

（復刊號）

要目

逆流……司馬彥倫
郵簡一束……蔡月牧
關於「近代詩」的二三事……呂人
天在落雪……范甦
「烏蘭不浪的夜祭」讀后……拓塈
秋歸日錄……陳道謨

民國三十一年四月一日出版

縱橫書店經售

203　**江聲**　　　　　　　　　　　　　　　　　　　　R/810.5/719

萬縣　江聲月刊社　1943—1944　月刊

本期目錄

現代藝術的盛衰（專論）……喬治華杜
譯詩一首（詩）……王却譯
遠方（詩）……李岳南
新聞事業與地方文化（專論）……章蒼萍
在囚室（散文）……藍浪
合唱隊的女郎（小說）……契可夫著 公蘭谷譯
櫻花的幻滅（敵國情調）……華夢
長江的畫像（長詩）……非文
汪主任（小說）……公孫大夏
子夜歌（詩）……白煤
媽媽買小貓去了（散文）……澌盧
林娜（小說）……蒼騎
桐子樹（詩）……林帆

204　金箭　R/810.5/987.4

成都　金箭社　1937—1938　月刊

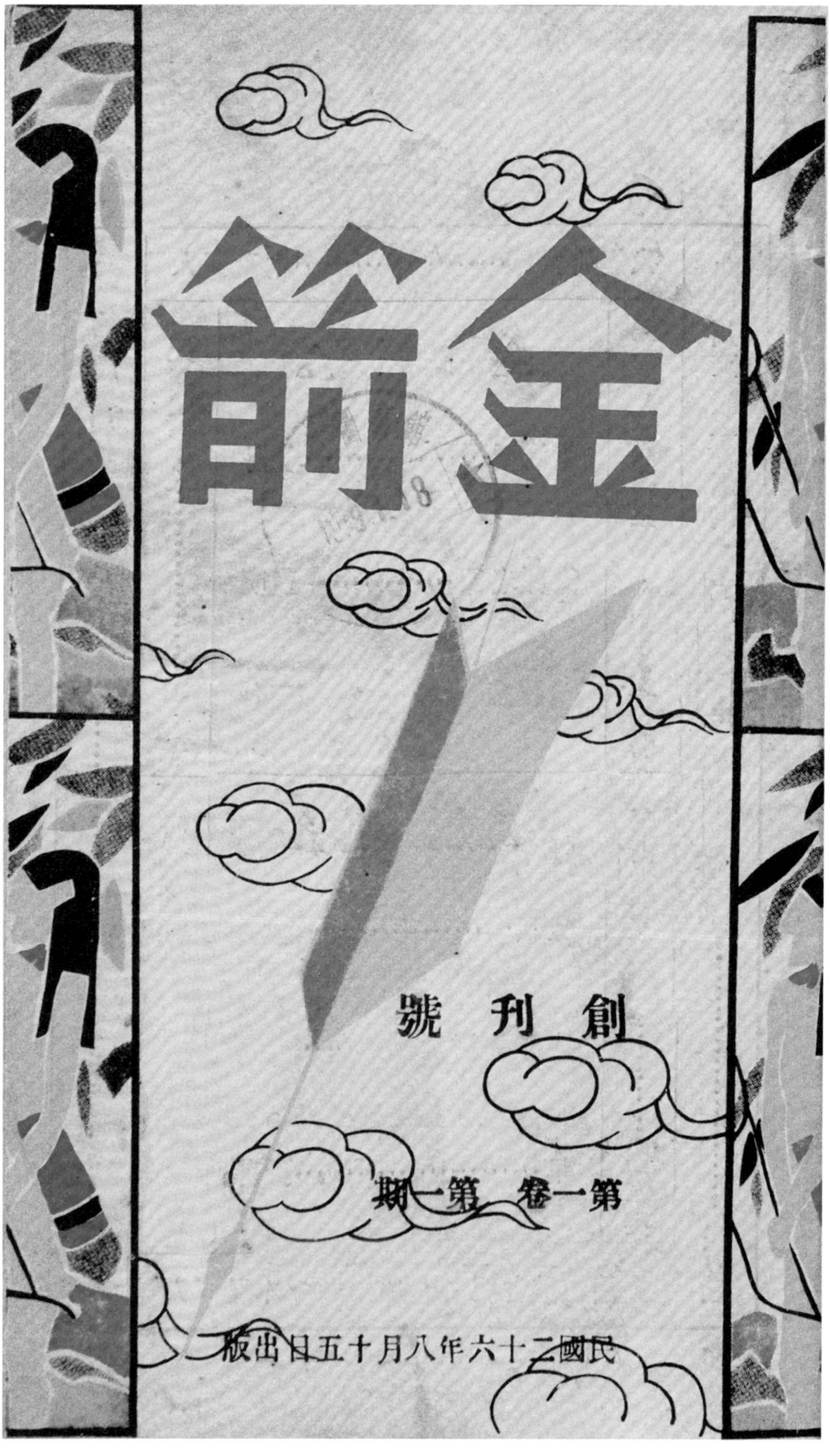

試論成都文壇……思蓉
我們的意見……本社同人
死（速寫）……流矢
叫化頭（雜文）……施實

△△詩歌△△

蘆溝橋……白崙
饑餓者羣……賀明
草棚底下……任勞

△△創作△△

煤礦……影質
缺了一點水……羊角
旱……孤泙

大軍人（人物素描）……孟引
夜街（散文）……田家英
金箭座談會紀錄……本社同人
向四川文藝工作者的一個建議……東方曦

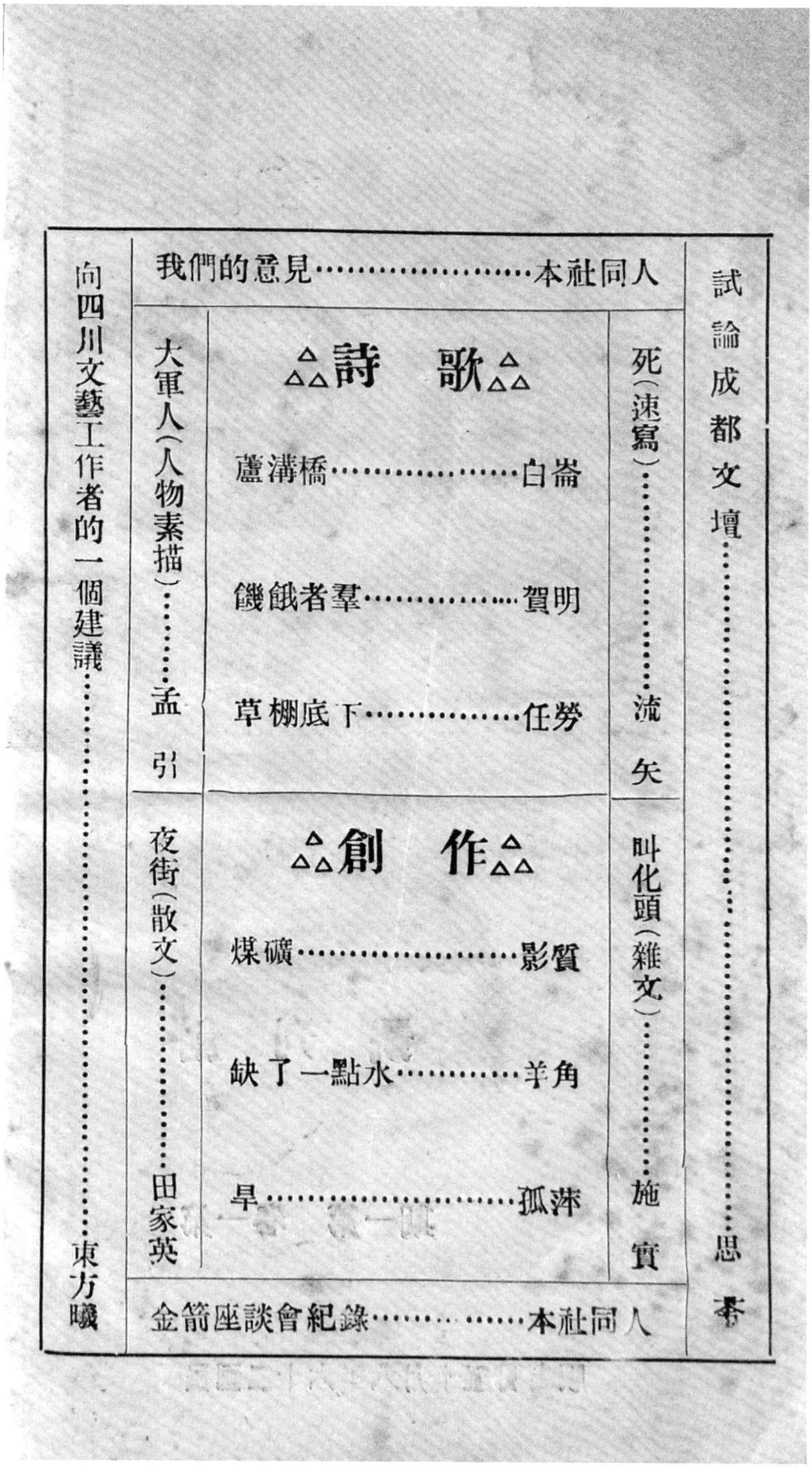

205 金沙

成都　金沙文藝月刊社　1941—1943　月刊

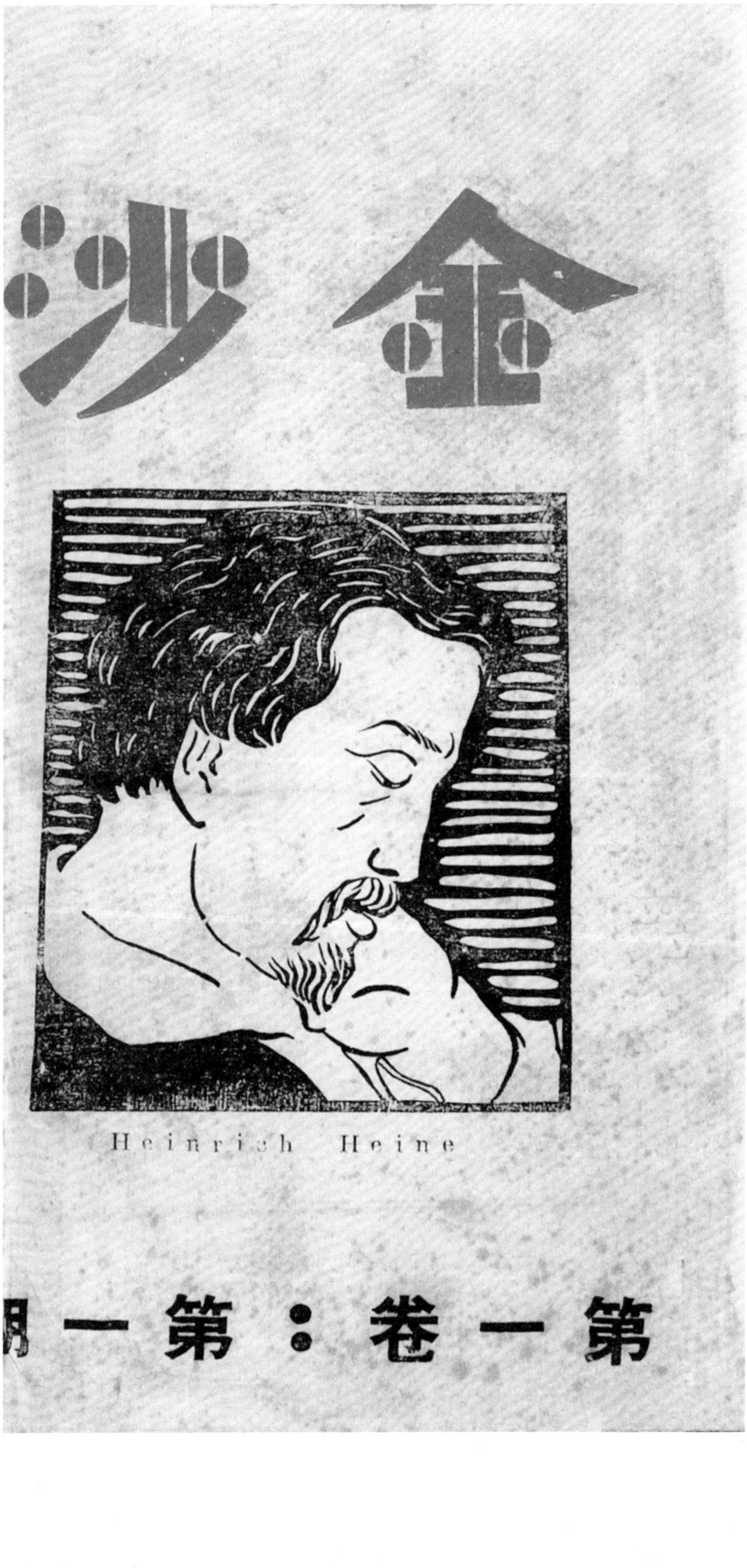

金沙第一卷第一期目錄

海涅像（木刻）……美國O・羅托諸[illegible]封面
我們的宣言（創刊詞）……編
海涅論……日本壺井繁治作　一夫譯
海涅的詩與散文……德國H・海涅作　駱馬譯（一七）
海涅會見歌德記　海涅對於歌德的評價　海涅與馬克思的交情　海涅的矛盾　海涅語錄
藝術哲學引論……德國F・黑格爾作　仲和譯（二六）
霧（詩）……美國G・山得伯作　杏帆譯（三六）
文學批評二要點……俄國L・托爾斯太作　樹藝譯（三七）
槐樹（詩）……蘇聯A・普哥費也夫作　方大野譯（三九）
人在醉心於戀愛的時候……美國O・亨利作　仲超譯（四十）
貓頭鷹（寓話）……蘇聯M・湍雷西汶作　方既白譯（四五）
世界文壇史話……日本笹本寅作　光夫譯（四八）
後記……（五五）

206　流火　　R/820.5/751

榮縣　流火社　1938—1939　月刊

抗戰以來的中國文藝……………………老 舍（四三）
保衛祖國的天空……………………丁 冬（四五）
街頭劇在抗戰中的重要性……………李冰爐（四六）
怎樣建立地方文藝……………………梅 英（四七）
三個年代的元旦……………………趙清閣（四八）
關於「抗戰期中的文藝談」……………李 昂（四九）
北望開封……………………王余杞（五〇）
一月十四日……………………李 昂（五二）
晨呼隊……………………正 蓬（五三）
池田之介……………………雨 山（五四）
太陽的一天……………………平 夫（五九）
傀儡戲的演出……………………林夢幻（六一）
第一次空襲警報……………………丁 冬（六二）
給學從……………………正 蓬（六二）
一根火柴……………………林夢幻（六三）
評丁若君「利谷」……………………丙 生（六四）
編 後……………………（六七）
未來的戰士（木刻）……………………殘 夫（封面）

內政部登記證警字第六七四二號

流火

第四·五期

二十八年二月十六日出版

出版者：流火社

編輯委員：柳倩 丁冬 水草平 雨山 正蓬 碭叔

編輯者：丁冬 正蓬 水草平

發行者：棘生

總經售：榮縣 旭川書局

經售處：榮縣 蜀新書店　自井 興華書局　內江 興中書局　重慶 生活書店

印刷者：榮縣救濟院印刷部

本期零售每冊壹角

預定：三月……三角　六月……六角

每月十六日出版

207　南曦　

四川　雲南旅蓉學會　1938－1945　月刊

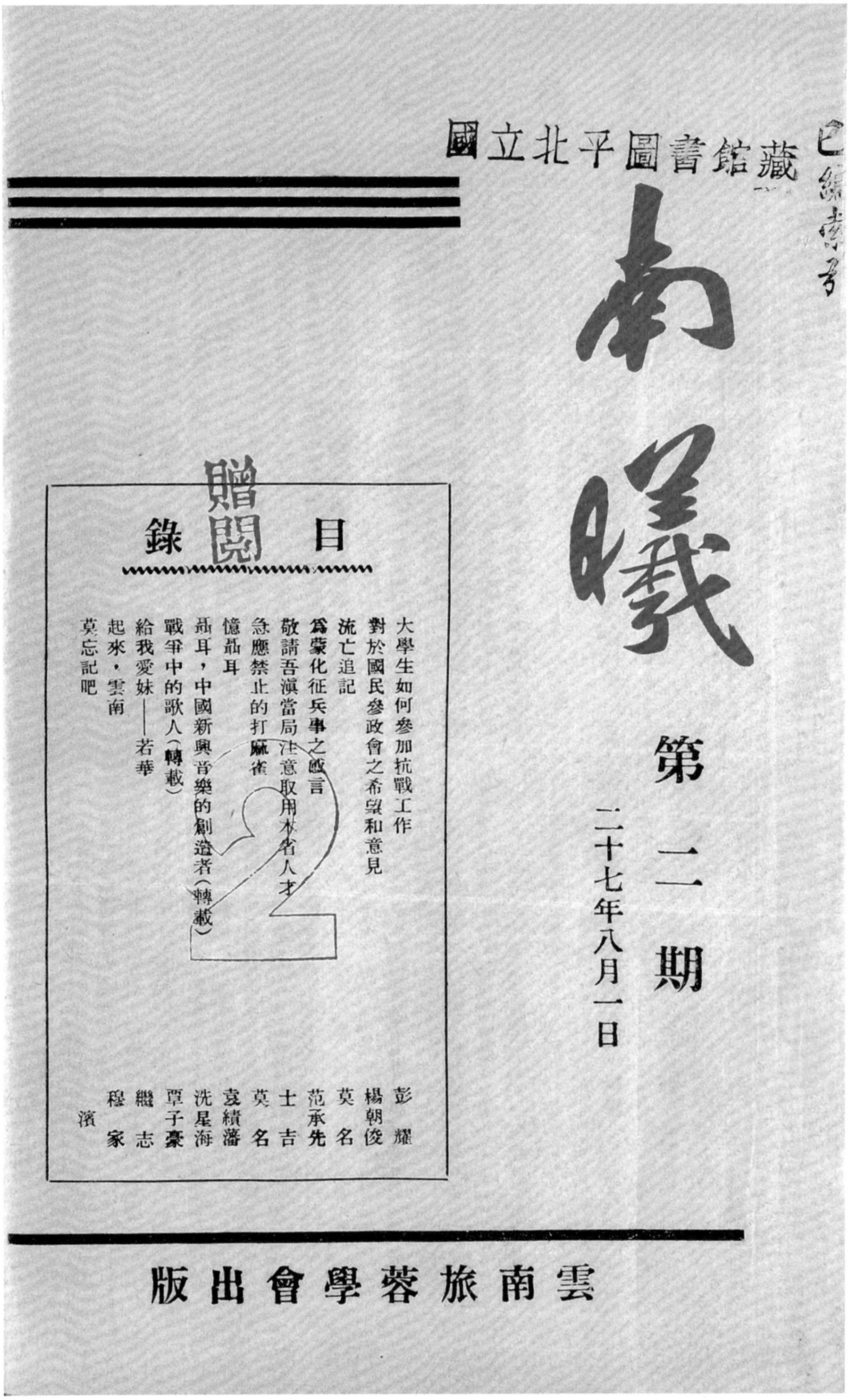

南曦

第二期

二十七年八月一日

目錄

大學生如何參加抗戰工作　彭耀
對於國民參政會之希望和意見　楊朝俊
流亡追記　莫名
爲蒙化征兵事之感言　范承先
敬請吾滇當局注意取用本省人才　士吉
急應禁止的打麻雀　莫名
憶聶耳　袁績藩
聶耳，中國新興音樂的創造者（轉載）　冼星海
戰爭中的歌人（轉載）　覃子豪
給我愛妹——若華　繼志
起來，雲南　穆家
莫忘記吧　濱

雲南旅蓉學會出版

208　青年人文藝副刊　　　　

成都　青年人文藝副刊　1940－1941　月刊　　

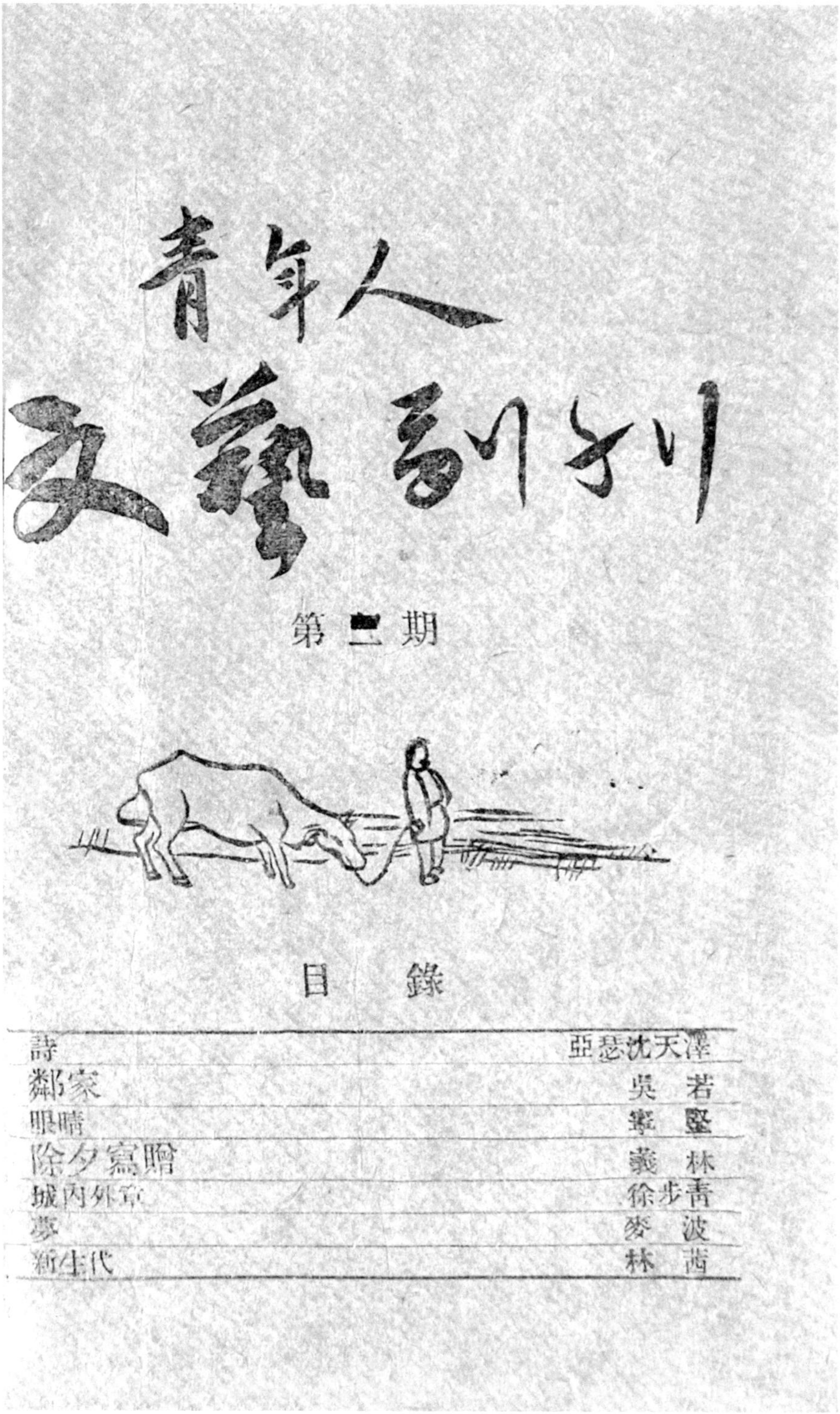

青年人

文藝副刊

第二期

目錄

詩	亞悲沈天澤
鄰家	吳　若
眼睛	寧　堅
除夕寫贈	義　林
城內外章	徐步青
夢	麥　波
新生代	林　茜

209　散文與詩　　R/810.5/163

成都　散文與詩社　1941　月刊

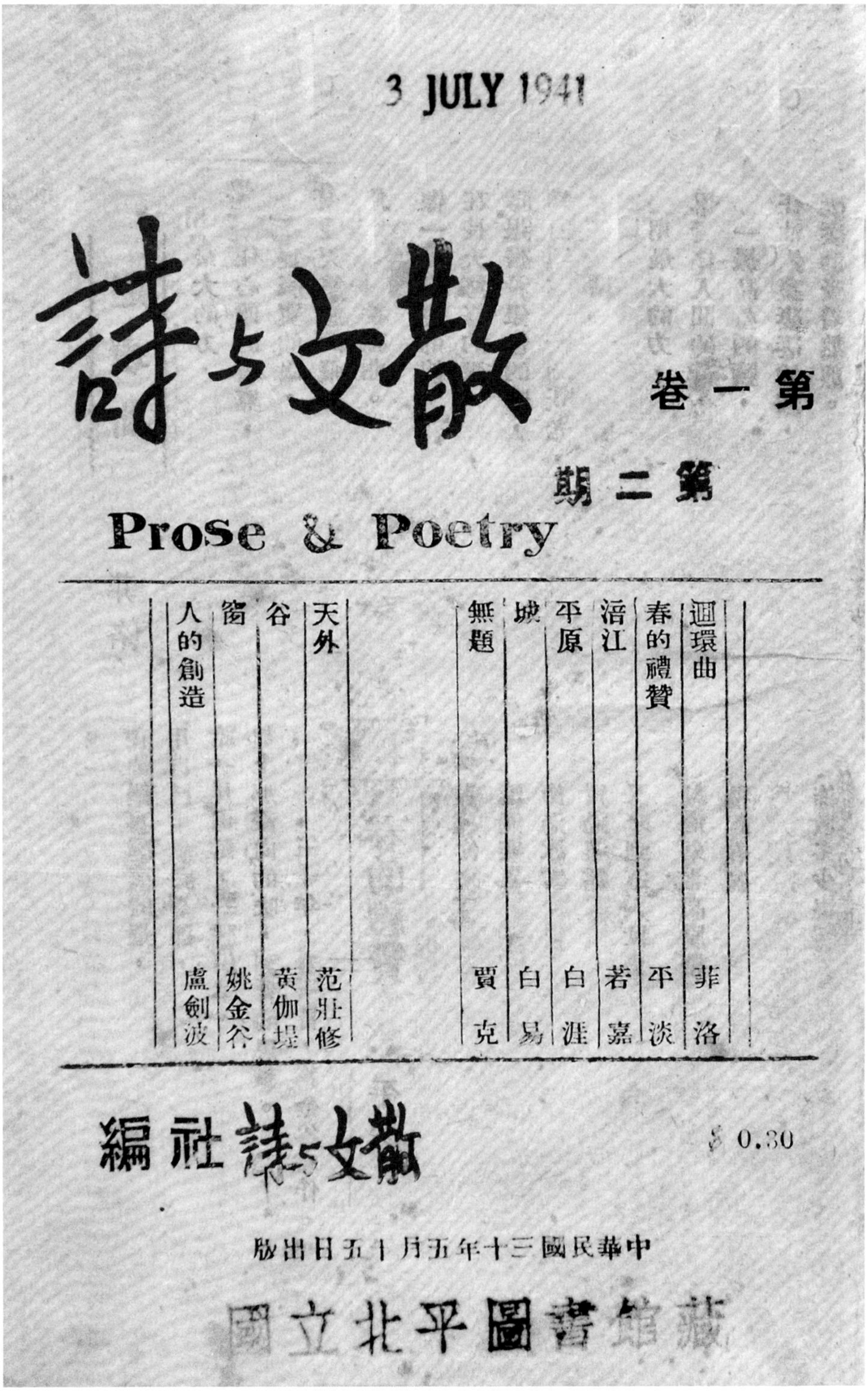

210　詩星 R/813.105/602.15

成都　海星詩社　1940－1942　月刊

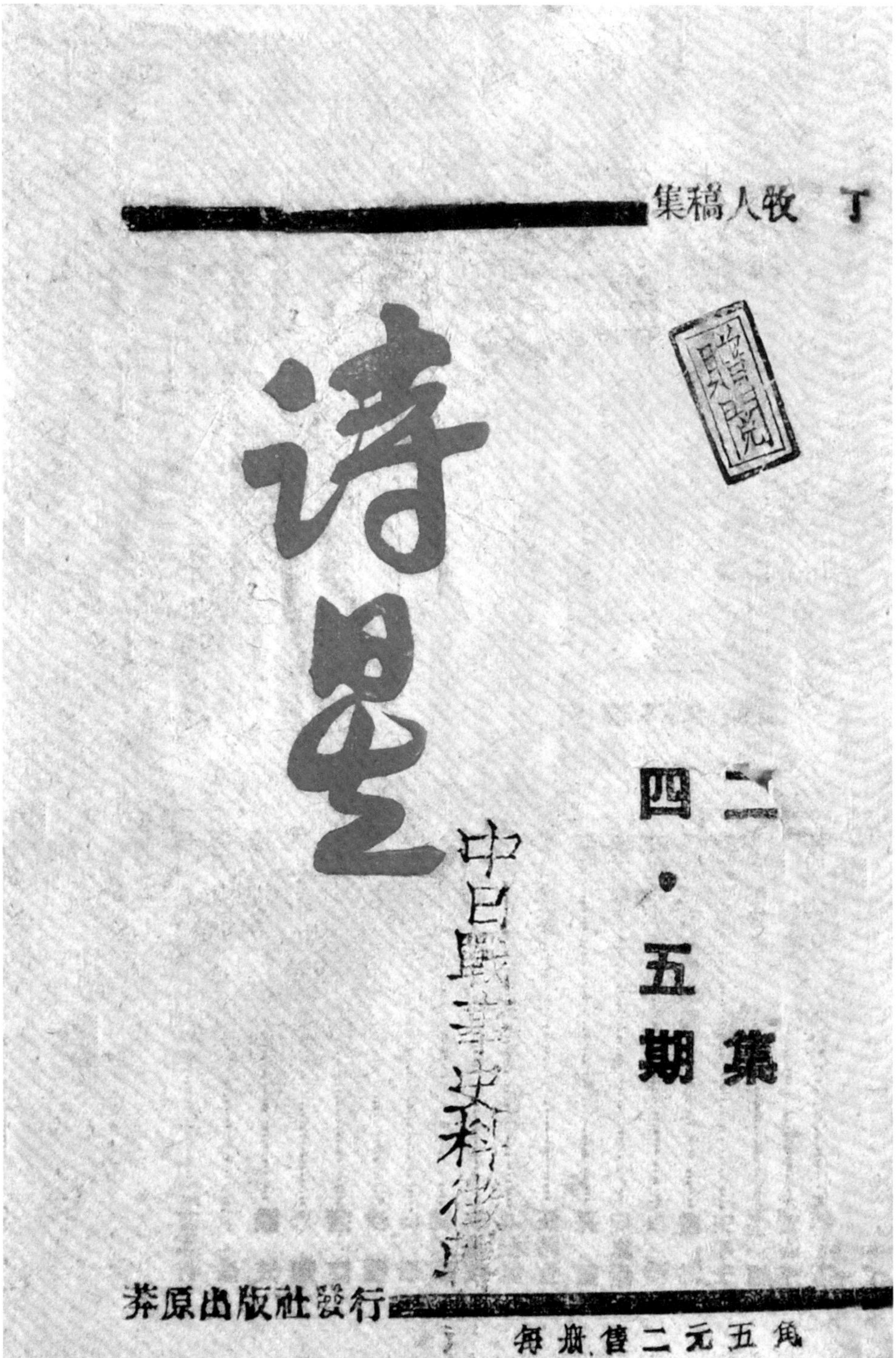

詩星（二集四·五期 總二十四號）目錄

向莫斯科致敬

石 帆

莫斯科，
你這戰鬥的名字，
我以人類中一個青年的身份，
在向你
致敬！

青年反法西斯大會的吼聲，
已傳到了
我們這里，
「……嚴重的危機
正籠罩着我們的一代，
納粹兇蕩毀滅了
我們摯愛而尊貴的一切，
毀滅了
我們所努力爭取的一切……！」
每一個字里都含滿了
憎恨，這是我們這一代的
英雄——北極探險隊員費德洛夫的話

[illegible]，清切的
傳入了全世界每一個愛自由的
青年的耳朵里！

在西班牙，
在德國，
在南斯拉夫，
在英國，
在美國，
在中國，
在古巴，
在智利……
在有人的地方，都發出了
賀電，向你、青年反法西斯大會
致敬！

法西斯、這串妄想奴役全人類的字音，
希特拉，日本軍閥……
這些野獸；
法朗哥，汪精衛……

211 詩與音樂

成都 詩與音樂社 1945

詩與音樂創刊號目錄

詩與音樂筆談：

詩人，音樂家與現實生活　陸弦
詩與音樂的結合……………王雲階
詩，詩人的鍛鍊……………黃藥眠
音樂短語……………………武夫

雲南俗樂研究雜記……………趙渢

·歌·

鄒韜奮先生輓歌……………陶行知詞　夏之秋曲
抵住敵人的進攻……………李念羣詞　董兼濟曲
保衛祖國………………………一波詞　趙起海曲
青年進行曲（四部合唱）……楊白華詞　楊蔭瀏曲
牧羊女（民歌創作）…………鄒荻帆詞　董戈作曲
青海民歌兩個　王雲階記譜
廣西民歌一個　鶴云記譜
咕一咕！（八部）………愛高洛夫作曲　陶宏·陶曉光譯
星夜…………………柴可夫斯基曲　陸弦譯
歡樂的歌……………可薩可夫曲　陸弦詞

·詩·

集合……………………綠原
祝福……………………冀汸
枇杷花…………………杜谷
離別斷章………………羅冬
披着太陽的少女………李祥譯

·介紹·

蘇聯戰時音樂…………王雲階譯
美國音樂藝術動態……本社資料室
蘇聯女聲樂家凡能尼亞·巴爾梭娃……陳英編譯
"中國民歌"第一集序……國立音樂院理論組1947級同學
詩與音樂短訊…………本社資料室

致朋友們……………編者

詩與音樂
創刊號
一九四五年
四月十五號出版

編輯者：陸弦
發行者：詩與音樂社
成都祠堂街聯營書店轉
總經售：聯營書店
成都祠堂街
重慶·西安

212 詩月報

樂山 三五書店 1943 月刊

213　時代文學　　447

成都　時代文學社　1945－1946　月刊　四川

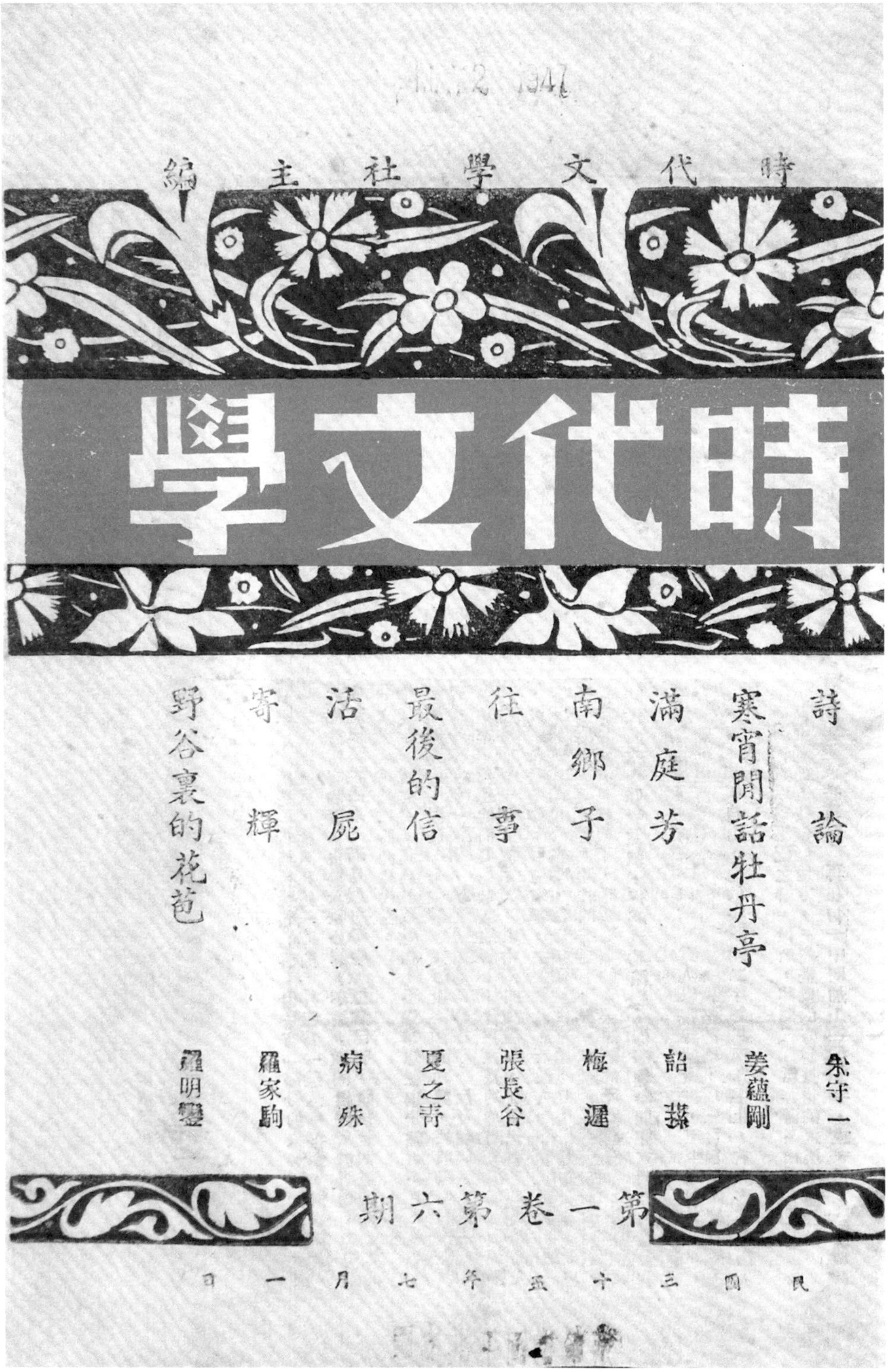
時代文學社主編

時代文學

詩論	朱守一
寒宵閒話牡丹亭	姜蘊剛
滿庭芳	詒蕻
南鄉子	梅邏
往事	張長谷
最後的信	夏之青
活屍	病殊
寄輝	羅家駒
野谷裏的花苞	羅明璺

第一卷第六期

民國三十五年七月一日

214　朔風　　R/810.5/760.2

成都　朔風文藝社　1939　月刊

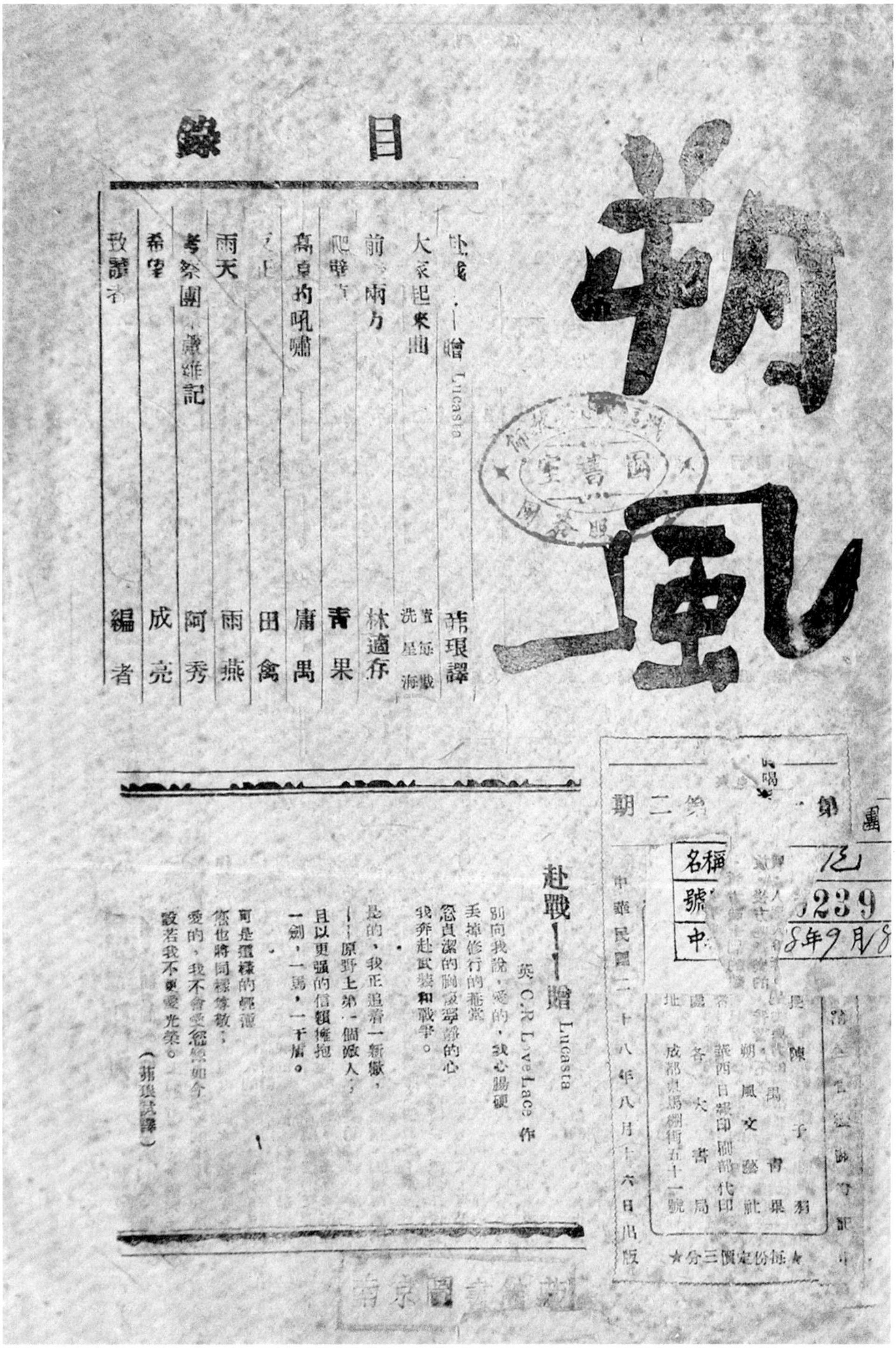

朔風

目錄

赴戰——贈 Lucasta　荊琅譯
大家起來曲　海燕 洗星 壹戰
前方兩方　林適存
爬壁虎　青果
高原的吼嘯　庸禺
之上　田禽
雨天　雨燕
考察團·蕭雜記　阿秀
希望　成亮
致讀者　編者

赴戰——贈 Lucasta

英 C.R LoveLace 作

別向我說，愛的，我心腸硬
丟掉修行的藩篱
忽貞潔的胸懷寧靜的心
我奔赴武裝和戰爭。

是的，我正追着一新歡，
——原野上第一個敵人；
且以更强的信賴擁抱
一劍，一馬，一干盾。

可是這樣的輕薄
您也將同樣尊敬；
愛的，我不會愛您如今
設若我不更愛光榮。

（荊琅試譯）

第一卷第二期
中華民國二十八年八月十六日出版
陳子　朔風文藝社　西日報印刷部代印　各大書局　成都東馬棚街五十一號
★每份定價三分★

215 斯文

成都　金陵大學文學院　1940－1943　半月刊

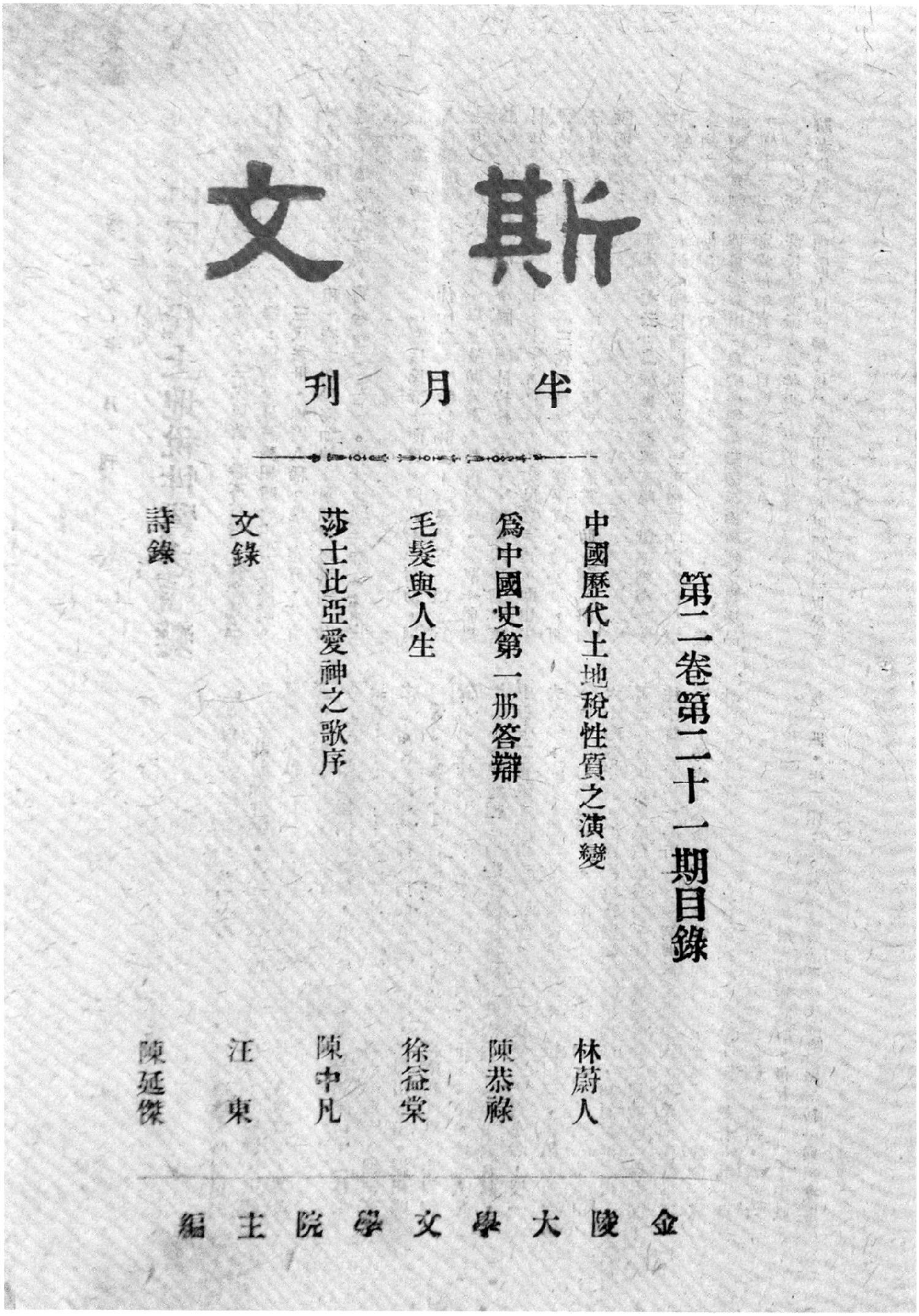

斯文

半月刊

第二卷第二十一期目錄

中國歷代土地稅性質之演變　林蔚人

爲中國史第一册答辯　陳恭祿

毛髮與人生　徐益棠

莎士比亞愛神之歌序　陳中凡

文錄　汪東

詩錄　陳延傑

金陵大學文學院主編

216　四川風景　

成都　現代書局　1937—1939　半月刊

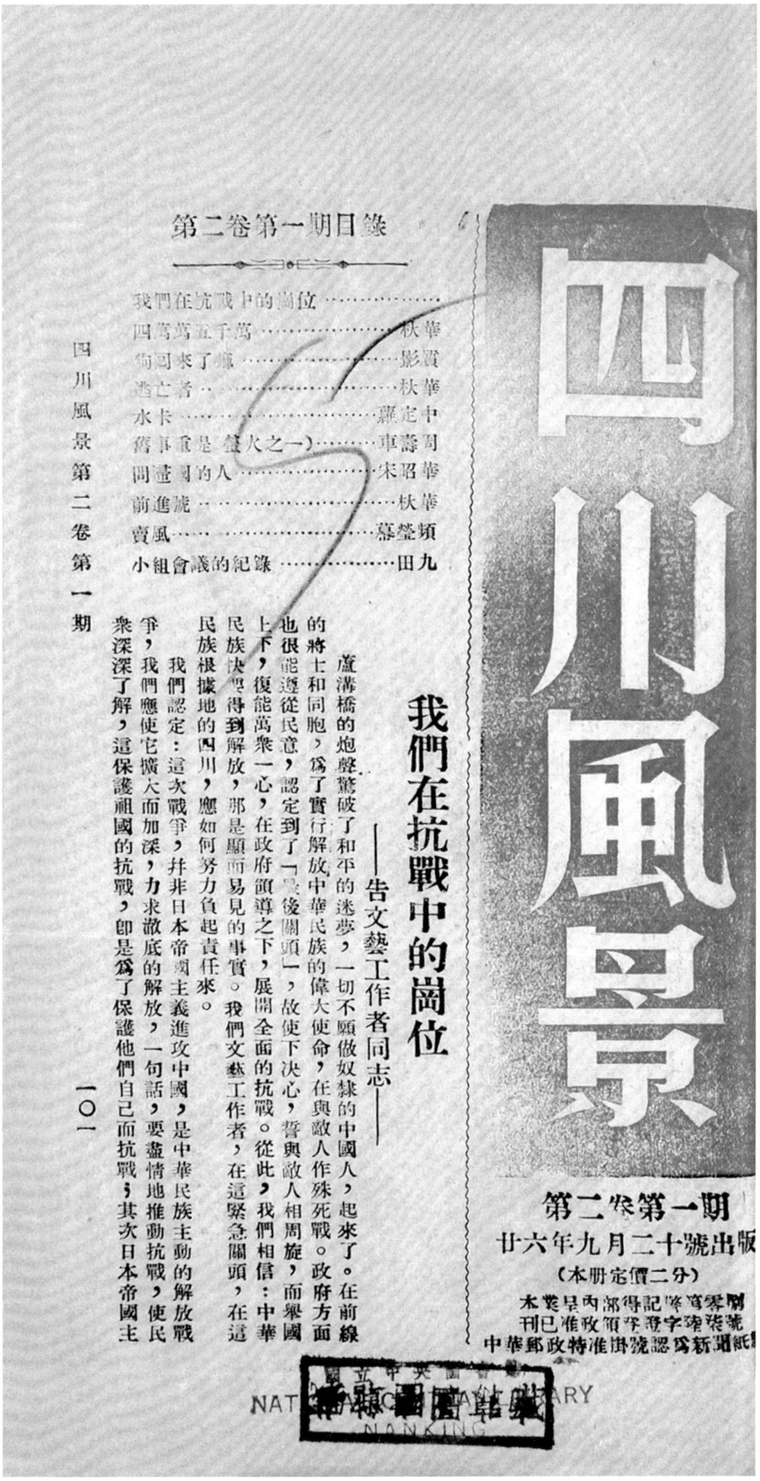

四川風景

第二卷第一期

廿六年九月二十號出版

（本冊定價二分）

本業呈內部得記警䇿零刷

刊已准政領登字第號

中華郵政特准掛號認爲新聞紙類

第二卷第一期目錄

我們在抗戰中的崗位……

四萬萬五千萬……秋華

狗回來了嘛……影霞

逃亡者……秋華

水卡……羅定中

舊事重提（螢火之一）……車壽周

問畫圖的人……宋昭華

前進號……秋華

賣風……慕瑩頻

小組會議的紀錄……田九

我們在抗戰中的崗位

——告文藝工作者同志——

蘆溝橋的炮聲驚破了和平的迷夢，一切不願做奴隸的中國人，起來了。在前線的將士和同胞，爲了實行解放中華民族的偉大使命，在與敵人作殊死戰。政府方面也很能遵從民意，認定到了「最後關頭」，故使下決心，誓與敵人相周旋，而舉國上下，復能萬衆一心，在政府領導之下，展開全面的抗戰。從此，我們相信：中華民族決要得到解放，那是顯而易見的事實。我們文藝工作者，在這緊急關頭，在這民族根據地的四川，應如何努力負起責任來。

我們認定：這次戰爭，并非日本帝國主義進攻中國，是中華民族主動的解放戰爭，我們應使它擴大而加深，力求澈底的解放，一句話，要盡情地推動抗戰，使民衆深深了解，這保護祖國的抗戰，即是爲了保護他們自己而抗戰；其次日本帝國主

217 文心　　　　R/810.5/677.83　　451

成都　文心文藝月刊社　1943　月刊

四川

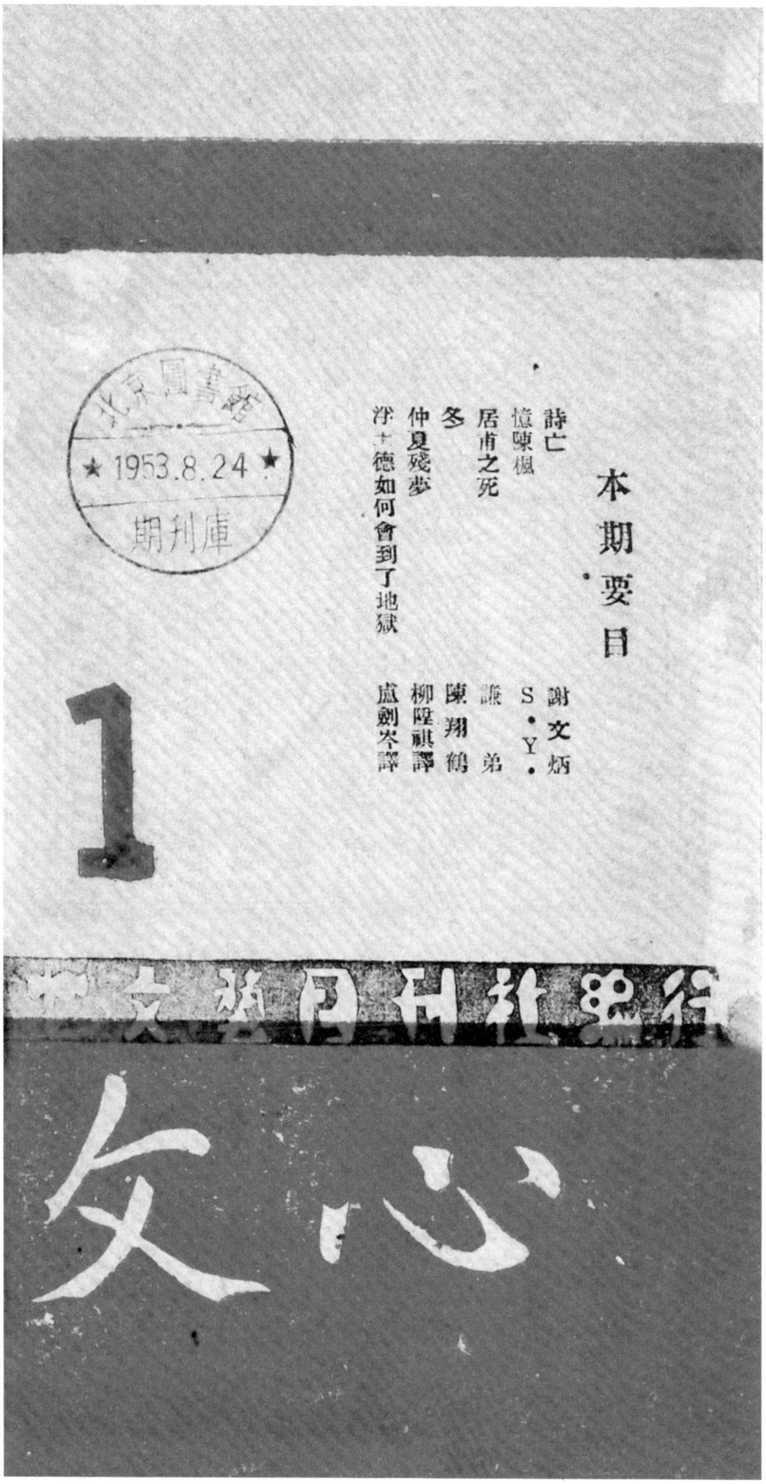

文心 第一期

發刊詞 （1）
冬 陳翔鶴（28）
鬈毛鴿子 盧劍波譯（36）
仲夏殘夢 柳陛祺譯（11）
憶陳楓 S・Y・（24）
居甫之死 譯 弟（2）
警報聲裏的一幕 楊鍾岫（43）
浮士德如何走到了地獄 盧劍岑譯（21）
進化 唐致[illegible]（17）
芳草 韋 征（10）
詩亡（長篇連載） 謝文炳（47）

三十二年三月三十一日出版
發行人：李小珊
編輯者：文心文藝月刊社編輯部（成都郵政信箱五十九號）
發行所：文心文藝月刊社發行部（成都西御街九十五號）
經售處：各地大書局
印刷所：四川省印刷局（成都包家巷）
本期定價每冊六元

發刊詞

好久以來我們便有意籌創一種文藝刊物，終於因朋友各以事牽；住處或城或鄉相距遙遠，彼此聞接頭不易；再，最重要的恐怕就是經濟上的困難：住學校的衣食全然仰給於家庭自然拿不出多餘的錢；從業的呢，在政府機關充任一名小職員，糊口尚且艱難，更那有餘力來幹這種必然貼錢的「蠢」事。好久以來大家僅存着一種雖熱切却是空的願望，日子一久竟至連這一點熱切也逐漸冷淡下來了。在生活洪流中逐浪隨波浮沉着，給一些細碎的身邊瑣事糾纏不清，人會漸漸麻痺渾噩忘記生命的意義的。該感謝小珊兒的提頭，孔昭兄的從中裁奪，使大家才又重新喚回往日的熱情。不過事情也確實困難：從集稿到立案送審竟拖延了兩三月之久，原定三十二年元旦出版創刊號不得不一再衍期，以致收到稿件遲遲不能付印，這是要向讀者尤其作者致歉意的。

我們並不敢存着登作家寶座的野心，初意以為這樣也許不致在空暇時作無謂的消遣讓時光腐銹了生活；從而又可以結織更多一些愛好文藝的朋友。在文化運動中我們比一粒微塵還小的存在着，但我們願意貢獻這一點薄弱的能力呈諸同嗜文藝的朋友，更是在抗建中蒸蒸日上的祖國。

至於命取這古已有之的名字也並不含多大意義，僅僅由於想到這名字還未經人使由於雜誌，同時尚不輕飄飄或激昂慷慨以至與內容相距太遠。命這名字之先曾起過「盆地」「鐃歌」「文芒」一類的名字，或以聲音不揚，意過古奧，或以太露鋒芒，終於用了這古香古色的名字。

內容包括創作譯文雜文，乃至名著批評，作家介紹等，至於好壞應該由讀者自己親嘗後是苦是甜自然明白，不必自己誇大向人吹擂。

最後，我們竭誠的接受讀者的公正批評，以及努力寫作的朋友的惠賜鴻文，好使這初生的嬰兒在監督扶持之下成長健全起來。

成都　文藝研究社　1934－1937　月刊

文藝

目錄：

致讀者　本社

文學與救亡（短論）　夏明夷

成都一角（創作）　唐銜

紀念週（創作）　方旣白

沒有祖國的人（散文）　液白

兩個朋友（散文）　含嬰

憂愁的時間還定（雜感）　譚仲超

新一卷第一號

民國二十五年十二月十五日

成都市忠烈祠南街新新印刷社承印

219　**西部文藝**　R/810.5/153　455

成都　西部文藝社　1939—1940　月刊

四川省圖書雜誌審查委員會審查證乙字第十號

西部文藝

月刊

第一卷：第五期

（目錄）

書（小說）……M.高衛基作　夏迪蒙譯
中尉夫人（小說）……斯因
陷在虎口裏以前（報告）……萬敏
詩——夜巡警……子權
我們的歌……靖飛
回來吧我們的弟兄們！……戈止
自警……新奇
抄——別情……憶濤
下半夜（小品）……洛金
伊蘭布倫（長詩）（五）……斯因
肅清一切漢奸走狗（封面）……漾分

出版日期：中華民國二十九年一月十日
定價：每册　售國幣捌分
編輯人：憶濤　間濤
發行人：鍾江度
出版者：西部文藝社
地址：成都光華街八十七號

成都 學生文藝社 1938 半月刊

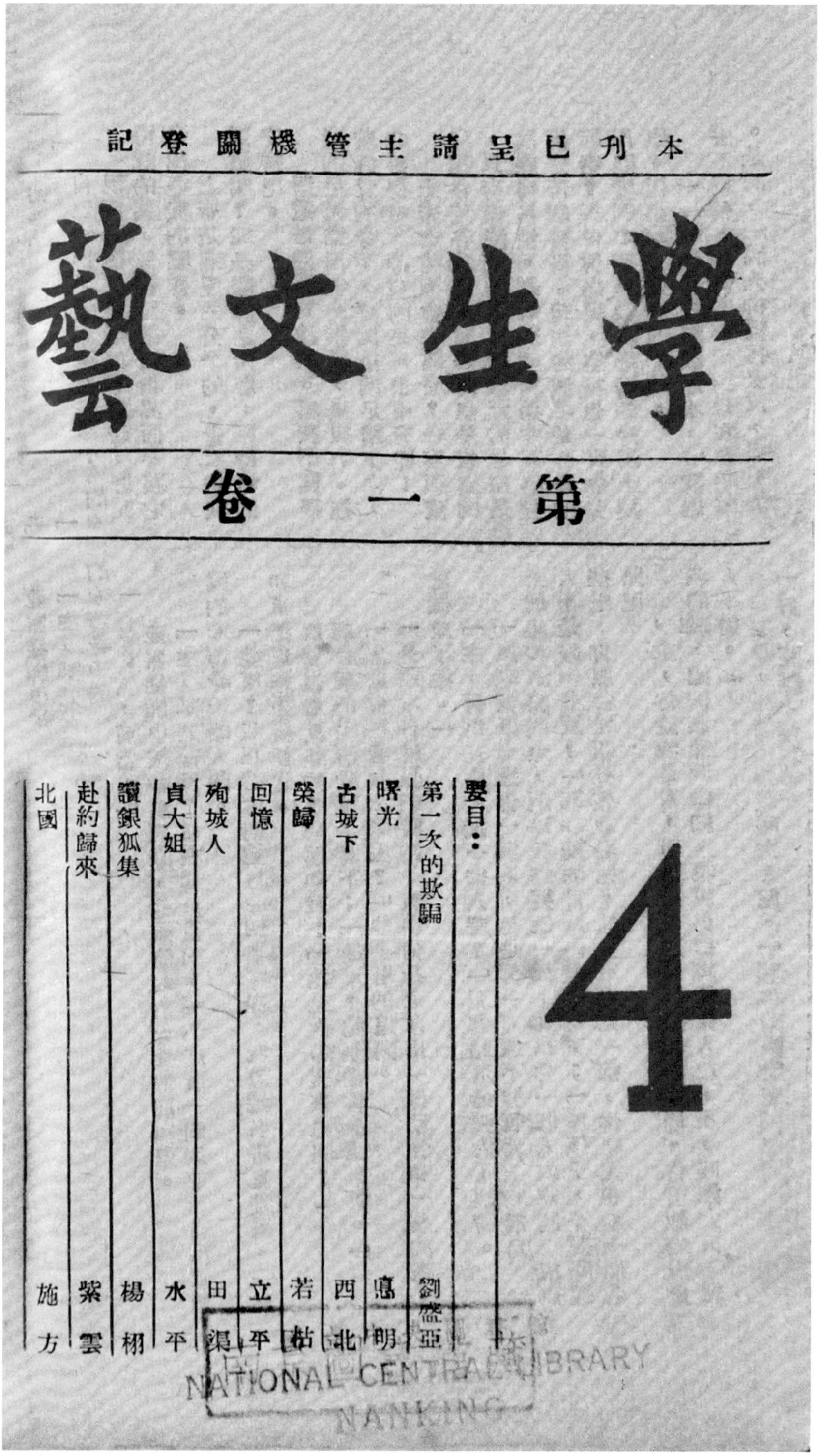

221　燕風月刊　R/810.5/174

成都　燕風社　1940—1941　月刊

燕風第七期

目錄

雲幻……茫方羊（二）
沒有快樂的季節——秋……楊槐（五）
若你問……全全（七）
散文兩篇……魏精忠（一〇）
記一個人……熊碧洛（一二）
去了（外一章）……東方蒙丹（一四）
拾穗的……白堤（一五）
無題草　S城散記……夏弟（一八）
沒有褪色的憶念……魏民（二三）
夜草……黃伽堤（二五）
死水之浴……王的（二七）
話當年……張楚姝（二八）
初忘·旅宿·街……至犬（二九）
笑……何式天（三〇）
單身人……張楚姝（三二）
夜雨……易森（三三）
我底心在山地裏……碧洛譯（三五）
憶……建川（三六）

222 野馬

成都 野馬文藝社 1939—1940 月刊

創刊號 目次

卷首 爭取勝利（歌曲）……亞當氏原詞 盤每戡配詞
社談 我們是野馬……本社同人
阿Q之類（短論）……戈丁
犧牲（小說）……蕭舟
雜感二章（雜感）……任翼鏗
轉變（報告）……鐵影
逃亡（邊疆小品）……每時雨亭
夜襲（小說）……白油琴
論評 自己的路……戈丁
給 强烈的戰鬥……西環
抄 ……張忠誨
「撲滅倭寇」的藝術價值與社會價值（書報述評）……林秋華
編後餘談……編者

野馬文藝月刊
創刊號
民國二十八年十一月十五日出版
編輯兼發行者 野馬文藝社
通訊處 成都聯陞巷十二號
經售處 各地各大書局
印刷者 成都成城出版社

價目		
零售	每册	八分
半年	六册	四角
全年	十二册	八角

每月發行一期
逢十五日出版

本刊已呈請主管官署登記

223 月季花

達縣　中國文化服務社達縣分社　1942—1944　月刊

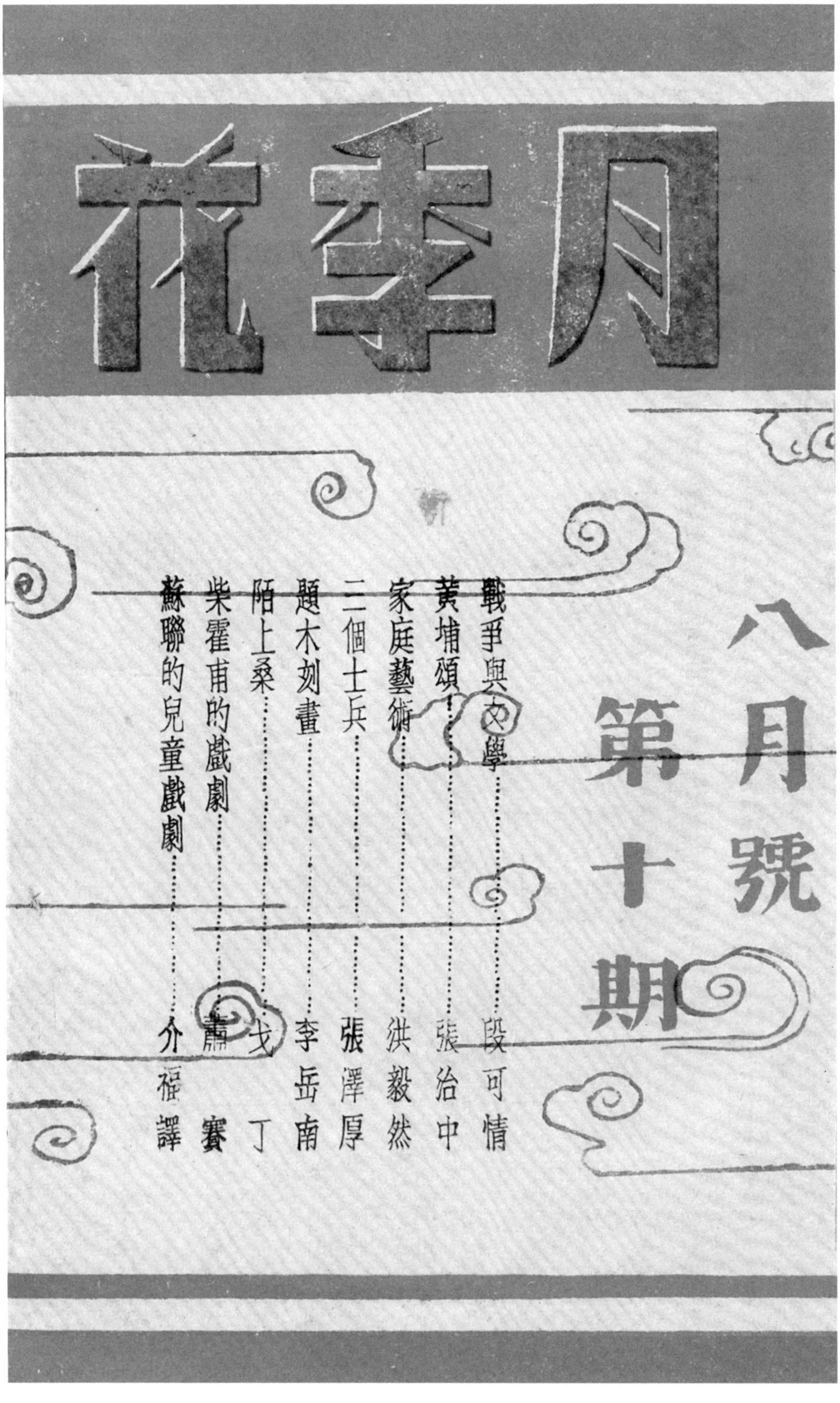

224 **戰時文藝** R/810.5/430.1

成都 戰時文藝社 1941—1943 月刊

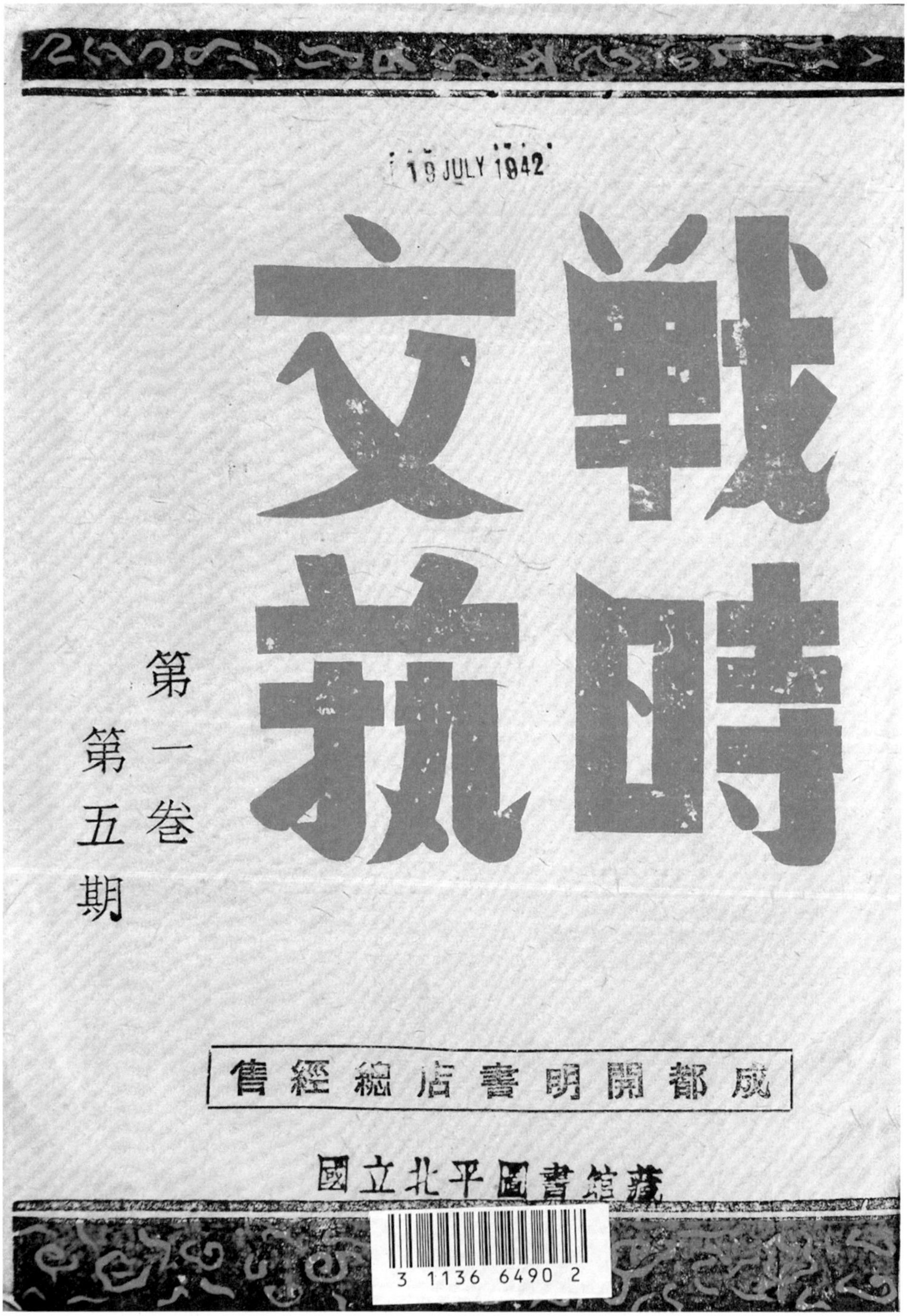

第一卷 第五期 目錄

中國民間歌謠與新詩（論文）……王亞平（一五七）

詩選

當前線傳來勝利的喜訊……任鈞（一七六）
第四十一的故事……安娥（九八）
走……蘆甸（二〇二）
冬天底歌……白痕（一七七）
紅旗飄揚着黃河……洪濤（一七八）

小說

帆影……沙坪（二二四）
意志……李春舫（一七〇）

散文

歲暮思……劉念渠（一七三）
控訴……李薇（二〇三）
旅程……汪茫（二〇四）

風雨之夜（劇本）……徐昌霖（二〇六）
封面……黃禾

戰時文藝 第一卷 第五期
民國三十一年四月一日出版
主編者 沙坪 戰時文藝社
發行人 馮月樵 普益圖書館
總經售處 成都開明書店 祠堂街 電話：七二七
重慶新生圖書公司 地址：民族路二一六號
印刷者 興華印刷所 成都新南門建國七路 電話四九三

定價表

	本省	國內
每月一冊 零售每冊	二元八角	二元八角
預定郵費在內 三月	八元	八元
六月	十五元二角	十五元二角
全年	三十元	三十元

凡郵匯不通之處，得以郵票代價，但以一角以內者爲限
本期因增加篇幅每冊零售二元八角

225　**戰時戲劇**　

成都　中華平民教育促進會抗戰劇團　1938　半月刊

戰時戲劇

中華民國廿七年　第一卷第二期　三月二十日出版

下鄉專號目次

鄉村演劇　熊佛西
半月評論
「賽金花」被禁過年感言
「放下你的鞭子」　熊佛西
下鄉演劇　克　桑
戰時巡迴鄉村演劇的演技問題　劉念渠
農村演劇所需要的劇場與裝置　閻哲吾
鄉村所需要的戲劇　幹　軍
鄉村演劇的幾個小問題　展　虹
給下鄉工作的同志　岳　路
戲劇在鄉村　鞏書田
通　訊　楊善清
武漢劇壇報導　余　異
雲南救亡戲劇的動態　方　玲
劇事春秋
打漁殺家（劇本）　陳樾山

本刊已呈請登記
中華郵政特許掛號認為新聞紙類

226　中國青藝　　　　　　

樂山　中國青藝社　1939　月刊　　　　

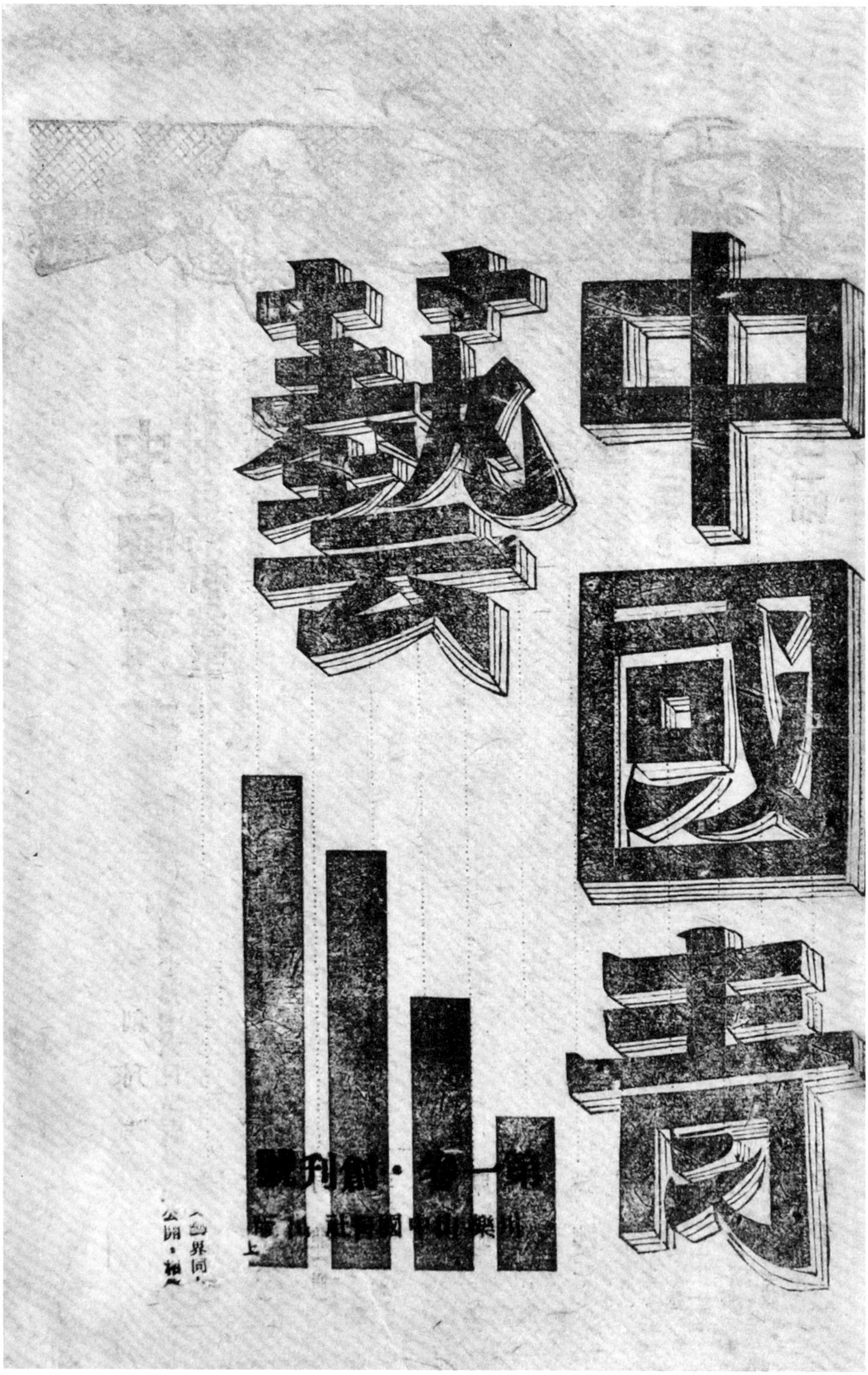

中國青藝

第一卷 創刊號

民國二十八年十月十六日出版

我們的目的和希望……編者（一）

青年文藝，抗戰（論文）……金滿城（二）

歸隊（街頭劇）……陶雄（四）

五，三，四（報告）……李若文（一四）

傻瓜襲擊手（小說）……豐村（一七）

大地底喜劇（散文詩）……晴虹（二三）

戰，戰吧！（詩）……[illegible]雁（一七）

戰場之夜（小說）……微萍（二七）

南充文藝活動（通訊）……裏征（三一）

流浪二題（詩）……李英（三二）

警報（隨筆）……倩英（三四）

燈（詩）……任耕（三五）

漫畫二幅……趣生

編輯後記……[illegible]

227 祖國文藝 467

成都 新新聞報館 1940—1941 月刊 四川

復活……………………祖國文藝社

評時

論蘇日協定……………………趙二

民生與抗戰……………………趙二

文論

怎樣創作小說……………………維克

論藝術家與革命……………………TIMOFEIRLKOTOV 汗亞梭譯

現階段藝術運動之基點……………………洪毅然

論眞的勇士……………………朱自強

種子……………………亞玲

詩

步子……………………白魯

清道夫……………………維克

五月的火流……………………維克

迎三十年……………………老岩

實話……………………伏波

起來吧！黃帝的子孫……………………黎宮

誌別話劇團同志……………………楊雲璉

寄南方的戰友——志忠……………………鄭正平

紅葉……………………白垠

錦城剪影……………………咏

空白……………………伏波

激流（中篇小說）……………………維克

短簡……………………編者

告讀者的信……………………李子

木刻（動亂時代負傷的戰士）……………………慶緒

編後記……………………編者

每月十日出版

定價

零售	本埠零售每冊五角 外埠零售每冊五角五

預定（連郵）	三月	半年	全年
	2·1	4·0	8·6

祖國文藝

復刊號 新一卷一期

主編 維克

發行者 吳家璠

民國卅年五月五日出版

社址 成都新新新聞報館 信箱一八九號

代訂

重慶生活書店

重慶讀書生活出版社

重慶沙坪壩上海雜誌公司

成都東方書店

成都青年書店

代售

全國各大書局

國家圖書館藏抗戰文藝期刊圖録

雲　南

228 楓林文藝叢刊 R/810.5/278

昆明 楓社 1943—1944

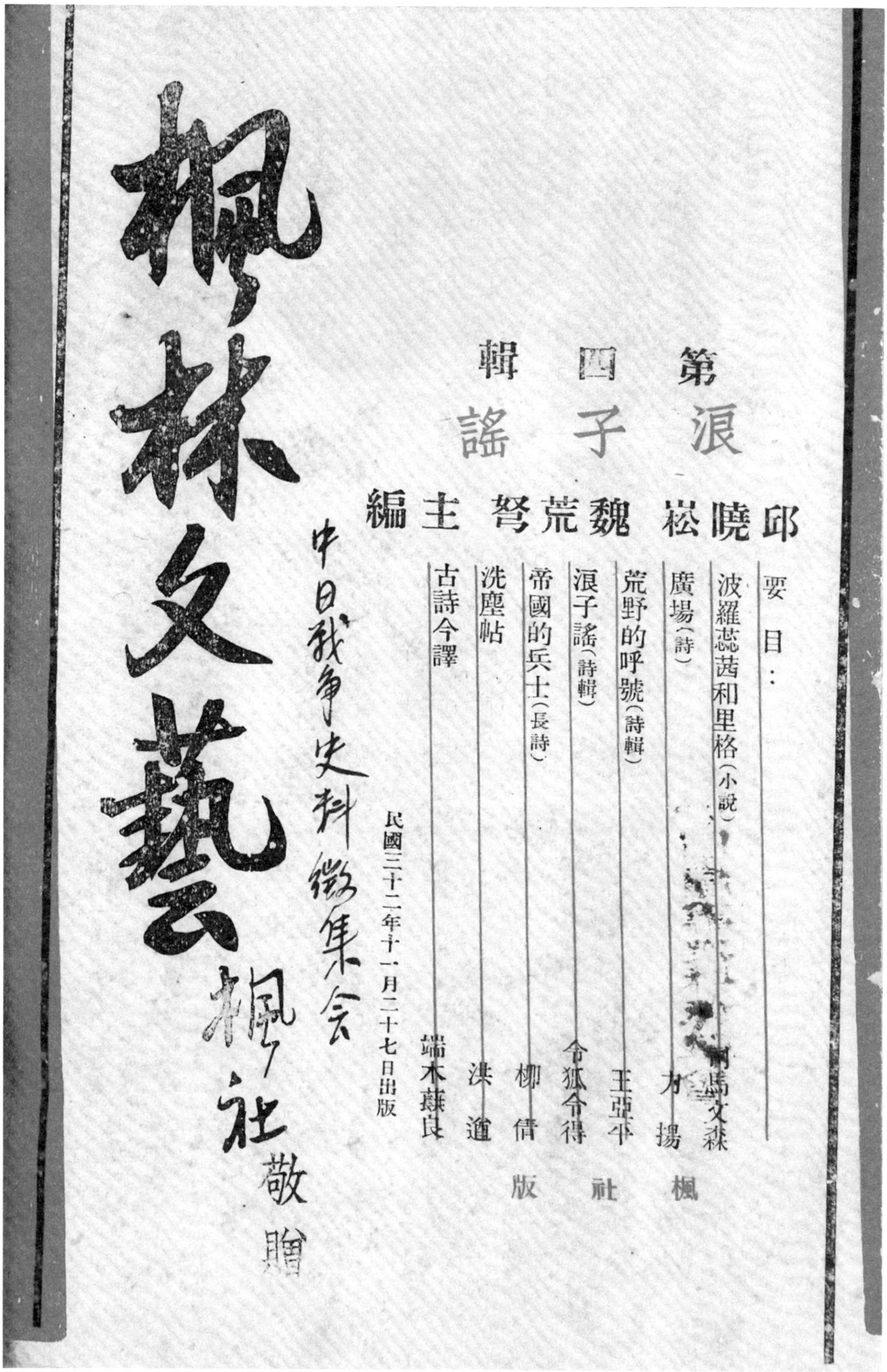

楓林文藝

第四輯

淚子謠

邱曉崧 魏荒弩 主編

要目：

波羅蕊茜和里格（小說） 司馬文森

廣場（詩） 力揚

荒野的呼號（詩輯） 王亞平

淚子謠（詩輯） 令狐令得

帝國的兵士（長詩） 柳倩

洗塵帖 洪遒

古詩今譯 端木蕻良

楓社版

民國三十二年十一月二十七日出版

中日戰爭史料徵集会

楓社敬贈

目錄

喜形於色（扉頁）　孫福熙刻
波羅蕊茜和里格（小說）　司馬文森（四）
廣場　力揚（一）
荒野的呼號（詩輯）　王亞平（一七）
浪子謠（詩輯）　令狐令得（二三）
村居偶掇（詩輯）　喜椰（三）
咒歌　上官柳（二九）
古詩今譯　端木蕻良（二六）
小屋　陳策（一六）
帝國的兵士（長詩）　柳倩（三〇）
芽的價值　卞之琳（一九）
拜崙家的四隻鵝　胡明樹（二〇）
悼沈碩甫　S Y（二一）
雨夜寄遠　孫藝秋（二）
洗塵帖　洪遒（二七）
山霧　蕭望卿譯（二五）

楓林文藝

第四輯浪子謠

民國三十二年十一月二十七日出版

編輯人　邱曉崧　魏荒弩

出版者　楓社

發行人　邱曉崧

印刷者　昆明大中印刷廠　辦事處：華山南路三十五號　廠址：南天台

經售處　全國各大書店

稿約

一　本刊以詩與散文為主。但文學各部門，亦所歡迎。

二　來稿於審查通過後，即以現金從優奉酬。

三　來稿須用格紙單面繕寫清楚。並註明住址。

四　來稿請寄昆明正義路鹽店巷二號交邱曉崧收。

229　高原文叢　R/810.5/648.2

昆明　高原書店　1944

目錄

雲南生活……華山（1—）
高爾基——堅毅的反法西斯戰士……蘇聯·V·雅爾密洛夫作 白澄譯（2—6）
鎮魂曲……光未然（7—）
大嘛嘛……紀孟（8—13）
路南散記……林彥羣（14—21）
阿細的先雞……光未然（22—25）
皆大歡喜……老尙（26—32）

著作者　華山等
編輯人　鄭明軒
發行人　李天杜
總經售　高原書店
昆明勸業場六十六號
印刷者　大中印刷廠
代售處　全國各大書店

230　**集體創作**　R/810.5/917　

昆明　華僑書店　1940—1944　雙月刊

新一卷　集體創作　第一期

目錄

·集體筆談·

漢漁　作家與貧病……1
高山　同病相憐……2
牛車　喊……2

·論文·

熊東明　羅丹與西歐彫刻新天地……44
盧那卡爾斯基作　麥浪譯　「聰明的悲哀」……26
E. Steinberg作　白澄譯　魯迅——卓絶的民主文化的鬥士……3

·小說創作·

艾玲　年青的姑娘們……45
冰峯　無花果……29
孟引　惡夢……8
沙浮白　妮娜……52

·散文·

陳亞謳　黑土高原散章……21
尹雪曼　鷹鵰之歌……40
高爾基作　梁啓迪譯　早晨……42

·詩·

呂劍　哀歌……37
P.oreshin　鄒荻帆譯　不是手創造的……36

加因　小土撥鼠尋春記（中篇童話）……15
黄靜　世代書香（獨幕劇）……59
J.S瑪賀爾作　魏荒弩譯　瑪麗·苔莉絲勳章（短篇小說）……23
A.沙洛夫作　吳覲譯　七天（報告）……57
揚生　不是復刊的話……56
昆明文訊八則

國家圖書館藏抗戰文藝期刊圖録

231 **黎明** R/810.5/795.3

昆明　黎明社　1943—1944　不定期

232 詩風

昆明 詩風社 1942

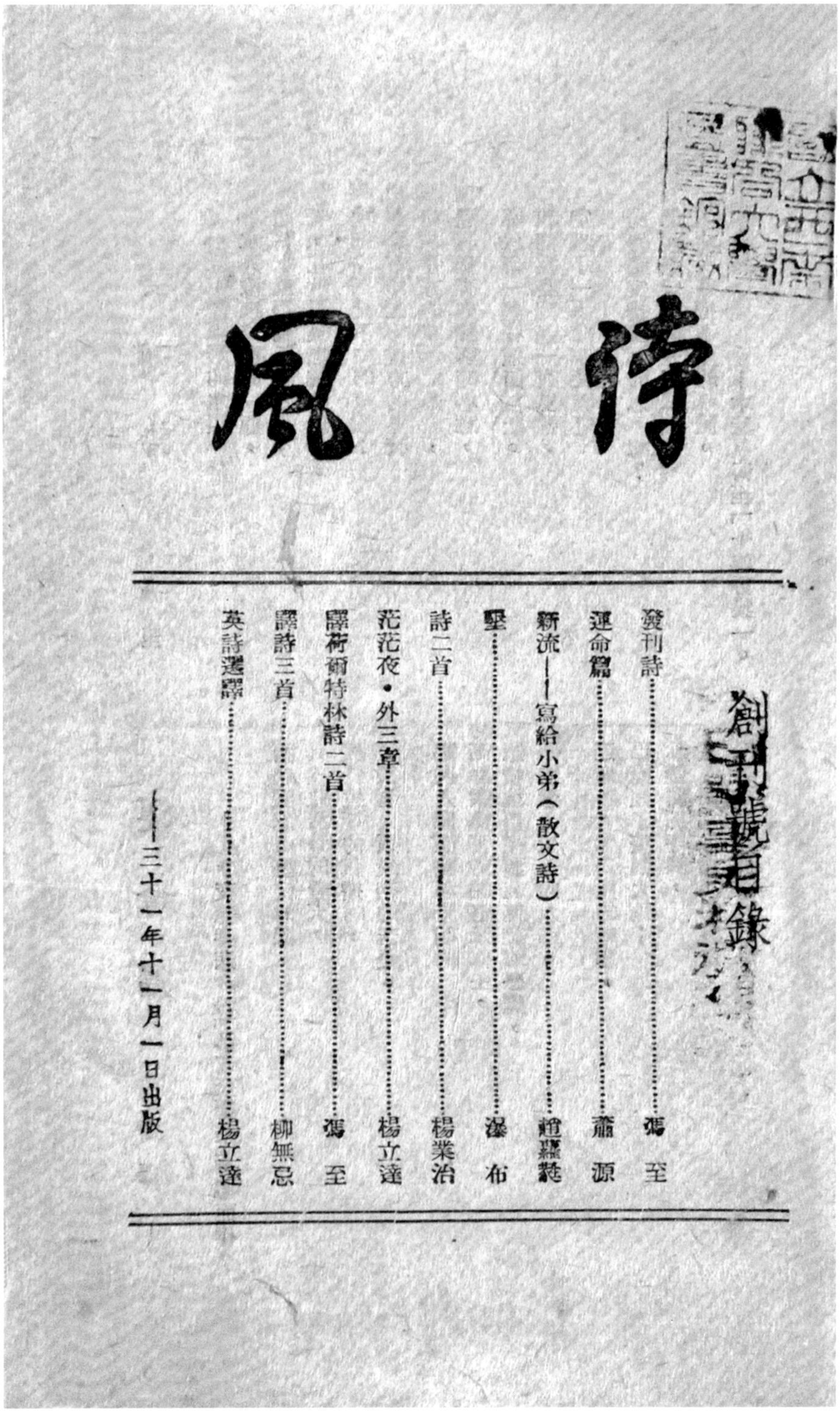
詩風

創刊號目錄

發刊詩……張至
運命篇……蕭源
新流——寫給小弟（散文詩）……趙蘿蕤
堅……瀑布
詩二首……楊業治
茫茫夜・外三章……楊立達
譯荷爾特林詩二首……張至
譯詩三首……柳無忌
英詩選譯……楊立達

——三十一年十一月一日出版

233 **詩與散文** R/810.5/602.12

昆明 天野社 1940—1946 月刊

△本期目錄▽

我們需要健康的作品……周畧（四——）
撲滅文化上的細菌……艾人（五—六）
惠特曼——德模克拉西的詩人……M·伊斯特曼作 高寒譯（一—三）
元曲的作者及其社會環境……野隼（七—九）
走背街……亞甯（十——）
名賢的架子……乘之（十一——）
希特勒華化考……沈沉（十四—十五）
伸手……漲波（十三——）
寄……召平（十三——）
春風……馮先（十三——）
破衣服……馮先（十二——）
無言……峙言（十二——）
竹……海天（十——）
高傲的蘋果樹……安徒生作 東方明譯（十六——）
十七號……何莊（十七—二十）
海闊天空（六幕抗戰悲喜劇）……楊光潔（廿一—廿六）

234　文化崗位　　R/810.5/677.26　　481

昆明　中華全國文藝界抗敵協會雲南分會　1938－1940　月刊　　雲南

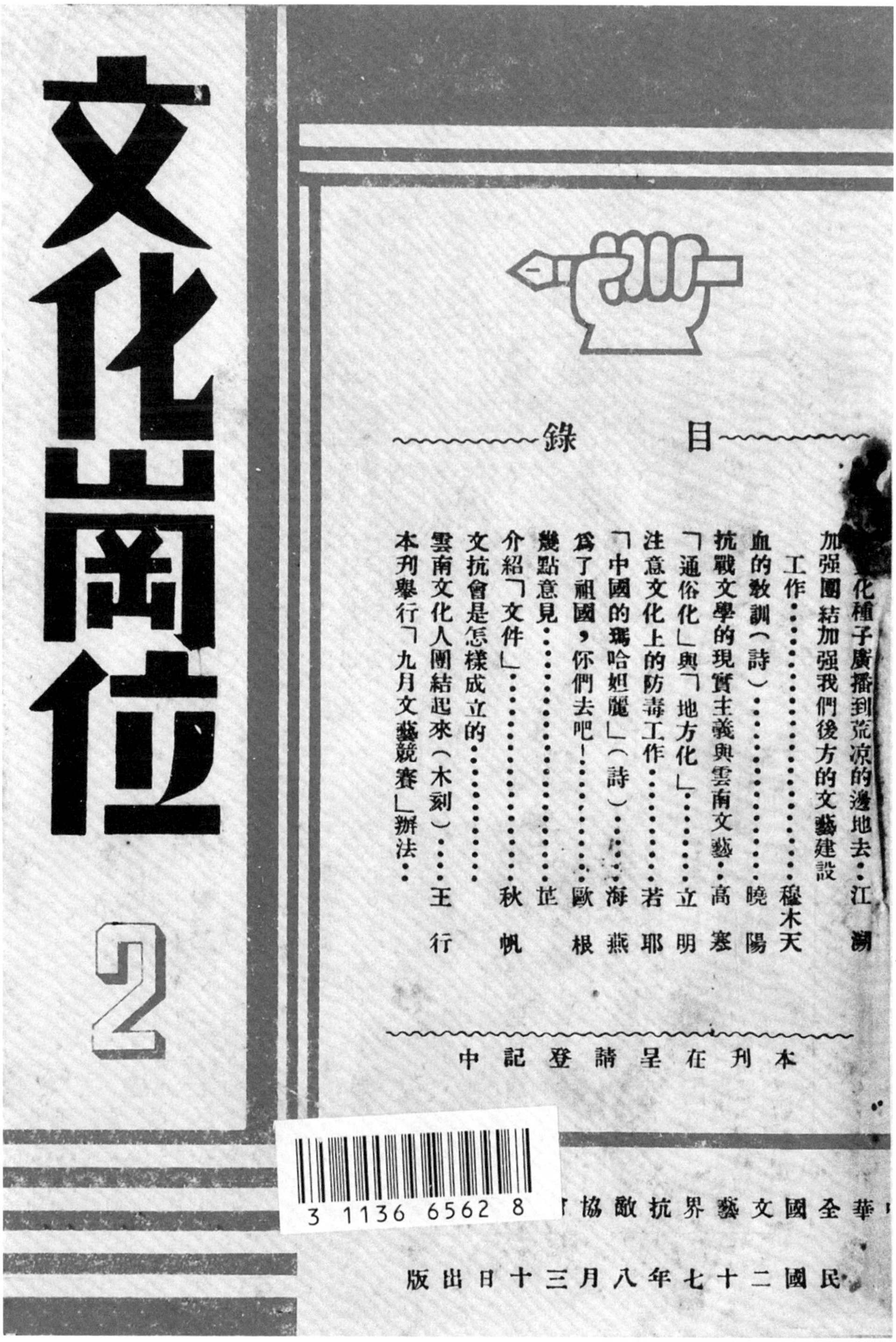

235　文學評論　　　　R/810.5/677.43

昆明　華僑書店　1943

文學評論

創刊號

目錄

發刊幾句話……編者（1）

文學短論

文學的任務……紗雨（3）
略論我們這個新文學……佐良（2）
略論文學語言……荒弩（5）
文章與性別……謝凡生（6）

吹牛家（小說）……雷石榆（8）

作家研究

海涅論……蕭源譯（71）
偉大的拜倫……沙浮白（53）
詩人胡翔冬……高寒（40）
魯迅及其風格……邢楚均（42）
高爾基與杜斯妥夫斯基……白澄譯（62）

漫談「傳奇」和「彈詞」……李岳南（45）

海年先生（小說習作）……樹基（25）

詩

山女之戀……孫藝秋（4）
一個未誕生的孩子底歌……魏荒弩譯（23）
迎遠征軍……彭桂蕊（36）
歌史太林……林慧譯（4）
荒村爐邊……彭桂蕊（31）
歸僑……呂耕亮（39）

散文

霜……包白痕（60）
彼岸……濺波（59）
祭……尹雪曼（61）

批評

「小蘭花」讀後……紗雨（29）
評「牛全德與紅蘿蔔」……克倫斯（27）
「北京人」中的二三人物去向……挺亞（30）
詩的凌遲……克倫斯（32）

囤積（獨幕劇）……雷石榆（47）

專論

論短篇小說……王佐良（33）
論新詩的內容和形式……李廣田（15）
詩的音樂性……羅鐵鷹（37）

文學名著解題……老遲生（78）
：封面裝幀……流波

627140

236 文藝季刊

昆明　雲南文藝季刊社　1937—1939　不定期

文藝季刊第一卷要目彙編

論著

為初學批評者所開的一個書目（創刊號）……李長之
王充對文學上的幾個主張（創刊號）……寒穀
幾封論寫作的信（創刊號）……沈從文等
我對於舞台用語問題的意見（第二期）……陳豫源
麽些文字序（第三期）……章太炎遺作
談進步（第三期）……沈從文
作家的筆應該為什麼而戰（第三期）……彭桂蕊
抗戰詩歌的特質及途徑（第四期）……彭桂蕊

雜文

我們能做點什麼（第一期）……施蟄存
黑夜小集（第二期）……齊同
「忽然想到」二章（第三期）……齊同
「西班牙的血」書後（第三期）……乘之
文人（第二期）……寒穀

中篇小說

彗星（上部）（第二期）……周輅

短篇小說

刦！（創刊號）……寒穀
手錶（創刊號）……楊光潔
耳朵（創刊號）……周輅
蠱（第二期）……馬子華
麥子（第三期）……耶金
復仇（第三期）……楊光潔
變，（第三期）……寒穀
販煙土的一羣（第三期）……周輅
石碑山的火（第四期）……周輅
三弟兄（第四期）……寒穀

散文

我的家屋（創刊號）……施蟄存
火（第二期）……蕭乾
東方的羅馬（第二期）……劉堯民

通訊

海外通訊（三篇）……楊超然
來到前方（戰地通訊）……李喬

劇本

開到前方去（獨幕劇）……楊光潔

詩歌

自由的火焰等七篇……麥鱗等

（附註：以上係文藝季刊第一卷計四期之要目，另外尚有未列入者共五十餘篇）

237　**西南文藝**　

昆明　中華全國文藝界抗敵協會雲南分會　1941—1942

目錄

論文

雲南文藝運動的後顧與前瞻……微音（1）
論文藝上的民族形式之建立……鄭嬰（5）
爭取讀者……秋帆（4）
詩評……雷石榆（7）

小說

「火」第五章……巴金（13）
施朗……馬子華（22）

散文

高跟皮鞋的悲哀……微音（18）
時間，蒸氣一樣的變幻……劉恒伍（30）
老酒和血的故事……燕止平（28）
紅燈籠……濺波（40）

詩之頁

工作週……淺野公子（8）
小女孩底笑……魯馬（12）
送別C君……雷濺波（32）
同志，把我的鎗給我……杜運燮（33）
不朽的中國……朱乃（34）
馬拉……蒂克（3）
我們學習戰鬥……包白痕（34）
煙花開遍卡瓦山……彭桂萼（35）
寄越南戰友……黃海平（38）
你永眠在祖國的土壤……涵青（98）

海外華僑文壇的一角（報告）……馬揚生（42）
作家書簡（老舍、蓬子、謝六逸、碧野、方殷等）
消息兩束……（44）
編後話……編者（44）

238 新地文叢 R/810.5/656.93 489

昆明 大中印刷廠 1943 雲南

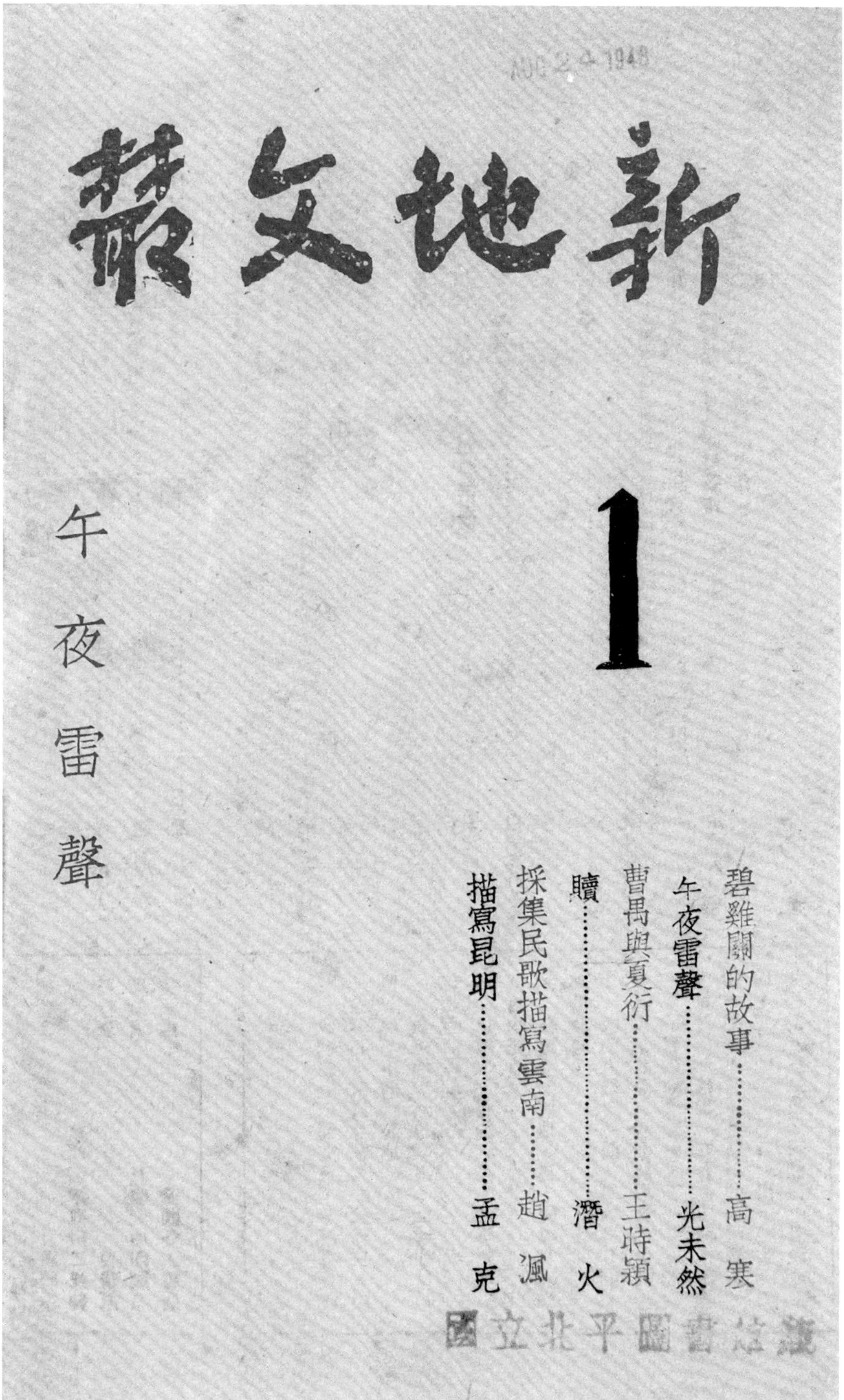

239 戰歌

昆明　崇文印書館　1938－1941　月刊

戰歌

詩歌月刊

第一卷

第三期目錄

盧溝橋、偉大的橋梁……濺波

獻……羅鐵鷹

紀念魯迅先生……高寒

向炮火裏創造新生……海燕

送雲南婦女戰地服務團……彭慧

破碎了的鐵鳥……曉黛

高蘭的朗誦詩……徐嘉瑞

我們是……彭桂蕊

血的故事……克鋒

讀梁宗岱先生的『談抗戰詩』……錫金

雙十獻詞……艾而

獻(譯詩)……張鏡秋

青春的氣息……穆木天

詩歌運動在香港……豹變

詩友們的來信……雷石榆等

編後……編輯室

240 戰時民衆 R/050/430.61

騰衝 戰時騰衝民衆社 1941 不定期

戰時民衆

中華民國三十年三月廿五日出版

第三卷·第六期

男子以上戰場殺敵爲榮

婦女以下田務農爲榮

蔣夫人「三八」節演講辭

田真木刻

改進出版社發行

中國其他

241　北戰線　

河南洛陽　北戰線文藝社　1940　半月刊

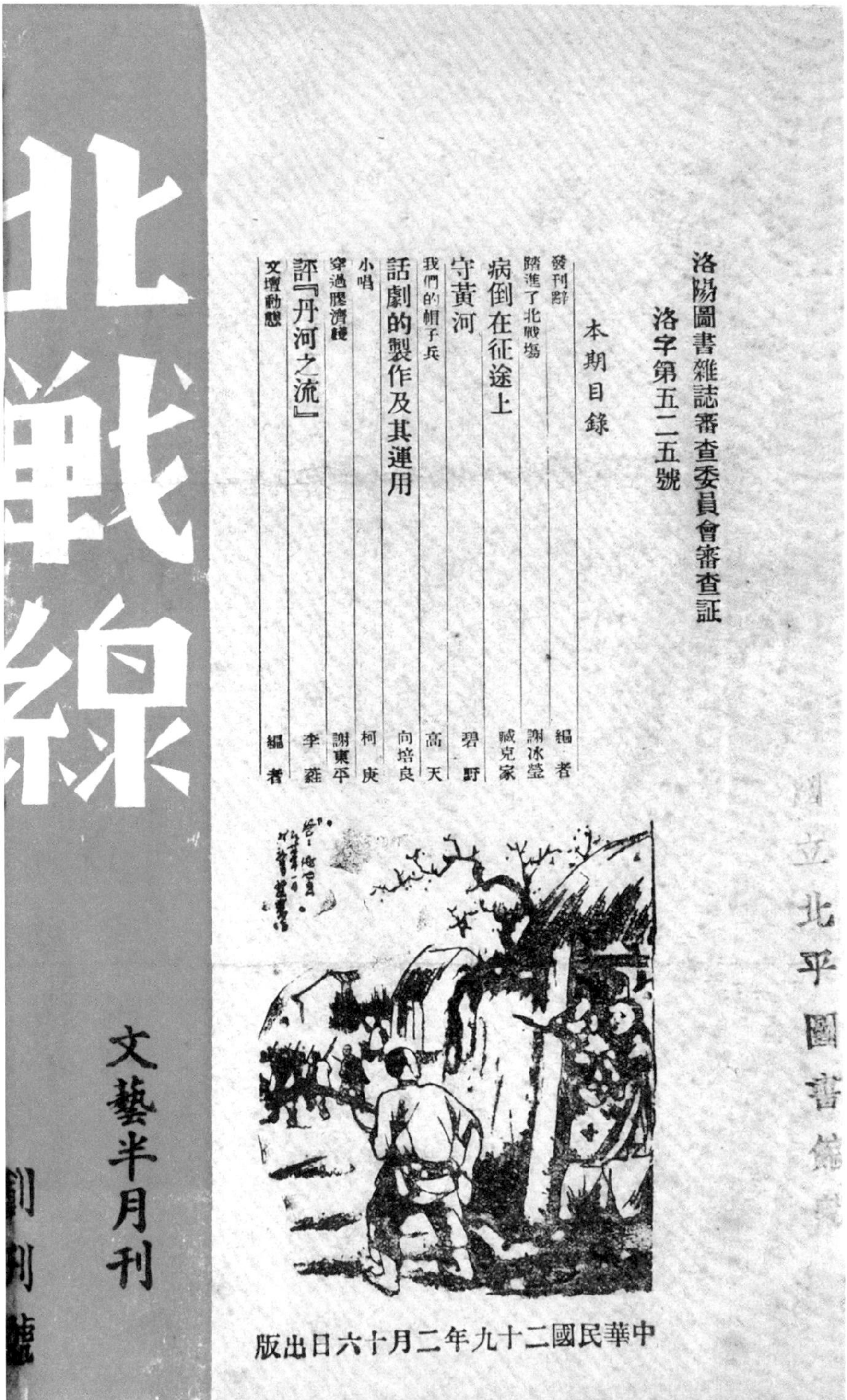

北戰線

文藝半月刊

創刊號

洛陽圖書雜誌審查委員會審查証

洛字第五二五號

本期目錄

發刊辭　編者
踏進了北戰場　謝冰瑩
病倒在征途上　臧克家
守黃河　碧野
我們的帽子兵　高天
話劇的製作及其運用　向培良
小唱　柯庚
穿過膠濟綫　謝東平
評『丹河之流』　李蕤
文壇動態　編者

中華民國二十九年二月十六日出版

242　筆談

香港　筆談半月刊社　1941　半月刊

筆談

第二期目次

兩週間

龍戰與鷄鳴……郭沫若（二）

雜感——兩種靈魂……胡風（二五）

隨筆——憶鳳閣……無垢（六）

戰時日本的文化動態……林煥平（一八）

掌故・軼聞

羿樓日札……柳亞子（一〇）

客座雜憶……形天（一三）

菰蒲室雜記……倘庵（二六）

關於浩加・拉斯勒丁的故事……戈寶權譯（二八）

蘇德戰爭第一天……蘇聯・沙巴達作 費凡譯（二五）

遊記與印象

昆明點滴……鳳子（一二）

千萬里外的懷念……鐵生（二六）

兩同志（小說）……阿美尼亞・特米彊作 柳無垢譯（[illegible]）

詩

斑鳩外二章……

讀史……

書報春秋：

我是勞動人民的兒子……文（[illegible]）

法蘭西崩潰內幕……文（[illegible]）

雜組

納粹德國的宗教如此……亮（二六）

「夥頤」……文直（二七）

妙聯二則……明（二二）

法國革命空氣濃厚……民（二四）

納粹人員之惡劣的生活……文（二九）

時論拔萃：

百年前的新嘉坡華僑……劉強（三）

自流井……朱傑（三）

插畫：

秋……（正文前）

[illegible]者的家庭……（廿五頁前）

243 朝暾

朝暾文藝叢刊社 1942

朝暾

文藝叢刊

民國三十一年三月十日發行

簡目

晨……高爾基

懷沙……汪難

風沙中生長的人……黃文

明……綠雷

光明已在向我們招手……茜茜

青雲衣兮白霓裳

舉長矢兮射天狼

操余弧兮反淪降

援北斗兮酌桂漿

撰余轡兮高駝翔

杳冥冥兮以東行

——東君・屈原——

代序

晨

——結綠節譯——　高爾基

縱覽白晝的誕生！

煦光的第一線光芒，剛透過天空，夜之陰影就跑去躲避到幽谷和巖罅裏；躲避到森林的密葉和沐着鮮露的碧草的交織着的深叢中。隨着，羣峯靄然地好笑起來，宛若向夜之淡影說：「不要害怕——這是太陽」！

海的波濤高高地湧起白漾漾的浪頭，向晨曦彎腰，好似宮廷裏有禮貌的宮娥們在她們君王面前一樣鞠躬而歌唱：「歡迎，世界的主人喲」！善良的太陽笑了。那羣波濤已經嬉戲了整整的一夜，迴旋着，跳舞着。而今她們面對着一片景色。她們的銀髮披散了，她們那湛碧的鮫綃綴摺了，她們那天鵝絨的裙裾纏結了。

被露水潤透了的花兒，嬉戲地搖一搖頭，他們傲慢地笑了，在陽光裏伸展開去。朝暾的光芒在露珠的顆粒上閃爍着，在花瓣和葉片上放射着金鋼鑽似的燦爛。

金色的蜜蜂和野蜂紛紛的圍繞着她們，貪饞地吸着她們的甘蜜。在匆忙的嗡嗡聲中，人們可以聽見這歌聲：

讚美太陽——生命的快樂的源泉。

讚美勞動——美化了大地的功績。

現在紅胸的知更鳥醒了。牠立起那細弱的脚搖擺着，也唱起恬靜的歡樂之歌。

詩歌

太陽起兮……庸

轟炸篇……欽平

詩的泉源……穗穠

思鄉小唱……穗穠

飛將軍歌……結綠

244 **大地文叢** R/810.5/354.1

河南 大地文叢社 1942 月刊

創刊號目錄

創作方法與藝術家的世界觀（理論）……日本森山啟作 林煥平譯

創作

當死亡離遠的時候……徐盈

歸來……田濤

五年間……碧野

孩子的故事（中篇）……姚雪垠

詩

他打仗去了（長詩）……臧克家

砂粒……王亞平

意大利童話之九……高爾基作 王語今譯

惶惑的呼聲……V李由作 禮長林譯

雜文・散文・通訊

兩種暴力……李蕤

血污的牆……譚原

詩部隊重慶支隊……馬牧子

文壇簡報

編後雜記

大地文叢

主編者：大地文叢社
河南葉縣三一出版社轉

印刷者：華中日報社
河南葉縣二七〇郵局轉

民國三十一年五月一日出版

定價		
	每冊	三元
	半年	十六元
	全年	叁十元

245 頂點 R/813.105/158

香港 新詩社 1939 月刊

頂點

（月刊）第一卷・第一期

一九三九年七月十日

・作詩。

詩三章……………………………………艾青（一）
縱火，死難者的畫像，吊樓。
給——………………………………………李菲（一〇）
詩三章……………………………………周煦良（一三）
衝鋒以前，莫丟掉我們手中的火炬，鄉思。
詩三章……………………………………袁水拍（一四）
不能歸他們，雨中的送葬，奴隸們唱。
為北平而歌外一章………………………陳時（二〇）
為北平而歌，透明。
詩二章……………………………………徐遲（二四）
懷柔，謎語。
四月的早上………………………………陳邇冬（二六）

246 東北文學

長春 1945—1946 月刊

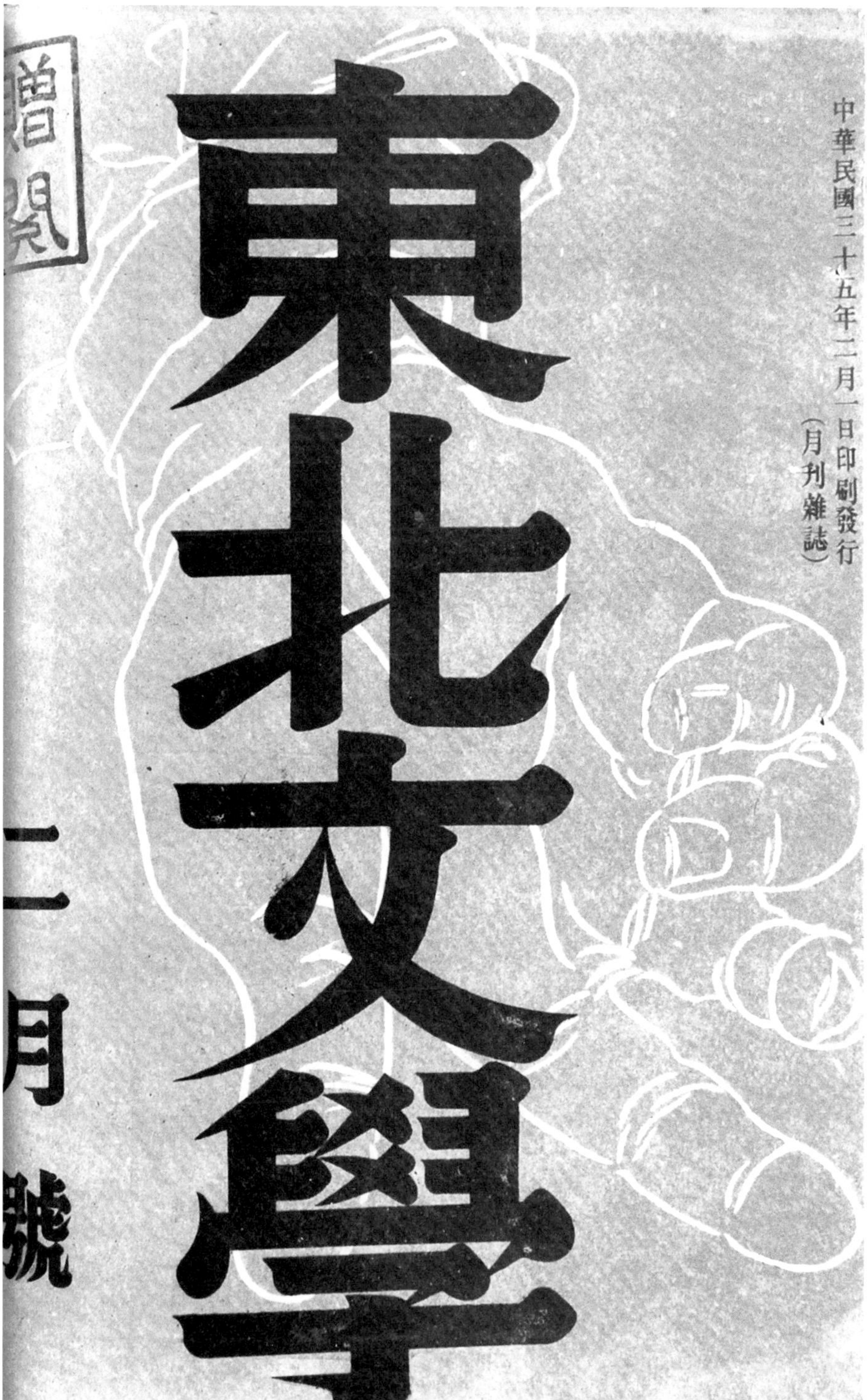

東北文學

中華民國三十五年一月一日
第一卷第三期（通卷第三號）

卷首詩

從你底屍身上踏過去……韋長明……（六）

小說

寒流……姚遠……（一五）
拓荒……大宇……（三一）
長城外的人……魏之吉……（三七）
某醫師的手記……金羽……（四一）

詩

你活在我們的心里……林里……（一一）
自諫……奚子磯……（一二）
獄中吟……雲鵬……（一三）
悼……楊絮……（一四）
霜的孤寂……大宇……（一五）

思念的遊絲……葛宛華……(一七)
我又有了愛……劉星……(一七)

散文

歲暮長春外二章……葛宛華……(五四)
海拉爾城的風砂……高山原……(五九)
黑龍江之夜……韋長明……(六〇)

書簡

激情之書……君頤……(四九)

作者與作品

關於「我的日記」的被扣押……楊絮……(一八)
「靈草」和我……方季良……(二〇)
這都是爲了我的「七月」……韋長明……(二二)

結算與展望

淪陷期中的東北戲劇……孟語……(六三)

劇

各懷心腹事……由言……(六八)

247　東綫文藝　

江西上饒　東綫文藝社　1940　月刊

前綫文藝談(短論)……沙雁 一
新階段的新詩(短論)……王亞平 二
弟弟(小說)……紺弩 三
鄉居雜記(隨筆)……艾蕪 七
潤水河邊(散文)……黃藥眠 九
溫泉(詩)……蒲風 九
異聲同調(速寫)……雷石榆 一〇
農村小曲(詩)……章曉嵐 一〇
關於文藝批評(論文)……蒲風 一一
秋天的童話(長詩)……辛勞 一四
論兒童詩的製作(短論)……王雲波 一四
征途(報告)……范敏 一六
歌唱六月二十日下午四點鐘罷(詩)……張煌 二一
會是異國的情敵(詩)……雷石榆 二三
散兵(小說)……艾蕪 二五
前去(長詩)……雪邨 三四
半風(雜文)……蕭仲納 三六
爲了祖國(詩)……亞丁 三六
十八盤(詩)……高詠 三七
飄泊之歌(詩)……藍海 三八
血(散文)……辛勞 三九
乞丐之墓(譯詩)……覃子豪 三九
中華 我們的母親(詩)……羅鐵鷹 四〇
冰條(譯文)……平田小六作 耳耶譯 四一
湖(小說)……林果 四三
希特拉是有名的號手(詩)……孟超 四九
東綫笳聲(作家短簡)……諸家 五〇
編後記……編者 五一
一九四〇年之春(木刻)……南保
失去土地的人們(木刻)……野夫

東綫文藝

創刊號

民國二十九年三月一日出版
主編者 東綫文藝社
編輯者 殷夢萍 張煌
發行者 東綫文藝社
經售者 金華書店 浙江金華同升巷口
時代書局 江西上饒下中山街
代售者 全國各地書店
社址 工西上饒胡葉街一號
桂林通訊處 桂林施家園四九號文協分會張煌
·本刊文字非經允許不得轉載·
◇每逢一日發行◇
◇零售每冊四角◇

預定		
半年	六冊	二元二角
全年	十二冊	四元

◻郵票代洋十足通用◻

河南開封　風雨週刊社　1937—1938　週刊

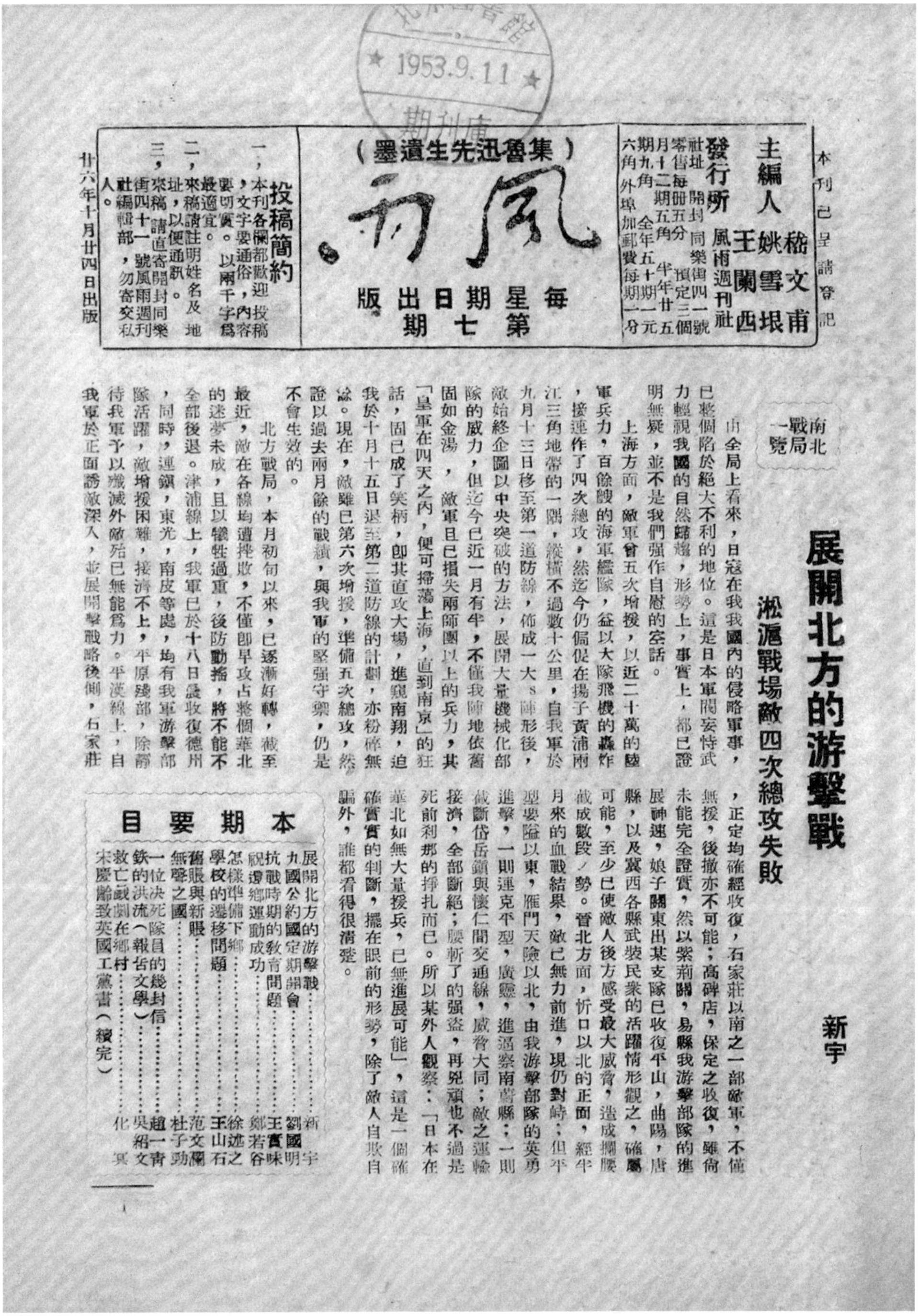

本刊已呈請登記

主編人 嵇文甫 姚雪垠 王闌西
發行所 風雨週刊社
社址 開封同樂街四十一號
零售每冊五分 預定三個月十二期五角 半年廿五期九角 全年五十期一元
外埠加郵費每期一分六角

（集魯迅先生遺墨）
風雨
每星期日出版
第七期

投稿簡約
一，本刊各欄都歡迎投稿，內容要切實。文字要通俗，以兩千字爲最適宜。
二，來稿請註明姓名及地址，以便通訊。
三，來稿請直寄開封同樂街四十一號風雨週刊社編輯部，勿寄交私人。

廿六年十月廿四日出版

展開北方的游擊戰
淞滬戰場敵四次總攻失敗
南北戰局一覽

新宇

由全局上看來，日寇在我我國內的侵略軍事，已整個陷於絕大不利的地位。這是日本軍閥妄恃武力輕視我國的自然歸趨，形勢上，事實上，都已證明無疑，並不是我們強作自慰的空話。

上海方面，敵軍曾五次增援，以近二十萬的陸軍兵力，百餘艘的海軍艦隊，益以大隊飛機的轟炸，接連作了四次總攻，然迄今仍偏促在揚子黃浦兩江三角地帶的一隅，縱橫不過數十公里，自我軍於九月十三日移至第一道防線，佈成一大s陣形後，敵始終企圖以中央突破的方法，展開大量機械化部隊的威力，但迄今已近一月有半，不僅我陣地依舊固如金湯，敵軍且已損失兩師團以上的兵力，其「皇軍在四天之內，便可掃蕩上海，直到南京」的狂話，固已成了笑柄，即其直攻大場，進窺南翔，迫我於十月十五日退至第二道防線的計劃，亦粉碎無餘。現在，敵雖已第六次增援，準備五次總攻，然證以過去兩月餘的戰績，與我軍的堅強守禦，仍是不會生效的。

北方戰局，本月初旬以來，已逐漸好轉，截至最近，敵在各線均遭挫敗，不僅即早攻占整個華北的迷夢未成，且以犧牲過重，後防動搖，將不能不全部後退。津浦線上，我軍已於十八日晨收復德州，同時，連鎮，東光，南皮等處，均有我軍游擊部隊活躍，敵增援困難，接濟不上，平原殘部，除靜待我軍予以殲滅外敵殆已無能爲力。平漢線上，自我軍於正面誘敵深入，並展開擊戰略後側，石家莊，正定均確經收復，石家莊以南之一部敵軍，不僅無援，後撤亦不可能；高碑店，保定之收復，雖尚未能完全證實，然以紫荊關，易縣我游擊部隊的進展神速，娘子關東出某支隊已收復平山，曲陽，唐縣，以及冀西各縣武裝民衆的活躍情形觀之，確屬可能，至少已使敵人後方感受最大威脅，造成攔腰截成數段之勢。晉北方面，忻口以北的正面，經半月來的血戰結果，敵已無力前進，現仍對峙；但平型要隘以東，雁門天險以北，由我游擊部隊的英勇進擊，一則連克平型，廣靈，進逼察南蔚縣；一則截斷岱岳鎮與懷仁間交通線，威脅大同；敵之運輸接濟，全部斷絕；腰斬了的強盜，再兇頑也不過是死前刹那的掙扎而已。所以某外人觀察：「日本在華北如無大量援兵，已無進展可能」，這是一個確確實實的判斷，擺在眼前的形勢，除了敵人自欺自騙外，誰都看得很清楚。

本期要目
展開北方的游擊戰……新宇
九國公約國定期開會……劉國明
抗戰時期的教育問題……王實味
視遵鄉運動成功……鄭若谷
怎樣準備下鄉……徐述之
學校的遷移問題……王山石
舊賬與新賬……范文瀾
無聲之國……杜子勁
一位決死隊員的幾封信……趙一青
鉄的洪流（報告文學）……吳紹文
救亡戲劇在鄉村……化冥
宋慶齡致英國工黨書（續完）

249　**高原**　

西安　高原出版社　1944—1945　月刊

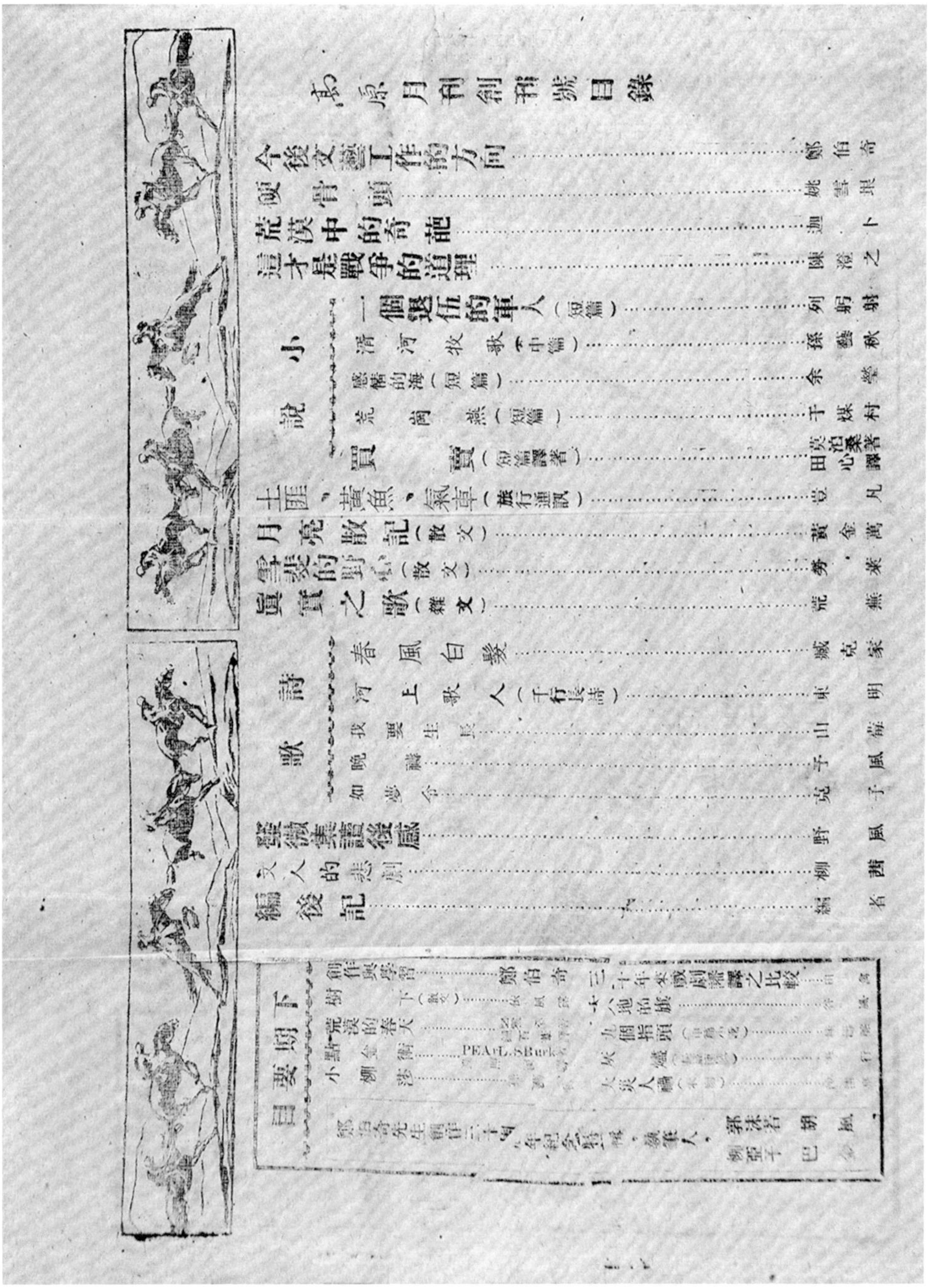

高原月刊創刊號目錄

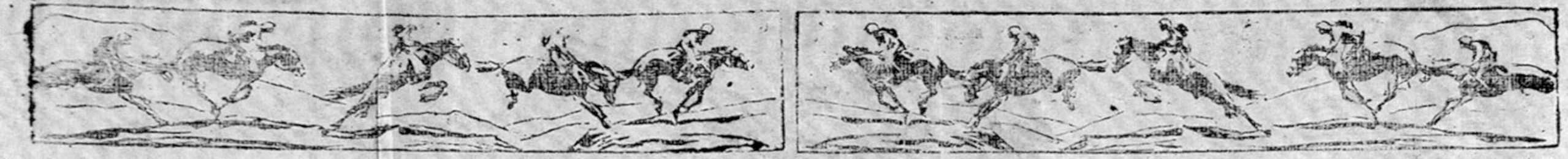

下期要目

鄭伯奇先生創作三十周年紀念特輯，執筆人，郭沫若 胡風 柳亞子 巴金

250 海風

R/813.105/752

天津 海風社 1936—1937 月刊

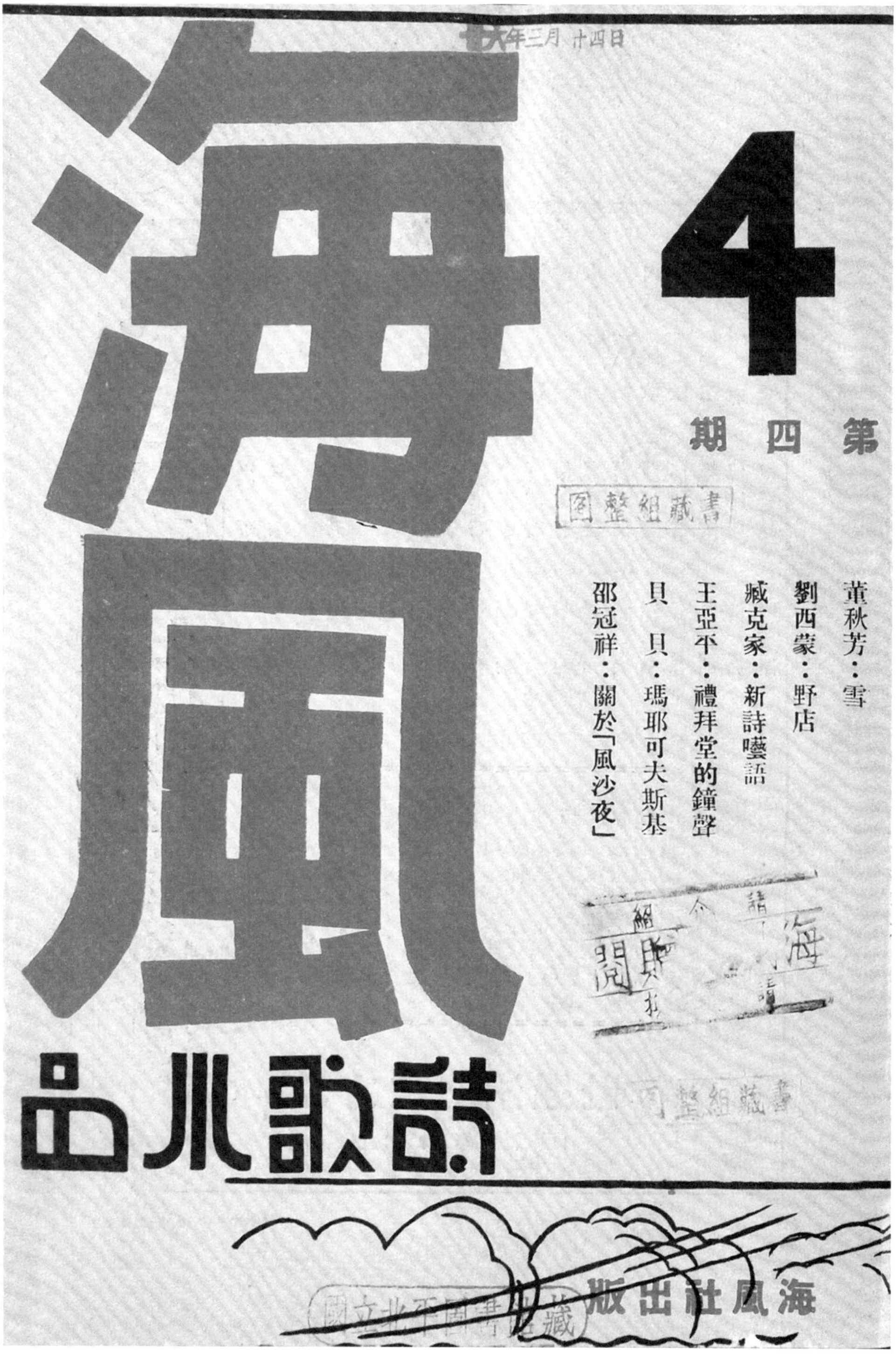

海風

第四期

目錄

畫家陶元慶的修養功夫……許欽文 132

瑪耶可夫斯基…………貝　貝 152

夜之歌…………………歐陽麗娜 143

海河之歌………………簡　戎 145

失眠……………………姚　立 151

新詩囈語………………臧克家 148

野店……………………劉西蒙 135

雪………………………董秋芳 137

關於風沙夜……………邵冠祥 152

詩歌

仇恨………………………袁　勃 134

希望………………………沐　雨 136

懷鄉曲……………………蓬麥哲 138

禮拜堂的鐘聲……………王亞平 141

紀念………………………盧白炎 144

十二月……………………虹　飛 150

江上吟……………………王梁彥 148

運河岸上…………………木以圭 147

東北風……………………陳北鷗 149

心曲………………………徐壽雲 151

河工………………………王博習 150

夜…………………………魯　奮 149

春…………………………張會川 149

老農曝日…………………吳星漢 151

Epilogue …………………海涅作 魏皆譯 149

鷲鳥之歌…………………高爾基作 夢廻譯 142

惠特曼二首………………鮮魚羊譯 142

中國詩歌作者協會宣言……………155

海風社出版

251 黃海潮 R/050/164

安徽阜陽　黃海潮出版社　1945—1947　月刊

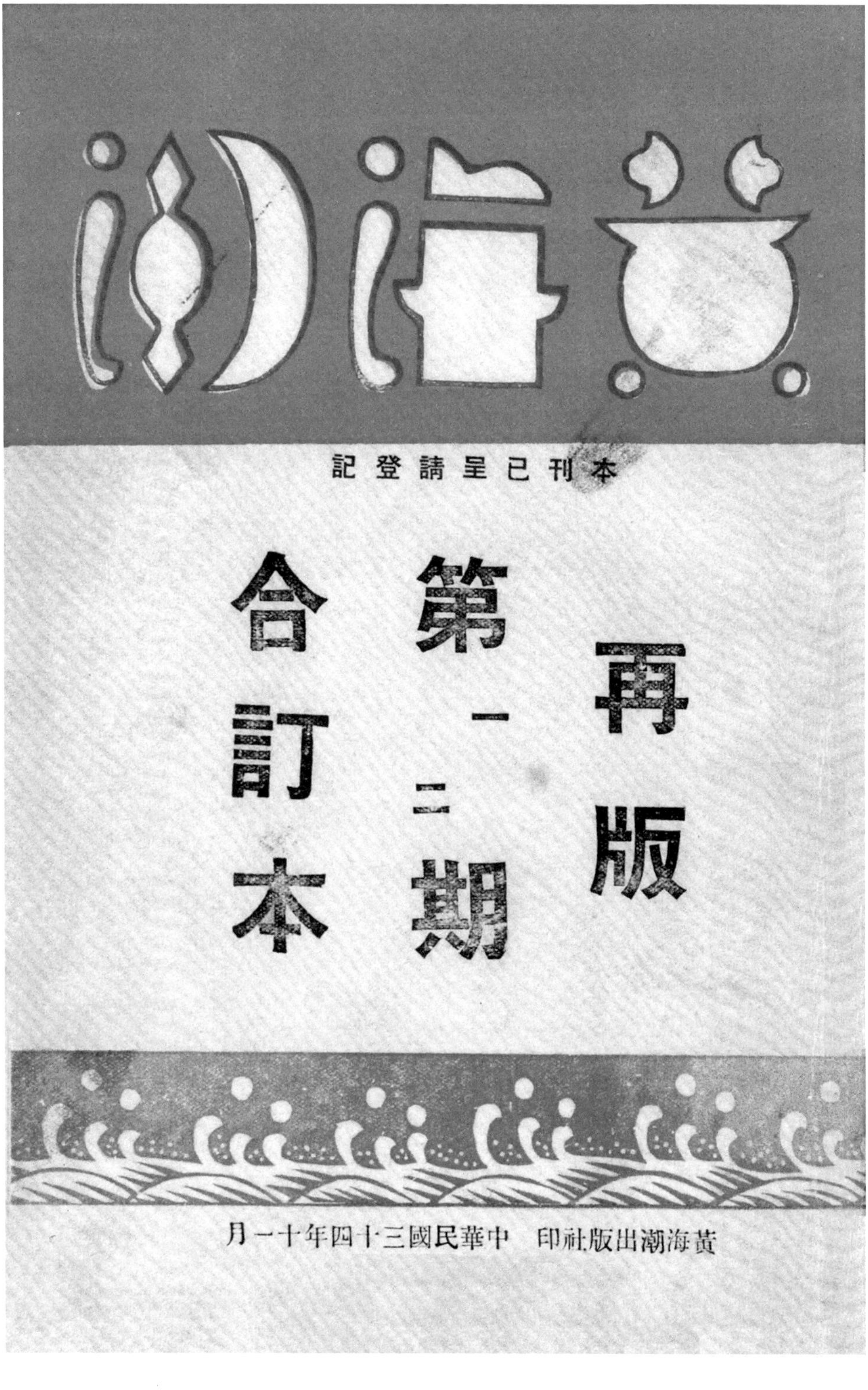

黄海潮 創刊號 目次

黄海潮（代發刊辭）……（一）

論著

抗戰期中山東教育之回顧與前瞻……劉道元（四）
總統對於行政權的行使問題……季平（九）
民主與憲政之認識……立淳（一三）
對我國現行政治的幾點意見……李萬章（一五）

淪區報導

今日的濟南……仲五（一九）

文藝

茶山采風……雪廬（二一）
鬼把戲的新花樣……小河（二七）
劉園吟……毛儀庭（二二）
三塔鎮雜寫……毛儀庭（二四）
寇警……商拙亭（二五）

通訊

魯西北通訊……魏龍驤（三〇）

資料

長江流域水利「YVA」工程計劃……中央社（二九）

252 黄河

西安　新中國文化出版社　1940—1948　月刊

目錄

第三期

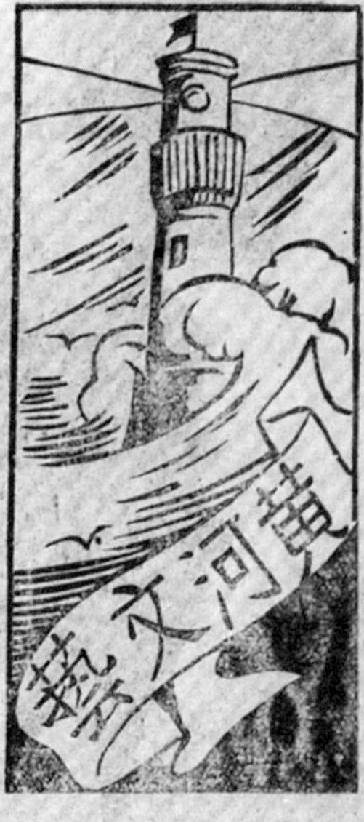

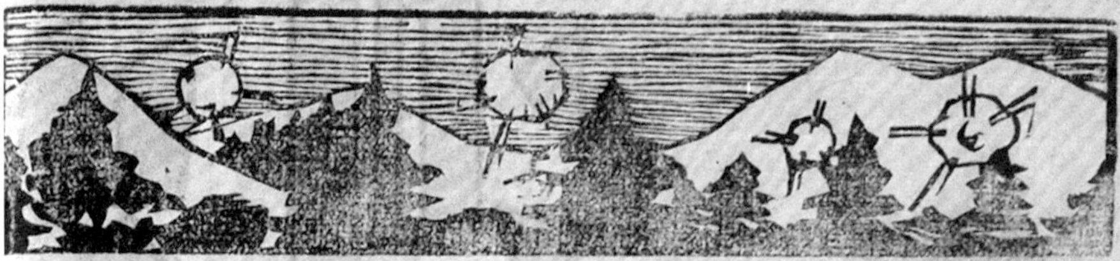

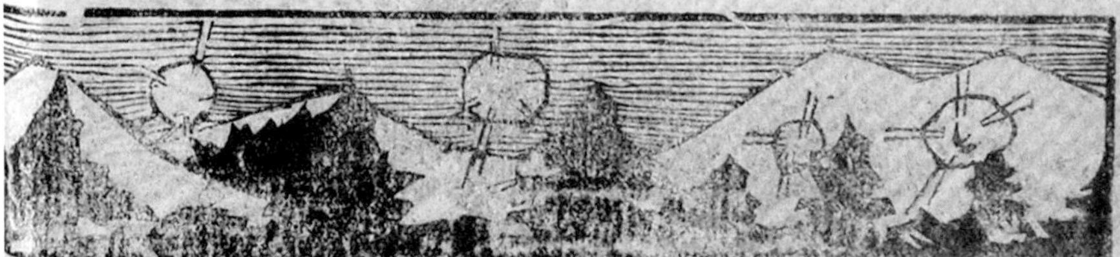

文藝通訊
孤島出版界的一斷片……陶亢德（一〇一）
在香港辦刊物……陸丹林（一〇二）
大別山的文化動態……程南秋（一〇三）

詩歌
北征之曲……盧冀野（一〇四）
黃河頌……張劍魂（一〇六）
在漢水的流綫內……沙坪（一〇八）
藝術宣傳前奏曲……程南秋詞 丁瓓曲（一一五）

報告
前方的流汗……高乃同（一〇九）

雜感
關於「保障作家生活」……冰瑩（一一〇）
華下拾零……李旭（一一二）
記反侵略劇團……南芷（一一六）
作家書簡……白薇（一一二）

讀者園地
擴大西北文藝運動……夏登全（一一三）
我們的團長在王曲……劉宗殷（一一八）

編後……編者（一一八）

253 黃流 R/810.5/169

河南開封 黃流月刊社 1935—1937 月刊

黃流　第二卷　第一期　目錄

封面……張一淍女士製（　　）

理論，批評

文藝與時代……孫德中（一—二）
怎樣寫民族文學……王景秀（三—六）
民族文藝之歷史的任務……趙麗霞（七—九）
藝術與戰爭……梅之美（一〇—一四）
幽默文學的檢討……張蘭舟（一二—一六）

小說

霞……姜木杉（一七—三三）

目　　錄

黃流

日記

行軍日記(三續)……周紫荷(八一—九〇)

藝壇消息

文藝新聞(五十二則)……大廈輯(九一—一〇〇)

後記

編者的話……一木(一〇一—一〇二)

安徽安慶　安徽民族文藝社　1937　旬刊

第一卷

第九期

本期要目

復興民族音樂……張中之
赴敵（小說）……白水
歸（小說）……曼倩
日本對華政策（漫畫）……三壽
不朽的太陽孕育在我們心裡（詩）……季舒
悲壯的火焰（詩）……知之
我怎樣寫長城的……知之
尼采的戰爭哲學（書評）……陳鴻年

復興民族音樂

張中之

敵人的鐵蹄，把我國的版圖蹂躪得不堪言狀，敵人的爪牙，不知傷害了我們多少同胞。我們處在國家風雨飄搖的情狀之下，我們處在民族生命危在旦夕的情狀之下，要是大家再不醒悟過來精誠團結地爲整個國家民族前途去奮鬥犧牲的話，亡國滅種的一天，怕終竟不免要光臨吧？

假如果眞到了那麼一天，我們自身非但給人家做牛馬，做奴隸，就是我們的子子孫孫也要跟着我們做人家的牛馬奴隸！同時，我們也將被後世人痛罵一輩子！所以我們現在應該緊緊地抓住現實，抱着大無畏的精神，站在同一的戰線上，各盡各的精力，苦心苦力地爲我們的國家社會謀福利，爲我們的民族求生存！

我自己只是一個藝術愛好者，尤其是一個音樂的愛好者。所以我現在祇想來談談復興音樂方面的話。

路得（Martin Luther）說：『音樂的一半就是紀律，使人人都可以革除那種兇野的氣象，漸進於和平和理性。』不久以前死在國外的王光祈說：『凡有了國樂底民族決不會亡的。』音樂雖不像糧

255　**江南文輯**　

安徽屯溪　江南文輯月刊社　1944　月刊

江南文輯

第二期目次

總裁哲學思想之探微……王鉉（一）
籠着煙霧的臨安……羅 洪（四）
墮落的捷徑；……戈克（一〇）
散談戀愛……金 刺（一四）
邊荒瑣記……莊瑞源（二〇）
初夏短笛……黎陽（二〇）
綠的憂鬱……阿黑（二二）
想起這乞兒的未來……茅錦泉（二六）
多思玫……艾蕾（三〇）
愛情是甜蜜的苦難……安特雷金作 淩立譯（三四）
誓……田野（三六）
興嘆之餘……陰 英（三七）
論詩……白 盾（四六）
落葉文抄……杜草甬（五一）
她告訴我的……吳茂林（五五）

江南文輯
第二期
每冊實價十五元
發行人 陸心華
主編 吳育英
編輯者 江南文輯月刊社 編輯委員會
印刷 皖南出版社
總經售 中國文化服務社 及各大書店
中華民國三十三年
六月一日出版

福州 福建省抗敵後援會抗敵劇團 1938—1940 月刊

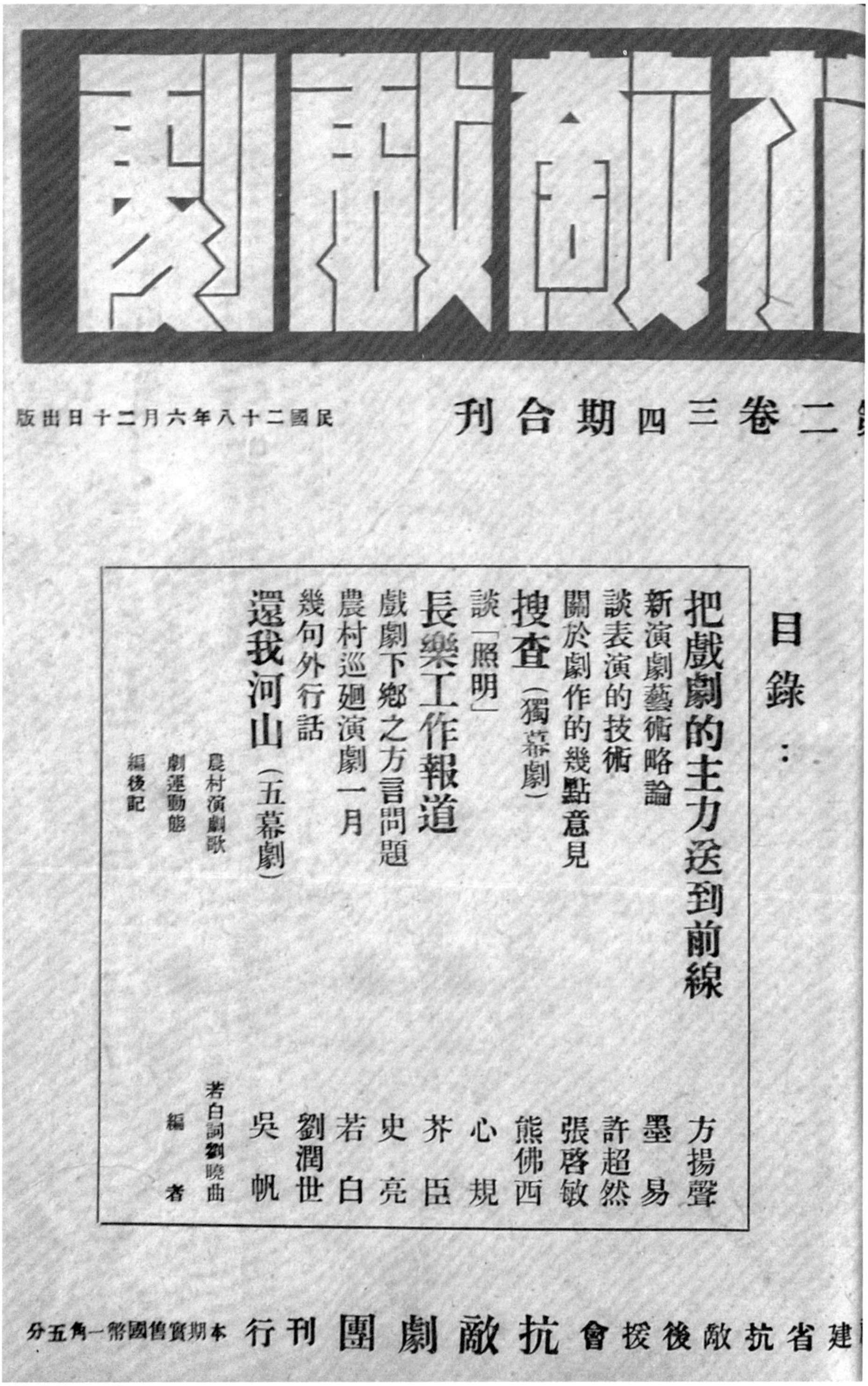

抗敵戲劇

二卷三四期合刊

民國二十八年六月二十日出版

目錄：

建省抗敵後援會抗敵劇團刊行 本期實售國幣一角五分

257 抗敵月刊

福建龍溪　龍溪抗敵後援分會宣工團　1939—1940　月刊

抗敵月刊

第一號

目錄

春秋

特輯

詩歌

[redacted]

258　**抗戰藝術**　

安徽阜陽　抗戰藝術社　1939　半月刊

抗戰藝術……錄

舊型歌劇的技術理論
怎樣利用地方戲作抗敵宣傳……黃芝岡
寫在「怎樣利用地方戲作抗敵宣傳」之後……洪深
舊型歌劇劇本
旅伴（湘劇蔣世隆搶傘改編）……田漢
美術的技術理論
創造典型與避免公式……盧鴻基
談宣傳畫……龔孟賢
宣傳畫
要救護負傷的勇士……周多
快加入工作的隊伍去……丁正獻
傳播謠言即是漢奸……王聞朝
日本的物資消竭相……龔孟賢
木刻的技術理論
木刻的諸問題……盧鴻基
木刻畫
夜襲……羅工柳
偷渡……王琦
偷營……盧鴻基

話劇的技術理論

劇本創作與現實主義……凌鶴

話劇本

雪地忠魂 獨幕劇……劉子清
「雪地忠魂」演出設計……萬籟天
保家鄉 獨幕劇……冷波
「保家鄉」演出設計……辛漢文
何必呢 獨幕劇……凌鶴
「何必呢」演出設計……凌鶴

歌詠的技術理論

歌詠指揮者的基本任務……沙梅

歌曲

保安進行曲……林昌宗作詞 黃友棣作曲
說明……李廣才
咱們莫灰心……鄭志作詞 沙海作曲
說明……沙梅
反攻……田間作詞 冼星海作曲
說明……李廣才
阿嬤曲……賀淥汀作詞與曲
說明……沙梅
漢奸王大千……鄭志作詞與曲
說明……沙梅
精神總動員進行曲……石壇詞 明敏曲
說明……李廣才

259　狂風　　R/050/995.1

南昌　狂風半月刊社　1937　半月刊

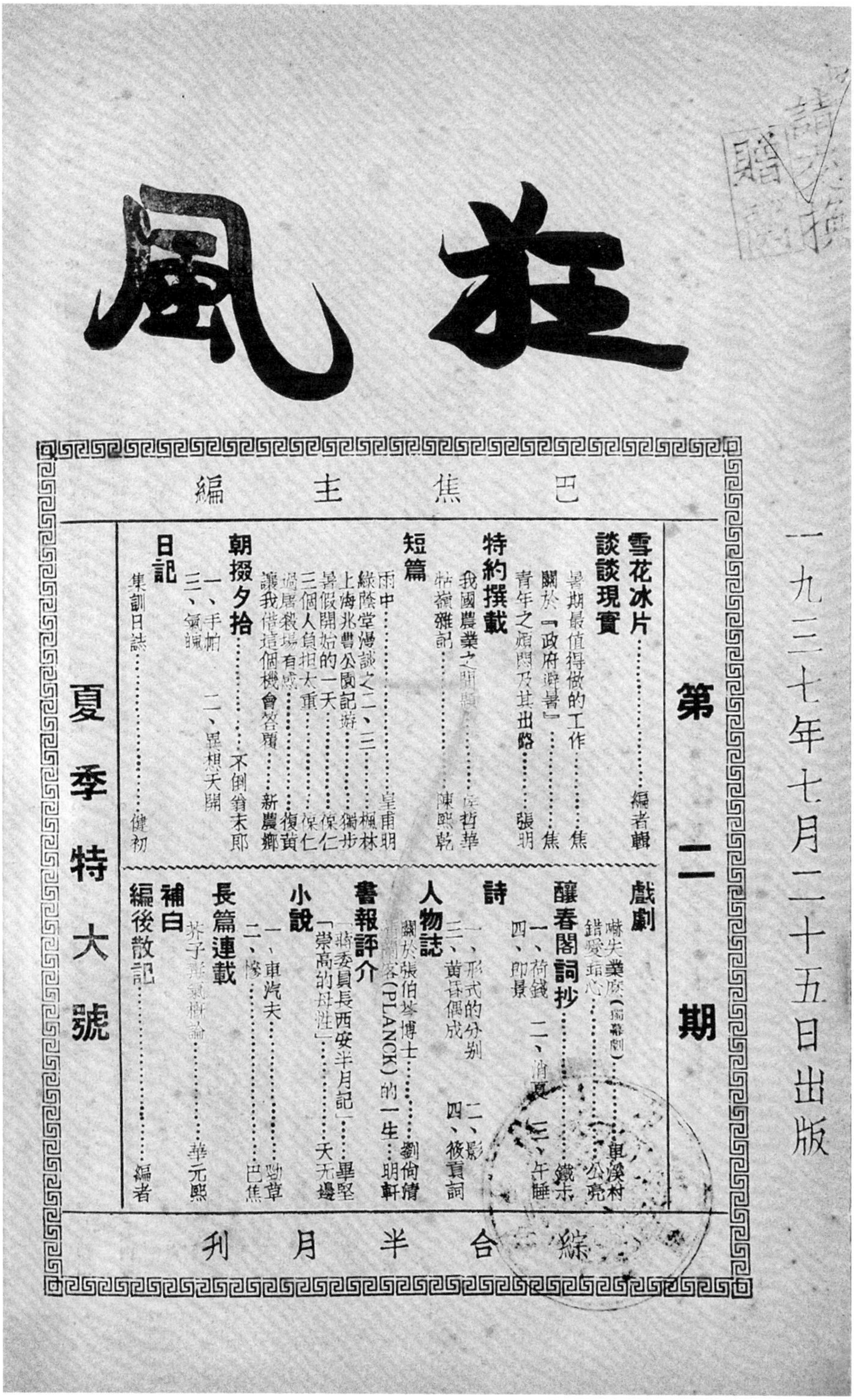

狂風

巴焦主編

第二期

雪花冰片……編者輯

談談現實

暑期最值得做的工作……焦

關於『政府避暑』……焦

青年之煩悶及其出路……張明

特約撰載

我國農業之問題……宗哲華

牯嶺雜記……陳熙乾

短篇

雨中……皇甫明

綠陰堂漫談之二、三……楓林

上海兆豐公園記遊……獨步

暑假開始的一天……傑仁

三個人負担太重……傑仁

過屠殺場有感……復黃

讓我借這個機會答覆……新農鄉

朝掇夕拾……不倒翁末郎

一、手帕　二、異想天開

三、氣餒

日記

集訓日誌……健初

戲劇

嚇失業厥（獨幕劇）……車溪村

錯愛痴心……公亮

釀春閣詞抄……鐵赤

一、荷錢　二、消夏　三、午睡

四、即景

詩

一、形式的分別　二、影

三、黃昏偶成　四、筱貢詞

人物誌

關於張伯琴博士……劉倘清

蒲蘭客（PLANCK）的一生……明軒

書報評介

「蔣委員長西安半月記」……畢堅

「崇高的母性」……天无邊

小說

一、車汽夫……尠草

二、慘……巴焦

長篇連載

芥子氣概論……華元熙

補白

編後散記……編者

夏季特大號

綜合半月刊

一九三七年七月二十五日出版

貴陽 狼火文藝社 1938 半月刊

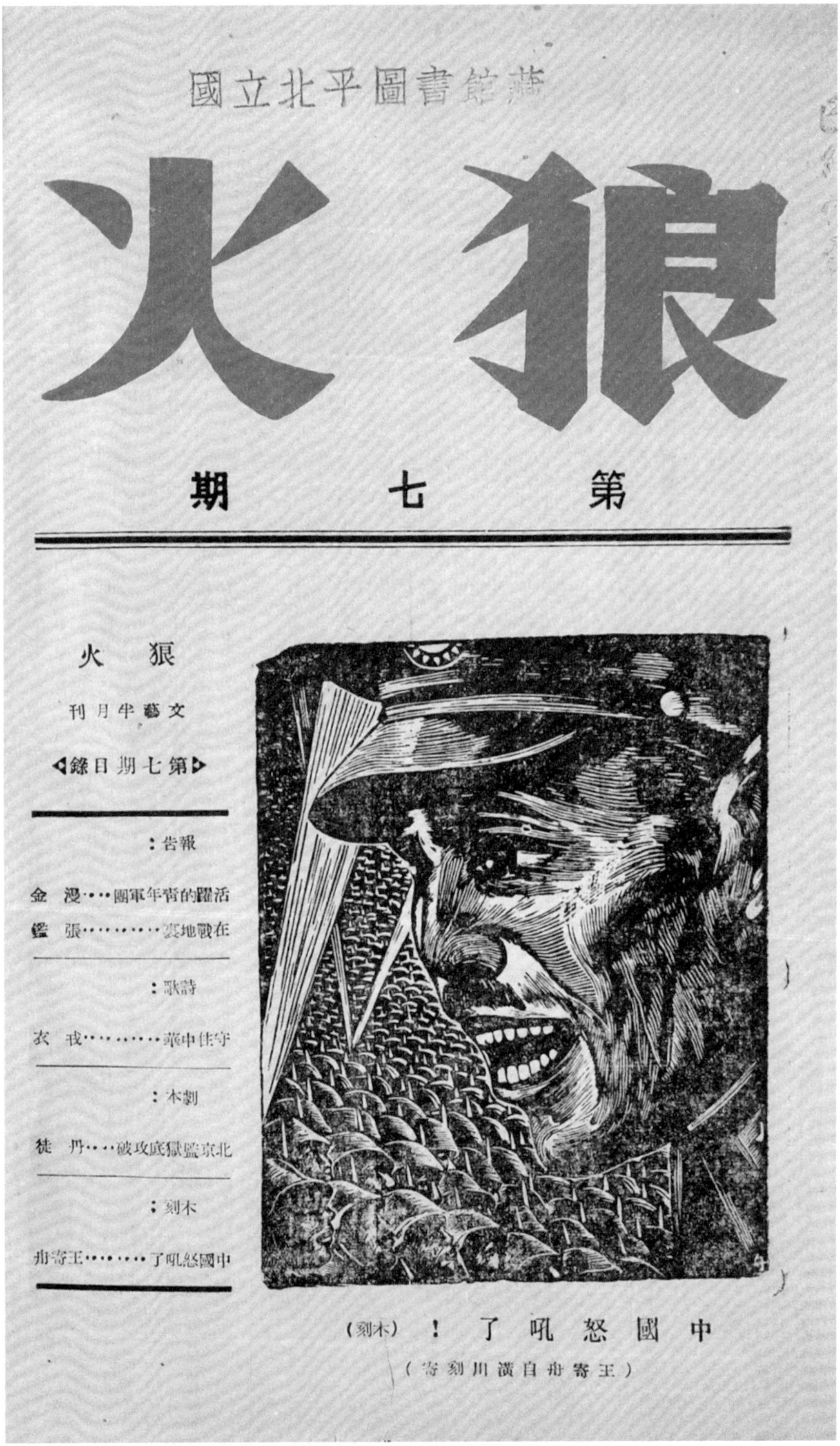

狼火

第七期

狼火

文藝半月刊

◀第七期目錄▶

報告：

活躍的青年軍團……漫金

在戰地裏……張鑑

詩歌：

守住中華……戎衣

刻木：

北京監獄庭攻破……丹徒

木刻：

中國怒吼了……王寄舟

中國怒吼了！（木刻）

（王寄舟自漢川刻寄）

261 黎明

貴州遵義　黎明社　1945—1946　不定期

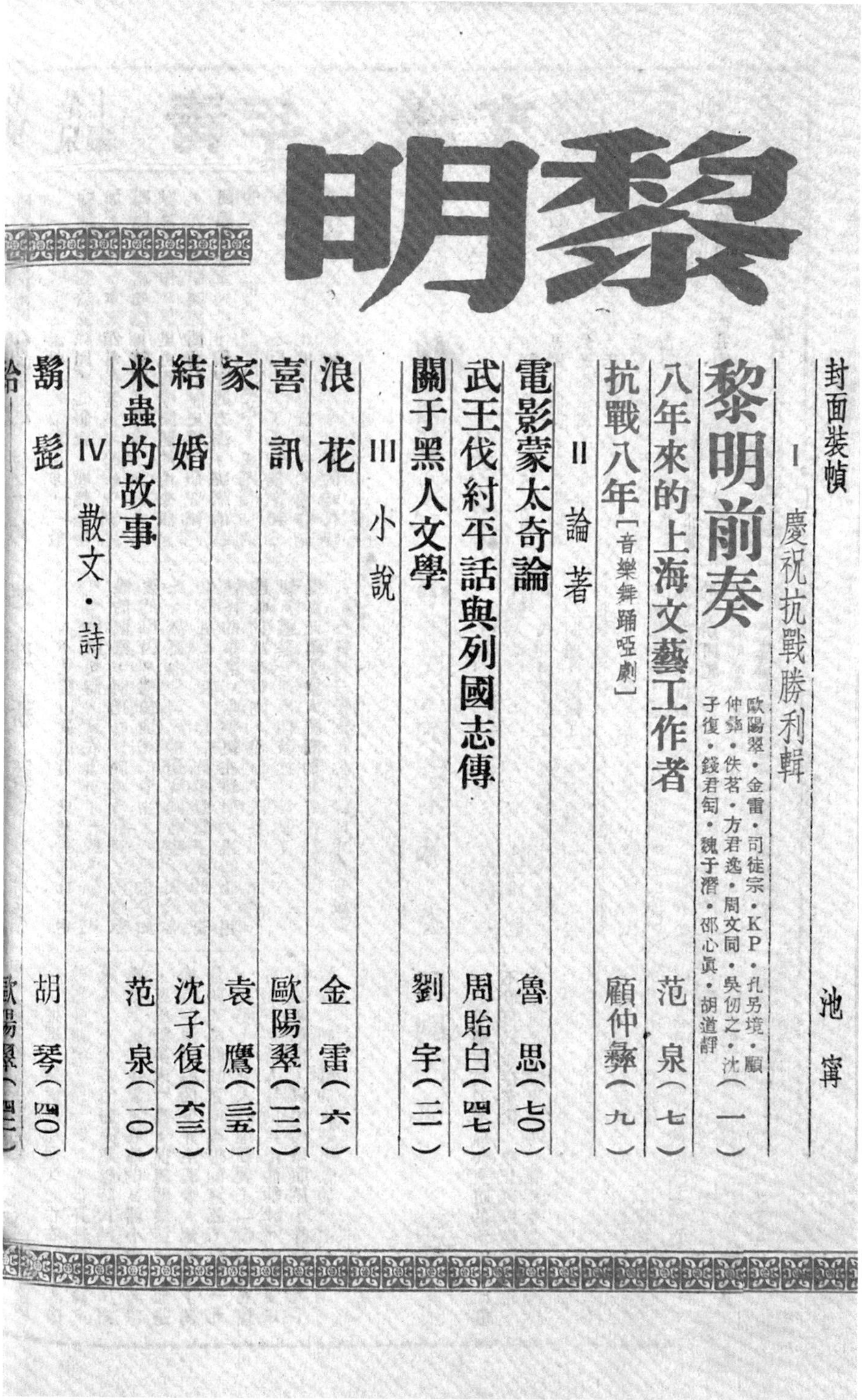

黎明

封面裝幀　池寗
I　慶祝抗戰勝利輯
黎明前奏　歐陽翠・金雷・司徒宗・KP・孔另境・顧仲彝・佚茗・方君逸・周文同・吳仞之・沈子復・錢君匋・魏于潛・邵心眞・胡道靜（一）
八年來的上海文藝工作者　范泉（七）
抗戰八年〔音樂舞踊啞劇〕　顧仲彝（九）
II　論著
電影蒙太奇論　魯思（七〇）
武王伐紂平話與列國志傳　周貽白（四七）
關于黑人文學　劉宇（三）
III　小說
浪花　金雷（六）
喜訊　歐陽翠（三）
家　袁鷹（三五）
結婚　沈子復（六三）
米蟲的故事　范泉（一〇）
IV　散文・詩
鬍髭　胡琴（四〇）
給……　歐陽翠（四二）

262 流火

西安　流火編委會　1945

創刊號目錄

人底道路……本社
巴赫奇薩拉伊之噴泉（長詩）……俄・普式庚作 余振譯
老哥薩克銅果夫（長詩）……谷風
論文
當前文藝上的幾個問題……鄭伯奇
今後文藝工作的路線……希賢 建章 禹良
鴉巷（小說）……青苗
同路人（小說）……何劍熏
憂鬱的菓實（散文）……楊丹
詩集
渚雲期雜詩（詩輯）……朱健
人民的道路……白莎
徘徊……蘇金傘
牧人的神話……馮振乾
瑪麗・苔莉絲勳章（報告）……捷克・J・S・瑪賀爾作 魏荒弩譯
小英雄（中篇小說）……俄・杜斯退亦夫斯基作 林軍譯

流火
第一集第一期
民國三十四年三月
編輯者：流火編輯委員會
發行者：流火出版社
總售處：西安南院門知行書店
代售處：全國各大書店

自由訂戶簡約

一、每戶預收三百元款到後即出收據

二、每期八折優待定戶，刊出後並提前寄奉

三、來款逕寄西安南院門知行書店或東大街大公報社

263 **每週文藝**

西安　每週文藝編輯部　1945　週刊

秦風日報
工商日報 聯合版副刊

每週文藝

鄭伯奇編

中華民國三十四年六月二十四日出版

第一卷第八期

每星期日出版

外論

重慶戲劇界的努力與成就

美國瑞洽瓦慈作　武濟平譯

戲劇，以我看來，是真正國際性的東西。在全世界幾個重要戲劇中心地點，例如紐約、倫敦、都柏林、莫斯科、和重慶，我都細心考察過，覺得各地戲劇的發展，固然彼此有很大的差異，但是它們相互類似之點，尤其予人以深刻印象。我在中、英、美、蘇、和愛爾蘭所會晤過的戲劇工作者們，好像有一種共同點，使他們顯出特別相似，雖然他們的語言文字不同，他們國家政治的背景與情況，也不一樣。

自然，有時特異的發展，是很引人興趣的。譬如，重慶最近舉行戲劇週，有講演、討論、特別演出，和其他種種活動。此外，還有一個劇作者們的討論會，他們自由討論戲劇寫作方面的缺點和錯誤。但是，紐約、倫敦、和都柏林的戲劇家們，我就很難想像會有類似重慶那樣的集會出現。

中國的戲劇家們，雖然面對着抗戰第七年代的嚴重困難，都正在奮力從事於美國最卓越的劇作家所努力的工作——就是利用最雄辯動人的戲劇寫作方式，來表現一個民主自由世界最崇高的思想和情緒。雖說兩國的語言文字如有鴻溝相隔，但是中國戲劇家由他們作品所表現的大衆良知和民主與熱誠的情感，卻爲人人可能意識得到的。

就大體說，中國戲劇家的態度，較諸他們英、美和愛爾蘭的同業們，更爲嚴肅。我在一九三五年曾親眼看到莫斯科劇界的情形。現在回想起來，覺得中國的和蘇聯的戲劇家，更相近似；而在富有教訓的意味上，尤有過之。他們的目的和觀點，與我們最高的戲劇理想，毫無二致；因是，我會代表美國作家向他們表示祝賀，或許這還不是一個冒失的舉動。

在重慶人所共知的美國戲劇家，是奥尼爾和史坦倍克。至於短篇小說家，則是沙樂陽，有一位重慶當地的劇作家，目前正在把安德遜

（下接第三頁）

目錄

【本刊歡迎投稿，請附郵索稿約】

264 民衆文學

民衆文學 19??—19?? 月刊

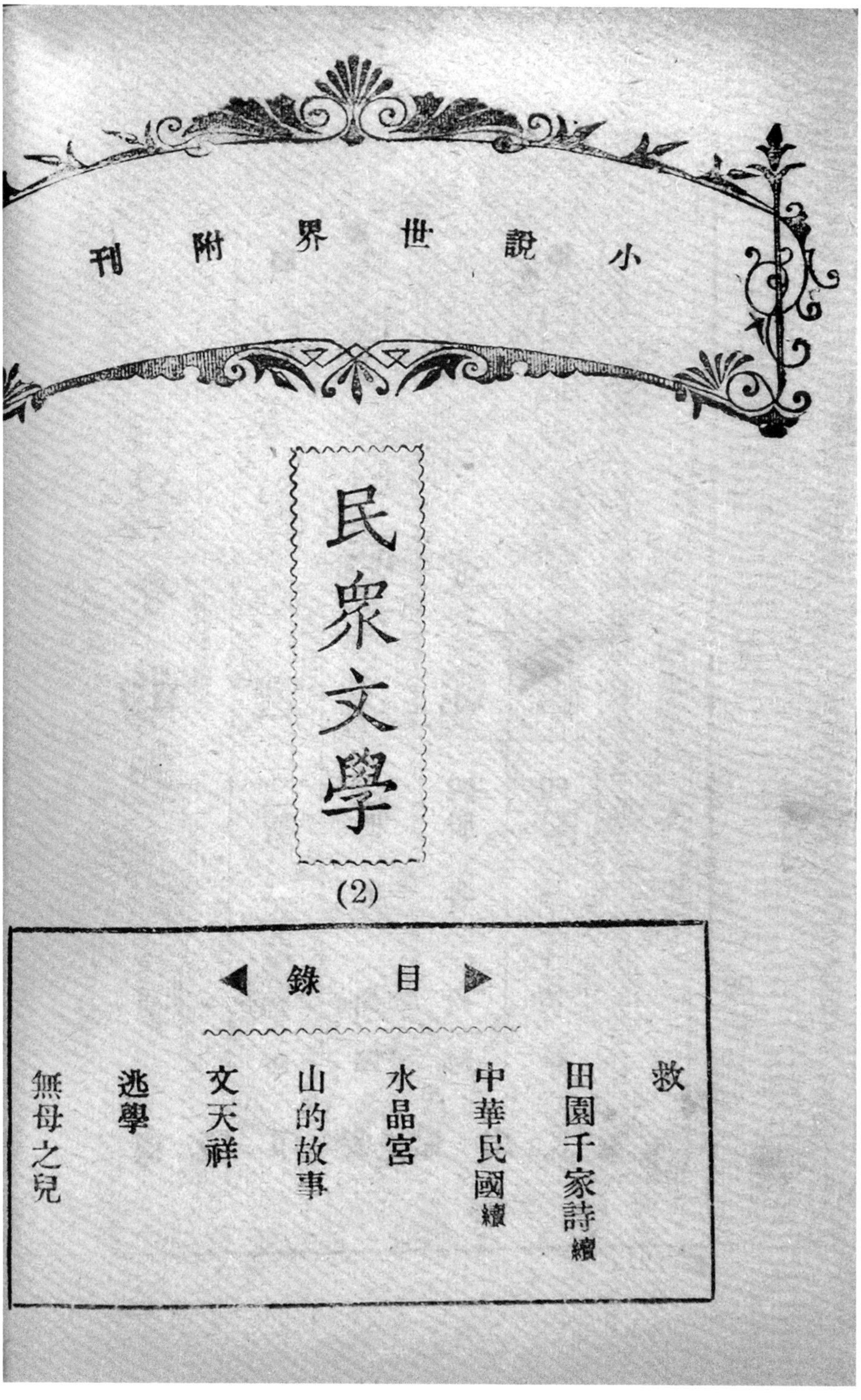

265　人生與文學　　R/810.5/985.7

天津　南開大學人生與文學社　1935－1937　4 個月 1 期

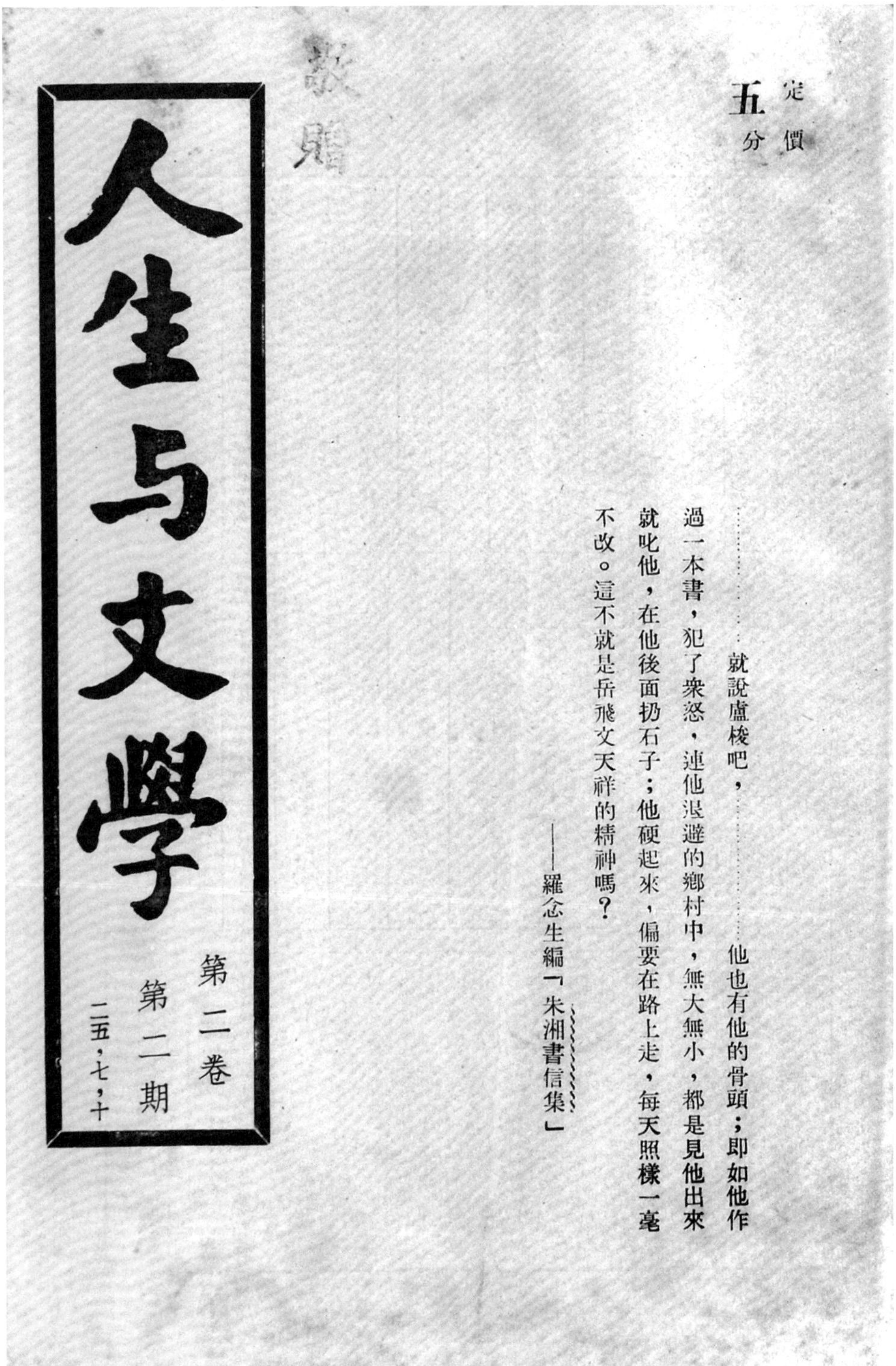
定價五分

人生与文學

第二卷
第二期
二五，七，十

……就說盧梭吧，……他也有他的骨頭；即如他作過一本書，犯了衆怒，連他退避的鄉村中，無大無小，都是見他出來就叱他，在他後面扔石子；他硬起來，偏要在路上走，每天照樣一毫不改。這不就是岳飛文天祥的精神嗎？

——羅念生編「朱湘書信集」

人生與文學

第二卷第二期目錄

文壇
短評
藝術與事實　勝己（一）
我想起了彭楊　異端（一）
翻譯上的「正名」宗逵（二）
話劇即新武器　思文（四）
論「國防文學」　李田意（五）
怒潮　冉辛（八）
胡適之體的新詩六首　靳冰（一二）
悼英詩人翟思曼　柳無忌（一四）
戲校參觀記　王余杞（一五）
沽之哉　吳炎（一九）
詩三首　立家（二四）
聯合方場　石敢當（二五）
復堤　蔣山青（二九）
妹妹的信　硯深（三一）
永生　李健吾（三五）
記憶　桂和（三六）
獄中記（續）　陶亢譯（三八）
書評
英詩入門　天同（四一）
閒散頌　子嶠（四三）
作家　雙修（四四）
夜鶯　鷲蟄（四五）
西北風　鞏君（四六）
東方文藝　文心（四七）

本刊已呈請登記

編輯者：柳無忌　石敢當　王慧敏　李田意
發行人：劉榮恩
發行所：人生與文學社
印刷者：天津大公報館

總代售處
天津：法租界佩文齋
北平：東安市場聯合書店
上海：上海雜誌圖書公司
南京：正中書局
廣州：上海雜誌圖書公司分店
濟南：北洋書局
保定：文德堂・世界書局
武漢：生活・現代・北新・新光
蘇州：時代雜誌服務社
及各大書局均有代售
本刊每期定價五分

266　三民主義文藝季刊　R/810.5/100

江西泰和　江西省三民主義文化運動委員會第三專門委員會　1942—1943　季刊

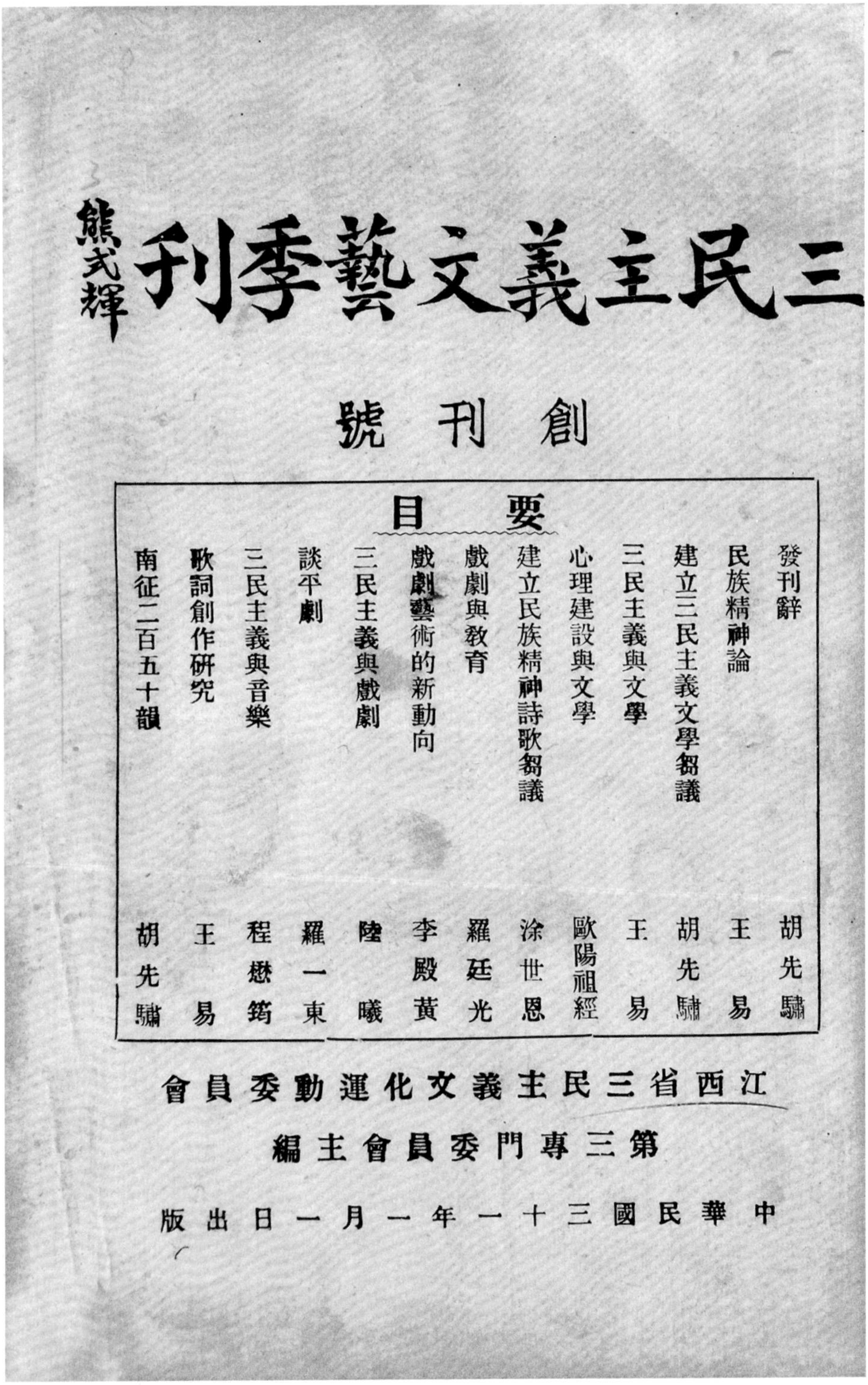

三民主義文藝季刊

熊式輝

創刊號

要目

發刊辭　胡先驌
民族精神論　王易
建立三民主義文學芻議　胡先驌
三民主義與文學　王易
心理建設與文學　歐陽祖經
建立民族精神詩歌芻議　涂世恩
戲劇與教育　羅廷光
戲劇藝術的新動向　李殿黃
三民主義與戲劇　陸曦
談平劇　羅一東
三民主義與音樂　程懋筠
歌詞創作研究　王易
南征二百五十韻　胡先驌

江西省三民主義文化運動委員會第三專門委員會主編

中華民國三十一年一月一日出版

267 詩歌與木刻

江西南昌　詩歌與木刻社　1940－1942　月刊

：目　錄：

尼采論詩及其他

母親之歌（歌）

冬日的原野・長詩

新詩放談・上

愛國商人吳維岩之歌・長詩

向太陽（歌）

慰勞中（木刻）

築機場的女工（木刻）

木刻散論

抗戰以來的中國新興木刻

美國歷史的連環木刻畫（八幅）

論藝術的形式和背景

十六個月來的木合社

・木藝動態・

「繁榮的花朵」

譯詩三首

我歌唱春天

歐貞尼・葛郎代

印度・世界詩人——泰戈爾研究

增冊　濱岸（短篇詩集）　另取實

268　石門月刊　R/050/350.11

湖南石門　湖南省石門縣教育會　[194?]—1948　月刊

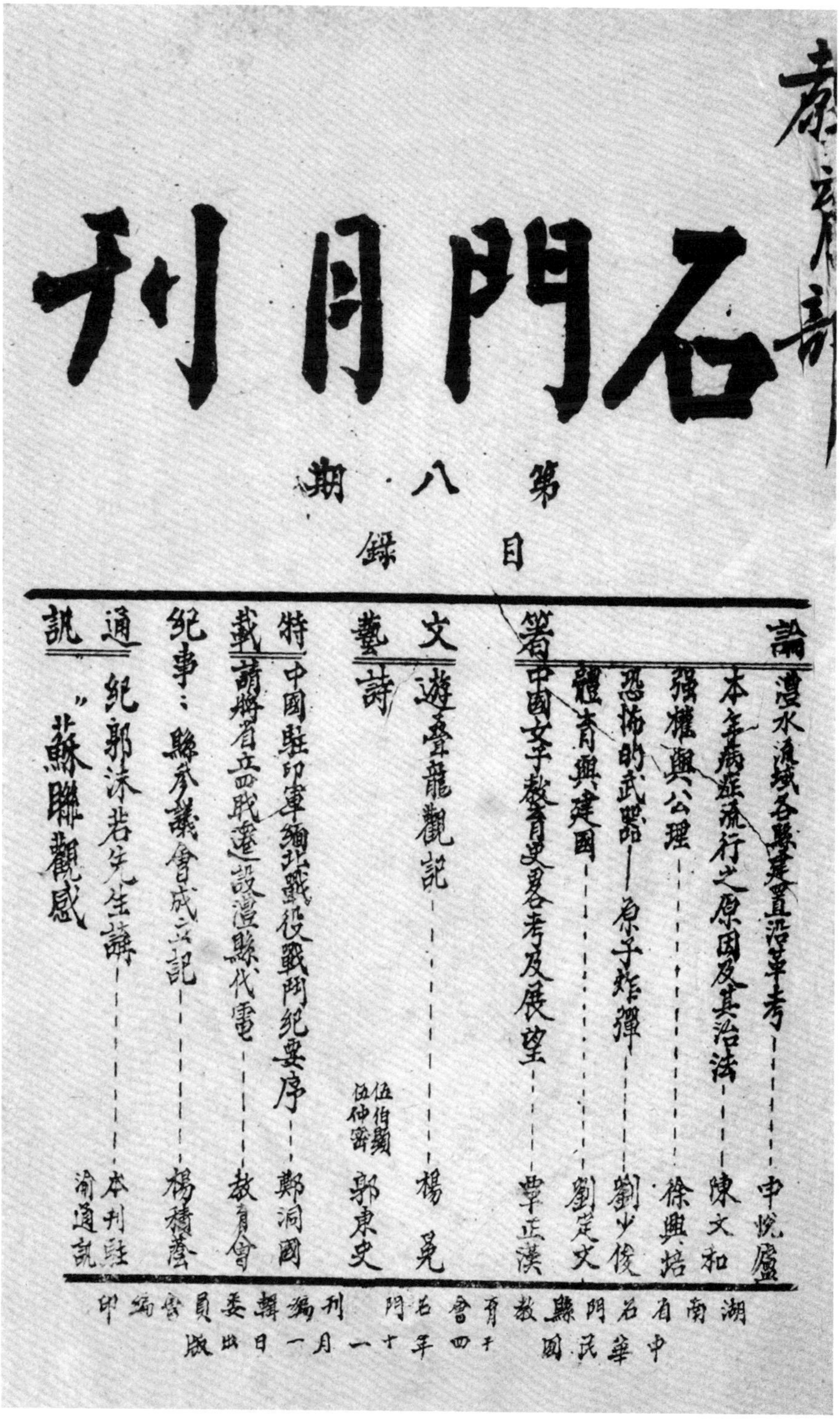

石門月刊

第八期

目錄

論著
澧水流域各縣建置沿革考……申悦廬
本年病症流行之原因及其治法……陳文和
強權與公理……徐興培
恐怖的武器——原子炸彈……劉少俊
體育與建國……劉定文
中國文字教育史略考及展望……覃正漢

文藝
遊登龍觀記……楊晃
詩 伍伯蠲 伍仲密……郭東史

特載
中國駐印軍緬北戰役戰鬥紀要序……鄭洞國
請將省立四戰遷設澧縣代電……教育會

紀事
縣參議會成立記……楊積蔭

通訊
紀郭沫若先生講"蘇聯觀感"……本刊駐渝通訊

湖南省石門縣教育會石門月刊編輯委員會編印
中華民國卅四年十一月一日出版

269　文鋒　　

河南　河南省黨部文鋒社　1943

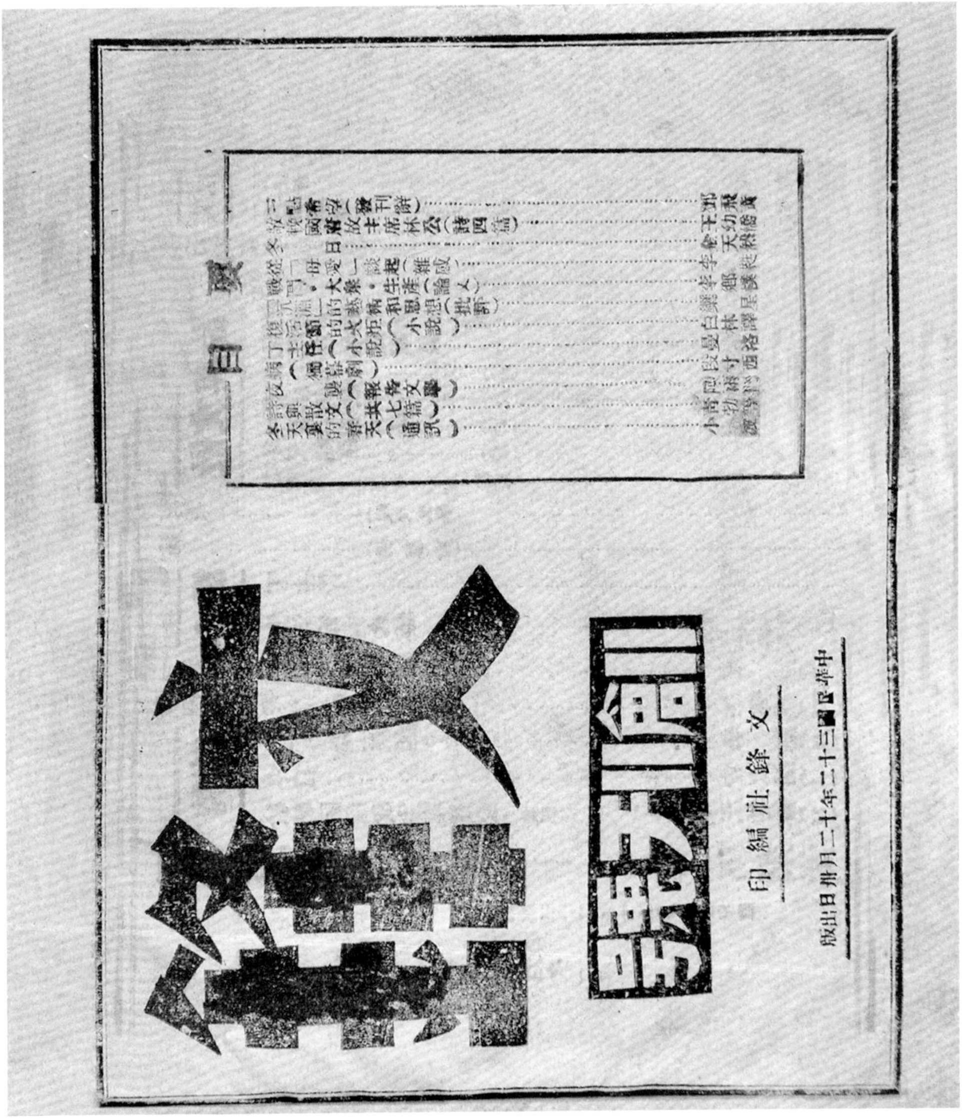

文鋒

創刊號目次

民國三十一年十二月卅日出版

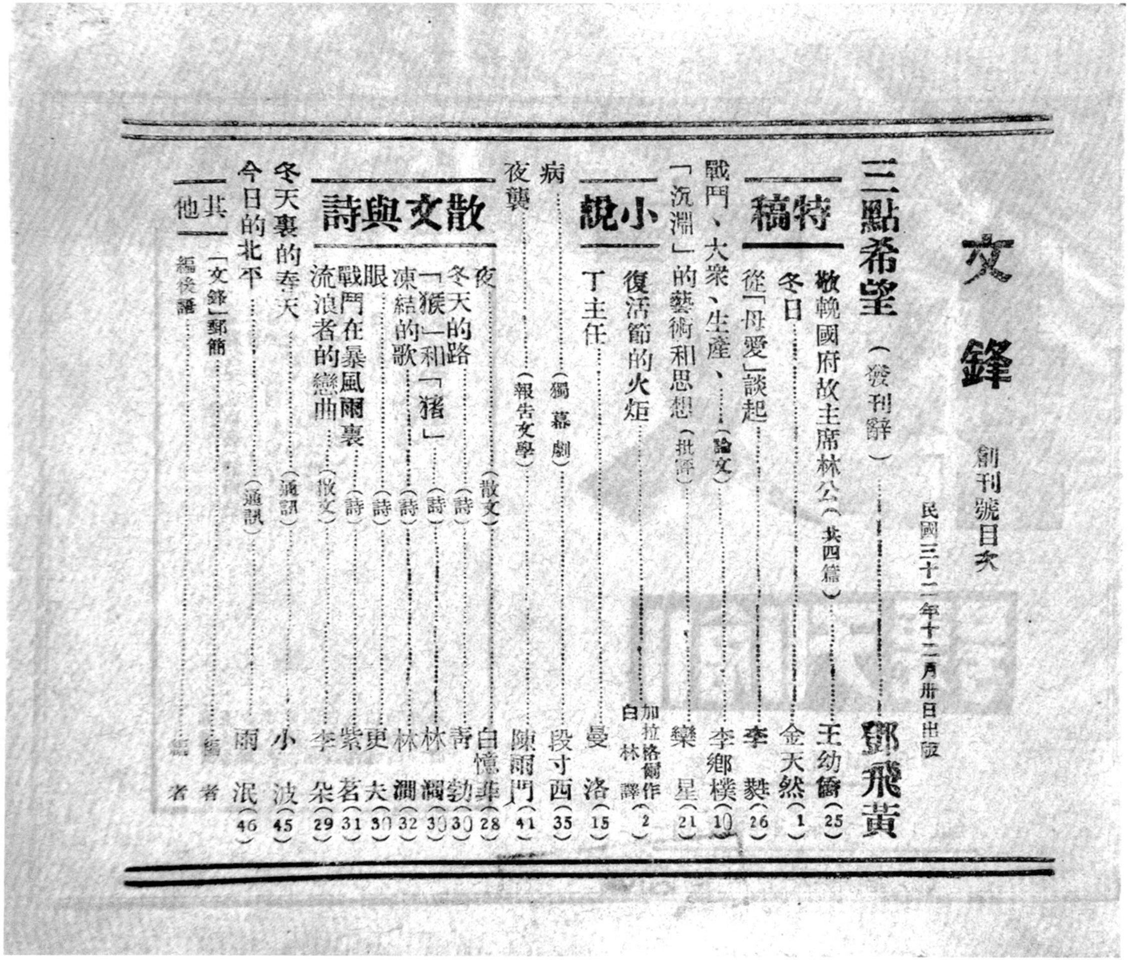

270　文藝

R/810.5/677.51

內蒙古陝壩　綏遠青年文藝社　1942—1943　月刊

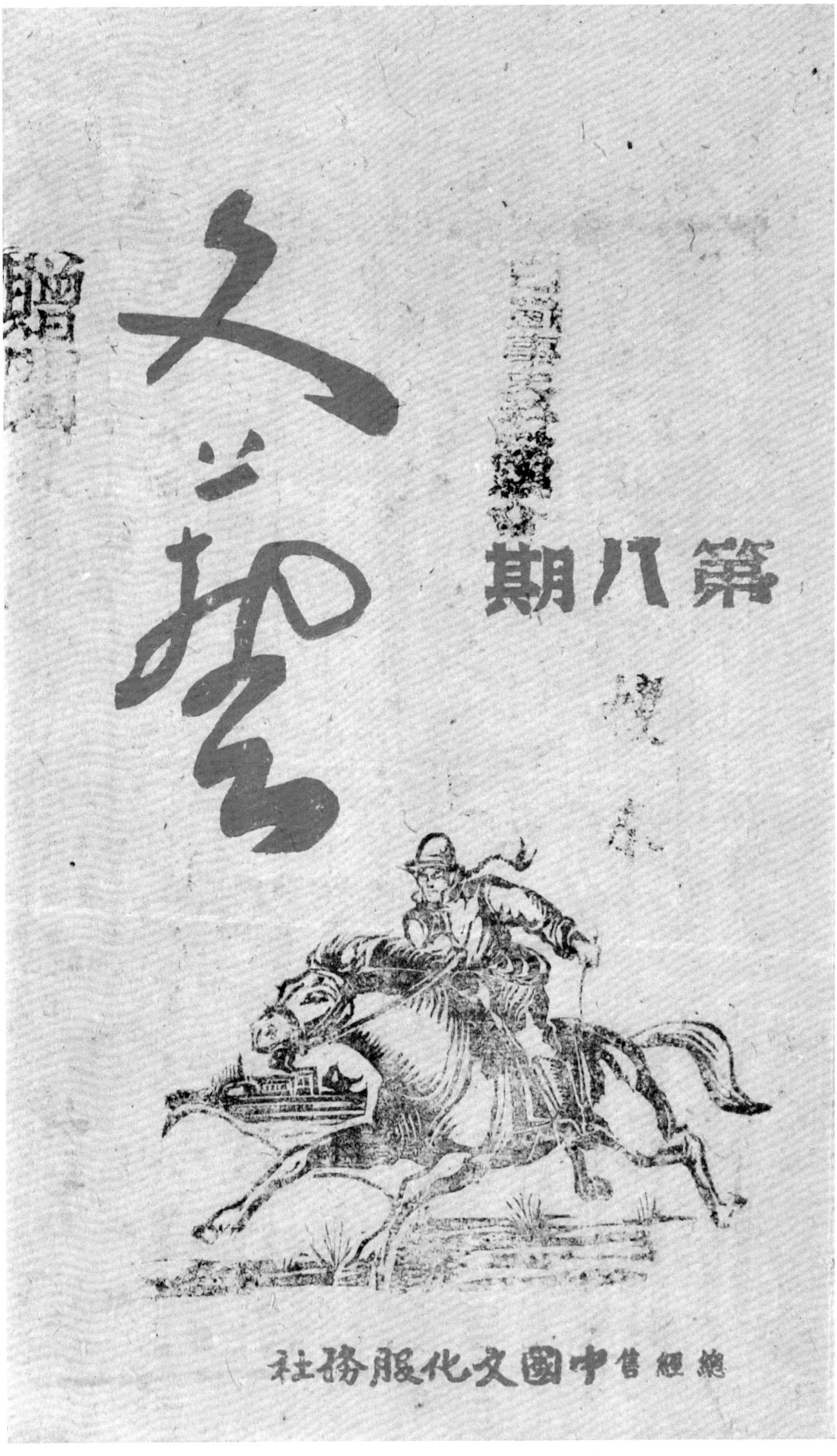

多羅郡王的女兒……瀚濤（三）
太陽小謳……高朗（六）
雪——在北方……柳風（七）
藍色的信封……果露布耶納作 丁瓏譯（九）
送信者……李瑛（十）
血·花……江濤（十）
回家（小說）……高寒（十一）
論新劇與舊劇……戴之（十九）
的·啊斯個的兩毛錢呀……蓬宵（二二）
救災運動里的粗線條……司徒宗娜（二五）
多多村（三幕兒童劇）……蕭鳳（二四）
編輯後記……編者（二三）
騎者（木刻）……宋裕潞（封面）

文藝
第八期
三十二年二月十五日出版
編輯者 蕭離
發行人、出版者 綏遠青年文藝社
印刷者 綏遠復興印刷廠
總經售 中國文化服務社綏遠分社（綏西陝壩）

稿約

一、本刊歡迎投稿。
二、譯稿請註明原文出處。
三、來稿請用方格稿紙，繕寫清楚並加新式標點。
四、編者對來稿有删改權，如有不願受删，請先申明。
五、來稿發表時署名聽便，但請註明真實姓名及住址以便通訊。
六、來稿刊載後，每千字酬以八元之稿費。另加文藝獎助金管理委員會補助之稿費千字四元。
七、來稿除附足郵資者外概不退還。
八、來稿請寄綏西陝壩郵箱五號。

271 文藝叢刊

安徽立煌　豫鄂皖黨政分會文化工作委員會　194?－1941　月刊

文藝叢刊

二期三期目錄

小說
驢……克垠
未定題章……黎嘉
蒿浦渡口（報告）……夏林
某師長（人物誌）……王門
遙祭……岳軍
詩篇
寄……王門
我和我的馬……林克拓
我不是孤獨的……林克拓
略觀一九四〇年的抗戰文藝……畢端
澄清（四幕劇）……李春舫

文藝叢刊
二卷三期
民國三十年六月三十日出版
編輯者：文藝叢刊編委會
發行者：贛政分會文委會
立煌石稻塲東
總經售：文委會供應室
代售處：全國各大書店

定價

訂購辦法	冊數	價目
半年	六冊	二元六角
全年	十二冊	五元
合訂本	六冊	三元
合訂本	十二冊	六元
本期零售	每冊	五角

郵票代價十足通用

272 文藝舞臺

太原　藝術通訊社　1935—1936　月刊

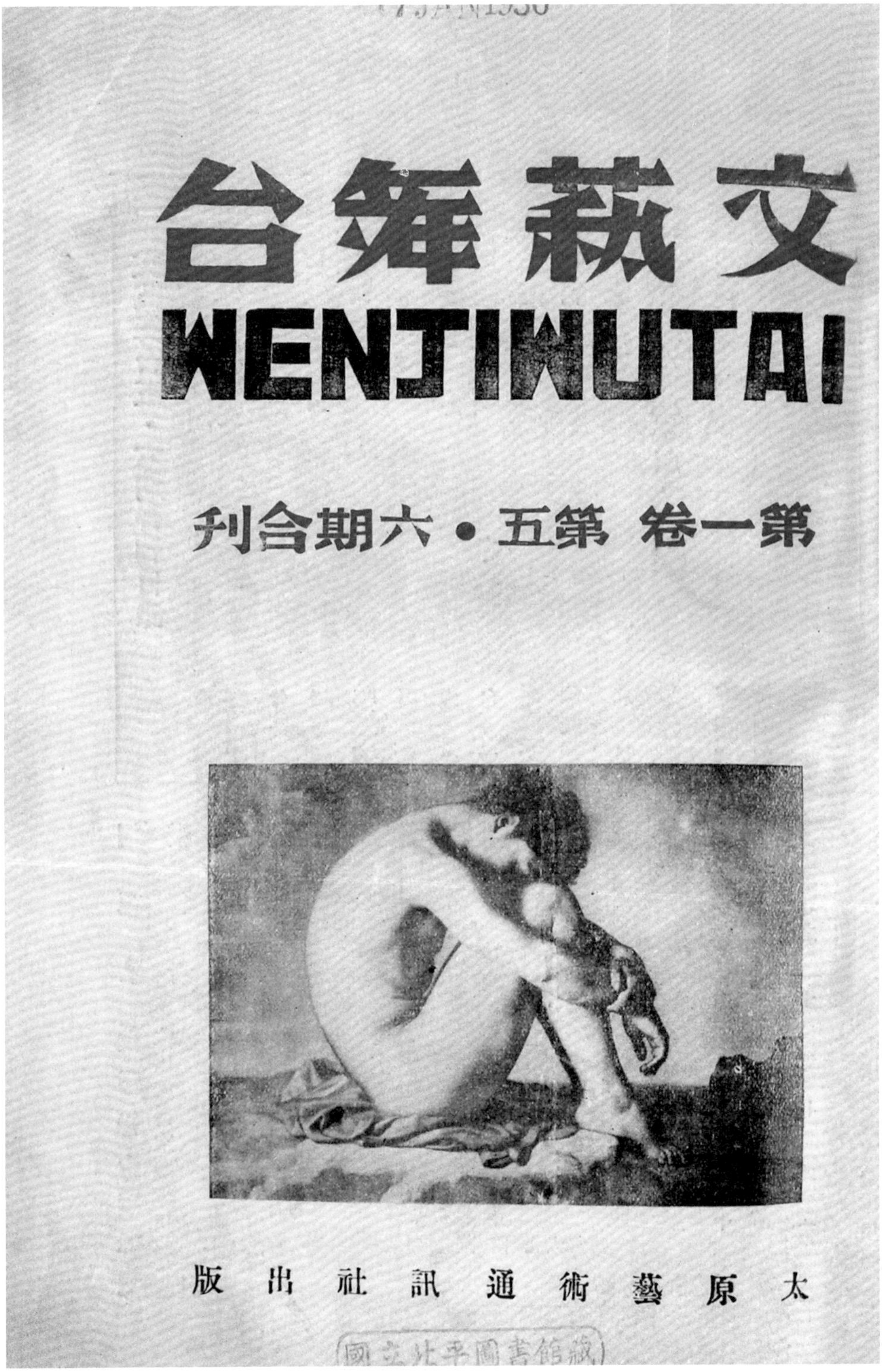

文藝舞台五・六期合刊目錄

封面銅版：學生像——F.Lardi 作

爭取民族的生存與文藝應有的動向　任之
夜（詩）　竹舟譯
教化的演劇與職業的演劇　楊村彬
醒來吧（第一幕）　張季純
太原演劇十五年（五）　鹿雨
偉大的鬬爭（詩歌）　力戈
南歸記痕　白丁
李木匠（小說）　無反
演劇技術入門（二）　曉天譯
章加紀念特刊
章加三百年祭　孟斧
冒牌醫生（獨幕劇）　孟斧譯
十五個問題的解答　白羅譯
藝壇諜報　野奴
拉丁化文藝
Sing lai Ba
Gokjdi Shengxuo

編輯者　文藝舞台編輯部
發行者　藝術通訊社　太原精營東邊街甲四一號
印刷者　太原范華製版印刷廠
代售處　太原 覺民書報社 同仁書店
上海 中外語文學會書報部 羣衆雜誌公司 上海雜誌公司 生活書店
南京 羣衆圖書局
北平 西單商場朝風書局
及國內各大書店

價目表

每月二冊　五日二十日各出一冊

定購辦法	冊數	價格	郵資 國內及日本	郵資 國外
零售	一	五分	免收	四分
預定全年	廿四	一元	免收	九角六分
預定半年	十二	五角	免收	四角八分

本期合刊實售大洋八分

273　文藝月報

河南開封　中州文藝社　1934—1937　月刊

文藝月報（民族文藝特大號）第四卷 第三期 目錄

△理 論

△作家介紹

△詩 歌

△書 評

△戲 劇

274　文藝月刊　　R/810.5/677.53

新疆迪化　漢族文化促進總會　1938—1939　月刊

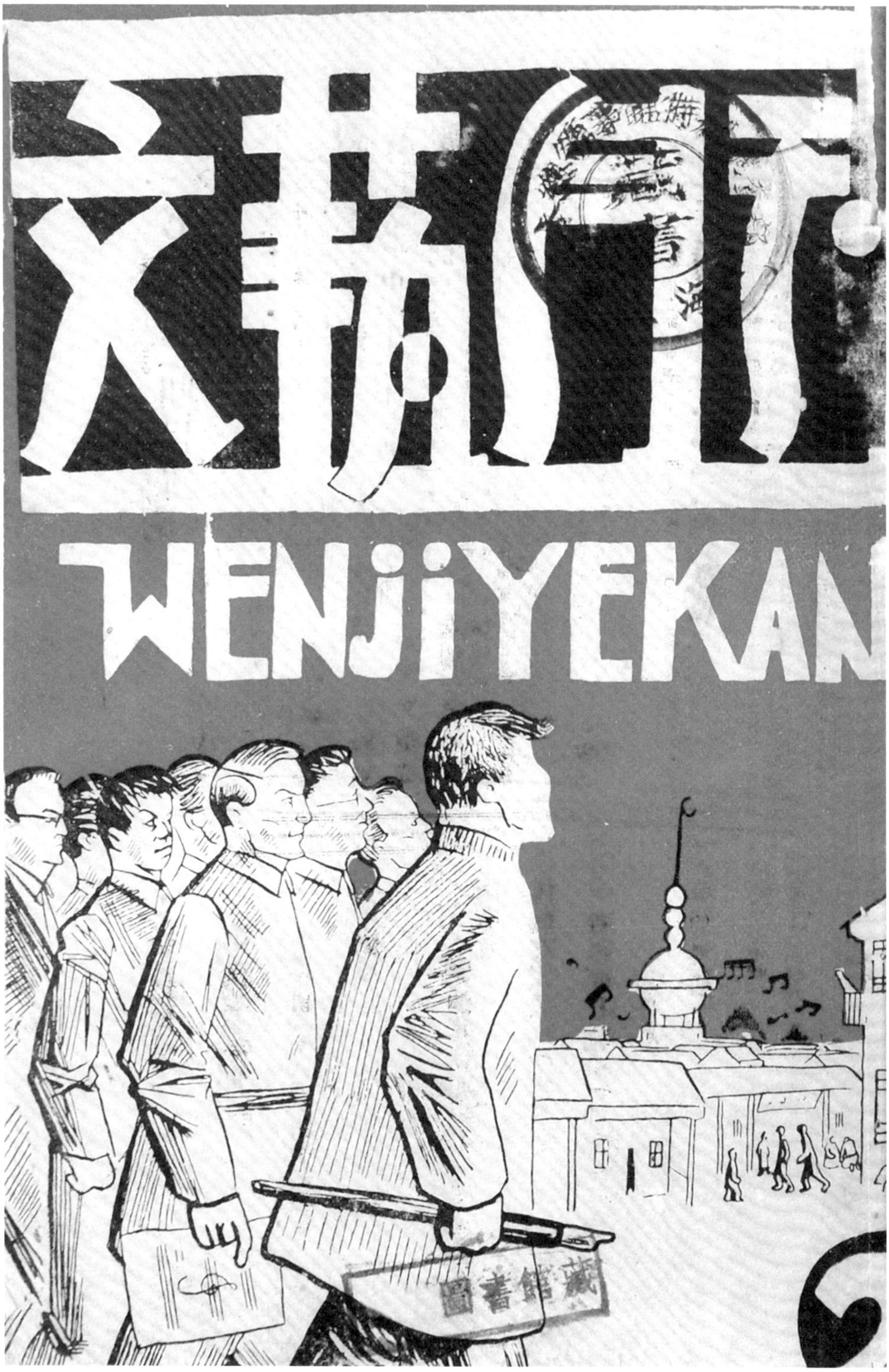

第二卷二期目錄

文藝漫談（莎士比亞出生三七五週年紀念）……茅盾

小說

荒原……彭陸

黃河上的暴風雨……雉堞

黑兒的遭遇……爾昌

秋夜……浪花

論文

送第一中學十一十二班畢業同學們……飄風

我們的態度（轉載摘錄）……周揚

翻譯

西該耶夫祖父……蘇聯L蘭業著 林風譯

女遊擊隊員……蘇聯包吉也夫都拉都汗作 丁生譯

散記

由合肥到巢縣……翟光

詩歌

寄某義勇軍兵士……彭陸

揭開日本鬼子的烏龜殼（活報）……生鉄

列寧在一九一八年放映後（影評）……關仲

編者的話

新疆的文藝作者們讓我們深入民衆的生活裏去（封面）彭陸

徵文簡則（補白）

文藝月刊

第二卷二期

中華民國二十八年十月出版

主編 飄風

發行

出版者 新疆迪化漢族文化促進會

代售處 文化書店（迪化）

印刷者 新疆日報社（迪化）

印刷廠

本外埠零售

每冊實價一律

國幣二角五分

275　文陣　　

安徽蕪湖　文陣社　1943　月刊

文陣

創刊號目錄

輕訴……………………水青
畫一個十字……………姜萎
蛇………………………路澤
郵………………………夏炫
無題……………………藍紓
衡畔……………………菡心
海的歌謳………………瑛子
蟋蟀篇…………………文羽
悵望……………………淳于島
逃亡之夜………………歐陽風
戀………………………貞琳
雜文二章………………狄菁
黑衣僧 煙突……………葉帆
喘一口氣的時候………闕傑
題像……………………林雪
菊花小唱………………袁復
包車上的奇蹟…………文紅

民國三十二年十二月五日出版

文陣月刊　創刊號

定價每册叁元

發行 編輯　蕪湖文陣社

通訊處　（南京九兒巷十號轉）

印刷　南京時代印刷所

代售處　蕪湖華文書店

南京新國民書店

全國各大書店

276　西北文藝　R/810.5/153.1

新疆迪化　西北文藝社　1945　月刊

風景（封面）……宋朔林作
獻辭……郭廓
他們底偉業是不朽的……韓儲之（一）
幾個方向……蕭山（四）
縣長先生……朱古力（五）
如果他還活着……方家達（八）
爲一條手巾……土耳其 Omer Sifetin 馬宏道譯（九）
在西北的作家……（一二）
毀滅……金矢（一三）
抒情短章……李泊（一九）
西北劇運展望……李戰（二〇）
編後……郭廓（二四）
鷹（詩四首）……慕容丸（二五）

八載幽囚記（日記連載）……煉之（一八）
咳！又下起雨來了……文大家（三一）
日出（外三章）……芭林（三三）
重視邊疆題材！……華芬（三五）
獻給高爾基……法·羅曼羅蘭 陳廷璜譯（三六）
傻傢伙……燕聲（三七）
隨筆二則……戈揚（四〇）
平涼短簡……宋祝平（四三）
競賽……葆光（四六）
迎春的旗……冰對（四七）
嚴蘋小詩……嚴蘋（四九）
企待……楊[illegible]（五〇）

277　西線文藝 R/810.5/153.4

山西　民族革命出版社　1939—1940　月刊

本期目錄

小說
辭職……丁克辛（一四二）
獵……青苗（一六四）
論木刻與繪畫……力羣（一五三）
詩抄
悼念……曹葆華（一五三）
寄南方的友人……逢美（一五四）
呵！我是戰鬪之子……紀堅博（一五六）
中國宣誓了……莊言（一五八）
莎士比亞的人物與動作（迪那莫夫）……溫劍風（一六〇）
讀艾青近作「北方」（書評）……胡采（一六六）
散文
額爾多斯草原……林野（一五五）
牧羊女……呂光（一五七）
綠……洪流（一七一）
隴海道上（報告）……李叔豪（一七三）
良民（獨幕劇）……慕琨（一七六）
編後……編者（一六五）
插圖
收穫以後（封面）……力羣
爭取奴隸的解放……莊言
看護……焦心河

西線文藝
第一卷　第四期
廿八年十一月十日出版
編輯兼發行者　西線社
出版者　民族革命出版社
通訊處　山西九二軍郵轉本社
總經售　文化書店
特約經售　戰地書報供應社
※本刊文字經許可後可以轉載※

定價	
零售	每冊一角五分 外埠酌加郵費
預定	半年六期八角五分 全年十二期一元六角

每月十日出版

278 現代詩

天津　工商學院附中　1944－1947　月刊

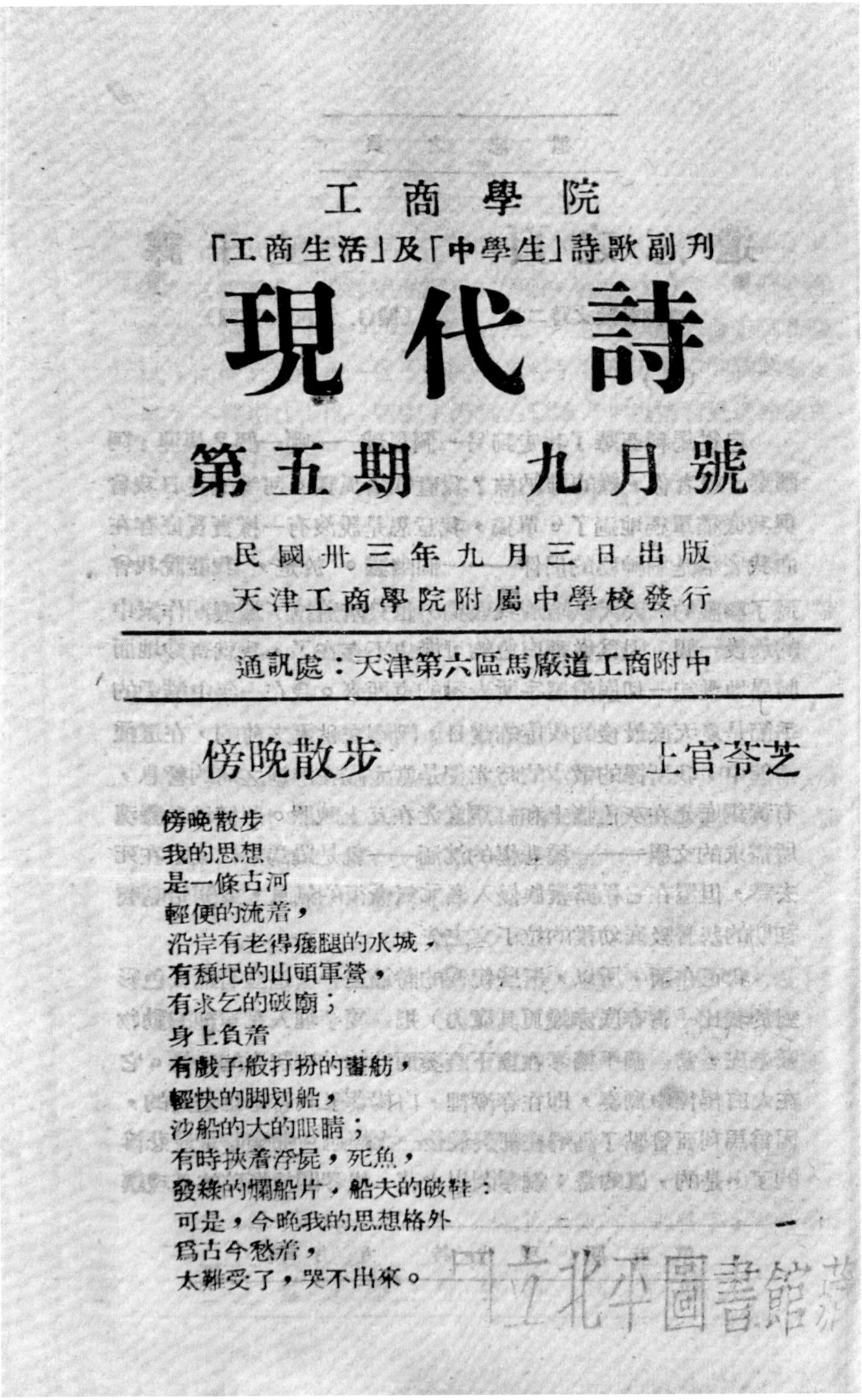

工商學院

「工商生活」及「中學生」詩歌副刊

現代詩

第五期　九月號

民國卅三年九月三日出版

天津工商學院附屬中學校發行

通訊處：天津第六區馬廠道工商附中

傍晚散步　　上官荅芝

傍晚散步
我的思想
是一條古河
輕便的流着，
沿岸有老得癱腿的水城，
有頹圮的山頭軍營，
有求乞的破廟；
身上負着
有戲子般打扮的蕃舫，
輕快的脚划船，
沙船的大的眼睛；
有時挾着浮屍，死魚，
發綠的爛船片，船夫的破鞋：
可是，今晚我的思想格外
爲古今愁着，
太難受了，哭不出來。

—

279 現代文藝

福建永安　改進出版社　1940－1942　月刊

第五卷 第二期 目錄

詩選

失去鐵軌的火車頭……李滿紅（六一）
孤島，毀滅了……斐 瑪（七〇）
讀「最後一課」……綠 原（七九）
在初夏的夜晚……姚 奔（八二）
鐘……葛 分（八五）
歷史……葉 金（九一）

小說

良心……麥 舟（六二）
官爺爺……林 蒲（七四）
偉大的命運……葉聯F・克洛勒作 林 取譯（九五）

散文

燈及其他……繆崇羣（六八）
從灰暗的天空里……魯 彥（七三）
散文三試……方 序（八三）
雲……黎焚薰（八八）

速寫

水上……雨 田（八〇）
城內……林 谷（九二）

現代文藝
第五卷・第二期
民國三十一年五月廿五日出版
本期零售定價一元

社長兼發行人 黎烈文
主編者 靳以
發行者 改進出版社
印刷者 改進出版社
永安、長汀、沙縣

定價表
零售：每期一元
預定：（連郵）三個月三元 半年六元

郵匯不通之處，得以郵票九折代價，惟以一角以上者為限。

280 瀟湘漣漪 R/810.5/739.1

長沙 瀟湘漣漪文藝社 1934－1937 月刊

目錄

葡萄酒……堵述初（二）
老張置產……王九莖（八）
景祥嫂……馮毅之（一二）
我的母親……知了（二九）
芙蓉色的眼睛……凌靜（三八）
都市流浪者……王丙辰（四六）
新書介紹……曹日昌（五八）
別了北平……芳蘭（六二）
通信……冰瑩（六八）

281 新地

福建厦門 天竹文藝社 1937

投稿簡約

一　本刊歡迎外稿。

二　來稿請詳註姓名住址，以便通信。

三　收到原稿，如附有郵票，不用時當於半月内退回。

四　來稿一經刊載，酌致薄酬，或贈本刊，版權仍歸作者保留。

五　來稿請寄廈門鼓浪嶼鹿耳礁天竹文藝社收。

目錄

新的行列

「夜記」後記……景宋

創作

啞吧子……新莽

染遍了血腥的何家村……林英

關于「韓信與阿Q」……漢駝

「南中國的歌」……維子

詩與散文

蝕(堀井進作)……蒲風

地理課……童晴嵐

艇上的鄉情……雷石榆

往事……莫若英

批評的本質(盧那卡爾斯基)……岱室

見機(木刻)……新波

封面……李波

新地

萌芽號

民國廿六年四月一日出版

主編者　馬寒冰

編輯者　牛何之　克里　馬寒冰　童軍　諸葛朱　麗天　歐陽人傑

出版者　天竹文藝社　鼓浪嶼鹿耳礁

總經售　上海雜誌公司　上海四馬路

定價

每月一日出版　每期定價八分

冊數	國內日本	香港澳門	國外
全年十二冊	八角	一元八角	三元
半年六冊	四角	九角	一元六角

郵票代洋　十足收用

- 648147

282　學友戰時特刊　　

福建莆田　學友社　1937—1944　不定期

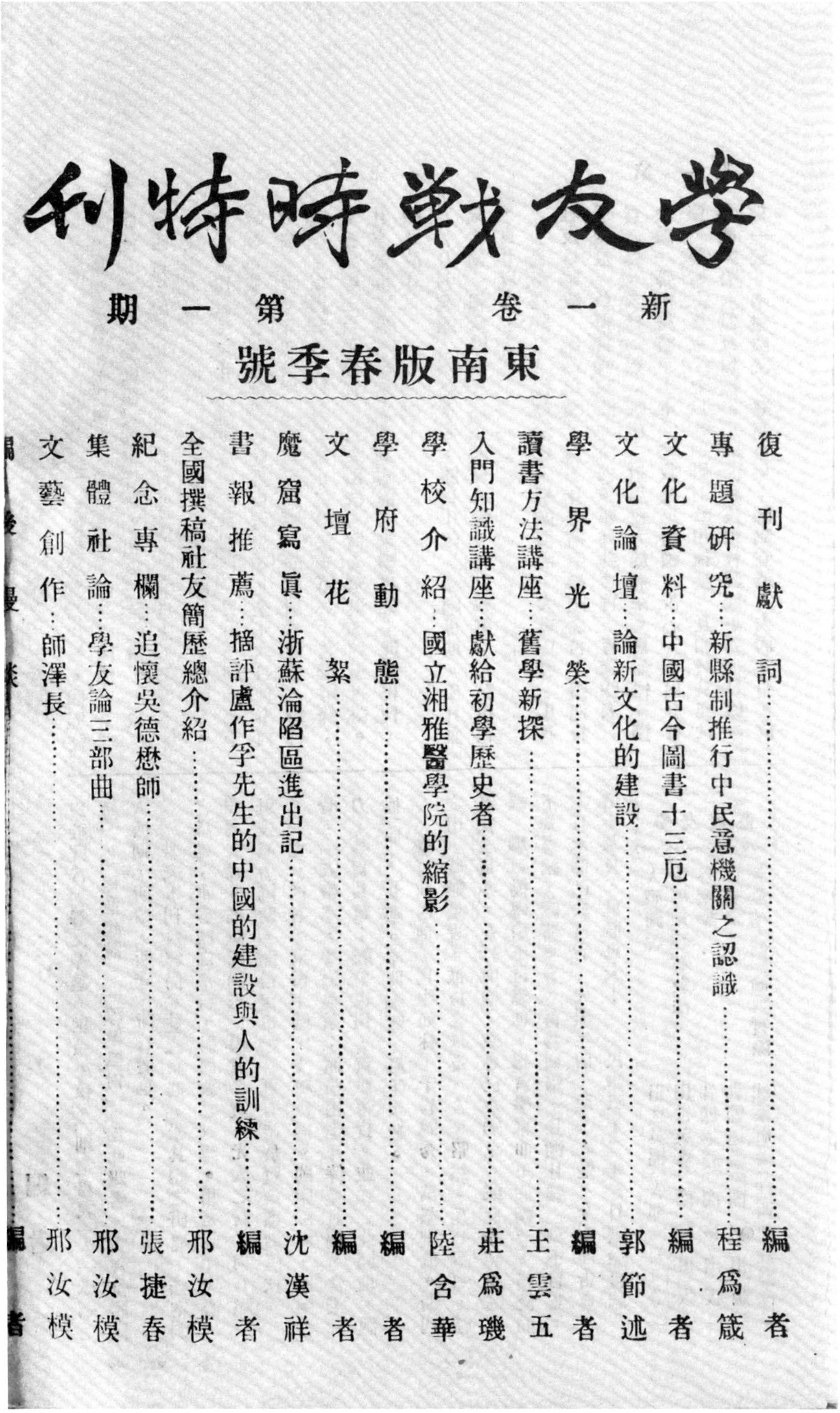

學友戰時特刊

新一卷　第一期

東南版春季號

復刊獻詞……編者
專題研究：新縣制推行中民意機關之認識……程爲箴
文化資料：中國古今圖書十三厄……編者
文化論壇：論新文化的建設……郭節述
學界光榮……編者
讀書方法講座：舊學新探……王雲五
入門知識講座：獻給初學歷史者……莊爲璣
學校介紹：國立湘雅醫學院的縮影……陸含華
學府動態……編者
文壇花絮……編者
魔窟寫眞：浙蘇淪陷區進出記……沈漢祥
書報推薦：摘評盧作孚先生的中國的建設與人的訓練……編者
全國撰稿社友簡歷總介紹……邢汝楧
紀念專欄：追懷吳德懋師……張捷春
集體社論：學友論三部曲……邢汝楧
文藝創作：師澤長……邢汝楧
編後漫談……編者

283 長城

安徽臨永　重建導報社　1941—1942　月刊

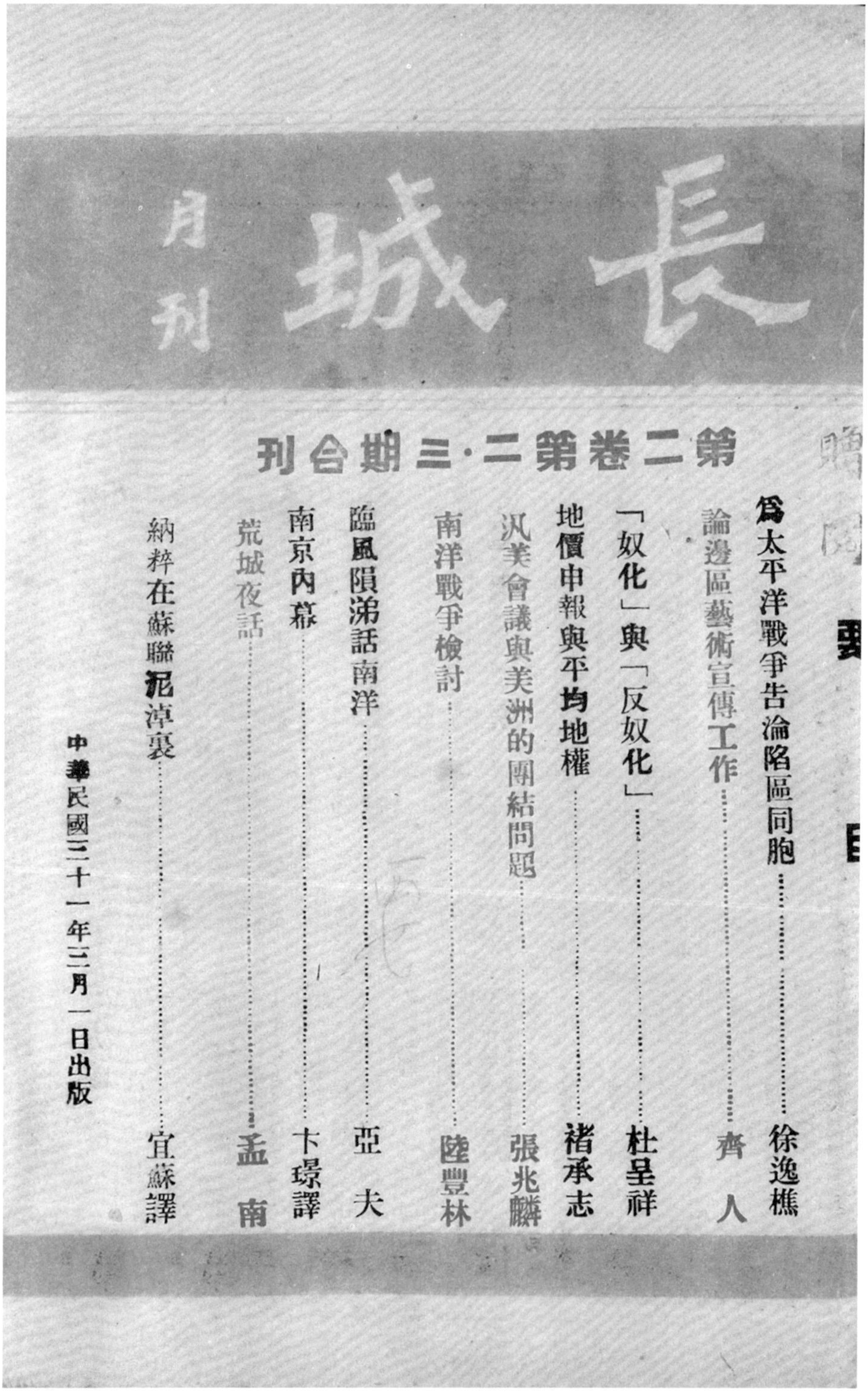

月刊 長城

第二卷第二·三期合刊

要目

為太平洋戰爭告淪陷區同胞……徐逸樵
論邊區藝術宣傳工作……齊人
「奴化」與「反奴化」……杜呈祥
地價申報與平均地權……褚承志
汎美會議與美洲的團結問題……張兆麟
南洋戰爭檢討……陸豐林
臨風隕涕話南洋……亞夫
南京內幕……卡璟譯
荒城夜話……孟南
納粹在蘇聯泥淖裏……宜蘇譯

中華民國三十一年二月一日出版

長城月刊第二卷第二·三期目錄

三十一年二月一日

長城論壇
世界大戰的關鍵在東線……光麟（四）
日寇必敗……豐林（五）
勗勉游擊部隊……焦木（六）
為太平洋戰爭告淪陷區同胞……徐逸樵（七）
論邊區藝術宣傳工作……齊人（一〇）
「奴化」與「反奴化」……杜呈祥（一四）
地價申報與平均地權……褚承志（一六）
改革省級視導制度之擬議……蕭錚（一九）
泛美會議與南美的團結問題……張兆麟（二五）
南美內幕……約翰·根室（三〇）
納粹進攻南美……蘇[illegible]韓譯（三三）

284 長風文藝 R/810.5/410.2

湖南沅陵 長風文藝社 1943 雙月刊

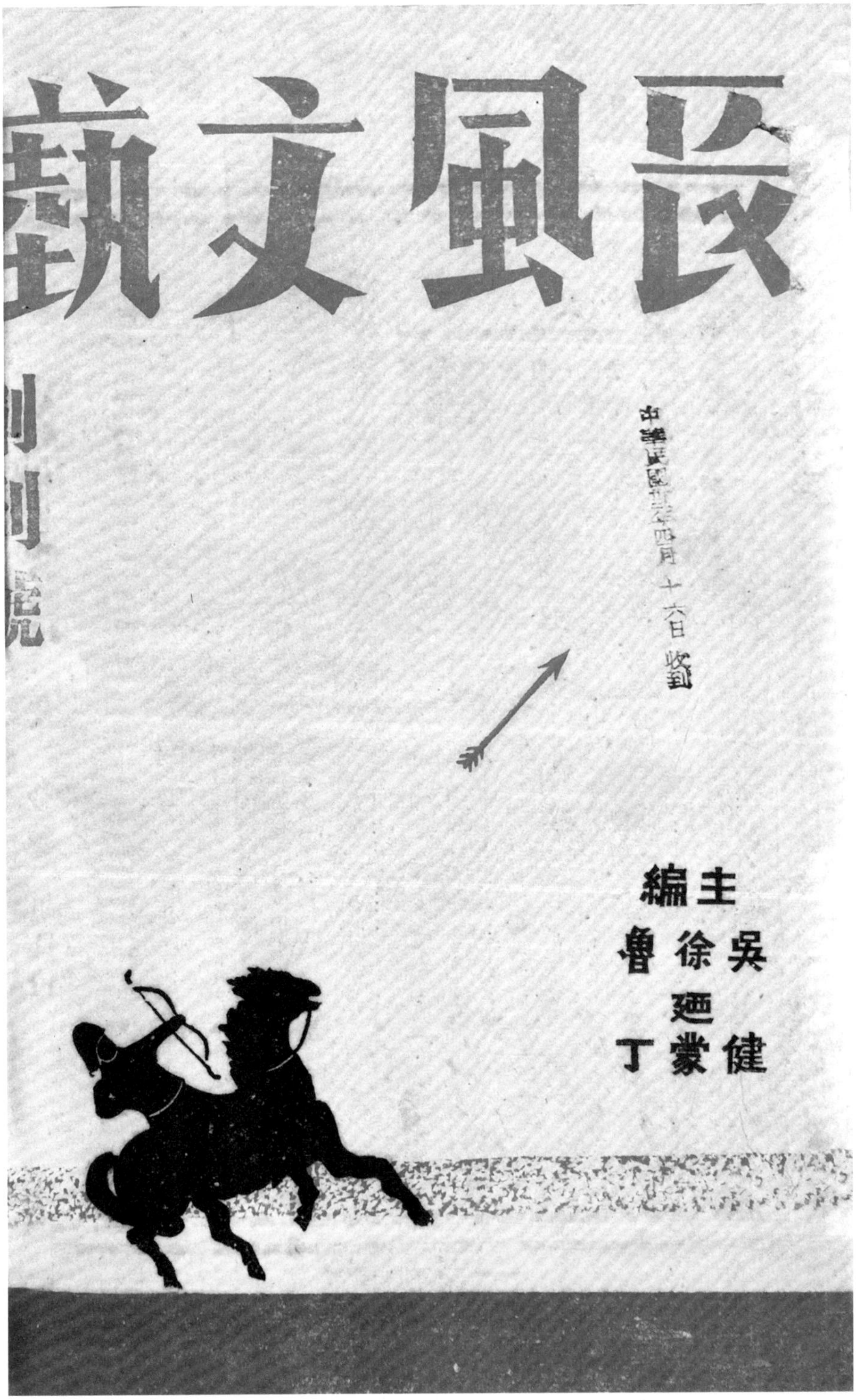

長風文藝 第一卷第一期目錄

雜感
太平要訣……李石鋒（三）
作家成功捷徑……海容（三）
鐘樓上的人……卜少夫（三）
結婚以後……蔡王侯（六）
○桐（小說）……大同（九）
○關於「三一律」（理論）……董每戡（八）
散文
第二個秋天……包白痕（一五）
沙渚小品……孫藝秋（一六）
歌和歌者……張凡（一四）
生之歌……沙坪（二二）
鞭撻……尹雪曼（一九）
插曲……宣建人（四二）
公路及其他……蔣星煜（一七）
○婚變（小說）……雷石榆（二四）
冬烘先生（失地故事之二）……公蘭谷（三三）

285　中國詩藝　　R/813.105/454

湖南長沙　中國詩藝社　1938－1941　月刊

中國詩藝

(第三年・七月號)

復刊第二期

中國詩藝社出版

1941

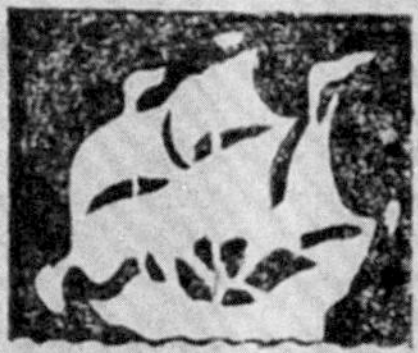

286　中學生　　R/050/454.972

天津　工商中學生出版社　1942

中學生創刊號目錄

發刊詞……柯成林
封面題字……沈曾邁
封面木刻……楊袁

論文

教與學……牛生八日（一）
漫談寫作……羅平（二）
一部小說的解剖……白峯（三）
怎樣預備日常工課……陳際雲（一〇）

木刻之頁

木刻談略……楊袁（五〇）

評論

朝花夕拾讀後……傑定（六〇）
翻過「女作家書信選」後……何之常（六一）
讀漩渦裏外……朱之魁（六三）

小說

伯牙的琴……秦佩珩（一二）
求婚……盧狄譯（一七）
偷盜……羅平（二三）
拜年……何之（二八）
朦朧……影穎（三二）
僕人……蘇壽岳譯（三七）

287 中原文化

安徽立煌　中原出版社　1941—1942　月刊

本期目錄

小說是怎樣寫成的……姚雪垠（二五）

小說

龍眼……乘輿（五）
「國際問題」……宜生（三三）
她的愛人……高爾基（一九）
扯旗樹（文選）……歐陽山（四二）

漫談人物……健翎（一）

散文

懷一個「掌鞋的」……黎嘉（一四）
書刊的熄滅……汪家正（二二）
文壇漫步……于門（三八）
哀莫大於心死（文選）……老舍（三九）

木刻……王寄舟（封面）
文藝信箱……編者（五〇）
文壇簡訊……記者（五一）
編後記……編者（四一）

中原文化

二卷·六期

中華民國卅一年九月十五日出版

主編 章永成

發行兼印刷 中原出版社 安徽·立煌

總經售 中原書店

代售處 全國各大書店

定價

零售每册	土紙封面	一元五角
	報紙封面	二元
預定半年	土紙封面	六元五角
	報紙封面	十元
合定中原半年	土紙封面	十一元
	報紙封面	十五元

注意
1.全年不定
2.不通郵滙處可以郵票代洋

海　外

288　火炬　　　　R/050/763.13

印尼巴城　火炬社　1945—1946　旬刊

編後話

編好了第二期的稿子，我覺得有幾句要說的話。

關於創刊號，有許多使人不能滿意的地方，因爲印務局方面三年半以來字粒未加整理，工人不易招請，而出版期間又已迫近，編輯校對方面也有編排凌亂和校對不周的缺點——這些以後當力求改善，以副讀者之望。

○ ○ ○

創刊號發行以後，陸續收到的，有許多善意批評的函件，和許多挾在文稿裏的來信，但，編輯人因時間關係，恕未一一奉覆，還望愛護本刊的諸君，多多原諒。

這一期稿件相當擁湧，因爲篇幅關係，尚有許多精警的來稿，都無法編排下去，只得留待以後發表。

中華民國卅四年十一月廿日出版
火炬旬刊（第二期）
零售壹盾伍角
編輯者 火炬旬刊編輯部
發行者 火炬社
印刷所 新新印務局
總經售 大南門廿六號

投稿簡章

一 本刊歡迎外來投稿。
二 本刊爲綜合刊物，體裁不拘，但文字以通俗化爲主。
三 來稿須繕寫清楚，並請註明眞實姓名地址，發表時署名自便。
四 編輯人對來稿有刪改權，不願刪改者須預先聲明。
五 來稿一經發表酌酬本刊或現金
六 來稿請寄巴城大南門二十六號或大公司九十五號轉交火炬旬刊編輯部收。

本期目錄

△論著
略論南僑教育……高陽明
談談華僑文化啓蒙運動……海嘯
談談婦女運動……蘇斐
在敵人鐵蹄下……激流
△創作
小說：重逢（續）……立林
戲劇：誰之過？……影齊
△散文
悼犖哥……羊鳴
雨夜的迴憶……梁建茂
△詩
我們是青年……白魯
自由的紅白……海嘯
黑夜長征……青萍
給萍友……青萍
△雜文
人民與政治……情平
三言兩語
編後話……編者

289　南方文藝

馬來亞　緑社　1945

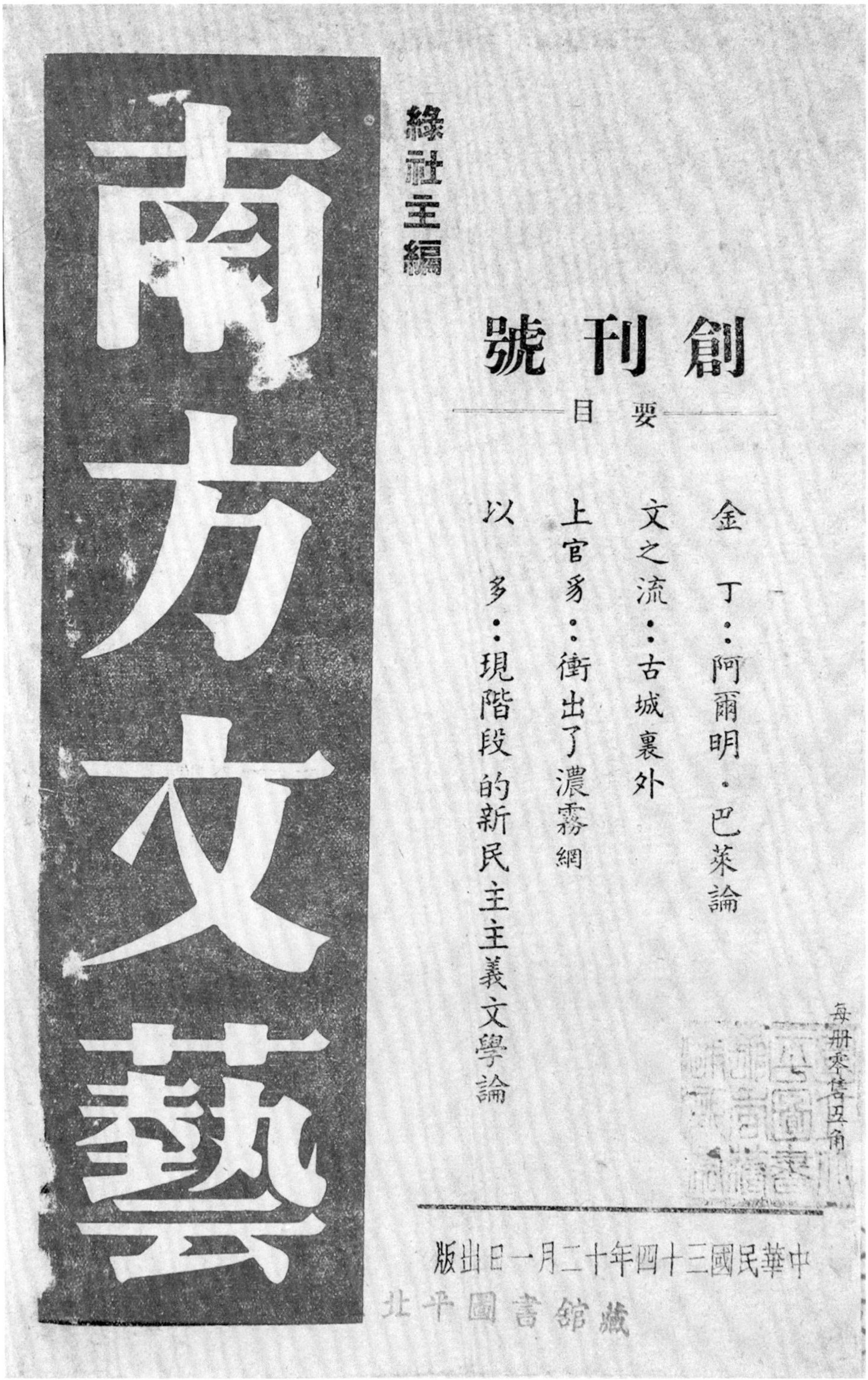

械性地，反映這五花八門的社會每一角落，描繪這世紀的風貌。（琳）

筆談

文藝與地方性

這是新的時代，文藝工作者應該是這新時代的歌手。

站緊自己的崗位，用那各樣的筆觸，不祇替這偉大的時代刻劃她的歷史面影，也希望能給這時代闢出一條坦途，不錯，那力量也許是薄弱的，但必須竭盡棉力，卽使所能做到的亦不過擲動紳腳的一塊石頭，或者刈除那末一小片蓬蒿荊棘……

馬來亞的文藝界，如果不是一片赤地，也無非一塊未經開墾的荒蕪地帶。在過去，馬來亞的文藝幾乎是祖國文藝思潮的只字複寫，盲目地追隨着上海文壇後頭。當然一時代有其獨特的意識形態，作爲此意識形態的一種表現的文學固然不能越出這範圍，但在這大前提之下，是容許多種多樣的變化，不然，那祇是一些公式化的作品而已。現在，是我們應該有自己的文學的時候了。我們必須努力創造自己的文藝，富有地方性的文藝，爲馬來亞華僑所喜聞樂讀的，適應這特殊的地理，經濟，文化的當地環境。

這里並非提倡什麼地方主義。而事實上卻無可否認地方與文藝有密切關係，所以不但一國有一國的特殊文藝，卽使同一國中，也有因地域不同而產生完全不一樣的文藝，例如北部法蘭西的文人作品與南部的就有很大的差別；在中國的近代文學也有相類的情形，北方的『大鼓詞』跟廣東的『粵謳』，因地域差異，那濃重的地方色彩，做成兩種迴異的風格。

[illegible]

「道」與「志」

文藝曾說有二類，一類是載道的，另一類是言志的，別有居心的人們一再加以引申。於是所謂道者，便是主義，因爲主義便脫不了政策，綱領，路線。而所謂志呢？變成了趣味，誰料趣味也只限定蒼蠅，女人，瓜豆。這樣的文藝觀，委實是對於『尼斯』的侮辱。

一篇圓熟的文藝作品，好像一條活潑的生命，現在除開四肢不管，單指一個頭顱來說，那末外表便有眉目，嘴鼻，耳朵，牙齒。內邊呢？就有靈魂，思想，意志。更由這些生理奧妙的配合和作用，發生一種神秘的表情，（神氣和風姿）像上面所舉的那種『二元論』就無異把它解剖及分割，那還剩下什麼東西，說得上人嗎？我們讀『故鄉』或『貴族之家』或『浮士德』，驚奇的是那情思的高貴，結構的精嚴，由『美』發，從『德』歸。和諧而統一，誰敢帶卑劣的念頭，硬來截分片段呢！

認眞的說來，世界上根本沒有絕緣孤立的東西，『道』與『志』怎麼能夠給它們裝入兩個範疇，互不侵犯？！

蘇聯新興的作品，表現的是那些主人翁怎樣追求眞理熱愛生命，鐵流代替聖經，理論化爲行動。『道』也『志』也，得到高度的融合。而周作人（失敬了！不知加上什麼稱呼才好？）本來是一個作家，但他卻要極力來否定自己，說他只要『言志』不屑『論道』，其實就在他最津津樂道的野菜，筆硯中，依然掩飾不了給人們尋着『道』。士大夫階級的道，二句話可以說了：作無益的事，遣有涯之生，爲什麼會這樣狼狽呢？爲的它是一件作品，因志目然及道，要是朽木那倒乾脆了。

爲了尊重『尼斯』也要體貼她的子女，不要存實爲己，妄淌一端，像託爾斯泰和王爾德，因爲特

目錄

筆談
文藝與地方性……琳
「道」與「志」……香
現階段的新民主主義文學論（論文）……以多
古城夏外（小說）……文之流
我來自東（散文）……夏懷宕
街出了濃霧網（報告）……上官豸
贈（詩歌）……劉思
風底惱恨（小說）……大白
弱小民族文學介紹
阿爾明·巴萊論……金丁譯
編校後記……

刊名拼音索引

B

八一三 …………………………………… 39
半月文藝……………………………… 377
報告 …………………………………… 40
北大文學……………………………… 3
北方文藝……………………………… 5
北戰線………………………………… 495
奔濤…………………………………… 327
筆部隊………………………………… 353
筆部隊………………………………… 378
筆戈…………………………………… 419
筆談…………………………………… 496
筆陣…………………………………… 421
飆 ……………………………………… 42

C

草地…………………………………… 423
草原…………………………………… 6
長城…………………………………… 570
長風文藝……………………………… 572
潮流 …………………………………… 46
晨鐘…………………………………… 8
初陽 …………………………………… 49
創作…………………………………… 9
創作月刊……………………………… 425
春天半月刊…………………………… 427

D

大地文叢……………………………… 499
大路 …………………………………… 51
大上海 ………………………………… 52
大時代 ………………………………… 54
彈花文藝……………………………… 175
當代文藝……………………………… 380
刀與筆………………………………… 301
頂點…………………………………… 501
東北文學……………………………… 503
東南文藝……………………………… 303

東南戲劇……………………………… 306
東綫文藝……………………………… 506

F

烽火 ………………………………… 59
楓林文藝叢刊………………………… 471
風雨…………………………………… 508
風雨談 ……………………………… 56
風雲…………………………………… 177

G

高原…………………………………… 509
高原文叢……………………………… 473
光明 ………………………………… 60
光明・戰時號外 …………………… 62
國聲…………………………………… 178
國藝…………………………………… 249

H

海風 ………………………………… 11
海風…………………………………… 511
海沫 ………………………………… 63
海嘯 ………………………………… 64
海星…………………………………… 428
寒友 ………………………………… 66
行列詩歌半月刊 …………………… 69
河山…………………………………… 308
紅葉 ………………………………… 13
滬江 ………………………………… 70
華北文藝協會會刊 ………………… 14
華聲…………………………………… 179
淮海…………………………………… 253
黄海潮………………………………… 513
黄河…………………………………… 515
黄流…………………………………… 518
揮戈文藝……………………………… 429
活力…………………………………… 382
火炬…………………………………… 521
火炬…………………………………… 583
火之源………………………………… 180

J

集體創作……………………………… 475
江南文輯……………………………… 522
江聲…………………………………… 430
江蘇作家……………………………… 255
金箭…………………………………… 432
金沙…………………………………… 434
今文月刊……………………………… 182
劇世界月刊 ………………………… 15

K

抗到底………………………………… 329
抗敵戲劇……………………………… 524
抗敵月刊……………………………… 525
抗聲月刊……………………………… 355
抗戰半月刊 ………………………… 71
抗戰兒童……………………………… 184
抗戰青年……………………………… 185
抗戰戲劇……………………………… 356
抗戰藝術……………………………… 526
狂風…………………………………… 529

L

狼火…………………………………… 530
黎明…………………………………… 383
黎明…………………………………… 477
黎明…………………………………… 531
流火…………………………………… 436
流火…………………………………… 532

流沙…… 330
绿洲…… 384

M

每週文藝…… 534
民衆文學…… 535
民族詩壇…… 186
民族文學…… 188
明日文藝…… 387

N

南方文藝…… 585
南風…… 74
南强…… 190
南曦…… 438
努力文藝雜誌…… 358

Q

七月…… 77
千秋…… 79
青年人文藝副刊…… 439
青年文學月報…… 310
青年文藝…… 332

R

熱風…… 82
熱力光…… 192
人生與文學…… 536
人世間…… 84

S

三民主義文藝季刊…… 538
散文與詩…… 440
少年學園…… 194
生活文學…… 259
生力軍…… 86
詩…… 389
詩潮…… 17
詩創作…… 391
詩叢…… 196
詩帆…… 261
詩風…… 478
詩歌與木刻…… 539
詩歌雜誌…… 87
詩墾地…… 198
詩林雙月刊…… 90
詩文學…… 200
詩星…… 441
詩與散文…… 479
詩與音樂…… 444
詩月報…… 446
詩志…… 262
石門月刊…… 541
十月…… 313
時代風…… 360
時代火炬…… 265
時代輪…… 334
時代文學…… 447
時代文藝…… 92
時與潮文藝…… 203
世風…… 93
世界文學…… 205
世界文藝季刊…… 208
朔風…… 448
斯文…… 449
四川風景…… 450
蘇聯文藝…… 94

T

濤聲…… 97
天地間…… 100

天風 266
天下文章 210
挺進 316
拓荒 393

W

文编 268
文潮 102
文風 106
文風 212
文鋒 542
文化動員 215
文化崗位 481
文化前哨 18
文林月刊 109
文哨 216
文壇 219
文壇 362
文心 451
文學 111
文學報 395
文學創作 396
文學導報 20
文學集刊 22
文學年報 25
文學批評 398
文學評論 482
文學新報 221
文學月報 223
文學月刊 317
文學雜誌 114
文學雜誌 400
文藝 27
文藝 270
文藝 336
文藝 454
文藝 544
文藝叢刊 546
文藝大衆 28
文藝季刊 485
文藝青年 225
文藝青年 272
文藝生活 117
文藝生活 365
文藝生活 402
文藝世界 119
文藝舞臺 548
文藝先鋒 274
文藝新潮 122
文藝新地 367
文藝新哨 404
文藝月報 550
文藝月刊 227
文藝月刊 553
文藝月刊戰時特刊 229
文藝雜誌 407
文藝戰線 29
文藝戰線 339
文藝者 277
文陣 555

X

西北風 340
西北文藝 557
西部文藝 455
西南文藝 487
西線文藝 560
西洋文學 125
希望 126
希望 231
戲劇崗位 234
戲劇與文學 128
先聲 131
現代詩 562
現代文藝 563
瀟湘漣漪 565
小説月報 133
小説月刊 136

小文藝…… 236
新地…… 567
新地文叢…… 489
新軍…… 237
新流…… 280
新年代…… 368
新少年…… 139
新詩…… 141
新時代…… 144
新世紀…… 146
新文學…… 409
新文苑…… 148
新演劇…… 342
新陣地…… 319
學林…… 239
學生文藝…… 456
學文 …… 30
學友戰時特刊…… 569
血流…… 320

Y

燕風月刊…… 457
野草…… 282
野草…… 411
野馬…… 459
夜航…… 344
藝潮…… 285
藝風…… 151
藝浪…… 289
藝文…… 370
藝文線…… 152
藝文志…… 240
語風…… 161
宇宙…… 154
宇宙風…… 157
宇宙風…… 159
寓言…… 163
月季花…… 461
月牙…… 413

Z

戰地…… 346
戰歌…… 490
戰時民衆…… 491
戰時文學…… 322
戰時文藝…… 462
戰時戲劇…… 464
戰線…… 165
戰友…… 167
朝暾…… 498
浙江潮…… 323
陣中文藝…… 242
中國青年…… 348
中國青藝…… 465
中國詩刊…… 291
中國詩壇…… 372
中國詩藝…… 574
中流月刊 …… 32
中學生…… 576
中原…… 245
中原文化…… 578
子夜 …… 34
自由中國…… 414
祖國文藝…… 467
作家…… 293
作品…… 170
作品…… 297